Esta es una obra de ficción. Cualquier parecido con la realidad es mera coincidencia. Todos los personajes, nombres, hechos, organizaciones y diálogos en esta novela son o bien producto de la imaginación del autor o han sido utilizados en esta obra de manera ficticia.

1ra Edición, septiembre, 2021.

Título Original:

PELIGROSA ATRACCIÓN

ISBN: 978-1-68524-097-4

Diseño y Portada: K STUDIO.

Fotografía: Shutterstock.

Maquetación y Corrección: K STUDIO.

ESTELA POMARES

PELIGROSA ATRACCIÓN

QUIZÁS AMASTE A QUIEN NO DEBISTE AMAR

LIBRO1

PELIGROSA ATRACCIÓN

Estela Pomares

Para mis primeras lectoras, esas que ni siquiera sabían si mi nombre real era Estela o Germania, que tampoco tenían idea de quién estaba detrás de la pantalla, que me leían en Facebook, y llegaron a mi vida para ayudarme a creer al fin, que a alguien le gustaban mis locuras. Que no era un sueño ni imaginaciones. Siempre las recuerdo.

Estela Pomares.

Blair Stoms desde pequeña soñaba con recorrer los pasillos de la universidad de sus sueños, compartir habitación con su mejor amiga, continuar cerca de la persona más importante en su vida: su hermano Nathan y convertirse en la mejor abogada que haya existido jamás.

Los retos, los cambios y las nuevas aventuras no la preocupan. Lo tiene todo bajo control, hasta que una noche, unos ojos grises se cruzan con el negro de los suyos y todo empieza a transformarse; los planes ya no parecen tan sencillos y negar la conexión inmediata es casi imposible.

Ethan Johnson es la personificación de prohibido, muerte y dolor. Por fuera es solo un chico guapo, por dentro un enorme mar de secretos. No puede olvidar que ser frío y solitario es la mejor arma que tiene contra sus enemigos y mucho menos puede permitir que su corazón cobre vida.

A pesar de la resistencia y sus intenciones de lejanía, la menor de los Stoms se termina clavando como una daga y mostrándole que, hay luz aún en la oscuridad más inmensa, complicándole la existencia a niveles insospechados.

Ninguno se imagina que la atracción que emana de sus cuerpos es terriblemente peligrosa y que amarse solo desatará el principio del fin.

Me gustaría que escucharas esta Playlist mientras lees el libro.

CAPÍTULO 1

UNOS OJOS DIFÍCILES DE OLVIDAR

Mientras me miro en el espejo en este calor infernal, no puedo evitar preguntarme: ¿hace cuánto que no sueño con mamá? Soy su vivo retrato, el mismo pelo negro hasta la cintura, liso como la seda, mi pequeña frente, los ojos oscuros y grandes, mis labios casi inexistentes y mi nariz respingada. Si es que me le parezco en todo; el color de piel bronceado sin necesidad de salir al sol, mi figura, las manos largas y finas, y hasta la estatura... en fin... todo, y, eso hace que su ausencia duela más.

Lo sé por las fotos, los videos, hace bastantes años que mi madre se fue para siempre, igual que papá, pero de él no tengo nada físicamente hablando, Nathan, tampoco heredó gran cosa. Y es que mi hermano mayor, se da más un aire a tía Lili. Niego con la cabeza en lo que me doy el último vistazo, no puedo ponerme sentimentalista justamente hoy, que estoy celebrando mi primera semana en la UCLA.

Siempre ha sido mi sueño desde pequeña estar en esta universidad, fue donde estudiaron mis padres. Mi hermano, había logrado entrar el año pasado y consiguió una beca completa. Los primeros meses vivió en una de las tantas residencias del campus, ahora es parte de una fraternidad.

Con Nathan mirábamos casi a diario los folletos de este lugar. Gracias a que solo hay un año de diferencia en nuestras edades nos volvimos muy cercanos, unidos, mejores amigos. Lo es todo para mí.

Mi único familiar directo, lo único que me queda después de aquel día.

Lo mejor de haber seguido los pasos de mi hermano y mis padres es que, logré convencer a mi mejor amiga de mudarse a L.A, estudiar la misma especialidad y ahora es mi compañera de cuarto. Ambas deseamos convertirnos en las mejores abogadas de la ciudad. Sé que es un poco raro y hasta tóxico que la haya convencido de tal cosa, pero Norma y yo somos inseparables.

Sus padres se convirtieron en parte de mi reducida familia después de que perdimos a nuestros padres en un accidente automovilístico, justo el día de Acción de Gracias. Salimos de Portland hacia Seattle, a casa de mis abuelos paternos y sin previo aviso, un neumático explotó y mi padre perdió el control del auto.

Caímos a un precipicio después de dar unas cuantas vueltas, no recuerdo la cantidad exacta; solo tenía diez años y lo último que haces en medio de tal cosa, es contar cuántas veces el auto ha girado. Fue casi un milagro que mi hermano y yo quedáramos vivos. Nathan se fracturó ambos brazos. Yo obtuve algunos moretones.

Las dolencias físicas sanaron pronto, sin embargo, las que se llevan en el interior tardaron muchos años en al menos dejar de doler tanto. Nuestros padres eran autoritarios, sí, pero eran los padres más amorosos y presentes del mundo. No recuerdo un solo día antes de su partida que no estuvieran allí, siempre, en todo momento.

Después del accidente quedamos bajo la tutela de tía Lili, junto a ella tuvimos una adolescencia muy diferente a la que, estoy segura, hubiéramos tenido con nuestros padres. Tía Lili tiene una filosofía de vida demasiado conveniente para dos chiquillos que lloraban por todos los rincones la muerte repentina de sus padres. Decía que debíamos divertirnos, salir al mundo y hacer todo lo que se nos ocurriera, porque sin duda, nos habían dado una segunda oportunidad.

—¿En qué piensas tanto? —Soy sacada del limbo con la pregunta de Norma.

—En mis padres, en lo diferente que hubieran sido nuestras vidas si ellos jamás se hubiesen ido.

—Nathan y tú son buenas personas, Blair. Nunca se meten en problemas, llevan una vida tranquila. Tus padres, desde donde estén, están más que orgullosos de sus pequeños.

—¿Tú crees?

—Estoy segura, anda, quita esa cara de tristeza y anímate que hoy nos vamos de fiesta.

"*La fiesta*"

Nathan nos ha invitado a su fraternidad después de que yo le hiciera mil preguntas al respecto. Lo cierto es que me parece un poco extraño que evada el tema siempre que intento saber cómo son en realidad las fraternidades.

Él suele ponerse nervioso, lo noté desde las vacaciones del año pasado cuando le pedí que me mostrara fotos del lugar y se negó. Es como si me ocultara algo. No lo sé, quizás son suposiciones mías y no desea que me mezcle en ese mundo lleno de fiestas y locura extrema. Es mi insistencia lo que lo ha convencido, o que de la noche a la mañana Norma ha entrado a su radar.

El solo hecho de que Norma y Nathan se enrollen pone mis nervios de punta. Antes de que lo piensen, yo no soy la típica chica universitaria, virgen e inexperta que teme que, al pisar la universidad, su vida se convierta en un completo desastre. Mis nervios se deben a que Norma es mi única amiga y la conozco desde que me salió el primer diente; lo que me da el tiempo suficiente para conocerla más que a mí misma.

Si algo sale mal con Nathan, se terminará alejando de ambos. Así que creo que más bien he aceptado asistir para cuidar a Norma que por descubrir realmente dónde vive mi hermano.

Siendo honesta, me he leído suficientes libros juveniles en donde, en ese tipo de casas siempre hay un chico malo que te enamora hasta la médula y te hace sufrir.

No quiero eso.

Norma en cambio, desea con toda su alma que eso le suceda y cree que Nathan es la mejor de las elecciones. Mi hermano es guapo, algo musculoso, alto, de ojos negros y pelo castaño, igual que yo, pero es el mayor mujeriego que he conocido y eso parece atraer a las chicas. ¡Es una estupidez!

Recojo mi cabello en una coleta y me maquillo un poco. Tomo mi bolso que tiene forma de hamburguesa, llámenme loca, pero los bolsos en forma de comida son mi debilidad. Norma hace un gesto de desaprobación y me río porque su mirada no tarda mucho en llegar a mis vans negros.

—Es una maldita fraternidad, Norma —la apresuro a salir.

—Pero hay chicos espectaculares ahí, tienes que pescar uno. Vestida así lo que vas a pescar es un resfriado, y eso si cuentas con suerte porque vas más cubierta que una monja —me molesta.

—He venido a la universidad a estudiar, no a perder la cabeza por un chico. Además, Nathan se volvería loco si salgo con alguno de sus amigos o conocidos.

—Aburrida —se queja.

—Pero así me amas, amiga —le recuerdo y asiente enseguida.

—Muchísimo.

Salimos de la residencia a paso de tortuga, Norma se ha puesto los tacones más altos y ridículos de todo el planeta. No entiendo cuál es el punto con los tacones; no puedes caminar bien, bailar, o correr en caso de alguna emergencia, y lo peor de todo es que no te ayudan a disimular una versión completamente ebria de ti misma.

La fraternidad está a unas cuadras del campus, no tardamos tanto en llegar y aunque no estamos seguras de sí vamos en la dirección correcta, las luces y la música a todo volumen nos dicen a gritos que esa es justamente la casa que buscamos.

Entramos y me encargo de buscar a Nathan entre la multitud que habla a gritos y se ríe escandalosamente, algunos bailan tan provocativamente que por un momento creo que se quitarán la ropa y se comerán vivos.

Norma se pierde de mi campo visual cuando decide conseguir un par de tragos. Encuentro a mi hermano sentado en un sillón en lo que parece el salón principal de la casa, con una chica de extensa cabellera negra, cómodamente en sus piernas. Frunzo el entrecejo, no cambiará jamás y mi amiga saldrá con el corazón roto. Hombres, todos son iguales.

Me aventuro a llegar hasta él, a pesar de que la cantidad exagerada de personas me lo impide, no me puedo creer que la casa esté a reventar de personas y la alegría que desbordan es como si les hubieran inyectado adrenalina o quizás algo más, pues algunos lucen realmente perdidos.

—Nathan. —Tengo que gritar para que me escuche. Levanta la mirada y se pone de pie para abrazarme y darme un beso en la frente.

—¡Has venido! Menos mal, he hecho que la fraternidad gaste un dineral en esta fiesta solo para que te convenzas de que no hay nada raro. ¿Dónde está Norma?

—Busca tragos para iniciar la fiesta, mejor aleja a la tipa esa, Norma es celosa —le advierto, aún recuerdo que hace dos años, su novio de toda la escuela la engañó con la más popular de las porristas y Norma les hizo triza los autos.

—Claro, lo recuerdo. Pero ya sabes que no me gustan las relaciones.

—Entonces no hagas que mi mejor amiga deje de hablarme por el resto de su vida.

—No te preocupes, no lo haré. Quita esa cara —me riñe—. ¿A que mi casa es toda una pasada? —Cruza uno de sus brazos por mis hombros y me atrae hacia él en lo que señala alrededor.

—Es grande —es mi único comentario. Prefiero mi pequeño cuarto de residencia, así no tengo que compartir el espacio con nadie más que Norma.

—Deja lo grande, tenemos las mejores fiestas del campus entero —habla emocionado.

—¿Qué tanto has tomado? Me parece que ya estás bastante ebrio —lo acuso.

—Ya, ya mandona. Disfruta la fiesta y si algún tipo te molesta, diles que eres mi hermana y se alejarán —me informa y me río, su papel de padre celoso a veces sobrepasa los límites.

—¡Aquí están los hermanitos Stoms! —Norma aparece de la nada con los tragos en mano, me pasa mi trago y lo bebo completo sin perder el tiempo.

—Tranquila, Blair —me sentencia Nathan. Asiento para que no se pase el resto de la noche detrás de mí.

—Voy al baño —les digo antes de perderme entre la gente. No quiero dejarlos solos, pero si no voy ahora mismo es probable que me haga pis en los pantalones.

Subo las escaleras suponiendo que el baño esté arriba. Realmente es una casa grande, me pregunto cuántos chicos vivirán aquí. Veo salir a una chica de uno de los cuartos y agilizo mi paso. Espero que sea el baño y no el cuarto en donde todos tienen sexo.

Respiro aliviada cuando, en efecto, he entrado al baño. Retoco mi maquillaje que como siempre a estas alturas es inexistente. No importa cuantos kilos utilice, mi rostro me ha declarado la guerra desde segundo año de secundaria y ha decidido por sí solo que no es compatible con ningún tipo de maquillaje.

Unos golpes fuertes sobre la puerta me sobresaltan. La abro despacio y con temor. Un tipo entra al baño y vomita en el lavado.

El estómago se me revuelve y salgo corriendo. Si hay algo en esta vida que no resisto, es escuchar o ver a alguien vomitar. Incluso cuando siento el aire fresco —si es que podemos llamar a esto aire fresco—, llegar a mis fosas nasales sigo sintiéndome inestable.

Me llevo las manos al cabello y miro hacia un lado y hacia otro.

Hay personas también en el jardín principal haciendo cosas raras como muñecos de nieve sobre la hierba, otros bailan solos y hay un pequeño grupo fumando quién sabe qué. De pronto, cierta incomodidad me invade, miro a las personas con mayor detenimiento porque, sin razón aparente me siento observada.

Enfrente de la casa hay un terreno vacío sin iluminación alguna. Hay alguien ahí, estoy segura, no sé si es un chico o una chica, consigo distinguir el material negro de su chaqueta de cuero. Tiene un cigarrillo en la mano que constantemente lleva a su boca, supongo, la cuestión es que su rostro está oculto por la oscuridad.

Me tenso, y aunque no puedo ver efectivamente su cara, mis ojos se concentran en su figura, es un hombre, ya no tengo dudas. Esa persona es quien me ha estado observando, lo sé.

—Oye, bonita tú eres nueva —una voz desconocida me haca dar un salto hacia atrás.

Lo que dice es más una afirmación que una pregunta. Miro al hombre flacucho y tatuado que me habla desde los escalones que dan a la casa. Si algo me ha enseñado Nathan, es que debo alejarme de tipos como este de forma amable y casual. Así que sonrío y asiento. Fijo mi vista en el terreno vacío de enfrente otra vez, pero ya no hay nadie.

—¿Fumas? —Pone frente a mí algo que está muy lejos de ser un cigarrillo común y corriente. Lo miro curiosa. Dije que no era la típica chica universitaria, eso no significa que lo sepa todo y sea la reina de las fiestas.

—¿Es marihuana?

—Sí, cariño. Si fumas un poco te aseguro que será la mejor noche de tu vida y si te gusta, puedo abastecerte cada vez que quieras.

Este hombre no solo está ofreciéndome un porro de marihuana, también está dejándome claro que la vende. Inevitablemente viene a mi mente la charla de tía Lili sobre las drogas. Niego con la cabeza porque Nathan y yo hicimos un juramento cuando terminé la escuela: nada de drogas.

—Estoy bien —contesto natural.

—Puedes pasártela en grande —insiste.

—Ya la paso en grande —sonrío con esmero.

—Muñeca, si la pruebas...

—Ha dicho que no, Rick. —Otra voz suave pero firme se escucha detrás de mí.

—No es tu puto asunto —contesta el flacucho que ahora sé que se llama Rick.

—Estás tan drogado que no la has reconocido, es Blair, la hermana de Nathan.

—Me importa una mierda Nathan, no es nadie para mí. —Se ríe al mencionar a mi hermano.

—Oye, vuelves a decir algo de mi hermano y te rompo tu estúpida cara —lo amenazo furiosa.

—Pero yo sí soy alguien para ti, ¿cierto? —habla con tono amenazante mi defensor desconocido, interponiéndose entre Rick y yo. La verdad es que incluso a mí me da un poco de miedo, ha puesto el rostro de un matón profesional y lo coge del cuello de la camiseta para luego darle un empujón—, lárgate de aquí.

—Lo siento —contesta con evidente arrepentimiento y se marcha, lo cual me llena de sorpresa. ¿Ya está?

Mi defensor suelta un largo y pesado suspiro. Se da la vuelta y queda justo frente a mí, estaríamos a un centímetro de besarnos si no fuese una cabeza más alto que yo. Sus ojos grises y entrecerrados hacen que dé un paso hacia atrás. Aún parece molesto.

Doy más pasos torpes hacia atrás y él me da un repaso completo, desde la punta de mis pies hasta la última hebra de mi cabeza. Niega confundido y también da unos cuantos pasos alejándose, marcando más aún la distancia.

—De nada —suelta. ¿Qué es lo que esperaba? ¿Qué le dijera unas trescientas veces "gracias"?

—¿Cómo sabes quién soy? —es lo que digo.

Él sube las cejas y cruza sus brazos en su pecho.

—Una maleducada —susurra entre dientes para él mismo y se ríe.

—¿Quieres que te dé las gracias? Pues gracias, que sepas que yo hubiera podido sola.

—¿Sí? Créeme, hubieras terminado comprándole la droga para poder quitártelo de encima y no queremos que te corrompas, pequeña —es sarcástico.

—¿Cómo sabes quién soy? —repito.

—Nathan ha ido de cuarto en cuarto esta mañana con una foto tuya en su móvil, diciendo que hoy vendrías a la fraternidad y que ni de coña te intentáramos... foll... digo, seducir.

—Ya. Eso es porque todos los habitantes de esta casa son unos perfectos mujeriegos, supongo —me cruzo de brazos también.

—No todos —contesta demasiado serio—. Pero aquí no encontrarás a ningún príncipe. No es tu ambiente. Recuérdalo.

—¿Qué te hace pensar que busco un príncipe? —No sé por qué estoy sosteniendo una conversación con este desconocido.

—No me digas, te gustan los chicos malos —sonríe y siento como si el cuerpo entero perdiera equilibrio—. Los chicos malos de este lugar, no son como los de tus libros —dice en tono de burla.

—¿Cómo sabes tanto de mí? ¿Cómo sabes mi nombre?

—Blair, Blair Stoms. Sé más de lo que debería. Que disfrutes la fiesta.

Lo veo pasar a mi lado y su aroma varonil me afecta, camina hacia la casa y las palabras luchan por salir aunque en mi mente me repito que cierre la boca.

—¿Puedo saber tu nombre? —finalmente salen completas.

—Ethan Johnson —grita y algunos gritan aún más fuerte como respuesta "*El puto jefe*".

Él se tensa y gira hacia mí en busca de no sé qué. Su cabello es oscuro y le cae un poco en la frente.

Su rostro tiene facciones muy varoniles, ásperas y bien delineadas. Es guapo, eso sin duda, solo que si te gustan los niños bonitos, Ethan podría parecerte poco atractivo, él parece más bien un lobo a punto de aniquilarte y enterrarte sus garras.

Sus labios son entre gruesos y normales, aunque más carnosos que finos. Su cuerpo fornido con esa camiseta negra pegada a su cuerpo, la chaqueta y esos jeans ajustados junto con su pose, me recuerdan a las descripciones de todos esos libros de amor. El típico motero que te rompe el corazón.

Al ver que no agrego nada más asiente lentamente y yo me obligo a ver hacia otro lado. Ethan tiene un par de ojos difíciles de olvidar; grises, profundos, intimidantes.

Entro a la casa un tiempo prudente después de él. Nathan y Norma están en la pista improvisada que han hecho en el salón principal; bailan de una forma tan escandalosa que incluso a mí me parece ridículo.

Me quedo ahí de pie, no conozco a nadie más que a Rick y Ethan; uno es una especie de vendedor ambulante de marihuana y el otro me da un poco de miedo. Además, aunque me interponga entre mi hermano y Norma, harán lo que se les antoje.

¿Es mejor que me marche? Creo que sí. Les escribo un mensaje de texto a ambos, seguro lo leen cuando recuerden que existo.

Mientras camino sola de regreso a la residencia pienso en que, en efecto las fiestas en las fraternidades no son tan buenas como alardean sus integrantes o como suelen venderlas en las películas o los libros. Poco a poco el alboroto que voy dejando atrás desaparece por completo y apenas y se escucha uno que otro grillo en los campos de la universidad.

El nombre de Ethan sigue rondando por mi cabeza, estoy tratando de recordar si alguno de los amigos de los que tanto habla Nathan se llama así, sin embargo, no me suena.

—Blair. —Escucho una voz que, aunque no me es familiar, me da la sensación de poderla reconocer aún después de mil años de no escucharla. Es Ethan, otra vez. Doy un brinco involuntario, me ha asustado muchísimo.

—¡Me asustaste! —le reclamo un poco molesta. Es de madrugada y las calles están desoladas.

—Lo siento —se disculpa—. Pensé que si te hablaba de una vez no te daría un infarto al voltear y ver que te seguían —argumenta y no comprendo del todo.

—¿Tú me estabas siguiendo? —No creo que mi pregunta sea estúpida, pero a él le causa mucha risa.

—Evidentemente. Te vi regresar sola y quería asegurarme de que llegaras sana y salva —habla entre dientes. Tiene la cara muy dura, como si estuviera enojado por algo.

—Ah, bueno, ya estoy a una cuadra. Así que... buenas noches —se me ocurre decir.

—Te acompaño.

—No creo que...

—No era una pregunta —responde de inmediato y ahora la cara dura la pongo yo.

—No quiero que me acompañes, no te conozco. ¿Sabes que la tasa de asesinatos de jóvenes solitarias e indefensas es muy alta? Que me hayas seguido de forma silenciosa no habla muy bien de ti —es mi respuesta.

—Oye niña, créeme, lo último que quiero es asesinarte.

—Entonces por qué...

—No soy un asesino en serie, Blair —me interrumpe de nuevo—. Solo soy el mejor amigo de tu hermano y sé que eres muy importante para él.

Intercambiamos miradas unos segundos y me doy por vencida. Solo es una cuadra.

—Puedes acompañarme —le doy luz verde.

—Lo iba a hacer, aunque no quisieras —me informa y me río. Es un engreído.

—Supongo que entonces nos veremos seguido —le corto el rollo de intimidante que quiere jugar conmigo. Caminamos uno al lado del otro.

—Supongo —mueve sus labios sin dejar de observarme.

—¿De verdad eres el mejor amigo de mi hermano?

—¿Por qué lo dudas?

—No lo sé, nunca ha mencionado a un Ethan Johnson.

—Auch —finge que le duele—. A ti te menciona todo el tiempo.

—¿Sí?

—Sí, eres su mayor tesoro. Me lo dice siempre.

Sonrío pensando en mi hermanito. Él también es mi mayor tesoro. Enseguida me doy cuenta de que Ethan ha detenido sus pasos y me mira algo confundido, incómodo.

—¿Qué pasa?

—Nada —contesta fríamente.

Pronto llegamos a la residencia y miro al suelo.

—Gracias por acompañarme.

—La fraternidad no es un buen lugar —dice de pronto.

Antes de que pueda responderle algo, se marcha sin agregar más y dejándome confundida por su comentario. ¿La fraternidad no es un buen lugar? Es solo una casa con quince chicos viviendo juntos, más nada.

Le resto importancia y entro al edificio hasta que me es imposible notar su figura en la oscura distancia. En la soledad de las duchas de la residencia lavo mi rostro, cepillo mis dientes y cambio mi ropa por algo más cómodo, sin dejar de pensar en el gris de sus ojos.

"*Ethan Johnson, el mejor amigo de mi hermano*"

CAPÍTULO 2

LAS TRES REGLAS DEL JUEGO

Al despertar, lo primero que hago es cerciorarme de que Norma haya regresado y para mi desgracia no es así. Su cama está tendida y solitaria. Le he repetido unas setecientas veces que mi hermano es un mujeriego de primera.

¡Dios! Qué afán tan grande el de las chicas de fijar sus ojos en quien no deben. No quiero que nuestra amistad se arruine. ¡Joder!

Decepcionada busco mi teléfono y ya tengo dos llamadas de tía Lili. Son solo las nueve. Ha llamado toda la semana hasta el cansancio. Que sea de mente abierta, no quiere decir que no se preocupe por nosotros. El teléfono suena una vez más y en esta ocasión sí tomo la llamada.

—¿Cómo está la mejor tía del mundo?

—¿Algún día me llamarás mamá? —me molesta, jamás nos ha pedido tal cosa. Es solo una broma.

—Me aseguraré de que mis hijos te llamen así. ¿Cómo estás?

—¿Cómo crees que estoy con mis niños tan lejos?

—El tiempo pasa rápido, te visitaremos pronto.

—Mi hermana estaría tan orgullosa, Blair. Sus dos hijos en la universidad. Solo espero que estén usando protección —me recuerda. Típico de ella.

—No te preocupes, tía.

—De acuerdo, creeré que siempre tienes un preservativo listo jovencita. —Ambas nos reímos ante su comentario—, bien, te hablo mañana. Cualquier cosa que necesiten sabes que pueden llamarme, cualquier cosa, sobrina —repite.

—Lo sabemos, te quiero —me despido.

Tía Lili solamente tiene treinta y cinco años.

Cuando mis padres murieron era una jovencita total, en el testamento mis padres habían sugerido que, si algo les pasaba, tía Lili sería una excelente tutora. Recuerdo cómo se rio a carcajadas cuando el abogado leyó esa parte, no teníamos muchos parientes cercanos y finalmente tía Lili aceptó el reto y nos ha cuidado desde entonces.

El ruido de la puerta llama mi atención y miro entrar a una versión diferente de Norma. Trae el maquillaje esparcido debajo de los ojos y una camiseta de hombre que le llega hasta las rodillas. Se tira en su cama y cierra los ojos.

—Blair, tener sexo con tu hermano es, definitivamente, lo mejor que me ha pasado.

—¿Te acostaste con él? Estás loca, Norma. Ya te he dicho que él no es un buen candidato —le repito otra vez.

—Tranquila, Blair. Tengo todo controlado. Solo es sexo ocasional.

—Norma, tú no tienes sexo ocasional. Saldrás lastimada y yo me volveré loca.

—¡Qué dramática! ¿Por qué te marchaste tan temprano?

—Me aburría. Un tipo quería que le comprara marihuana como sea y luego tuve un encuentro raro con un supuesto amigo de Nathan.

—Oh sí, Nathan tuvo una pelea con un tal Rick por haberte ofrecido drogas.

Salto de mi cama a la suya preocupada.

—¿Cómo fue? —No recordaba a Nathan siendo agresivo. Solo ha pasado un año desde que vino a la universidad.

—Un tipo que está para darse contra las paredes se nos acercó y dijo que Rick te estaba molestando y Nathan enloqueció, el tipo guapo tuvo que intervenir. Nathan te inició a buscar y entonces el tipo guapo le dijo que te había acompañado a casa y que estabas bien —dice aún con los ojos cerrados.

—Ethan, se llama Ethan —recuerdo el nombre del tipo guapo.

—Bueno, Ethan el guapo, parecía molesto con Nathan. No paraba de repetir que llevarte a la fraternidad es una pésima idea.

—Qué extraño, a mí me dijo algo parecido, algo sobre que la fraternidad no es un buen lugar, pero mi hermano jamás permitiría que yo me relacionara con malas personas o con un lugar peligroso.

—Seguro cree que somos niñas buenas.

—Seguro, tiene pinta de degollarte si no haces lo que pide —admito.

—Yo lo noté bastante tranquilo —comenta y niego con mi cabeza. Puede que me haya ayudado y acompañado, pero todo en él grita: peligro.

—Voy a ducharme —contesto restándole importancia al asunto.

—No te duches, nos están esperando. Iremos a la playa.

—¿Quiénes?

—Nathan, Ethan y unos amigos más.

—¿Cuál playa?

—La de Santa Mónica.

Sonrío a pesar de que no me anima tanto el hecho de ir con cierto dueño de unos ojos grises. Me encanta la playa, sobre todo la de Santa Mónica, tía Lilí nos trajo hace tres años y recuerdo lo romántico que se me hizo el muelle en el que miré caminar a varias parejas tomadas de las manos, mirando la puesta del sol y tomándose fotos a lo tonto, el pequeño parque de diversiones les da un toque diferente a las demás playas. Creo que es mi lugar favorito en el mundo, así que me dejo de tanta tontería y me animo por completo.

Corro a las duchas y no tardo más de dos minutos.

Escojo un short y una camisa de tirantes. Me vuelvo a recoger el cabello en una coleta y me pongo mis anteojos de sol. Norma que es una morena despampanante, con curvas dignas de enloquecer a cualquiera y una autoestima por los cielos; se pone su bañador y un pareo encima que prácticamente deja todo a la vista.

Al salir, Norma corre como niña enloquecida por un dulce y se lanza a los brazos de mi hermano. Comienzo a pensar que durante todos estos años mi amiga guardó cierto secreto.

Norma jamás mencionó algún tipo de atracción por Nathan y ahora parece totalmente cegada, después de solamente un día a su lado. Eso no parece ser solo sexo.

—Han tardado una eternidad. —Me saluda Nathan—. Bien, chicos, ella es Blair, mi hermana. Blair, ellos son Tony, Mark, Zac, Eleanor y Ethan. A él lo conociste ayer —agrega. Reconozco a los chicos, son los mismos que le gritaron a Ethan "*el puto jefe*". Supongo que es una broma privada.

Tony me sonríe de oreja a oreja, Mark me guiña un ojo y Zac me extiende la mano y me da un beso en la mejilla, es gracioso que se muestre tan educado, pues tiene la misma pinta que Ethan, esa de malote. De hecho, todos la tienen, creo que Nathan la ha adquirido porque ahora que los veo juntos se ven como esa típica banda de chicos malos.

Si no fuese de día y con este calor desgraciado puedo visualizarlos a todos con sus chaquetas de cuero negro, cigarrillo en mano y cara de "no te me acerques". Quizás son solo ideas mías.

La chica, Eleonor, me abraza y me hace muchas preguntas en menos de un minuto. A pesar de sus apariencias todos son tan agradables y amables que... esperen, no, no todos lo son. Ethan apenas y me mira algo fastidiado con la situación antes de girar sobre sus pies y subir al Jeep negro.

Creo que el maleducado es él. Desde adentro me doy cuenta de que sus ojos están clavados en mí, tiene la barbilla sobre el volante y está con la cara dura, el ceño fruncido y yo me siento valiente porque no aparto la mirada.

Mientras todos hablan y ríen bajo el imponente sol en vez de subir al auto de una vez, Ethan y yo intercambiamos miradas incomprensibles, el tipo está furioso, puedo sentirlo, sobre todo lo capto en el momento en el que sus ojos bajan hacia mis piernas y luego suben recorriéndome entera, finalmente le da un puñetazo al volante.

Se pone unas gafas de sol negras y nos grita a todos que, si no subimos en un segundo, podemos ir a la playa en taxi.

Acomodarnos es todo un reto y un mar de risas. Ethan es el conductor, el copiloto es mi hermano y el resto estamos todos apretados como sardinas en el asiento trasero. Nathan le sube a la música y todos comenzamos a hablar casi a gritos. Ya me han puesto un sobrenombre: La mascota Stoms.

—Creo que nos caes mejor que Nathan —dice Zac pasando su brazo por encima de mis hombros.

—Cuidado con eso, hermano. Es mi hermanita, no lo olviden —sentencia mi hermano.

—Siempre le he robado a sus amigos. No es mi culpa ser tan linda —contesto graciosa.

—Deja lo linda a un lado, cuando Nathan nos amenazó con matarnos si te seducíamos me imaginé que lo estaba cegando el amor de hermanos, pero mujer, estás más buena que... —Tony no logra terminar la oración.

—¡Cállate, Tony! —interrumpe Ethan, es la primera vez que habla desde que salimos de la residencia.

—Oh por favor, señor seriedad, si ayer me dijiste que la hermana de Nathan era tan...

—¡Qué te calles! —grita con más fuerza.

—Tranquilo, Ethan ya sé que están jugando —interviene mi hermano—. Aquí todos saben que no pueden ser más que tus amigos, Blair. La misma advertencia para ti, además no creo que ninguno de estos niños te guste, si el más simpático soy yo —bromea Nathan y me río.

Siempre tan celoso y protector.

Ethan suspira, se muerde el labio inferior y niega con la cabeza. En lo que todos retoman la conversación, cada cierto tiempo me mira a través del espejo retrovisor. No voy a mentir, me ha puesto nerviosa, así que interrumpo el contacto visual y miro hacia la costa que ya se logra apreciar.

Aparcamos algo lejos de la playa porque el lugar está abarrotado.

Espero paciente a que todos salgan para poder hacer lo mismo y noto que Ethan sigue muy bien sentado en su lugar a pesar de que tiene todo el espacio para moverse. En cuanto solo quedamos los dos dentro del vehículo, baja rápidamente del Jeep y abre la puerta de mi lado.

—No era necesario, pero... gracias —le digo.

—Solo es una simple cortesía —murmura.

—Solo tienes que decir: no es nada. No tienes que fingir ser un amargado todo el tiempo —le suelto. Sí, mi bocota a veces no suele quedarse cerrada. Además, siempre que hace algo por mí y le agradezco me responde como si estoy malinterpretando sus acciones. Solo me ha abierto la puerta y he dicho "gracias".

—Insolente, lo pones difícil —susurra y lo he escuchado perfecto. Paso muy cerca de él y me siento incómoda. Con la claridad del día, el gris de sus ojos se observa mejor y es aún más intimidante que de noche.

Me tardo más de lo debido en proseguir con mi camino, hasta que los gritos de los chicos truenan en mis oídos y doy un respingo hacia atrás para luego alejarme de Ethan. Lo escucho bufar y sonrío un poco sin siquiera saber la razón. Me uno a las bromas y chistes de los amigos de mi hermano y no tardo nada en hacer los propios.

—Hace tanto calor que podría desnudarme —comenta Norma y todos los chicos dan su aprobación. Incluso Eleanor lo hace.

—No se metan con mi chica, se los advierto —mi hermano ha llamado a Norma "mi chica", me sorprendo totalmente.

Retuerzo los ojos ante la declaración. ¿En qué momento se darán cuenta de que es una mala idea?

Al llegar a un área menos poblada, Eleanor no pierde ni un segundo y se quita la ropa, prácticamente corre a la playa. Me pregunto si es la novia de alguno de los chicos, o si es la única integrante mujer del grupo de amigos de Nathan.

—Oye, mascota Stoms, ¿quieres una cerveza? —Mark se dirige a mí por primera vez, es con quien menos he cruzado palabras.

—El sobrenombre es muy tierno, pero prefiero que me llames Blair.

—De acuerdo, señorita. ¿Quieres una cerveza, Blair? —Asiento esta vez como respuesta. De inmediato tengo mi bebida en las manos y justo cuando intento darle un sorbo, Ethan decide ponerse de pie y quitar su camiseta.

Bajo la vista hacia la cerveza embotellada, sin embargo, me gana más el morbo y termino husmeando en donde no debo. No es un tipo con músculos exagerados, es de contextura delgada pero muy bien marcado, hace ejercicio, se nota. En el siguiente segundo soy atrapada por sus ojazos, sí, he dicho ojazos, es que son preciosos.

Tengo que ser honesta; son grises, muy grises y de pronto se tornan en un azul muy raro. No lo sé, nunca había mirado unos ojos tan peculiares. Él me termina atrapando y detecto una pequeñísima sonrisa que oculta al tronar de unos dedos.

El sol está realmente enfurecido esta mañana y mi ropa a pesar de ser poca, comienza a estorbarme. Francamente no quiero quedarme únicamente en bañador. Pienso en todas las veces que he estado en playas con Nathan y sus antiguos amigos, nunca me había sentido nerviosa de mostrar mi cuerpo y en esta ocasión lo estoy.

Me termino mi cerveza en silencio y me armo de valor. Subo mi camisa hasta los hombros y sale por mi cabeza, olvidándome de que hay cuatro chicos a mi lado, no incluyo a Nathan porque es mi hermano. Pongo las manos en mi cintura antes de abrir el cierre de mis pequeñísimos shorts.

No quiero parecer exhibicionista y los bajo rápidamente, caen en la arena y saco un pie seguido del otro y volteo a ver a los chicos.

Nathan está comiéndose prácticamente a Norma.

Tony revisa su celular, Zac está recostado en la arena, Mark revisa las cervezas y Ethan recorre mi cuerpo con su mirada y deja escapar un leve suspiro.

Quiero taparme ahora mismo, no entiendo cómo puede afectarme tanto su escrutinio cuando en realidad, no es más que un desconocido.

—No me jodas, Nathan. Si quieres que recuerde que es tu hermana dile que se ponga ropa. Mira nada más esas piernas —Tony rompe el silencio y me dan ganas de reír. Durante el instituto hice ejercicios para mis piernas, glúteos y abdomen. Soy una chica de deportes; correr es una de mis actividades favoritas, me gusta ser ágil y mantenerme en forma.

—Cállate imbécil —le contesta mi hermano.

—Solo está bromeando —lo tranquilizo.

—No, mascota Stoms, no estoy bromeando.

—Tony no quieres verme molesto —ataca mi hermano.

—¿Por qué solo me recriminas a mí? ¿Ya viste que a Ethan la baba le llega a la arena? —se ríe a carcajadas y Zac se le une.

—¿Por qué eres tan hijo de puta? La van a espantar —comenta defendiéndose y alejándose de nosotros—. No es la primera mujer con buen cuerpo que nos acompaña a la playa. No sean ridículos —agrega y corre a la playa y alcanza a Eleanor.

—No le hagas caso, es un amargado —interviene Mark. Maleducado y amargado y un idiota. Es una pena, porque es muy guapo.

—¿Me das otra cerveza, Mark? —es mi respuesta.

Mark saca nervioso la cerveza del pequeño congelador que han traído. Le sonrió como agradecimiento y me siento a su lado. Desde esta distancia veo cómo Ethan y Eleanor se empujan el uno al otro y terminan en la parte más onda.

No sé si la cerveza junto con los nervios ha empezado a hacer efecto y le presto más atención a Mark de la que debería. Es el típico californiano, bronceado con ojos color miel y el pelo un poco castaño. Sé que ha vivido toda su vida aquí porque Nathan me ha hablado de él un par de veces.

—¿Te gusta Los Ángeles?

—Sí, Mark. Aunque no es mi primera vez aquí. Hemos venido antes con tía Lili. Esta es mi playa favorita.

—¿Qué tal es Portland?

—Es diferente, llueve mucho y eso me sacaba de quicio. Me gusta el sol y andar ligera de ropa —digo sin intenciones de que suene con doble sentido.

Después de unos segundos de silencio me termino riendo y Mark por fin suelta su carcajada contenida.

—Si Nathan te escucha creerá que me estás coqueteando — bromea.

—¿De verdad los amenazó a todos?

—A todos. Sobre todo a Ethan, ya sabes, siempre hay un mujeriego. Y él ocupa ese puesto en este grupo. Además de amargado y un tanto prepotente.

—¿Sí? —digo sin apartar la mirada de Ethan y Eleanor que ahora están demasiado cerca.

—Ya lo conocerás, pero mi consejo es que te mantengas alejada de él. —Creo que Mark se da cuenta de mi seriedad al escuchar esas palabras. No soy el tipo de persona que se deja influenciar por los comentarios y rumores, me gusta conocer a la gente, crearme mi propio criterio y no anteponer una reputación que bien puede ser falsa. Aunque tampoco tengo intenciones de pasar mucho tiempo con Ethan. Me da igual, en realidad—. ¿Me acompañas al agua? —pregunta de pronto después del prolongado silencio.

—Claro —acepto rápidamente. El sol parece querer quemarnos vivos.

En cuanto llegamos y nos acercamos a la pareja que ya está dentro, Ethan decide salir y huir, claro está.

¡Qué le pasa a ese tipo! Eleanor sigue nadando en medio de las olas sin darle importancia al comportamiento de su amigo, y al vernos, inicia una guerra de agua como si tuviéramos tres años.

Mark la toma por la cintura y finge querer sumergirla. Eleanor se ríe cuando sale a la superficie.

Tony y Zac aparecen a nuestro lado y la guerra se pone realmente fuerte con todos en el mar. Es divertido, muy divertido.

Cansada de tanto ajetreo y agua volando por aquí y por allá, además de arderme los ojos sin piedad, camino hasta la orilla y me dejo caer en la arena mojada. Un momento después la figura de Eleanor se recuesta a mi lado y sonrío con los ojos entrecerrados.

—Vas a causar problemas —escucho a Eleanor decirme muy cerca.

—¿A qué te refieres?

—Eres muy bonita —dice sin más.

—No quiero causar problemas, ¿Mark es tu novio? —me asusto. Quizás me he equivocado y no está con Ethan, sino con Mark.

—No soy la novia de ninguno de estos imbéciles —se burla—. Me gustan las chicas —aclara y abro los ojos como platos, me río nerviosa.

—Oh —mi asombro es palpable.

—Pero no eres mi tipo —se apresura a explicar y eso me hace sentir ridícula y exagerada—, puedes estar tranquila. Además, aunque lo fueras, ya nos han dejado claro que no podemos tocarte —me recuerda.

—Nathan es un exagerado —expreso ya un tanto molesta. Que se le está pasando la mano, ya estoy grandecita.

—No me refiero a Nathan —susurra y se pone de pie dispuesta a marcharse.

Yo me quedo otros minutos recostada en la arena sopesando las palabras de Eleanor hasta que repongo todas mis fuerzas y regreso con los demás, ya todos han vuelto. Me siento junto a Mark nuevamente y le pido otra cerveza, pero esta vez es Ethan quien se mueve hacia el congelador y rápidamente se acerca a mí, pone la cerveza en mi mano y sus dedos ligeramente se rozan con los míos.

No nos decimos nada, no hacemos ningún ruido, el juego de miradas ya nos está cogiendo cariño porque es lo único que hacemos en nuestros encuentros; mirarnos de una forma... ¿profunda?

Finalmente soy yo quien aparta las manos junto a la cerveza y él regresa a su sitio un poco molesto o eso me hace pensar con sus expresiones. Realmente es un tipo raro; ahora sonríe, ahora no, ahora te habla, ahora no, ahora se muestra amable, ahora te lanza cuchillos, y eso que solo tengo un día de conocerle.

—¿Quién quiere jugar? —exclama Eleanor con una botella de vodka en las manos. Nadie se opone y más bien hacen un círculo en el que me incluyo—. El juego es "yo nunca, nunca".

—Vamos a confesarnos —dice Zac riendo.

—Solo hay tres reglas del juego, la primera es que tienen que ser honestos. Blair tiene ventaja porque no sabemos nada de ella, los demás nos conocemos demasiado, así que mucho cuidado con mentir.

»La segunda regla es que el juego no se detiene hasta que la botella esté completamente vacía y la última y más importante, quien se sienta ebrio y quiera dejar el juego, ya sabe que tiene que besar a

alguien. La buena noticia chicos, es que hoy estamos tres mujeres —termina de explicar Eleanor y todos se sirven su trago.

Sé que con tres de esos y ya estaré borracha. ¿Tendré que besar a alguien? He jugado esta tontería infinidades de veces, la diferencia es que esas reglas son desconocidas para mí.

—Yo nunca, nunca me he acostado con alguien de este grupo —empieza Zac. Supongo que todos dejaremos los tragos tranquilos porque a Eleanor le gustan las chicas, sin embargo, Tony y Eleanor toman su trago. También Norma y Nathan lo hacen. Claro, casi olvido que se están acostando.

—Yo nunca, nunca me he enamorado —dice Mark, todos lo abuchean. Dejamos los tragos tranquilos. En este grupo nadie ha caído en las garras del amor. Bien.

—Yo nunca, nunca me he acostado con un hombre —Tony aumenta la presión.

Eso no es justo, pero ya está dicho, así que todos los ojos se posan en Eleanor, Norma y en mí. Es obvio que Eleanor se acostó con Tony, Norma con Nathan, y entonces, entiendo que la curiosidad la provoco yo y pienso en mentir. A estos tipos no les interesa mi vida sexual, menos a mi hermano. Los miro a todos expectantes, menos a Ethan, quien está mirando hacia la arena. Me dejo de tonterías y tomo el vodka.

—Así que la mascota no es tan inocente —confirma Tony, es el más hablador de todos. Los chicos ríen, hasta mi hermano quien parece ya sedado por el alcohol—. ¿Lo has escuchado Ethan?

—¿Cuál es tu puto problema Tony? —lo reprende Ethan bastante serio y con la mandíbula tensa.

—Ya déjalo en paz —le pide mi hermano a Tony y lo hace, pues no vuelve a bromear conmigo.

—Yo nunca, nunca me he sentido atraído por alguien de este círculo —habla Nathan.

Nathan y Norma en vez de beber su trago se tiran en la arena y se da un beso bastante incómodo de ver. Tony y Eleanor se quedan tranquilos, lo que me explica que, su acostón fue un accidente, quizás estaban ebrios o algo así.

Solo hay tres personas que se quedan con sus vasos vacíos. Ethan, Mark y yo. El resto explota en carcajadas. ¿Ambos se sienten atraídos por mí? ¿Por qué yo me he bebido ese maldito trago sin pensármelo? Mi hermano no se da ni cuenta de la situación.

El ambiente se torna denso de un momento a otro. ¡¿Qué está pasando?!

—Solo es un juego —argumenta Ethan lanzándose otro trago y señalando con el dedo a Tony quien estaba muy cerca de abrir la boca.

—Sí, solo es un juego —repito imitándolo también y bebiéndome otro trago.

—Yo nunca, nunca he hecho algo ilegal y que se pagaría con muchos años en la cárcel —Eleanor decide romper la tensión riéndose a carcajadas. Esa afirmación se me hace muy rara, ¿qué podríamos haber hecho a nuestra corta edad como para pasar años en prisión? Yo dejo mi vaso tranquilo igual que Norma y, para mi sorpresa, todos los restantes se llevan sus tragos a la boca.

Ethan, aunque con ojos acusadores, mira a Eleanor y se bebe su trago negando con la cabeza.

—No seas amargado Ethan —lo anima Mark y él solo le muestra el dedo medio.

Otra afirmación y otra y otra y otra hasta que mi cabeza es un cúmulo de ideas tontas y pensamientos enredados.

—Yo ya no puedo más —me rindo finalmente con la voz arrastrada—. ¿A quién tengo que besar?

Mi hermano me recuerda que no es necesario, que esa regla no aplica en mí. Producto de mi borrachera, me niego a ser una ñoña que no hace algo porque su hermano mayor se lo prohíbe. Me está cabreando de verdad.

—Es un juego, Nathan. Tranquilo. Díganme a quién tengo que besar.

—A quien tú quieras, cariño —me responde Eleanor.

Sé perfectamente a quién quiero besar, aunque no lo quiero admitir en voz alta, pero no voy a provocar un problema entre él y mi hermano. Sin pensarlo dos veces, camino hasta Mark, le sonrío como idiota y rozo mis labios con los suyos y enrollo mis manos en su cuello. Escucho a Norma gritar: "Así se hace amiga".

Las manos de Mark no se quedan tan quietas y me recorren el torso hasta llegar a mis caderas, muy cerca del inicio de mi trasero.

—Bueno, ya basta —escucho decir a Ethan, y a pesar de que su comentario me produce un cierto tintineo en mi interior, estoy disfrutando este beso, tal vez es el alcohol—. Nathan —insiste Ethan llamando a mi hermano quien entra en acción.

—Ya fue suficiente —interrumpe mi hermano llegando hasta nosotros y apartándome de su amigo—. No te pases de los límites, Mark —lo amenaza.

—¡Ya bájale dos rayitas a tu paranoia Nathan, soy mayor de edad!

—¿Puedes llevarla a la residencia, Ethan? Ya está borracha —me ignora y me traspasa como mercancía a su supuesto mejor amigo.

Ethan acepta y al principio me pongo testaruda y no doy ni un paso, tiempo después el dueño de esos ojos tan extraños se acerca a mí con cautela y rodea mi brazo con su mano. Su tacto quema, de verdad, lo hace.

—Despídete —es una orden clara y precisa y sin saberlo o entenderlo, a él sí que le hago caso.

Me despido de todos y camino junto a él. El solo roce de nuestros brazos al avanzar me incomoda de una forma placentera, así que donde presiona con cuidado hace que sienta un cosquilleo inexplicable. Lo observo cada dos segundos porque lo veo doble y quiero ver solo a un Ethan.

Creo que no camino en línea recta porque su mano viaja hasta mi cintura desnuda. Me he puesto el short, no la camisa y eso quema aún más que su mano en mi brazo. Él se muerde sus labios y sigue caminando. Oh, Dios, sus labios son tan apetitosos. Llegamos a su Jeep y me ayuda a subir en el asiento del acompañante. Toma el cinturón de seguridad y lo cruza sobre mi pecho. Por un pequeño lapso se detiene a mirarme.

—Me estás jodiendo y ni siquiera te termino de conocer —pronuncia las palabras tan bajito que me cuesta trabajo escucharlas del todo bien, incluso entenderlas me lleva trabajo. Sus dedos acarician mis mejillas y siento que me hundo en el asiento. Tengo ganas de devolverle la caricia y besarlo. Creo que estoy entrando en estado de demencia.

Ethan se aparta y cierra la puerta con cuidado, se sube al Jeep y enciende el motor.

—¿Por qué tienes que ser el mejor amigo de mi hermano? —hago pucheros.

—¿Eso en qué te incomoda, princesa? —ahora sí habla fuerte y claro y por supuesto, sarcástico.

—En todo, ¿a ti no? —me atrevo a decir.

—No, no me incomoda —contesta con exagerada sequedad y molestia.

—¿Por qué eres tan jodidamente gruñón?

—Porque es la única forma de que ambos nos ubiquemos.

—¿A qué te refieres? —estoy curiosa.

—A que no tienes que fijarte en mí, Blair. Puedo ser tu peor pesadilla —eso no lo entiendo nada.

—Tú no me gustas, hombre, que apenas ha pasado un día. No te creas tan importante. La pinta de malote no me llama la atención. Estás loco si crees que yo me enrollaría contigo.

Él apaga el motor del auto precipitadamente, se quita el cinturón y en un segundo soy rodeada por sus manos y pega su frente con la mía, casi me he desmayado de la impresión.

—¿No te gusto? —pregunta en lo que sus labios besan la comisura de los míos y me paralizo.

CAPÍTULO 3

PEQUEÑAS MENTIRAS

Nuestros aromas alcoholizados se mezclan, miro turbio siendo honesta, pero eso no disminuye el hecho de que lo tengo casi encima, con toda esa prepotencia que se carga y mis malditas ganas de besarlo. ¿Por qué? ¿Realmente me gusta o es que estoy borracha? No me acobardo, no me aparto; si cree que me da miedo con su sarcasmo, petulancia y seriedad, está muy equivocado. Trato de no respirar tan rápido, no quiero que se dé cuenta de que en realidad estoy bastante afectada y que me tiemblan un tanto las piernas, a pesar de estar sentada. Es un hombre intimidante, no voy a negarlo, e ignoro cuál es su maldito punto.

—¿Qué tan ebria estás del uno al diez? —pregunta entonces rozando mis labios y siento que muero.

—No entiendo...

—Solo contesta.

—Nueve.

—Bien. No recordarás esto mañana. Punto para mí —es todo lo que dice y se aparta.

—¿Tienes algún problema conmigo? —le grito. Bueno, puede que esté diez y no nueve de ebria.

—No sé a qué te refieres, Blair. —¡Ah! Odio la calma con la que habla, como si no estuviera pasando nada.

—Me salvas de un traficante. —Me río porque llamar traficante a Rick es exagerado—, y me acompañas a casa, te muestras amable y luego me dices que la residencia no es un buen lugar, pero me invitas a la playa, de acuerdo, no tú, Nathan y ni siquiera me saludas. Eres un maleducado que después intentó reivindicarse abriendo la puerta de su auto para mí y finalmente has estado increíblemente serio y de mal humor el resto del día.

—Vaya, tú sí que sabes hacer un resumen.

—No eres gracioso.

—¿Qué quieres que te diga? Así soy yo, como una patada en el trasero.

—Pues estás fingiendo.

—Y eso lo dice la chica que apenas y me conoce.

—No necesito conocerte, estás fingiendo Johnson. Pero yo sí soy muy honesta, así que te diré que he tenido que besar a Mark en vez de a ti —estoy hablando tanto y diciendo tontería tras tontería.

—¿Querías besarme? —Levanta las cejas de forma graciosa.

—Olvídalo —le resto importancia a mi anterior comentario y a todo lo que ha ocurrido en el vehículo acomodándome mejor en el asiento y cerrando mis párpados cansados.

—Blair... Yo también quería besarte. —Las palabras me llegan lejanas, como si las estuviera soñando. Todo es oscuro, todo es un sueño oscuro y profundo.

Soy consciente de que alguien me carga y se me hace muy difícil abrir los ojos. Una voz ronca maldice varias veces hasta que escucho el clic de una puerta abrirse. Seguro Norma ha llegado. Nunca había apreciado la suavidad de mi cama hasta en este preciso momento en el que me pierdo por completo entre sueños y deseos incomprensibles.

No sé cuánto tiempo ha pasado cuando abro los ojos y el dolor de cabeza me ataca. Todo viene a mí como flashes. Pongo especial atención en la ventana con cortinas azules. Son unas cortinas muy bonitas... ¡Un momento! Norma y yo no tenemos cortinas azules. Me sobresalto en la cama y cubro mi cuerpo con unas sábanas blancas. ¿Dónde estoy? Escucho la respiración pausada y tranquila de alguien más y temiendo lo peor, volteo lentamente hacia el sonido.

Ahí, dormido profundamente, con una mano en su pecho y un bóxer de cuadros, está Ethan.

¡Por favor no! Reviso mi cuerpo y tengo puesta una camiseta negra que llega hasta mis muslos. Recuerdo que me iba a llevar a casa, que hablé de más en su auto y que... no, seguro me he imaginado la parte en la que dijo que él también quería besarme.

Nerviosa salgo de la cama y encuentro mi short en el piso. Me siento en una silla esquinera frente a él. Peino mi cabello con los dedos y me paso las manos por la cara en caso de que tenga algo. No reparo mucho en la habitación, solo en que es muy ordenada para ser la de un chico universitario que pertenece a una fraternidad.

—Ethan —susurro.

Ni siquiera se mueve

—Ethan —lo intento una vez más.

¡Demonios! ¡Despiértate!

—Ethan —lo llamo una última vez y sus ojos se abren lentamente, da un pequeño salto al verme sentada frente a él.

—Menudo susto me has dado, Blair

—Hola, ¿dónde estamos? —Miro las paredes constantemente.

—En la fraternidad y será mejor que tu hermano no se entere de que hemos dormido juntos.

—Cuando dices dormir juntos... te refieres a...

—Dormir juntos, solo dormir. No has tenido tanta suerte, pequeña —dice vistiéndose. Es un engreído.

—Ya quisieras tener algo conmigo —contesto ofendida—. ¿Por qué estoy aquí? ¿Te has querido aprovechar de mí?

—Porque te has dormido en mi auto y has olvidado tus cosas en la playa. No me di cuenta hasta que llegamos a la residencia. Me cansé de esperar a Norma y Nathan no contestaba su teléfono, así que te traje aquí —responde como si se tratara de rutina—, y no mujer irresistible, no me he aprovechado de ti. No necesito que te embriagues para hacerte caer.

—Eres un idiota, ¿te lo han dicho?

—Bastante, vístete.

—¿Tú me cambiaste de ropa?

—Blair, sí, yo te cambié, pero no te he tocado un solo cabello. Este malote que no te atrae como aseguraste ayer, es un caballero lo creas o no. —Da pasos hacia mí y se inclina hacia abajo hasta estar a la misma altura que yo. Sus ojos hoy se ven grises pero muy claros. Me quedo sin habla, son un espectáculo.

—¿Yo te dije eso? —me sorprendo, no lo recuerdo.

—Dijiste muchas cosas, pero no voy a avergonzarte. —Me guiña un ojo—, otra de mis virtudes, nena.

Voy a replicar cuando tocan la puerta y por un momento creo que es Nathan. ¿Quién en su sano juicio creerá que solo hemos dormido? Solo dormido. Ni yo me lo creo.

—¿Ethan estás ahí? —Reconozco la voz de Zac.

—¿Qué pasa Zac?

—Es Nathan, dice que recién acaba de llegar a la residencia de Blair y que no está allí. No te habrás acostado con ella, ¿cierto?

Puedo darme cuenta de que mis mejillas se encienden. Sobre todo, cuando Ethan voltea a verme y me sonríe con complicidad.

—Seguro está esperándome en la cafetería de la esquina. La he invitado a desayunar y ya es hora.

—¿Que tú qué? —se burla Zac.

—Vete a la mierda, Zac. Largo.

—Si Blair está adentro sabes que te meterás en muchos problemas —le recalca y Ethan da un largo suspiro.

—Lo capto —contesta Ethan y luego de eso no hay más intercambio de palabras entre ellos.

—¿De verdad no nos acostamos? No soy esa clase de chica, yo...

Sin esperármelo uno de sus dedos cubre mis labios impidiéndome hablar más. El toque se vuelve caricia al rozar parte de mis labios y finalmente mi mejilla.

—Jamás te tocaría en ese estado. A ninguna mujer. Ahora ponte el short y quédate con mi camiseta, solo traías el bañador. Encontremos la forma de largarnos de aquí antes de que tu hermano se vuelva loco.

Habla más serio de lo que me esperaba. Le hago caso y salimos de la habitación como dos detectives encubiertos. Es toda una ridiculez que estemos haciendo esto. Yo ya estoy grandecita, Nathan tiene que entenderlo. Miro el reloj que hay en una pared de la casa y son más de las ocho, ¡demonios! Ya me he perdido la primera clase. Pierdo el equilibrio en los últimos escalones de la escalera y Ethan me sostiene de la mano, no es eso lo que me pone nerviosa, sino que no la aparta y caminamos así hasta la puerta.

Afuera nos espera la bomba, en cuanto la abrimos nos encontramos frente a frente con Nathan. Trae cara de pocos amigos. No puedo culparlo por pensar mal, después de todo, traigo una camiseta que no es mía y es una obviedad que estoy tratando de irme de aquí sin ser vista por nadie, y, nuestras manos siguen juntas hasta que reaccionamos y nos apartamos más de lo necesario.

—¿Dónde diablos te has metido? ¿Estaba contigo Ethan? Creí que había sido claro. —Lo apunta con un dedo.

—Nathan, no es lo que piensas. Norma no regresó a la residencia y pensé que estaba aquí. Por eso he venido tan temprano.

—Claro y es por lo que traes una camiseta de él —bufa y parece querer matar a Ethan ahora mismo.

—Esto..., bueno, ayer me enviaron a casa casi desnuda. Tenía frío y me ha prestado esta camiseta que traía en su Jeep.

—Ya.

—Por Dios, Nathan, deja la paranoia. En todo caso ya no soy una niña, ¿de acuerdo?

—No me importa que no seas una niña, Blair. Mi deber es cuidarte —expresa menos molesto—, y Ethan es mi mejor amigo.

—¡Tú te acuestas con mi mejor amiga! —hablo más enojada de lo que realmente estoy mientras doy pasos hacia la calle. Escucho que cierran la puerta y camino más rápido al campus.

—Espera —la voz de Ethan me detiene y ahora, ¿qué quiere? —. Te acompaño a la residencia —se ofrece.

—No es necesario.

A pesar de mi negativa camina a mi lado y se ríe de mi forma de dar pasos fuertes en lo que bufo y gruño molesta. Me detengo en seco y lo miro directo a la cara.

—¿Sabes qué?, no necesito que me acompañes, no necesito un niñero personal. Ya estoy grande. Haces esto por Nathan seguramente y no voy a acostarme con ninguno de ustedes. Por favor dile eso a mi hermano.

Se cruza de brazos y levanta una ceja. No sé si está enfadado o es que estoy dándome cuenta de que lleva cara dura todo el jodido tiempo.

—Espero que de verdad no te acuestes con ninguno de nosotros. Es una sabia decisión. Pero entonces explícame, ¿por qué besaste a Mark? ¿Por qué te la pasaste todo el día de ayer coqueteando con él?

—Solo como dato importante, que seas el mejor amigo de mi hermano no te da el derecho de interrogarme como si en realidad fueras mi hermano.

—¡Ah! —se queja—, aparte de insolente, testaruda. ¡Contesta! —gruñe.

—Adiós Ethan —me despido y rápidamente soy tomada de la cintura, doy un brinco hacia atrás alejándome de sus manos.

—¡Contéstame!

—¿Cuál es tu problema? Era parte del juego y de todas formas, ¿a ti qué te importa? Yo puedo besarme con quien quiera, ¿quién eres tú para pedir explicaciones? Si apenas y me conoces —exclamo.

Él inicia a asentir con su cabeza como si estuviera teniendo una conversación interna con él mismo y pone el rostro aún más serio

de lo que acostumbra. ¡Qué novedad! Si cree que me da miedo está loco.

—Es cierto, apenas y te conozco y no me interesa conocerte más. A mí no me importa nada que tenga que ver contigo, bésate con todo el campus si quieres.

Eso sí, princesita, te doy un último consejo, no vuelvas a la fraternidad y no te conviertas en una más del grupo porque no es a donde perteneces.

—Tú sí que tienes problemas.

—Nathan cree que tu presencia no representa problema alguno, pero se equivoca. Le he dicho que no te trajera a nuestras fiestas, que no te involucrara con nosotros. Ahora te lo digo a ti, quizás usas la cabeza. No como Nathan —me riñe y regresa a su casa. Este tipo está mal de la cabeza, definitivamente.

Llego en llamas a mi habitación y despierto a Norma con el portazo que doy. Estoy furiosa, ese imbécil no me dirá con quién puedo socializar y con quién no. No voy a permitírselo a Nathan, mucho menos a Ethan, que no es más que un desconocido para mí. Y su discurso ridículo; que no pertenezco a su círculo de amigos, y ellos quiénes son... ¿La mafia de Los Ángeles? Que tontería.

—¿Dónde pasaste la noche? —es lo primero que pregunta.

—¿Tú donde la pasaste? —la imito.

—En un lugar muy romántico con tu hermano —admite, finjo vomitar y la obligo a tomar una ducha y a ir a las siguientes clases conmigo.

Ambas estamos con una resaca de aquí al cielo. Es nuestra segunda semana en la UCLA y las clases se han puesto más serias este lunes. La semana pasada todos los maestros reían y decían que era cuestión de enfoque. Tras un debate intenso sobre lo que significa para nosotros la ética profesional, en el que ni Norma ni yo hemos participado, por fin terminamos la última clase.

Siendo honesta, no solo no he participado por mi estado, también he tenido la mente muy lejos del salón de clases. Las últimas palabras de Ethan retumban en mi cabeza. Es solo una fraternidad que hace fiestas cada fin de semana, es lo típico. ¿Por qué ha repetido tantas veces que ese no es mi lugar?

Está más preocupado que Nathan por mi presencia en ese sitio. No lo comprendo y tampoco pierdo mi tiempo haciendo conjeturas tontas y sin sentido.

¿Qué puede haber de peligroso en una casa llena de chicos universitarios?

—Recuérdame ahogarte con la almohada hoy por la noche mientras duermes por haberme obligado a venir. ¡Carajo! Siento que voy a desmayarme en cualquier momento —Norma no ha parado sus reclamos desde el minuto uno.

—Pues no te desmayes aquí, Norma. No pienso cargarte hasta la residencia —contesto agresivamente.

—¿Qué diablos te pasa?

—Nada.

—¿Segura?

—Sí, es solo que ese amigo de mi hermano, Ethan, es muy raro. Creo que no es de mi agrado, deberíamos hacer amigos propios. No quiero frecuentarlo más, es un anciano diciéndome lo que es bueno y lo que es malo, como si me conociera.

—Eso no se podrá cielo, porque oficialmente soy la novia de Nathan.

—¡Qué! —digo asustada.

—Me ha pedido que sea su novia ayer en la playa.

—Bien por ti, pero Nathan es un mujeriego de primera. Deberías pensártelo mejor —le aconsejo.

—Me gustan los riesgos, Blair y tú deberías soltarte un poco más, como por ejemplo, aceptar que el amigo de Nathan no te desagrada y más bien te gusta —me molesta.

La dejo hablando sola y apresuro el paso cambiando repentinamente de dirección. Nathan tendrá que escucharme hasta que se me acabe la saliva. ¡Cómo se le ha ocurrido tal locura! Sí, el sueño de toda chica es que su hermano se enrolle con su mejor amiga. En este caso prefiero que estén alejados. Lo arruinará, la lastimará y mi amiga terminará con el corazón hecho pedazos. Y no puedo matarlo, es mi hermano. Pensé que sería solo sexo.

Internamente pido al cielo que el señor seriedad no esté en la casa, no quiero seguir arruinando mi día. Miro las letras en la entrada, ni siquiera he puesto atención a ese detalle anteriormente. La dichosa fraternidad se llama Kattpa Sy.

Alguien sale justo cuando yo necesito entrar y atrapo la puerta. No se escucha mucho ruido. Solo algunas risas lejanas y alguien que escucha música en su habitación. No sé exactamente cuál es el cuarto de Nathan.

Saco mi teléfono de mi bolso y voy a marcar su número cuando unos gemidos llaman mi atención. Miro hacia un lado y hacia el otro buscando el lugar de donde proceden y vuelvo a escuchar los gemidos aún más fuerte.

Doy pasos pequeños y suplico que no se trate de Nathan, mi desgracia no puede iniciar tan pronto. Mi boca se abre de la impresión al mirar la forma en la que Ethan besa con agilidad los pechos de una chica que tiene sentada en sus piernas, sin camisa y sin sostén. Siento tanto asco y repulsión —no me malinterpreten—, juro que no es porque se trate de Ethan, lo que siento se debe a que hay alrededor de quince cuartos aquí y han decidido demostrarse cariño en la sala.

Quiero irme e intento obligar a mis pies a que se muevan, pero la escena me sobrepasa, mis ojos siguen cada movimiento, el cómo ella lo disfruta y cómo él le toquetea el trasero sin reparo alguno. ¿Es que no tiene decencia? ¿La desnudará por completo? Cualquier persona podría verlos. ¡Exhibicionistas! Eso es lo que son. Carraspeo a propósito para arruinarles el jueguito.

Los ojos de Ethan se abren de pronto y empuja a la chica dejándola en el sillón. La rubia busca su camisa por el piso e intenta cubrirse. Niego con mi cabeza, giro y pretendo alejarme lo más rápido que pueda. Escucho los pasos de las botas de Ethan sobre el piso, así que como una niña, corro hacia las escaleras en las que soy atrapada en un santiamén.

—¡Oye! Suéltame —le exijo al sentir la presión de sus manos en mis brazos.

—¿Qué haces aquí?

—Consíguete un cuarto —escupo las palabras y logro librarme de su agarre.

—¿Adónde crees que vas? —Me sigue hasta la planta alta.

—Busco a Nathan, puedo encontrarlo sola. Vuelve con tu rubia, se le van a enfriar los pezones.

¿Quién demonios se ha apoderado de mi lengua? Ethan baja la cabeza, se está riendo. ¡Se está burlando de mí! Pasa sus manos por su boca intentando esconder su maldita sonrisa. Levanta la cabeza y hay algo nuevo en su mirada. ¿Qué es?

—Cuida tu boca —me sugiere.

—¿Qué? ¿Te escandalizas porque digo pezones? Tú no parecías escandalizado besando las tetas de esa mujer.

—¿Celosa?

—Asqueada, más bien.

—Claro, claro. Parecías molesta mirando el espectáculo —argumenta. No estaba molesta y además, él estaba muy entretenido como para percatarse de mis reacciones.

—¿Quién lo dice? ¿Tú?

—Sí, yo —afirma tomándome nuevamente entre sus brazos, esta vez, pegándome tanto a él que estamos demasiado cerca.

CAPÍTULO 4

SEGURA EN SUS BRAZOS

—¿Sabes Ethan? Yo no soy como tu amiguita rubia, no me intimidas ni un poco —alardeo mintiendo, por supuesto, porque sí lo hace.

—Blair, Blair, Blair... no me retes —exclama rompiendo con total distancia y enredando mi cuerpo entre sus manos.

Dejo de respirar unos segundos, en los que estoy segura, él nota que me afecta su cercanía, y empiezo a odiarlo por eso.

No quiero que me afecte, me tiene cansada con su actitud sombría que no para de tirar advertencias.

No me gustan estos tipos con el ego por el cielo, los detesto y, sin embargo, aquí estoy, un tanto paralizada por el gris imponente que traen sus ojos, sus labios entreabiertos y la forma en la que todo su cuerpo permanece pegado al mío sin importarle que tenemos público.

Somos interrumpidos por la rubia cuando se aclara la garganta demasiado fuerte, la miro con el rabillo de mi ojo, Ethan no me suelta.

—Tu novia te está esperando —suelto y lo empujo.

—Deja de molestarme —es su respuesta, apenas y lo he escuchado porque ha gruñido las palabras. ¿Qué lo deje de molestar? Pero si es él quien me ha seguido y acosado.

—Deja de perseguirme —me siento valiente.

—Ethan —lo llama la mujer que hace poco estaba desnuda en su regazo.

Mira a la rubia y luego a mí, son solo segundos los que transcurren, y a mí me parecen horas.

Decide regresar con su rubia y aunque no quiero admitirlo, algo me escuece en el centro del pecho.

Niego con mi cabeza y decido seguir con mi camino.

Me detengo en el barandal y los observo, ella parece molesta por lo ocurrido y él intenta tranquilizarla, no sin antes voltear hacia mí, penetrarme entera con esa mirada desafiante que me colma la paciencia.

Besa a la chica con una intensidad que solo provoca que el escozor en mi pecho se intensifique.

Me atrevo a seguirle el juego, no aparto la mirada y el muy cínico no cierra sus ojos, continúa besando a la mujer sin despegar su mirada de mí, entonces, se me ocurre mostrarle mi dedo medio, eso hace que empuje a la chica y se suelta a reír. Mira al piso y niega con su cabeza, yo me pierdo en el pasillo mientras llamo finalmente a Nathan para saber cuál de todas estas habitaciones es la suya, no me responde. Desgraciado.

Al bajar las escaleras los susodichos ya han desaparecido y salgo tranquila de la fraternidad, bueno, más o menos. Al estar en la calle mi preocupación por Norma aumenta, no quiero que le rompan el corazón y mucho menos quiero que esa persona sea mi hermano. Joder, habiendo tantas mujeres y hombres en el mundo tenían que arruinarlo de esta forma.

Divago un rato por el campus de la universidad e intento llamar otras veinte veces a mi hermano. No hay resultados, me está ignorando y lo pagará caro. El sol comienza a ocultarse y mi estómago a hacer ruidos extraños. Muero de hambre. Recuerdo que me he dejado el dinero en la habitación.

No tardo nada en llegar a la residencia, al entrar a mi cuarto me detengo en seco al ver a mi hermano encima de Norma gimiendo y diciendo: "Nena, gime más fuerte". Me cubro el rostro, y en mi intento de no hacer ruido me caigo de bruces al suelo, me levanto como puedo y salgo gritando que no he visto nada, aunque he visto todo. ¡Cielo santo! No sé si podré con esta clase de escenas, no puedo, simplemente no puedo. Le he visto el pene y el trasero a mi hermano y es algo... ¡ah! Maldita sea la hora en la que decidieron estar juntos. Hablando sola y quejándome por completo salgo de la residencia y tiro de mi cabello. Normas, sí, esa es la solución, tendré que implementar normas si esos dos van a tener sexo en el mismo espacio en el que duermo.

¡Qué asco! Respiro profundo para calmar mi evidente cabreo y una vez que, al menos, entiendo que tengo que acostumbrarme al hecho de que son novios, busco un taxi del campus y le pido que me lleve al restaurante de comida china más cercano.

El tráfico me ayuda a tranquilizarme por completo, y aprovecho para observar todas las luces que se distinguen a lo lejos.

En la entrada del restaurante impacto con un tipo bronceado

y bien parecido, a quien besé por culpa de un juego estúpido y no veía desde entonces.

—Mark.

—¡Qué coincidencia!, ¿vienes sola? —Asiento y quedo viendo sus bolsas. Seguro ha pedido todo para comer en casa—. Puedo hacerte compañía si quieres —propone.

—No te preocupes, ya has pedido para comer en casa.

—¿Lo dices por esto? —Me muestra las bolsas—. No te preocupes, es comida para los chicos, pero pueden esperar, por mí que se mueran de hambre.

—¿Quieres comer conmigo porque de verdad deseas pasar tiempo conmigo o porque soy la hermana de Nathan y crees que haces la caridad del día al cuidarme?

—¿Qué? —responde sin entender mis palabras.

—Olvídalo —contesto enseguida sabiendo que he dicho una tontería.

—¿Quién te ha hecho creer eso? —pregunta entonces.

—Ethan.

—Claro que Ethan —murmura pero lo he escuchado—. Te doy mi palabra de honor, quiero quedarme contigo porque me interesa conocerte más.

—En ese caso, acepto comer contigo —le digo sonriendo. Pasamos dentro y nos sentamos en una de las primeras mesas que vemos libre.

El mesero se acerca y Mark le pide que sirva su comida con mucha amabilidad, el tipo lo queda viendo hastiado con la petición, sin embargo, toma el empaque en donde Mark tiene su comida y se lo lleva con él. Yo he pedido lo primero que he visto en el menú, muero de hambre.

—Entonces, Ethan te ha estado molestando —investiga sin quitarme la mirada de encima.

—¿Siempre está de tan mal humor?

—Siempre —responde y suelta una risa irónica.

—Se la ha pasado diciéndome que no me acerque a la residencia, que ese lugar no es para mí. Le preocupa más ese hecho que a mi propio hermano. ¿Cuál es el misterio? ¿Es peligrosa? —me atrevo a preguntar. Solo estoy bromeando, Mark se remueve en su asiento y chasquea la lengua.

—No hay ningún misterio. Ethan quiere manejar la vida de todo el mundo —me explica y eso definitivamente aumenta mi curiosidad por ese ser tan odioso.

—¿Cómo?

—Pues ya sabes, es como la abeja reina de la escuela, él manda en la fraternidad. Él decide quién entra y quién no y qué hace cada integrante del grupo.

—¿Cómo una especie de secta? —me burlo y eso hace reír con fuerza a Mark.

—No, no. Me refiero a cosas de la... fraternidad.

—¿Y todos le hacen caso como perritos falderos?

—Bueno, yo no nos llamaría perritos falderos. Cada uno pone de su parte y anda en lo suyo. No es la gran cosa, solo el presidente de la fraternidad —termina de decir con cierta molestia.

—¿Te molesta que sea el presidente? ¿No es tu amigo?

—Es mi amigo, solo que a veces se le sube el poder a la cabeza. Digamos que es mitad buen tipo y mitad un hijo de puta.

—A mí me parece que está más amargado que un limón — admito y vuelve a sonreír.

Somos interrumpidos por el mesero que trae nuestra comida. Al principio veo el plato con recelo.

No soy muy buena con eso de comer en la primera cita, aunque esta no es una.

Miro a Mark un par de veces antes de animarme a dar el primer bocado, él ya ha dado como diez.

De pronto me apeno al recordar el beso y lo ebria que estaba, hasta siento que me sonrojo como adolescente.

—¿Te encuentras bien? —quiere saber, creo que he sido muy evidente.

—Estaba recordando lo que pasó en la playa. El beso terrible, estaba ebria.

—A mí no me pareció terrible.

—¿No?

—No, estuvo bien, yo también estaba ebrio, recuerdo que incluso me gustó.

—No mientas, ni siquiera podía caminar sola, pero gracias por hacerme sentir mejor.

—¿Qué edad tienes? —cambia de tema y se lo agradezco aún más.

—Dieciocho, cumplo diecinueve este sábado.

—No lo sabía, ¿qué tienes planeado?

—Nada en especial.

—Entonces te haremos la mejor fiesta de cumpleaños que puedas imaginar. Eleanor es especialista en fiestas de cumpleaños. Haremos reventar la fraternidad.

—No es necesario, además, ya te lo he dicho, la abeja reina no quiere verme por allá —confieso.

—¿Y dejarás que la abeja reina se salga con la suya? Vamos a molestarlo un poco, ¿te parece?

El solo hecho de imaginarme la cara de piedra que pondrá Ethan al enterarse de que me harán una fiesta en la fraternidad, me anima a niveles desconocidos.

Creo que estoy disfrutando más de lo que debería de este juego que ni siquiera estoy jugando.

Después de esa decisión inmadura comemos más tranquilos y con confianza, se la pasa el resto del tiempo hablando de las superfiestas que hacen en la fraternidad. Ya es de noche cuando Mark me lleva hasta la residencia en su auto.

Aún conversamos un poco antes de que yo entre, incluso llegamos a un acuerdo muy sutil en donde me ha pedido ser mi pareja el día de la fiesta y en el que yo he aceptado casi de inmediato.

Una vez frente a mi cuarto, cuento hasta tres antes de abrir la puerta de mi habitación y gracias al cielo me encuentro con Norma totalmente vestida y sola, camina de un lado a otro un tanto nerviosa.

—¡Gracias al cielo que llegaste! —habla de forma extraña mientras se come una uña.

—¿Adivina quién tendrá una fiesta de cumpleaños? —le expreso y no me pone ni atención—. ¿Pasa algo?

—Tienes que hablarle a Nathan.

—¿Por qué?

—Estaba aquí hasta hace media hora, Ethan lo llamó y el color de la cara le cambió, Blair, salió despavorido, como un jodido rayo sin decirme media palabra, casi se marcha desnudo.

—¿Estás así de preocupada porque se marchó corriendo?

—¿Por qué no llamas a Ethan? —me responde con otra pregunta.

—¿Por qué no lo llamas tú? —contraataco.

—Porque estoy casi segura de que a ti va a contestarte.

—Claro, eso es porque somos los mejores amigos del mundo y seguro tiene mi número registrado y dejará de hacer cualquier cosa que esté haciendo para contestarme —soy sarcástica. Ni siquiera me sé su número.

—Por favor, estoy volviéndome loca —me ruega—. Blair, los miré irse desde la ventana, casi se estrellan en la esquina por la velocidad con la que arrancaron. Iban en una moto.

No estoy jugando, lo juro.

Se miraban muy sospechosos y creo que Ethan llevaba un arma en las manos. Yo me sé el número de Ethan.

Eso último sí que altera mis nervios.

—Está bien. —Tomo mi teléfono y marco el número. Escucho el tono tres veces hasta que alguien contesta.

—Hola. —Una voz pastosa responde y estoy segura de que no se trata de Ethan, no es que sea una experta en su voz. Pero definitivamente esa no es la voz que recordaba. Una serie de ruidos extraños se escuchan a través del teléfono.

—Ethan. ¿Qué fue eso? ¿Estás bien? —Escucho que algo impacta, un golpe fuerte. No sé si el teléfono se ha caído o qué demonios ha pasado, luego nada. Intento llamar otra vez y salta el buzón.

Me preocupo al instante. No por Ethan, sino porque mi hermano está con él y joder, de acuerdo, también por el señor odioso. Miro a Norma asustada y ella sigue intentando comunicarse con Ethan y Nathan sin parar, hasta que se da por vencida y tira mi teléfono sobre la cama.

Un mensaje de texto me alerta y tomo apresurada el teléfono, es de Ethan. Lo único que forman las palabras es una dirección en Compton y trago saliva con dificultad, es un área peligrosa de la ciudad. ¿Qué clase de broma de mal gusto es esta?

—No pueden estar ahí —comento nerviosa.

—Tenemos que ir —sugiere Norma.

—Tú estás loca, no voy a ir a esa zona.

—Blair, tampoco creas todo lo que se dice, es un lugar común y corriente como el resto de la ciudad, con gente buena y mala. Por favor, acompáñame, si no lo haces tendré que ir sola. Nathan no responde el teléfono y alguien más ha respondido el de Ethan. Algo está pasando.

Me hace esa cara suya de gatito a medio morir y lo pienso un segundo para luego invadirme por completo de preocupación pura. Mi hermano es la única familia directa que tengo, no puedo quedarme sentada aquí sin hacer nada cuando quizás, Norma tenga razón, y está en peligro.

Asiento, tomamos nuestras cosas y salimos de la residencia.

Solo somos dos simples chicas, y si se han metido en problemas con delincuentes no pintamos nada en una situación como esta, sin embargo, bien podríamos llamar a la policía.

Conseguir un taxi se nos hace casi misión imposible. Si Nathan tiene problemas con pandillas va a escucharme hasta que le exploten los oídos. Por algunos segundos la idea de que solo están jugando con nosotras me pasa por la cabeza y realmente espero que así sea.

El vehículo a duras penas nos acerca lo más que puede a la dirección que le hemos proporcionado, al bajar nos recuerda que no es un barrio muy seguro y me tenso de pies a cabeza. El hombre se tienta el corazón y antes de poner el auto en marcha nos indica unos callejones que honestamente se miran como el camino directo a la muerte, se supone que es allí exactamente en donde están los chicos.

¡Qué demonios haces aquí hermano!

Norma y yo compartimos una mirada entre preocupadas y arrepentidas por haber sido tan impulsivas. Soy la primera en caminar hacia los dichosos callejones, no es hasta que vamos a mitad de uno que unos gritos y quejidos nos detienen de golpe y encienden todas nuestras alarmas.

Miro hacia adelante y hacia atrás porque me ha parecido escuchar pasos, tomo la mano de Norma y la aprieto con fuerza.

—Esto fue un error, estamos mal, hay que irnos —susurro, pero entonces la voz de mi hermano inunda mis tímpanos y no solo suelto a Norma abruptamente, también salgo corriendo en dirección al sonido inconfundible y familiar que estremece mis sentidos.

Me detengo en seco al llegar al final del pasillo y darme cuenta de que todos los otros caminos terminan también en este mismo punto. Mis ojos se abren bastante al mirar dos grupos discutiendo. Ethan, Nathan y Zac están acorralados por unos sujetos que solo de verlos me entran ganas de hacer pis y desaparecer al instante.

Impulsada por quién sabe qué, mis ojos pasan de Nathan a Ethan, como si estuviéramos conectados por un imán o simplemente

casualidad, él levanta la mirada que tenía clavada en el suelo demasiado pensativo para una situación semejante y maldice desesperado intentando soltarse del tipo que lo tiene tomado de los brazos. Venir ha sido la peor decisión que hemos tomado. Norma me empuja levemente hacia atrás, tenemos la ventaja de escurrirnos como agua, pues los otros sujetos no han reparado en nuestra presencia.

—¿Qué hacemos? —comete la estupidez de abrir la boca y todo el mundo se calla. De inmediato todos esos rostros giran hacia nosotras y algo helado me recorre el cuello.

—¿Quién está ahí? —Un tipo demasiado pasado de peso y que me dobla la estatura se acerca a pasos agigantados, cuando quedamos frente a frente quiero morirme—. Y estos caramelitos, ¿quiénes son?

—Nosotras... yo... confundido... eso... nos hemos perdido —trata de disimular Norma, yo estoy sin habla alguna.

—Claro, claro y han llegado al mismo infierno. ¿Quiénes son Ethan? —se dirige al dueño de los ojos grises. Él, en vez de responderle me penetra con esos ojos profundos y preciosos que tiene como si intentara decirme algo a través de ellos. No aparto la mirada, ni siquiera parpadeo, entonces me parece que está susurrando algo y de pronto grita con todas sus fuerzas:

—¡Corre!

El sonido de una bala hace que me lleve las manos a los oídos y cierre los ojos. Escucho golpes, gritos, maldiciones y no soy completamente consciente de que podría morir ahora mismo.

Mi cerebro simplemente se desconecta y por más intentos que hago de reaccionar, de correr como me lo ha pedido, solo puedo quedarme petrificada, en el siguiente segundo me muevo por alguien que tira de mi mano sin soltarme mientras mis pies toman finalmente velocidad.

Salimos del callejón y nos introducimos en otro, apenas soy consciente de que a la par corren a la misma velocidad, Norma, Nathan, y Zac. Detrás de nosotros se escuchan pasos pesados y una que otra bala en el aire, cada vez que suenan yo intento detenerme y Ethan no me lo permite.

—Solo corre, solo corre —me insiste, sin alternativa y con la adrenalina por los cielos le hago caso.

En la intercepción de un callejón y otro diviso unas motos, el primero en llegar a una es el propio Ethan, me lanza un casco y se me cae de las manos, él gruñe y lo recoge para ponerlo él mismo sobre mi cabeza, toma el objeto de los extremos y me mira fijamente.

—Necesito que confíes en mí.

Asiento.

—Sube Blair —me grita, pero sigo un poco atontada—. Carajo, sube o van a matarnos, confía en mí.

Se sube a la moto y lo imito. Me aferro a su cuerpo a punto de colapsar y le dice algo a los demás que más que palabras me han parecido claves sin sentido. ¡Qué demonios está pasando realmente! No sé si él lo note pero estoy temblando peor que alguien que padece de epilepsia.

Cuando hemos avanzado varias cuadras inicio a llorar. Él no lo nota, claro está, estoy más allá de asustadísima. El toque de una de sus manos grandes, gruesas y varoniles sobre las mías que tiemblan sin parar me toma por sorpresa, las aprieta un poco como signo de calma.

—Detente, detente —le pido una y otra vez cuando las cuadras se están acumulando tanto que ya casi llegamos a la playa. Ethan aparca muy cerca de las aceras que rodean la playa y bajo de la moto, tiro el casco al suelo, corro hacia la arena. Necesito respirar. Siento que me ahogo, que me pierdo.

Me llevo las manos al centro de mi estómago, estoy sintiendo ganas de vomitar y también me quiero arrancar los cabellos. Jadeo tratando de comprender lo que ha pasado.

—Blair —me llama Ethan. Es un susurro más bien. Sus manos en mis hombros me hacen dar un brinquito. Sus dedos llegan hasta la mitad de mis brazos y me hace girar.

Tengo la cara empapada en lágrimas, puedo sentirlo y el ceño fruncido que le veo al principio desaparece, el gris de sus ojos se aclara y parecen casi dos gotas de agua, presiona sus labios en lo que yo sigo sin comprender nada.

—Respira —dice por lo bajo—, respira, vamos, hazlo. Respira profundo y sácalo todo —me insta y lo hago, necesito calmarme.

Bajo la mirada hacia mis pies nerviosa, no importa que esta sea una situación irreal, él me pone mal, me afecta, lo odio.

—Mírame —me pide y ahí voy otra vez a cumplir con sus órdenes, porque el tono de voz no es muy agraciado, sus palabras salen con autoridad—. Estás a salvo... estarás a salvo, te lo juro —me asegura.

—¿Qué fue eso?

—Lo hablamos después, ¿sí?

—No, Ethan. Dímelo, ¿quiénes eran esos tipos?

—Blair, lo importante es que estamos bien.

—¿Quiénes? Porque yo no lo estoy y nos hemos separado de los demás. ¿Quiénes están bien? ¿Tú? No todos somos una piedra andante Ethan. Dime la verdad.

—Estás teniendo un colapso nervioso, evidentemente. Eres una niña, no deberías haber...

—¡No soy una niña! —le espeto furiosa—. Deja de actuar como si no hubiéramos estado a punto de morir. ¡Dios mío! Pudieron matarme —sollozo descontrolada... otra vez—. Claro que estoy teniendo un ataque de nervios, pero por supuesto que sí, me tiemblan las jodidas piernas y...

Antes de que pueda siquiera percatarme, da los pocos pasos que nos separan y me tumba sobre su pecho. Sus brazos fornidos están rodeándome, sus manos tocan mi espalda y la presiona con fuerza y, por primera vez desde que lo conozco bajo la guardia y pego mi frente en sus pectorales cubiertos por esa camisa tan fina que se siente piel contra piel.

—Me ha dado tanto miedo —musito.

—Lo sé, pequeña —dice con tanta ternura que me siento extraña. ¿Y este quién es? Peor aún, cuando siento que me da un beso en la coronilla, una especie de electricidad me ataca—. No va a pasarte nada, te juro Blair que de mi cuenta corre que esto no se repite—habla entre dientes.

Se aparta solo un poco, cosa de nada y lleva sus pulgares hasta mis mejillas húmedas, el sutil roce de sus dedos me limpia con lentitud las lágrimas hasta llegar a la comisura de mis labios y permanecer ahí más tiempo del necesario para luego decidir bajar un poco más, y con solo uno de sus pulgares acariciar mi boca. La suya se entreabre ligeramente y sin pensármelo le dejo ir un pequeño beso justo en la punta de su dedo. ¡Qué estoy haciendo! Me han perseguido unos monstruos armados y estoy besándole el dedo.

—Mierda —susurra mirando el dedo en el que he cometido tal tontería como si fuera oro puro.

CAPÍTULO 5

LA CHICA DEL VESTIDO ROJO

—Lo siento —me apresuro a decir—. No sé por qué he hecho eso... estoy un poco fuera de mí. Ha sido... ¡¿Por qué carajos has hecho eso Blair?!

—Tranquila.

—De verdad lo siento.

Joder, como si ser perseguida por sujetos que parecen sacados de la peor pandilla de la ciudad no fuese suficiente, le he besado el dedo. ¡EL DEDO!

—No pasa nada —insiste sin mirarme, restándole importancia. Bueno, quizás estoy exagerando y no pasa nada como él dice. Ha sido un impulso raro, más nada.

Me quedo callada lo que me parece una eternidad y él sigue mirando hacia la arena. Me pongo mano sobre mano en el estómago y me concentro en lo que realmente importa, lo que acaba de pasar, en que pude ser impactada por una bala, tomada por esos hombres que dan terror, y que sea lo que sea que está sucediendo, de ninguna forma es bueno.

Mi respiración a duras penas se normaliza, olvidándome por completo de lo del dichoso dedo, me acerco nuevamente a él y pongo una mano en su hombro para que salga del limbo o en donde sea que se encuentre, parece un robot con los ojos pegados en la arena.

—Quiero saber qué ha pasado ahí. No me mientas, Ethan.

Él no habla, está mudo, yo debería estar muda de miedo, no él, o quizás muda de vergüenza. Solo mira mi mano sobre su hombro como si un bicho raro se le hubiera pegado, presiona sus labios y vuelve a tener la cara dura de siempre.

Ante su silencio lo enfrento con mi mejor versión de chica intimidante.

—¿No me dirás nada? ¿Dejarás que saque mis propias conclusiones y haga algo al respecto? Porque déjame decirte algo, cara dura, yo no sé quedarme quieta, y si mi hermano anda en malos pasos haré todo para sacarlo de ahí.

—¿Cara dura?

—Después hablamos de sobrenombres que te quedan de maravilla. ¿Qué está pasando? —insisto.

—Escucha, Blair. Entre menos sepas y te involucres mucho mejor. Hazme caso, no llegues a la fraternidad, no te unas al grupo. Mira a tu hermano en la residencia, o en cualquier otro lugar.

—Oye Ethan, no sé qué tanto poder tengas en la fraternidad, pero a mí no me puedes decir qué hacer o qué no hacer. Te exijo que me digas la verdad, porque fue por ti por quien casi nos matan. ¿Para qué nos enviaste ese mensaje?

—No fui yo —gruñe de mala gana—. Vámonos.

—No voy a moverme hasta que me digas qué diablos fue todo eso —espeto y me cruzo de brazos.

—¡¿Por qué eres tan testaruda?! Me sacas de quicio —reprocha y lo miro con ojos asesinos y camino hacia la carretera—. ¿Adónde vas?

—Me voy sola. No quiero estar más tiempo con un mentiroso.

—¡Señor dame paciencia! —lo escucho decir—. Zac se metió con las personas equivocadas, ¿de acuerdo? Querían golpearlo hasta probablemente matarlo. Alguien me informó y Nathan y yo quisimos ayudar.

—¿Metiéndose en la boca del lobo?

—Solo ha sido una pelea, pero pudo llegar a más. Que Norma y tú aparecieran ahí ha empeorado todo. Te han visto el rostro, si quieren vengarse pueden ir tras de ti —confiesa exasperado.

—¿Qué? —me asusto hasta más no poder.

—Bueno, solo... he exagerado. Tranquila. No volverás a verlos, esto no volverá a pasar. No irán tras de ti, solo quería que entendieras que estar con nosotros no es buena idea.

—Llévame con mi hermano, tendrá que escucharme.

—Blair, Nathan ya está grandecito, tú eres la que tienes que escucharme: no vayas más por la fraternidad. ¡Carajo!

—¡Es la única familia directa que tengo! ¿Sí sabes que somos huérfanos? ¿Sí sabes que es como un padre para mí? Claro que voy a darle una reprimenda por arriesgar su vida así. Lamento que no quieras verme en la fraternidad, pero tendrás que seguirlo haciendo, cielo.

Camino de regreso a la moto.

Ethan viene detrás de mí. Todo en él grita que está preocupado, cabreado, con ganas de ahorcarme. No es bueno ocultando expresiones.

—¿Puedo al menos pedirte un favor? —habla entre dientes.

—Dime.

—¿Podrías avisarme cada vez que pretendas ir a la fraternidad?

—Para el cuento, Ethan. Que es una fraternidad no el centro de la mafia.

Se acerca tanto a mí con una seriedad intimidante, levanta la barbilla para tratar de ocultar lo tensa que tiene la mandíbula y aún así lo noto. Su mano enrosca mi brazo y siento como un choque, sí, un choque eléctrico, quema. La tensión entre nosotros es asombrosamente extraña.

—¿Podrías? —repite con esa voz suya tan ronca, penetrante, avasalladora.

—Bien. Si eso te hace sentir tranquilo y dejarás de actuar como un loco, bien.

—Eres igual a él. Eres igual de terca que Nathan —murmura sin apartar su mano de mi brazo.

—Soy peor.

—Definitivamente —apoya mis palabras y poco a poco baja su mano sin dejar de tocarme, pues roza con sus dedos todo mi brazo hasta llegar a mi mano y medio entrelazar nuestros dedos, me guía hasta la moto como si nos separan cien mil pasos y no los dos que me hacían falta para alcanzarla—. ¿Ya estás tranquila del todo? —me pregunta y las yemas de sus dedos siguen toqueteándose con las mías.

Asiento. Él también lo hace y me ayuda a montarme a la moto. El viaje no se me hace tan largo, cierro los ojos y apoyo mi cabeza sobre la espalda de Ethan, no es hasta que se detiene y aparca fuera de la residencia que me doy cuenta de que hemos llegado. Ethan decide no intercambiar más palabras conmigo, sin embargo, antes de que pueda abrir la puerta de la casa con normalidad, carraspeo y lo llamo bajito temiendo que no me haya escuchado. Lo hace y regresa al punto en el que estoy yo, junto a la moto en la acera.

—¿Pasa algo?

—Escuché disparos y a pesar de mi estado de pánico, conseguí mirar que ustedes también disparaban. ¿Esas armas son suyas?

—No, claro que no —dice rápidamente—. Zac sabe usar armas, él tiene una y nos ha enseñado a todos a usarla, pero solo hemos disparado al aire para asustar a esos tipos y poder largarnos. El resto de las armas eran de los tipos esos, no nuestras.

—¿Mi hermano sabe de armas? —me molesto más.

—Blair, tu hermano es un buen tipo, ¿de acuerdo? Si lo que quieres saber es si anda en malos pasos, no, es un ángel. ¿Contenta? —es tan irónico. ¡Maldito!

—¿Sabes Ethan? Creo que la rubia no está haciendo bien su trabajo. Te mantienes con un humor de perros y la ironía no te pega —le suelto.

—Sigue molestándome y no te gustará nada lo que va a ocurrir entre nosotros —me gruñe y pasa a mi lado—. Camina.

—¿Qué me hará el jefe de la fraternidad? —lo molesto más.

—Te voy a comer esa boca tan parlanchina que tienes y no volverás a retarme nunca más —es su respuesta.

Me quedo sin habla, me ha vibrado el cuerpo entero y odio la sensación, así como lo odio a él. Se cree mucho, no podrá conmigo. Paso a su lado empujándolo y entro a la casa antes que él.

Dentro las cosas no andan tan bien. Norma está hecha loca; gritando y caminando de un lado a otro en lo que Nathan intenta calmarla. Sin embargo, al señor jefe del mundo —o eso es lo que cree que es—, le importa un pepino la discusión y arrastra a Nathan hasta la cocina. Están hablando en susurros y me es difícil escucharlos.

Tardan bastante y cuando intento caminar hacia ellos, Ethan me señala y me da una sola advertencia con esos ojos que desde aquí ya no se ven grises, más bien color cielo.

Varios minutos después, mi hermano regresa al salón principal y lo primero que hace es abrazarme. Mis ojos se llenan de lágrimas, no podría soportar perderlo. Esos tipos tenían armas y pinta de matarte sin miramientos. Quiero creer que es alguna riña tonta y sin sentido, que solamente se trata de un muy mal día y que quisieron ayudar a Zac, más nada.

Me aparto para limpiarme las lágrimas que aún ruedan por mis mejillas y recuerdo a qué he venido, no por abrazos reconciliadores, sino a cantarle bien sus verdades a mi hermanito.

Me permite terminar de hablar hasta que efectivamente, ya no siento saliva en las paredes de mi boca.

Él pide perdón tantas veces que me canso de escucharlo y me cuenta exactamente la misma versión que Ethan. No puedo obviar que han tenido tiempo suficiente para ponerse de acuerdo, aunque no hago más grande el asunto.

Sé que, si hay algo más no van a contármelo y ya veré cómo lo descubro.

Zac es el más sorprendido de todos con mi arrebato, aunque creo que es el más relajado de este lugar. Se ha reído todo el rato y entonces decido lanzarle otro discursito a él.

—Ya lo sabes Nathan, no más problemas con matones, Zac no te involucres con malas personas y tú, cascarrabias —me dirijo a Ethan y ni siquiera parpadea esperando lo que voy a decirle—, tampoco te metas con esa clase de gente. —Me pone los ojos en blanco y me causa gracia. No sé a qué jugamos, le estoy empezando a encontrar el gustito.

—Si señora —responde Zac—. Oye, Ethan deberían pensarse lo de incluirla en la fraternidad, tiene más agallas que Tony —comenta. Nathan medio se ríe y Ethan abre la boca y maldice.

—No digas tonterías Zac, cúrate todos esos golpes.

—Yo puedo ayudarte, si quieres —me ofrezco. Zac me cae bien.

—No —se apresura a decir Ethan—. Te llevaré a tu residencia —anuncia como si nada.

—Gracias por ayudar a mi hermana —escucho decir a mi hermano sin poner trabas al ofrecimiento de Ethan.

—¿Te vienes con nosotros Norma? —le pregunto a mi amiga.

—Me quedo un rato más.

Ethan me señala la puerta con la mano izquierda y bufo antes de caminar hacia la salida. Vuelvo a subirme a la moto endemoniada y no hablamos nada durante el camino, primero, porque la distancia es corta, segundo, porque con los cascos puestos ni cómo hablar, y tercero, porque dudo mucho que Ethan quiera hablar más del asunto.

Quiero hacerle más preguntas, se ha referido muy bien a mi boca, soy una parlanchina, aunque me siento tan cansada, que ni ánimos de soltarle otra prenda para cabrearlo me quedan.

Lo único que deseo es dormir.

Cuando creo que su obra de caridad llegará hasta las puertas enormes de vidrio que hay en la entrada, él camina a mi lado hasta el ascensor y después a mi cuarto aún sin decirnos ni media palabra. Intento abrir la puerta y él me arrebata las llaves, entra demasiado rápido a mirar sin que yo lo entienda. ¿Qué le pasa?

—¿Recuerdas el trato al que llegamos?

—¿Qué te informe cada vez que iré a la fraternidad como si fueras mi padre o mi novio...? —Bien, bien, he dicho lo último para pincharlo. Me río, él no lo hace, está más serio que una estatua. En todo caso no tendría por qué informarle mis pasos a un novio.

—Ese.

—¿Qué con ello?

—También dime si algo raro pasa, cualquier cosa que te parezca fuera de lo normal. ¿Bien?

—¿Por qué me pides algo como eso? ¿Por lo que pasó hoy?

—Sí.

—Dijiste que no debería preocuparme y que estabas exagerando —alzo la voz.

—Y lo estoy haciendo. Soy un hombre que prefiere prevenir que lamentar. Esos tipos son parte de una pandilla, Blair y que Zac se haya metido con ellos no me deja tranquilo. Te vieron el rostro, solo si notas algo fuera de lo común en tu vida cotidiana, me harías el favor de contármelo, ¿por favor?

—Solo si me prometes algo —le pido.

—Mientras no sea una tontería, lo que quieras.

—Prométeme que me han dicho la verdad, que no forman parte de ese mundo de pandillas.

—¿Pandillas? —dice aliviado, casi riéndose y no entiendo qué puede causarle gracia.

—Ajá...

—No, no. Te prometo que no formamos parte de ninguna pandilla.

—De acuerdo, entonces te informo cualquier anomalía.

Asiente complacido y gira sobre sus pies para marcharse.

—Ethan —lo llamo—. Este es el peor momento, pero... te invito a mi fiesta de cumpleaños —he sonado como una niña de diez años. Lo he invitado a mi cumpleaños, ¿de verdad, Blair?

—¿Fiesta de cumpleaños?

—Sí, Mark está preparándola.

—¿Mark te prepara una fiesta? —Entrecierra los ojos mientras me observa con detenimiento ignorando por completo el resto de lo que he dicho.

—Sí, me lo ha dicho mientras cenábamos.

—Cenaste con Mark. —Es más una afirmación que una pregunta. Digo que sí con la cabeza—. Blair... —pronuncia mi nombre y se detiene.

—No seas amargado y espero verte ahí —es lo último que digo antes de cerrarle la puerta en las narices.

—Buenas noches, maleducada —lo escucho decir y me río como tonta.

El resto de la semana entre las clases y los primeros proyectos para entregar a final del semestre me estoy volviendo loca. No he vuelto a ver a Ethan después de aquel extraño día. Hoy es viernes y en unas horas tendré diecinueve. Mientras pienso en que será un año más sin papá y mamá, escucho a Norma quejarse sobre el poco tiempo que pasa con Nathan por las clases, me llegan mensajes de Mark confirmándome que todo lo referente a la fiesta está más que listo.

Nos quedamos dormidas sobre el escritorio sin darnos cuenta y nos despertamos hasta que el sol se filtra por la ventana que ha quedado abierta la noche anterior. Abro los ojos lentamente y dos figuras comienzan a cantar con un pastel en sus manos, naturalmente me asusto los primeros segundos.

"*Feliz cumpleaños, Blair*" dicen mi hermano y Norma. Me lanzo a sus brazos. Son mi pequeña familia. Solo falta tía Lili.

Los abrazo con fuerza y me revuelven el cabello. De verdad los adoro con el alma.

Hacen que mi mundo sea menos denso, menos solo y menos aburrido.

Puede ser que por fuera me vea como una chica normal, que actúa como todas las demás.

No es así, por dentro he tenido que vivir durante mucho tiempo sintiéndome culpable por la muerte de mis padres.

El miedo me paralizó aquella noche, yo no estaba tan lastimada como los demás y podía levantarme, pedir ayuda y solo me quedé postrada mirando cómo mamá y papá morían desangrados. Siempre que cumplo años pienso en que ellos jamás cumplirán más años gracias a mí.

La cara triste que seguramente he puesto se elimina al sentir el primer roce de pastel cuando Nathan estampa su mano llena de dulce sobre mi cara. Norma le sigue el juego y terminamos todos sucios, pegajosos y riendo sobre las camas.

—Gracias, a los dos. Los quiero tanto.

—No llores aún, hermanita. Tu regalo de cumpleaños está afuera.

Salgo corriendo hacia el primer piso de la residencia lo más rápido que puedo y me detengo en seco al ver que un Volvo blanco está estacionado enfrente con un lazo rojo inmenso. Miro a Nathan sin poder creérmelo, ¿es en serio? Grito enloquecida y vuelvo a abrazarlo.

—No es totalmente nuevo, pero está en excelente estado —me explica.

A pesar de que lo toco por todos lados y estoy emocionada hasta la médula y no sea nuevo del todo, me detengo a pensar: ¿Dónde ha conseguido el dinero para pagarlo?

—Nathan, ¿de dónde has sacado el dinero? ¿Por qué no te has comprado uno tú? Siempre has querido un coche.

—No te preocupes por eso. He estado haciendo algunos trabajos de medio tiempo, luego te contaré. Ethan me ha ayudado a escogerlo y a pagarlo. Y yo tengo mi moto —suelta de pronto, Norma y yo intercambiamos miradas.

—¿Has dicho Ethan? —no salgo de mi asombro.

—Sí —dice como si nada.

—¿Por qué haría eso por mí? —pregunto.

—Porque sabe lo que significas para mí, hermana. Además, me ha convencido de que es lo más seguro para ti; tener un vehículo y no andar por aquí y por allá sola. También es beneficioso para mi chica.

Sin pensármelo dos veces saco mi teléfono del bolsillo de mi pantalón y tecleo más rápido que una profesional un corto mensaje para Ethan.

"*Gracias, cara dura*"

No obtengo respuesta, pero me siento bien por haber enviado mi agradecimiento. No tenía que gastar en mí, comprendo su amistad con mi hermano, yo salgo sobrando.

Dejando mi asombro a un lado, le damos unas cuantas vueltas al campus y al parecer mis clases de manejo no se me han olvidado.

No puedo creerlo, ¡tengo un auto!

Entrada la tarde Norma echa a Nathan de la residencia para que nos podamos arreglar para la fiesta de esta noche. Hay un ruido extraño en mi estómago que no puedo disimular, no sé si es porque es la primera vez que voy a celebrar mi cumpleaños a lo grande, o porque después de una semana y aquel día de lo más raro veré nuevamente a Ethan, o porque Mark vendrá por mí. Trato de calmarme y hacer ejercicios de respiración.

El regalo de Norma es un vestido corto de color rojo, la tela se pega a mis curvas, apenas y llega a mis muslos. Me niego a usarlo tantas veces como me sea posible. Norma insiste mientras se entretiene enchinando mi cabello. Finalmente accedo, ya que me paso la última hora hablando con tía Lili y argumenta que no tenemos tiempo para un cambio de atuendo.

Con un vestidito como este no me queda más remedio que usar zapatos altos y la idea no me agrada nada. Una vez lista en vestimenta y calzado, Norma hace su magia maquillándome como nunca. Los tutoriales que mira en YouTube parecen cobrar efecto porque, al verme en el espejo abro la boca, el resultado es impresionante. Perezco otra, mis ojos se ven tan intensos con el color de sombras que ha usado y mis pestañas realmente lucen largas. No quiero presumir, pero he de aceptar que me miro como una bomba a punto de explotar.

—De nada —alardea Norma—. Hoy van a caer unos cuantos. —Pongo los ojos en blanco.

—Sí, claro —ironizo.

Mark llega justo a las nueve por nosotras. Me tomo en serio el papel de cumpleañera y reina de la noche, al salir doy una vueltecita al ver la expresión de Mark, quien se muerde el labio al acercarse a mí y tarda demasiado en darme un beso en la mejilla. Sus felicitaciones no se hacen esperar. Se adelanta unos cuantos pasos para abrirnos la puerta y podamos entrar a su auto.

—Te lo dije —sigue alardeando Norma.

Entro al vehículo y Mark se atreve a tocar mi mano, es más un intento de caricia disimulada.

—¡Joder! Te ves preciosa —susurra.

—¿A que sí? —interviene Norma aún más contenta.

—Sí —afirma Mark.

—Le he dicho que hoy seguro caen unos cuantos.

—Tendré que marcar territorio entonces —bromea o ¿no?

Después de ese comentario que me ha hecho sentir entre alagada e incómoda, le subo a la radio y Mark pone en marcha el auto. La música de la fraternidad se escucha una cuadra antes de llegar, ¿cómo es que las demás fraternidades que están en esta misma zona no se quejan? No todas son una discoteca privada.

Al entrar me llevo una gran sorpresa; la casa está totalmente cambiada, hay globos en el techo de color rosado y plateado, la música es mi estilo, la gente no anda simplemente de jeans y alguna camiseta, se han puesto todos muy formales. Los carteles de "Feliz Cumpleaños" por todos lados son difíciles de ignorar y hay más chicas que la anterior vez.

—¿Quién ha hecho todo esto? —hablo muy fuerte para que me escuche Mark.

—Eleanor se ha encargado de todo, se ha olvidado de que es una fraternidad de hombres —comenta y toma mi mano para ayudarme a caminar en medio de la gente. Incluso Rick luce sobrio.

Tengo muchas ganas de averiguar cómo es que han preparado toda una fiesta para alguien que apenas y conocen, que soy la hermana de Nathan, eso ya lo sé, aun así, lo que han hecho es demasiado, parezco más una integrante de la fraternidad que alguien a quien el jefe de este lugar no quiere ver muy seguido por estos rumbos.

Los primeros rostros conocidos que veo son Tony y Zac, cada uno me da un trago y me los bebo de un solo golpe. Arrugo el rostro, han estado fuerte, mucho. Nathan se nos une y vuelve a felicitarme para luego besar a Norma como si se estuviera acabando el mundo. He olvidado hablar sobre ese asunto con él. Lo haré después, hoy pienso disfrutar. Eleanor aparece con un micrófono en mano y les dice a todos que la cumpleañera ha llegado. Solo Ethan sigue sin aparecer, disimuladamente lo busco entre la multitud, no quiero ser tan evidente, ni siquiera conmigo misma, porque técnicamente no está en mi lista de personas adorables.

—¿Quieres algo más de beber? —indaga Mark.

—Sí —consigo responder a pesar de la música.

Toma nuevamente mi mano y me guía hasta la cocina. Cuando cruzo el marco de la puerta unos nervios indescriptibles me traicionan al ver a un tipo alto, fornido, de ojos multicolores, aunque en este instante los tiene grises, muy, muy grises, casi negros.

Está vestido de forma impecable, se ha olvidado de las camisetas esta noche y ha cumplido con la vestimenta que aparentemente ha impuesto Eleanor.

Esa camisa formal azul oscuro y de botones que ha doblado en sus brazos hasta los codos lo hacen ver mayor de lo que supongo que es y terriblemente guapo. Bueno, lo he dicho, ya que, el tipo es guapo. Algo pasa que nadie habla, ni él ni Mark, y mucho menos yo. La cocina se despeja y solo somos nosotros de pronto.

—¿Qué hay colega? —lo saluda Mark en lo que intenta hacer una especie de trago, Ethan ni lo saluda, ni lo voltea a ver, parece que prefiere perforarme con la mirada y empiezo a sentirme intimidada.

Sus ojos me repasan despacio, parte por parte. Lo siento subir a través de mis piernas hasta llegar a mis caderas, se detiene demasiado tiempo en mis pechos, que con este vestido están a punto de saludar a todos y finalmente llega a mi rostro. Niega con su cabeza y me da la espalda sosteniéndose de la isleta y agachando la cabeza. Lo escucho resoplar.

De la nada y sin esperármelo, Rick o como yo lo llamo internamente "el trafi" aparece en la estancia llamando a Mark de forma desesperada, este maldice y mira a Ethan como si buscara... ¿aprobación? Ethan hace un ligero gesto indicando la salida y mi acompañante sale disparado sin siquiera darme una explicación. ¿Qué ha sido todo eso?

—¿Pasa algo? —me atrevo a preguntar.

—Nada, seguro algún pleito entre estudiantes.

—¿Y por eso han venido por Mark?

—Sí, por eso —es su escueta respuesta. Ya había olvidado que no habla tanto como quisiera.

—¿Puedo saber por qué hablas sin mirarme? —lo enfrento.

—Te veo, Blair, más de lo que puedo —contesta y vuelve a clavar su mirada en mí.

—¿No vas a felicitarme? —lo reto y honestamente no sé bien lo que pretendo. Una sonrisa ladeada aparece en sus labios y da pasos lentos hacia mí. Creo que me voy a derretir.

—Feliz cumpleaños, pequeña —susurra cuando está a centímetros de mi rostro y hace lo que menos esperaba; me abraza dándome un beso tan cerca de mis labios que me provoca cerrar mis ojos—. ¿Te has puesto ese vestido a propósito? —agrega y sus manos se estancan en mi espalda baja.

¿De verdad ha hecho esa pregunta o me lo estoy imaginando?

—No, ¿tú te has vestido con tanta formalidad para mí? —contraataco.

—Quería verme decente —murmura y sus dedos caminan por mi espalda.

—¿Acaso no lo eres de jeans y camisetas?

—Yo soy lo peor que te podría pasar, Blair —habla cerca de mi oreja. ¿Qué? —. No se trata de decencia.

—¿De qué se trata entonces?

—De peligro —confiesa y en vez de sentirme temerosa o curiosa por esa palabra, solo puedo concentrarme en la forma en la que su nariz me acaricia el cuello de arriba hacia abajo—. Tienes que parar —dice también y vuelve a confundirme por completo. ¿Yo tengo que parar? ¿Parar qué?

—¿Qué quieres que pare? Eres tú quien se ha acercado, el que me acaricia y de forma sugerente —recalco y rompo con la magia. Se aparta instantáneamente y vuelve a ser seriedad pura.

—Cierto.

—No puedes acercarte así, y luego decir "cierto".

—Sí, puedo —me dice y se aparta aún más.

Hastiada de su actitud tan confusa, giro sobre mis pies y en mi intento de querer salir gloriosa de la cocina, mi tobillo se dobla, las manos de Ethan me atrapan antes de que caiga de bruces al piso. Me da la vuelta y quedamos frente a frente. Respiro agitada y él frunce el entrecejo. Él me afecta, su cuerpo me afecta, su cercanía me afecta a niveles desconocidos.

—Estás destruyendo mis barreras —bufa—, eres malditamente hermosa.

Algo impacta en el suelo y nos separamos más rápido que un rayo.

—Lo siento, no quise interrumpir —se disculpa Eleanor. Respiro con alivio, si hubiera sido Nathan, habríamos tenido que dar muchas explicaciones.

—No has interrumpido nada —dice Ethan dejándome tirada en la cocina—. No le digas a nadie lo que viste, Eleanor.

—No te preocupes.

Salgo detrás de Ethan con la única intención de aclarar lo que ha pasado, no puede seguir en ese juego de:

"Te protejo porque eres la hermana de mi mejor amigo y después me acerco como si quisiera besarte, pero en realidad quiere alejarme".

Hay tantas personas que no logro divisarlo. Muchos siguen saludándome, a pesar de no conocerme. Me tardo más de quince minutos en llegar al salón principal en donde están todos los chicos, incluida Norma. Ethan también está ahí, con la rubia del otro día en sus piernas. Siento que la bilis sube por mi garganta. Intenta no entrar en contacto conmigo, pero es casi imposible.

—Siento mucho haberte dejado sola —ese es Mark tomándome de la cintura. Ya se ha desocupado.

—No te preocupes —digo sin despegar la vista de la rubia y Ethan.

—Bien, que empiece la fiesta —grita. Nathan intenta ponerse de pie y Norma lo detiene.

Eleanor aparece un poco después con una bandeja. Hay tantos shots que me doy la tarea de contarlos. Son diecinueve. Mi edad.

—Bueno, bueno, ya saben cuál es la tradición. La cantidad de tragos que tienes que beber hoy es la cantidad de años que cumples —me explica Eleanor. Nathan niega con la cabeza, acepto el reto. Ni siquiera pregunto de qué son los shots cuando me tomo el primero. El sabor a vodka me invade la garganta.

—No es necesario que lo hagas —y ese ha sido Ethan, intentando intervenir en mi vida con esa tipa en sus piernas. ¡Pero a qué demonios cree que juega!

—Nadie te preguntó tu opinión, cielo —lo miro fijamente bebiendo mi segundo shot.

CAPÍTULO 6

BESOS CON SABOR A PELIGRO

—He dicho que no es necesario que lo hagas, te embriagarás y harás muchas locuras —se atreve a cuestionar frente a todos llegando hasta mí. Miro a Nathan de reojo, pero está tan ocupado besando a Norma que ni se entera del intercambio de palabras.

—Oye amigo, tienes que recordar una cosa, yo no soy parte de tu grupito de seguidores. A mí no me puedes decir qué hacer o qué no, aunque eso te rompa las pelotas.

—¿Qué te ocurre Ethan? —le reclama la rubia, oh sí, tranquiliza a tu noviecito.

—Nada —lo escucho decir por lo bajo mientras me lanza una mirada matadora, creo que si lanzara cuchillos ya estuviera muerta.

A pesar de que la rubia aparentemente lo relaja y lo devuelve a su lugar, él no aparta la mirada de mí ni medio segundo, ni siquiera cuando la rubia le besa el cuello. Desde esta distancia puedo ver cómo pasa su lengua por su piel. ¡Asco! Ethan ni se inmuta, eso no elimina el hecho de que la tiene tan pegada a él que incomoda a la vista.

Suelto el aire sofocada, he de calmarme. Lo ocurrido en la cocina no tiene que jugar con mis emociones, entre Ethan y yo no está pasando nada. Además, lo que nos hemos dicho y hecho es parte de un juego jamás establecido en voz alta entre nosotros. Si quiero disfrutar de mi fiesta debo olvidarme de él y su maldita rubia. De acuerdo, de acuerdo, no debo referirme de esa manera hacia una mujer que ni conozco, pero es lo que hay.

Inicio lo que será una larga noche de tragos y le pido disculpas a mi padre porque sé que desde donde sea que esté desaprueba mi comportamiento.

Me bebo el quinto shot y todos gritan, al menos los que están a mi alrededor. Mi cabeza ya está averiada y tengo la vista un tanto nublada.

Está bien, la estoy pasando bomba a pesar de todo y mis risas sin sentido no se hacen esperar.

La canción que suena me gusta tanto que me pongo de pie y empiezo a mover mis caderas de un lado al otro, mi pelo se mueve más de lo normal, lo que me hace pensar que estoy exagerando bastante mis movimientos.

Las manos de Mark se apoderan de mi cintura y me anima a ir a la pista improvisada que han hecho en medio del salón principal, las escaleras y la cocina.

Mi cuerpo y su cuerpo son casi uno solo, me olvido de Nathan, de Ethan, de la rubia y del resto. Me dedico a moverme, lazarme miraditas con Mark hasta que siento su rostro perderse en mi cuello y eso de alguna forma me hace sentir incómoda, no lo entiendo, ya que lo he besado, este acercamiento no debería molestarme y sin embargo, lo hace.

Consigo poner distancia pidiéndole que traiga otro de mis shots. El sexto. Lo hace sin rechistar y mientras tanto Zac suelta a la chica con la que estaba en pleno apogeo musical y se acerca a mí moviendo sus hombros de forma graciosa. Toma una de mis manos y me hace girar. Me río, lo dicho, me cae de maravilla.

—¿Te está gustando la fiesta? —me habla al oído.

—Mucho.

—Nos hemos esforzado —me cuenta, mira hacia atrás y da dos pasos lejos de mí.

—¿Qué pasa?

—Nada, creo que hay alguien cabreado hasta la mierda —me suelta y apunta con su quijada hacia atrás. Con disimulo miro un poco y el rostro de Ethan no se me pasa desapercibido. La rubia ya no está. ¿En qué momento se ha marchado?

—¿Siempre es así de raro? —le pregunto curiosa.

—Es peor, contigo se dulcifica —bromea y ambos nos reímos.

—¿Conmigo? Si es un cara dura —me río de forma exagerada y Zac me imita.

—Así que tú eres la del sobrenombre.

—¿Qué?

—Me preguntó que si tenía cara dura y le dije que una piedra se miraba más agradable que él, me mandó mucho a la mierda —se burla y me río aún más fuerte.

Mark vuelve con mi trago y lo bebo enseguida. Zac nos deja solos y bailo y bailo hasta que los pies inician a dolerme. Mark me ayuda a llegar nuevamente al salón principal.

Todos siguen aquí, un poco más ebrios.

Ethan está solo, con un trago en la mano y un cigarrillo en la otra. Mira hacia todos lados menos a mí. Incluso prefiere mirar el suelo que enfrentarme. Me parece ridícula su actitud, vamos hombre, que se la cree de muy mandón y serio y no puede siquiera mirarme ahora que estoy a tan pocos centímetros de él. La boca se me llena de reclamos que no tienen razón de ser, por enésima vez recuerdo que entre nosotros no hay nada ni ha pasado absolutamente nada.

Aun así y debido a mi evidente ebriedad doy los cortos pasos que nos separan, pero al estar justo a un centímetro de él, me mareo mucho y giro para buscar un baño en caso de que el mareo empeore y termine vomitando.

No sé si ha notado mi malestar o es que he sido demasiado evidente al caminar de cualquier forma menos en línea recta, solo soy consciente del momento en el que mi cuerpo se tambalea y consigo sostenerme recostándome sobre una pared cercana a las escaleras, es cuando lo veo tal y como lo quería hace segundos: muy cerca de mí.

—¿Estás bien? —se mira preocupado o quizás es que ya estoy borracha.

—Sí, solo me he mareado.

—Quizás necesites salir un momento, te dije que no tomaras de esa forma —especula y vuelve sus labios en una línea.

—Estoy bien, de verdad. Se me pasará en algunos segundos y deja de darme órdenes.

—¿Por qué eres tan testaruda, Blair? —me pregunta en serio y lanza un suspiro que llega hasta mis labios—. ¿No te das cuenta que entre más testaruda te muestras, más difícil me lo pones? —argumenta.

—El qué...

—Resistirme —habla entre dientes.

—¿Por qué no pruebas lo contrario? —me atrevo a retarlo.

—Porque no es conveniente.

—¿Para quién?

—Para ti —dice sin más.

—¿Sabes qué creo? Que eres muy bueno siendo el jefe de la fraternidad pero no tienes el valor de ponerme las manos encima y eso es lo que tanto te molesta. —Le susurro en el oído. Sí, estoy ebria y el mareo se ha apaciguado.

Con una rapidez apremiante, su mano vuela hasta mi espalda y me pega a él de una forma autoritaria y rabiosa.

Une su frente con la mía y da un paso hacia atrás para apoyarme por completo en la pared.

Me quedo sin habla en el momento en el que decide restregar su cuerpo sobre el mío en lo que sus manos me recorren la figura y se quedan quietas en el contorno de mis pechos. Besa mi cuello con una lentitud que me enloquece y la humedad que esparce con sus labios entre beso y beso me pierde.

Sin darme tiempo a reaccionar me hace girar y sus manos vuelan a mis caderas, presiona con fuerza y me empuja hacia atrás, de modo que mi trasero acaricia su miembro y él trata de ocultar el despertar de su virilidad alejándose un poco, más su rostro vuelve a esconderse en mi cuello y suelta un soplido agobiador.

—No tengo miedo de tocarte, Blair. He querido hacerlo desde la primera vez que te vi. —Me hace girar nuevamente y ahueca mi rostro con sus manos grandes y varoniles—, pero esto no puede ser, nuestros mundos son distintos y ni siquiera me puedo permitir perder la cabeza una noche, eso podría bastar para arruinarte la vida —hay pesar en su voz, como si fuera una advertencia y al mismo tiempo lo que lo atormenta.

Me deja sola en donde nos habíamos ocultado y me lleva varios minutos recomponerme, sentir seguridad en los pies para moverme y regresar con los demás sabiendo que, en realidad no se trata de un juego, que hay atracción entre nosotros y que el tira y afloja extraño que se ha estado desarrollando ya no me gusta tanto. ¿A qué se refiere con mundos distintos? Somos dos estudiantes comunes y corrientes.

Atolondrada como me siento, llego finalmente a mi antigua ubicación y voy directo a la bandeja con los Shots restantes, me tomo tres seguidos. Eleanor al ver mi arrebato se me acerca con disimulo entre bailando y con ojos acusadores.

—Despacio —me aconseja. Me río, fue ella quien me ha puesto esta cantidad ridícula de tragos y ahora me pide que me lo tome con calma.

—Estoy bien —digo aparentando tranquilidad.

—Los he visto —menciona y el trago que pensaba llevarme a la boca regresa a la bandeja.

—¿En la cocina? No estaba pasando nada —repito las palabras de Ethan.

—No. Los he visto en aquel rincón —confiesa señalándolo. ¡Qué vergüenza!

—Por favor no se lo digas a Nathan —parezco una adolescente, pero es que mi hermano se pondría como loco.

—Jamás traicionaría a Ethan —me afirma.

—¿Son muy amigos?

—Somos como hermanos. Me ha salvado la vida en un par de ocasiones —comenta y me pregunto cómo es eso posible, Eleanor es una chica demasiado tranquila, con su pelo castaño y ondulado, sus ojos grandes e inocentes y su nariz perfilada, no la hace ver como una chica que se meta en problemas—. Le gustas —agrega—, y si no te gustan los riesgos es mejor que le hagas caso y te alejes. Consejo de mujer a mujer —termina su pequeño discurso y me revuelve el cabello antes de perderse entre la gente.

Busco con la mirada a mi amiga o mi hermano y han desaparecido. Seguro están encerrados en la habitación de Nathan, qué fastidio. Los pies me están matando y no me queda más que sentarme en el sillón con los chicos. Mark no tiene buena cara y me atacan los nervios al pensar que ha visto lo que ha pasado entre Ethan y yo.

—¡He vuelto! —bromeo tratando de hacerlo reír. No lo hace.

—¿Tienes algo con Ethan?

—¿Disculpa?

—Los he visto... hace un momento —explica y trago grueso. No debería sentirme expuesta. Mark es solo un amigo.

—Me he sentido mal, casi me desmayo por el mareo y solo me ha ayudado a sostenerme —le explico a pesar de que no tengo que hacerlo.

—No me ha parecido precisamente que te...

—¡Hay que jugar! —grita Tony interrumpiendo a Mark.

—No empieces, Tony —lo reprende Ethan.

—No juegues si no quieres, colega. Blair, ¿te unes?

—¿De qué trata?

Tony me explica rápidamente que lo único que tengo que hacer es acercarme al círculo y sentarme en medio de dos chicos como lo hacen las demás chicas.

El juego es sencillo, solo tenemos que tomar un papelito demasiado pequeño, ponérnoslo en los labios y pasárselo a la persona que tenemos al lado. Si el papel cae al suelo o la otra persona a propósito lo tira, tienes que besarte con ella o él y beber un trago.

Honestamente no me apetece tanto la idea, sin embargo, me uno y Ethan se pone de pie enseguida.

—Blair, no tienes que jugar esto si no quieres —me dice al oído.

—Déjame en paz. Me dijiste que somos de mundos diferentes, ¿no?, pues entonces vive el tuyo y déjame vivir el mío— mi voz suena alterada.

El juego inicia y soy la primera en pasar el papelito sin dificultad alguna a Mark, pero Mark falla con la chica que tiene al lado y se besan con una naturalidad sorprendente. El pequeño papel pasa por todos y ya se han besado dos veces más.

Ethan decide entrar al círculo y se sienta a mi lado echando sin delicadeza alguna al otro tipo que estaba jugando. Esto sí que será incómodo. Cuando llega nuestro turno, se me queda viendo demasiado tiempo, presiona sus labios con los míos a través del papel y por un momento deseo que se caiga, aunque no lo hace.

No tengo tanta suerte con Mark, el papel se cae y él sonríe agradecido. Sin esperar nada, me besa con intensidad metiéndome la lengua hasta el fondo y eso me hace apartarme contrariada. Miro de reojo a Ethan y está por rompérsele la mitad de la frente con ese ceño tan fruncido, no dice nada y continúa el juego hasta que tres rondas más tarde Mark ha tirado el papel en todas las ocasiones, he tenido que beber más tragos y besarlo, obviamente.

En su último beso nuestras lenguas entran en contacto con confianza, quizás ya estoy más allá de ebria, me están iniciando a gustar sus besos y su cercanía. Nos separamos abruptamente cuando alguien tira de mí hacia atrás.

—Ya fue suficiente, Mark —habla Ethan muy molesto.

—¿Cuál es tu puto problema?

—Que es la hermana de Nathan, ese es mi puto problema y que te quieras aprovechar de que está ebria.

—No lo estoy —interfiero dando pena, claro que sí lo estoy.

—Sí, claro. Tu maldito problema es que no eres tú quien la besa. Acéptalo de una vez, te hierve la sangre.

—No sabes lo que dices —dice con calma—, vamos, Blair, te llevaré a tu residencia.

—Pero yo no quiero irme —me ofendo. Esto parece sacado de una telenovela, él, mi hermano, y la menor de edad que se ha puesto hasta las nubes y tendrá problemas en casa.

—Nos vamos —insiste.

—Acepta que mueres por follar... —grita Mark y me tenso de pies a cabeza. No consigue terminar, Ethan cierra los ojos un instante para luego darse la vuelta y empujar a Mark con una agresividad espeluznante.

—Ethan, tranquilo —intervengo antes de que inicie una pelea innecesaria. Intento detenerlo tomándolo de las manos y gira hacia mí—. No pasa nada, llévame a casa —le pido con la mayor dulzura posible porque está cabreadísimo.

Se apodera de mi mano entrelazando nuestros dedos y me obliga a caminar. Lo sigo más por inercia, que por voluntad propia. Pasamos por la multitud que baila y los cuerpos impactan con el mío. Ethan no suelta mi mano y sube las escalaras que dan al segundo piso. Abre la primera habitación del pasillo y doy por hecho que es la suya. Cierra de un portazo y me aprisiona contra la pared.

Ni un segundo ha pasado cuando me envuelve con sus brazos por la cadera y frota su cuerpo contra el mío.

—Voy a besarte, Blair, voy a comerte esa boca que me ha mantenido fuera de mí por días y después, no quiero un solo reclamo. ¿Me entiendes? No vas a retarme más, no vas a molestarme más, porque si lo sigues haciendo lo próximo será hacerte mía y si eso pasa, créeme... entrarás a un mundo del que querrás salir corriendo y yo no te dejaré escapar.

No puedo ni hablar.

—Dime que lo entiendes.

—Lo entiendo.

Me mira un momento antes de enterrar sus dedos en mi cabello y fundir sus labios con los míos.

Todo me da vuelta, aun cuando cierro los ojos. Abro la boca de inmediato para darle entrada a su lengua que se enreda con la mía de una forma arrasadora. Pongo mis manos en su pecho y presiono su camisa. Sus manos recorren mi cadera y se pega más a mí, como si eso fuera posible.

Su beso es fresco, delicioso, agresivo, apasionado. Totalmente lleno de rabia y da una sensación de prohibido que me invade por completo. Termino perdiendo la poca cordura que me queda. Pronto sus manos bajan hasta mis muslos, los toma con fuerza y doy un saltito que me deja en su cadera. Camina hacia atrás hasta llegar a la cama.

Movemos nuestros labios a la misma velocidad, solo se separa para morder un poco mi labio inferior. Despacio se sienta en el colchón y yo me quedo a horcajadas sobre sus piernas. Al hacer tal movimiento se sube tanto mi vestido que deja libre totalmente mis piernas hasta llegar a mi cadera. Sus manos se deslizan en mis piernas y muslos, ahora desnudos, y se estancan en mi trasero, el cual es acariciado de una manera sublime y territorial, primero lento, frota sus manos en toda el área para finalmente apretarlo a su antojo y estimularme más.

Yo gimo sobre su boca. El aire ya no llega a mis pulmones, sé que vamos a separarnos pronto para respirar. No quiero parar, quiero ser consumida por este beso, por este momento. La música se escucha tan lejana, nadie importa. Solamente los dos.

Siento la presión en su entrepierna y muevo mis caderas hasta que la dureza está por explotar su pantalón. Me tumban sobre la cama, lame mi cuello, se apropia de mis pechos y sobre el vestido hace círculos en mis pezones despiertos y punzantes.

Libero una de mis manos, me acerco peligrosamente a su miembro y lo tomo con propiedad... y entonces la magia se termina.

Aparta mi mano y él salta lejos de mí.

—Mierda, mierda, mierda —dice pasándose las manos por el cabello. Bajo mi vestido y me quedo callada.

—Ethan —apenas y logro que su nombre sea audible.

—Esto no puede pasar otra vez, ¿lo entiendes? —Me toma de los brazos.

—¿Por qué?, porque soy la hermana de tu amigo. No tenemos quince años, Ethan. Tú me gustas y es evidente que yo a ti —me atrevo a confesar.

—No te conviene estar conmigo, pequeña. No soy un buen tipo. Nadie en este lugar te merece. Aléjate por favor, Blair —vuelve a pedirme.

Ni siquiera Nathan me pide que establezca distancia, si este lugar o estas personas no son seguras, hace mucho tiempo me hubiera pedido que me alejara.

—Tú ganas, Johnson. No sabrás mucho de mí a partir de hoy —arrastro tanto las palabras que ni siquiera estoy segura de haber sido clara.

—Bien —es todo lo que dice.

—La próxima vez que me veas besarme con alguien más, no intervengas.

—No lo haré —dice muy seguro.

—Bien.

—Y olvídate de nuestro estúpido trato, no pienso decirte nada de lo que pueda pasarme.

—Eso no está en discusión.

—¡Vete al carajo, Ethan! —le grito enfadada

—¡Eso no está en discusión! —me grita más fuerte.

Le muestro el dedo medio pero al intentar salir todo me da vuelta y lo último que veo es el rostro preocupado de Ethan y sus manos evitando que me golpee la cabeza.

CAPÍTULO 7

UN ARMA DE DOBLE FILO

Despierto con la peor resaca de mi vida. Ni siquiera he podido cumplir con la tradición y siento que estoy muriendo poco a poco.

Odio esta parte de las fiestas, el día después debería estar prohibido por el gobierno. Lo odio más que ética profesional a las siete en punto de la mañana.

Arrugo el rostro cuando el sol que entra a la habitación me da en la cara.

No recuerdo muy bien los acontecimientos de la noche anterior, todo está turbio en mi cabeza. Las ganas de vomitar son casi inaguantables. Intento ponerme de pie y al hacerlo la habitación entera comienza a moverse. Me tiro nuevamente a la cama vencida y agotada. Estiro el cuerpo y pego un grito al mirar un bulto enorme a mi lado. Norma inicia a quejarse por el golpe que le he dado con una de mis piernas y finalmente saca la cabeza de las sábanas.

—¿Por qué no estás en tu cama? Casi me he muerto del susto —la acuso.

—Me pediste que durmiera contigo.

—¿Sí?

—Sí, en realidad se lo pedías a Ethan, yo fui tu premio de consolación. Te desmayaste ayer, bebiste demasiado. Ethan nos trajo a casa porque Nathan ha tenido que quedarse en la fraternidad resolviendo no sé qué problema. Balbuceabas que querías que se quedara a dormir contigo.

—¡No! ¡No! —me avergüenzo—. Dime por favor que él no me escuchó.

—Cariño, hasta hemos hecho bromas al respecto.

—No me mientas, Norma. ¿En serio? Ethan no hace bromas.

—Pues parecía muy contento de escucharte decir cuánto necesitabas dormir con él.

Te ha dejado sobre la cama, acomodado tus almohadas y se ha quedado como una hora viéndote hasta que finalmente te dormiste y me acurruqué contigo. ¿Qué ha pasado entre ustedes?

No contesto de inmediato, pues sus palabras me toman totalmente por sorpresa. Eso no suena como el arrogante hombre que conozco.

—Anda pequeña fiestera y dime qué cojones ha pasado entre ustedes, no te quedes callada. Es mejor que me lo digas todo, así podré ayudarte con Nathan.

—Tienes una semana con él y ya crees que puedes manipularlo o convencerlo de algo. No has terminado de conocer a Nathan, amiga.

—Bueno, ¿me vas a contar o no?

—No recuerdo nada —confieso—. Sé que algo pasó en la cocina antes de tomar todos esos tragos, recuerdo que me acorraló en la pared —me río cuando imágenes inician a aparecer—. Creo que fuimos a su habitación.

Norma pega un grito de aquí al cielo y aunque me río por su exageración, termino llevándome las manos a la cabeza y quejándome. Me explotará de un momento a otro.

—¡Se han acostado!

—No, por supuesto que no. Él no se aprovecharía —digo asustada. No recuerdo lo que ha pasado en su habitación.

—Nathan lo matará. Me dijo que mataría a Mark si continúa detrás de ti.

—Mi hermano está loco.

—Puede que un poco. Bien, quédate aquí, te conseguiré algo para la cabeza, que traes la peor resaca del planeta.

Cierro los ojos y trato de recordar, solo consigo imágenes borrosas y me parece que Ethan estaba molesto por algo, ¿por mí? ¿Qué hice? De todas formas, que se la pase molesto por cualquier cosa no es noticia nueva.

Es un amargado de primera. Dejo de pensar en el momento justo en el que las arcadas me atacan y tengo que salir corriendo a los baños comunes.

Experimento un poco de alivio minutos después, aunque la cabeza sigue doliendo y miro las duchas con obsesión. Quizás el agua fría ayude y es lo que hago.

Me pongo de pie y dejo que el agua haga su trabajo sobre mi cabeza y mi cuerpo.

Masajeo mi cabello en busca de mayor confort y es cuando sucede, todo regresa a mí, cada momento de la noche anterior; desde el instante en el que llegué, lo ocurrido en la cocina, la interrupción de Eleanor y el humor de perros de Ethan como siempre, Mark y yo bailando, luego más tragos, me he casi caído y Ethan me ayudó a recomponerme, el dichosos juego, la discusión entre Mark y Ethan. Él y yo subiendo a su habitación, comiéndonos vivos.

¡Cielo santo!

Me llevo los dedos a mis labios, puedo sentir su esencia sobre mí, su cuerpo rosándose con el mío, sus manos recorriéndome, tocándome, acariciando. Sacudo la cabeza con fuerza para alejar todas las sensaciones que brotan por todo mi ser. Besarme con él no representó ningún problema para mí, pero para él sí que lo hizo, también recuerdo que me ha pedido que me aleje por enésima vez.

Me quedo con ese pensamiento en mi cabeza todo lo que dura mi ducha reparadora y cuando llego a la habitación un café y dos aspirinas esperan por mí, me terminan de hacer sentir mejor y el dolor de cabeza me abandona al fin. Me paso el resto del domingo tumbada en mi cama mirando el techo y pensando en ese beso prohibido, en las palabras de Ethan que se contradicen totalmente con sus actos. Me siento ridícula al dedicarle tanto tiempo a lo mismo.

El lunes vuelvo a mi rutina. Mientras más tiempo pasa, las clases se vuelven más pesadas. Norma y yo nos hemos desvelado dos noches seguidas preparando la exposición de un caso. El auto que me ha regalado Nathan nos ha solucionado la vida desde muchas perspectivas.

Ahora podemos movernos con más facilidad; lo que ha provocado que no ponga un solo pie en la fraternidad, ya que no necesito que mi hermanito me lleve a ningún lado.

Además, Norma y Nathan han decidido tener citas románticas en nuestro cuarto de residencia y no en la fraternidad, lo cual es totalmente incómodo para mí.

Justo en este momento trato de ignorar el maratón de besos que está desarrollándose en mis narices. No importa cuantas veces carraspee a propósito o suelte chasquidos con la lengua y jadee ofendida por sus demostraciones de amor, ellos continúan como si estuvieran solos. Decido tirarles un par de almohadas y eso sí que los separa.

—¡Ya basta! —me quejo.

—Tómatelo con calma —me suelta mi hermano.

—Oye, no he podido hablar contigo de esto, pero si le rompes el corazón a Norma yo te romperé los huesos —trato de sonar dura e
intimidante, pero a mi hermano y a la misma Norma les causa gracia mi advertencia—. Son unos idiotas —me molesto un poco.

—No te preocupes, Blair. Me estoy tomando con seriedad las cosas, no voy a lastimarte, Norma —le habla a mi amiga y ella se derrite como hielo en el desierto. ¡Ah! No los soporto. Intento tomar mis libros e ir a la sala común que hay en el último piso de la residencia.

—Alto ahí, jovencita —me llama Nathan obligándome a sentarme en la cama nuevamente—Yo también quiero hablar contigo. ¿Qué demonios pasó entre Ethan y tú?, desde tu fiesta está comportándose extraño, evitándome y ya sé que él y Mark iban a pelearse por ti. ¿Qué ocurrió?

—Ethan cree que en tu ausencia debe suplirte y protegerme y todas esas tonterías. Eso fue lo que pasó —miento.

—Pues yo le he dado esa autoridad.

—Por favor, Nathan. No necesito cuidadores, suficiente tengo contigo y solo te soporto porque eres la persona más importante en mi vida.

—Bien, solo digo que estoy seguro de que él no dejaría que algo malo te ocurriera —me explica y lo entiendo menos.

—Cambiemos el tema de conversación —sugiero y Norma me apoya. No creo que quiera cuidarme si me ha besado y prácticamente desnudado para luego enviarme directito al más allá.

Pronto nos enfrascamos en el pasado, recordando nuestros días de adolescentes, de niños, cuando mis padres aún vivían y nos reuníamos todos los viernes con los de Norma, éramos como una gran familia.

Creo que mi hermano nota el instante preciso en el que mis ojos se llenan de lágrimas, decide detener las palabras y se despide de Norma. Aún recuerdo el sonido de la voz de mamá cantándome para que pudiera dormirme, las interpretaciones de papá haciéndome creer que los príncipes existían. ¿Nuestra vida sería diferente si mis padres vivieran?

Nathan está por entrar al elevador cuando me percato de lo tarde que es y me ofrezco a llevarlo a pesar de que la fraternidad no queda tan lejos, las calles del campus a esta hora son demasiado solitarias y ha olvidado su moto.

Acepta y me habla de cualquier cosa que me haga sonreír.

La canción que suena en la radio del auto nos gusta a ambos y cantamos a todo pulmón hasta que descubro que hoy también hay fiesta en la fraternidad. ¿En serio? ¿Un miércoles? Al parecer no descansan entre semana. Aparco el coche y al girar mi rostro y echar un ojo a todas las personas que beben y conversan en el jardín, encuentro a los chicos a un lado de la casa. Aprieto el volante con fuerza en cuanto mi mirada se estanca en él. Ethan.

—Hola chicos —los saludo en lo que Nathan se baja del vehículo.

—Hola, princesa —responde Tony.

—Gracias nuevamente por la fiesta, lamento haberme ido sin despedirme —disimulo. Todos comparten unas miraditas que me deja muy claro que me miraron salir en brazos de Ethan completamente borracha.

—Asunto olvidado —contesta Zac.

—¿No quieres quedarte un rato? —me pregunta Mark.

—No, no quiere —responde Ethan. ¿De verdad piensa que puede responder por mí? Mark pone los ojos en blanco y a Nathan, el comentario de su amigo le llama la atención. Puedo observar claramente la forma en la que Ethan hace un ligero movimiento de cabeza negando hacia Nathan y mi hermano asiente y gira hacia mí, ya estaba por entrar a la casa.

—Blair, es mejor que te vayas —me recomienda. Eso sí que no me lo esperaba. ¿Soy yo o todos realmente obedecen a Ethan?

—Me quedo.

¡Qué viva la rebeldía!

—Blair —me reprende Nathan.

—Solo voy a saludar a los chicos y me marcho, no te preocupes.

Mi hermano resopla, no me detiene al salir del auto y caminar hasta el rincón en el que están los demás. Le doy un beso en la mejilla a todos, Zac incluso me abraza y al señor órdenes andante no volteo ni a verlo.

—Entonces, Mark, ¿entramos?

—Claro, nena.

Me tiende la mano, la tomo con gusto y el resto mira al señor ojos grises como esperando su reacción.

Yo me atrevo a hacer lo mismo con el rabillo de mi ojo y las sienes parecen quererle explotar, frunce los labios y saca el aire que estaba conteniendo con furia. Doy el primer paso y unos dedos fuertes me detienen.

Sé perfectamente que es él. Mi cuerpo lo sabe. Lo miro de frente esta vez, nerviosa, Nathan está a unos pasos. Solo quería molestarlo un poco, no imaginé que se atrevería a detenerme.

—Ethan —digo tan bajo que creo que nadie me ha escuchado. Su agarre se vuelve cada vez más fuerte. Me acerca mucho a él—. ¿Qué haces?

—No vayas con él —habla entre dientes—. Por favor —agrega.

—¿Por qué? —me cruzo de brazos lográndome soltar de su agarre.

—¿Por qué no escoges a alguien más? Alguien de tu facultad, alguien que no sea Mark, alguien con quien no tenga que verte —sigue hablando entre dientes. Sé que todos están detrás de mí intentando oír lo que me dice.

—Blair —me llama Mark.

—¿Por qué te molestas? —repito—. Dime la razón. La verdadera razón. ¿No fuiste tú quien me dijo que nos alejáramos? —lo reto, ignorando a Mark, a los chicos, a mi hermano. Al mundo entero.

Ethan mira hacia atrás un segundo, no más y da un paso hacia adelante, inseguro.

—Ethan —Zac intenta suavizar las cosas.

Todo pasa demasiado rápido; sus manos están en mi cuello y sus labios se acercan peligrosamente a los míos y los une con una necesidad que se desborda en cuanto entramos en contacto. No quiero moverme, ni seguirle el ritmo y me es imposible, tan pronto su lengua busca entrada, se la doy con facilidad y nos enredamos en un sinnúmero de deseos incomprensibles en mi cabeza ahora mismo.

Lo único que hace que me detenga es el miedo de ser descubierta por mi hermano y provocar que estalle una guerra.

—Para —apenas y puedo pronunciar palabra.

—No puedo —susurra y muerde mi labio inferior. Estamos montando un espectáculo.

—Mi hermano, Nathan —le hago saber y sonríe un poco.

—No está, ha entrado, pequeña.

Miro hacia atrás para comprobar lo que me ha dicho y a los únicos que encuentro con los rostros perplejos es a los chicos; Zac, Tony y Mark están a nada de que les entre una mosca en la boca.

—¿Por qué has hecho esto? —pregunto afectadísima, las piernas se sienten como gelatina.

—Déjennos solos —es su respuesta. No aparta la mirada de mí.

—¿Quieres quedarte con él, Blair? —indaga Mark.

—He dicho largo, Mark. ¿Tengo que explicártelo con manzanas? —lo fulmina con la mirada y me tenso.

—No eres el puto amo del planeta, Ethan. Deja de actuar como si fueras el jefe porque solo eres un maldito secuaz más —espeta Mark y antes de que se lance encima Zac y Tony deciden intervenir tirando de su camisa y logrando alejar a Mark.

—Ethan, ¿podemos hablar un momento? —Tony es quien regresa.

—Tranquilo, Tony. Yo puedo manejar la situación. Dile a Nathan que Blair se ha ido.

—Ethan —insiste.

—Luego hablamos, ¿sí? —se lo dice de forma tranquila, sigue habiendo algo en la manera en la que se miran que parece más una orden secreta que un simple comentario.

—De acuerdo.

—Vámonos. —Ethan me toma de la mano.

—Espera, ¿adónde?

—Quiero hablar contigo en un lugar más privado.

—¿De qué quieres hablar? —Me suelto bruscamente.

—Joder, Blair no te pongas rebelde justo cuando estoy por aceptar esto.

—¿Aceptar qué?

—Blair...

—No voy a caer en tu juego otra vez para que luego me digas que me aleje.

—No quiero que te alejes, ya no.

—¿No?

—Me gustas, carajo. ¿No era eso lo que querías oír? Pues sí, me gustas desde el primer día que pisaste esta casa, Blair. Me estás volviendo loco con tu insolencia y desobediencia, quiero besarte cada vez que te apareces... entre otras cosas.

Mis manos comienzan a sudar, ya lo sé, es un asco. Pero eso pasa cuando recibo noticas como estas. Doy un paso hacia él, ahora soy yo quien quiere besarlo y marcar territorio.

—Ethan. —Aparece la rubia y quiero tener poderes para desaparecerla.

—Ahora no, Kim —contesta sin siquiera mirarla. Sus ojos grises examinan mi reacción.

—Es importante.

—No me interesa —responde. La rubia se acerca a él y le dice algo al oído. A Ethan se le transforma el rostro en preocupación pura—. Lo siento, Espérame aquí, ¿sí? Serán unos minutos —me explica y veo cómo Kim sonríe. Enfurezco.

—Tómate todo el tiempo del mundo, me largo —anuncio y aunque creo que me tomará de la mano, del brazo o me pedirá que me quede, no lo hace. Él también gira y se marcha con esa chica.

Me río de lo tonta que puedo llegar a ser a veces. Me monto al auto y manejo lo más rápido que puedo a la residencia. Busco un aparcamiento cerca de la entrada y pienso en todas las formas de hacerlo pagar por su humillación. ¡NO! ¡Basta! Se terminó su jueguito. No haré nada más que seguir con mi vida.

Apago el auto y un movimiento rápido capta mi atención. De pronto la puerta del acompañante se abre y un tipo se mete a mi auto, tiene toda la cara tatuada, los brazos y está rapado. Ahogo un grito y me muestra un cuchillo, que, aunque es pequeño estoy segura, podría matarme.

—Te haré un par de preguntas, bonita y si respondes lo que quiero escuchar no te pasará nada —habla fuerte y claro.

—¿Quién es usted? —la voz se me escucha cortada. El estómago se me contrae. Mis manos inician a sudar nuevamente.

—Ethan Johnson, ¿lo conoces? Seguro eres alguien muy importante en su vida.

—¡¿Quién es usted?! —chillo. La punta del cuchillo llega a mi estómago y me paralizo.

—Para que haya molido a golpes a mi mejor hombre como amenaza si nos acercábamos a ti, debes ser alguien importante. Ese hijo de puta no tiene familia, así que... ¿Eres su novia?

—Señor, no sé de qué me habla, no soy la novia de nadie.

—Te tiene bien entrenada ese hijo de puta —chasquea la lengua—, pero si no hablas te mueres —me amenaza como quien me da la hora, pero luego siento el filo de su cuchillo rasgar la tela de mi pantalón y enterrarse en mi piel, no profundamente pero sí lo suficiente como para que empiece a sangrar.

—Por favor no me hagas daño, no soy su novia. Solo soy su amiga.

—¿Te folla? —la pregunta me suena tan vulgar viniendo de un desconocido—. Porque si eres esa clase de amiguita también podrías ser mi amiga, ¿no crees? —comenta acercándose demasiado a mí.

—Por favor —suplico.

—Dame las llaves del auto y sal —me ordena y aunque las piernas me tiemblan le hago caso y salgo despavorida del asiento del conductor, intento huir a la residencia y maldigo por esta soledad en las calles, y sobre todo por el dolor punzante que ataca en donde me ha hecho la herida, falseo con mi pierna izquierda y casi caigo de bruces en mitad de la calle.

—¿Adónde tan rápido bonita? —me pregunta alcanzándome en un dos por tres y tomándome del pelo. Chillo y cubre mi boca—. Dile a ese puto bastardo que eres nuestra arma de doble filo.

Mis dientes castañean del miedo, nunca había estado en una situación así.

—Si no la sueltas voy a partirte la cara a ti también.

La voz poderosa de Ethan me devuelve el alma al cuerpo.

CAPÍTULO 8

LAS ALARMAS SE ENCIENDEN

Busco con una desesperación apremiante al dueño de la voz. Ethan está a una distancia corta de nosotros y en el momento menos pensado ahogo un grito al ver que saca un arma detrás de su espalda. Me quedo helada, sin respiración, paralizada. El tipo cuyo nombre desconozco por completo se suelta a reír, como si lo que está pasando es gracioso.

Los ojos de Ethan se enfocan en la herida de la pierna, sé que no me ha hecho daño a gran profundidad y que la sangre que sale es producto del nervio más que de la herida en sí. Mira al tipo que me retiene con una rabia que jamás le he visto a nadie, mucho menos a alguien que no necesita de palabras para transmitirla tan bien.

—¿La has herido maldito desgraciado? ¡Suéltala!

—¿Por qué tanto interés, Ethan? Anda, confiesa lo que esta muñequita no ha querido.

—Si no la sueltas, Barak, voy a hundirte y sabes a lo que me refiero, así que deja que camine hacia mí y lárgate.

Ignoro por completo por qué esas palabras tienen poder, o por qué siquiera existe un intercambio de esta índole, mucho menos entiendo cómo es que Barak suaviza un poco su agarre y no parece tener intenciones de someterme o lastimarme más.

Cuando su mano abandona totalmente mi brazo me quedo muy quieta, hasta que Ethan habla—: Vamos, Blair, camina hacia mí, el show se terminó.

Intenta sonreírme un poco, quizás espera que suavizando su cara de matón yo me sienta más confiada.

—Anda, princesa, aprovecha que el hijo de puta te ha venido a rescatar. —Camino hacia él lentamente hasta que me escodo detrás de Ethan.

—¡Largo! —vocifera Ethan.

—Ahora tenemos un arma en tu contra, lo cual es fantástico, no lo olvides —dice Barak muy seguro.

—Me importan una mierda tus amenazas, conmigo no puedes y lo sabes bien. Lárgate.

—Ya veremos, Johnson —es lo último que dice Barak antes de huir montándose a mi auto y llevándoselo con él.

Ninguno de los dos dice absolutamente nada al principio, solo nos quedamos así, él dándome la espalda, yo tratando de comprender qué es lo que ocurre. Es Ethan quien rompe con la corta distancia, se guarda esa arma que tantas preguntas provoca en mi mente y me envuelve con sus brazos sin preguntar siquiera si puede hacerlo. Sabe que lo necesito, aun cuando se trata de él.

Me estruja en su pecho endurecido y huele tan malditamente bien que por un momento olvido bajo qué panorama estamos. Tiemblo un poco y eso lo hace dar un paso hacia atrás y revisar la herida que traigo en la pierna.

—Joder —dice entre dientes—. Creo que necesitas unas puntadas.

—¿Sí? —A lo mejor, pero por ahora es lo que menos me importa, me han robado el coche, me han amenazado y lo han amenazado a él.

—Sí, pequeña. Vamos, te llevaré al hospital.

—Solo es una cortada. Primero… primero…

—No pongas a prueba mi paciencia cuando trato de cuidarte y protegerte, Blair —me habla tan serio que me causa un revuelo intenso en el estómago. Se da cuenta que para la situación tan traumática que recién he pasado y que me está volando la cabeza, ha sonado demasiado brusco—. Mírame —me pide y lo hago temerosa—. Lo siento; siento muchísimo que esto haya pasado. No volverá a ocurrir.

—Me dijiste eso en la playa —susurro a duras penas—, me han amenazado y no termino de comprender en qué estás metido… tú… todos.

—Sí, y te he fallado pero esta vez no habrá más fallas. Esto no tiene nada que ver contigo, Blair. Quiero que lo entiendas, que sepas que el problema es mío no tuyo. Te llevaré al hospital.

—¿Cómo puedes decir eso después de que ese hombre ha dicho que soy… que tú… mierda, estoy tan nerviosa.

—Te llevaré al hospital.

—No necesito ir al hospital, necesito entender lo que acaba de ocurrir. Además, no creo que sea necesario, unas venditas estarán bien, de verdad.

—Quizás si necesito ir al hospital, pero la idea de seguir más tiempo en la calle también me aterra. Quiero sentirme segura dentro de las cuatro paredes de mi habitación.

—¿Venditas? ¿En serio? Estás sangrando —dice preocupado, con la expresión más suave, más él.

—No quiero estar en la calle. Si no vas a explicar nada, llévame a mi cuarto —le confieso casi a punto del llanto y creo que lo ha captado porque pasa su brazo detrás de mis piernas y el otro por mi cuello.

A pesar de lo inverosímil de la situación, un cosquilleo intenso se apodera de mi cuerpo al tener tanta cercanía con él.

Me acurruco en su pecho y camina de esa manera hasta la habitación.

Al entrar espero ver a Norma y poder desahogarme, para mi sorpresa no está y me preocupo un poco.

No sé a dónde ha podido irse. Ethan me obliga a sentarme y se me queda viendo buen rato sin decir palabra alguna.

—Esto es... complicado —murmura—. Quiero revisarte esa herida pero no quiero hacerte sentir incómoda —suelta. Claro, la herida es en el muslo, tengo que quitarme el pantalón y quedarme en ropa interior.

Asiento y me dejo de tanta tontería, no va a decirme nada, y no estará tranquilo hasta revisarme.

Tomo del colgador de la puerta la bata rosada de Norma que jamás usa y simplemente es decoración, entro al baño, me quito el pantalón y salgo con la bata de seda puesta.

Me siento frente a Ethan y se arrodilla frente a mí. Levanta la tela de la pierna afectada y maldice.

—Tengo que limpiarte —comenta y se hace hacia atrás guardando la distancia.

—Tenemos un botiquín de emergencia en el escritorio —le digo señalándolo y lo toma enseguida. Revisa lo que puede utilizar y con mucho cuidado, casi sin rozarme levanta aún más la tela.

Llena de alcohol el algodón y lo pasa con paciencia sobre la herida que sigue sangrando, no en grandes cantidades, gracias al cielo.

Yo arrugo el rostro y me muerdo los labios porque me arde muchísimo.

Lo cierto es que estoy demasiado tranquila para haber sido asechada por un desconocido con cuchillo en mano, que no paraba de amenazarme por ser la supuesta novia del chico que me está revisando con cariño y finalmente, en vez de venditas, pone algunas gasas perfectamente recortadas en cuadrados pequeños y con el esparadrapo los adhiere a mi piel.

He de admitir que su presencia me calma a niveles alarmantes.

Nadie estaría de esta manera tan pacífica después de lo sucedido y yo solo puedo pensar en que sus dedos están recorriendo la orilla de las gasas y me pone la piel erizada.

—¿Qué fue lo que te dijo?

—¿Qué? —no comprendo, no puedo porque continúa haciendo lo mismo por largo rato; recorre las orillas de las gasas.

—Barak, ¿qué fue lo que dijo exactamente?

—Ah, ahora sí quieres aclarar las cosas.

—No seas caprichosa, habla.

—Quería saber quién soy yo en tu vida. Cree que soy tu novia y que eso de alguna forma te afecta.

—Maldita sea —los dientes le rechinan por la fuerza que han ejercido esas palabras—. Esto no debió pasar.

—Pero pasó... Ethan —lo llamo nerviosa. No me contesta, se limita a dejar en paz mi pierna y subir la mirada—. ¿Golpeaste a alguien por mí? ¿Tienes problemas con ese tal Barak? ¿Por qué tienes un arma? Me dijiste que era de Zac y que solo les había enseñado a usarla.

Ahora que las palabras han salido de mi boca la realidad cae de golpe y entiendo la gravedad del asunto. ¡Joder!

—Muchas preguntas. —Se pone de pie.

—Pero vas a responder, ¿cierto? No creas que voy a dejarte ir con todas estas dudas en la cabeza. Por un momento creí que me haría un daño peor, así que habla.

—Me asombra que apenas me pides algo quiero correr y hacerlo, como si fuera un puto perro faldero. No lo comprendo, me está mermando, de verdad —suelta de mal humor en esa faceta suya de chico malo.

—Pues entonces, si influyo en ti, ¿por qué no me dices qué está pasando? Por favor —le pido sutilmente y me pongo de pie soportando todo mi peso en un solo pie.
Me atrevo a llevar una de mis manos hasta su mejilla izquierda y con el pulgar lo acaricio apenas. Está tan tenso, tan serio, tan molesto, que da un tanto de miedo. Ethan Johnson tiene porte de matarte en un segundo.

Se pasa la lengua por los labios y sus dientes empiezan a hacer estragos en el inferior, sus ojos casi como gotas de agua en este momento me miran sin parpadear.

—¿Si respondo a tus interrogantes nuestro trato volverá a estar vigente?

—Bien.

—Después de lo que pasó con esa pandilla del otro día, no me siento muy seguro. Así que le pedí prestada el arma a Zac. Barak es un integrante más, tenemos... rencillas.

—¿Qué le hiciste?

—A él, nada. A uno de sus amigos lo molí a golpes para que no se te acercaran por ningún motivo. Son peligrosos, Blair y te miraron el rostro. Quizás por eso creyeron que eres mi... bueno, que tenemos algo.

—¿Por qué?

—No entiendo.

—¿Por qué hiciste eso por mí? Te has metido en más problemas por mí, se supone que deberían alejarse de esa clase de personas y vas y le rompes la cara a uno de ellos... ¿por mí? —no me lo creo.

—Será mejor que me vaya —contesta de mala gana.

—No, no puedes irte.

—Tengo cosas que resolver, esto no se va a quedar así, además se ha llevado tu coche.

—Me importa una mierda el coche —le grito. Mentira, me importa, no tengo mucho de tenerlo y me lo han robado por su culpa. Es una suerte que tuviese el teléfono en el bolsillo del pantalón.

—No digas malas palabras —me riñe.

—Que no soy una princesa, Ethan y mejor dime de una vez ¿por qué tienen problemas con ellos? —me exalto.

—Me revienta las pelotas que seas tan necia, me dan ganas de... joder. De acuerdo, te lo diré... esto... bien... pues coincidimos en una fiesta, Zac tuvo problemas con uno de ellos y terminamos involucrados, es cuento viejo.

Ya hace seis meses de esto, tratamos de llevar la fiesta en paz hasta que Zac volvió a cometer otro error —me explica.

—Zac es muy lindo, no creo que él haya provocado todo esto. Mientes.

—Con que Zac es muy lindo, lo dices como si lo conocieras —chasquea la lengua.

—Sí, lo es. Y podrías por favor, no responder con más agresividad. Si golpeas a más personas, querrán vengarse y jamás acabarán los problemas. Mira cómo he terminado involucrada sin más. Esto no es una película de acción, Ethan. Esa riña tonta tiene que parar.

—Bien. Métete a la cama, estaré afuera hasta que Norma regrese para que no duermas sola y te sientas segura —me avisa.

—¿Y por qué esperarás afuera? Quédate aquí.

Suspira ya sin paciencia, puede que sea un poco quisquillosa pero él es un amargado monumental, todo le molesta.

—Bueno, entonces ponte algo de ropa.

—Tengo ropa encima —contesto.

—Sí, una bata de seda que transparenta todo y que muero por arrancarte. Ponte ropa.

—No transparenta nada —me quejo y miro hacia mi cuerpo para comprobar. No tengo tiempo de ver mucho, pues rápidamente sus dedos toman mi quijada para que mis labios queden a la misma altura que los de él y sin darme tiempo a sopesar lo que está a punto de pasar, me besa enterrando sus manos en mi cabello.

Jadeo como una adolescente siendo besada por su amor platónico. Mis manos no tardan en enrollarse en su cuello y su lengua hábil, seductora y deliciosa ya se enreda con la mía. Sus manos inician a descender, primero a mi cuello, luego a mis hombros, mis brazos, se cuelan en mi cintura y la suavidad de la bata hace que su toque me vuelva loca, continúa bajando a mis caderas y sin darme cuenta las palmas de sus manos apretujan mi trasero y me empujan hacia adelante para que sea consciente de lo que estoy provocando.

La dureza de su miembro solo hace que las sensaciones se extiendan hasta la punta de mis dedos. ¡Demonios! Las alarmas se encienden en todo mi sistema, deseo a este hombre con locura, me ha gustado desde el primer maldito segundo y he fingido que no, pero lo cierto es que me trae loca de principio a fin con toda esa seriedad que carga.

—Ethan —susurro cuando sus manos están soltando el nudo de la bata.

—Calla —solicita duramente.

La bata se abre en medio y en un dos por tres con simplemente sus dedos la echa hacia atrás totalmente dejándome solo con la camiseta y mis bragas negras.

Quiero reírme de esto, ¡me acaban de atacar! Y él y yo estamos como si nada, deseosos, inquietos, disfrutando de lo que el otro provoca en nuestro ser.

—Odio el cómo me manejas —expresa rabioso—, odio no poder alejarme.

—Y yo odio que seas tan terco.

—Yo no te convengo, ni siquiera para una aventura.

—Déjame decidir eso.

—Me preguntaste por qué golpeé a ese hombre por ti, pues lo he hecho porque me tienes malditamente embrujado, porque sé los peligros que corres a mi lado y quiero pasar de villano a héroe y me cabrea tanto que me desubiques, Blair, yo soy controlado, yo soy serio, soy calculador, detesto los juegos, las niñerías y me rijo bajo obediencia, reglas, sé que no lo entiendes, quizás jamás lo hagas, pero joder, eres todo lo que no puedo tener ni ahora ni nunca y me lo pones tan difícil.

—Si dejas que esto fluya, si permites que este juego tonto te controle un poco, solo entonces sabrás si puedes o no tenerme, si te atreves a conocerme y me dejas conocerte, a lo mejor te das cuenta de que dejarse llevar a veces es la mejor decisión de la vida —lo animo. No sé de dónde me salen las palabras—, bésame, Ethan, tócame, voy a quedarme.

Ya no hay más palabras, me toma nuevamente entre sus brazos y nos olvidamos realmente de todo lo que ha pasado en la calle, su cuerpo impacta con el mío y una punzada me ataca en la herida, no le presto ni atención.

Sus manos rodean mi cintura de una forma tan protectora, tan segura.

Quita mi camiseta y me estremezco ante su escrutinio lento y provocador.

En un dos por tres, se quita la camiseta y tengo todo esa piel desnuda frente a mí. Me besa con fiereza y mis manos lo tocan agradecida.

—¿Por qué se siente tan diferente? —murmura sobre mis labios en lo que mis manos descienden por su pecho al centro de su estómago, suben y recorren sus brazos—, maldita sea, ¿por qué cojones se siente así de bien? No lo comprendo, me estás volviendo loco.

—Yo tampoco lo entiendo.

—Necesito tenerte.

Estoy por responder a eso y Norma decide aparecer abriendo la puerta en todo su esplendor. Ethan trata de poner la bata en su lugar más rápido que un rayo pero hemos sido atrapados, hasta un ciego podría darse cuenta de lo que está sucediendo. Además, él no tiene puesta la camiseta.

Mi amiga trae tanta comida chatarra en sus manos que da risa, mas no me río por la tensión. Ella mira a Ethan, luego a mí y hace una cara muy curiosa.

—Lo siento chicos, no sabía que...

—Es mejor que me marche. Cualquier cosa me llamas —me dice Ethan antes de salir a paso apresurado de la habitación, aún con su camiseta en la mano. Ni siquiera me ha mirado antes de irse, solo se ha esfumado.

Norma deja caer toda su mercancía en la cama y abre la boca como una psicópata. Sin poder evitarlo empiezo a reírme, a pesar de los acontecimientos de esta noche.

—Nathan va a enloquecer —me advierte.

—No tengo quince años.

—Podrías tener treinta y seguirá igual de sobreprotector.

—De todas formas no hay nada entre Ethan y yo.

—Estabas casi desnuda —me recuerda.

—Solo nos hemos besado, no es nada —digo en voz alta con la única intención de convencerme a mí misma de que no está pasando nada en realidad y que solo ha sido un beso.

—¿Qué te ha pasado en la pierna? —grita escandalizada y es cuando me doy cuenta de que estoy sangrando otra vez, no un poco, sino mucho. Quizás Ethan tiene razón y necesito puntadas, o a lo mejor fue nuestro arrebato lo que en un mal movimiento me abrió más la herida.

—¡Mierda! Voy a cambiarme, tengo que ir al hospital. Pide un taxi —le pido y me visto lo más rápido que puedo.

—¿Un taxi? Tienes coche, ¿qué te pasó en la pierna? Blair, estás sangrando mucho —se asusta.

—Pide el taxi Norma, por favor. Me han asaltado —no sé por qué le miento, debería de decirle lo que realmente pasó, pero técnicamente sí me han asaltado, ese maldito se ha llevado mi carro.

Una vez que me pongo un vestido veraniego de flores para no lastimar más la pierna, tecleo un rápido mensaje a Ethan, que tampoco debería escribirle por su fría despedida, pero ya qué. No obtengo respuesta y eso me preocupa. Norma llama a la agencia de taxis y a mi hermano para complicar más las cosas. No me estoy desangrando, siendo honesta, pero la sangre no deja de fluir.

El taxi que tarda casi quince minutos en aparecer en el aparcamiento de la residencia nos lleva al hospital más cercano y con el tráfico a pesar de la hora pasan casi treinta y cinco minutos más.

Entramos a emergencias como si estuviera muriéndome, sí, la herida parece no querer colaborar pero no es para tanto o eso creo. El lugar está vacío, soy atendida casi al minuto de nuestra llegada.

Norma insiste e insiste en enviarle cientos de mensajes a Nathan y sí, se me hace raro que aún no esté aquí y que don humor extraño no conteste aún el único que yo le he enviado. Me hacen cuatro puntadas, no más.

Puedo irme en cuanto terminan y me dan algo leve para el dolor en caso de que aparezca.

De camino a la salida, vemos entrar a un grupo de personas que llaman nuestra atención y la del resto del cuerpo médico que se encuentra en la sala de emergencias. Es imposible no voltearlos a ver.

Son los chicos, todos.

Traen caras de haberse metido en problemas, parecen rabiosos, de pronto me quiero reír porque recuerdo esas películas en las que siempre hay un grupito que se encarga de poner el orden en esas historias juveniles y ficticias en su totalidad. Ya me los había imaginado vistiendo con sus chaquetas de cuero, verlo en vivo es toda una pasada. Caminan mirando hacia todos lados y no sé qué esperan encontrar, es un hospital.

El primero en llegar a mí es Nathan, quien se asusta mucho al ver la herida que repito, no es grande ni monstruosa, no es para alarmarse.

—Venía asustadísimo —me dice al oído mi hermano.

—Tranquilo, solo han sido algunas puntadas. No es nada —le sigo restando importancia y veo de soslayo que Ethan me taladra con sus ojos como diciendo: "TE DIJE QUE NECESITABAS PUNTADAS"

—¿Estás bien? —se atreve a preguntar Ethan con un tono nada conciliador.

—Que sí, que sí.

—Si hicieras caso... —murmura y todos voltean a verlo.

—¿Qué has dicho? —quiere saber mi hermano.

—Nada.

—¿Por qué todos parecen... no sé... agitados? —pregunto para que a mi hermano se le olvide el comentario tonto de Ethan.

—No, estamos bien —es Tony quien me responde—. Creímos que te había pasado algo peor y estábamos un poco desesperados por venir, el tráfico no colaboraba.

Miro a Ethan con fastidio, sé que Tony está mintiendo y él niega con la cabeza para que no vaya a soltar un comentario innecesario.

—No tenían que venir todos, pero gracias.

—¿Y cómo no? Si la mascota se puso mal —anima el ambiente Zac.

—Venga ya, te ayudo a caminar —se ofrece Mark y Ethan se queda ahí sin hacer nada. Que ni siquiera resople como usualmente hace cuando Mark se me acerca, llama mi atención.

Lo miro con cuidado hasta llegar a sus manos… y lo entiendo, comprendo enseguida por qué tanta agitación y caminata extraña. Trae los nudillos lastimados, heridos, le ha dado con todo a alguien y me temo que ha sido a Barak.

Frunzo el ceño y él se limita a mirar al piso. Entonces descubro que Tony trae un rasguño en la cara que no he visto antes, que a Zac se le está formando un hematoma en el pómulo, que a mi hermano se le nota inflamado un poco los labios y Mark trae una venda en la muñeca izquierda.

¡Maldita sea!

CAPÍTULO 9

NO QUIERO ALEJARME

Camino de forma forzada, en realidad lo que deseo es detenerlos a todos y pedirles que dejen de fingir, que sé perfectamente en dónde estaban y qué estaban haciendo. Sin embargo, decido esperar a estar dentro del Jeep negro de Ethan, cómoda en el asiento del copiloto y los demás se hacen bolita en el asiento trasero.

—¿En dónde estaban? —suelto—. No soy idiota —agrego y Ethan me tira una miradita de advertencia a la que no cederé—. Ni me mires así Ethan, que no me intimidas —lanzo mis palabras como cuchillos y él suspira molesto. Que se moleste todo lo que quiera, necesito respuestas.

—No me hables así —se atreve a dirigirse a mí como si fuera una más del grupo, qué equivocado está.

—Ethan, de verdad para con las órdenes, yo no soy parte de tu club de matones.

—¡Blair no seas caprichosa! —me riñe.

—Chicos —interviene Norma.

—¡Pues entonces no me mientas! —le grito—, ¿es que lo que hablamos no significa nada para ti?

—Blair —baja totalmente el tono de voz—, por favor, cálmate. ¿Sí? Lo hablamos luego —intenta susurrar, pero todos lo han escuchado.

—Blair, te ha herido —dice mi hermano entre dientes y al mismo tiempo con cautela—. Ethan me lo ha contado, ese tipo te robó el coche y te ha herido en el acto, no podíamos quedarnos de brazos cruzados. Gracias al cielo que Ethan venía de casa de Kim.

Las palabras de mi hermano me decepcionan. ¿Ethan me ha salvado porque venía de la casa de esa chica? No me buscaba a mí, solo pasaba por ahí.

El dueño de los ojos grises se remueve incómodo en el asiento y carraspea para luego mirarme de soslayo y continuar conduciendo.

—Entiendo, ¿y no se les ocurrió pensar que si iban con esos chicos y los golpeaban o los amenazaban la riña jamás terminará? Ethan me lo ha contado, al parecer, es muy comunicativo. ¿Pandillas? ¿En serio Nathan? —bufo y puedo darme cuenta de cómo todos intercambian miradas.

—Teníamos que dejar un precedente —me explica Tony y giro rabiosa hacia él. ¿Precedente? —. Eres la hermana de uno de los nuestros, eso te hace intocable.

Niego con mi cabeza, eso se escucha ridículo e innecesario.

—Chicos, si continúan respondiendo a esa guerra estúpida, jamás terminará.

—No te preocupes, mascota. Nosotros sabemos cómo manejarlo —dice de forma pausada Zac.

—¡Pero yo no! —me pongo eufórica al llegar a la residencia. Bajo sin ayuda de nadie y soy una maleducada que no se despide de ninguno, ni siquiera de mi hermano.

Escucho a Nathan intentar ir tras de mí y Ethan interviene.

—Déjala, no lo comprende y es mejor así —lo escucho decir a lo lejos. Eso me hace caminar aún más furiosa a pesar de que traigo puntadas.

Me enojo aún más y retando a la madurez y tranquilidad que jamás me han caracterizado, le grito a Ethan —: Eres un idiota, Ethan.

Ya sé, ya sé, ¿en qué estás pensando? Pero es que de verdad en algo tiene razón, no comprendo cómo es que se han ido a meter nuevamente a la boca del lobo. Ya me han asustado y han creído que soy la novia de Ethan, si no movían ni un dedo también creerían que han logrado su cometido, que los chicos se han acobardado y que han entendido que no deben provocar más riñas tontas, claro, eso sí mi hermano y su grupito de estúpidos amigos no hubieran actuado como matones.

Escucho pasos detrás de mí y creyendo que es Nathan o Norma no le presto atención. Segundos después el aroma de Johnson me inunda al ser acorralada con cuidado sobre la pared de uno de los pasillos de la residencia.

—Basta, Blair. Deja de comportarte como una niña.

—¿Comportarme como una niña? Te pedí que no golpearas a nadie, que no hicieras nada, que... dijiste que estaba bien. Y, como si eso fuese poco, me entero de que me has salvado porque venías de tener uno de tus encuentros públicos con Kim.

De acuerdo, aquí es en donde me doy cuenta de que estoy dejando que las cosas avancen a un ritmo espeluznante. Ethan no es mi novio, no sé realmente qué es lo que está pasando entre nosotros, no debería siquiera mencionar a Kim.

—Solo dije "bien", no te aseguré nada. Y no digas tonterías, Blair. Me vi obligado a darle esa excusa a Nathan, era eso o decirle que he salido casi corriendo detrás de ti. Sí que eres toda una fichita cuando te entran los celos.

—¿Disculpa? Yo no estoy celosa.

—Fingiré que te creo. No puedes explotar así delante de Nathan... de todos. Se supone que no puedo darte ningún tipo de información y te he dado demasiada.

—No quiero que más cosas raras sucedan. Este tema de las pandillas y la seguridad de mi hermano me volverá loca. Además, no quiero que nada te pase a ti —las palabras me salen sola.

—¿A mí? ¿Te importa lo que me suceda a mí? —dice contrariado, afectado, no sé si lo estoy imaginando.

—Sí, Ethan a ti...

Sus manos ahuecan mi rostro y sus ojos me miran de una forma tan peculiar... ¿Sorprendido? No lo sé.

No tengo tiempo para averiguarlo, pues me somete a la tentación de su boca deliciosa y enloquecedora.

No es un beso arrebatador como el que ocurrió en mi cuarto, es más una confirmación de algo que ignoro por completo, ya que los suaves roces, la forma en la que su lengua se queda quieta, la manera en la que con lentitud masajea mis labios con los suyos, los presiona, los hace sentir suyos y de nadie más, me da un subidón de adrenalina instantáneo. Me ensordece, me transporta.

—Si te digo que necesitas puntadas, es porque necesitas puntadas. ¿Me harás caso la próxima vez? —pregunta con un tono de voz que jamás le he escuchado antes. Este no es Ethan.

—Lo siento —digo sin remedio.

—Sé que no estás de acuerdo con lo que hemos hecho, pero no podía quedarme tranquilo. No pueden tocarte, no voy a permitirlo. Estarás bien, pronto olvidarás lo que pasó hoy. ¿Me crees?

—Te creo.

—Tú y yo tenemos una conversación pendiente. Mañana, ¿de acuerdo?

—De acuerdo.

—Lamento lo de tu coche.

—Yo también lo lamento, pero es algo material.

—Exacto, lo material se repone, tú no. Lo resolveremos, de todas formas.

—Está bien.

—Joder, Blair, si sigues así de dócil es probable que te tome aquí mismo —suelta como si nada.

Me río e incluso me sonrojo como adolescente.

—Nathan viene —escuchamos decir a Norma.

—Le he dicho que me encargaría, por favor deja de ponerme en evidencia, tu hermano no se anda con tonterías Blair y esto no le va a gustar nada. Todo a su tiempo, ¿sí?

—Bien.

—Me voy, buenas noches.

—Buenas noches, machote —bromea Norma y justo a tiempo me toma del brazo cuando Nathan nos divisa e intenta regañarme como niña chiquita, Ethan se lo lleva con él y Norma y yo entramos a nuestra habitación.

Ambas suspiramos y nos recostamos a la madera de la puerta.

—¿Me seguirás diciendo que no pasa nada entre ustedes? —me molesta.

—No sé qué está pasando.

—No te preocupes por Nathan, yo me encargo de él —me asegura. Decido no responder porque sé que de alguna u otra forma me terminaré haciendo demasiadas ilusiones si confieso en voz alta que Johnson me gusta y mucho.

El sueño y cansancio terminan venciéndome en cuanto pongo la cabeza en la almohada, me levanto temprano, tomo las pastillas que me ha recetado el doctor y paso una hora entera esperando alguna reacción.

Trato de poner en orden todo lo que sucedió ayer. Ciertamente con la claridad del día, también obtengo claridad mental. Nada que pudiese estar relacionado con pandillas puede acabar bien, pero supongo que sí quiero mantener seguro mi trasero, tengo que conformarme con la información que me brindan los chicos y con la palabra de Ethan. Sonrío al recordar su nombre, ¿cómo es que en dos semanas estoy sintiendo cosquillas en el estómago por un chico?

Un suave golpe en la puerta me sobresalta. Aprieto la almohada que tengo en mis piernas y recuerdo que no he puesto el pestillo antes de dormirme. Es hasta este momento que veo que Norma no está en su cama. La puerta se abre despacio y me da la sensación de estar en una película de terror. Un brazo bronceado es lo primero que veo y mi corazón vuelve a latir con normalidad. Ese solo puede ser Mark.

—¿Eres tú Mark? —me aseguro preguntando.

—Hola, Blair. —Termina entrando con unas bolsas con comida en su otra mano. Huele delicioso, apuesto a que son huevos con tocino—. Te he traído el desayuno.

—No tenías que hacerlo, gracias.

—No es nada. ¿Cómo ha amanecido esa pierna?

—Están exagerando, solo es una cortada más profunda de lo que creí. Estoy bien, me duele un poquito, pero me he bebido la medicina. ¿Solo tú has venido? —no es precisamente eso lo que quiero preguntar, solo ha llamado mi atención que sea él y no Norma, Nathan o el mismo Ethan quien me haya traído comida.

—Si quieres saber por qué Ethan no está aquí, tiene clases.

—No lo preguntaba por él.

—Blair —me llama con seriedad—. Ethan no es el tipo indicado para ti. Si Nathan se entera de que algo está pasando entre ustedes es capaz de matarlo. Ethan es... Ethan. Podrías liarte con cualquiera de nosotros y Nathan solo haría pucheros de niño malcriado. Pero con él es diferente.

—¿Por qué es diferente?

—Hay cosas que son mejor que ignores, mascota.

—¿Cómo los verdaderos problemas que tienen con la dichosa pandilla? —Dije que me conformaría y me doy cuenta de que no es tan sencillo. Quiero saberlo todo.

—Solo han sido un par de percances. Pero no pienses en eso, ya es pasado.

¿Ya es pasado? Ayer casi me muero del susto. Eso no parece tan pasado.

—Anda, come, se enfriará.

—¿De verdad no es para tanto?

—Oh Blair, sí que eres insistente. Créeme, con todo lo que pasó ayer, ese problema se terminó. Come mascota —me ordena.

—No me llames así, solo en Zac se escucha tierno —bromeo restándole importancia a lo demás, o más bien fingiendo.

—Mascota, mascota, mascota —me provoca Mark.

Lo empujo levemente y hace la peor imitación de dolor que he presenciado. Le lanzo un tocino y él hace lo mismo, me río tan fuerte hasta que hago un mal movimiento y siento como si uno de los puntos se hubiera soltado. Me llevo las manos a la pierna.

—¿Estás bien? —Mark se cruza a mi cama y me ayuda a revisar la herida.

—¿Interrumpo? —Ethan está de brazos cruzados junto a la puerta. No me he dado ni cuenta de que Mark no la ha cerrado al entrar.

—Ethan —digo con la voz afectada. ¿Qué me pasa?

—¿Todo bien, Ethan? —pregunta Mark.

—Todo en orden. —Esconde las manos. ¿Por qué? Más lastimadas no puede traerlas, ¿o sí? —. Solo quería saber si estabas bien y veo que lo estás, entonces me voy.

No me ha volteado a ver una sola vez. Ni una sola, todo el tiempo miró a la pared, al piso o a Mark. No me ha permito hablar y tampoco me ha dejado más tranquila. Las dudas aumentan en mi cabeza. ¿Qué pudo haber pasado en un par de horas para que vuelva a ser frío y distante? ¿Es por la presencia de Mark? ¿Nathan nos miró besándonos? No, eso último no tiene validez, pues de haber visto algo ya lo tendría aquí, pegando gritos y demás.

—Creo que yo te debería dejar descansar. Créeme, Blair, poner distancia es lo mejor. —Lo de descansar me causa gracia, aunque no lo demuestro porque mis pensamientos están muy lejos de Mark.

Me quedo viendo la puerta demasiado tiempo, aquí es en donde tiro la toalla y no sigo ni con los cambios de humor de Ethan ni con el misterio que se ha desarrollado en torno a mi hermano y sus amigos, pero sucede que yo no soy muy diferente al resto de la población mundial; todos tendemos a obsesionarnos con los misterios. Algo grande está pasando y me da la impresión de que todos lo saben, menos yo, bueno, menos Norma y yo.

Poco rato pasa cuando me he puesto de pie, duchado, cambiado y marchado de la residencia para entrar, al menos, a mi última clase de hoy.

Me cruzo con Norma en uno de los tantos pasillos del área de salones de clases y me pongo frente a ella para que se detenga.

—¿Qué haces aquí? ¿Pensé que te tomarías el día?

—¿Por una herida pequeña en la pierna? ¡Por Dios! Dejen de exagerar.

—Bueno, bueno, lo digo por el susto de anoche.

—No me puedo quedar encerrada por un loco. La universidad no se va a detener.

No es que me importe un rábano lo acontecido, es solo que si me quedo en el cuarto no dejaré de pensar en lo mismo una y otra vez y ciertamente no llegaré a ningún lado.

—Te he hecho todos los deberes, así que no tienes que preocuparte por nada. La última clase fue cancelada —dice entonces y eso me pone de buen humor. Me ha hecho los deberes por una cortadita. ¿Mejor amiga que Norma? No lo creo.

—Gracias, Norma. Eres la mejor.

—Oye —llama mi atención—, ya que pretendes hacer como si lo de ayer no ocurrió... ¿eso incluye a Ethan?

—¿Por qué me preguntas eso?

—Dime lo que realmente está pasando...

—¿Qué viste o qué escuchaste o qué te han dicho?

La conozco, somos amigas de siempre. Sabe algo y quiere decirlo y no sabe cómo.

—Estaba con esa rubia de la fiesta, no estaban haciendo gran cosa, pero ella casi que se le lanzaba encima y él no hacía nada por detenerla en realidad.

Un dolor de cabeza se me instala casi enseguida. ¡Maldito seas Johnson! Sé que he escuchado bien, no estaban comiéndose vivos, el problema es que yo sé bien que algo está pasando entre ellos y lo comprendo de pronto.

Quizás es su novia y joder, no puede ser.

Me lleva trabajo fingir ante Norma que no estoy afectada por dicha información y empiezo a exagerar como todos con mi herida, es lo que consigue que regresemos a la residencia y no insista con preguntas que no podré contestar.

Los siguientes cuatro días no tengo noticias de Ethan, Nathan o alguno de los chicos. Estoy más allá de molesta.

¿Qué me creen? ¿Una niña de seis años que no sabe sumar dos más dos?

Son unos mentirosos totales, pero por supuesto que todo este teatro de lejanía es por la maldita pandilla. Nada se terminó esa noche, no quieren que me relacionen con ellos para evitar precisamente que se repitan los sucesos.

Al quinto día me quitan los puntos, sigo sin noticias de los chicos y mi hermano ni siquiera le ha preguntado a Norma qué tal me ha ido en el hospital. Al regresar a la residencia encontramos mi auto aparcado frente a ella. Pensé que era imposible recuperarlo a pesar de saber que los chicos se habían sentido Rambo y se metieron en más problemas.

—¿Ese es tu coche?

—Creo que sí —respondo dudosa y camino hacia la parte delantera, hay una pequeña nota ahí que confirma que, en efecto, es mi coche. Primero porque dice "lo siento" y segundo porque firman con una "E". La llave está detrás del papel, pegada con cinta adhesiva al vidrio.

No lo pienso cuando las tomo y subo a mi auto. Esta vez me aseguro de que las puertas del carro estén bajo llave y miro hacia todos lados mientras manejo. Norma ha intentado detenerme, pero no pueden dejar un auto como si nada y seguir escabullidos.

No me sorprende nada darme cuenta de que hay otra fiesta en la fraternidad. Quizás hay fiestas todos los días y Norma y yo lo ignoramos. Me encantaría saber cómo demonios estudian con todo este alboroto. Bajo del auto con mi bolso en forma de piña, este es mi favorito.

Camino segura hacia adentro de la casa y lo primero que veo es a Nathan fumando y no es un maldito cigarro.

Está con tres tipos que jamás he visto, ni con los chicos ni en la fraternidad y honestamente tienen pinta de todo, menos de estudiantes.

—¿Qué haces aquí? —me dicen al oído tomándome del brazo, en otras instancias me hubiera dado el particular burbujeo que provoca el dueño de esa voz. No esta vez—. Vamos —me exige.

—Suéltame, Ethan. Tengo que hablar con Nathan.

—Está ocupado, maldita sea, ¿qué haces aquí?

—¿Fumarte un porro es estar ocupado? No me vengas con tonterías. —Intento alejarme y me toma ahora de ambos brazos.

—Tienes que irte, ahora. ¡Ya!

—Me tienes harta con tus órdenes y tu maldita bipolaridad. Suéltame. Si te desapareces por tantos días después de dejarme plantada, bien, sigue ignorándome, ¿quieres?

Me suelta y se pasa las manos por el cabello, le queda desordenado, lo que lo hace ver aún más guapo e intimidante.

Me doy un golpe mental por no concentrarme en lo que debo. En un dos por tres lo tengo tomando mi cintura con fuerza, pegándome a su lado y sacándome como si fuera ropa sucia. ¡Ah! ¡Desgraciado!

—¡Que me sueltes! —grito y no sirve de nada, continúa caminando hasta que estamos frente a mi auto. Comienzo a golpearlo como puedo haciendo la pataleta de mi vida.

—Joder, a ver si maduras y dejas de comportarte de esa manera tan caprichosa.

—Vete al carajo. —Lo empujo.

—Escúchame, Blair. —Se detiene a observarme, sus manos tratan de llegar a mi rostro y doy un paso hacia atrás. Parece pensarlo mucho antes de hablar—. No... Yo no... Yo no puedo hacerte esto.

—¿Hacerme qué? No te entiendo.

—Es mejor así —me suelta.

—Ethan —aparece nuevamente Kim y se me encoge el estómago. Si Ethan vuelve a dejarme por esta chica, mi dignidad va a reducirse a cenizas.

—Vete Ethan, lo he entendido. Dile a Nathan que me llame. —Me siento tan humillada.

Intento caminar y me detiene. Le hace un gesto a la chica y esta no se marcha de inmediato, basta que la mire una vez más para que ahora sí mueva sus pies lejos de nosotros.

—Voy a acompañarte a la residencia.

—Puedo ir sola, suéltame.

—Blair, voy a ir contigo quieras o no. ¡Qué no entiendes que no quiero que nada te vuelva a pasar! —confiesa y con eso tengo la suficiente evidencia para confirmar lo que ya era un hecho en mi cabeza. Todos se han alejado con la intención de "protegerme", ¿no que ya todo estaba arreglado?

—No tiene caso que discuta más contigo. Por favor, déjame ir —le pido. Se tarda varios segundos en soltarme. No sé qué me enfada más: que me deje ir o que yo me enfade por dejarme ir.

—Lo siento —se atreve a decir—. No se trata de un juego si es lo que piensas.

—¿Entonces de qué se trata?

—De mantenerte segura.

—¿Y me mantienen segura recuperando un auto que Barak se robó? ¿Qué tuvieron que hacer para que lo devolviera?

—No tuvimos que hacer nada. Es un auto exactamente igual, pero, es otro. Uno nuevo.

—¿A qué te refieres con uno nuevo?

—Te he conseguido un auto, eso es todo. Ya basta.

—¿Tú me has conseguido otro auto? —insisto. Ni siquiera me he percatado de que es nuevo. Claro, por eso la nota solo la firmaba él, por un momento pensé que se trataba de todos.

—Sí, Blair. Yo te he comprado un auto nuevo, el otro no me gustaba, no era completamente nuevo y Nathan no quiso aceptar el dinero, solo una parte y joder.

¿qué hay de malo? No quiero que andes por ahí sin auto.

—Tú sí que estás loco. Me besas un día, me dices que no puedes alejarte, que tenemos una conversación pendiente y luego me dejas plantada, y te alejas por días y ahora me compras un auto. No puedo aceptarlo —le digo extendiéndole las llaves.

—Pero quiero que lo hagas.

—Que no soy tu fiel seguidora, Ethan, tengo identidad propia, no puedes esperar a que haga lo que me pidas sin rechistar. Y nadie le regala un auto a alguien de la noche a la mañana. ¿Cuánto dinero gastaste? Devuélvelo.

—El dinero es lo de menos, te lo he comprado porque sé que te hizo mucha ilusión tener un auto y ese hijo de puta se lo llevó y no sé qué cojones hizo con el. Por favor, acéptalo, si no quieres que te lo regale, míralo como un préstamo. Cuando tú puedas tener un auto por tus medios entonces me lo devuelves. ¿Qué te parece eso?

—No sé...

—Anda, pequeña. Déjame vivir tranquilo, Blair, al menos un poco, no es nada seguro que andes por ahí sola y caminando.

—Ese hombre me atacó dentro del auto.

—Porque eres la única persona que no le pone seguro a las puertas.

—¿Por qué insistes tanto? Si quieres que nos alejemos, este auto solo nos mantendrá en contacto.

—Dime una cosa, ¿no tienes miedo de lo que pasó?

—Claro que tengo miedo, pero no soy una persona que le huye a los problemas. Lo hice una vez y perdí a las dos personas más importantes en mi vida.

—Pero es que este no es tu problema, es nuestro, es mío y precisamente estoy evitando que formes parte de ese círculo. No tengo tiempo para relaciones Blair, mi vida es demasiado complicada.

—Me mentiste —lo acuso—, dijiste que todo estaba resuelto, Mark también lo hizo y de pronto todos se alejaron como si se creyeran parte de la liga de La Justicia o Los Vengadores para protegerme. Es más, de lo que me han hecho creer. No sé qué problemas tienen, pero si han hecho todo esto me parece que no es tan poca cosa y me preocupa que a mi hermano le suceda algo. En cuanto a ti, se terminó el tira y afloje. Me alejaré. ¿Contento? Y no quiero tu auto —expreso tirándole las llaves en el pecho.

Aunque no quiero alejarme de él, no pienso seguir bajo la misma sintonía. Ya hablaría con Nathan de todo este asunto, por ahora me marcho.

CAPÍTULO 10

NO SOMOS BUENOS DESCONOCIDOS

De alguna forma la pequeña discusión que he sostenido con Ethan me deja acabada, no porque esté enamorada de él, ya que eso sería sumamente absurdo, sino, porque sin explicación alguna hay algo con él o más bien en él, que me atrae de una forma rara, extraña, como una conexión más allá de común.

No sé si es que me reta de cualquier manera y eso me hacer sentir... ¿viva? Todo es una locura, totalmente.

La sensación de que lo de las pandillas es más grave de lo que me quieren hacer creer no desaparece enseguida, ni por el resto de la noche ni en la mañana ni los siguientes días. Menos con la lejanía continua de Nathan.

El solo hecho de recordarlo fumando con tanta tranquilidad quién sabe qué hace que me hierva la sangre.

Ya sé, es un chico en una fraternidad y lo que se dice de las fraternidades no deja lugar a que te asombres porque un jovencito en pleno descubrimiento fume o consuma drogas; el problema es que la única figura paterna que tengo es Nathan y cualquier cosa, acción o decisión que haga, piense o tome me importa y no puedo evitarlo.

Dejo mis cuadernos a un lado y le pongo atención a mi teléfono, el cual tiene diez mensajes de Johnson, todos dicen lo mismo:

"*Quieres por una maldita vez hacer las cosas bien y decirme si no ha pasado nada raro o por qué sigues sin usar el jodido auto. Contéstame, Blair*"

Me río un poco, me lo imagino con su carota de pocos amigos, el labio fruncido y las sienes a punto de explotarle.

No pienso responderle, sé que dije que nuestro trato volvería, pero después de los acontecimientos de la última noche que nos vimos, no voy a continuar enviándole mensajitos de texto. Me quería lejos, pues estoy lejos.

Tampoco he usado el auto, a pesar de que lo ha dejado una vez más fuera de la residencia y me ha enviado las llaves con Norma.

A todo el mundo le parece normal que me haya comprado un coche, menos a mí. ¿Es millonario o algo así? De acuerdo, que sé que no necesitas ser millonario pero... es un estudiante, sigo sin saber su edad, quizás ronde los veinte o tal vez tenga veintidós, no más. ¿Cómo es que ha podido pagar por un auto completamente nuevo?

Chasqueo la lengua hastiada, de todas formas no sabré cómo lo compró, primero porque no nos hablamos y segundo, porque aunque nos habláramos sé que no me lo diría. Idiota, eso es lo que es.

La puerta se abre justo cuando pretendía retomar mis deberes universitarios y el rostro familiar de Nathan me toma totalmente por sorpresa. Dejo caer el lápiz que estaba en mis dedos y lo miro rabiosa.

– Largo —reacciono mal de inicio.

—Hermanita...

– Nathan, en serio, largo —le exijo—. Norma no está y yo no quiero verte, mal hermano.

– Blair, he venido en paz, solo quiero hacer las paces contigo.

—¿Después de diez días? ¿En serio? No respondes mis mensajes ni mis llamadas y miras a Norma fuera de la residencia y pretendes que esté contenta. Eres un idiota —expreso y me cruzo de brazos.

—Lo siento, ¿de acuerdo? No he venido antes porque estuve de curioso en la última fiesta y Ethan me comentó que me miraste, me sentí avergonzado. No quería decepcionar a mi ratoncita —dice con algo de arrepentimiento.

—No me llames así, es horrible. ¿Qué pasó con eso de «nada de drogas»?

—Cálmate, Blair solo fue esa vez, lo prometo.

—¿No lo has hecho más veces?

—No, Blair, llegaron unos tipos y nos ofrecieron algo y la curiosidad nos ganó. Solo fue diversión, de verdad, créeme. No tengo problemas con las drogas ni las consumo en realidad.

—Esa no es excusa, Nathan —refunfuño.

—Anda, enana. Ya perdóname, lo siento, ¿sí?

—Está bien —accedo. No puedo estar molesta con él si pone esa cara de arrepentido y me alborota el cabello.

—¿Cómo has estado? —me pregunta en plan padre de familia—. ¿Todo bien? ¿Tienes dinero? —agrega sacando su billetera y sacando algunos billetes de gran numeración que pone sobre mis manos. Se los devuelvo.

—No te preocupes, la beca me ayuda en algo.

—Pero no quiero que andes limitada.

—¿De dónde estás consiguiendo dinero? Lo que envía tía Lili no es mucho, ya sabes que no nos queda tanto.

—Te lo dije, estoy trabajando.

—¿En dónde?

—Con Ethan —lo dice como si eso es suficiente explicación.

—¿Qué haces con Ethan?

—Sí que eres preguntona. ¡Dios! Hacemos ciertos trabajos para un tío de Tony que vive en la ciudad. No es nada de otro mundo, pero la paga es increíble. Por cierto, ¿por qué no usas el vehículo? Ethan consiguió que Barak lo devolviera.

¡Mierda! Entonces lo que me dijo Ethan es mentira o al que le ha mentido es a mi hermano. Joder, odio todas estas incertidumbres, sentirme tan confundida y con las malditas ganas de llamar a Ethan para confrontarlo. Maldito seas Johnson, tú y toda tu guapura del demonio y tus secretos también.

—He querido caminar —miento.

—Bueno, úsalo. Es más seguro. Ahora dime si irás a esa ridícula fiesta que está haciendo tu facultad.

—No lo sé.

Aún no decido si iré o no, aunque Norma lleva los últimos dos días insistiendo.

—Anímate, nosotros iremos. Norma nos ha conseguido entradas. Será divertido.

Frunzo el ceño ante su revelación. ¿Irán? ¿Ellos irán? ¿TODOS?

—¿Todos irán? —lo pregunto de una buena vez.

—Sí, incluso Ethan y eso que no le gustan las fiestas en discotecas, de hecho, él ha sido el de la idea. Seguro se quiere enrollar con una de primer año.

—Iré —suelto de pronto y él sonríe.

—Esa es la actitud hermanita. Pasamos por ustedes, me largo ya que estamos en paz. Te quiero —me grita desde el pasillo.

—Yo más, no vuelvas a drogarte —le pido una vez más.

Al siguiente día recibo todas mis clases sin interrupciones. Miro mi teléfono un par de veces, estoy ansiosa y sé exactamente el porqué: hoy es la dichosa fiesta.

Esto no puede estarme pasando. Estoy iniciando a obsesionarme de alguna forma con el típico chico malo; ese que te besa y luego te da una patada en el trasero.

Creí que en el pequeño lapso en el que no he sabido absolutamente nada de él, había superado la extraña atracción que siento precisamente por él.

Aunque ha bastado que Nathan lo mencione una vez para que yo vuelva al juego sin que él lo intuya siquiera.

Tras dos horas de intensa preparación, Norma y yo estamos listas.

Ella lleva puesto un vestido blanco que solamente Norma podría usar y yo he decidido ponerme uno negro de tirantes, ajustado al cuerpo y muy corto. No sé qué pretendo. Salimos de la residencia a esperar a los chicos.

Técnicamente Norma es quien irá con ellos, yo le he pedido a mis nuevos amigos que pasen por mí, no sé si lo he hecho por el simple placer de tentar a Ethan o porque David, Erik y Elena son agradables.

De hecho, ni siquiera somos realmente amigos, más bien coincidimos en todas las clases y estos últimos días hemos hecho cierto grupo de estudio y debate. Me caen de maravilla, esa es la verdad.

El Jeep negro de Ethan se aparca frente a la residencia, trato de comportarme con naturalidad y quiero creer que lo logro, que no se me nota a kilómetros que la presencia de Johnson me afecta. Pero lo cierto es que lo hace y lo odio un poco por lo que provoca. También me odio un tanto a mí por no ser fuerte y tener la voluntad, pues en cuanto todos bajan, mis ojos lo buscan como si estuviéramos en buenos términos.

Me obligo a caminar y a acercarme para saludarlos, excepto al chico de los ojos grises. Giro sobre mis pies cuando Zac comienza a soltar piropos y Mark me repara de pies a cabeza. Ethan está con Tony y Eleanor recostados al Jeep y veo cómo su amigo le da un apretón en el hombro, en lo que Eleanor se burla riéndose, Ethan le aparta la mano de mala manera y se pasa las manos por el pelo alborotándolo más de lo que ya lo trae.

La puerta del vehículo se abre una vez más y la rubia, se baja como si fuese toda una reina. ¿Qué demonios hace Kim aquí?

—Ya es tarde, ¿nos vamos? —Toma la mano de Ethan y aunque él repara en el gesto tampoco se aparta y la sigue. Los demás los imitan, excepto yo.

—¿No vienes? —me pregunta Tony cuando no muevo ni un solo pie hacia el Jeep. En gran parte es porque estoy esperando a mis amigos, y la otra parte de la verdad es que me he quedado inmovilizada.

¿Por qué me afecta tanto que Ethan y Kim estén juntos? No debe hacerlo, aún con los besos, los encuentros y el maldito juego de sí y no, no pasó gran cosa entre nosotros... se siente como si hubiese sido "algo" más que caricias y tensión... más.

—Pasarán por mí —digo y me aclaro la garganta.

—¿Quién? —la voz de Ethan retumba en mis oídos, a Kim casi se le rompe el cuello cuando ha girado hacia él con cara de sorpresa.

—Sí, ¿quién? —lo secunda mi hermano.

—Dos chicos muy apuestos —los molesta Norma, sé que lo hace a propósito.

—¿Qué? —contesta Nathan—, pero si hemos decidido ir a su fiesta para estar con ustedes y te irás con otras personas... Blair.

—No puedes irte sola con dos hombres —interviene Ethan.

—No te preocupes, Nat —hablo directamente con mi hermano—, son de confianza. Llegaré minutos después que ustedes.

—Pero Blair es que... —inicia mi hermano, pero el portazo que se escucha a continuación lo detiene, todos observamos cómo Ethan baja del auto dando zancadas enormes y llegando a mí más serio de lo que acostumbra.

—Para con el juego, ¿quieres?

—¿Qué juego? Mis amigos vendrán por mí, vete.

—No te irás con ningún amigo, menos dos.

—Estás llamando la atención, Ethan. ¿No fuiste tú quien me pidió que me alejara? Lo estoy haciendo, déjame en paz —mascullo.

Vuelve a pasarse las manos por el pelo y hasta tira de las hebras sofocado, yo intento no reírme. Fallo.

—¿Te diviertes conmigo? —susurra. Me toma del brazo y forcejeo.

—Suéltame —disimulo hablando sin separar mis dientes.

—Sube al auto —me ordena.

—No.

—Anda, Blair, tu hermano iniciará a sospechar si no subes ahora mismo.

—Me importa un pepino.

—¿Por qué eres tan malditamente desobediente?

—Así te gusto, ¿no? Pero no eres lo suficientemente valiente para aceptarlo. Oh mira, mis amigos están llegando.

—Por favor, sube al auto. No tienes que irte con nadie más —es casi una súplica—. Dije que era mejor distanciarnos, no que dejaría de cuidarte Blair, te lo dije, ¿recuerdas? Te dije que no te pasaría nada. He estado más cerca de ti de lo que crees —me suelta. ¿Qué significa eso?

Por un leve segundo tengo un debate interior, me basta mirar un instante a Kim para saber cuál es la mejor decisión.

—Joder, Blair vas a matarme de un infarto —grita desde el auto David.

—¿Estás bien? —pregunta con amabilidad Erik.
Ethan tensa la mandíbula.

—Los veo allá chicos —digo para todos y en un último intento me libero de la mano de Ethan y camino hacia mis amigos.

Entro al auto con los chicos y las preguntas no se hacen esperar. No tardo nada en sacarlos de su error y dejarles claro que el cavernícola que me tenía tomada del brazo no es mi novio y de hecho, nadie lo es. Al decir esas palabras me percato de la rara sonrisa que no solo se forma en David, sino también en Erik, la de este último no le hace ninguna gracia a Elena, así que cambio el tema y no volvemos a hablar de cierto individuo en todo el camino.

Veinte minutos después llegamos al lugar en donde será la fiesta. Hay una fila inmensa y todas las chicas están con vestidos cortos y tacones kilométricos. Me doy palmaditas imaginarias en la espalda porque he escogido el atuendo perfecto. Detecto el Jeep en el aparcamiento, han llegado antes que nosotros. Entre risas y bromas sobre la clase del profesor Heldon alcanzamos el final de la larga fila, sin embargo, David me toma con cautela de la mano y tira de mí fuera de la fila.

—No tenemos que hacer esa enorme fila, tenemos pases especiales. —David saca cuatro pases dorados del bolsillo de su pantalón—. Seremos los reyes de la noche, con esto no tendrán que pagar absolutamente nada.

—¿Cómo los has conseguido? —pregunta Elena mientras caminamos tomadas de las manos para evitar cualquier tropezón. Así me he librado del acercamiento sorpresivo de David.

—Su papá es el rector de la universidad —murmura Erik y mi boca se abre hasta el pavimento.

—Oye, sabes que prefiero que sea un secreto.

—No te preocupes, guardaremos tu secreto señor importante —digo y nos reímos.

—De verdad, no me gusta que la gente lo sepa. Algunos solo se acercan a mí por ese motivo y me siento como adolescente perdido en una escuela nueva, en donde nadie me acepta en realidad.

—No pasa nada David, ¿de quién eres hijo? Mira, ya lo olvidé —lo tranquilizo.

Se relaja y entramos de una buena vez a la discoteca, la gente baila sin parar, la música está altísima y muevo un poco mi cuerpo en lo que caminamos entre la multitud hasta subir al segundo piso donde está nuestra mesa. Cuando nos sentamos y esperamos a que alguien nos tome la orden, inicio a buscar a Norma y Nathan.

No me lleva mucho tiempo, antes de que los encuentre mi mirada se cruza con la de Ethan a solo tres mesas de distancia. ¿Cómo han subido si no tenían pases dorados? Le sonrío y levanto mi mano para saludarlo desde mi mesa. No me responde y se dedica a mirarme furioso.

¡Ah! ¡Cómo me encanta cabrearlo! Y pienso seguir, tiene que entender que si está con Kim y me pide que me aleje más de las veces que respira, debe seguir con su vida y no meterse más en la mía para que yo pueda pasar la página... me detengo, ¿pasar la página? ¿Y qué voy a olvidar? ¿Un beso? Joder, soy yo la que necesita entender las cosas al parecer.

—¿Bailamos, Blair? —me pide David.

—Claro —contesto enseguida con la única intención de alejarme de Ethan.

Nos tomamos de la mano y bajamos al primer piso para perdernos en las cientos de personas que bailan descontroladas. Aunque mi mente está en otro lado, tengo que reconocer que David es un excelente bailarín. Nos acoplamos, sin duda.

Casi media hora después estamos lo suficientemente cansados como para volver a nuestra mesa. Me disculpo con mis amigos y me cambio de mesa. Me siento junto a Norma y me abraza como si tuviéramos años sin vernos. Creo que está ligeramente ebria.

—¿Dónde está Nathan? —averiguo.

—Está en los baños —me suelta—. Hace más de veinte minutos que se fue, supongo que no se siente bien —termina de decir llevando su trago a los labios. Dejo que pasen cinco minutos más y

decido ir a buscarlo.

Lo cierto es que, puede ser que ya hayan pasado varios días desde el incidente en aquel callejón y fuera de la residencia, no se me olvida que él y todo su grupito de amigos se han involucrado en cosas turbias, lo primero que pienso es que puede estar en problema, aunque es un poco absurdo, me pongo de pie y bajo rápidamente los escalones hasta que una mano envuelve mi muñeca y me detengo en seco.

Miro hacia atrás en busca del dueño de la mano que me detiene y no es otro más que Ethan Johnson, nos miramos unos segundos eternos. No tengo nada que decirle, no sé si él tenga algo más por decir que no sea "aléjate", en todo caso fue él quien tuvo la idea de acompañarnos.

—Blair —me llama.

—Suéltame, Ethan.

—¿Podemos hablar?

—¿Sobre qué?

—Sobre nosotros —responde bastante serio. Diviso el cabello rubio de Kim, quien está a solo pasos de nosotros. No tiene caso seguir dándole vueltas a ese "nosotros", no existe tal y no existirá jamás.

—No creo que a tu novia le parezca que hablemos, Ethan —soy honesta y hablo con calma.

—Me importa una mierda lo que le parezca porque no es mi novia. Quiero hablar contigo... necesito de verdad estar a solas contigo.

Baja dos escalones más y comienza a tirar de mí. Miro hacia la mesa en donde está Norma, Eleanor y Kim, no nos despegan la mirada, luego miro hacia mi mesa, David camina directo hacia nosotros y Ethan me mira suplicante y accedo. Salimos al aparcamiento y me abre la puerta de su Jeep. Entro con desconfianza, él sube del lado del conductor y enciende el auto, arranca a toda velocidad y me pongo apresurada el cinturón de seguridad.

—Ethan, ¿qué haces?

—Estoy furioso —apenas y lo escucho, pero me queda claro lo que ha dicho.

—¿Y te desquitas conduciendo como un loco?

—Sí, porque si hago lo que en realidad quiero hacer probablemente me meta en muchos problemas.

—Detente —le pido.

—Quiero besarte, maldita sea —vocifera y aprieta el volante en lo que nos perdemos en una curva—, quiero tenerte cerca, quiero oír el sonido de tu voz, verte siempre que quiera, follarte hasta que te vuelvas loca, tanto como yo lo estoy por ti y no puedo —vocifera frenando en seco, derrapando un poco y saliendo del auto incluso cuando este todavía se mueve un poco por la abrupta manera en la que ha apagado el motor.

Me toma varios minutos recomponerme del susto y cuando al fin parece que respiro con normalidad salgo del auto.

—¿Qué pasa contigo, Ethan? Crees que puedes actuar de esa forma tan irresponsable y sacarme de la fiesta como si tuvieras algún tipo de derecho sobre mí y...

En menos de un microsegundo me coge de la cintura y sus labios asaltan los míos, los presiona con tanta fuerza que hasta duele un poco, se da cuenta y suaviza la presión para entonces tomar mi labio inferior con sus dientes y darle un pequeñísimo mordisco que activa todas mis hormonas y manda señales directas a mi entrepierna.

Un medio beso, ¡un maldito medio beso!, y eso ocurre. Este hombre es dinamita y eso es lo que tan mal me tiene.

Sus manos casi que saltan a mi trasero y lo aprieta con ganas, su boca se mece al mismo ritmo que la mía y su lengua arremete contra mi interior, mis sentidos, mi entereza y todo lo que me mantenga cuerda. Su beso demoledor me arrastra a mis más bajas pasiones, sobre todo cuando sus manos abandonan mi trasero para acunar mis pechos, los amasa con premura, insistencia y una necesidad abrumadora que se esparce por mi piel, por la suya, sin necesidad de quitarnos la ropa.

—Odio desearte como un loco, odio estas malditas ganas de tenerte así —gruñe tomándome de la cintura—, tan cerca...

Introduzco mis dedos en su cabello y tiro un poco, su aroma me invade, es tan delicioso y malditamente sexi, seductor, que en vez de contestarle todo lo que yo odio de la situación, lo beso como una desquiciada sedienta de él y de todo lo que me provoca.

Ni cuenta me doy del momento en el que me tiene debajo de su cuerpo en la parte trasera del Jeep, sus caricias se mezclan con mi vestido y sus manos inquietas se introducen debajo de la tela, sube por mis piernas a paso lento y se me eriza completamente la piel cuando pasa sus pulgares por debajo de mis bragas.

Ataca mi cuello y yo me arqueo para darle más espacio. Baja hasta mi hombro y desliza el tirante con sus dientes lentamente, besando cada parte que va quedando desnuda.

Hace lo mismo con el otro tirante y un ligero suspiro se escapa de sus labios cuando termina de bajar la parte superior de mi vestido, no traigo sujetador, este vestido en particular no lo necesita. Lo único que mira son mis pechos desnudos, mis pezones endurecidos y adoloridos. Besa mi clavícula hasta llegar a mis pechos y acaricia mis pezones punzantes con su lengua provocándome un sinfín de emociones internas que se acumulan todas en mi vientre, en mi intimidad excitada y necesitada.

¡Demonios! Quiero gritar. Succiona uno con sus labios y un gemido se me escapa. Atrapo sus caderas con mis piernas y siento su erección rozar mi entrepierna. Todo viene a mi cabeza; las veces que me ha pedido que me aleje, mi encuentro con ese tipo del rostro tatuado, todos los días en los que no supe nada de él, kim y su maldita melena rubia, mi hermano. Nada me importa, solo este momento.

—Búsquense un motel —escuchamos decir desde un auto que acaba de pasar por la carretera y Ethan se separa de mí, ambos sonreímos.

—No somos buenos desconocidos —susurro.

—Somos los peores desconocidos del mundo —contesta.

CAPÍTULO 11

LA CALMA ANTES DE LA TORMENTA

Me pierdo en el gris oscuro de sus ojos por varios segundos, quizás minutos o puede ser que por casi una hora en la que no nos decimos nada, solo nos miramos fijamente, tiempo que él ha aprovechado para devolver mi vestido a su lugar y simplemente acariciar mis mejillas, ubicar uno que otro mechón de cabello y delinear mis labios con la yema de sus dedos.

Hay una conexión poderosa entre nosotros, no sabría explicarlo con claridad, él me gusta como nunca nada ni nadie me ha gustado en la vida y no sé la razón exacta, pero la forma en la que me mira me deja claro que a él le ocurre lo mismo y es inexplicable, sí, lo es, porque lo que está pasando entre nosotros tiene aroma a prohibido; por Nathan, por los problemas que aparentemente lo rodean, por él mismo y a veces, cuando obtengo un poco de calma mental, por mí.

En la secundaria fui una chica aventurera. Me gustaba ir de fiesta con Norma y besar a todo aquel que me parecía guapo. Los novios no eran lo mío, tuve uno a los diecisiete y no fue de gran importancia.

El accidente de mis padres me había enseñado que perder a las personas que amas es la experiencia más dolorosa del mundo, era una niña y aun así recuerdo el dolor que se instaló en mi pecho cuando desperté en aquel hospital y me dieron la noticia de que mamá había muerto.

Solo un día después, perdimos a papá. Desde entonces, a mí corta edad decidí que es mejor no aferrarse a las personas, y aquí estoy, aferrándome a la idea de que esto es correcto y que debemos estar juntos.

—Ethan, lo que acaba de pasar, ¿qué significa? No pienso seguir en el mismo juego, o te quedas o te largas. Basta de pedirme que me aleje y luego haces escenas de celos.

—¿Escenas de celos? Yo no hago escenas de celos —habla

muy seguro de sí mismo, lo miro con severidad y se ríe abiertamente, como nunca lo había hecho y el corazón me da un salto—, de acuerdo, puede que haya hecho alguna escena.

—Es la primera vez que ríes de esa forma frente a mí.

—No sé qué me estás haciendo, Blair —susurra.

—Quiero una respuesta —le recuerdo.

—Significa que lo he intentado con todas mis putas fuerzas; estar lejos de ti, no pensarte ni desearte ni ir tras de ti, no me lo pones fácil. Simplemente no puedo mantenerme al margen, estás metida en mi cabeza todo el tiempo.

—Desapareciste —lo acuso.

—Creí que hacía lo correcto. No quería que por ningún motivo pensaran que teníamos algo y eso provocara que te hicieran daño de nuevo.

—Pero se terminó ¿sí o no? Me refiero a los problemas con esos tipos.

—Más o menos —responde.

—¿Qué significa más o menos?

—Pues, de momento todo está tranquilo.

—No lo entiendo... —balbuceo.

—Imagina esas riñas entre fraternidades, solo que peor. Imagínalas con peleas hasta dejarte agonizando, amenazas, accidentes, problemas grandes, Blair. Justo eso ha estado pasando entre nosotros y esos tipos. Todo estaba tranquilo, pero Zac cruzó la línea, no te mentí en eso. Sabía que investigarían a Norma y a ti. Al parecer pusieron interés en ti y no en ella. —Me parece estar escuchando la sinopsis de un libro—. Alejarme fue más una estrategia para que se olvidaran de ti y creo que lo he conseguido porque respecto a ti, todo está olvidado.

—Debería asustarme y alejarme yo misma, lo único que siento es preocupación por ustedes, por mi hermano, por los chicos... todos me caen bien y... ¿Por qué no se olvidan de eso? No los provoquen más.

—Es justo lo que estamos haciendo, no provocarlos, no cruzarnos ni de broma por su zona. Todo ha estado bien, de verdad —me asegura.

—¿Por qué Zac pasó los límites? —pregunto más tranquila.

—Eres muy preguntona —sonríe—. Es mejor que volvamos.

—¡Quiero saberlo!

—Pregúntaselo a Zac, es un problema suyo, no me compete andar por ahí gritando a los cuatro vientos sus enredos.

—No eres gracioso —me molesto.

—No intentaba ser gracioso, vamos —me pide sacándome de la parte de atrás y abriendo la puerta del copiloto para que pueda entrar.

—Ethan...

—Blair... De acuerdo, Zac salió con una chica que era la novia de uno de ellos y que una riña haya iniciado por un argumento así es lo más estúpido que me escucharás decir, pero fue justo, así como empezó todo. Estos sujetos se creen dueños de la ciudad y que nosotros somos simples estudiantes que les han dado palizas no les agradó tanto. Esa es la tonta guerra que tenemos, cuestión de ego. Más nada.

—¿Ego? ¿Una chica? ¿Todo lo que ha pasado es porque Zac estaba acostándose con una chica? Sé que te refieres a eso con lo de "saliendo".

—Una tontería, ¿lo ves? Las cosas se han salido de control, es todo. Barak y yo hemos tenido otros roces después de eso. Yo no me doblego ante nadie, Blair.

—¿No?

—No, nadie.

—Pues lamento informarte que te has doblegado ante mí. Y me parece ridículo que tengan tantos problemas por follar.

—¡Oye! —me reprende—, señorita malas palabras, ¿no te das cuenta de que trato de comportarme como un caballero? No hables así, que me pones en un conflicto. Vámonos antes de que te encierre en el Jeep y no precisamente para irnos.

—No has aceptado que te has doblegado ante mí —lo molesto riéndome y subiéndome al Jeep.

—Te gusta saber que me has ganado esta batalla, ¿cierto?

—Me fascina.

—Me has doblegado, pequeña —susurra antes de darme un beso rápido e ir a su asiento.

—Oh, antes que lo olvide. ¿El auto lo compraste o Barak te lo dio? Nathan tiene una versión muy diferente a la mía.

—Lo compré —dice entre dientes—. No podía decirle eso a él porque levantaría muchas sospechas.

—¿De dónde sacaste el dinero?

—¿Cuántas preguntas haces por hora? Es para prepararme psicológicamente.

—Las necesarias. Dime.

—De mis ahorros.

—Ethan...

—No fue nada, no te preocupes y será mejor que inicies a usarlo o me cabrearás de verdad.

—Si quieres que sea más condescendiente tienes que pedir las cosas con dulzura, no con tu humor de perros, cara dura.

—Bien, ¿podrías por favor usar el auto que compré con mis ahorros de años? Se me para el corazón cada vez que creo que te puede pasar algo. ¿Sí?

—Mmm... déjame pensarlo, creo que has fingido esas palabras pero está bien, lo haré, siempre y cuando sea un préstamo temporal.

—Gracias —contesta aparentemente aliviado.

—Entonces... ¿Qué haremos cuando volvamos?

—Vas a estar conmigo, si es lo que preguntas.

—Pero si tú estás con esa tipa de piernas largas y pelo rubio... Tu novia. Además yo estoy con mis amigos.

—El cuatro ojos se mira tranquilo, la chica me da igual, pero el otro... no me fío de él.

—Pero...

—Kim y yo no tenemos nada... serio. Voy a resolverlo en cuanto lleguemos. No más peros, Blair. El resto me importa una mierda.

—¿Nathan también te importa una mierda? —digo de forma graciosa.

—No sé cómo se tome esto —habla preocupado poniendo en marcha el motor.

—Y ¿qué es esto... —insisto.

Toma mi mano y se las lleva a los labios.

—Tú y yo... juntos.

—¿Juntos? —las dudas me carcomen.

—Sí, juntos. Exclusivos, juntos —me explica.

—¿Novios? —Ya lo he entendido, pero toda su seriedad combinada con sus pocos momentos tiernos o más bien débiles, me ganan.

—Pequeña —susurra—, ¿de verdad necesitas que lo llamemos así?

—La verdad sí —digo de forma natural y relajada.

—De acuerdo... novios —suelta.

Un suspiro tonto y muy adolescente se me escapa. "Novios", ha dicho que seremos novios y no voy a mentir, he sentido un subidón de adrenalina intenso. Aprieto un poco su mano. ¿Estoy haciendo lo correcto? ¿De verdad voy a ignorar todas las situaciones raras que han estado ocurriendo? ¿En serio estoy estableciendo algún estilo de relación sentimental con Ethan, el mejor amigo de mi hermano?

Por donde lo vea es una locura total y aquí estoy inocentemente feliz ante tal ocurrencia.

El resto del camino me gana la incertidumbre y aunque odio mentirle a mi hermano no me queda más opción, sé que en algo Mark tiene razón con eso de que podría enredarme con todos menos con Ethan, pues he notado que cualquier acercamiento con los chicos le molesta, no si se trata de su mejor amigo. Si me ha hecho prácticamente toda una escena de celos antes de venirnos a la discoteca y mi hermano ni se ha enterado a pesar de ser testigo. Eso significa que confía muchísimo en Ethan.

Antes de que Ethan llegue a mi puerta yo bajo sola, sus manos viajan a mi cintura y me da un beso tierno que igualmente me afecta.

—No puedo creer todo lo que me haces sentir con un jodido beso —balbucea y me besa una vez más.

—Estamos en las mismas condiciones —confieso también y me cuelgo de su cuello—. Es mejor si fingimos dentro. No quiero que Nathan pierda los papeles, mi hermano es un poco exagerado en cuanto a mis novios —sugiero y comienzo a caminar, pero toma mi muñeca y me recuesta al Jeep. Me besa con delicadeza, ahuecando mi rostro.

—Lo sé, me ha repetido hasta el cansancio que ni se me ocurra verte como mujer, que te vea como su hermana y más nada, pero es imposible para mí.

Sonrío, verlo así, escucharlo de esa forma tan relajada, tranquilo, sin su cara dura me hace sentir en paz. Me mira expectante y acomoda mi cabello detrás de mis orejas y me observa intensamente. Estoy perdida por él y esto apenas inicia.

—Vamos —me indica y lo detengo. La verdad es que no se me apetece nada entrar. Fingiremos que no estamos juntos y lo único que quiero es seguirlo besando.

—¿Y si nos escapamos? —suelto.

—Nathan seguro se está preguntando en dónde estamos —murmura viendo hacia la entrada de la discoteca, hago pucheros con mi boca y él entrecierra los ojos—. Será mejor que te inventes una buena excusa si no quieres que tu hermano termine matándome.

—Hecho.

—¿A dónde quieres ir?

—Donde tú órdenes.

—Ojalá fueras así de condescendiente todo el tiempo —bromea y vuelve a abrirme la puerta del copiloto.

Dentro del auto me pide apagar el teléfono y él hace lo mismo. De inmediato inicio a pensar en qué clase de excusa puede creerse Nathan después de esta locura.

No tengo ni idea hacia donde me lleva hasta que presto atención a los letreros y descubro que vamos hacia el observatorio Giffith, giro hacia él algo emocionada porque en las vacaciones que tuvimos en la ciudad con tía Lili se nos hizo imposible incluirlo en nuestro itinerario por falta de tiempo. Dicen que la vista desde lo más alto del observatorio es digna del desmayo, pues se ve toda la extensión de Los Ángeles.

Ethan me mira de soslayo una y otra vez y no dice nada hasta que aparca lo más cerca que puede de la entrada y bajamos para empezar la caminata que gracias a la hora, no será tan larga, ya que Nathan logró venir en su primer año en la universidad y me mostró videos de las enormes filas que se hacen caminando el largo trayecto.

Supongo que encontraremos todo cerrado, aunque me doy cuenta de que el observatorio es un lugar al aire libre y con grandes campos verdes, así que seguimos caminando y me encuentro embelesada viendo la construcción con esos grandes ventanales de frente, rodeado por montañas y jardines, además, a lo lejos tenemos los rascacielos, las casa, las luces, lo ves todo.

De pronto, un ruido llama nuestra atención.

—¿Eres de las chicas que jamás correrían descalza? —me pregunta mirando mi calzado que no va nada con la ocasión.

Pongo los ojos en blanco y me quito los zapatos de tacón enseguida.

Toma mi mano con fuerza, cuenta hasta tres y corremos tratando de ocultarnos de la seguridad que no tarda en aparecer, al menos vi a dos guardias rondando la zona.

Llegamos atrás del lugar hasta unas escaleras que dicen claramente "solo personal autorizado", pero Ethan saca de su billetera una pequeña tarjeta blanca que pasa con seguridad por el identificador y una de las puertas se abre. Vaya que estoy sorprendida.

—¿Cómo has hecho eso?

—Contactos...

—Oh señor importante —me burlo—. Anda, dime cómo has conseguido eso.

—Si te digo tendría que matarte luego —habla bastante serio, no sonríe ni voltea siquiera a verme, entonces nota que ha sonado a que realmente tendría que matarme y voltea hacia mí—. Estaba bromeando. Vamos.

Dentro hay un planetario que en sus horas de funcionamiento seguro es precioso, pero evidentemente no podemos hacer mucho con eso y salimos de una vez a las instalaciones en las que las luces de la ciudad te dejan casi ciega y abro la boca sorprendida; se mira todo aún mejor que desde los jardines: los edificios, las casas particulares, las carreteras enormes y en líneas rectas, tan bien estructuradas y llenas de autos, en L.A el tráfico nunca para, el aire golpea con fuerza y me estremece.

—¡La vista es hermosa!

—¿Verdad? —dice.

—Se ve todo desde aquí, es increíble.

—Te he traído porque sé que esta ciudad te gusta mucho y este lugar no lo conocías —comenta acercándose a mí con cautela.

—¿Cómo sabes eso?

—Tu hermano.

—Creo que Nathan te ha soltado demasiada información sobre mí, ¿cómo se supone que te sorprenda?

—Créeme Blair, a pesar de todo lo que Nathan me ha contado sobre ti, desde el primer jodido segundo en el que saliste a deambular por el jardín de la fraternidad y te reconocí, hubo más que sorpresa en mí.

Fue como un maldito rayo cayendo sobre mí.

—¿Sí? —Juro que he sentido cosquillas por todo el cuerpo.

—Jodidamente sí.

Me atrevo a entrelazar mis dedos con los suyos y suelta un suspiro. Mira hacia toda la ciudad de una forma tan profunda e intensa y lo imito. No sé cuánto tiempo pasamos así, simplemente acariciando nuestras manos y mirando a la maravilla que tenemos enfrente. Sin darnos cuenta, nos sentamos en el suelo frío y nos recostamos en uno de los muros.

—Esto es... tan normal —habla de pronto y no comprendo sus palabras, tampoco el tono melancólico en el que las ha dicho.

—¿A qué te refieres?

—Salir verdaderamente con una chica... solo pasar tiempo con ella... venir a un lugar como este, tan alejado de mi realidad. Me gusta mucho la normalidad que me ofreces —murmura.

—¿Y cuál es tu realidad, Ethan Johnson? —mi pregunta lo toma lo desubica, en cuanto termino de hablar se pone de pie como si una grúa lo ha levantado del suelo tan rápido, que no me he dado ni cuenta.

—No me hagas caso, a veces digo tonterías.

—No puedes decir algo como lo que has dicho y pretender que no le preste atención.

—Tenemos bastante tiempo para hablar de nuestras vidas, pasado, presente... No quiero amargarte la existencia aún —habla por lo bajo y mirando el suelo, entonces creo entender que "algo" en su vida no está pasando de la forma en la que él quiere, o que es su pasado lo que lo afecta y por eso habla de normalidad. Tal vez solo estoy sacando conjeturas apresuradas.

Él bien ha dicho que tiempo es lo que nos sobra y por eso, me pongo de pie y doy un saltito para quedar a un centímetro de su boca.

Ethan me besa sin perder el tiempo y su lengua me invade con una propiedad innata, el calor de sus manos en mi cintura me hace poner la piel erizada, es una reacción placentera. Como estoy descalza me atrevo a ponerme de puntillas sobre sus pies, no es que me lleve tanta diferencia en estatura, pero mi cuerpo ansía estar pegado al de él, es instantáneo. Me acaricia la espalda con paciencia en lo que su boca arremete contra la mía con lujuria y un deseo tan espontaneo.

—Eres malditamente adictiva, Blair —susurra y se queda unos segundos nariz con nariz, frente con frente, solo absorbiendo mi aroma, yo absorbiendo el suyo—. Será mejor que regresemos, es probable que a estas alturas tu hermano ya haya puesto una denuncia o algo así.

Asiento y recorremos el mismo camino de puntillas hasta que estamos otra vez en los campos verdes, sin embargo, una luz nos apunta directamente y echamos a correr como dos adolescentes. Nos reímos sin parar hasta estar a salvo en el auto y respiramos agitados. Nos la pasamos el resto del camino hablando de cosas triviales como su color favorito: Negro. Su comida favorita: Camarones. Arrugo el rostro sin poder evitarlo.

Su cosa favorita en el mundo: Estar lejos del peligro. Bueno, puede que en realidad no le gusten los problemas y su fachada sea solamente algo obligatorio por ser el presidente de la fraternidad. Toda esa información la he recolectado yo, porque él ya sabía mis respuestas. Nathan Stoms se llevará una buena reprimenda por haberle contado tantas cosas sobre mí. ¿Con qué objetivo lo hizo?

Ya a solo metros de la discoteca el bullicio nos alarma, pronto descubrimos que, en el aparcamiento hay un enfrentamiento. Se me sube toda la sangre a la cabeza al mirar que los chicos, Norma, Eleanor e incluso mis amigos de la universidad forman un bando y unos tipos que desconozco forman otro. ¡¿Qué está pasando?!

Ethan acelera, deja el Jeep a medio camino y gruñe molesto, la cara se le transforma de relajada y sin presiones a la cara malhumorada que generalmente mantiene y comprendo todo aún menos. Desde aquí veo los rostros de pánico de David, Erik y Elena, quienes consiguen llegar a su auto y huir despavoridos. Además, me percato de que la rubia ha desaparecido y que Eleanor trata a toda costa de alejar a Norma del alboroto.

—Blair, quédate aquí, por favor —me pide Ethan y no me da tiempo de responder algo.

Mis ojos lo siguen hasta en donde las personas están reunidas y creo olvidar cómo se respira cuando observo que es mi hermano quien discute acaloradamente con un tipo que le dobla la estatura. Me duele el estómago por los nervios y al mismo tiempo me enfado demasiado. ¿Hasta cuándo dejarán de buscarse problemas? ¿No pueden actuar como lo que son?

Unos simples estudiantes universitarios.

Me siento muy confundida, aun así, me cruzo de asiento y tomo el del conductor por si los chicos corren hacia acá y necesitamos marcharnos enseguida.

Tomo con fuerza el volante, me sudan las manos y el corazón me late con fuerza. La discusión empeora de un momento a otro, Nathan golpea al tipo de piel aceitunada y todo parece pasar en cámara lenta delante de mis ojos.

Ethan intenta separarlos y Norma se suelta del agarre de Eleanor y corre hacia Nathan. Zac, Mark y Tony se lanzan por el resto de los hombres. Lo único que escucho son huesos siendo impactados por puños y patadas.

El tórax se me contrae. Eleanor empuja hacia atrás a Norma mientras el pleito se extiende con personas que han salido a averiguar qué pasa y no tienen relación con lo que está ocurriendo.

Yo estoy estática, sin saber qué hacer.

¿Salgo o me quedo?

Salgo.

Abro la puerta con llave en mano y apenas consigo dar dos pasos, unas manos tiran de mí y me llevan a un lugar seguro, detrás de unos vehículos, reconozco a las personas que me han escondido. Norma y Eleanor. Se escuchan balazos y mi cuerpo entero se congela.

—Es la policía —anuncia Eleanor.

—¿La policía? —Eso no me parece una solución. Busco a Nathan y a Ethan desesperada y dos oficiales los han tomado de los brazos y puesto las esposas. Nathan tiene el labio lastimado y Ethan sangra mucho de la cabeza.

Hago el intento de salir corriendo tras ellos, pero Eleanor me detiene y Norma la ayuda.

—Blair, si te miran te llevarán como al resto.

—Pero están heridos —intento soltarme.

—No podemos hacer mucho —interviene Norma. Está más blanca que una hoja de papel.

Los latidos de mi corazón ahora parecen explotar en mis oídos y decido hacerle caso a mi amiga, si salgo, me llevarán y no podré ayudarlos.

Trato de respirar con calma todo lo que esperamos ocultas.

La espera se me hace eterna y no es hasta que no se escucha ni un solo sonido que Eleanor nos hace una señal con su mano para salir de donde estamos.

Ella camina con una seguridad poco creíble, a pasos firmes, sin verse descompuesta o siquiera nerviosa por la situación, es como si tuviera nervios de acero.

Se pasa las manos por el cabello y nos mira como si ella fuese la maestra desesperada por unos niños de primero de primaria.

—Escuchen chicas, sé que se han asustado y que no están acostumbradas a estos enfrentamientos ni a toda la mierda de problemas que tenemos, pero necesito que se controlen porque la única forma que tenemos de ayudar a nuestros amigos es esa.

Control, esa es la clave, control —repite y no entiendo nada.

—Estoy controlada —es lo que digo, claro que tiemblo de pies a cabeza, pero tiene toda la razón, mi objetivo es ayudar a los chicos, si lloro y tiro de mi pelo no lograré nada, si respiro y controlo mis nervios, encontraré una solución. Eleanor me mira curiosa.

—¿Dónde está el vehículo de Ethan?

—Allá —señalo—, tengo las llaves. Yo conduzco.

Ignoramos a qué distrito se han llevado a los chicos, pero concluimos en que no puede ser otro más que el que está en esta zona. Veinte minutos después aparco el Jeep en la estación de policía más cercano y antes de bajarnos, Eleanor saca su teléfono y marca un número.

Se mira en el espejo retrovisor mientras espera que contesten su llamada y saca de su bolso un labial y se retoca los labios. ¿En serio? Su tranquilidad da miedo, lo que me indica que no es la primera vez que tienen esta clase de problemas.

—González —habla cuando le contestan desde la otra línea—, los han cogido otra vez. ¿Puedes ayudarnos? —Silencio—, sí, los hombres de Barak.

Intercambia otro par de palabras, pero ya no escucho el resto, porque lo único que pienso es en ese maldito nombre: Barak.

CAPÍTULO 12

ESA CHICA ES MI NOVIA

No puede haber dos Barak con quien los chicos tienen problemas, ¿verdad? Sería demasiado curioso e improbable que esa sea la realidad. Por supuesto que se trata del mismo tipo que me robó el coche y me atacó frente a la residencia. Pero ahora mismo dejo a ese hombre a un lado porque mi interés total lo tiene el dichoso González.

—¿Quién es González? —la pregunta sale antes de que pueda detenerla.

Eleanor se queda varios segundos callada y finalmente gira hacia mí con la evidente calma que sigue sin ser comprensible para mí.

—La persona que sacará a los chicos de la cárcel en un tronar de dedos.

—De acuerdo, pero ¿quién es? —Sus labios se fruncen.

—Es un familiar de Tony, un tío que tiene mucho dinero y nos ayudará con la fianza que seguramente nosotras no podremos pagar. No te preocupes, Blair.

—Bien —es todo lo que respondo. Está muy segura de que se pagará una fianza, a pesar de que no hemos entrado a averiguar la situación real, quizás solo los hagan pasar el resto de la noche y más nada. En todo caso, el hecho de que un tío de Tony esté tan dispuesto a pagar no solo la fianza de su sobrino, sino, la de todos los chicos, llama poderosamente mi atención.

Salimos del coche y en un par de pasos ya estamos en la estación de policías. Me siento junto a Norma en una pequeña banca junto a la pared y espero a que Eleanor termine de discutir con el policía de la ventanilla, no sé qué demonios trata de lograr.

Me llegan frases incompletas, como: solo estaban defendiéndonos, imbécil.

¿De qué droga me hablas? Además de muchos más insultos hasta que Norma decide intervenir y la sienta junto a nosotras.

—¿Has dicho drogas? —murmuro.

Eleanor me mira fastidiada de verdad, niega con la cabeza y

vuelve a ser la misma dulce de siempre.

—No cariño, bueno sí, pero es que me han dicho que les han encontrado droga a los chicos y puedo asegurarte que no es así. Los tipos de Barak seguro que sí la traían.

Ese tema de las pandillas me tiene un tanto cansada, otra vez me han mentido. La rencilla entre ambos grupos continúa y parece no acabar nunca.

Sofocada me hago una coleta con una liga que traigo en la muñeca y no me queda nada más que esperar a que González aparezca para que los chicos salgan.

Pasa un ahora exacta —lo sé porque no he despegado mi mirada del reloj— cuando entran dos tipos muy raros a la estación, un tercer sujeto se queda en la puerta observando a cada punto, cada espacio, nuestros rostros.

TODO.

Los dos primeros hacen lo mismo mientras caminan y uno de ellos saluda a Eleanor con un leve movimiento de cabeza. Ella se mueve mucho en el asiento hasta que decide ponerse de pie y salir a la calle, no sé qué hacer, si seguir a Eleanor o averiguar quién de estos tres tipos es González.

Uno de los sujetos se acerca a la ventanilla y habla con el policía, este parece contentísimo cuando el tipo menciona la palabra "gratificación" si deja ir a los chicos, el otro tipo saca una pequeña bolsa café y la acerca al policía.

No hay más palabras, ni una explicación válida de lo que ha pasado, ni siquiera firman nada y mucho menos esperan más.

Giran sobre sus pies, nos miran de reojo y es cuando me pongo de pie y camino hasta la entrada guardando mi distancia.

Eleanor está hablando a través de la ventanilla con un hombre de tez clara, pelo rizado con algunas canas reflejadas, tiene los ojos claros y un tanto rasgados, sus facciones duras y algunas marcas en la piel me hacen dar un paso hacia atrás.

Trae un reloj gigante en su mano que aparentemente es de oro, quizás es imitación o quizás no, se supone que tiene dinero.

Sus manos gruesas acarician las manos de Eleanor y ella le sonríe con complicidad.

Los ojos del hombre se encuentran con los míos y dejo de respirar, él, en cambio, con una tranquilidad igual o peor que la de

Eleanor horas atrás, le susurra algo al oído a ella y sube el cristal polarizado de su ventana.

El auto se pone en marcha y los tres sujetos que aún estaban afuera aguardando se suben enseguida en una camioneta todo terreno de color blanca y salen a toda prisa detrás, pero no es la única que se les une. Me doy cuenta de que había cinco autos más esparcidos por la cuadra y si antes me sentía confundida, ahora me siento peor. ¿Quién demonios es González?

Eleanor ni se inmuta al volver dentro, me ignora y pasa directamente a hablar nuevamente con el de la ventanilla.

—¿Viste eso? —le pregunto a Norma, quien a pesar de no haberse puesto de pie, estoy segura de que ha visto todo desde la ventana.

—Ajá —es lo único que sale de su boca.

—¿Ajá? ¿Quién demonios es ese tipo para tener tanta seguridad? Lo de las pandillas no me termina de convencer y los chicos están metidos en más problemas de los que sabemos.

—¿En serio, Blair? ¿Quieres ponerte en plan detective justo ahora? Nathan está herido, quizás necesita ir al hospital y qué importa si ese tipo es un don nadie o el presidente, lo que importa es que saldrán y luego podremos averiguar qué ha pasado, la pelea empezó de la nada, discutían por la zona o algo así. No conseguí escuchar.

—Pero es que...

—Sé que es sospechoso, lo sé, por ahora lo importante es que estén libres.

Suspiro derrotada, tiene razón.

Se tardan otra hora más en liberarlos y yo no he vuelto a abrir mi boca hasta que una de las puertas se abre y el rostro de mi hermano acapara toda mi atención. ¡Al fin! Salgo despavorida hacia él y lo abrazo olvidándome de que seguro está golpeado y con alguna herida que no diviso enseguida. Él me recibe y me rodea con sus brazos y me da un beso en la frente.

—Estoy bien, Blair —me intenta tranquilizar. Nathan sabe que por muchos años mi vida siguió funcionando gracias a él; después de la muerte de nuestros padres me llevó trabajo volver a lo mío; mi rutina, la escuela, mis actividades y eso que solo era una niña.

La pérdida me golpeó bastante, él era quien me obligaba a salir de la cama, me animaba, me abrazaba y lloraba conmigo, encerrados en el closet de papá y mamá con toda su ropa rodeándonos hasta que el pecho dolía menos. Sabe muy bien que cualquier situación que lo ponga en peligro me alarma, que me importa tantísimo, que es pieza fundamental en mi vida y seguro me ha imaginado aquí afuera volviéndome loca.

—¿Estás bien?, ¿te llevo a un hospital?, ¿te hicieron algo ahí dentro? Nathan, habla —tartamudeo mirándolo de pies a cabeza.

—Tranquila, enana, estoy perfectamente. Te lo prometo. ¿Tú estás bien? Ethan me ha dicho que te sentiste muy mal y te llevó a una farmacia, que justo estaban volviendo cuando la pelea se desató.

Abro los ojos como plato, eso solo indica que lo ha interrogado y yo ahora estoy desarmada, ¿malestar? ¿Le habrá especificado algún tipo de malestar?

—Luego hablamos de eso, me he asustado mucho —sollozo, en parte porque todo lo que ha pasado me tiene revuelto los pensamientos, y la otra parte de mi sollozo se debe a que estoy exagerando para que olvide mi supuesto malestar.

—Lo siento mucho, hermanita. Esos hijos de puta que no se cansan de molestar.

—Nathan, me parece que... —mi oración es interrumpida cuando la puerta vuelve a abrirse y aguardo con la esperanza de que esta vez sea Ethan, sin embargo, es Tony y Zac, los miro preocupada porque traen algunos golpes encima y me tranquilizan dándome un apretón de hombros y repitiendo que están bien.

Mark es el siguiente, tiene el pómulo inflamado y a él le doy un abrazo, no sé por qué he sentido ese impulso, quizás porque después de Ethan es con quien más he tenido cercanía.

—Ojalá nos dieran palizas más seguido —murmura y eso me saca una sonrisa.

Alguien se aclara la garganta y me aparto de Mark como si me hubieran empujado.

Mi chico cara dura está ahí, con la frente llena de sangre seca. Por un momento pienso que lo mejor es fingir y solo preguntar por su estado de forma disimulada.

No puedo.

Lo nuestro apenas empieza y el solo hecho de verlo así me dan unas ganas profundas de arrancarme la cabeza, quizás Ethan y yo hemos hecho algún tipo de conexión especial, una más profunda, no lo sé, tal vez estoy loca y solo soy una de esas chicas que en cuestión de horas se ilusiona a lo tonto, tal y como los libros que leo, igual que todas las veces que dije que esto no me pasaría.

Mis pies se mueven solos y me pierdo entre su pecho endurecido, sus brazos fornidos y el calor de su cuerpo cobijando el mío. No puedo evitarlo más y la mujer dramática y sentimental que vive en mí decide aparecer. Él me estruja contra mi muralla personal o así he decidido llamar la protección rara y exagerada que siento cada vez que me envuelve con sus brazos.

—Estoy bien, pequeña. Estoy bien, de verdad, esta sangre no es nada —intenta restarle importancia hablándome con suma calidez al oído en lo que pronto siento los ojos de los demás sobre nosotros.

Me aparto. Un problema por relaciones presuntamente prohibidas es lo menos que necesitamos. Aunque sigo mirando con detenimiento esa herida que no luce nada bien. Él, de forma meditabunda me observa un poco y acaricia una de mis mejillas ignorando al resto.

—Por favor, tranquilízate. Estoy bien, de verdad —repite y asiento convencida de que la única forma que tengo para calmar mis emociones es creyendo, al menos, momentáneamente que todos están bien y que esta solo ha sido una pelea esporádica, a pesar de saber a la perfección que Barak está involucrado, que el tío de Tony parece un sicario y que nada, NADA, es normal.

—Necesitas ir a un hospital —susurro nerviosa.

—No quiero ir —se niega. Aun cuando necesita puntadas.

—No te lo estaba preguntando, te estaba informando. Anda, camina.

—Te ves graciosa imitándome —susurra aún más bajo aprovechando que el resto está hablando como loras drogadas.

—Por favor... —vuelvo a ser yo.

—¿Eso te haría feliz?

—Muy feliz, gruñón.

—Entonces iré —contesta decidido.

Apresuro a todos a subir al Jeep, quiero salir de este sitio ahora mismo.

Eleanor y Ethan tardan más en subir e intercambian palabras que no escucho del todo. No sé si estoy entrando en estado de locura, detective privada o es simple paranoia, ahora todo lo que hacen me resulta extraño.

Durante el camino a la fraternidad nadie dice una sola palabra. Eleanor no menciona a la persona que ha pagado la fianza y ellos tampoco preguntan, lo cual es sumamente raro. Ethan por supuesto ha estado a nada de criticar mi forma de conducir, una mirada ha bastado para que siga callado. Ya le estoy encontrando la forma de que ese estilo suyo de don mandón se reduzca.

Al llegar a la fraternidad todos bajan del auto, menos Nathan, Norma, Ethan y yo.

—¿Ahora si me dirás por qué tardaron tanto en la farmacia? —pregunta mi hermano de pronto. Pongo la cara más seria que puedo y giro hacia él.

—¿De verdad te interesa saber? ¿O lo único que quieren es que no haga preguntas? Y eso último es para los dos —los acuso.

—Yo le explico, Nathan —responde Ethan.

—Ethan, si Blair y tú... —inicia mi hermano pero basta una sola mirada asesina de Ethan para que cierre el pico.

—Yo le explico —repite severamente y mi hermano enfurece.

—No te confundas, aquí, con ella, somos amigos y me jode que me quieras ver la cara de idiota —le grita bajando apresurado del Jeep con Norma detrás.

Suspiro agotada de tanta confusión, ¿por qué todos hablan en clave? Ethan intenta imitar a Nathan y lo tomo de la chaqueta.

—¿Adónde crees que vas? Tenemos que ir al hospital.

—Me siento agotado.

—Pues lo siento mucho, tendrás que ir al hospital, y luego tendremos una larga charla, Johnson.

—Bien. —Baja del auto y pronto lo tengo abriendo mi puerta y tomándome de la cintura—. Baja de ahí, estás en mi puesto.

—¿Disculpa?

—Me tomé la molestia de contar cuántas veces casi te estrellas —dice entre dientes.

—¡Eso no es cierto!

—Yo manejo —insiste.

—Ethan, no estás en condiciones —argumento.

De un momento a otro, quita el cinturón de seguridad, me sujeta con más fuerza y me arrastra hasta el piso en lo que ha frotado su cuerpo con el mío con habilidad.

Se me reseca la boca cuando hace movimientos lentos hacia adelante presionando su virilidad endurecida contra mi sexo como si estuviera entrando y saliendo de mí.

Me aclaro la garganta porque en una situación como la que recién hemos vivido, estar actuando de esta manera es absurdo.

—¿Ves lo bien que me encuentro? Yo manejo —repite.

—Esto es manipulación —me quejo y finjo estar molesta.

—No, solo es una demostración de mis habilidades —está bromeando y sus manos suben con lentitud hasta mis pechos y los acuna con sus grandes manos.

—Ethan, estamos en la calle —le recuerdo.

—Cierto, ve a tu lugar —me indica y afectada hasta las narices me separo aturdida y muevo mi trasero hasta el asiento del copiloto. Conduce ciertamente mejor que yo, vamos, que yo aprendí y no había tenido un auto hasta que él y Nathan me regalaron uno.

Entramos a emergencias y afortunadamente el lugar está casi desolado. Damos nuestros datos en la recepción y una enfermera demasiado amable con Ethan nos lleva hasta una camilla. Examinan su herida. Yo tenía razón, necesita puntadas.

La enfermera, llamada Maura, que evidentemente no siente empatía por mí, me pide que salga a la sala de espera y cierra la cortina de color celeste.

Finjo irme, pero en realidad me quedo detrás de la cortina.

—Entonces, guapo. ¿Qué te ocurrió? —Pongo los ojos en blanco, ¡en serio está coqueteando con Ethan!

—Una pelea —contesta Ethan con la voz temblorosa, seguro le están limpiando la herida.

—¿Por la chica? —pregunta.

—Algo así —responde Ethan.

—No creo que haya valido la pena. —Me muerdo el labio para no entrar y tomarla de su sombrerito de enfermera ridículo.

—Bueno, yo creo que sí. Esa chica es mi novia. —Un licuado de emociones se instala en mi pecho al escucharlo. Soy su novia.

La mujer no habla más, los pequeños gemidos de Ethan me indican que están suturando su herida. Me voy volando en una nube de algodón hasta la sala de espera.

Sé que mi atuendo es llamativo, pero no tengo de otra que intentar cubrir mis piernas con mis manos. Mientras espero, imagino que aparecen las cámaras de ese famoso programa de Discovery Channel; sala de emergencia. En Portland tía Lili y yo lo veíamos todos los domingos. La extraño.

Mi ahora "novio" al fin sale a la sala de espera y me encuentra más dormida que despierta. Son más de las cuatro de la madrugada. Lo miro con los ojos entre cerrados y antes de que le diga una sola palabra, me alza en sus brazos.

—¿Qué haces? ¡Bájame!

—Estás cansada, te llevo a casa.

—Pero Ethan tú estás...

—Estoy bien —me interrumpe y me acomoda mejor.
Apoyo mi rostro en su pecho y dejo que me lleve hasta el Jeep. Me deja en el asiento del copiloto. Me he dormido todo el camino, abro un poco los ojos hasta que estamos subiendo unas escaleras y entonces los abro por completo. Estamos en la fraternidad.

—Ethan, podrían descubrirnos —le digo intentado bajarme de sus brazos. No lo logro, tiene el triple de fuerza que yo.

—No te preocupes, pequeña. Quédate conmigo, ¿sí? —Me da un ligero beso y asiento varias veces. Miro hacia el final del pasillo, cualquiera de esas es la habitación de Nathan, todo está en completo silencio.

—Es la última —me lee el pensamiento y me quita una duda—, está lejos, no te preocupes.

Entramos a su cuarto y esta vez, cuando enciende una lámpara cerca de su cama aprovecho para observar con detenimiento su habitación, no hay mucho por ver, más que su cama, las mesas de noche a los lados, el armario y unos cuadros colgados en la pared.

Tiene un escritorio pequeño y una máquina de escribir de esas antiguas, hay acumuladas unas cuántas hojas al lado y cuando intento tomarlas su mano me detiene.

—Eso es privado.

—¿Escribes? —es mi respuesta.

—A veces —comenta apenado. ¿Por qué?

—¿Te avergüenzas de escribir? Es algo hermoso y que lo hagas en una máquina antigua es asombroso.

—¿Te lo parece? Los chicos suelen burlarse.

—Los chicos son unos idiotas. Déjame ver —le pido.

—No. Quizás otro día, es algo que hago para relajarme, normalmente me estreso mucho.

Se acerca al escritorio, abre uno de los cajones, guarda las hojas y cierra bajo llave.

—¿Cuántos secretos ocultas, Ethan? —pregunto con seriedad.

—Muchos —habla y camina hacia la cama, se quita las botas y se queda mirando la pared. Me quito mis zapatos otra vez y camino descalza a su lado. Me siento y enrosco una de sus manos con la mía.

—¿Qué fue lo que pasó? —averiguo de una vez.

—Es tarde.

—Lo sé, pero no voy a dormir ni cinco minutos si sigo con todo este remolino de preguntas. No es la primera vez que están en prisión, ¿cierto?

—No.

—¿Me explicas? —Presiona mi mano un tanto y chasquea la lengua.

Unos segundos después me da la explicación que tanto necesito. Es la tercera vez que caen en prisión por el mismo problema, no importa cuánto se alejen ni cuánto lo intenten, Barak y su gente siempre consiguen provocarlos y alterarlos, parece una riña sin fin. Me deja claro que ellos hacen todo para terminarla y que aparentemente no depende solo de ellos. Mi preocupación aumenta, claro, pero saber la realidad me tranquiliza un poco.

El grupo de Barak aprovechó el alboroto para meter droga en su chaqueta y por eso los han retenido más tiempo en la policía. Gonzáles sí es un tío de Tony, pero no tiene idea a qué se dedica ni por qué tanta seguridad, lo último me lo dice porque también he expresado mis dudas al respecto, incluso concuerda conmigo en que no puede ser nada bueno y que intentará no volver a recurrir a él para brindarme más tranquilidad.

Además, tratará de encontrar otro trabajo ya que me cuenta que tanto él como el resto de los chicos hacen trabajos para el famoso González.

No tengo tiempo ni de preguntar qué clase de trabajos, pues él mismo me lo dice. El hombre tiene bodegas en algunas zonas de la ciudad y los trabajos que hacen para él, es asegurarse de que nadie robe lo que tiene dentro. Mi mirada acusadora le deja claro todos mis pensamientos.

—Lo sé, pequeña, sé que se escucha muy sospechoso, pero solo lo hacemos por el dinero. Nos paga bien.

—Pero...

—Ya te he dicho que lo dejaré y que haré que los chicos o al menos tu hermano también lo deje. Solo quiero que estés tranquila, que no tengamos problemas.

—¿De verdad lo harás?

—Te lo prometo.

—¿Por qué todos tienen que hacerte caso? Me refiero a los chicos. —Ya que está tan hablador y colaborador no pierdo oportunidad para hacer más preguntas, después de todo no he pasado por alto la forma en la que le habló a mi hermano y las palabras de Nathan.

—Eso es porque estoy a cargo de la fraternidad, la persona que me ayudó a entrar a la universidad me explicó la mala reputación de esta y que estaban por cerrarla, por si no lo sabías las fraternidades dejan dinero, de mi cuenta corre que todo siga como antes sin que nos pongan reportes y la cierren.

Me interesa hacer bien mi trabajo mientras termino mis estudios, luego que le prendan fuego si quieren, es mi único boleto para estar aquí. En realidad, es una tontería.

Pienso lo mismo internamente, ¿tanto alboroto y reglas y humor de mierda por una fraternidad? Mas no se lo hago saber.

—Gracias por decirme todo. La verdad es que me estaba imaginando muchas locuras.

—¿Cómo qué clases de locuras?

—No lo sé, el tío de Tony parece un sicario, y ustedes saben usar armas y...

—No hacemos nada malo —dice sin verme y apretando aún más mi mano—. Ya no hablemos más de eso. Lo único que me interesa es que tú estés bien, tranquila, a salvo y que lo de Barak se termine.

—Me siento segura cuando estás conmigo —le informo poniéndome de pie.

—¿Sí?

—Sí —afirmo—. ¿Todo sigue igual entre nosotros? —solo quiero confirmar.

—Sí, señorita, seguimos estando juntos. Novios, como te gusta llamarnos.

—De acuerdo, suficiente por hoy. ¿Me prestas una camiseta? —No quiero dormir con el vestido.

Ethan señala el pequeño armario cerca de la puerta y lo abro como si esto se tratara de rutina. Saco una camiseta blanca y cierro las puertas. Lo veo tan entretenido quitándose la ropa que comienzo a hacer lo mismo.

Bajo la cremallera de mi vestido y el sonido parece llamar su atención. Por un segundo me quedo sosteniendo el vestido con mis manos, pasado ese segundo lo dejo caer.

El vestido impacta con el suelo y bajo mis manos hasta mis caderas y muerdo mi labio porque no sé si estoy haciendo el ridículo o realmente estoy causando algún efecto en él.

—¿Quieres matarme? —Habla con la voz tan ronca que una explosión instantánea se ha creado en mi interior. Niego con mi cabeza y le sonrío.

—Solo estoy cambiándome —contesto inocentemente.

Me pongo su camiseta y mis pechos desnudos se trasparentan, una risa se me escapa. Soy consciente de que la camisa llega con dificultad a mis muslos. Miro el reloj y ya son las cinco.

—Métete a la cama, debes descansar. —Me acerco a él y le doy un cuidadoso beso en la boca. Me envuelve en sus brazos con tanta rapidez que ahogo un pequeño grito. Nos besamos mientras ambos nos reímos sobre los labios del otro.

—Pequeña seductora, ¿crees que puedes prácticamente desnudarte frente a mí y esperar que yo me quede tranquilo?

—Sí —miento y me paralizo cuando sus manos se introducen dentro de la camiseta y recorre mi torso con lentitud, acariciando cada parte como si quisiera recordarla por siempre. Sus ojos me miran fijamente e intento sostenerle la mirada, lo cual es sumamente difícil. El gris de sus ojos es tan intenso que termino perdiendo el juego.

—Ethan —susurro cuando sus manos llegan a mis pechos, sus pulgares hacen círculos placenteros y perfectos sobre mis pezones hasta que me empiezan a doler y punzar.

Separa sus manos solo para quitar la camiseta y quedo casi totalmente desnuda, únicamente con mis pequeñas bragas.

—Eres tan hermosa, Blair, que estás haciendo que pierda la razón poco a poco.

—Y tú haces que pierda la mía —es mi respuesta. Me siento a horcajadas sobre sus piernas y él presiona mis muslos en lo que me come la boca con bravura.

Sus dedos se mezclan con la tela de mi braga y me tumba sobre la cama atacando mi cuello, mi clavícula, está por llegar a mis pechos cuando presiona sus rodillas sobre el colchón y se queja. Le doy espacio y él se lleva ambas manos a la pierna izquierda.

Hasta entonces me percato de que tiene un círculo bastante grande entre morado y azul. Recojo la camiseta del suelo y me la pongo de nuevo. Enciendo todas las luces y ahora veo mejor.

—¿Cómo has podido cargarme con tu pierna así? No debiste.

—No es nada, mañana se verá mejor —intenta calmarme y yo muevo mis manos nerviosa—. Vuelve aquí —me pide y hace pucheros.

—Nada de eso, métete debajo de las sábanas. ¡Ahora!

—Blair, vuelve aquí, te necesito.

—Hazme caso, Ethan.

—Como que te estás volviendo mi reflejo, mandona.

—Solo te cuido.

—Pero yo necesito estar dentro de ti —dice en total confianza.

—Y yo necesito que te mejores para que puedas estar dentro de mí —le sigo el juego.

—¡Blair!

—Anda, haz caso, y descansa.

Resignado a que no moveré ni un solo pie hasta que se meta debajo de las sábanas, resopla y me hace caso finalmente y lo imito. En cuanto me tiene cerca introduce sus manos debajo de la camiseta y me toma los pechos, dormimos de esa manera y por primera vez durante muchísimo tiempo, me siento igual que cuando papá y mamá aún dormían frente a mi cuarto: segura de que nada malo me ocurrirá.

CAPÍTULO 13

JUEGO PELIGROSO

Mis ojos se abren de manera automática, sin alarma, sin algún tipo de ruido que me sobresalte. Simplemente me despierto con mucho interés en averiguar más sobre el verdadero problema que tienen los chicos con esa pandilla. El hecho de que no importe lo que hagan para alejarse, porque de alguna u otra forma volverán a buscarlos, me altera demasiado.

Me muevo un poco para confirmar si tengo a Ethan pegado aún y en efecto, lo está, incluso más cerca de lo que recuerdo. Honestamente no quiero salir de la cama, prefiero quedarme contemplándolo. Sé que en parte estoy ya algo cegada por él, que me ha atrapado, soy prisionera de la seguridad que emana, la imponencia que transmite. A él le gusta la normalidad que le doy y a mí me gusta la adrenalina que le ha inyectado a mi vida.

Pero, tengo cosas por investigar, me escapo de su agarre y salgo como puedo y lo más silenciosamente posible de la cama, camino de puntillas por el lugar y me doy cuenta rápidamente de que no hay mucho en donde husmear, lo único que sigue llamando mi atención es el escritorio con la máquina de escribir antigua en el centro. Mis ojos se clavan en el cajón en el que ha guardado los papeles y como está bajo llave inspecciono toda la habitación en busca de lo que me permitirá abrirlo.

Me parece recordar que ha guardado las llaves en la gaveta de su mesa de noche y vuelvo a caminar de puntillas, abro con sumo cuidado y ¡bingo! Aquí están. Hacen un poco de ruido y Ethan se mueve un tanto, dejo de respirar porque si se despierta y me atrapa quizás se moleste.

Regreso al escritorio, y en cuestión de segundos consigo lo que quiero: las hojas que ha guardado con tanta urgencia horas antes. Las tomo con mis manos y leo lo que parece una historia o algo así.

"Si tan solo tuviera la oportunidad de abandonar ese mundo oscuro; las amenazas, el poder, las muertes. Si tan solo fuera un tipo común y corriente, le entregaría mi corazón y la dejaría hacer conmigo lo que quisiera. Me permitiría sentir más allá que un deseo, le daría paso a mi alma a encontrar un lugar seguro, le daría mis miedos, me mostraría tal cual soy... la amaría, pero no puedo, no debo, no soy libre".

Me quedo demasiado tiempo impactada al leer las palabras, si no las hubiera encontrado en su cuarto y no lo miro esconderlas, jamás creería que han salido de él, que han sido escritas por sus manos y creadas por su mente. Ethan Johnson destila cualquier cosa, menos ser un romántico empedernido.

Confundida y hasta impresionada por ese grito de ayuda secreto que ha dejado impregnado en solo ese párrafo, leo con rapidez el resto. Me conmueve hasta el punto de las lágrimas, siento cómo mi piel se eriza al llegar a la parte en la que habla de estar solo, sin nadie, sin nada que lo motive a ser mejor, a escapar.

Levanto la mirada al terminar y al hacerlo, Ethan está sentado sobre la cama, mirándome con atención y no sé si nervioso o muy, muy enojado por mi intromisión.

—Te dije que eso es privado —murmura las palabras, hay cabreo en ellas y me arrepiento de haber sido una chismosa de primera, pues sí, supongo que es lo más privado que hay en su vida ya que en el día a día da la impresión de ser intocable, de no temerle a nada. Quizás solo estoy exagerando y es un relato, más nada.

—Lo siento, de verdad yo...

—Creo que es mejor que te marches —dice entonces y me congelo.

—Ethan. de verdad, esto fue una inmadurez de mi parte. No debí, perdóname... yo solo me quedé intrigada, es todo.

No puede ser que arruine nuestro intento de relación en cuestión de horas.

—No te preocupes, cuando haya recuperado mi dignidad, te buscaré. Vete —me pide una vez más.

—¿Estás avergonzado por lo que leí? —me atrevo a preguntar arriesgándome a que el cascarrabias aparezca de nuevo y me eche realmente de la fraternidad.

—¿Por qué no te vas y hablamos luego? —insiste ya sin mirarme.

—¿Y por qué no me contestas? ¿Te avergüenzas? ¿Crees que voy a reírme? Yo no soy uno de tus amigos Ethan, lo que escribiste ahí me parece realmente hermoso y doloroso y me hizo sentir demasiado y...

—Eran mis secretos, era mi privacidad. No estoy acostumbrado a compartir mi vida con nadie, mucho menos mis miedos y te has atrevido a invadir mi espacio de esa forma. No cabe duda de que eres una niña caprichosa en la que jamás debí poner mis ojos, pero cometí el error de olvidar que mi vida es una mierda y aquí estamos —brama furioso—. Dame un momento, ¿sí?

Trago saliva con dificultad y decido hacerle caso y marcharme. Puede que esas hojas me hayan dejado claro que Ethan no es quien aparenta ser, y él me ha dejado aún más claro que no piensa compartir sus secretos conmigo y mucho menos lo que sea que lo atormenta. Así que me largo, en ocasiones raras y esporádicas es mejor retirarse y no echarle más sal a la herida.

Me visto aún ante su penetrante mirada, me ha visto desnuda ya, qué más da que me vea una última vez. Camino apresurada hacia la puerta y ni siquiera me molesto en voltearlo a ver. Él ni se inmuta y me deja ir con bastante facilidad.

Justo al bajar las escaleras me encuentro cara a cara con Eleanor y trato de recomponerme un poco.

—¿Qué te hizo el imbécil? —suelta sin dudar. Vaya, no pensé que una discusión con cara dura se me notara en cada maldita expresión del rostro.

—Nada.

—Blair —me llama cuando ya voy por el último escalón—, sé que estabas con Ethan, me pidió que entretuviera a Nathan para que pudieran salir con calma de la habitación, de hecho, tu hermano y su novia están bastante lejos de aquí haciendo cierta cosilla por mí —comenta y me quedo quieta sin saber qué decir. He hablado un par de veces con Eleanor pero eso no nos convierte en amigas, al menos no aún—. ¿Quieres compañía? —agrega.

—No es necesario —musito.

—Anda, que no muerdo —me dice y pronto la tengo a mi lado. Termino asintiendo. Quizás ella, que es muy cercana a Ethan, pueda aclararme el panorama.

Salimos de la casa y al principio caminamos en silencio.

—¿Vives en la fraternidad? —rompo el hielo.

—No, tengo mi propio apartamento, es pequeño pero me lo pago yo solita y tengo más privacidad. Aunque a veces me quedo a dormir con Tony.

—Tú y Tony...

—Somos mejores amigos, él y Ethan son como mis hermanos. Si lo preguntas por lo que pasó en la playa, Tony me ayudó a descubrir que no me gustaban los chicos y decidimos ser amigos.

—¿Desde hace cuánto conoces a Ethan?

—Desde hace muchos años. ¿Qué te hizo ese idiota? No me digas que volvió a su faceta de negación y te ha alejado nuevamente.

—Más o menos. No lo entiendo, hoy es lindo y mañana un auténtico hijo de puta.

—Así es él. Es un buen tipo, pero carga con demasiadas cosas, muchas responsabilidades. Le dije que si de verdad estaba interesado en ti debería olvidarse de su carácter de mierda —se ríe.

—Bueno, digamos que esta vez yo he hecho una pequeña travesura que lo ha puesto de mal humor —lo defiendo sin darme cuenta.

—¿Qué le hiciste?

—Le he leído un escrito —solo hago el comentario con la intención de saber si realmente se lo oculta a todo el mundo.

—Ya me imagino la cara de ese desgraciado. La única vez que alguien intentó leer lo que escribe en esa máquina antigua le dio unos buenos guantazos a la persona en cuestión.

—¿A quién?

—Nathan. Así se hicieron amigos.

—¿¡Qué!?

—Sí. Los chicos retaron a Nathan a averiguar qué demonios escribía Ethan, fue su reto de iniciación. Ethan luego se disculpó, se emborracharon y terminaron siendo amigos, formando parte del grupo. La vida de Ethan no es sencilla, Blair. Si quieres estar a su lado tienes que aprender a respetar esa parte que no comparte con nadie. Tú lo miras así, con su cara de malo todo el tiempo, yendo con nosotros de un lado a otro, frío y calculador y, en realidad es alguien muy solitario.

Le ha costado un mundo aceptar que lo has hecho… sentir.

Me río al imaginarme toda la escena, a pesar de que mi hermano se llevó unos buenos guantazos, luego me entristezco porque no sé qué tanto pueda soportar el estar con alguien que no desea abrirse con nadie, ni siquiera conmigo.

Sin darme cuenta hemos llegado rápidamente a la residencia y le agradezco a Eleanor la compañía, no sin olvidar preguntar: —¿Por qué te has ofrecido a acompañarme?

Me pareció que ayer te enfadaste un poco con mis preguntas.

Ella se ríe un poco.

—Si formas parte de la manada, entonces la manada te cuida como si fueses el jodido presidente del país.

Se despide dándome un apretón en el hombro.

Me paso demasiado tiempo pensando en lo poco o lo mucho que me ha soltado.

Si son una manada, si se cuidan tanto, no tiene sentido que mi chico de ojos grisáceos y cara de matón se sienta tan solo.

En cuanto estoy en mi cuarto, me tiro sobre la cama y mis ojos se cierran solos, me quedo profundamente dormida.

Creo escuchar la voz de Norma a lo lejos, y estoy tan cansada que no tengo fuerzas para despertarme. No sé con exactitud si mi cansancio es producto de tantas horas sin dormir o de la tensión que llevo acumulando desde que encontramos a los chicos en aquel callejón. Las cosas han venido empeorando de cierto modo.

Un sonido estruendoso me despierta, están tocando la puerta tan fuerte que me llevo las manos a la boca y ahogo un grito. Después de todo lo que ha pasado, es normal que reaccione así, creo.

—Blair, ¿por qué cojones no abres la puerta? —Me relajo en cuanto escucho la voz de Ethan.

Me pongo de pie y abro enseguida.

—¡Dios mío, Ethan! Casi me matas del susto.

—Es que te has perdido todo el día... —responde y se lleva una mano al cuello algo incómodo.

—¿Es todo lo que dirás? —lo animo a disculparse si es que quiere que esta conversación continúe.

—Yo... lo siento, ¿de acuerdo? Soy un cara dura y cascarrabias y amargado y con carácter de mierda y no debí hablarte así solo porque leíste mis tonterías.

No contesto, lo miro aún dolida por su comportamiento y entonces da un paso hacia mí y ahueca mi rostro con sus manos, me mira con su particular ceño fruncido.

—Perdóname —susurra—, Oye, pequeña, perdóname, ¿sí? Me he pasado todo el día intentando comunicarme contigo, creo que te he llamado unas treinta veces.

Me asombro, no he escuchado ni una sola llamada, creo que he caído como piedra. Sigo callada, no sé realmente qué decirle.

—¿No vas a hablarme?

—No podemos seguir con el tira y afloje, Ethan —hablo con seriedad.

—Lo sé.

—Si vamos a arriesgarnos a que Nathan nos rompa el cuello por involucrarnos, necesito que dejes de ser tierno un segundo y explotes al siguiente. Siento mucho haberme entrometido en algo tan tuyo, pero...

No me permite terminar de hablar, arremete contra mi boca con una agilidad que hace que mis piernas se tambaleen y un cosquilleo intenso me recorra cada espacio del cuerpo. Mis terminaciones nerviosas le corresponden y se tranquilizan demasiado pronto, mi cuerpo obedece todo ese deseo que desprende y al siguiente segundo estoy enterrando mis manos en su pelo alborotándolo más de lo que ya lo traía.

Me envuelve en sus brazos y me apretuja contra su cuerpo. Jadeo por la forma en la que sus manos se mueven a través del mío, lo hace de forma lenta y perturbadora mientras me come la boca, incluso sus dedos caminan sobre mis muslos hasta llegar a mis pechos, los cuales son invadidos por las palmas de sus manos y desesperada por sentirlo más, por absorberlo, por apoderarme de su esencia, su aroma y hasta de su sombra, tiro de su camina y camino hacia atrás hasta caer sobre la cama.

Obtengo justo lo que quiero; su cuerpo sobre el mío moviéndose, restregándose, sus caderas se clavan sobre mi sexo como si estuviera entrando y saliendo de mí y gimo perdida, total y completamente poseída por el movimiento de su lengua, por esa dureza que inicio a percibir rozando mi entrepierna.

Nos separamos por falta de aire y respiramos agitadísimos. Mi nariz se roza con la suya constantemente y nuestros pechos suben y bajan con violencia.

—Juro por el infierno que haré las cosas a tu manera si con eso puedo tenerte así —me dice sin apartar su vista, la cual ahora es acompañada por un color casi negro.

—Lo que leí fue hermoso, creo que muchas personas podrían identificarse. No tienes que sentirte apenado. —Acaricio su rostro con vehemencia.

—¿De verdad no crees que es una ridiculez?

—No, Ethan, es perfecto y deberías compartirlo.

—No. Escribir no es mi destino —comenta y noto cierta melancolía.

—Quizás tu destino es que me muestres todo lo que escribes, ¿no crees? —lo molesto un poco y me gano una pequeña sonrisa.

—Tal vez.

—¿Lo harás?

—¡Ah! —se queja—, ¿tengo otra alternativa?

—No —soy contundente.

—Ya veremos.

Poco a poco se acomoda en el pequeño espacio que aún queda de mi cama y me atrae hacia él, me acurruco con confianza y trazo círculos en su pecho hasta que él toma mi mano y me da un beso en la punta de cada dedo, luego en mis nudillos y finalmente gira hacia mí y vuelve a besarme con intensidad pura y aniquiladora.

—No puedo parar de besarte —comenta abatido.

—Pues no lo hagas —le exijo besándolo esta vez yo—. ¿Cómo está tu herida? —agrego después de varios minutos.

—Perfecta.

—¿De verdad me llamaste treinta veces?

—Sí, no sabía nada de ti y tu hermano tampoco y Norma no me contestaba el teléfono.

—¿Lo hiciste por celos o por todo ese problema con Barak?

—Yo no soy celoso, señorita. Fue por lo que pasó ayer.

—No eres celoso... supongo que no te importará que te pida que te marches porque he quedado con Mark para cenar otra vez —bromeo y se pone muy serio de inmediato.

—Para que te quede muy claro, Mark ya no volverá a invitarte a nada, al menos a nada que parezca una cita —habla entre dientes—, y antes de que lo preguntes, le he dicho que estás conmigo ahora y guarde su maldita distancia.

—Pero no eres celoso —me río a carcajadas.

—No, no lo soy —insiste—. Fue una conversación entre amigos.

—Celosín —me creo chistosa y hace pucheros—. ¿Me llevas a cenar tú entonces?

Tarda en asentir, pero termina accediendo y solo me cambio de ropa. No es un secreto que no me he duchado, pues me he dormido con la misma ropa, es cuando recuerdo que no he cepillado mis dientes en todo el día y que Ethan me ha besado.

Corro a las duchas y parezco una maniática lavándolos.

Regreso al menos con un aliento más fresco y la cara lavada. Salimos de la habitación y doy dos pasos antes de atreverme a tomarle la mano y caminar de esa forma, él se tensa al principio y luego se relaja tomándome con más propiedad. Gracias al cielo ha venido en el Jeep y no en esa moto endemoniada.

No paramos de hablar durante todo el camino hasta llegar a un pequeño restaurante cercano al campus, ya he venido con Norma.

Entramos riéndonos de una tontería que he hecho, aunque las risas se terminan cuando mira hacia todos lados como si fuese un guardaespaldas profesional o algo así.

Le pido que se relaje, y le recuerdo que las riñas tontas tienen que parar algún maldito día, me explica que no es tan sencillo y escoge la mesa más lejana del resto de personas que comen en el lugar.

Aparta la silla para que pueda sentarme y luego él lo hace frente a mí.

—Por favor dime que no eres fan de las chicas que comen ensaladas, porque tengo mucha hambre. —No despego mi mirada del menú, quiero de todo sinceramente.

—Gracias al cielo que no lo eres.

Estoy por ordenar cuando Ethan mira hacia la entrada y frunce los labios, giro hacia la misma dirección y no puedo evitar ponerme nerviosa.

Los chicos están aquí, mi hermano también, Norma, Eleanor e incluso Kim.

No es necesario decirnos nada, tenemos que fingir, no hay otra opción, al menos de momento y odio que nuestra cita se haya arruinado.

Nuestros amigos y la rubia nos ven enseguida, desde aquí miro la cara de sorpresa de todos, hasta Norma finge a la perfección, igual que Eleanor, y Kim no luce tan contenta. La primera en acercarse es precisamente ella y no pierde el tiempo, a mí ni siquiera me regala una mirada, no es que me sienta ofendida, yo tampoco pienso saludarla, sin embargo, cuando la veo sentarse muy cómoda en las piernas de Ethan y darle un beso en los labios, casi tomo el plato y se lo estampo en la cara, él no ha respondido al beso, pero tampoco lo ha detenido y sigue estando en sus piernas.

Lo miro furiosa importándome poco que estén los demás presentes y él niega con su cabeza enseguida.

—¿Quieres sentarte en la silla, Kim? —lo escucho decir—. Kim, siéntate en la puta silla —le repite y ella no hace caso alguno.

—¿Qué hacen aquí? —interrumpe mi hermano—, ¿Blair? —Ni Ethan ni yo le respondemos nada. Solo nos dedicamos a vernos ya que no podemos decirnos nada, sé que me está pidiendo que me calme, no puedo. No haré el papel de estúpida.

—Sí, ¿qué hacen aquí? ¿Me engañas con ella? —pregunta Kim riéndose y Mark también ríe. Nathan gira hacia Ethan molesto.

—Claro que no —contesta Ethan—, me la he encontrado aquí.

—Ya veo —murmura mi hermano—, ¿qué haces aquí? ¿Cómo estás?

—Comiendo, ¿no es obvio? —respondo de mal humor y Ethan al fin quita a Kim de sus piernas y se pone de pie—. Y, ¿cómo estoy? Espero que sea la última vez que te metes en una pelea Nathan. Ya sé que has estado en prisión otras veces. Vuelves a hacer algo como lo de anoche y te juro que hablo con tía Lili.

Tengo que admitir que no quiero actuar como madre protectora, tampoco recitar sermones sobre buen comportamiento. Mi respuesta solo es producto de una combinación de celos y rabia. Aunque mi hermano ciertamente merece un poco de mi amargura.

—Soy mayorcito, no pueden hacerme nada, ni tú, ni ella —responde sin verme siquiera. ¿Qué le pasa? Nunca me había hablado así.

—Bien, recuerda esas mismas palabras la próxima vez que intentes meterte en mi vida, también soy grandecita y deja de mentirme, no seas como otros idiotas—eso último se lo lanzo a Ethan y me pongo de pie para marcharme.

—Blair —me llama Ethan tomando mi brazo.

—No me toques —contesto entre dientes y sigo caminando. Todos comienzan a murmurar mientras me alejo.

Estoy por salir del restaurante y mi hermano me detiene impidiéndome marcharme al tomarme de los brazos.

—Lo siento hermana, no quise hablarte así.

—Deja de meterte en peleas, Nathan. Ya sé lo que está ocurriendo, Ethan me lo ha dicho todo. Lo de las riñas con esos sujetos peligrosos. Por favor, deja de meterte en problemas o vas a hacer que enloquezca.

—No volverás a presenciar ninguna pelea, enana. Te lo prometo. Hablando de eso, ¿por qué estás pasando tiempo con Ethan?

—¿Qué importancia tiene eso en este momento?

—Pues, que se me hace muy raro que ahora él tenga todo un aire protector contigo, ha querido venir a tranquilizarte en vez de dejarme hacerlo a mí.

Blair, voy a decirte lo mismo que acabo de decirle a él, si se le ocurre ponerte un dedo encima lo mato.

—Deja de exagerar, Nathan. Me largo.

—No, no. No te marches, quédate y cena.

—No quiero.

—No seas amargada, dejaré de ser el hermano sobreprotector pero quédate. Anda, vamos a pasarla bien —insiste.

Finjo que lo pienso un poco aunque deseo irme más que nada en el mundo.

—De acuerdo —digo finalmente porque no quiero levantar sospechas.

Nathan cruza su brazo por mi espalda y me da un beso en la frente.

—Te quiero, enana.

—Y yo a ti.

La enorme sonrisa que llevo desaparece de mis labios cuando mis ojos se centran en dos personas nuevamente. Kim se ha sentado otra vez en las piernas de Ethan y él no parece nada incómodo.

CAPÍTULO 14

LAS CARTAS SOBRE LA MESA

No tiene ni valor para mirarme, decide estancarse en el limbo observando sin razón alguna los cubiertos puestos sobre la mesa.

Norma voltea hacia mí tratando de darme un subidón o quizás siente lástima, o qué se yo. Trato cómo puedo de disimular no solo mi molestia, también el bajón de ánimos y las notables ganas de chillar como una loca en busca de una explicación.

¿Qué demonios le pasa a Ethan?, ¿esto es un juego para él? Besarme y seducirme es su forma de proteger a la hermanita de su mejor amigo o qué diablos está pasando en realidad.

—Qué bueno que no te marchaste, mascota —habla Mark—, ven, siéntate aquí —me sugiere, quiere que me siente a su lado, y no lo hago con la intención de pagarle con la misma moneda a Ethan, lo hago porque es la única silla disponible, aparte de la de Kim, pero tiene bien puesto su trasero en las piernas de Ethan y sus pies sobre la silla.

Caminar hacia mi lugar, sí que llama la atención de Ethan y finalmente se atreve a mirarme.

Yo aparto la mirada.

—¿Por qué no te sientas en donde estabas? —alza la voz y continúo sin voltear a verlo—, Tony, quítate —le ordena a su amigo quien está sentado en mi antiguo puesto.

Tony lo hace sin rechistar, vaya que tiene influencia en todos, pero no es necesario que Tony se quite porque no pienso seguir sus órdenes.

—No es necesario, Tony. Aquí está un lugar, da igual donde me siente.

—A mí no me da igual —suelta Ethan y todo el mundo decide callarse. Nathan mira con fastidio lo que ocurre.

—Ethan... —pronuncio su nombre con cierta advertencia y luego miro a Kim para que le quede claro que no importa lo que haga, sigue teniendo a esa mujer encima.

—Kim, apártate de una puta vez, ¿quieres? —No me gusta nada el tono que usa, tan grotesco pero no puedo obviar que cuando la rubia chasquea la lengua y al fin se sienta en la silla, cierto alivio aparece. Sin embargo, mi molestia no disminuye ni un poco—. Tony —insiste. ¡Cielo santo!

Tony sale del lugar y me sonríe.

—Anda, mascota. Tú estabas ahí, no pasa nada. Siéntate —me pide.

—¿Cuál es el maldito problema? —se queja Nathan—, siéntate donde quieras Blair, esto parece una competencia —agrega y acribilla a Ethan sofocado con sus expresiones.

Dándome cuenta claramente de la tensión, decido cortarla de una vez y me siento en mi antiguo lugar, frente a Ethan, él llama de forma desesperada al mesero para que tome mi orden argumentando que muero de hambre y que el resto puede esperar.

No hay nadie en esta mesa que no note que algo está pasando entre nosotros. Eleanor se ríe un poco al igual que Zac y Tony. Norma disimula porque tiene a la par a un Nathan molesto y Kim y Mark están... ¿por explotar? No lo sé.

Mi comida llega obviamente antes que la del resto y no quiero ser una maleducada, a pesar de los esfuerzos de Ethan, como hasta que todos tienen su plato frente a ellos.

Quisiera decir que después de el abrupto inicio de esta cena grupal todo vuelve a la normalidad y estamos hablando como si nada, pero no es lo que sucede.

Mark me pregunta un par de cosas sin importancia y Ethan no se mira nada contento.

Kim no tarda en hacer otro intento y se acerca disimuladamente a Ethan tocándole el cabello y masajeando sus hombros, le da un beso en la mejilla y aún frente a todos miro cómo le acaricia la pierna tratando de estimularlo.

Nathan recibe una llamada que no puede contestar frente a todos aparentemente, pues se retira al baño y es cuando Ethan toma a Kim de los brazos y la devuelve nuevamente a su sitio, no escucho lo que le dice porque tiro mi servilleta sobre la mesa, hago mi silla hacia atrás, me pongo de pie dispuesta a irme.

Camino apresurada hasta la salida y esta vez consigo llegar al aparcamiento. Pronto escucho unos pasos fuertes detrás de mí.

—Blair. —Me hace girar y toma mi quijada.

—No quiero hablar contigo.

—Escúchame...

—No, no voy a escucharte. Dijiste que hablarías con ella y evidentemente no lo has hecho y yo no voy a ser un juguete para ti, Ethan. Si quieres utilizar todo esto de estar juntos a escondidas por mi hermano para tener las cosas fáciles y estar con Kim al mismo tiempo, ahórrate las energías.

—De acuerdo, entonces entremos y digámoselo a tu hermano. Vamos —me dice tendiéndome la mano—, me importa una mierda que Nathan se moleste conmigo, lo que quiero evitar es que se enfade contigo y te diga cosas de mí que solo me corresponden decirlas a mí.

—¿Y ya está? Crees que con esas palabras voy a olvidar que te has besado con ella en mis narices, casi te toca y hace que te corras frente a todos —reclamo.

—¡Joder, no! —se exalta.

—Buenas noches, Ethan.

—Espera, espera... Blair, espera maldita sea. No hablé con ella, ¿de acuerdo? No la había visto, no hay nada entre nosotros y no sé cómo cojones actuar ante esta situación. He venido detrás de ti como si me tuvieras domado, ¿eso no cuenta? Te he dicho que hablemos con Nathan, ¿eso tampoco cuenta?

—¿Blair? —escuchamos una voz, que no es más que mi amigo David.

—Hola, David.

—¿Interrumpo?

—No, claro que no.

—Claro que sí, te largas ¿por favor? —le gruñe a David.

—¿Qué carajos te pasa? ¿Tú puedes besarte con otra tipa porque está mi hermano presente y yo no puedo saludar a mi amigo?

—Blair, no me retes —dice entre dientes—, que le gustas, ¿no lo notas? Le gustas al imbécil.

—Oye colega —intenta hablar David pero Ethan da un paso hacia él intimidándolo.

—Yo no soy tu colega —espeta Ethan.

—¡Para! —le exijo.

—Hablemos, por favor.

—Resuelve tus asuntos y luego búscame. ¿Sí? Ahora, si me permites, voy a pasar un rato con mi amigo. ¿Vienes solo David? —Giro hacia él.

—Sí —contesta inseguro.

—Te acompaño, vamos, yo no he comido.

—Claro, claro —me responde acercándose y llevándome con él mientras Ethan se queda echo piedra y luego escucho un golpe, después la alarma de un auto suena enloquecida y volteo solo para confirmar que le ha pegado a un coche que no es el suyo.

No hago esto para "retarlo", tampoco quiero comportarme como una niña caprichosa como muchas veces me ha llamado. David es mi amigo, no pasa nada entre nosotros, somos compañeros de carrera y no hay nada de malo en que cene con él hoy o cualquier otro día, en cambio lo que él ha hecho con Kim es cruzarse los límites. ¡Se han besado! Él la apartó, pero pasaron varios segundos antes de eso, pudo voltear el rostro, alejarse, ponerse de pie en cuanto miró las intenciones de la rubia y no hizo más que quedarse convertido en estatua.

A diferencia de los chicos, David y yo nos sentamos en la barra, en esas sillas enormes.

Escucho como la puerta se estremece por la forma ruda en la que la han tirado al entrar.

Ethan pasa a mi lado como si no me conociera y se sienta con sus amigos.

Mi hermano no aparece hasta diez minutos después y al verme con David no hace gran cosa, incluso lo ha saludado, no de forma tan amigable, pero lo ha hecho y regresa a su mesa.

Para variar —nótese mi sarcasmo— Kim se sienta junto a Ethan una vez más y coloca su rostro en su hombro, él esta vez no hace nada, no la aparta, y yo creo que explotaré en cualquier momento.

—¿Qué pasó ayer? —escucho decir a David—, nos han dejado preocupados, con todo ese alboroto fuera de la discoteca no supimos más de ustedes. Bueno, de ti no supimos nada desde horas atrás. ¿En dónde estabas? Te envié un mensaje.

No recuerdo haber recibido ningún mensaje, así que lo miro pensativa.

Quizás lo leí en medio de todo el ajetreo de la noche anterior y no le presté atención.

—Como viste, mi hermano se metió en una pelea y terminamos en la delegación.

—¿De verdad? Debiste llamarme, mi papá tiene algunos contactos en la policía, pudo interferir.

—Olvidé que eres tan importarte —bromeo a pesar de mi mal humor.

—Ya qué, no puedo ocultar por siempre quién es mi papá. Oye, el tipo de afuera, ¿es... tu novio? Porque nos está mirando como si quisiera enterrarme un cuchillo.

Giro un poco hacia la mesa de mi hermano y en efecto, la cara de Ethan es tan evidente que si mi hermano le presta atención no habrá necesidad de confesarle nada.

La rubia nota que estoy observándolos y sus ojos verdes y ondulados no se me pasan desapercibidos cuando gira hacia el resto de la mesa y se aclara la garganta.

—Oye Ethan —les dice a gritos—, creo que me he dejado mi chaqueta en tu habitación esta tarde. Con todo el alboroto que hicimos, se me ha olvidado —suelta. Eso sí que me ha dolido, qué tonta he sido. Trago saliva con dificultad y me bajo del taburete.

—Eres una idiota —exclama Norma.

—¿A ti qué te pasa, recién llegada? —le contesta Kim. Mi amiga creo que se le ha ido encima porque un desorden total se forma.

—No te metas con Norma, Kim —la amenaza mi hermano y yo trato de salir lo más rápido que puedo del local, David me sigue sin entender nada.

—¡Blair! —me llama Ethan en medio del alboroto.

—¿Me llevas a la residencia, David? —le pido apresurándome y él no pone negativa, incluso toma mi mano y caminamos más rápido aún hacia donde ha dejado su vehículo aparcado.

Abre la puerta por mí y desde esta distancia veo venir más rápido que un rayo a Ethan Johnson, entonces tomo a David de la camisa y le estampo un beso. De acuerdo, eso ha sido inmaduro, innecesario, un capricho. ¡Joder! El beso no dura ni dos segundos porque el protagonista de mi historia personal tira de mí y empuja con tanta fuerza a David que impacta la cabeza sobre el marco de la puerta de su vehículo.

—¡Qué has hecho! —me enfurezco, pronto tenemos público. Tony es el primero en llegar y me ayuda a levantar a David, ha quedado casi inconsciente por el golpe.

—Ethan, tienes que calmarte —le aconseja su amigo.

No responde nada, solo se queda ahí mirando el panorama, lo que ha hecho, bufa rabioso y se acerca a mí.

—No te atrevas —le aclaro.

—Te has besado con ese sujeto, tú y yo estamos juntos. ¿En qué carajos pensabas?

—¿Juntos? ¿De verdad estamos juntos cuando te has acostado con Kim por la tarde? Déjame en paz.

—Eso no es cierto, ni siquiera llegó a la fraternidad. Estaba molestándote. Tony puede confirmártelo, tu hermano mismo.

—Claro, como si no supiera que si les pides que brinquen lo hacen sin pensarlo. ¿Y quién es el niño ahora entonces? ¿De verdad quieres que me ría de esta situación? ¿No tienes los pantalones para decirle a tu amiguita cariñosa que ya no puedes revolcarte con ella?

—¡Joder! —murmura Tony siendo testigo de toda nuestra discusión.

—Tienes razón, yo...

—Tú nada, Ethan. Las cartas sobre la mesa, primero termina tu romance esporádico y luego me buscas, veremos si para ese momento aún quiero siquiera devolverte el saludo.

—¿¡Me quieren explicar qué cojones está pasado entre ustedes dos!? —ese es Nathan y maldigo. No me he dado ni cuenta de que estaba acercándose.

—Blair y yo estamos...—intenta aclarar Ethan pero lo interrumpo.

—No estamos juntos, no tenemos nada. No somos nada. Seguro cree que debe protegerme como si fuera mi maldito hermano mayor.

No espero a que alguno hable y me acerco a Tony para ayudarlo a sostener a David, poco a poco se reincorpora.

—¿Te sientes bien, David?

—Sí —es su escueta respuesta. Pero claro que está molesto, lo he involucrado en este batido suculento de problemas.

—Dame las llaves, yo te llevo a tu casa.

—No es necesario.

—Claro que sí.

Prácticamente se las arrebato y el único que me ayuda a meterlo al auto sigue siendo Tony. Paso en medio del resto que ya se han acumulado por completo y no me despido de nadie, ni siquiera de Norma.

Apenas y tengo cabeza para poner la ubicación en mi teléfono y escuchar esa robótica voz femenina que me dice cada tanto hacia

donde girar. David decide no hablar y entiendo que soy yo quien debe explicaciones.

—Siento mucho haberte involucrado sin tu consentimiento.

—No me importa, Blair, tranquila. No estoy enfadado contigo, estoy molesto porque me tomó totalmente desprevenido, ganas de darle una paliza no me faltan.

—Preferiría que no lo hicieras, no tiene sentido. Lo que había entre él y yo se ha terminado.

—¿De verdad? —dice con más entusiasmo del que debería.

—Sí —apenas y respondo.

—Blair, disculpa que te lo diga pero, ¿sí te das cuenta de la pinta que trae todo ese grupo?

Me remuevo en el asiento totalmente incómoda.

—Lo sé. Uno de ellos es mi hermano.

—Olvida lo que dije —me pide avergonzado. David es un tipo que está a años luz de los chicos, mientras ellos visten de forma estrafalaria, con sus jeans rotos, desgastados, sus camisetas y sus chaquetas que no abandonan por nada del mundo, David es más... clásico, usa jersey anticuados con camisas de mangas por dentro.

—Sé que lucen como matones —admito—, pero son buenas personas. Esto que pasó solo fue la acumulación de malas decisiones durante toda la noche.

—Entiendo —susurra y estoy segura de que no entiende nada.

Entre más nos acercamos a su casa, mejor es la zona y no tardo en descubrir que David no solo es el hijo del rector de la universidad, también vive en una casa tan grande que apantalla al instante.

—Vaya, a esto se le llama buena vida.

—No le digas a nadie que vivo aquí, por favor. Erik es la única persona que se acercó a mí sin segundas intenciones. Y quiero pensar que tú y Norma también lo hicieron.

—No teníamos idea de quién eras. No te desgastes pensando en eso.

—De acuerdo, muchas gracias por traerme. Llévate mi auto para que puedas regresar y nos vemos el lunes —se despide bajando del auto, ya camina totalmente bien y abre mi puerta. Al salir y sin esperármelo me da un ligero abrazo y un beso en la mejilla.

Digo tantas veces como puedo que no, él me ignora y entra a su pequeña mansión. Estoy a punto de dejar las llaves sobre el auto y recuerdo lo increíblemente lejos que estoy del campus en este momento. Suspiro agotada y vuelvo a conducir el auto de David.

Es tarde cuando regreso a la residencia. Observo el amplio jardín que tengo enfrente antes de bajar, pues me atemoriza un poco que Barak o cualquier otro de esos tipos aparezca. Camino rápidamente hasta la residencia y luego a la habitación y en cuanto entro paso el pestillo sintiéndome más segura. Suelto la respiración que estaba conteniendo y doy un brinquito cuando Norma se sienta sobre la cama.

—No quiero hablar ahora, Norma.

—Pero tengo que decirte algo importante.

—Te escucho.

—Lo que dijo Kim no es cierto.

—¿Qué clase de poderío tiene Ethan para que tú también te unas?

—Ninguno. Nathan me ha dicho que pasaron toda la tarde fuera de la fraternidad. No tiene motivos para mentir, él no sabe lo que hay entre ustedes, aunque lo sospecha. Y tu chico se ha puesto como loco cuando te has marchado con David.

—No puedo creer que todo esto esté pasando.

—Kim es una desgraciada —me anima con ese comentario, aunque al recordar que he besado a David creyendo lo contrario solo me hace sentir una niña total.

Me tiro a la cama y apenas y me quito los zapatos me quedo dormida en un abrir y cerrar de ojos. Sueño toda la noche, así que cuando despierto, el sueño reparador que necesitaba ha sido inexistente. El domingo no tengo noticias del dueño de los ojos grises, no ha enviado nada, ni un mensaje de texto, ni una llamada, tampoco ha aparecido y yo no me armo de valor para buscarlo. Así que el lunes mis ánimos son nulos.

Solo faltan treinta minutos para mi primera clase. Le tiro una almohada a Norma para que se despierte y de repente el cuarto es una locura. Ropa en el aire, zapatos volando, terminamos peinándonos con nuestros propios dedos y salimos corriendo. Hoy tenemos examen y no he siquiera abierto un libro. ¡Lindo!

Le escribo a David para vernos en el aparcamiento y entregarle su coche, Norma se adelanta al salón de clases. Llega enseguida con un gigantesco hematoma en casi la mitad de la cara producto del golpe en su coche. Yo he provocado todo.

—No te ves nada contenta, Stoms —me dice David al llegar.

—No estudié nada.

—Tu novio me ha buscado esta mañana.

—¿Ethan? —no me cabe el asombro en el cuerpo, si le ha hecho algo más juro que le daré un golpe yo misma.

—Sí. Se ha disculpado, bueno, solo dijo: Lo siento, es mi chica y he perdido la cabeza. No se repetirá y se marchó. Creo que no se le da eso de ser agradable.

—No, ser agradable no es de sus cualidades.

—Ya quita esa cara, no pasa nada. Al menos te besé.

—¡David!

—Es broma —me explica enseguida.

Pienso seriamente en enviarle un mensaje a Ethan, pero me muestro cobarde. Sin embargo, no tengo que seguir pensando en si debo hablarle o no porque está justo afuera de mi salón de clases, con su particular pinta de malote, el pelo revuelto, sus anteojos de sol negros y de brazos cruzados.

—¿Qué haces aquí? —Sí, esa he sido yo fingiendo que no me alegra nada que esté aquí.

—Tenemos que hablar.

—Pudiste buscarme ayer —argumento.

—Blair, yo nunca he tenido una novia y ahora entiendo lo sabio que fui hasta que te conocí. Todos estos numeritos me rompen las pelotas pero... hay algo en ti que puede más conmigo que yo con todo lo que me atrae de ti. Me he disculpado con tu amigo, y le he dicho claramente a Kim que estoy contigo, que me importa una mierda lo que haga o te diga y que eres mi novia. Siento mucho no haber reaccionado como debí en el restaurante, fui un imbécil.

—Eso no justifica que te hayas comportado como un idiota y hayas golpeado a mi amigo.

—Él no te ve como ami... —antes de que termine niego con mi cabeza y se calla—, tienes razón. No justifica nada, pero si me das otra oportunidad actuaré mejor.

—¿Me estás pidiendo una oportunidad? ¿Tú?

—Sí, bueno... algo así. Hace mucho que perdí la batalla contigo, Blair. Ayer traté de vivir un día común y corriente sin ti, como antes y ¡sorpresa!, fue una mierda, estoy aquí, arrepentido y solo... quiero estar contigo.

—Yo también pasé un día de mierda.

—Y yo también te pongo las cartas sobre la mesa, no más besos con amigos, con hombres, con nadie que no sea yo. ¿Me ayudas a comprender cuánto tiempo se supone tengo que esperar a que el enfado se te pase y podamos salir por ahí solo tú y yo?

—¿Te refieres a tener una verdadera cita? —investigo.

—Sí, eso.

—Dilo, pídeme que tengamos una cita romántica. —Estoy en graves problemas, me ha convencido en menos de un minuto.

—Me retas todo el tiempo.

—Lo hago —lo acepto.

—¿Quieres tener una cita romántica con cara dura?

Una estúpida sonrisa aparece instantáneamente en mis labios. Me acerco a él y lo beso como si llevase más de dos años sin hacerlo.

—Has pedido una cita con mucha facilidad, creo que no eres tan duro.

—Quizás soy un romántico empedernido —habla relajado—. ¿Estás lista para esa faceta ridícula?

—Contigo estoy lista para lo que sea.

De un momento a otro su rostro es seriedad pura, su ceño se frunce como acostumbra y me toma el rostro no con tanta delicadeza.

—Espero que cuando conozcas mi mundo decidas quedarte —habla sobre mi boca.

—Dijiste que no me dejarías escapar. —Me acuerdo perfectamente de sus palabras a pesar de lo ebria que estaba.

—Entonces no digas que no te lo advertí.

Todo lo demás deja de existir cuando siento sus labios sobre los míos. Solo somos él y yo.

CAPÍTULO 15

LA CITA PERFECTA

—El examen, Blair —Norma nos interrumpe al salir del salón a buscarme, tengo que ir a clases y con pesar, porque quisiera escaparme con él en realidad.

—¿Pasó algo entre Nathan y tú después de que me marché? —le pregunto a Ethan ignorando a mi amiga, quien riendo entra nuevamente al salón.

—Me ha amenazado unas doscientas veces, nada más. Es mejor si se lo decimos.

—Yo creo que no —contesto.

—Yo creo que sí, todos lo saben ya. Se enterará de una u otra manera.

—¿Podemos esperar? —sugiero.

—De acuerdo. Haz tu examen, paso por ti en la noche.

—Bien, antes que lo olvide, gracias por disculparte con David, lo he besado yo.

—Solo lo hice por ti, no me importa quién fue, te ha besado y eso me cabrea demasiado.

—Tienes que controlarte, Johnson o te saldrán más marcas en la cara. Con eso de que todo el tiempo andas con cara de malo... —bromeo.

Intento caminar lejos de él, pero mira hacia ambas partes del pasillo ya vacío y sin darme tiempo a meditar sus acciones, me toma la mano y tira de mí hasta estar dentro de un espacio muy oscuro y pequeño.

Ha abierto una puerta entre salón y salón, creo que este reducido espacio lo ocupan para guardar instrumentos de limpieza, nos tropezamos con algunos utensilios que logro divisar antes de que cierre la puerta.

Me acorrala con facilidad sobre una de las paredes y sus labios ya están encima de los míos saboreándome a su antojo, metiendo su lengua en mi interior, enrollándose con la mía, haciendo que mi cuerpo grite por sus manos, por su piel.

Me asusta un poco todo lo que provoca en mí.

Me envuelve con sus brazos y se separa para juntar su frente con la mía, sé que me está mirando a pesar de no tener mucha luz aquí.

—No puedo controlarme contigo —afirma y me da un beso en la punta de la nariz en lo que sus manos suben y bajan por mi espalda—. No sé qué demonios me has hecho, Blair, pero te juro que me traes vuelto loco, soy un insensato por darme la oportunidad de estar contigo, pero no resisto la idea de mantenerme alejado, y mucho menos la idea de que estés con alguien más —comenta y besa mi cuello con una sensualidad que me carcome viva.

Llega hasta mi clavícula y lanza otro beso suave, con sus labios humedecidos.

Mi camisa es de cuello redondo, sin pensárselo lo toma con sus manos y lo estira hacia abajo, de modo que queda debajo de mis pechos, haciendo que estos se unan más de lo que están por la presión de la camisa y parezca que se saldrán de mi sostén en cualquier momento.

Baja su rostro y respira de forma tan agitada sobre mis senos que cierto cosquilleo me recorre, ni siquiera me ha tocado o besado y mis pezones duelen por lo endurecidos que se han puesto.

Ethan deja ir un beso cálido sobre uno de mis pechos y jadeo sin poder evitarlo echando la cabeza hacia atrás y golpeando la pared, ni siquiera me doy cuenta si me ha dolido.

Repite el gesto en el otro pecho, sus manos vuelven a ponerse en acción y esta vez tiran de mi sostén hacia abajo haciendo que mis pechos salten y se liberen.

No espera ni un segundo, se apropia de mi pezón derecho y gimo con alivio.

¡Maldita sea! Su lengua ávida y eficaz se mueve en círculos sobre mi pezón, succiona con potencia y la excitación se apodera de mí en su totalidad, con su mano libre desabrocha mi pantalón y otro gemido demasiado evidente sale de mí cuando sus dedos me dan toquecitos en mi intimidad de arriba hacia abajo sobre mi braga hasta que decide también introducir sus dedos y ser piel con piel.

—Separa las piernas, Blair —me pide y esta orden sí que la cumplo con mucho gusto. Su boca regresa ahora a mi pezón izquierdo y cuando menos me lo espero uno de sus dedos invade mi interior y me tiemblan las piernas ante sus movimientos exactos.

Entre temerosos y de pronto rudos, cada vez que entra por completo lo mueve en círculos y luego lo saca dejándome perdida.

Sus movimientos continúan, su boca hace lo suyo con mis pechos, intercambia de uno a otro y luego vuelve a mi boca que lo ansiaba como loca. Mis manos pasan de su pelo a sus hombros y bajo hasta tomar su miembro duro como una roca y lo masajeo sobre la tela de su pantalón.

—¿En qué momento perdí esta batalla? —se aleja solo para hacerme esa pregunta.

—Seguro es que soy irresistible —estoy bromeando. Él se ríe, de esa forma suya que es exclusivamente para mí y con sus dientes tira de uno de mis pezones, un pequeño gritito se me escapa.

—Seguro —menciona e introduce otro dedo en mi interior, lo que hace que me lleve trabajo tener control de mis emociones y expresiones.

Le da rienda suelta a mi cuello besándolo por todos lados, llega a mi oreja y succiona el lóbulo. Se queda ahí simplemente respirando sin detener sus movimientos. Apenas y puedo con la tentación unos segundos más y mi interior explota humedeciendo sin duda alguna sus dedos. Dejo caer mi frente en su hombro y respiro con dificultad.

—Estás conmigo y solo conmigo, dilo —me pide y devuelve todo lo que movió o quitó a su lugar.

—¿Por qué suenas tan inseguro?

—Porque no soy ciego, ni estúpido, eres demasiado para mí. Lo sé. Nadie tiene que aclararlo ni hacérmelo ver.

—Estoy contigo. —Si tuviese más tiempo me hundiría en toda esa inseguridad hasta encontrar el motivo exacto por el cual piensa que hay tanta diferente entre nosotros. Yo no lo veo de esa manera. Nadie es mejor que nadie, todos somos un cúmulo de cualidades y de errores, las personas a nuestro alrededor magnifican una de ambas partes, y otras llegan a ser tan importantes en su estancia que, te hacen querer mejorar, te dan una especie de empujón.

—Me pones mucho cuando eres obediente, pequeña.

—No te acostumbres, yo no pienso saltar solo porque tú me lo pides —lo riño.

—Hagamos un trato.

—¿Otro?

—Sí, otro.

—Dime.

—No saltes si te lo pido, solo salta si te digo que estás en peligro.

—¿Cómo? —no lo comprendo.

—Escucha Blair, los problemas con la... pandilla, no se terminarán de la noche a la mañana. Yo tengo una guerra privada con Barak y lo último que quiero es que te sigan molestando. Si alguna vez te digo que corras, correrás, si te digo que te escondas, lo harás y si te pido que finjas que no me conoces, también fingirás. ¿Podrías?

—Me estás asustando —admito nerviosa.

—No es esa mi intención. Solo quiero que por ningún motivo vuelvan a acercarse a ti, no deseo que por mis problemas tú tengas que vivir tensa. Y buscaré la forma de resolverlo, te lo prometo. Me alejaré todo lo que pueda, haré que los chicos se alejen, solo necesito que me des tu palabra, harás lo que te diga.

—De acuerdo. No quiero hablar más de eso, me haces pensar que hay algo oculto y no quiero desconfiar ni creerme una detective.

—Bien. Vamos, no quiero que pierdas tu examen.

Coge su teléfono para iluminar y busca entre tantas cosas de limpieza algo con que limpiar su mano.

Me avergüenzo y él sonríe. Salimos y nos despedimos rápidamente, me recuerda la cita y yo vuelo en una pequeña nube hacia mi salón de clases.

No dejo de pensar en sus labios, en sus ojos, en la forma en la que me mira, en su voz, su rostro, sus manos, la manera en la que mi cuerpo se estremece cada vez que sus brazos me envuelven.

Cuando pisé por primera vez la universidad, establecí de manera clara mis objetivos y definitivamente enamorarme de alguien que está envuelto en tanto misterio como Ethan Johnson, no estaba dentro de mi lista.

Y ahora, aquí estoy casi babeando por ese hombre gruñón, serio y hasta grotesco, que sonríe para mí y solo para mí. Entro al salón y tengo que rogarle al maestro para que me permita hacer el examen, finalmente lo consigo pero no tengo el mismo tiempo que los demás. Al terminar me acerco a David, Norma, Elena y Erick.

Los encuentro hablando sobre la pelea del sábado, y me uno al sinnúmero de comentarios sobre el golpe de David.

Continúo sintiéndome mal por haberlo involucrado sin su consentimiento, él parece no darle importancia y narra varias veces cómo fue nuestro beso, lo que provoca más bromas y chistes.

Mis amigos intentan descubrir la razón de la estúpida sonrisa que llevo en el rostro el resto de la mañana.

No puedo evitarlo, de verdad que parezco una adolescente, cuyo amor de su vida le ha hablado por primera vez.

Nathan me envía un par de mensajes de texto, no sé si él está sondeando el terreno o soy yo la que lo hago contestando de forma concreta.

Al final la conversación queda inconclusa y decido ignorarlo. No importa cuánto Ethan y yo nos escondamos, tarde o temprano se enterará.

Los chicos y yo decidimos almorzar en una de las cafeterías del campus. Mientras esperamos por nuestra comida, me percato de que a solo dos mesas de distancia está Tony totalmente solo con una botella con agua, mirando hacia un lado y otro como si quisiera encontrar algo y no lo consigue. Señalo con mi quijada su dirección para que Norma lo mire e intercambiamos miradas por su indiscutible y fallida forma de disimular.

Fingimos que no lo hemos visto unos cuantos minutos, quizás las que estamos disimulando fatal somos nosotras y simplemente está esperando por alguien. ¿Una novia? ¿Eleanor? ¿Mark, Zac, Nathan, Ethan? Los minutos se vuelven casi media hora y no puedo más, me pongo de pie y lo enfrento. Norma me sigue.

—Tony...

—Hola Tony, ¿esperas a alguien? —pregunta Norma, yo me limito a mirarlo.

—Ah, hola, chicas no las había visto.

—¿No? —me asombro—, estamos a dos mesas.

—No estaba mirando el lugar.

Mentira, lo estaba haciendo tanto que seguro le duele el cuello.

—¿Estás esperando a los chicos? —vuelve a hablar Norma.

—No, ya me iba. Estaba comiendo algo para regresar a clases.

Otra mentira, pues en media hora no comió nada y no trae libretas, cuadernos, libros. Nada que me haga pensar que de verdad irá a una clase.

—Claro. —Me cruzo de brazos.

—Bueno, tengo que irme. El sábado hay fiesta, vendrán, ¿cierto?

—¿A qué fiesta...

—Ahí estaremos —me interrumpe Norma.

Vemos cómo Tony se pone de pie y sale casi corriendo del lugar.

—¿Tú sabías de esa fiesta? —la interrogo.

—No, ¿y tú?

—No. ¿Por qué me has interrumpido?

—Porque íbamos a quedar en evidencia, nuestros novios no nos han dicho nada.

Nada me parece normal, así que finjo que voy al baño cuando en realidad salgo de la cafetería para hacer una sola llamada. Ethan me contesta enseguida.

—¿Pasa algo? —es lo primero que dice.

—¿Por qué enviaste a Tony a seguirme?

—No sé de qué me hablas.

—No actúes, Ethan. ¿Por qué?

—¿Con qué excusa enviaría a uno de mis amigos a seguirte?

—De acuerdo, no lo aceptes, me temo que nuestra cita quedará cancelada.

—¡Oye! —me reprende—. No te aproveches.

—Entonces, dime la verdad.

—No lo envié, él estaba ahí cuando llegaste, me envió un mensaje burlándose porque desde que sabe lo nuestro no hace otra cosa más que eso y le he pedido que se quede un poco más.

—¿Y eso no es pedirle que me vigile? —exclamo molesta.

—No. No le pedí que me dijera con quién estabas o qué hacías con David... mierda —dice él mismo porque se ha descubierto solito—. Escucha, puede que le haya dicho que se quedara por si pasaba algo.

—¿Puede...?

—Está bien —acepta al fin y lo imagino poniendo pucheros—. Lo siento, ¿sí? Fue un impulso, dejaré de darle tantas vueltas a lo de Barak y dejaré de hacer locuras.

—Gracias —concedo—. Que no se repita.

—Me cabrea que seas tan mandona. No puede haber dos mandones en una relación. Tienes que hacerme caso.

—En realidad, ninguno debería mandar al otro y si no se trata de una situación de peligro —ironizo—, la única forma en la que te puedo hacer caso es en tus sueños, queridito —lo molesto.

—Sigues retándome, quizás hoy encuentre la forma de volverte más dócil, tal vez sin ropa alguna podríamos llegar a un buen acuerdo —está siguiéndome el juego.

—Tal vez, te veo en la noche —es lo último que digo.

Regreso a nuestra mesa y no puedo dejar de pensar en mi cita de esta noche. Picoteo la comida y no presto mucha atención a la conversación de mis amigos. Miro el reloj frecuentemente y decido detener la intensa marea de chismes y apresuro a Norma. Sé que en cuanto le diga que tengo una cita querrá realizarme otro cambio de imagen y, tomando en cuenta que se tarda horas, prefiero marcharme ya.

En la residencia pasa lo que sospechaba. No me deja terminar de hablar e inicia a sacar vestidos largos y un poco elegantes de su parte del closet. De hecho, he tenido la sensación de que ya sabía que esta noche saldría con Ethan. Dejo que saque todo lo que quiera para finalmente reírme con todas las ganas del mundo.

—¿Pretendes que me ponga uno de esos vestidos para ir a una cita con Ethan?

—Casi ningún chico te lleva a citas, no a esta edad. Si quisiera llevarte al cine te lo hubiera dicho, o a comer pizza, o a un motel. Anda, ponte uno bonito, no son la gran cosa. Por favor. Si quieres que no le diga nada a Nathan, es mejor que inicies a hacerme caso.

—Sé que, aunque no me ponga eso que llamas vestido, no le dirás. Pero, este me gusta.

Tomo uno color azul oscuro, es veraniego y se ajusta bastante en mis pechos para luego caer hasta mis pies. La tela es fresca y eso me termina de convencer. Tiene un amarre en mi cuello, lo que lo convierte en un vestido de fácil acceso; deshaces el nudo y quedaría en ropa interior.

Podría reventarse o soltarse debido a que mis pechos son un poco más grandes que los de Norma. Bromeo al respecto y finge estar enojada por cinco minutos hasta que le pido que me maquille y se olvida de mi anterior comentario. Esta vez escoge sombras naturales y no me pinta los labios. Suelta mi coleta y deja que mi cabello abrace mis brazos.

—¿En serio piensas llevar tu bolso de fresa? Ya te dije que no eres una adolescente.

—A mamá le gustaban mucho.

—Porque tenías diez años.

—Bueno, pero estos no son igual a los que tenía a los diez. Son más sofisticados.

—Siguen siendo frutas o comida —mira por la ventana y sonríe—. Creo que ya llegó, anda, disfruta con tu bolso de fruta y tu chico malo.

Salgo lo más rápido que puedo y me quedo de piedra cuando lo veo. No trae jeans comunes; son formales. Y la camisa de botones esta vez no la trae por fuera, ni recogida hasta los codos. Incluso su cabello está impecable. Ahora sí me siento ridícula con mi bolsito en forma de fresa. Camino con pasos cortos hacia él y me devora con esa mirada suya, tan oscura a pesar de que sus ojos no sean negros.

—Me gusta tu vestido —dice de pronto antes de abrazarme y darme un delicado beso en la mejilla—. Dime que no luzco ridículo.

—Estás perfecto, Ethan. Ahora, dime si no crees que este bolso es totalmente inapropiado. Porque si piensas llevarme a un lugar demasiado fino puedo pedirle prestado a Norma un bolso serio.

—No serías Blair si no trajeras uno, es perfecto. Además, al lugar al que vamos es bastante solitario, al menos a esta hora. ¿Lista? —Abre la puerta del Jeep para que pueda subir. Asiento y subo al auto.

—¿Me das una pista?

—No.

—No seas malo —insisto.

—Es una sorpresa.

Me cruzo de brazos molesta y espero paciente alguna pista que consiga sola.

Mi ceño se frunce al darme cuenta de que vamos hacia la playa.

Una cita en la playa de noche es algo rara, a menos de que me esté llevando a Pacific Park, pero estamos vestidos demasiado formales para la ocasión. Veo que pasa de lejos la entrada del muelle y que continúa conduciendo hasta casi llegar a Venice. Detiene el Jeep y yo sigo con mi boca cerrada, muy intrigada realmente.

Al caminar lo miro un poco, se toca constantemente las manos y tiene la frente un tanto perlada.

—Ethan Johnson, ¿estás nervioso?

—Un poco, es la primera vez que tengo una cita con alguien, digo, una cita de verdad. De hecho, es la primera vez que una chica me gusta tanto.

Sonrío y beso su mejilla. Se mira tan vulnerable en su papel de caballero que quiero comérmelo a besos. La primera vez que lo vi, todo en él me decía que era un tipo duro. Hoy estoy descubriendo que su dureza solamente es una capa, una máscara y que el verdadero Ethan es más dulce y especial de lo que todo el mundo piensa.

Seguimos caminando hasta que entramos a la arena y estoy desconcertada porque no sé a dónde me lleva exactamente. La curiosidad me invade, miro a todos lados y sigo sin descifrar cuál es el secreto de venir aquí.

—Dijiste que no eras un asesino en serie —le recuerdo.

—Y no lo soy. —Me abraza por la espalda y pierde su rostro en mi cuello.

Comienzo a entender todo cuando cierta luz llama mi atención, hay una fogata casi a la orilla de la playa, miro a Ethan asustada pero él no voltea hacia mí y se dedica a guiarme. Al acercarnos más, miro que alrededor de la fogata hay una especie de alfombra que está debajo de dos almohadas enormes que hacen función de sillas, una pequeña mesa en el centro con comida y una vela muy cliché en medio.

Giro nuevamente hacia Ethan y ahora sí está expectante por mi reacción. Camino más rápido, aunque mis pies se entierran en la arena con todo y sandalias. Una chica sale detrás de la fogata apresurada. Eleanor.

—Lo siento, joder. Me he tardado más tiempo del pensado prendiendo la puta fogata —argumenta y Ethan niega con su cabeza.

—¿Eleanor te ha ayudado? —pregunto.

—Sí.

—Que lo he hecho todo, solo porque lo quiero mucho. Disfruten, Tony y yo nos encargamos de Nathan.

—Así que todos colaboran...

—Están emocionados. Creen que cambias mi humor y eso les conviene.

—¿Y lo hago?

—Totalmente.

—Esto es hermoso, Ethan... no era necesario que...

—Calla, claro que era necesario. Ya está hecho, solo disfrútalo.

—Que hayas escogido la playa es impresionante.

—Sé que es tu playa favorita. Así que pensé que no había mejor lugar que este. —Me ayuda a sentarme en uno de los almohadones.

—Que sepas tanto de mí me pone un poco incómoda.

—¿Quieres que finja que no sé nada?

—Por favor.

—De acuerdo... ¿Cómo es que te llamas? —bromea.

—El temible Ethan Johnson, mejor conocido como el amargado del año, haciendo una broma, vaya que mejoro tu humor.

—No solo mejoras mi humor, mejoras mis días de mierda —habla demasiado serio para la ocasión.

Extiendo mi mano y la toma apretándola un poco.

—Esto es increíble...

—Te lo dije, quizás soy un romántico empedernido, aunque no lo parezca —susurra.

Pienso en lo romántico que es todo esto, el sonido de las olas llega a mis oídos todo el tiempo y sin duda me tranquilizan. Lo único que me preocupa es que, hay una vocecita muy dentro de mí que grita desesperada que no me enamore de Ethan Johnson. La cuestión es que ya no puedo evitarlo. Estoy iniciando a sentir algo por él, o quizás es la emoción del momento. Nadie, nunca ha hecho algo como esto por mí.

Eleanor hizo bien su trabajo, pues en la mesa hay un poco de todo y soy la primera en picotear, y me doy cuenta de que con Mark me la pensé mucho para iniciar a comer, con el resto de la humanidad en realidad y con Ethan a pesar de que hay momentos en los que me intimida, ni me lo he pensado nada.

—¿Qué estudias? —decido interrogarlo.

—Literatura.

—Claro, tiene sentido, si escribes de maravilla.

—¿De verdad lo crees o solo sigues diciéndolo para que no me sienta estúpido?

—Lo digo de verdad, quisiera leer todo lo que escribes.

—Te lo mostraré —me asegura.

—¿Por qué decidiste estudiar eso?

—Mi madre siempre lo quiso así. Yo tenía diez años cuando descubrió que me gustaba escribir.

—¿Ya no lo quiere?

—Está muerta, y a mi padre nunca lo conocí.

La noticia me deja impactada. Es huérfano, como Nathan, como yo. Y es espantoso. Afectada más de la cuenta abandono mi asiento y me acomodo junto a él. Sin darle muchas vueltas al asunto me animo a abrazarlo y lo tomo totalmente por sorpresa. No responde enseguida, no se mueve, y la tensión se le sale por los poros.

—Lo siento mucho.

—Sé que me entiendes.

—Un día despiertas feliz porque es Acción de Gracias y toca ir donde los abuelos y todo se derrumba porque un neumático explota y los frenos no funcionan bien. Dos niños huérfanos y una carga para una jovencita.

—No hablemos más de esto, no quise ponerte triste.

—Fui yo la que preguntó. ¿Cómo fue? —me arriesgo a tocar alguna herida profunda que sigue sin sanar. Como la mía. Duda mucho antes de hablar. Me mira a mí y luego a la arena.

—Mi madre era especial, era de esas mujeres capaces de hacer todo para que su hijo no muriera de hambre. Sí, eso fue justo lo que la hizo convertirse en una prostitu... —deja la palabra sin terminar—. La asesinaron, uno de sus clientes. Me lo dijeron cuando cumplí la mayoría de edad. Siempre le digo a Nathan que tuvieron suerte. Lili seguro es una buena mujer. Yo terminé en un orfanato hasta cumplir los dieciocho. Eres la primera persona a la que se lo cuento, ni siquiera Nathan lo sabe.

No quiero ser una sensible irremediable, no puedo evitarlo. Me imagino a un niño pequeño con esos ojos preciosos teniendo que vivir aquello, solo hasta los dieciocho, enterarse de la verdadera vida de su madre y tener que lidiar con eso nuevamente solo.

—Blair, no llores. No tienes que sentirte mal por mí. Fue hace muchos años.

—Pero lo hago.

—¿Por qué? Mírame, logré superarlo.

—Porque me importas.

—¿Cómo sabes que te importo?

—Porque cualquier cosa que te afecta, me afecta también a mí.

Asiente tantas veces algo confundido.

—Joder, entonces me importas demasiado. Muchísimo, no puedo ni explicarte lo mucho que me importas desde la primera vez que te vi. Fue como si algo me empujara hacia ti. Como si una voz insistente me repitiera que tenía que cuidarte, protegerte, y es lo que voy a hacer.

—Tu madre debe sentirse orgullosa de ti, Ethan —es mi respuesta, sé que necesita escucharlo, creérselo—, y yo me siento orgullosa de no haberme equivocado contigo, sabía que hay algo más que la fachada de impenetrable que te cargas.

—No, claro que no. No hay nada de mí que pueda hacer sentir orgullosa a una persona.

—Pues es evidente que estás tan equivocado, y ya no estás solo —agrego lo último porque estoy tan segura que sin familia ni hogar permanente, es como se ha sentido todos estos años—. Tienes a los chicos, a Nathan... me tienes a mí.

Cambia de posición y ahora es él quien me abraza, me mira y las olas son el único sonido que nos acompaña.

—Te tengo, sé que te tengo, Blair. Por favor, ya no hablemos de cosas deprimentes.

—Estoy de acuerdo. ¿Quieres enterrar tus dedos en la arena? —propongo.

—Lo que tú quieras...

Salgo corriendo y quito mis sandalias, él se quita los zapatos. Enterrar los dedos en la arena es fantástico, pero parecemos dos desquiciados en mitad de la noche. Comienzo a girar y girar hasta que sus brazos me atrapan y siento cosquillas por todo mi cuerpo, esa es la sensación que me provoca todo el tiempo, unas malditas cosquillas que no puedo detener ni controlar.

—Necesito hacerte mía —su voz ronca inunda mis oídos—. Ahora mismo.

—Y yo necesito que lo hagas.

CAPÍTULO 16

PRÍNCIPE Y VILLANO

No será mi primera vez, siento como si lo fuera en este preciso momento. Ethan me hace sentir tremenda e increíblemente primeriza en todos los sentidos posibles. Su presencia me avasalla y no de un mal modo; no me disminuye, todo lo contrario, me engrandece, me hace sentir tan cómoda siendo yo, a pesar de que sé que mi sentido del humor no le gusta nada o más bien le rompe las pelotas al igual que mi insistencia y terquedad.

Caminamos en silencio atravesando la playa hasta llegar a su auto, me abre la puerta y me toma de la cintura para ponerme en mi lugar, es él también quien pone mi cinturón de seguridad y sus pulgares recorren mis mejillas con dulzura, da un largo suspiro y junta nuestros labios.

—¿Qué me has hecho? —pregunta abatido—, me has vencido —agrega y vuelvo a besarlo como respuesta porque de alguna forma él también me ha vencido.

Segundos después sube al auto y lo pone en marcha. Somos un total intercambio de miradas, de sonrisas, de coqueteo durante todo el viaje a la fraternidad, aunque una vez frente a ella me entran los nervios. Nathan podría descubrirnos. Hago el amago de salir del auto y Ethan me detiene.

Lo veo tomar su teléfono y hacer una llamada. No menciona ningún nombre y pregunta directamente por mi hermano. Le pide a quien sea que está del otro lado de la línea que se asegure de que mi hermano no salga de su habitación.

Entramos a la fraternidad rápidamente, Ethan me guía con su mano enroscando la mía. Lo extraño de todo este secreto es que, el hecho de que mi hermano lo ignore hace que la adrenalina se eleve en mi interior. No cabe duda de que casi siempre lo prohibido es más tentador que lo aceptable.

No doy ni dos pasos dentro de la habitación cuando Ethan toma mi cadera, me pone de espalda y pega mi cuerpo al suyo, mi trasero impacta con su miembro que increíblemente ya está endurecido.

Mil sensaciones explotan en todo mi ser, sus manos recorren

mi cadera con lentitud y llegan a mi vientre, el vestido se adhiere a mi piel como una capa más en este momento que sus manos presionan sobre la tela.

Sin esperármelo, con sus dedos traza círculos que me erizan la piel, baja a mi zona íntima y sus dedos suben y bajan haciendo fricción, humedeciéndome a niveles alarmantes con ese simple roce, aún con el vestido puesto. Sus dedos ahora suben recorriendo mi cintura, mi torso, las palmas de sus manos acunan mis pechos y hace que suba los brazos para seguir recorriendo mi piel desnuda hasta atrapar mis manos y llevarlas hacia atrás, a sus labios, en donde deposita pequeños besos en cada una.

Les da libertad a mis manos y aparta mi cabello haciéndolo a un lado, suelta mi vestido del cuello y este cae al piso provocando pequeños temblores en mi cuerpo casi desnudo por completo. Es cuando decide provocarme con la sensualidad y habilidad de su boca, besa desde el centro de mi cuello en línea recta y se detiene justo en donde mi sujetador se desabrocha, la humedad que desprenden sus labios sobre mi piel me excita y mi cuerpo exige más.

Adivina perfectamente lo que quiero y me hace girar quedando esta vez frente a ese rostro impactante, el sujetador cae en el piso, no hace ruido alguno, solo sé que es así porque mis pechos quedan libres unos segundos, pues su boca vuelve a atacar y me estremece por completo cuando saborea mis pezones, al simple tacto punzan de una forma enloquecedora.

Su lengua se mueve en círculos, sus labios presionan y sus dientes mordisquean cada tanto en lo que sus manos se cuelan en mis bragas y me exploran a su antojo.

El pensamiento de que esto terminará mal se desvanece. Si la atracción que siento por Ethan Johnson es peligrosa, yo quiero correr el riesgo.

Me da unos segundos para recuperar el equilibrio cuando marca distancia, sus ojos brillan como dos esferas de navidad, y aprovecho la paz momentánea para quitar poco a poco cada uno de los botones de su camisa y paso mis manos por sus hombros, su pecho, el torso y su cadera.

Desliza uno de sus dedos desde mi frente, pasando por mi nariz y estacionándose en mi boca.

Deposito un pequeño beso en la punta de su dedo, separo apenas mis labios mordiéndolo ligeramente y me atrapa con sus brazos. Nuestros labios se reconocen al instante y nuestras lenguas se mueven agitadas.

—Eres preciosa, Blair. —Acomoda mi cabello detrás de mis orejas y me besa, es un roce que deja casi en el aire—. Ni siquiera te he hecho mía y estoy loco por ti. —Otro roce y un hormigueo intenso se apodera de mi vientre—. Si hacemos esto, lo serás, completamente mía. —Otro roce y siento que me tiemblan las piernas, no presto mucha atención a lo que acaba de decir. Estoy concentrada en el desborde de sensaciones que causa en mí con cada roce de sus labios—. Dime que lo serás.

—Lo seré —no sopeso mis palabras en absoluto, estoy absorta en sus caricias, en todo lo que me provoca, en todo lo que me hace sentir.

Acaricia mis mejillas y vuelve a besarme con una intensidad demoledora. Sus manos toman mis muslos y me sube con delicadeza a su cama. Besa mi cuello y succiona algunas partes, mis bragas desaparecen al siguiente instante y antes de tumbarse sobre mí, elimina cualquier rastro de ropa en él.

Su dureza es imposible de ignorar, su lujuria se transmite al mismo paso con el que se me tira prácticamente encima después de tomar un preservativo y ponérselo, entierra sus dedos en mi pelo y su cuerpo se frota con el mío, finalmente desnudos. Estoy empapada, ansiosa, necesitada y él lo sabe, su sonrisa de victoria me lo dice a gritos.

Presiona su miembro de la raíz con su mano y sigue haciendo ese movimiento sobre la hendidura de mi sexo, de arriba hacia abajo, apenas e introduce un poco en mi interior y gimo, lo saca, me está martirizando, repite la acción un par de veces en lo que chupa el centro de mis pechos con esmero.

—Ethan —me quejo, ya no lo soporto más.

—Lo sé, pequeña, pero quiero escucharlo.

—Hazme tuya —le exijo sin pensármelo.

—¿Es una orden?

—Sí.

—Esa orden sí que me encantará cumplirá. —Me guiña un ojo.

Me mira fijamente y siento la intromisión de su virilidad. Está dentro de mí, invadiéndome por completo. Sus embestidas suaves me hacen cerrar los ojos y echar la cabeza hacia atrás.
Una, dos, tres, cuatro, dejo de contarlas en mi cabeza cuando aumenta la velocidad, la dureza y la agresividad. Mi corazón late desbocado. Suaves gemidos se producen en mi boca y él gruñe cerca de mi oído.

Sus movimientos feroces me estremecen hasta que hago mucho ruido y Ethan pone una mano sobre mi boca, nos reímos y aun así no se detiene ni un segundo. Entierro mis uñas en su espalda y eso solo lo induce a hundirse aún más en mí, enrollo su cadera con mis piernas, mi abdomen se alza sobre mi tórax mientras mis caderas empujan anárquicas mi sexo sobre su miembro cada vez que entra y sale de mí.

Sus manos presionan con fuerza las mías que ha puesto por encima de mi cabeza y su rostro se pierde en mi pecho, su lengua consume la pequeña capa perlada que se está formando, a él no parece importarle, lo disfruta con ganas, desesperada por la potencia del momento suelto su agarre y tiro de su cabello. Creo que explotaré en cualquier momento.

Siento el desahogo en mi interior y me muerde un pezón cuando nuestros cuerpos se contraen y llegan al éxtasis. Cae sobre mí respirando agitado.

—Eres mía ahora —dice cansado—, no dejaré que escapes, mi pequeña —suelta y beso su hombro. No me importa lo loco que eso suena, no de momento—. ¿Estás bien? —pregunta, ya que no ha obtenido una respuesta.

—Estoy más que bien. ¿Y tú?

—Bien es una palabra que hace mucho tiempo no formaba parte de mi vocabulario, pero joder, contigo todo se siente malditamente bien.

—Tú me has pedido muchas cosas, hemos hecho acuerdos, pero ahora yo te quiero pedir algo —suelto de pronto.

—Lo que quieras...

—Si te aburres de mí, no tengas miedo de decirlo.

—¿Por qué me pides eso?

—¿No es obvio? Tú eres un mujeriego y aunque yo no soy la inocencia personificada, no tengo tanto camino recorrido —digo con pesar, el miedo ha vuelto—. No me lastimes.

—Haré todo lo que esté en mis manos para que eso no pase. Créeme cuando te digo que si algún día te lastimo no será por ser un mujeriego, eso te lo juro. Estoy contigo, Blair, solo contigo y estarlo hará que me juegue la vida —habla muy serio. Lo último me parece una exageración total.

—¿Lo dices por Nathan? —Me envuelve con sus brazos y me apretuja aún más junto a él, me presiona mucho, tanto que siento que me falta el aire. Lo escucho respirar profundo... ¿Con pesar?

—Sí —dice al fin, pero no agrega nada más.

—No te preocupes, cuando lo sepa yo lo calmaré.

—Bien.

—¿Puedo hacerte otra pregunta?

—Dime.

—¿Por qué me has confesado lo de tu madre?

—No lo sé, contigo todo fluye. Me asusta hasta cierto punto, creo que en realidad es porque sé que eres jodidamente especial.

—¿Cómo lo sabes?

—Algo aquí me lo dice —contesta apartándose un poco y señalando su pecho.

Le sonrío más allá de complacida por esa respuesta y le doy un empujoncito que me ubica encima de él, acomodo mi cara en su pecho, y me quedo en esa posición mientras él me acaricia el cabello y me da besos continuos en la coronilla hasta que me quedo dormida escuchando las palpitaciones de su corazón.

—Solo espero poder mantenerte a salvo de toda mi mierda —lo escucho decir a lo lejos o creo que me lo he imaginado porque cuando abro los ojos sorprendida por sus palabras, él ya está dormido y con los labios entreabiertos.

Quizás ha dicho tantas veces todo eso sobre su mundo, sus problemas con Barak, todo lo que ha venido ocurriendo que, mi cerebro está jugándome una broma. Dejo caer mi cuerpo esta vez a su lado y él no se da ni cuenta. Paso un brazo por su estómago y me acurruco. Estamos desnudos, sin nada que nos cubra y no me importa nada.

Pronto tengo sueños extraños, yo en un jardín lleno de flores mirando hacia todos lados como si esperara que algo malo ocurriera y justo cuando empieza a ponerse todo negro dejo de tener visión alguna y un ruido fuerte y espantoso me ataca por detrás.

Abro los ojos asustada y me doy cuenta de que el ruido que escuchaba en mis sueños, es el golpe constante de un puño sobre la puerta de la habitación de Ethan. Él también se despierta alterado. Busca su ropa en el suelo y se viste rápidamente.

—Ethan, despierta, joder. ¿Desde cuándo te encierras? —Es la voz de Tony. Ethan me mira preocupado.

—Espera un segundo.

—No puedo, hay problemas en las bodegas de Compton — Tony suena realmente alterado.

—Tony, te he dicho que esperes un jodido segundo, joder.

—Se han robado todo, no puedo esperar y…

—¡Estoy con Blair! —lo interrumpe desesperado. Abro los ojos como platos al escucharlo confesar que está conmigo—. Puta mierda, estoy con Blair —repite.

—Joder, lo siento, lo había olvidado por completo —la respuesta de Tony me deja claro que ha sido a él a quien ha llamado Ethan anteriormente para asegurarse que Nathan no nos viera.

—Blair, necesito que te escondas en el baño —me pide pasándose varias veces las manos por el pelo.

—¿Por qué? ¿Qué pasa?

He visto a Ethan molesto, cabreadísimo, amargado, con humor de perros, siendo un cascarrabias y actuando como un anciano y a veces un tanto patán, pero el grado de nervios que desprende es impresionante. No puede dejar las manos quietas y él tampoco puede quedarse quieto.

—Solo entra.

—¿Qué está pasando?

—¿Recuerdas lo que hablamos? Lo de correr si te pedía que corrieras, esconderte si te pedía que lo hicieras y lo de fingir que no me conoces si te lo pedía.

—Solo si estábamos en peligro y estamos en la fraternidad, ¡dime qué está pasando!

—Esto es una situación de peligro —dice entonces—. Escucha, te dejaré las llaves del Jeep y en cuanto salgamos de la casa vete a la residencia. Por favor no te quedes aquí sola. Yo iré a explicarte lo que está pasando en cuanto lo haya resuelto.

—De acuerdo —accedo al verlo tan asustado.

—Nathan salió de su cuarto, joder. Blair, métete al puto baño ahora mismo —escucho decir a Tony a través de la puerta.

Envuelvo la sábana en mi cuerpo y tomo velozmente mi ropa esparcida en el suelo y me meto al baño en cuanto he escuchado el nombre de mi hermano. Otro golpe en la puerta se escucha y luego pasos, la puerta se abre.

—¿Por qué carajos no contestas el teléfono? —ese es mi hermano, es la primera vez que escucho a alguien hablarle de esa forma a Ethan, él, se limita a carraspear.

—Nathan —pronuncia el nombre en tono conciliador.

—González te ha llamado un centenar de veces después de que Mateo lo hiciera otras veinte. ¿Qué demonios pasa contigo estos últimos días? Sabes que si nos llaman tenemos que ir enseguida, tú mismo me lo has repetido hasta el cansancio —sigue gritando Nathan.

—No estoy solo, Nathan —explica Ethan y me paralizo, este no es momento para ser sinceros—, cállate, por favor.

—No me jodas. Estás con alguien y yo abriendo mi puta boca.

—Movamos el culo si no queremos tener más problemas —los apresura Tony.

Hay un pequeño silencio antes de que un suave toque en la puerta me sobresalte.

—Blair —murmura Ethan y empiezo a vestirme—, por favor vete a la residencia, llegaré en una hora.

—Bien.

Ganas no me faltan para desobedecer y seguirlos, sin embargo, no tengo ni la menor idea del lugar al que van, y seguro se dan cuenta en un dos por tres que voy detrás de ellos. Me visto lo más rápido que puedo y salgo solo segundos después con las ideas revueltas y muchas sospechas crecientes.

El nombre de González vuelve a retumbar en mi cabeza. Había pagado la fianza, es tío de Tony, tiene la pinta de mafioso, y los llama de madrugada porque han robado unas bodegas, en una zona nada segura de la ciudad. Internamente también me molesto, no puedo cubrirme yo misma los ojos, hay una diferencia enorme en estar profundamente hechizada por Ethan Johnson y actuar como una tonta que finge no darse cuenta de nada. Algo grande y muy raro esconden todos.

Pronto me entero de que fuera de la fraternidad están el resto de los chicos y otros integrantes más con los que no he hablado nunca. Algunos van solos en motos y otros van de dos en dos.

Casi grito cuando Zac mira hacia atrás y sus ojos se entrecierran en lo que yo trato de esconderme. Lentamente y sin pronunciar realmente las palabras, mueve la boca para que entienda lo que trata de decirme.

"*Quédate aquí*"

—Marquen la zona por si la policía llega antes que nosotros. Mario tendrá que responder —escucho decir a Ethan. Los demás asienten y ponen en marcha las motos. Pero, algunos se detienen, incluidos Ethan y mi hermano, una de las motos falla y enseguida voltean a ver hacia el Jeep aparcado a solo metros.

Vuelta loca abro a toda velocidad la puerta trasera y me oculto en el suelo del vehículo.

—Dame las llaves, Ethan, me iré en el Jeep —es la voz de Mark.

—¡No! —grita Ethan llamando la atención de todos, seguro que me ha visto hace solo segundos atrás.

—No hay tiempo, joder, ni que estuviese hecho de oro.

—Yo voy en el Jeep, toma mi moto —finaliza él. No discuten más y enseguida escucho sus pasos acercarse, abre la puerta y toma el asiento del conductor—, quédate ahí, Blair, no te muevas —es todo lo que dice.

Con dificultad consigo levantar un poco la cabeza y mirar por la ventanilla hacia donde nos dirigimos, las motos continúan adelante y el Jeep es el último, de pronto todos se separan y entran a los mismos callejones en los que habíamos estado con Norma cuando cometimos la tontería de venir a buscar a los Ethan y Nathan.

—¿Qué está pasando? —me atrevo a preguntar finalmente—. No quiero ser la típica chica que se suelta a llorar en una situación que evidentemente sale de mi comprensión y tampoco la descontrolada que actúa sin pensar, pero, necesito saber qué ocurre. ¿En qué están metidos todos?

—Sé que es difícil de comprender, pero te juro que no es la gran cosa. Necesito que te quedes aquí todo lo que voy a tardar, por favor, no salgas, no te muevas, no seas curiosa, Blair. Te juro que te daré todas las explicaciones que quieras, solo déjame hacer esto, y responderé lo que desees. Por favor... te lo suplico —susurra la última palabra mientras aprieta el volante hasta que sus nudillos se tornan blancos.

—Ethan...

—Por favor, pequeña, por favor.

El auto se detiene, algunos hombres lo llaman y ante mi silencio por la impresión y la confusión, solo me regala una última mirada de súplica antes de bajarse y empezar a hablar como si fuese el maldito jefe del ejército, la policía o... mierda, mafiosos. ¡Pero qué carajos estoy pensando! Esto no es normal, ¿cómo es que tienen tanta familiaridad con esta zona? ¡¿De qué me estoy perdiendo?!

A pesar de que estoy muy nerviosa y ya ni sé si con miedo, furiosa, o asustada, planeo por una vez en mi vida hacer caso y quedarme quietecita, no es tarea fácil, solo minutos después muchos sonidos llegan a mis oídos; gritos, ruidos extraños, y la voz de un hombre pidiendo ayuda no me pasa desaperciba. Cada vez entiendo menos y la idea de que sean los chicos quienes están martirizando a ese sujeto no cabe en mi cabeza.

Todo es más intenso con el pasar del tiempo, más gritos, más golpes, más pedidos de auxilio y un balazo. Todo en mí se enciende como una inmensa llamarada, al diablo la Blair obediente y tranquila, al diablo la madurez y sensatez, esto es grave y gigantesco.

Mi cuerpo reacciona solito, por más que intento tranquilizarme y no salir del auto es lo que termino haciendo. Con los pies en la calle me doy cuenta de lo oscuro que está toda el área. Mis emociones revueltas hacen efecto y no estoy pensando con claridad, no puedo más, necesito saber de qué va esto.

Camino a paso lento, insegura y muy ansiosa hacia uno de los callejones. Pienso en lo ridícula que debo de verme sola en la madrugada con un vestido que llega hasta mis pies y en una situación como esta. Ahora tengo ganas de dar marcha atrás y estoy a punto de hacerlo, hasta que los gritos enfurecidos de Ethan me detienen. Los escucho claramente en este punto.

—Ya veremos si sigues tan tranquilo cuando González se entere de que has perdido todo hijo de puta. —No me muevo, no puedo, siquiera sé si sigo respirando.

—Ethan, no fue mi culpa. Fueron ellos, asaltaron la bodega —escucho una voz que no reconozco de nada.

No entiendo la conversación, me es imposible.

—Muy bien, entonces te doy cinco horas para que recuperes todo y de eso depende tu vida, bastardo de mierda —la amenaza de Ethan me deja perpleja, tanto que ni siquiera estoy viéndole el rostro y la potencia de su voz me atemoriza incluso a mí.

—Por favor, dame más tiempo —suplica el hombre realmente afectado.

—¿Escucharon a este desgraciado? Quiere más tiempo, con nosotros el tiempo es oro mal nacido, yo de ti ya estaría buscando la mercancía, imbécil —dicho eso se escucha otro balazo que a esta corta distancia me pone los pelos de punta y sin poder detenerme, un grito se me escapa. ¡Joder, joder, joder!

—¿Y tú quién eres dulzura? —dicen detrás de mí y unas manos me rodean la cintura.

Otro hombre aparece de frente y me toma la quijada con agresividad. No soy consciente de cuántos son en realidad, la poca luz no me permite observarlos con claridad.

—¡Intrusa! —vocifera uno de ellos y escucho como el resto de las personas que seguro están a solo metros inician a moverse.

El hombre que me tiene tomada de la cintura baja sus manos hasta mi trasero y me armo de valor al girar, empujarlo y escupirle en la cara. En cuestión de nada soy golpeada con fuerza en la mejilla, gotas de sangre se filtran en el interior de mi boca y el dolor no se hace esperar. Me arrastran hasta donde hace minutos no he tenido valor de llegar y lo único que se me ocurre es gritar el nombre de Ethan en busca de auxilio porque en estas instancias no sé quiénes son los buenos y los malos.

—¡Ethan! ¡Ethan! ¡Ethan! —digo sin parar hasta que llegamos a la luz y me tiran al pavimento.

—Mira lo que encontramos merodeando, ¿no es un angelito? Seguro que nos divertiremos todos —dice el hombre que ahora puedo ver con claridad. Es enorme y totalmente tatuado. Tiene un diente de oro o eso parece.

—¿Blair? —Los ojos de Ethan se abren completamente. Nathan mira hacia mí y el rostro se les desencaja, tira una caja que tiene en las manos al suelo y corre vuelto loco.

Ethan da pasos lentos, la mandíbula se le contrae y cierra los puños. Su mirada apunta directo al lugar en donde estoy sangrando y sus ojos se oscurecen. Parece que se la ha metido algún demonio porque si creía haberlo visto alguna vez molesto estaba muy equivocada. Apunta con su arma a los hombres que me han traído con ellos y yo dejo de respirar por completo.

—Si no me dicen ahora mismo quién fue el maldito hijo de puta que se atrevió a tocar a esa chica, se mueren todos infelices de mierda —Ethan grita tan fuerte que las venas del cuello se le resaltan y es una persona totalmente diferente a la que solo unas horas atrás me hacía el amor.

Su rabia es tanta que Mark se atreve a detenerlo e intenta que baje el arma. Se acerca al oído de Ethan y parece decirle algo.

—Me importa una mierda —responde sin mirar siquiera a Mark—. Que se entere, pero nadie puede tocarla, nadie. ¡Maldita sea! ¡Nadie! ¿Quién fue? ¿A quién voy a matar?

Silencio, todos se quedan en silencio.

CAPÍTULO 17

¿VERDAD O MENTIRA?

No sé qué me tiene más impresionada; la situación, que me hayan golpeado, que haya sido descubierta tan estúpidamente, enterarme de lo que sea esto o de que Ethan apunte a la cara a los tipos que me encontraron, esa rabia que desborda cada poro de su ser en este momento, las palabras que ha utilizado o que en este instante hasta el hombre más fuerte y con los pantalones bien puestos le tendría miedo.

Parece un lobo a punto de atacar, una fiera cerca de enterrar sus uñas, un maldito asesino que sabe perfectamente lo que hace, sin remordimiento ni lugar a duda de que este es su ambiente, no el chico con pinta de malo que creí que era.

Mi hermano al darse cuenta de que estoy temblando intenta abrazarme pero envuelta en la rabia y el temor lo empujo hacia atrás. Cada vez que Ethan repite lo mismo cierro los ojos tratando de encontrar un lugar pacífico en mi mente a donde pueda ir y protegerme. Nadie responde nada y él se altera cada vez más, no trato siquiera de calmarlo porque temo que también me amenace de muerte por insolente.

—Bueno, entonces se mueren todos —concluye y pone el dedo en el gatillo.

—Ethan —lo llamo sin siquiera esperármelo o planearlo, no me hace ni caso. No irá a matar a alguien realmente, ¿o sí? El pánico me invade.

—Ethan, tranquilo. Ella está bien —intenta calmarlo Tony.

—¿Bien? El golpe que trae en la cara te parece bien, imbécil —contesta rabioso y mis nervios aumentan al escuchar la forma en la que le habla a su amigo—. Voy a preguntarlo una última vez, ¿quién la golpeó?

El hombre que me había golpeado da un paso hacia adelante, Ethan lo taladra con esa mirada oscura que tiene ahora y da grandes zancadas hasta llegar a él. Lo toma de la camisa y lo avienta contra el suelo furioso.

—Lo siento, Ethan. No sabía que era tu chica —dice con voz temblorosa el desconocido.

—Ella no es mi chica hijo de puta, pero que te quede claro que no puedes tocarla, nadie puede. —Quiero creer que eso lo ha dicho por la presencia de Nathan. Sin embargo, he sentido como si un cuchillo me atravesara el pecho al negar que soy su chica, aunque, ¿lo soy?

—Entonces cálmate, hermano, si no es...

Ethan no lo deja terminar.

—Escúchame bien hijo de puta, la próxima vez que voltees a ver siquiera a esa chica, yo mismo voy a cavar tu tumba y tú y toda la mierda de familia que tienes se van a ir contigo.

Escucho el primer puñetazo, seguido de otro y otro y otro y otro hasta que inicio a pedirle que se detenga. A nadie parece importarle, ninguno de los hombres que nos rodean tratan de hacer siquiera lo mínimo. Los sonidos de los golpes son cada vez más fuertes y el temor que se instala en mi pecho es peor que la angustia de no saber qué está pasando realmente. ¿Quiénes son todos estos hombres?

—Dile que pare Nathan, ¡va a matarlo! Por favor —le suplico a mi hermano.

—Se lo merece —dice bajando la mirada.

—Nathan ¿qué diablos te pasa?, detenlo —le ruego. Al no obtener respuesta me levanto del suelo en donde aún estoy tirada y llego hasta Tony y le pido lo mismo. Simplemente niega con la cabeza. Miro a Zac y a Mark pero lo único que hacen es disculparse con la mirada.

Decido salir corriendo hacia él y Mark me toma de los brazos y me impide llegar hasta él.

—No te involucres, cuando pierde la paciencia es capaz de golpear hasta una mujer —me explica rápidamente.

—Cállate Mark —lo reprende Zac evidentemente molesto por el comentario. Mark aún más molesto quién sabe por qué, me suelta y yo sigo mi camino hacia Ethan.

—¡Ethan! —le grito desesperada—, para, para, por favor para, vas a matarlo, joder, para, detente. Ethan, te lo suplico —alzo la voz lo más que puedo y me es totalmente increíble que sea la única razonable aquí, que nadie más reaccione.

Miro hacia todos; sus amigos, los demás chicos que conozco de la fraternidad y el resto de los hombres que no lucen como estudiantes, más bien parecen delincuentes.

Todo me da vuelta de un momento a otro y me largo, corro de este aparente infierno al que me he metido solita.

A lo lejos, mientras trato de recordar el camino con mis pies en movimiento, escucho maldiciones y algunos gritos eufóricos cuando los golpes se detienen. Hay pasos que se oyen con claridad detrás de mí y no me detengo por nada del mundo.

Unas manos firmes me hacen frenar mis pasos cuando ya estoy fuera de las bodegas y los callejones al fin. Es él, ya no tiene el rostro transformado en el monstruo que acabo de conocer, pero las imágenes no salen de mi cabeza y respiro aún más agitada que antes ante su cercanía.

—Suéltame, por favor, suéltame —le pido.

—¿Por qué te has bajado del Jeep? —me cuestiona.

—¿De verdad es lo primero que dirás?

—Está sangrándote la boca, te llevaré a un hospital —me informa e intenta moverme. Me suelto abruptamente de su mano.

—¡No te me acerques! ¡¿Qué demonios pasa por tu cabeza, Ethan?! —exclamo entre molesta, furiosa, sorprendida, dolida y entristecida por lo que acabo de presenciar. La cabeza me explotará en cualquier momento.

—Sé que quieres una explicación y voy a dártela solo...

—¿Tú crees que necesito una explicación? ¿Lo crees? —ironizo—, no quiero nada, quiero irme a la residencia y tratar de olvidar lo que acabo de ver. Sea lo que sea te exijo que saques a mi hermano de toda tu mierda.

—Blair —me llama. Lo rodeo y me alejo de él una vez más—. Blair —insiste y vuelve a ponerse frente a mí, esta vez me toma con fuerza de los brazos—. No voy a dejar que te vayas sin que me escuches. Vamos a irnos a la residencia y hablaremos, ¿de acuerdo?

—No voy a ir contigo a ninguna parte, ¿qué mierda ha sido todo eso? ¿Quién eres, Ethan? —La voz me sale quebradiza. Y sí, he dicho solo segundos atrás que no me interesa una explicación y he hecho preguntas que claramente dejan a la vista que sí la quiero. La necesito.

—Ese no era yo, perdí el control. Es que... ¿Por qué demonios te has bajado? Te pedí que te quedarás ahí, hicimos un trato, Blair, joder, me ha dado un jodido ataque cuando te he visto con un puto golpe en la cara. Te lo pedí, casi te lo supliqué. Dijiste que estabas de acuerdo y...

mierda. ¡Por qué has hecho esto! —suelta cada palabra muy enojado.
Lo miro incrédula. Sin saber qué decir o cómo actuar, solo sé que tengo que salir de este lugar y poner en orden mis ideas.

—Me he puesto muy nerviosa, escuchaba gritos, súplicas, y disparos —hablo bajito y mirando al suelo—, ojalá no me hubiera salido, porque lo que vi está por reventarme la cabeza. Casi matas a ese sujeto... hace horas hicimos el amor, me llevaste a la playa, me hablaste de tu vida, tu pasado. ¿Quién era ese tipo? ¿Quién es este que tengo enfrente? —lo acuso.

—Estaba fingiendo, sé que no lo entiendes pero lo estaba haciendo, necesitaba comportarme de esa manera para asegurarme de que les quedaba claro que no pueden acercarse a ti. Te estaba protegiendo —me explica como si de verdad yo me fuese a tragar ese cuento chino.

—Ethan, son las tres de la madrugada y has venido corriendo con los demás a unas bodegas abandonadas, has amenazado a un tipo de muerte y casi matas a otro. ¿Esto es lo que haces para González? Esto no es cuidar unas bodegas, esto es ser matones de turno. Dudo mucho que eso lo hagas para protegerme. Necesito irme de aquí.

Niega con su cabeza, su mandíbula se tensa. Resopla, vuelve a negar y mira hacia arriba, ni todas las estrellas que hay en el cielo en este preciso instante le darán una idea cercana de qué hacer para calmarme.

—¿Podemos hablar en otro lugar? Por favor —me pide cerrando los ojos—, por favor pequeña, todo tiene una explicación. —Se acerca demasiado y me cubre el rostro con sus grandes manos—, por favor. Este soy yo, el imbécil que escribe en secreto todos sus miedos, el de la playa, el que te hizo el amor, el que está increíblemente perdido por ti, por favor, déjame hablar contigo, déjame explicarte, ¿sí? Dime que sí —implora.

Sigo sin saber qué es lo mejor.

—Ethan...

—Por favor.

—¡Blair! —se escucha la voz de mi hermano, seguro nos está observando. Estamos demasiado cerca, él con las manos en mi rostro a centímetros de mi cara.

—Es Nathan, aléjate —lo advierto en caso de que solo yo lo haya escuchado, aunque eso es imposible.

—Dime que nos iremos juntos —solicita.

—Ethan, mi hermano nos está viendo —le susurro.

—Lo sé y no me importa nada, dime que hablaremos.

—¿Qué te pasa? —chillo un poco y los pasos de Nathan se escuchan cada vez más fuertes y cercanos.

—Por favor, solo unos minutos. Solo eso.

—¿Qué está pasando aquí? —escuchamos hablar a Nathan molesto. Ethan ni se inmuta, no aparta su mirada de mí, ni sus manos, ni mucho menos se aleja.

—No voy a soltarte —se atreve a decir Ethan frente a Nathan y juro que se me mueve el piso.

—Está bien —accedo. Él asiente más tranquilo y evidentemente se relaja.

—¿De qué están hablando? —alza la voz mi hermano.

—Está muy nerviosa, Nathan. Está en shock por lo que miró. Tenemos que sacarla de aquí —disimula a la perfección—, le he dicho que no la soltaría porque casi se ha desvanecido.

—¿Cómo llegaste aquí? —me interroga mi hermano.

—Este no es momento para interrogatorios. Encárgate de todo, me la llevo.

—Joder, tú no eres su hermano, soy yo. ¿Me dejas hablar a solas con ella?

—Pues yo también necesito hablar con ella, se viene conmigo —responde Ethan dejándome con la boca abierta. ¡Qué demonios le pasa!

—Ethan —le reprocho.

—¿Y tú de qué quieres hablar con ella? —lo enfrenta Nathan. Niego con mi cabeza en forma de súplica para que no responda nada que nos deje al descubierto y él frunce el ceño y asiente.

—¿Por qué no se calman los dos? En vez de discutir quién habla primero conmigo, deberían estar más preocupados por todas las explicaciones que tendrán que darme —intervengo antes de que esto explote.

Gracias a mis palabras Nathan parece recordar en dónde estamos, la hora que es, lo que recién he presenciado y toma a Ethan del brazo y lo aleja de mí varios metros hasta que no escucho lo que se están diciendo.

Al principio parecen discutir y yo sopeso realmente irme caminando, pero eso solo empeoraría la situación y me ha quedado claro que Ethan hablará conmigo hoy así pudiera hacer magia y desaparecer.

Hablan un buen rato y el dolor del golpe que he recibido no me permite prestarles más atención. Me duele mucho la quijada y parte de la mejilla. Después de esperar en total silencio se acercan a mí. No pierdo mi tiempo indagando qué han hablado a escondidas porque sé que ninguno me dirá nada.

—Siento mucho que hayas tenido que ver esto Blair —es lo que dice mi hermano como si solo se tratara de algo simple y sin importancia—. Ethan... él va a llevarte. ¿Estás de acuerdo?

—¿Es todo lo que dirás? —me altero—. ¿En serio creen que me quedaré tranquila?

—Ya lo hablaremos luego. Por ahora es más importante que te vean ese golpe en emergencias.

—Nathan... —lo llamo.

—Sé que quieres ahorcarme ahora mismo, pero nada es lo que parece. Por favor, trata de entender. En cuanto termine aquí me pasaré por la residencia —asegura y me da un beso en la frente para luego irse como si nada. Ni siquiera espera a que le conteste algo.

Me quedo inerte varios segundos hasta que siento la mano de Ethan tratando de sostener la mía y me aparto caminando hacia el Jeep.

Aprovecho el viaje para pensar y ordenar mis ideas. Cualquier chica estaría gritando enloquecida intentando saber la verdad, mi instinto me indica que tengo que conservar la calma, de otro modo solo conseguiré otra mentira.

El silencio de Ethan tampoco ayuda mucho. Espero que aparque el Jeep en la residencia y bajo dando un portazo. Agilizo mis pies, quiero poner distancia lo más rápido que puedo. A pesar de que trato de irme en el elevador, no funciona y decido que lo mejor es usar las escaleras. Es como si todo conspirara a su favor. Me llama un par de veces y lo ignoro por completo. Siendo honesta no sé qué me tiene más molesta.

Yo decidí salir del vehículo, yo decidí meterme en problemas, yo decidí acostarme con él, yo decidí ser su chica, yo decidí volverme loca por Ethan, yo decidí ignorar todas las alarmas.

—Blair —me llama por quinta vez. Me detengo—, accediste a hablar conmigo.

—Me obligaste a hacerlo. Hay una diferencia.

—Joder, al menos escúchame y luego decides si me crees o no.

—No quiero hablar ahora, Ethan. Nos vemos mañana, ¿de acuerdo? —digo cansada.

—No voy a irme hasta asegurarme de que estemos bien —gruñe.

—Entiende que no quiero escuchar más mentiras.

—Y no las escucharás.

—Buenas noches, Ethan.

Subo las primeras escaleras y creo que lo ha entendido, me equivoco, al siguiente segundo lo tengo acorralándome contra la pared. Sus ojos me miran suplicantes y yo lo único que quisiera es que todo lo que ha pasado solo fuese una pesadilla; que despertaré en sus brazos, en su cama, con su aroma inundándome, su cuerpo desnudo protegiéndome.

—No insistas, Ethan. Me siento muy contrariada en este momento, permíteme aclarar mis ideas, ¿sí? —le pido de manera amable.

—No puedo —dice acercándose peligrosamente a mis labios—, joder, no puedo ser razonable y esperar hasta mañana cuando probablemente mañana lo único que escucharé es que no quieres seguir con lo nuestro. Joder, no puedo.

—Me asustaste mucho —admito por primera vez y por un minuto no haré más reclamos—, eras completamente otra persona. Yo no sé qué estaba sucediendo ahí, pero ese Ethan está muy lejos de la versión de alguien con quien yo quiero o puedo estar.

—Lo siento mucho, ese no soy yo. Tú eres la única persona que me está conociendo realmente, a la única a la que me estoy mostrando y me has hechizado en tiempo récord, no quiero que te alejes de mí. No puedo permitirlo, no voy a dejar que escapes, Blair. Te lo advertí y no estaba bromeando.

Se queda ahí, viéndome, esperando una respuesta que no saldrá. Cómo le explico que aún furiosa como estoy, su tacto me afecta.

El roce de sus dedos en mi piel hace que solo quiera abrazarlo y besarlo.

Olvidarme de todo. Simplemente no puedo. Con su mano libre acaricia suavemente la parte de mi rostro que evidentemente está inflamada. Su pulgar se queda demasiado tiempo en la comisura de mis labios. Cierro los ojos.

—No te alejes, Blair —susurra sobre mi boca y entonces siento la presión de sus labios sobre los míos. Intento resistirme mediocremente. Me doy cuenta en este instante de la forma tan intensa en la que mi cuerpo responde a sus peticiones, a sus movimientos, a él. A pesar de que todo me esté dando vuelta en la cabeza lo beso con gusto.

Este beso es diferente, quizás porque tiene miedo de lastimarme más o porque simplemente es la forma en la que me pide que le crea. Sus brazos me envuelven temerosamente y profundiza el beso entreabriendo mis labios y agilizando los movimientos. Subo mis brazos a su cuello y de esa forma puede tenerme más cerca.

En cuestión de nada lo tengo pegado completamente a mi cuerpo, la fricción no hace otra cosa más que traicionarme y la intensidad del sentimiento que experimento en el pecho cuando sus manos abordan mi figura y acarician, me tocan, me hacen sentir suya, me hace temblar igual que hace una hora.

Algunas lágrimas se me escapan porque también me entero de que tengo miedo, mucho, miedo de lo que realmente hacen los chicos, miedo de que lo que ha pasado hoy ocurra nuevamente con intercambio de papeles y sean ellos los que reciban amenazas, palizas.

Esa conclusión me obliga a detener el beso y aferrarme a su cuerpo en lo que lo abrazo casi de forma obsesiva y compulsiva. Él pierde su rostro en mi cuello y me estruja aún más contra él.

—Dime por favor qué es exactamente lo que hacen para González, dime que no es nada ilegal, que sus vidas no corren peligro, que no pueden ir a la cárcel, que las amenazas y la golpiza solo han sido producto de perder el control y que no volverá a repetirse y que esta fue la última noche en la que formaste parte de todo eso, tal y como me lo habías dicho antes, que intentarías dejarlo. Dímelo y te creeré, dímelo y me quedaré —me descubro murmurando sin parar y es cuando él se aparta y siento como todo su cuerpo se tensa.

Sé que sueno como un alma inocente y ciega. Que todo ha pasado en mis narices y que ni siquiera debería estar pidiéndole tal cosa.

—Ya te lo he dicho antes, cuidamos algunas bodegas. No tenemos idea de lo que hay dentro, ni siquiera Tony. Mario, el tipo al que amenacé está encargado de esa y se han robado todo. Me he puesto muy nervioso porque nos pagan mucho por esa estupidez, de verdad, mucho.

—Pero...

—Blair, las armas, las amenazas, la intimidación, lo hemos aprendido todo con el pasar del tiempo. Sé cómo suena, sé que seguro estamos involucrados en algo ilegal sin pretenderlo pero es la única forma que tengo de sobrevivir, es lo que paga mi universidad, es lo que paga mi comida, mi ropa. Yo no tengo familia, creí que lo habías entendido. No tengo a nadie, estoy solo en el mundo y créeme que si tuviera otra forma de subsistir hasta que termine la universidad, lo haría.

Habla tan rápido, nervioso y tenso de pies a cabeza que me ha costado trabajo seguirle el hilo. Sin embargo, me duelen sus palabras, aunque me había dicho que su madre murió y que pasó su niñez y adolescencia en un orfanato hasta la mayoría de edad, no me detuve a pensar jamás que eso significaba que está solo en el mundo tal y como lo ha expuesto. Entonces tomo su rostro con mis manos, y me siento increíblemente triste por él, por Nathan y por mí.

—Es peligroso, Ethan. Que tengas que fingir que eres un matón, no puede dejarte nada bueno, ni a ti, ni a mi hermano, ni a los chicos, ni a mí, ni a nadie.

—Lo sé.

—Déjalo, por favor —me atrevo a pedirle creyéndome que tengo el poder de influir en él.

Ethan acomoda mi cabello detrás de mis orejas y aprieta sus labios contra los míos.

—Si tú te quedas a mi lado haré todo lo que me pidas —susurra y pega su frente contra la mía.

—¿Lo dejarás?

—Lo haré, pequeña, lo haré.

—Mírame directo a los ojos y júrame que me estás diciendo la verdad, Ethan Johnson —le exijo.

Baja lentamente la mirada al suelo y se queda unos instantes así. No, no, no... Júramelo, Ethan, hazlo.

—Lo juro, lo juro por la memoria de mi madre.

Espero que cada palabra que ha salido de su boca sea verdad, porque creo estar sintiendo algo más por él y no me quiero equivocar.

Enamorarme de él se siente como caer en llamas y quemarte enseguida, pero creo que me he estado quemando desde el primer instante.

CAPÍTULO 18

MÍA

Ha mencionado a su madre y eso, sin explicación alguna, me calma a niveles necesarios. Las cosas siguen mal, y lo seguirán estando hasta que se aleje verdaderamente de esas bodegas, de esas personas, de González, quien seguramente es un delincuente. Nadie paga tanto dinero a jovencitos fáciles de convencer solo por cuidar unas bodegas. Hay más ahí que ignoro, y que seguramente Ethan, Nathan y los demás han decidido ignorar a cambio de la paga. ¡Pero en qué pensaba mi hermano cuando aceptó tal trabajo!

Conmocionada como aún estoy bajo mis murallas y soy consciente de cómo mi cuerpo se estabiliza un poco. Ahora entiendo muchas cosas; todas las veces que me pidió que me alejara era por su dichoso trabajo, el de todos más bien, por eso insistía en que la fraternidad no era un lugar para mí y quizás siendo sensata debería mantenerme un poco alejada hasta que me compruebe que en efecto ha dejado a un lado su faceta de matón de mentiras.

Bueno, ni tan de mentiras porque he sido testigo de cómo le ha dado la paliza de su vida a ese tipo que me golpeó, además, no me serviría de nada distanciarme unos cuántos días de Johnson cuando mi hermano está igual de involucrado, de cualquier manera formo parte del problema. Mi novio, mi hermano y mis amigos me han obligado a serlo sin que yo me diera cuenta siquiera.

—Te creo, decido creerte —anuncio y acaricio su rostro.

—¿De verdad?

—Sí, Ethan. ¿Podrías no volver a golpear a nadie de esa manera tan salvaje? —le pido muy seria.

—Te ha golpeado a ti y mi necesidad de protegerte puede más conmigo que mi particular autocontrol. Si se trata de ti, Blair, no me limito, ¿me entiendes?

—Solo quiero que no te sigas metiendo en más problemas. Menos por mí.

—E intentaré no meterme en más problemas, pero cualquier hijo de puta que se sienta con el poder de hacerte daño se las verá conmigo.

—¿Tanto te importo?

—Pequeña mía, lo que estás provocando en mí, son sentimientos que no he sentido nunca.

—Tú también provocas cosas en mí de una manera sorprendente.

—Entonces, si estamos en igualdad de sentimientos déjame cuidarte, ¿sí? Por favor.

—Lo haré —digo más tranquila.

—¿Nos vamos a la fraternidad? —me pide.

—Nathan vendrá —le recuerdo.

—No, no lo hará. Solo te ha dicho eso para tranquilizarte. No quería decirte nada, es pésimo mentiroso, por eso ha accedido a que yo te trajera y te calmara, no sin antes amenazarme si algo estaba pasando entre nosotros.

—¿Qué puedo decirle? No creo que se quede tranquilo si le digo que aparecí en las bodegas por arte de magia.

—Y, ¿qué tal si le decimos la verdad? Ya no quiero ocultarlo. No después de lo que pasó entre nosotros esta noche. Yo puedo hablar con él, ¿quieres?

—No sé cómo vaya a tomárselo.

—Déjamelo a mí.

—¿Y si esperamos? —sugiero. Hay demasiadas cosas pasando como para agregarle más drama a la situación. Su ceño se frunce totalmente y me mira cabreado.

—¿No quieres que sepan que estamos juntos? —reclama. Y según él no es un celoso.

—No es eso, Ethan. Mira nada más la noche que hemos tenido, ¿quieres más problemas y peleas?

—No —se limita a contestar muy enfadado.

—Entonces...

—Ya. Lo capto. Me esperaré unos días —termina accediendo—. Vámonos.

—¿Y si nos quedamos aquí? —propongo—. Quiero dormir aunque sea dos horas tranquila, sin estar con el pensamiento de que Nathan entrará a tu habitación.

—Alguien llamado Norma, duerme en tu habitación, ¿la recuerdas?

—No se enterará, solo quédate aquí. Quédate y no voy a preguntar más nada, al menos por ahora.

Una sonrisa ladina medio aparece y toma mis manos y se las lleva a los labios.

—Está bien, pero quiero aclararte que no me quedo porque no harás preguntas, en realidad voy a quedarme porque quiero estar pegado a ti cada maldito segundo, espero no asustarte.

Me inclino y lo beso de nuevo. Subimos juntos y abro con cuidado mi habitación para no despertar a Norma. Espero que esté con ropa decente o al menos con ropa, a veces duerme desnuda. Al entrar me relajo al ver que tiene toda su manta cubriendo su cuerpo. Ethan se quita los zapatos y yo hago lo mismo.

Mi cama es una broma a la par de la de Ethan, en donde uno decide abrazarse o no, en este intento patético de cama, tenemos que abrazarnos sí o sí para alcanzar. Se acuesta primero y hace espacio para mí. Me recuesto y no me toca. De hecho, creo que se ha pegado tanto a la pared que, de dormir así, seguro amanece adolorido.

—¿Por qué no te acercas?

—Esa ya es una pregunta —que bromee tranquiliza aún más el ambiente.

—Cierto. Pero quiero que te acerques —le aclaro, en un dos por tres lo tengo pegado a mí en su totalidad. Me oculto en sus brazos, en su pecho fuerte, en su aroma perfecto y varonil. Increíble que aunque nuestro pequeño mundo me asusta, también es mi lugar seguro.

No sé exactamente en qué momento me quedo dormida, pronto es de mañana y al abrir los ojos nuevamente hay una persona duchada, vestida y con una taza de café en las manos. Norma. Me mira entre curiosa y queriéndose morir de la risa por mi invitado, el cual está adherido a mí como si se tratara de una piel más.

Le hago un gesto con la mano a Norma para que salga de la habitación y yo encuentro la forma de salir de la cama sin hacer mucho escándalo. En unos cuantos segundos estoy junto a mi amiga.

Ni siquiera le permito que me haga alguna pregunta ingeniosa, le suelto todo con una rapidez que incluso a mí me sorprende. El rostro de Norma es un poema y quizás debería dejar que sea Nathan quien la ponga al tanto de los hechos, sin embargo, no puedo ocultarle lo que está pasando.

Mi amiga, por supuesto que está de mi lado, totalmente de acuerdo en que deben dejar ese trabajo lo más rápido posible.

Ya suficiente tenemos con los conflictos entre los chicos y Barak como para lidiar también con que trabajan para un hombre que evidentemente parece todo menos alguien que haga las cosas de forma legal.

—Y yo que pensé que estabas teniendo la noche más salvaje de tu vida. Mira el golpe que traes. Y Nathan me escuchará, me ha dicho que se quedaría en casa porque no se sentía nada bien. Es un mentiroso total.

—Lo es, ni siquiera pretendía decirme la verdad. Ha sido Ethan quien lo ha decidido después de todo. No sé en qué estaba pensando Nat, ¿cómo pudo aceptar un trabajo tan peligroso?

Norma está a punto de contestar cuando la puerta se abre y el rostro malhumorado de Ethan aparece. ¿Por qué está molesto? En todo caso quien debería estar tirándose en las paredes soy yo, y aquí estoy tomándome todo con calma.

—¿Qué pasa? —le pregunto.

—Nada, pensé que te habías marchado.

—Bueno, yo los dejo. Nathan Stoms tendrá que darme muchas explicaciones. Está loco si cree que a mí me causará gracia su supuesto trabajo. Ethan, tienen que parar, ¿me entiendes? —comenta mi amiga antes de irse. Ethan asiente aun cuando mi amiga ya ha doblado en la esquina del pasillo.

Ethan toma mi mano y tira de mí hasta que estamos nuevamente en la habitación. Su cara de preocupación no me anima nada, con sus nudillos me acaricia el pómulo y luego con un único dedo recorre el golpe que seguramente ahora mismo es un gran hematoma. Ya no me duele como ayer, pero siento esa parte de la cara algo inflamada.

—No puedo creer que te haya golpeado —susurra rabioso—, voy a matarlo —agrega y abro los ojos como platos.

—No vas a matar a nadie. Lo único que harás es ya no trabajar más para González, ¿cierto? —le recuerdo nuestra conversación de ayer.

Él marca distancia y se sienta sobre mi cama, yo hago lo mismo sobre la de Norma y lo miro fijamente esperando ansiosa la confirmación de lo que hemos pactado en la madrugada.

—Ethan, tienes que entender que, si sigues haciendo lo mismo, si mi hermano continúa también, si los chicos lo hacen, un día serán ustedes los amenazados, los que recibirán una paliza. Además, ese no eres tú, joder —me exaspero y me pongo de pie—, son solo estudiantes, son personas normales. No cometas más errores por dinero. Eres un chico que le gusta la literatura y escribir sobre la soledad y el dolor. El hombre que miré ayer amenazar, golpear y actuar como si formara parte de un banda peligrosa no puede ser el mismo que hace que mi pecho se infle de emoción cada vez que pronuncia mi nombre.

Sé que estoy hablando como una madre más que como una novia, no consigo entender cómo es que consiguieron manipularlos a tal grado.

—Escúchame... Blair... yo me saldré, pero no puedo hacerlo hasta que consiga otro ingreso. ¿Lo entiendes? La situación de tu hermano es distinta aunque también necesita la plata y la de los chicos... cada uno tiene su propia historia. No estamos ahí por gusto.

—¿Y pretendes que esté tranquila hasta entonces?

—Solo dame algo de tiempo, ¿sí? Por favor, dame tiempo, pequeña y lo resolveré.

—No lo sé…

—Sé que te he dicho lo mismo muchas veces, pero de verdad, lo que pasó ayer fue algo único. Normalmente lo que hacemos es ir a darnos una vuelta a la bodega y más nada. Jamás se habían robado algo, nunca tenemos que responder por lo que sea que se han robado, pero tienes razón, es... peligroso —me da la razón y se pone de pie tomándome entre sus brazos y rodeándome, acurrucándome—. No quiero hacerte pasar esto, de verdad que no quiero, Blair.

Lo abrazo con mucha necesidad.

Es un hecho que no voy a salir corriendo lejos de él solo porque se metió con la gente equivocada en busca de condiciones para conseguir venir a la universidad y también es un hecho que de ninguna forma puedo hacer como si no pasa nada.

Supongo que no me queda más alternativa que darle ese tiempo. Con mi hermano las cosas son distintas y junto a Norma sé que lo convenceré de dejar ese trabajo absurdo cuanto antes.

—Está bien —acepto y besa mi frente.

—Gracias, por escucharme, por comprenderme. Eres todo lo que no sabía que necesitaba, Blair, me muestras un mundo nuevo y maldita sea, me tienes atrapado.

Niego con mi cabeza y beso su mejilla. El calor que emana de su cuerpo me nubla un poco los pensamientos.

—No quiero irme —me habla bajito al oído.

—No te vayas —le pido de inmediato. Creo que si me deja sola quizás la cordura me visite y empiece a cuestionarme todo.

—¿No irás a clases? Aún estás a tiempo.

—No si te quedas.

—¿Y qué hacemos si Nathan aparece?

—Mi hermano es un cobarde, no vendrá hoy y posiblemente no lo hará en algunos días hasta que tenga cara para hacerlo. Estamos seguros.

—Él te quiero mucho, Blair. Trata de entenderlo.

—Y lo hago, es solo que, olvídalo. Si sigo hablando de lo de anoche terminaré concluyendo en que debería pasar más días molesta contigo.

—En ese caso no hablemos más de eso —propone enseguida—. Entonces, ¿qué hacemos?

—Bueno, primero que cualquier otra cosa, espérame cinco minutos. Me ducharé muy rápido —le digo en lo que tomo mi toalla, él mira hacia todos lados y pronto lo veo tomar otra de mis toallas rosadas. Abre la puerta y me invita a caminar extendiendo su mano y saliendo conmigo al pasillo—. ¿Qué haces?

—Nos ducharemos. |

— ¿En las duchas comunes?

—Precisamente porque son comunes. ¿No has pensado en mudarte?

—No tengo dinero para pagar un piso.

—Múdate conmigo —dice como si nada.

—Eso es demasiado pronto.

—Bien, entonces déjame pagarte un piso —propone nuevamente como si me estuviera proponiendo regalarme un dulce.

—Ethan... —Niego con mi cabeza tratando de encontrar las palabras correctas.

—De acuerdo, me paso los límites. Lo entiendo. Déjame pensar algo más razonable... Puedo darles un cuarto a Norma y a ti en la fraternidad, es de hombres pero Eleanor prácticamente pasa más tiempo ahí que en su casa y nadie se queja. Tendrías ducha privada y podrías dormir conmigo... todos los días.

—Eso es como mudarme contigo. No me parece una buena idea, me gusta caminar por el pasillo solo en toalla y ser admirada por los chicos —lo molesto y salgo corriendo antes de que ponga su cara dura tradicional o me riña.

Por un momento creo que no me seguirá ni entrará a las duchas y solo está bromeando, aunque son duchas comunitarias hay una para los chicos y otra para las chicas. Sin embargo, en un par de segundos sus manos me toman por la cintura, me meten en una ducha, cierra pasando la cortina y me recuesta en el azulejo helado.

—Retira lo que dijiste —me gruñe y poco a poco va quitando mi ropa.

—No puedo, porque me gusta mucho llamar la atención —estoy de broma. No me gusta nada.

—Pero algo ha cambiado —argumenta poniéndome de espalda y bajando mis bragas. Estoy completamente desnuda y él está viéndome desde abajo sin hacer nada.

Entierro mis dientes en mis labios cuando siento sus labios besar mis tobillos y subir a través de mi pantorrilla, detrás de mis rodillas, en mi pierna, mis muslos, mi trasero, la espalda baja y luego recorre toda mi espina dorsal con esos besos húmedos, pasando su lengua, estremeciéndome.

—Ahora eres mía —susurra en mi oído, me voltea y enciende la ducha, el agua cae totalmente sobre mí y él se desnuda en un santiamén. Besa mis mejillas, mi nariz y sus brazos simplemente me rodean, no hace más que abrazarme hasta que ambos estamos completamente mojados—, mía, mía, mía —murmura en mi oído.

Se aparta para tomar mis cosas de aseo personal y pronto estamos llenos de espuma por todos lados y con los cuerpos resbaladizos porque ha usado el acondicionador primero. Yo sigo muy inmersa en que no se ha aprovechado de la situación. Podría hacerme suya en este instante y lo deseo con fervor, en lugar de eso inicia una guerra de espuma.

Me río a carcajadas porque se mira muy gracioso cubierto por todos lados de espuma y seguro yo me veo igual. Algunas chicas se quejan de que se escucha la voz de un hombre y aseguran que se lo informarán a la encargada de las residencias. Las envío al demonio y Ethan se ríe más fuerte.

—Tranquilas chicas, no pienso verlas. No puedo ver a nadie más desde que me crucé con una insolente y caprichosa señorita que usa bolsos raros y me domina con una de sus sonrisas —habla tan alto que todas escuchan. Incluso algunas suspiran—. Ah, y antes de que lo olvide, es mía por si ha quedado alguna duda y tarde o temprano haré que deje estas duchas, esta residencia y duerma en mi cama cada maldita noche.

—¿Estás muy seguro de eso?

—Tan seguro como de que por primera vez en la vida mi corazón de piedra está latiendo.

Sonrío atontada y con el corazón brincándome de un lado a otro, él aparta varios mechones de pelo que tengo en la cara y me da un beso muy corto y cuidadoso en los labios, ni siquiera dura dos segundos. Sus manos bajan hasta mi cintura y me aprieta la cadera dándome un empujoncito para que su miembro endurecido se roce con mi sexo.

—Lo siento, sé que hemos tenido una noche de mierda y he tratado de no follarte en los últimos veinte minutos, pero te deseo como un loco, de verdad, ¿podemos irnos ya a la habitación?

—No te disculpes. —Acaricio su cuello con mis uñas solamente, lento y apenas rozando su piel.

Nos apresuramos en quitarnos la espuma exagerada y nos cubrimos con nuestras toallas. Hay cosas graciosas en esta vida y luego Ethan envuelto por una suculenta toalla rosada, no porque los colores tengan sexo, sino porque solo viste de negro o gris la mayoría del tiempo. Me río y me tira una miradita de advertencia.

Me abraza por la espalda y caminamos pegados de esa manera, él supuestamente con los ojos cerrados ante los gritos de las demás al salir del cubículo. Todos los que están en el pasillo nos miran y me siento apenada. Acelero los pasos y nos escondemos finalmente en la habitación.

No deja que pase más tiempo y me vuelve a dar un delicado beso.

—Bésame de verdad —le exijo.

—No puedo besarte así, tienes los labios inflamados por si no lo has notado.

—No te importó ayer.

—Ayer estaba desesperado. Además, tienes lugares más sensibles.

Estamos susurrando como si alguien nos estuviera escuchando. Realmente lo deseo, tanto o más que él a mí. Quiero volver a vibrar como la noche anterior.

—Como este —dice antes de darme un beso en el cuello—. O este. —Suelta la toalla y quedo desnuda otra vez y deposita un delicado beso en medio de mis senos, me estremezco por completo. Sus manos se apropian de mis pechos y con dos de sus dedos pellizca mis pezones poniéndome totalmente encendida. Me quejo y él me mira muy serio, vuelve a hacerlo y entonces mi mano derecha viaja hasta su dureza, la palpo a través de la tela de la toalla y gruñe cuando aprieto un poco. Ahora decide masajear con sus pulgares la punta de las elevaciones y su lengua recorre el resto de mi pecho, mi clavícula, mi cuello y sus dientes se estancan en el lóbulo de mi oreja, lo saborea y gimo perdida en el deseo.

—¿Tienes una idea de cómo me pones, Blair? ¿Acaso te imaginas, aunque sea un poco lo que despiertas en mí cuando te tengo cerca? —Me tumba sobre la cama.

Sí, esto es raro, mucho. Debería estar algo más afectada, ¿no? debería hacer más preguntas o al menos mostrarme menos accesible, de alguna u otra forma me ha mentido, él, mi hermano y los chicos, pero también hasta cierto punto ha sido sincero y me ha dicho una verdad que Nathan no pretendía decir. Además, lo dejará y entonces podré estar completamente tranquila.

En este instante no me puedo resistir a él y su seducción. No porque esté hueca de la cabeza y no pienso en otra cosa más que sexo, sino, porque cuando estoy con él o cerca de él siento que todo tiene solución y que si dice que las cosas estarán bien es porque así será. Y, lo deseo, a mis cortos diecinueve años, experimento un deseo incontrolable por el hombre que está de pie frente a mí.

Desde la cama sus ojos me recorren entera. Él aún está con la toalla. Soy yo la que está expuesta, con nada más que mi piel, mi intimidad húmeda, mis protuberancias al borde de un colapso y mis piernas temblando ligeramente.

Veo cómo se quita al fin la toalla.

Su erección está frente a mí, él pasa su mano una sola vez con suavidad, antes de tumbarse encima de mí y abrir mis piernas.

Al principio creo que me invadirá. Me equivoco, es su rostro lo que se pierde en mi entrepierna y entierro mis uñas en las sábanas aún antes de que haya contacto. Me mira un segundo y luego su lengua llega hasta la hendidura de mi sexo. Mi respiración se altera enseguida y una repetición instantánea de su nombre se produce en mi garganta.

Las vibraciones de mi cuerpo me hacen retorcerme en la pequeña cama cuando lo siento subir y bajar. Sus manos aprietan mi piel y sus dientes juguetean con mi parte más punzante y vibro cuando invade mi interior. Lo hace una y otra vez en lo que una de sus manos presiona mi vientre provocando una sensación extraña y perturbadora.

Sin previo aviso su cabeza sube hasta la misma altura que la mía y maldice.

—No traigo protección.

—No te preocupes, yo me cuido, tomo pastillas diarias.

Asiente y sus caderas se deslizan entre mis piernas. Su intromisión me hace gemir al volumen que quiera porque, aunque la residencia está llena de personas, no contamos con un hermano mayor que probablemente pierda la razón al ver esta escena. Sus labios no dan tregua a mi piel y con cada beso la hace tiritar. Su invasión profunda incluso nubla mi vista.

—¡Joder! —digo con voz quebradiza. Se olvida de mi golpe y yo me olvido de que él tenía razón porque cuando me besa de forma tan arrebatadora me duele, no lo detengo.

—¡Joder! Eres deliciosa.

Sus perfectos ojos no se despegan de mi rostro y me quedo callada haciendo lo mismo. El único sonido que puede percibirse son sus caderas chocando con las mías. Toma una de mis piernas ubicándola sobre mi pecho, su miembro acelera el ritmo y varios quejidos se vuelven a apoderar de mí. La presión en mi vientre es cada vez peor, el orgasmo está a punto de ocurrir mientras toma la otra pierna y también la ubica hacia atrás sobre mi pecho.

Un grito lleno de placer y lujuria se forma en mi garganta cuando introduce todo su miembro duro y abrumador en mi sexo que se desahoga justo al mismo tiempo que él.

Cae rendido sobre mí, puedo oír el zumbido de su corazón junto al mío, podría jurar que palpitan al mismo ritmo.

—Eres hermosa, Blair Stoms. Eres jodida y malditamente mi perdición.

—Y tú la mía —balbuceo y respiro con dificultad.

—Dime que confías en mí —solicita.

—Confío en ti.

—¿De verdad?

—¿Por qué lo dudas?

—Porque me he dado cuenta de algo...

—¿De qué?

—De que eres más que atracción física. Siento, Blair, y siento mucho por ti.

—No quiero que te metas en problemas, Ethan. No quiero que te pase nada —hay desesperación en mi voz, ante su confesión me ha entrado miedo.

—No me pasará nada, te lo juro. No es tan grave. Todo estará bien, haré que todo salga bien pequeña mía.

—Tuya...

—Mía, solo mía.

CAPÍTULO 19

LAS SOSPECHAS CONTINÚAN

Convenzo a Ethan de ver una película romántica y dulzona en la habitación, después de todo pasaremos el resto del día juntos y salir no me apetece nada. Menos después de lo ocurrido ayer.

Aún muchas dudas rondan en mi cabeza y las ganas de ir a buscar a mi hermano no me faltan, sin embargo, me siento volando en una nube con Ethan medio desnudo, yo media desnuda, sus dedos tocando sin parar mis pechos mientras él se queja de que he escogido la película más cursi del planeta.

Cuando es de noche y ha pedido comida a domicilio como si fuésemos cuatro y no dos, llama directamente a Norma y prácticamente le ordena que no vuelva esta noche porque piensa quedarse conmigo.

Mi amiga se pone más furiosa de lo que ya estaba, pues dice que quedarse con Nathan significa dar por terminado su enojo y aún no supera todo lo que le he contado por la mañana. Aunque accede y Ethan apaga su teléfono después de esa última llamada.

Despierto con una sensación extraña, algo que hace mucho no experimentaba en toda su plenitud. Me siento feliz. A pesar de todos los misterios que rodean la vida del hombre que me abraza tan fuerte, como si temiera perderme. Esto no es como en la escuela. Es más fuerte, es muy pronto para hablar de amor, pero, sin duda alguna Ethan Johnson está logrando que me olvide un rato de mi patético trauma de niña huérfana.

Quizás es porque ambos estamos rotos, de diferentes maneras, pero rotos finalmente.

Me pregunto cómo habrá sido crecer sabiendo a lo que se dedicaba su madre. Él tiene razón, Nathan y yo hemos tenido mucha suerte: Tía Lili pudo decir que no, pudo argumentar que era muy joven y que tenía una vida que construir, sin embargo, aceptó el reto.

Aún la recuerdo frente a nosotros con aquel permanente terrible que se hizo en el cabello días antes de que su hermana y su cuñado fallecieran, trataba de decirnos que de alguna forma era nuestra nueva mamá.

Miro al techo pensativa, recordar los días posteriores a la pérdida de nuestros padres solo me ha abierto esa herida que trato, aún a mi edad, de cerrar. Decido levantarme de la cama y hacer algo que me distraiga.

La mayoría del tiempo pensar en papá y mamá no me causa tanto revuelo, esta vez es totalmente diferente, ya que todos los acontecimientos que han pasado desde que conocí a los amigos de mi hermano, la fraternidad y específicamente a Ethan me hacen sentir nuevamente vulnerable.

Recojo del suelo nuestra ropa esparcida y cuando tomo el pantalón de Ethan su billetera se sale del bolsillo trasero de su pantalón e impacta en el piso quedando abierta. No planeo hacer nada más que levantarla y ponerla en su sitio, pero su identificación está justo a la vista y cuando solo me dedico a ver esa foto tan juvenil que le han puesto, y en donde destila una inocencia que pocas veces le veo, mis ojos se enfocan en un dato perturbador.

Su fecha de nacimiento.

Sí, sí, que tampoco soy una computadora humana para sacar cuentas en dos segundos, sin embargo, me esperaba mirar una fecha igual a la de Nathan o quizás un año de diferencia. No casi seis años. Según esto, Ethan está por cumplir veintiséis años, en cinco meses. Veintiséis años. ¡Joder!

Veintiséis años significan siete años de diferencia, veintiséis años significa que no es un jovencito como mi hermano o los chicos y mucho menos como yo. Vamos, tampoco es un anciano, estamos hablando de un universitario, que ya sé que hay personas que se estudian una carrera mucho tiempo después del indicado, y en realidad no hay tiempo ni límites para querer ganarse un título de licenciado, ingeniero o doctor. ¿Por qué no me ha dicho su edad?

—¿Qué haces? —La voz de Ethan me sobresalta al punto de que tiro por los aires el pantalón y la billetera. Otra vez me ha atrapado husmeando su privacidad.

—Buenos días —digo nerviosa.

—¿Por qué estabas revisando mi cartera? —pregunta poniéndose de pie, tomando la cartera del suelo y se queda fijamente mirando lo que yo miraba con anterioridad.

—Te juro que no ha sido a propósito —me excuso y él sigue mirando su identificación.

—Blair...

—¿Tienes veinticinco años? —la pregunta sale, es necesario que se lo haga, no porque represente un problema para mí, sino porque es información básica, un detalle que no puedes obviar.

—¿Eso te importaría mucho? —es su respuesta.

—No, no me importaría la diferencia de edad, es solo que, joder, en la playa hablamos de tu madre. Fue algo tan privado y nuestro y me cuentas eso, pero no que tienes veinticinco, casi veintiséis años. Que tengas veintiséis años requiere de una historia de fondo como, por ejemplo, ¿por qué estás estudiando hasta ahora? ¿Por qué me has dejado creer que eres de la edad de mi hermano?

—Blair...

—Eso me hubiera ayudado a comprender por qué mi hermano me dejaría tener un romance con todos los del grupo menos contigo, porque mi hermano sí lo sabe, ¿o no? También habría sido más fácil comprender por qué tanta resistencia de tu parte, claro, claro, pensabas en la diferencia de edades. ¡Me siento engañada!

—Blair...

—¿Es que por qué guardas tantos secretos?

—¡Joder! —gruñe—, déjame hablar mujer. Es falsa, es una identificación falsa.

—¿Falsa?

—Sí, sí. Es una que me hice cuando era menor de edad y la he conservado, a veces la uso más que la verdadera —explica sin verme a la cara. ¿Me está mintiendo?

—Ethan, si tienes veinticinco no tengo problema con ello, de verdad. Ya no es ilegal —le recuerdo. Quizás mi ataque de euforia le ha hecho creer que sí.

—Ya lo sé y agradezco mucho que no lo consideres un problema, de verdad, lo hago, pero no es el caso, pequeña. Tengo veintiuno —dice entonces mirándome al fin y sonriéndome más tranquilo.

—¿De verdad?

—Sí, de verdad. Ahora ven por favor, por si no lo recuerdas traes puesta solo las bragas y estoy duro —comenta extendiendo sus manos. Miro mi cuerpo, tiene razón.

Como si estuviera envuelta en una clase de amarre, mis pies se mueven solitos hasta estar frente a él, a solo centímetros, mis ojos viajan hasta su dureza que se levanta estirando la tela de su ropa interior y me siento a horcajadas sobre sus piernas y su erección que se frota con mi centro.

Entierro mis dedos en su cabello y él aprieta mi trasero con sus manos haciéndome hacia adelante y hacia atrás, su miembro se pone más duro, si es que eso es posible, mi sexo se humedece exageradamente con tal movimiento y que sus dientes hagan de las suyas mordisqueando sin parar mis pezones solo provoca que jadee sin ser invadida.

Abre más la boca y succiona todo lo que puede de mi pecho, su mano izquierda sube por mi espalda peligrosamente y empieza a enrollase en mi cabello, tira un poco para que le dé espacio suficiente y atacar la piel sensible de mi cuello.

Me tumba sobre la cama y quita mis bragas. Él, aún de pie, intenta hacer lo mismo pero se lo impido, me pongo de rodillas sobre el colchón, me inclino hacia abajo y llevo su ropa interior hasta sus rodillas, al subir la mirada me encuentro con su virilidad en toda su expresión y lo acaricio con mi mano.

Cierra los ojos disfrutando de los movimientos de mi palma y presiono lo justo sobre la cabeza de su miembro y alargo la caricia hasta su nacimiento, humedezco mis labios que me duelen solo un poquito y sin previo aviso curioseo su grosor con mi lengua húmeda.

—¿Qué pretendes? —apenas y consigue hablar. Su pecho sube y baja con violencia.

—Saludar a mi grande y duro amigo.

—Me pone mucho que hables así, Blair.

—Seguro esto te pone mucho peor.

Le advierto antes de hundir su masculinidad en mi boca, pierde una de sus manos en mi pelo, muevo mi cabeza hacia adelante y hacia atrás apretando las paredes de mi boca para generar más presión, mi lengua saborea su extensión carnal y cada vez que llego a la mitad de su miembro.

Él se mueve hacia adelante haciendo que entre a profundidad hasta que el líquido ácido y salado inunda mi interior y me detengo, Ethan sigue haciendo movimientos circulares suaves, despacio y tentadores.

—Me estás matando, pequeña —susurra afectado.

Suelta mi cabeza y entonces la puerta de la habitación se abre sorpresivamente, Ethan se me tira encima en busca de cubrir mi cuerpo.

—Oh santa mierda, Nathan está subiendo, rápido, rápido, rápido —grita Norma desesperada.

Ethan se viste lo más rápido que puede y yo me tardo un poco más. El corazón me palpita tan fuerte. Sé que no debería actuar como una colegiala, menos suplicarle a Ethan que se esconda debajo de la cama. Pone cara de pocos amigos y se niega.

—Por favor, solo esta vez.

—Blair, no soy un puto adolescente.

—Ya lo hablamos, esperaremos un poco, ¿sí? Solo hazlo, no quiero tensar más el ambiente, mi hermano seguro querrá saber cómo llegué a las bodegas. Por favor, por favor —insisto.

—Lo haré, pero luego me iré y que sepas que muy molesto contigo —gruñe y se tira al suelo para luego rodar hasta debajo de la cama.

Nathan entra quejándose de no haber encontrado aparcamiento cerca y mira hacia todos lados como si sospechara que hay alguien más aquí y no puede verlo.

—No vine ayer porque Norma me dijo que estabas intentando descansar, Blair —comenta muy serio.

—Estaba cansada por todo lo que pasó.

—Claro —contesta mi hermano poniendo demasiado cuidado en mi cama—. Tenemos que hablar.

—Por supuesto que tenemos que hablar. ¿En qué cojones pensabas cuando aceptaste un trabajo así? —lo interrogo de una vez sin filtros.

—Blair, las cosas no son como parecen.

—No te desgastes mintiendo. Ethan me ha contado lo de ese estúpido trabajo. Que la paga es buena y que solo tienen que darse una vuelta por esas bodegas hasta que las robaron de verdad. Que no tienen idea de lo que cuidan, ¿crees que es legal?

¿Crees que si los negocios del tío de Tony fuesen honestos le pagaría una fortuna a jovencitos universitarios para que hagan de matones?

—¿Ethan te dijo todo eso? —parece sorprendido.

—Sí y no quiero perder mi tiempo tratando de convencerte de que es peligroso, dejarás esa tontería enseguida —le exijo.

—No sé si pueda —dice tranquilo.

—Claro que puedes, Ethan lo hará, tú también puedes.

—¿Por qué Ethan dejaría ese trabajo que nos resuelve la vida?

—Nathan, ¿acaso estabas ciego la noche que pasó todo? Nadie en ese lugar tiene pinta de héroe, son delincuentes y ustedes son solo universitarios. Trabajen en una tienda, en un bar sirviendo mesas, en una gasolinera, qué se yo, no involucrándose con las personas equivocadas. Lo hablaré con tía Lili y me importa un comino si te crees grandecito.

—Escucha hermanita...

—No voy a escuchar más mentiras. Lo dejas y ya está.

—¿Y tú cómo demonios llegaste ahí? Anda, dime, si estamos enfrentando verdades, quiero que me digas ahora mismo cómo nos encontraste y qué clase de relación hay entre tú y mi amigo.

—¿Eso importa ahora? Estamos hablando de tus malas decisiones y de tu seguridad.

—Me importa más saber si Ethan te ha puesto un dedo encima o no.

—¿Cuál es tu problema con Ethan?

—Con él ninguno, es mi mejor amigo. Mi problema es que estén enrollándose. No puedes, Blair. Con todos menos con él.

—No estoy saliendo con él. Solo nos hemos llevado bien.

—Ethan no se lleva bien con nadie.

—¿No se lleva bien contigo y los chicos? —lo enfrento.

—Por razones diferentes —responde ya molesto.

—¡No hay nada entre Ethan y yo! Nada. No estoy interesada en él ni él en mí, todos nuestros encuentros han sido total coincidencia y no es mi tipo.

—¿Entonces cómo llegaste a las bodegas?

—Me llamaron —soy una mentirosa de primera—, alguien me llamó y decidí ir creyendo que se trababa otra vez de la pandilla y Barak.

—Me largo —eso se lo dice a Norma no a mí.

—¿Cómo que te vas?

—Sí, tengo que investigar quién pudo llamarte —es lo último que dice antes de irse.

No tengo ni tiempo de preguntarle a Norma si ha hablado con mi hermano de todo lo ocurrido, porque Ethan sale como rayo debajo de la cama y me mira furioso.

—Buen día —nos dice a ambas y sale a paso apresurado de la habitación.

—¿Qué le pasa? —exclamo frente a mi amiga.

—Quizás que lo hayas negado por todos los medios

Contengo la respiración mientras decido qué hacer. No quiero que se marche molesto y salgo al mismo ritmo que él del cuarto. Lo llamo un par de veces y no se detiene. Insisto hasta que lo hace a una cuadra de la residencia.

—Lo siento, me he puesto nerviosa, yo solo...

—Ya no quiero esconderme, Blair. Ya no quiero fingir delante de Nathan. Se pondrá furioso, aunque se lo digamos mil años después... ¿Por qué no le dijiste otra cosa? No sé, que nos hemos hecho amigos, por ejemplo. De esa forma ya no tomaría tan de sorpresa que estamos juntos, pero has dejado claro que no soy tu tipo, que no tienes nada conmigo, ah, y que no te intereso.

—¿Ethan, de verdad te enfadarás por esa tontería?

—¡Sí! —alza la voz—, voy a cabrearme todo lo que quiera porque mi novia no quiere que la gente se entere de que está conmigo —expresa—, te aclaro que, es mejor que nadie lo sepa, pero he desarrollado una necesidad poco sana en la que quiero que quede claro de una puta vez que estamos juntos. Que no pueden hacerse los graciosos fingiendo que son amigos tuyos cuando en realidad quieren... ¡Ah! A partir de este momento le diré a cualquier persona que pase cerca de mí que eres mi chica. ¿Bien?

—Estás siendo poco razonable y un celoso de mierda.

—Oye tú —le grita a un chico que apenas y me ha visto de soslayo—, es mi novia hijo de puta. No te detengas a verla.

El tipo se echa a reír por la inmadurez evidente y le da por perseguirlo. Corro detrás de él y lo tomo del brazo.

—¡Ethan, pero qué haces!

—¿Eso te parece poco razonable, mi amor? —ironiza.

—Te estás ahogando en un vaso de agua y no pienso soportar esto.

—Oye —me detiene—, sé que es poco razonable, ¿de acuerdo? Y que me estoy comportando como un imbécil, pero es que me rompe las pelotas que no quieras decírselo a tu hermano. Solo quiero poder estar contigo sin esconderme de él. Es lo mejor, así podré hablar ciertas cosas con él y aclarar otras. ¿Me permites decírselo?

—Vamos a decírselo en otro momento.

—¿Cuándo?

—El sábado, cena... tú, Norma, él y yo. ¿Qué te parece? —doy un disparo a dos pájaros al mismo tiempo. Porque se supone que este sábado es la fiesta que Tony mencionó y él continúa sin hablar al respecto.

—¿Este sábado?

—Sí, este sábado. A las nueve y después podemos salir a bailar.

—No, yo no... Este sábado es imposible. Los chicos, incluido Nathan y yo saldremos, ya sabes, solo chicos. Es el cumpleaños de Rick —me dice totalmente seguro.

—Claro, entiendo. Ya nos veremos entonces —intento sonar natural, pero estoy confundida. ¿La fiesta en realidad es una salida de chicos o Ethan está mintiéndome otra vez?

—No te enfades, si quieres no voy y me quedo contigo —sugiere.

—No soy una celosa enloquecida como tú. Puedes ir, si es lo que quieres hacer. Podemos dejarlo para el siguiente sábado. ¿Te parece? —no quiero sonar molesta pero su actitud de hace minutos no me agrada nada.

—Oye —me llama tomándome de la cintura—, lo siento. Solo estaba tratando de mostrar mi punto.

—De acuerdo, no quiero discutir. Si has escuchado toda mi conversación, también estás al tanto de que he dicho que me han llamado, así que mejor vete y tranquiliza a mi hermano.

—Dime que estamos bien.

—Lo estamos.

—No, no. Dilo en serio. —Se acerca a mi rostro y roza su nariz con la mía para luego darme un beso profundo y que tarda una eternidad. Incluso quedo mareada cuando se separa.

—No actúes como un loco —le pido—, estamos más que bien.

—Te veo después —dice finalmente y se marcha.

Me quedo en el mismo punto hasta que desaparece totalmente de mi vista y vuelvo a mi habitación, una vez dentro y antes de irme a las duchas me pongo al día con Norma. Nathan no ha querido soltarle tanta información como Ethan lo ha hecho conmigo. Aunque si han dicho algo exactamente igual: el cumpleaños de Rick.

Norma no se traga esa mentira, o bueno, ella considera que es una mentira y propone investigar qué tan real es esa "salida de chicos". Yo no estoy interesada en parecer una psicópata desconfiada.

El resto de la semana pasa en un abrir y cerrar de ojos. Ha sido una semana agitada con tanto trabajo universitario y me he desvelado con Ethan todos los días gracias a sus efectivos poderes de seducción. El problema es que, dichos poderes se resumen a una de sus características miradas, o a sus labios consumiendo mi sentido común.

Estar juntos se nos está volviendo realmente una adicción que disfruto demasiado. Cada vez tenemos menos cuidado y Nathan no tardará en descubrirnos, tal y como él desea.

Hoy es sábado y he tenido que soportar el mal humor de Norma. No ha parado de arreglar el armario. Su crisis de limpieza se debe a que no está muy contenta con la salida de los chicos esta noche.

—¿En serio vas a dejar que Ethan vaya solo? —pregunta por enésima vez.

—Tenemos que aprender a confiar.

—Blair, ¿hablas en serio? ¿Después de todas las cosas raras que han pasado quieres que confíe? ¿Cómo puedes confiar?

—Tienes razón, pero que los chicos anden en malos pasos no quiere decir que todo lo que hacen es sospechoso. No me metas ideas en la cabeza.

Desesperada salgo de la habitación y me escondo en la sala común. Hay algunos chicos jugando en la mesa de billar y algunas chicas estudiando en los sillones. Me acerco a la máquina dispensadora y saco una bebida, mi teléfono suena y miro la pantalla.

Es Ethan.

—Cara dura —es mi saludo.

—Pequeña... ¿Cómo estás?

—Pensando en ti, y en tu salida de chicos.

—Pídeme que me quede y lo haré.

—No, mejor te pido que vengas por mí cuando tu fiestecita se acabe, no importa si es de madrugada.

—Pensaba secuestrarte, pero ya que tengo autorización, claro que paso por ti. Muero por estar contigo, en tu entrepierna, follarte a mi antojo —dice y me suelto a reír—. No tardaré tanto.

—Lo hemos hecho toda la semana, vas a aburrirte.

—¿De ti? Jamás.

Escucho cómo los chicos gritan su nombre y no hago más larga la llamada.

Giro con más ánimos decidida a regresar a la habitación, calmar a Norma de una buena vez y tengo que detener mis intenciones, pues Kim está en la puerta de la sala común, mirándome como si quisiera matarme.

Me parece recordar que no vive en las residencias y honestamente desconozco si es estudiante de esta universidad o conoce a los chicos y específicamente a Ethan de otro lugar.

No pienso averiguar si está aquí por mí o por alguien más y camino pasando a su lado.

No he dado ni dos pasos por el pasillo que me lleva directo al cuarto cuando su voz santurrona se escucha—: ¿Te vas a marchar tan rápido, princesa?

Cierro los ojos unos segundos antes de voltearla a ver.

—¿Qué quieres? —espeto cruzándome de brazos.

—Uy, qué miedo tu vocecita de niña buena e inocente y común...

—Si solo dirás cosas sin sentido me largo.

—Espera, Blair. ¿Sabes? Todos estamos muy sorprendidos por las recientes decisiones de Ethan. Eso de estar con alguien como tú —dice y me recorre con la mirada.

No voy a negar que Kim es muy guapa, alta, sofisticada y esbelta, se gasta unos ojazos espectaculares y esas cuantas pecas en la nariz y mejillas solo le dan un toque sexi y encantador, pero no me intimida. No soy esa clase de chica.

—Pues echándole un ojo a su historial. —Le dedico la misma mirada que ella me ha dado antes—, creo que soy lo único decente en su lista.

Se ríe, sí, lo hace con toda la petulancia que desprende.

—Ethan debería mostrarse más agradecido conmigo por no romperle su teatro de chico bueno. No tienes idea de quién es y cuando lo descubras estaré encantada de verlo en primera fila —escupe las palabras—, me dará un gusto tremendo ver cómo te das contra las paredes por ser una ingenua simplona.

—¿Sabes Kim? Comprendo tu fascinación por mi novio; es guapo y un dios en la cama, pero lamento informarte que ya has pasado a la historia. Así que, ¿por qué no te vas por ahí a buscar a quién arruinarle sus días y nos dejas tranquilos?

—Lo haré —dice muy tranquila—, lo haré en la supuesta fiesta de Rick, en donde me pasaré toda la noche con Ethan. Eres tan tonta, te engañan con tanta facilidad, Blair. Si quieres descubrir de lo que te hablo puedes acompañarnos —menciona extendiéndome un papel que no tomo y lo deja caer en el suelo—. Niña, te falta malicia, en este mundo no cabe la bondad.

Esas son las últimas palabras que me dedica, gira sobre sus tacones de aguja y se larga haciendo justo lo que se ha propuesto: instalando la duda en mí. Una vez que está lo suficientemente lejos, tomo el papel del suelo y abro los ojos con asombro al ver que es una dirección y que debajo de ella está el nombre del dueño de la casa: Arnold González. Y unca clave: Dados en el aire.

Arrugo el papel sin romperlo y corro hacia el cuarto convencida de que tengo que ir. Sí, sí, ya sé que es una estupidez del tamaño del mundo, que debería llamar a Ethan y contarle lo que ha pasado, que necesito confiar en su palabra, me ha dicho que haría todo para dejar ese estúpido trabajo, así que supongo que no podrá hacerlo de la noche a la mañana, ni él, ni mi hermano ni ninguno de sus amigos, aún con todos esos argumentos, no justifica que me haya mentido.

¡Joder! No se cansan de mentir y tantas mentiras solo me indican una cosa; están jodidos con ese tal González y voy a descubrir hasta qué nivel.

—Toma tus cosas, Norma. Nos vamos a la fiesta —hablo eufórica al entrar y tomar las llaves de mi auto.

—Sabía que tenías que entrar en razón.

Sigo la dirección tal y como dice el maldito papel. Llegamos a una zona bastante extraña.

Las casas se ven solitarias, sin embargo, podrías confundirlas con pequeñas mansiones.

La última casa esquinera es de donde salen y entran personas. Todas vestidas de una forma poco inusual para una fiesta de estudiantes.

Norma también lo nota y ambas quedamos viendo nuestros jeans desgastados y camisetas de dormir. No voy a detenerme en este punto, si he llegado hasta el extremo de dejarme manipular por Kim, entonces entraré, seré la novia psicópata y saldré de dudas.
En la entrada están dos hombres que parecen guardias de seguridad. Visten de trajes formales color negro y no inspiran confianza. De hecho, lo único que me transmiten es inseguridad y eso provoca que mis pasos sean lentos.

—Preciosas, es una fiesta privada —nos informa el tipo más grande y robusto.

Por un momento solo intercambio miradas con Norma sin saber bien qué decir. Ella hace un pequeño gesto con la mano indicando el papel que traigo en el bolsillo. No entiendo al principio, aunque luego lo capto, claro, la clave. Si decimos la clave quizás nos crean parte de lo que sea que es esto.

—Dados en el aire —mi voz sale temblorosa. Los hombres no se creen con tanta facilidad que me sepa la clave con naturalidad, creo que incluso están sospechando—. Johnson, Ethan Johnson, somos sus invitadas —se me ocurre agregar.

El nombre de Ethan les da un poco de seguridad y aún así llaman a alguien por el aparato que traen en una de sus orejas y dan una descripción exacta de Norma y de mí, también han dicho que nos sabemos la clave.

Esperamos algunos segundos más y el tipo que hablaba nos sonríe con amabilidad. Se apartan de la entrada y nos dan vía libre.

Dejo de respirar cuando compruebo que sí hay una fiesta dentro, pero ni de lejos es de estudiantes y mucho menos un cumpleaños. Norma aprieta mi mano igual de sorprendida que yo.

¡Qué demonios es esto!

CAPÍTULO 20

LABERINTO DE MENTIRAS

Damos pasos pequeños e inseguros, mi boca se abre un poco al darme cuenta de que todos los hombres que están en la supuesta fiesta, aparte de ir de traje, son ya adultos, entre cuarentones y cincuentones pero todos traen a una acompañante joven, como Norma y como yo. Casi todos charlan y beben de sus copas finas que seguramente están llenas de una bebida carísima. Miro hacia un lado y hacia otro con el corazón latiéndome a mil por minuto, creo que incluso estoy sudando porque estoy experimentando unos nervios atroces y un subidón de adrenalina de aquí al cielo.

—Blair, fue mala idea venir. Hay que confiar e irnos. Quizás los chicos no están aquí.

—¡Claro que están! —alzo la voz perdiendo la entereza.

—¿Y ustedes quiénes son? —Una voz suave pero intimidante hace que demos un pequeño brinco hacia adelante, Norma casi ha caído de bruces al suelo.

Es un chico, quizás de la misma edad que nuestros amigos, no va de traje, todo lo contrario, se ve igual de desubicado que nosotras. Trae jeans y camiseta, tenis y una bufanda envuelta en el cuello como si estuviera haciendo frío.

Frunce el ceño y eso hace que sus ojos casi verdes llamen mi atención, nos sonríe con familiaridad, como si nos conociera y se le hace un hoyuelo solo de un lado de los labios, sus cejas pobladas y ese pelo revuelto entre liso y ondulado en las puntas lo hace ver aún menos parte de esta reunión extraña.

—¿Están sordas? ¿Qué hacen aquí? ¿Cómo han entrado? —habla esta vez con mayor firmeza, ya no con calma y hasta cierta desesperación.

—Nosotras... —intento hablar y se me corta la voz.

—Nosotras somos invitadas de Ethan Jonhson y Nathan Stoms —suelta Norma y que haya dicho los nombres me pone aún más nerviosa.

—Con que invitadas de Jonhson y Stoms... ¿Las han reclutado o algo así? Porque no parecen tener madera para trabajar con nosotros —expresa y eso me deja claro que este chico también forma parte de "los cuidadores de bodegas", suena hasta estúpido.

—En realidad somo sus...

—¡Norma! —la interrumpo. Estamos teniendo una conversación con una persona que no conocemos de nada y a pesar de los nervios mi cerebro aún me funciona.

—¡Oh mierda! —dice el tipo—, ¿Norma y Blair? Ustedes son las famosas noviecitas. Kim me ha hablado de ustedes sin parar, me tiene un poco harto, sin ofenderlas, ¿y tú eres la otra Stoms? Hija de Marline y Adrián.

—Disculpa, ¿tú cómo sabes el nombre de mis padres? —Me siento tan impresionada que he olvidado la razón principal por la cual estoy aquí.

—Bueno, conozco a tu hermano.

—¿Cómo te llamas? —le pregunta Norma.

—Mateo, y será un placer ser su anfitrión esta noche. Pero quiten esas caras, que es una fiesta. ¿Mis buenos amigos les han dicho lo que celebramos?

—Sí —miento.

—¿De verdad? —Entrecierra los ojos y se suelta a reír.

—¡Mateo! —escuchamos que chillan detrás de nosotras—, ¿pero qué coño crees que haces? —No es otra más que Eleanor.

—Eleanor... —digo su nombre con alivio porque este tal Mateo me tiene muy confundida con su tono sarcástico, sus frases raras y la ironía que lo rodea.

—Hola, chicas.

—¿Por qué estás aquí?

Eleanor y Mateo se ven unos segundos y ella lo aniquila con la mirada.

—Pues me han invitado los chicos.

Quiero reclamarle, en realidad esta no es una salida de solo chicos y Kim está aquí y ella está aquí y no me ha dicho nada, pero recuerdo que en realidad ella es amiga de Ethan y su grupo, no mía y aunque conmigo se comporte de forma amable e incluso me acompañe a la residencia para cuidarme y me haya dicho que soy parte de la manada, siempre los preferirá a ellos.

—Ya veo. ¿Dónde está Ethan?

—No lo sé, no lo he visto desde...

—Yo sí sé, te llevo —interviene Mateo.

—Tú no la llevas a ningún lado, lárgate —contesta furiosa Eleanor.

—Tú no me das órdenes, que no se te olvide que... —inicia Mateo pero Eleanor le pone un dedo en la boca.

—No, yo no. Pero mi amigo sí, ¿cierto? Aunque te rompa las pelotas. —Le da un empujón en el pecho y Mateo se ríe.

—Están en el salón, si caminas directo hacia allá. —Me señala Mateo—, encontrarás al gran Johnson, que por cierto, está con Kim.

Seguimos caminando a pesar de que Eleanor nos pide que esperemos y que ella misma lo traerá. Llegamos a un salón más privado, la música suena tan baja que es posible escuchar las conversaciones de todos, tanto, que cuando escucho la risa de Ethan me paralizo. Si me mira aquí, no tardará ni dos segundos en sacarme.

Nos escondemos detrás de uno de los pilares y lo busco con mi mirada. Está a solo pasos de mí, con Nathan a su lado, y los demás chicos sentados en los demás sillones. Hay una rubia que está sirviéndoles tragos. Es ella, es kim.

Al menos no están besándose, pero le acaricia el hombro con cariño y eso hace que me hierva la sangre.

—Chicas, de verdad que Ethan se molestará mucho si las ve aquí.

—Que se moleste lo que quiera, es un mentiroso de primera.

Eleanor frunce los labios y niega con la cabeza.

Hay un hombre frente a ellos y no tardo nada en descubrir quién es. González. Se da la vuelta y mira hacia el pilar en el que estamos escondidas. Norma y yo nos ocultamos lo más que podemos y termina siendo inútil porque el dueño de los ojos grises me mira y el trago se le cae de la mano, aparta a Kim de inmediato y camina hacia mí en un santiamén.

Resulta que he venido hasta aquí a enfrentarlo y ahora lo único que hago es girar sobre mis pies e intentar salir, pero Ethan me alcanza antes de que consiga dar dos pasos.

Trato de zafarme del agarre permanente de Ethan y no me lo permite. Mi hermano disimula un poco mejor que mi novio al descubrirme a solo pasos de él y que no estoy sola, Norma también está aquí, pero eso no evita que el resto de los presentes en ese salón se den la vuelta y se enteren de todo.

—¿Qué haces aquí? ¿Tú la has traído Eleonor? —su pregunta es un evidente reclamo.

—Por supuesto que no, las he encontrado con Mateo.

—Me trajo tu mujercita de turno —hablo entre dientes. Sí, sí, hay muchas cosas por aclarar y Blair Stoms ha soltado la prenda menos importante en este momento.

—Blair...

—Blair nada.

—¿Qué cojones hacen aquí? —ese es mi hermano.

—Y ha llegado el otro mentiroso del año. ¿Creen que soy una tonta? Me largo, suéltame —le exijo a Ethan y es cuando mi hermano nota que me tiene tomada de los brazos.

—Blair, por favor, cálmate. Vamos a salir de aquí ahora mismo y vamos a hablar, ¿de acuerdo? No hagas una escena aquí, te lo suplico, no llames la atención. —No voy a negar que la forma en la que me lo está pidiendo es de verdad un intento inmenso para que guarde la calma—. Por favor, pequeña, por favor. Peligro, es una situación de peligro, tienes que salir de aquí antes de que todos te reconozcan —suelta entonces y recuerdo aquel trato que hicimos, ese en donde si estábamos en peligro yo le haría caso, así que asiento y me suelta con lentitud.

Miro hacia atrás antes de marcharme.

González está observando todo con atención y tiene a Kim muy cerca hablándole al oído mientras nos señala, el hombre esta vez, a diferencia de la estación de policía, no me dedica unos segundos, se me queda viendo todo el tiempo que tardo en reaccionar y mover mis pies, incluso cuando me doy la vuelta siento sus ojos clavados en mi espalda.

—¿Qué le has dicho? —escucho murmurar a mi hermano. Seguro pedirá más explicaciones.

Camino a pasos agitados y antes de salir miro de soslayo al chico de hace unos minutos observando todo desde una escalera. Sé que detrás de mí no solo viene Ethan, pues mi hermano me habla sin parar una y otra vez y no le hago caso alguno.

Sin embargo, no pienso callarme una vez fuera, le he hecho caso, he seguido sus reglas, no pienso aguantar más.

Mi cabeza es un ciclón de pensamientos y preguntas.

—¡Dios mío! Blair, ¿cómo has llegado hasta aquí? —Ethan habla a mi espalda cuando estamos ya en la calle. Bueno, al menos no podrá decir que yo he iniciado la discusión, él ha dado el primer balazo.

—¿No me escuchaste dentro? Tu amiguita cariñosa me hizo el favor de ponerme al tanto. ¿Por qué haces esto? Crees que no me doy cuenta de que hay algo más detrás de todo, detrás de todas tus mentiras. Y ¿por qué estabas con ella? ¿por qué te dejas tocar por ella? ¿Sabes qué? No te preocupes por mí y regresa con ella, puedes revolcarte con Kim y con todas las que quieras, además de mentir por doquier pero lejos de mí —Las lágrimas escuecen mis ojos. Nathan está escuchando todo y me importa un comino.

Niega con su cabeza e importándole igualmente nada la presencia de mi hermano toma mi rostro con sus manos y me obliga a mirarlo.

—Blair, mírame, no me acuesto con nadie más que contigo. Solo eres tú, no hay nadie más que tú.

Vaya, ha preferido aclarar eso antes que todo lo demás, lo cual sé que desatará una guerra monumental.

—¡¿Qué acabas de decir?! —grita Nathan.

—Nathan, sé que vas a molestarte pero tu hermana y yo estamos juntos, estamos saliendo. No te gusta la idea pero fue inevitable.

—¿Estás diciendo que te acuestas con mi hermana? Confié en ti hijo de puta, la dejé ir muchas veces contigo porque creí que la cuidabas, no que te la estabas follando —dice alterado.

—¡Nathan! —lo reprende Norma.

—Tú cállate, lo sabías ¿cierto? No puedo creerlo. ¡Me han engañado como al más imbécil! —Está descontrolado.

—¿Y tú no haces eso? Tú y tu amiguito nos mienten sin parar. He tenido paciencia pero Blair tiene razón, esto es demasiado sospechoso —contesta—. Ya no puedo seguir haciéndome la tonta.

Y así una discusión de dos se convirtió en tres y luego en cuatro.

—Me importa una mierda —vocifera mi hermano—. Eres un hijo de puta desgraciado, es mi hermana. ¡Mi hermana! Mira en lo que la has metido infeliz.

—¿Yo? ¿De verdad yo la he metido? Sabes bien que con o sin mí hubiera pasado lo mismo.

Necesitas calmarte —le advierte Ethan pero mi hermano no entiende palabras y le lanza un guantazo que tira al suelo a Ethan, quien no hace nada para defenderse más que llevar su mano hasta la mejilla en la que lo ha golpeado.

—¡Qué carajos te pasa, Nathan! ¿Cuál es el maldito problema? —me exaspero. Están pasando demasiadas cosas a la vez, es mucho por procesar y mi relación con Ethan es lo de menor importancia. ¿Es que nadie se entera?

—No puedes estar con alguien como él —dice mi hermano—, no puedes, ¿lo entiendes? Y tú hijo de puta, te alejarás de ella.

—¿Estás bien? —le pregunto a Ethan y lo ayudo a ponerse de pie.

—Estoy bien —toma mi mano y Nathan nos separa.

—No la toques, no la mereces. Sabes que no la mereces, Ethan —Nathan no concibe la calma—. No es necesario que hable demás, sabes perfectamente a lo que me refiero.

—Estoy harta de que hablen en claves, ni Norma ni yo somos idiotas. Nos vamos a ir y no nos persigan, ¿bien?

Extiendo una mano hacia Norma y ella niega lentamente con la cabeza. ¡Demonios! Se quedará con Nathan a pesar de todo, ¿cómo es que se ha enamorado tanto de mi hermano en poco tiempo?

Es mejor que ni sopese ideas sobre el amor, yo soy el vivo reflejo de alguien estúpidamente enamorada, sí, enamorada de alguien que no para de mentir. Miro al suelo e inicio a caminar.

—No, no la merezco. ¿Crees que no lo sé? Intenté alejarme de ella muchas veces, traté de hacerle ver que no podíamos ser amigos siquiera, pero no pude evitarlo más, Nathan. Yo me... lo siento, hermano ¿de acuerdo? Estoy enamorado de ella. ¿Lo escuchaste Blair? —alza la voz para que pueda oírlo a la perfección en lo que continúo caminando—. Me he enamorado de ti, joder, estoy completa y jodidamente enamorado de ti.

Más lágrimas salen abatidas finalmente de mis ojos y aunque no volteo a ver ni un segundo escucho cómo mi hermano vuelve a perder el control, y esta vez Ethan responde porque se escuchan demasiados golpes, parecen dos enemigos a muerte. El cuerpo me tiembla, esta noche no podría ser peor.

Entro al auto, pongo el seguro de las puertas y cierro los ojos para creer por un momento que nada de esto está pasando. Cada vez hay más preguntas y más dudas.

Yo no puedo ser como el uno por ciento de la población que se aleja de los misterios. Yo estoy dentro del noventa y nueve por ciento que se aferra a lo imposible. Dejo caer mi frente en el volante.

No debí venir, y aquí estoy lamentándome ahora, pero, de no haberlo hecho estaría en mi cuarto de residencia creyendo que los chicos están en una fiesta de cumpleaños y no en lo que sea que es esto. Las lágrimas siguen saliendo, aunque en realidad no sé cuál es el motivo, quizás y contra todo pronóstico es el haber escuchado decir a Ethan que está enamorado de mí y no responder lo locamente que yo también estoy enamorada de él. Lo cual es ridículo.

Un ruido en la ventana me sobresalta y golpeo mi cabeza con el asiento.

—Abre, por favor.

—No quiero hablar, Ethan. Quiero irme a casa.

—Norma se ha ido con Nathan y yo necesito hablar contigo, por favor, Blair abre.

—Estoy cansada de hablar y continuar descubriendo cosas. ¿No podemos ser una pareja normal? —escupo las palabras molesta—. Es todo lo que quiero.

—Lo sé, sé que es lo que quieres pero conmigo nada puede ser normal —se lamenta—, así que, déjame explicarte y si no lo entiendes, entonces me alejaré para que puedas estar con un chico cuya mayor preocupación sea salir bien en sus exámenes. Por favor... te lo estoy implorando. Déjame entrar.

—Ya no sé si debamos seguir juntos —susurro y él empieza a mover el picaporte de la puerta algo desesperado. Mis ojos se encuentran con los de él a través de la ventanilla.

—Yo estoy dispuesto a venderle mi alma al diablo para que sigamos juntos. No hay nada que no haría por ti, Blair Stoms, así que... ¿Me dejas entrar? Por favor...

Quito el seguro de las puertas finalmente y entra al auto. Pongo en marcha el carro sin perder el tiempo y se queda callado todo el trayecto y yo estoy deseando un maldito instante de paz. Me desvío en la interestatal diez y llego a Santa Mónica justo al muelle.

Son solo las diez y treinta minutos, Pacific Pack aún está en funcionamiento, pero yo en lugar de ir hacia allá, bajo a la arena y me siento muy cerca del mar, trato de aprovechar las luces que hay sobre mi cabeza para mirar las olas, aunque más que mirar, me concentro en el sonido.

Necesito calmarme, necesito de verdad dejar de sentir que me pierdo de algo porque entonces voy a volverme loca.

—Blair —Ethan tantea el terreno—. ¿Qué hacemos aquí? —aún pregunta.

—Quiero calmarme, el mar me ayuda, las olas. No lo sé. Mamá decía que el sonido del mar tiene magia, que si me sentía confundida imaginara que estaba frente a la imponente agua y solo respirara.

En cuestión de nada lo tengo a mi lado, sentado igual que yo y con su vista igual que la mía hacia el mar.

—Lo siento. Siento mucho haberte mentido. Siento mucho que te hayas tenido que enterar así, que creas que sigo teniendo algún tipo de relación con Kim porque no es cierto —susurra.

—Llegó a la residencia, Ethan, a decirme lo lindo que se la pasarían en la fiesta y que le daba pena lo tonta que soy por creerte y es que lo hago, te creo, pero no es justo que me mientas más.

—Dejar de trabajar para González no es tan sencillo. No puedo dejarlo de la noche a la mañana. Quisiera, de verdad, quisiera pero no es posible. Pensé que lo habías entendido cuando te he dicho que necesito tiempo.

—Entonces, ¿por qué no me lo has dicho así? No voy a quebrarme porque andas por ahí creyéndote el mafioso, no lo haré, no soy esa clase de chica.

—¿Qué clase de chica eres, Blair?

—La que está en las buenas y las malas, la que se queda contigo a pesar de todo. La que quiere que le digas la verdad no para salir corriendo, sino para tomar tu maldita mano y hacerte sentir que juntos podemos con todo.

Su mano se une con la mía y la aprieta un poco. Se aclara la garganta y me mira, sé que lo está haciendo aunque yo no lo estoy mirando a él.

—No te he dicho adónde iba realmente porque no quiero darte motivos para que te alejes. Tenía que ir a esa reunión, no podía faltar. Ignoro por cuánto tiempo más tenga que asistir a esa clase de mierda, sonreír, tomarme un trago, fingir que ni de broma pienso salir.

—Y si…

—Déjame terminar. Solo sé que no quiero perder a lo único real y a la única persona que me importa en este puto mundo. Claro que quiero decirte la verdad, claro que quiero ser honesto, pero tengo miedo, joder, mucho miedo de arruinarlo, de arruinarte. Tengo miedo de que un día me mires y por más que tomes mi mano ya no sienta que estás conmigo y lo único que encuentre en tus ojos sea…

odio.

Giro mi rostro hacia él afectada. Quiero darle una bofetada para que entienda que la única manera de que no se arruine esto es que deje las mentiras de una buena vez. En lugar de golpearlo como quiero, llevo una de mis manos a su mejilla y la acaricio. Él cierra los ojos y me besa la palma de la mano, luego la muñeca, el brazo, el hombro, el cuello, la mejilla y llega hasta la comisura de mis labios.

—No huyas de mí, eres lo más bonito que me ha pasado en la vida, la chica de los bolsos raros se ha apoderado de mí. Solo dame tiempo, es todo.

—Te quiero, Ethan —confieso nerviosa. Ya no puedo ocultarlo más.

—Repítelo —me pide con los ojos brillantes. ¿Son lágrimas las que veo formarse?

—Te quiero —repito.

—Otra vez —insiste—. La última vez que escuché decir a alguien que me quería, era solo un niño de diez años. Ahora esa persona está muerta.

¡Dios! Se me encoge el corazón al oírlo. Unas cuantas lágrimas se le escapan de sus hermosos ojos y me apresuro a limpiarlas con mis dedos frágiles, lo miro fijamente, y lo repito cuantas veces puedo.

—Te quiero, te quiero, te quiero, te qu...

Me besa profundamente, sus brazos se apoderan de mi cintura, de esa forma que me gana porque me hace sentir segura y protegida. Sus labios acarician los míos con tanta intensidad que mi espalda cae sobre la arena y pronto tengo su cuerpo encima. Nuestras lenguas se reconocen y nuestros sabores se mezclan. Soy consciente de cómo me estoy perdiendo por él, el poder que tienen sus palabras en mí y creo que estoy dispuesta a perder este combate. Al menos momentáneamente.

—Te quiero, pequeña. Lo que le dije a tu hermano no es ninguna mentira. Estoy tan enamorado de ti que por primera vez en mi vida creo que me vendría bien ser un chico normal. Estoy enamorado de ti, ¿me has escuchado? Cara dura se ha enamorado.

Me río y la tensión finalmente me abandona.

—¿Me vuelves a decir que me quieres? —parece un niño con esa cara incrédula.

—Te quiero, Johnson. Te quiero.

CAPÍTULO 21

MORDIENDO EL ANZUELO

Acaricio su rostro, una ligera capa de barba está creciéndole y trato de ver ese gris tan inusual que acompaña su mirada. Él trata de sonreír, pero la sonrisa se le rompe a la mitad y cierra los ojos varios segundos. Me acerco a su mejilla y la beso con cariño. Lo quiero tantísimo, en tan poco tiempo que me aterra lo mucho que puedo llegar a sentir por este hombre.

—Me siento extraño —confiesa aún con los ojos cerrados y simplemente deja caer su cabeza sobre mi pecho.

—¿Por qué?

—No tengo permitido enamorarme... de nadie.

—No digas eso. Estás exagerando.

—Con mi estilo de vida lo mejor es exactamente eso, Blair —habla afligido.

—Pero ya está hecho. ¿Te quieres alejar? ¿quieres que terminemos?

—Nunca.

—Pues entonces solo lidiemos con esto juntos. ¿Sí?

—Bien —acepta—. ¿Quieres ir a las atracciones? —pregunta de pronto.

—¿A Pacific Park? —me sorprendo.

—Sí. Me has dicho que quieres ser una pareja normal, conmigo nada es normal pero podemos ir a las estúpidas atracciones si eso cuenta como normalidad.

Sonrío agradecida con su gesto.

—¿Sabes Ethan?, tú eres este chico, eres noble y encantador. No importa cuánto tardes a partir de hoy en alejarte de esa vida, solo recuerda que no perteneces a donde crees que perteneces.

—No, ahora sé que a donde pertenezco es aquí... a tu lado, contigo, a ti. —Me besa de forma lenta e íntima.

—Vamos a las estúpidas atracciones —doy por terminada la noche tensa y me ayuda a ponerme de pie.

Iniciamos a caminar hacia el muelle para pasar lo que queda de la noche haciendo algo sumamente común y normal.

Los últimos metros de arena se acercan y me detengo para hacer una tontería. Con la punta de uno de mis zapatos hago un patético intento de corazón, me ha quedado espantoso. Ethan sonríe con ganas y contra todo pronóstico, lo mejora agregándole una flecha que entra y sale del supuesto corazón de arena, a él sí que le ha quedado de maravilla.

Como si eso no fuese suficiente, lo miro formar unas letras que al principio no entiendo y mi curiosidad aumenta.

"*BLETH*"

—¿Bleth? —investigo.

—Blair y Ethan... Bleth.

—Has unido nuestros nombres... —susurro.

—He unido nuestros nombres —comprueba y siento unas malditas cosquillas en el estómago—, ¿no es eso lo que hacen las parejas normales?

Me cuelgo de su cuello y lo beso con fiereza arrebatadora. Aprieta mis muslos y doy un brinquito cuando él intenta subirme a su cadera. Nos reímos boca sobre boca. ¡Dios! Lo quiero muchísimo. No creo ser capaz de ponerle un punto final a esto sí "esto" se sale de control.

—Estás loco.

—Bastante —admite y me devuelve al piso. Me toma la mano y retomamos nuestro camino hacia el muelle.

Las luces imponentes del lugar hacen que entrecierre un poco los ojos. Ya no hay tantas personas como en horas más tempranas, pero aún se ven una que otra pareja, algunos padres con niños y grupos de amigos. El viento se siente más desde aquí arriba y tiemblo un poco, entonces Ethan se quita su tradicional chaqueta de cuero negro y me la pone en los hombros.

Rompiendo todos los límites que seguramente mi novio se ha impuesto durante toda su vida, lo primero que hacemos es comernos a estas horas un algodón de azúcar, después un helado y luego una malteada.

Ha dicho que está quemando facetas, supongo que a esta podríamos llamarla "el niño con estómago de piedra", él está como si nada, yo estoy por vomitar con tanta combinación extraña.

Pedimos unas hamburguesas en uno de los tantos puestos de
comida, me llena la nariz de salsa de tomate y yo le lleno la suya de mostaza, a esta faceta la he llamado "el adolescente loco". En cuanto me como la última patata, Ethan tira de mí y me lleva a la rueda de la fortuna. Ruego al cielo no vomitar.

Incluso después de tal locura terminamos montándonos al carrusel en medio de niños que lloran y otros que gritan. Me río a carcajadas porque saca su teléfono y empieza a tomarnos fotos en nuestra aventura. Esta faceta se llama "la añoranza de momentos felices", ese nombre ya no me causa tanta gracia, más bien melancolía.

Hay otro par de juegos a los que nos acercamos hasta que ya la mayoría de los puestos empiezan a cerrar. Me siento feliz. Debería estar enfadada aún y sigo dándome cuenta de que mis enfados con Johnson son demasiado cortos.

Aunque ya queda muy poca luz y la mayoría de las personas se han marchado, caminamos siempre tomados de la mano hasta el final del muelle y volvemos a estar frente a tanta agua meciéndose sin parar. Tomo el barandal de madera y Ethan se pone detrás de mí con su quijada sobre mi hombro.

—Mi hermano no se calmará pronto —reflexiono.

—No te preocupes por eso, yo lo resuelvo.

—No quiero que se enfade tanto conmigo. Nathan y yo no somos como la mayoría de los hermanos, tenemos un vínculo muy grande.

—Lo sé, y créeme que no se romperá. Tendrá que entenderlo.

—¿Y si no lo hace?

—No pienso dejarte si es lo que intentas preguntar. ¿Y tú?

—No voy a dejarte Ethan.

Giro hacia él y lo abrazo enseguida. Escucho los latidos de su corazón una vez más, son fuertes, potentes y me gusta pensar que míos. Nos quedamos varios minutos en esa misma posición sin hablar, ni siquiera nos movemos hasta que lo escucho soltar un largo suspiro.

—Cuando salí del orfanato no tenía idea de qué haría —habla bajito y me pego más a él. Hablará de su pasado, hay sorpresa y miedo en mí. Quiero transmitirle fuerza—. A esos orfanatos entras sin nada y sales sin nada.
Lo único que llevaba conmigo era mi ropa, ese único par de zapatos y una carta de Eleanor en donde me pedía que cuando cumpliera dieciocho no se me olvidara por nada del mundo volver por ella.

No puedo evitar marcar distancia. El asombro es tanto que necesito verlo a la cara.

—¿Eleanor estaba contigo en el orfanato?

—Sí, ahí la conocí. A ella la abandonaron, lo que volvía su situación peor que la mía. Así que unimos fuerzas ahí dentro y lo cumplí, ¿sabes? Cuando llegó el día de su cumpleaños, volví por ella y no tenía mucho que ofrecerle, solo nos separaban dos meses y en esos dos meses no había hecho otra cosa que dormir en la calle, mendigar comida, beber agua de baños públicos.

»Conseguí uno que otro trabajo, llevando las bolsas de clientes en supermercados, pero ganaba muy poco. Con ella juntábamos más dinero pero no nos alcanzaba para más que moteles, pan duro y agua. La vida es dura Blair, tan dura que a veces no tomas buenas decisiones, solo quieres un baño real, una comida decente y una sábana calentita.

—Lo siento tanto —murmuro y siento ganas de llorar.

—No llores por mí, no te lo digo con esa intención. Lo hago porque es justo que sepas por qué no es tan fácil para mí alejarme de González. Ese hombre me miró un día en la calle y me invitó a comer, dijo que me daría trabajo, techo y comida. Al principio creí que se trataba de un depravado, lo ofendí y me marché, pero me siguió y miró a Eleanor, y no me gustó nada cómo la observaba, hasta que nos convenció de trabajar para él, más bien ella lo hizo.

—¿Entonces... él es bueno? —digo confundida.

—No. Blair, Arnold González es todo menos una persona buena. En el orfanato nos enseñaron a leer y escribir e hicimos la primaría y la escuela, pero fue una educación mediocre. González nos puso maestros privados y dijo que podíamos ir a la universidad si queríamos, a cambio de que empezáramos a trabajar de verdad para él. Y fue así como llegué a la universidad, y es así como Eleanor también lo hizo y evidentemente es así como me convertí en el monstruo que miraste en las bodegas.

—Tú no eres ningún monstruo.

—Quizás sí lo soy.

—Espero que algún día logres ver lo que yo veo Ethan, porque yo solo veo a un hombre que no tenía nada e hizo lo necesario para sobrevivir. No insistas y mejor dime, ¿qué hace Eleanor?

—No gran cosa —murmura—, trato de ayudarla económicamente en todo lo que puedo para que eso sea así. Es como
mi hermana.

—¿Eso quiere decir que Tony, Eleanor y tú se conocen desde jovencitos?

—¿Tony?

—Sí, es su sobrino.

—Ah sí, su sobrino... sí, nos conocemos desde hace mucho.
Resopla y mira hacia el suelo de madera.

—Si me hubieras dicho todo esto desde un principio no habría fingido ser una detective tratando de averiguar si lo que hacías era bueno o malo o de qué iba todo. Hubiese comprendido mejor por qué trabajas para ese hombre, y por qué es tan difícil para ti.

»No puedes desamparar a Eleanor y eso solo me confirma que eres bueno, Ethan... enamorarme de ti ha sido lo más sencillo que he tenido que hacer en mi vida, te has ganado mi corazón sin que yo me diera cuenta siquiera.

—¿Entiendes lo complicado que es todo ahora? —se asegura de que lo haya captado.

—Lo entiendo. No te presionaré más. Hazlo a tu ritmo.

No deja de ser peligroso, no deja de ser inadecuado, pero, el poder que da la honestidad es la oportunidad de que alguien decida luchar a tu lado o que ese mismo alguien decida abandonarte y lo que parece una desgracia, quizás sea lo mejor que te pudo pasar... la soledad.

—Te quiero, pequeña —susurra antes de besarme lentamente en lo que sus manos me aprisionan contra su pecho y el viento nos alborota el cabello.

Tengo miedo de cómo se desarrollen las cosas a partir de este momento. ¿Qué hay de malo en que Ethan y yo nos queramos? Puede ser que esté haciendo cosas con las que no estoy de acuerdo y que quizás por esa razón Nathan crea que no me merece. Pero hay motivos nobles detrás de todo.

Yo creo en él, sé que lo que siente por mí es verdadero y que no me pondrá en peligro.

Él mismo me ha dicho muchas veces que no dejará que nada malo me suceda y yo he decidido darle un voto de confianza.

Dejamos el muelle y Santa Mónica para regresar al campus. Después de una larga discusión por quién dormiría con quién, es Ethan quien termina haciéndolo conmigo en la residencia. No quiero ir a la fraternidad porque sé que ahí está mi hermano y que Norma
seguramente está poniendo todo de sí para controlar su rabia.

Además, en medio de tanto alboroto cada vez entiendo menos los motivos por los cuales Nathan ha decidido trabajar para González. Ethan tienen varios y de peso, pero ¿mi hermano?

Aunque tengo la intención de preguntarle a Ethan, los ánimos de continuar hablando sobre lo mismo son inexistentes. Llega un punto en el que tanta información te entorpece, tengo que ir poco a poco asimilándolo todo para estar segura de qué terreno es el que piso.

El domingo no tengo noticias de Norma o de Nathan, ni siquiera contestan sus teléfonos. Ethan ha ido a la fraternidad por un cambio de ropa y ha aprovechado para intentar hablar con mi hermano o con Norma y no los ha encontrado. Ha insistido mucho en pasar todo el domingo conmigo.

Extrañamente está más animado de lo que suele estar, incluso hace muchas sugerencias; cómo salir a comer o ir al centro, sin embargo, prefiero pasar acurrucada todo el día con él, sobre todo porque cae una tormenta poco usual en la ciudad.

El lunes despierto por el sonido irritante de mi teléfono. El nombre de Lili se enciende y se apaga en la pantalla. Me intento salir de la cama, pero Ethan me atrapa con sus fuertes brazos, siempre hace pucheros de niño malcriado cuando intento poner distancia.

—No contestes —me pide.

—Es mi tía, libérame. —Le doy un beso en los labios y lo hace.

Cuando tomo el teléfono ya he perdido la llamada e inmediatamente vuelve a sonar.

—Hola tía.

—Hola, linda. Sé que es temprano, pero no he tenido muchas noticias tuyas en estos últimos días y tu hermano me llamó muy alterado hablándome de tu reciente relación con un chico malo —se ríe—, sabes que jamás te prohibiría algo Blair, pero ¿qué tan malo es este chico? Nathan ha mencionado pandillas, pistolas y hasta sicario en una misma oración. ¿Es cierto?

Mis ojos se abren como platillos voladores y trato de no soltar palabrotas y planes de asesinatos. ¿Cómo se ha atrevido a hacer tal cosa? No soy una chiquilla. Nathan de verdad está exagerando la situación.

Ni siquiera tiene moral alguna para andar por ahí diciéndole al mundo que Ethan no es una buena persona cuando él hace exactamente lo mismo y es de su supuesto mejor amigo de quien estamos hablando.

—Tía, sí, estoy saliendo con alguien. Es un buen chico, el mejor amigo de Nathan y te ha dicho eso porque no soporta la idea de que estemos juntos.

—¿Por qué me diría tal cosa de su mejor amigo?

—Porque está exagerándolo todo, ya lo conoces, me cuida como si fuese mi padre, cree tener cierta responsabilidad conmigo desde su muerte. De verdad, no te preocupes.

—Pero ha dicho que se mete en muchos problemas, peleas... Blair siempre he confiado en tu buen juicio.

—Olvidó mencionarte que él también lo hace. Él sí que se ha metido en problemas. Si quieres hacer de mamá, llámalo a él, yo estoy bien. Te prometo que Ethan es un buen tipo, tía. No te preocupes.

Tía Lili se tranquiliza y me recuerda que ha depositado toda su confianza en mí y que si cometo cualquier tontería mi madre le hará una visita y tirará de sus pies. Está loca. También me recuerda que ha dejado dinero en mi cuenta.

Me pregunta muchas cosas sobre Ethan y trato de decir solo lo bueno, omito todo el misterio y problemas en los que he estado involucrada gracias a él y Nathan. Ya que mi hermano ha sido tan comunicativo, le pago con la misma moneda y le cuento la relación que decidió tener con Norma de la noche a la mañana.

Mi tía enloquece un poco porque el Nathan que nosotras conocemos se acostaba hasta con el aire si le ponías una falda. No soy tan mala hermana y también menciono que se comporta realmente bien con Norma.

—Entonces, ¿vendrás para Acción De Gracias?

—No es mi fecha favorita, lo sabes.

—Quizás puedas traer a Ethan y lo conozco.

—Has sonado como toda una madre... Voy a hablarlo con él.

—Soy tu madre postiza aunque nunca logre que me llamen así.

Me río un poco y me despido asegurándole que el día menos pensado la llamaré "mamá". Ethan está sobre mi cama y dejo mi celular en mi mesita de noche. Me siento a horcajadas sobre él y sus manos viajan a mi trasero. Sonríe de forma triste e incluso melancólica. Acaricio sus mejillas y él disfruta de mis lentas y delicadas caricias.

—Buenos días —dice antes de darme un pico rápido—, así que Nathan ya me ha puesto en evidencia frente a tu tía Lili... menuda mierda —finge que le importa mucho o, ¿le importa de verdad?

—Solo está molesto.

—Pero quería dar buena impresión.

—¿Estás de broma?

—No, de verdad quería dar buena impresión, ¿a que soy adorable? —me molesta y niego con mi cabeza.

—Tía Lili confía en mí, sabe que no estaría con cualquiera, bueno... en plan serio.

Frunce el ceño y hace pucheros presionando más mi trasero.

—No me ha gustado cómo ha sonado eso...

—¿Qué? Pensabas que era puritana. Pues no —lo molesto. Vaya que no miento, fui bastante aventurera en el colegio, creo que por muy contradictorio que suene, Ethan es mi primera relación sentimental formal.

—No me pongas celoso, joder —habla bastante serio y yo me río a carcajadas.

—Dijo san Johnson. Si tú ibas por ahí con cualquier chica antes de mí.

—Eso no es cierto —se atreve a cuestionar.

—¿No? —ironizo—, ¿no eras tú el lame pezones del otro día? —Recordar ese día no me agrada nada, sobre todo porque Kim es un tema que tengo pendiente. Si no tienen realmente nada, ¿por qué estaba en la fiesta? ¿Por qué sabía sobre la fiesta? —. Espera un segundo, ¿me explicas por qué Kim estaba con ustedes?

Ese detalle hace que sus manos dejen de tocarme. Tenso, se ha puesto tenso.

—Kim es parte del grupo, no puedo obligar al resto a alejarse de ella cuando ha sido amiga de todos incluso antes que yo.

—Ya...

—Anda ya, ¿quién es la celosa ahora?

—A mí me da igual la presencia de Kim —miento.

—Solo te quiero a ti —dice entonces y recupero nuevamente la calma—, y claro que voy a marcar límites con ella.

—Está bien, en ese caso, ¿qué haces en acción de gracias? —cambio el tema, hablar de Kim me da nauseas.

—Me emborracho y luego me duermo. Todos se van a sus casas. Ya sabes que yo no tengo casa a la cual ir a dar puñeteras gracias por lo que sea. A veces Eleanor se une a mi fiesta privada y otras veces me imita, pero desde su casa.

Su comentario hace que mi ánimo disminuya. Si me he sentido tan mal durante tantos años por la ausencia de mis padres, no puedo ni imaginar qué tan difícil puede llegar a ser estar realmente solo en el mundo.

Echo todo su pelo hacia atrás con mis dedos y le doy un beso en la frente, me quedo ahí varios segundos con mis labios pegados a su piel y desciendo dándole pequeños besos hasta llegar a la punta de su nariz y finalmente a su boca que me recibe con ternura.

Sus manos traviesas esta vez se introducen en mi pijama y mis bragas y ahora sí toma con propiedad y a todo esplendor mi trasero

—Pues, ¿quieres venir a Portland conmigo? —lo suelto de una vez. Quiero que venga, quiero que esté en una mesa con toda esa comida y tenga un jodido día especial a mi lado, quiero más que nada en el mundo hacerlo sentir parte de mi familia, y sobre todo quiero hacerle ver que no está solo más, que ahora es tan parte de mí como yo de él.

—¿Segura? —pregunta desconcertado.

—Quiero que vengas conmigo.

—Nathan no me querrá ahí.

—Pues para ese tiempo ya habrá recapacitado y yo sí te quiero ahí, así como te quiero en mi vida.

—Pídeme que te baje el cielo Blair, y te juro por el infierno que te bajo el puto universo entero.

No le contesto nada y muevo mis caderas hacia adelante y hacia atrás hasta que siento la presión allá abajo.

De un momento a otro me tira sobre la cama, baja mi pijama junto a mis bragas y apenas se da tiempo para bajar un poco su ropa interior y me invade como una fiera total.

Tiro mis brazos hacia atrás y él apoya sus codos sobre el colchón mientras su boca aniquila mis pechos y su miembro me provoca temblores que recorren desde mi sexo hasta la punta de mis pies.

Nuestros cuerpos se balancean y cada vez que se hunde en mí gimo y muerdo su hombro, sus manos bajan hasta mi cintura y presiona todo su peso sobre el mío cuando se deja caer y su rostro se pierde en mi cuello en lo que su virilidad ahora sale apenas pues acelera completamente sus movimientos, es un ir y venir tan rápido que mis pechos vibran hacia arriba y hacia abajo, mi pelvis se contrae y las paredes de mi sexo se tornan inflamadas en un santiamén, tengo la boca abierta.

Enrosco su cadera con mis piernas y solo bastan unos minutos más para hacer que el orgasmo me visite y mi respiración se normalice. Sus arremetidas bajan el nivel y empieza a moverse en círculos lentos, profundos, tentadores y sin duda alguna deliciosos. Mis músculos se relajan poco a poco hasta que su líquido invade mi interior y se queda ahí dentro otro rato en lo que su boca no deja tranquila mi piel perlada.

—Haré lo que quieras, haré todo, iré contigo a tu casa si eso te apetece y también haré cambiar de parecer a tu tía —me asegura y suspiro aliviada. Me siento extasiada, cualquier cosa que me diga en este momento me parecerá lo más genial y correcto del mundo.

—De acuerdo, cara dura. No quiero dejarte pero tengo que ir a clases.

—Lo sé y yo he de volver a mi realidad —comenta abatido.

—Nos veremos en la noche, ¿sí? —trato de animarlo.

—Es un hecho.

Ethan se viste en lo que yo tomo una ducha. Como siempre cuando estoy sola y comienzo a escuchar todos y cada uno de mis pensamientos vuelvo a estar tensa.

No deseo que esto se arruine de ninguna forma, Ethan me hace feliz.

Solo espero que todo fluya con normalidad, que Nathan lo acepte, que a tía Lili le encante y que Ethan no me defraude. Trato de ser positiva y regreso a la habitación con la mejor de las sonrisas. Me acompaña hasta mi salón de clases y antes de marcharse me da un beso arrebatador.

Entro con una estúpida sonrisa en mis labios a pesar de todo lo acontecido ayer, hasta que miro directo hacia mi habitual lugar... Mis amigos están ahí, como siempre, menos Norma, aparentemente no vendrá, ya es tarde y hay un alumno nuevo; uno que no he visto en todo lo que lleva el semestre y tiene un rostro que recuerdo muy bien de la noche anterior.

El chico es Mateo y no despega ni un segundo la vista de mí. Subo los cortos escalones del salón y le sonrío a mis amigos, parecen actuar igual que cualquier otro día. Le doy un beso en la mejilla a todos y sigo siendo observada por Mateo. Me siento en mi silla justo en medio de Elena y Mateo y con cada segundo que pasa entiendo menos qué sucede.

—Es nuevo, dice que solo será oyente lo que queda del semestre —me anuncia Elena hablando en susurros.

—Tienes que dejar de perderte tanto, Blair —me acusa David, quien ciertamente tiene razón, desde que las cosas con los chicos son un laberinto de secretos me he alejado un poco de mis compañeros de clases.

—Lo siento —me disculpo. Meto la mano dentro de mi bolso y busco con cierta desesperación mi teléfono.

—¿Le dices todo a tu novio? —ese es el nuevo.

—¿Disculpa?

—¿No te acuerdas de mí? —me habla como si nada.

—Sí te recuerdo, eres Mateo. ¿Qué haces aquí? —me aventuro a indagar. No me trago nada lo de que es nuevo y será oyente.

—Pues ya ves, cambié de carrera de último momento y ahora no puedo llevar ninguna clase como tal, solo entrar y escuchar hasta el próximo semestre. También me he sorprendido al verte, sobre todo por lo que pasó ayer —me explica bastante relajado y comienzo a dudar de mi capacidad para discernir si este chico representa un problema o no. El hecho de que haya estado en esa dichosa fiesta dice mucho. ¿Está involucrado en lo mismo que los chicos?

—¿Eso es cierto? —le pregunto directamente.

Por un momento creo que Mateo también es amigo de Ethan y que lo ha enviado a seguirme como intentó hacer con Tony. Si es así, juro que voy a matarlo, entiendo el punto, pero no pienso andar por la universidad como si fuese la hija del presidente con cuidadores detrás. ¡Eso es exagerado!

—¿Ethan te ha pedido que vengas? —soy directa y Mateo sonríe.

—¿Ethan? No. ¿Por qué haría algo así? Oh, lo olvidaba, es que son novios, ¿cierto?

—¿Cómo lo sabes?

¡Qué pregunta tan tonta he hecho! Pero de tonta ni un pelo, estoy tratando de sacarle información aparentando ser una inocente palomita.

—Pues, todo el alboroto de ayer lo dejó bastante claro. Además, lo conozco.

—¿De dónde lo conoces? —comienzo a tocar mis dedos continuamente para hacerle creer que estoy nerviosa por esta conversación y su presencia.

—Sabes a lo que se dedica para ganar dinero, ¿cierto? —¡Bingo!

—Claro que lo sé. ¿De qué otro modo habría llegado a la fiesta si no?

Vamos, que sí sé que cuidan bodegas, pero su presencia aquí no me pinta nada bueno. Hay gato encerrado y no se necesita ser muy inteligente para adivinarlo. ¡Oyente mis narices!

—Entonces sabes lo de González, todo lo que hace para él y el resto —afirma.

—Lo sé. ¿Tú haces lo mismo? —La voz me ha titubeado y él se hace hacia adelante mirándome fijamente.

—Lo siento, no quiero asustarte.

—No me asustas. Si eres la chica de Johnson debes tener nervios de acero, ¿no? —vuelvo a mentir. Sí que lo hace.

—Sí, en efecto, debes tener nervios de acero. Yo también trabajo para González. Supe lo del incidente en las bodegas, y tenía curiosidad por conocerte, eso se me cumplió ayer. Bueno, todos están hablando de ti. Ethan nunca ha tenido novia. Estaba Kim... una aventura más.

—Siempre hay una primera vez.

—Sí, pero Johnson sabe lo que eso supone, ¿tú no? —Me guiña un ojo—, porque dudo que una chica como tú quiera ser uno de nosotros, aunque tengas nervios de acero. ¿O es que tienes los mismos motivos de tu hermano?

Eso me saca del juego por completo y parpadeo muchas veces tratando de esconder mi asombro.

El profesor entra al salón y todos guardamos silencio. David y Erik miran con recelo a Mateo. La voz del profesor llega a mis oídos porque no hay otro ruido más. Sin embargo, las palabras son solo eso... ruido. ¿Cómo me concentro después de esa conversación extraña?

Unos aplausos me sacan de mi guerra mental, están cantando "feliz cumpleaños" al profesor y me uno al festejo cuando la canción está por terminar. La clase también finaliza y estoy desesperada por salir del salón de clases.

—Oye Blair, el chico nuevo es extraño, ten cuidado, ¿sí?

—Tranquilo Erik, solo estoy siendo amable.

—¿Qué tal si nos reunimos mañana?, conozco un bar muy tranquilo. Los primeros exámenes han terminado, hay que celebrar. —propone David.

Estoy tan inerte mirando a Mateo en lo que él hace lo mismo que me dedico a asentir y a aceptar todo el plan sin escuchar siquiera a dónde iremos exactamente, hasta que el rostro rabioso de Ethan aparece en el salón y me busca con desespero con la mirada. Me despido rápidamente de mis amigos y bajo trotando los escalones.

—¿Qué haces aquí? —No estoy enfadada, todo lo contrario, es sumamente raro.

—Necesito que me acompañes —es todo lo que dice.

—¿Qué pasa?

—Nada. —Me toma de la mano y caminamos hacia el pasillo.

Al salir me doy cuenta de que Mateo y Mark están discutiendo en los jardines y Ethan tira de mí en dirección opuesta.

—Blair —escucho a Mateo llamarme. Ethan se tensa y toma mi cintura hasta que mi cuerpo está totalmente pegado al de él—. ¿Es mucha molestia si nos reunimos en la biblioteca y me pones al día con las clases?

Ha sido tan sarcástico que ni siquiera me tomo la molestia de contestar. Algo grande está pasando.

—Sí, es mucha molestia —contesta Ethan por mí.

—No hablaba contigo, amigo —responde Mateo.

Ethan me suelta y avienta a Mateo sobre el césped, lo tiene tomado del cuello con tanta fuerza que a Mateo se le dificulta defenderse y puedo jurar que respirar.

—¡No te vuelvas a acercar a ella, no quiero volver a repetírtelo. Le tocas un solo cabello y considérate hombre muerto, Mateo! —Ethan por fin suelta a Mateo.

—Tus amenazas no funcionan conmigo, Ethan. Nunca has tenido el valor de apretar el gatillo. No eres lo suficientemente hombre.

—¡Ethan! —grito cuando su mano impacta en la mandíbula de Mateo. Las personas se acumulan cada vez más y Ethan no deja de golpearlo. Mark trata de separarlos hasta que otros estudiantes intervienen y lo consiguen entre todos.

No escucho lo que le dice Mark a Ethan, pero este solo lo mira un momento con fastidio y vuelve a llegar hasta mí.

—¿Estás bien? —Me pregunta Ethan intentando tomar mi rostro y no se lo permito. Asiento confundida.

—¿Por qué lo has golpeado de esa manera?

—Blair, estoy más allá de cabreado hasta la mierda en este momento. No me hagas preguntas.

—Bien, entonces me voy a la residencia y no me sigas —lo reto. No puede pretender hacer y deshacer como le venga en gana y no darme explicaciones instantáneas cuando ya soy parte de esto más de lo que debería.

—Blair...

—Ese tipo estaba ayer en la fiesta, habló conmigo y con Norma y ahora aparece aquí fingiendo ser oyente, no me vengas con tonterías de que estás cabreado.

—Es que no lo entiendes, joder. No entiendes lo que está pasando, no entiendes nada —se exaspera aun cuando tenemos público. Mark mira al suelo incómodo. Es injusto, lo he comprendido todo sin tener la información completa, ¡cómo se atreve!

—Es el hijo de González y no estudia en esta universidad ni tampoco es oyente ni un carajo. Es una trampa y por lo que veo has mordido el anzuelo —responde Mark evidentemente cansado.

Si pudiera escoger un momento en mi vida en el que la confusión se ha apoderado de mi completamente, escogería este pequeño lapso en donde la cabeza va a explotarme por todas las incógnitas que aparecen una detrás de la otra después de esas palabras.

CAPÍTULO 22

ADIÓS AL MISTERIO

Miro a Ethan esperando una explicación sobre lo que Mark acaba de soltar pero lo único que hace es negar con su cabeza y aniquilar a Mark con la mirada.

—¿Qué te pasa Mark? ¿De qué lado estás? —Lo empuja con rabia.

—Ethan…

—Del tuyo Ethan, pero esta mierda tiene que terminar. Entiéndelo de una puta vez —espeta Mark.

—¿Te quieres callar, imbécil? —grita Ethan.

—Nathan tiene razón, que ustedes dos estén juntos solo ha complicado más las cosas. Nunca habíamos tenido tantos problemas juntos. El plan era sencillo, la hermana de Nathan tenía que conocernos porque era inevitable, pero nada tenía que cambiar. No tengo nada contra ti, Blair. Me caes bien y respeto a Ethan, pero no voy a poner en riesgo mi vida por su amorío universitario. Ya no eres ningún niñato Johnson —exclama tranquilo, aunque mi novio no reacciona con la misma tranquilidad y vuelve a empujarlo.

—Lárgate de aquí hijo de puta, ¿qué parte de mantén cerrado el pico no te quedó claro? —lo riñe furioso.

—Ethan —trato de calmarlo una vez más.

—Me largo, pero habrá consecuencias tarde o temprano —es lo que dice Mark antes de marcharse.

A Ethan parece estarle dando un ataque. Respira tan fuerte que puedo escuchar el sonido constante del aire que entra y sale de su interior. Apenas me ve de soslayo y le doy la oportunidad de calmarse y que decida hablarme de lo que acaba de pasar. A lo lejos miro que Mateo aún nos observa desde los jardines en lo que se limpia la sangre que le sale de la boca. Es un milagro que la seguridad del campus no haya intervenido.

Esta situación no hace más que empeorar. Estoy iniciando a cansarme, dije que soy la chica que está en las buenas y las malas, pero para ser esa chica necesito el panorama completo y cada día que pasa todo se vuelve más confuso.

Sigo callada aguardando para que el chico al que quiero tanto hable de una maldita vez y más bien creo estar esperando por la reacción de una estatua.

—¿Qué ha sido eso? —decido iniciar yo y es la única pregunta que haré. Si no obtengo respuesta alguna, me iré y difícilmente volveré a verlo.

—Mark ya te lo ha dicho. Mateo es hijo de González. Creemos que González está interesado en saber qué nos une a ti y a mí y por eso lo ha enviado después de lo de anoche, apenas me enteré que estaba aquí vine a buscarte.

—¿Por qué nuestra relación es de tanto interés?

—No lo sé —balbucea.

—Claro que lo sabes, dímelo.

—No, no lo sé, joder. Estoy tratando de averiguarlo.

—Sé que lo sabes de sobra y crees que es mejor mantenerme al margen. Solo tienes dos opciones Ethan, o me lo cuentas todo o cambio de opinión y ahora seré la chica que solo está en las buenas.

—Blair solo trato de...

—¿Protegerme? Quiero saber por qué mi relación contigo es de tanta importancia para González. Mateo dice que todos hablan de mí, creo que tengo derecho a saber por qué motivos mi existencia le es tan interesante a todas las personas que te rodean.

—Yo...

—Me iré a la residencia y por favor no me sigas.

—Espera, por favor...

—¡No! Los malditos secretos se tienen que terminar de una buena vez o esto que tenemos tú y yo no tendrá futuro.

Me marcho hacia mi habitación quedándome con mil dudas en la cabeza. Al abrir la puerta no me encuentro con la calma que necesito, aunque sea por un maldito segundo. Norma está en un rincón llorando desconsolada. Tiro los libros al escritorio y la abrazo. Su llanto aumenta cuando la presiono contra mi pecho. No la interrogo y me encargo de acariciar su espalda y dejar que saque todo. No necesito ser adivina para apostar a que este llanto se lo debemos a mi querido hermano.

Tras casi una hora completa de desahogo y unos diez pañuelos desechables usados, el llanto cesa y hago la pregunta por simple protocolo.

—¿Qué te hizo Nathan?

—Ha terminado conmigo, no me perdona el haberle ocultado lo que tienes con Ethan. Antes de que digas que esto es tu culpa, no lo es. Nathan está descontrolado, es como si se haya dado cuenta de que estás saliendo con el peor sicario del universo. Traté de hablar con él, por eso no me marché contigo, quise hacerle ver que Ethan es como cualquier chico y, además, Ethan me pidió que les diera espacio, estaba bastante desesperado.

—Voy a hablar con él, no te preocupes. Seguro vendrá y te pedirá perdón —trato de subirle el ánimo. Nathan es un idiota si se atreve a romper el corazón de mi amiga por una tontería de este tamaño.

—No vayas con él, está irreconocible. Al principio se ha calmado, casi lo ha entendido y entonces Zac le dijo a él y Ethan que Mateo estaba contigo en el salón de clases, y se ha vuelto loco otra vez, discutió con Ethan y se han dicho cosas que ni siquiera he comprendido, como que podrías morir por estar con alguien como él y luego Ethan le ha dicho que de cualquier forma estabas dentro, que recordara sus motivos. No sé de qué va todo, Blair. Pero creo que lo de González no es solo cuidar bodegas —concluye.

—Hoy me ha quedado claro que no solo se trata de eso. Armaré el rompecabezas. Y lo haré hoy mismo. Tranquila. Vamos a solucionarlo, no llores más. Los ojos se inflaman y tú siempre dices que andar por la vida con los ojos inflamados no es muy glamuroso.

—Cierto —solloza.

—¿Qué más escuchaste? —me atrevo a indagar a pesar de su estado.

—No mucho, de pronto Tony me miró ahí asustada y los detuvo. Pero algo oí sobre que creen que Kim está jugando a ambos bandos. Después de eso se callaron. Ethan salió corriendo hacia tu salón de clases junto a Mark y Nathan me pidió que me marchase.

Voy a despotricar en contra de mi hermano cuando los constantes toques en la puerta nos interrumpen y espero de verdad que sea un Nathan arrepentido. Abro la puerta y cuando miro que es Ethan intento cerrar y su brazo me detiene. Voy a volverme una maniática si todo sigue juntándose de esta forma.

—No es un buen momento.

—Pero no podemos enfadarnos por lo que acaba de pasar.

—¡Claro que podemos!

—Lo siento, ¿de acuerdo? Lamento mucho, de verdad, muchísimo haberte involucrado en esto Blair, pero no pude evitarlo, te quiero conmigo a todas horas y en algún puto momento la gente se enteraría de lo nuestro...

—Tú querías que todos se enteraran —le recuerdo.

—Y sigo queriéndolo, pero no pensé que las cosas llegaran a estas instancias.

—¿Qué instancias?

—Es muy largo de contar —se excusa. No quiere hablar, no quiere decírmelo, sé que sabe de sobra por qué Mateo me ha buscado, por qué les genero tanta curiosidad y no desea soltarlo.

—Entonces no me lo cuentes y lárgate. —Tengo un plan mejor para sacarle la verdad, pero quiero intentarlo de forma convencional. Bueno, digamos que de forma novia enfurecida más que convencional.

Doy medio paso y me detiene.

—Por favor...

Enseguida me doy cuenta de que no lograré nada de esta manera, así que lucho con toda esta molestia que se ha acumulado en mi interior y respiro profundo, el plan B ha entrado en marcha.

—¿Sabes qué? Discúlpame a mí, sé que todo esto es muy difícil para ti y que yo no hago otra cosa que hacer preguntas y preguntas. Resuelve lo que tengas que resolver, te daré el tiempo que tanto has pedido, solo sácame de este juego —me escucho muy razonable—. Ya no quiero que aparezcan personas raras en mi salón de clases solo para averiguar qué hay entre tú y yo. Que se entere el mundo entero, cargaré con las consecuencias junto a ti.

Vaya, me sorprendo de mi facilidad de convencimiento, bueno, que no todo lo que estoy diciendo es mentira. Quiero estar con él sin importar nada, pienso continuar a su lado así el mundo explote, la cuestión es que odio sentir que me pierdo de gran parte. Hasta ayer había creído en cada una de sus palabras porque lo poco o mucho que ha confesado sabe a verdad, puedo jurarlo, pero hay un resto que no quiere expresar y lo que ha pasado hoy con el tal Mateo me lo ha dejado más que claro.

Ethan se queda algún tiempo sopesando mis palabras, como si no se creyera que estoy actuando de forma tan madura y condescendiente y tiene razones de peso para sospechar.

Sabe que soy caprichosa, impulsiva y que no me quedo tranquila tan rápido. Da el único paso que nos separa y junta su frente con la mía, sus manos se posicionan en mi cuello y me mira directo a los ojos.

—Te quiero Blair, me estoy volviendo loco con esta situación, pero estoy enamorado de ti, el solo hecho de pensar que estás enfadada conmigo me desequilibra, ¿me entiendes? Yo no sé qué has hecho conmigo.

—Te entiendo. Me pasa lo mismo.

—Dime que me quieres, necesito escucharlo para enfrentar este puto día.

Miro a Norma de reojo, está siendo testigo de toda esta escena. Sigo con mi plan activo, que en su primera faceta es calmarlo completamente, pero ninguna de mis palabras es mentira realmente.

—Te quiero Johnson, te quiero muchísimo, lo hago sin poder evitarlo. Es más fuerte que yo, ¿tú me entiendes? —susurro.

—No quiero perderte, amor —arrastra las palabras—. No quiero —repite abatido.

—No vas a perderme.

Me acurruco en su pecho y sus brazos temerosos me cubren. Acabo de descubrir algo, con Ethan no tengo fuerza de voluntad, puede que esté hasta cierto punto fingiendo tranquilidad para dar el siguiente paso, pero sé que, aunque no lo estuviera haciendo, ya habría caído en la trampa que representa para mí sus malditos ojos grises.

¿Cómo me he enamorado de esta forma en tan poco tiempo? Todas las señales están aquí, encendiéndose cada vez más fuerte y yo simplemente no puedo separarme de él. ¿Es posible que habiendo tanto peligro alrededor, tanto misterio y secretos, yo me sienta tan protegida a su lado?

Ethan pasa sus manos por mi rostro y me observa con tanta devoción que por un ligero momento flaqueo y solo quiero suplicarle que me diga de una maldita vez el motivo por el cual han enviado a Mateo. En un abrir y cerrar de ojos me besa con tanta fuerza que pego contra la pared, sus manos envuelven mi cintura y un gemido se me escapa al rozar nuestros cuerpos. El beso que quisiera demorara una eternidad es interrumpido por Norma, quien se aclara la garganta y nos separamos.

—Vengo por ti en la noche. ¿Sí?

—Hoy no puedo, mañana es mi último examen y si no alcanzo la calificación que necesito voy a reprobar y mi beca estaría en riesgo.

—Ya...

—No te enfades, no estoy mintiendo. —Sí que lo estoy haciendo. Los exámenes ya terminaron—. Mañana, ¿sí? En cuanto salga de clases pasaremos el día juntos.

—Blair yo... —Lo interrumpo antes de que intente justificarse porque al final no me dirá nada concreto.

—Estamos bien —le digo porque sé que es lo que quiere escuchar.

Se marcha dudoso y cierro los ojos unos segundos. Entro totalmente a la habitación y me recuesto a la pared desde donde soy observada por mi amiga, Norma me sonríe, al menos ya se mira mejor. Camino hacia ella y me siento a su lado, paso mi brazo por sus hombros.

—Te quiere, te mira de una forma tan desesperada, Blair. No me arrepiento de callar todo —comenta y suspira secando las últimas lágrimas que aún están debajo de sus ojos.

—Sé que me quiere, pero también sé que las cosas cada vez son más confusas. No importa si hoy decide ser honesto conmigo porque al día siguiente algo nuevo sale a la luz. Y yo voy a darle fin a todo.

—¿Cómo?

—Ya lo verás, Norma, ya lo verás. De momento tienes que saber que mañana saldremos con David, Elena y Erik.

No sé si mi amiga está tan afectada por su rompimiento con Nathan o no cree que pueda averiguar más, porque se ha acurrucado en su cama y luego ha caído profundamente en los brazos de Morfeo. Sé que hay dos personas que podrían hablarme al respecto de todo este enredo. Kim y Mateo; a Kim la saco de la lista porque si me acerco a ella en busca de ayuda, solo me dirá mentiras envueltas en una que otra verdad, no pienso entorpecer más mi mente de lo que ya se encuentra.

Mateo. Él es quien me dirá toda la verdad. Sé en dónde vive, pues la fiesta había sido en casa de González, aunque quizás solo han rentado ese lugar para esa noche. De todas formas, no pienso meterme en ese nido de culebras.

Por la mañana las cosas no cambian mucho, Norma sigue metida en la cama, Nathan no responde mis llamadas y Ethan está afuera de la residencia esperándome, lo cual acelera mi segunda parte del plan, que es hacerlo enojar, ¿y para qué? Para que me deje tranquila el resto del día y yo poder hacer lo mío en busca de la solución a todas mis dudas. Pensaba hacerlo hasta después de clases, pero ya que está aquí...

—¿Pasa algo? —pregunto en cuanto me acerco, pues no es normal que esté aquí tan temprano.

—Nada que deba preocuparte.

—Bueno, ya que estás aquí, quiero que sepas que hoy saldré con mis amigos —le lanzo la noticia de una vez.

—No —se limita a contestar.

—¿No?

—No quiero que andes por ahí sola.

—No voy a estar sola. Estará David y Erik y Elena. Quizás Norma se anime.

—Claro, estarás con el imbécil que te besó frente a mí, el nerd que no aporta nada y una chica que en caso de que algo pase no te defenderá.

—Voy a ignorar ese comentario y nos veremos mañana —intento irme pero me detiene.

—Hemos quedado en que pasaríamos el día juntos.

—Sí, pero he cambiado de planes.

—No puedes.

—Claro que puedo.

—Blair, ya basta de ser tan caprichosa. Tú eres mi maldito equilibrio y necesito que dejemos de pelear.

—Pues deja de ser tan celoso.

—Solo estoy cuidándote.

—Pues cuídame desde tu teléfono. Te quiero, adiós —me despido y entro al salón de clases. Lo escucho maldecir, gruñir y de pronto hasta veo que un basurero común del pasillo ha salido por los aires.

Espero paciente a que Mateo aparezca, pero no lo hace y tiene sentido. Si su única misión era confirmar qué me une a Ethan, ya tiene toda la información que necesita.

Apenas y presto atención a mis amigos que hablan sin parar sobre los planes de esta noche.

Erik trata de que cambiemos de idea y nadie le hace caso. Al terminar las clases salgo despavorida del salón y me detengo en seco
cuando la persona que más deseaba ver por la mañana está justo en el pasillo.

—Pensé que ya no volvería a verte —soy la primera en hablar, observo con cuidado esos golpes que le ha dejado Ethan de recuerdo.

—Pues ya ves, aquí estoy.

—Estaba deseando que aparecieras.

—Lo sé —asegura sonriendo—, sé que no sabes nada Blair y que ayer solo estabas fingiendo. Puede que creas que lo hiciste de maravilla, pero a mí me han criado para detectar cuando alguien quiere verme la cara de idiota —habla molesto y es cuando inicio a tensarme.

—Tú también estabas fingiendo, ¿no es así? Porque eres el hijo de González y solo querías saber si soy o no la novia de Ethan. Así que digamos que estamos en igualdad.

—Cierto.

—¿Por qué les interesa saber eso?

—A mí me importa una mierda, a González le importa demasiado —responde y se acerca a mí.

—¿Por qué? —insisto y miro hacia todos lados, el lugar se está quedando vacío.

—No me tengas miedo. Yo no soy malo.

—¿Por qué estás aquí, Mateo? —le pregunto a pesar de que yo iría a buscarlo.

—Porque Ethan y yo nunca nos hemos llevado bien, porque mi padre lo prefiere por encima de mí y de cualquier otro solo porque a él se le da bien toda la mierda de González y yo odio ser quien soy. Lo que pasó ayer, pasa muy seguido, Ethan y yo dándonos guantazos es cuestión de casi todos los días.

—No sé a dónde quieres llegar —hablo con firmeza.

—Dile a Ethan que responda las llamadas, que no provoque un desastre —me sugiere—, a mí no va a escucharme, ni a Kim, ni a los chicos. Pero a ti sí.

—Yo...

—Tú eres la persona correcta para llevarle esa información, desde que se marchó de la fiesta de mi padre, él y su grupito han desaparecido y ya que entramos en confianza.
Dile que González se queda callado, observa todo el tiempo que necesita y luego ataca, que los rumores sobre sus intentos de salir de nuestro mundo se están esparciendo.

En cuanto termina de hablar truena los dedos y tres tipos salen detrás de los pilares del pasillo. Ni siquiera me he dado cuenta de su presencia. Caminan detrás de él y yo me quedo paralizada.

—Mateo —trato de llamarlo. Me ignora. Al pronunciar el nombre en esta ocasión provoca que algunos recuerdos vuelvan a mi memoria. La noche de las bodegas habían pronunciado ese nombre. Claro, maldita sea, siempre todo ha estado conectado y yo con mis planes tontos y ridículos.

Se acabó. Ethan tendrá que hablar y soltar absolutamente todo de una buena vez. Conduzco a toda velocidad a la fraternidad creyendo que Ethan estará ahí, de cualquier forma, a una cuadra de distancia veo su Jeep afuera. Salgo a paso apresurado una vez frente a la casa y me detengo un momento en la puerta, la cual está entreabierta. La empujo solo un poco y algunas voces amortiguadas llegan a mis oídos, la empujo otro poco y me doy cuenta de que hay varias personas reunidas en el salón principal.

De puntillas recorro los pasos que me separan del salón y pego mi cuerpo a la pared.

—¿Por qué carajos creen que estoy jugando a ambos bandos? Mi lealtad es con González, jamás trabajaría para Barak —es la voz de Kim, lo que ha dicho me deja peor que el mensaje de Mateo.

—Entonces, ¿por qué te han visto hablando con él? —Zac es quien hace la pregunta.

—Esto es ridículo, ¿acaso tú nunca has hablado con Barak? O Tony, o Mark, Nathan, Eleanor o Ethan. En vez de hablar de cómo Barak se me acercó a amenazarme como suele hacer con todos, mejor hablemos de cómo Blair Stoms está arruinando nuestros planes.

—Con Blair no te metas, Kim. Es mi hermana —la voz de mi hermano me sobresalta.

—En efecto, no la involucres —dice Ethan.

—Tú cállate, no tienes ningún derecho a hablar de mi hermana —escupe Nathan.

—En algún puto punto tienes que aceptar que la quiero y la quiero de verdad joder, ¿crees que estaría pensando en dejar toda esta mierda si no quisiera lo mejor para ella? Madura, Nathan.

—Chicos, por favor dejen sus problemas personales para otro momento —escucho intervenir a Tony—. Ahora lo que importa es decidir qué vamos a hacer.

—Yo no puedo traicionar a González —se apresura a decir Kim.

—¿Y quieres vivir así toda tu vida? —Eleanor se escucha afectada—. ¿Qué harán con nosotras cuando ya no seamos jóvenes y bonitas, Kim?

—Nadie me ha obligado a hacer lo que hago, no puedo abandonar el legado de mis padres.

—Tus padres distribuían droga, Kim —masculla Mark molesto y abro los ojos como platos.

¡Qué carajos!

—Mis padres solo buscaban una mejor vida para mí, así que cierra tu puta boca.

—Voy a dejarlo —anuncia Ethan—, ustedes no tienen que seguirme, quitando el resto, somos amigos y jamás me perdonaría que algo les pasara por mis decisiones.

—No somos amigos, Ethan. Somos familia, aquí todos nos conocemos desde hace muchos años, todos nos hemos salvado alguna vez, todos en alguna ocasión hemos hablado sobre dejarlo —aclara Zac.

—¡Pero en qué coño están pensando todos! —grita Kim—. ¿Creen que esto es como las películas? Que te has enamorado de una simplona y podrás salir de este maldito mundo como si nada. ¿Y tú Nathan? También crees que podrás dejarlo, ¿qué hay de tu venganza? Y Ethan, ¿de verdad crees que Blair te aceptará cuando le digas que trabajas para el mayor distribuidor de drogas en L.A? Que ni siquiera tienes la edad que dices tener, que ninguno aquí la tiene, excepto Nathan.

Ante tal revelación no puedo más y salgo de mi escondite con las manos temblorosas y un nudo en la garganta. ¿Qué clase de broma es esta? Seguro es una pesadilla.

—¡Blair! —vocifera Ethan pálido y corriendo hacia mí—. ¿Qué... ¿Hace... ¿Hace cuánto estás aquí?

—Dime que no es cierto —le suplico.

—¡Suéltala! —exclama mi hermano.

—¡Cállate! —le grito rabiosa—. ¿De qué venganza habla Kim? ¡Qué es esto, joder! ¿Quiénes son todos ustedes?

—Anda, Ethan, dile de una vez qué es lo que está pasando.

—Cierra la boca Kim —habla Zac.

—No, no me voy a callar porque por esta niña es que todo se ha venido abajo. Drogas, Blair, eso es lo que está pasando, todos trabajamos para el mayor narcotraficante de Los Ángeles. Bienvenida a la mafia, cariño, más te vale que aprendas al menos a tirar un puñetazo.

Niego con mi cabeza tantas veces como puedo y busco en Ethan una mínima esperanza, solo recibo su mirada perdida, asustada y suplicante.

CAPÍTULO 23

LA CRUDA VERDAD

El silencio de todos me aniquila. ¿Drogas? ¿Narcotráfico? ¿Cómo en las películas? ¿Cómo en los libros? Como en la maldita ficción, pero real... mi hermano... mi novio... mis amigos y hasta me preocupo por la maldita Kim. ¡Cómo puede ser posible!

Respiro lo más calmada que puedo, las manos de Ethan sobre mis brazos son como fuego. En un impulso y con toda la fuerza que tengo las aparto y lo empujo golpeándolo en el pecho. Lo miro unos segundos, está aterrado o eso aparenta, pero en este momento no creo nada, ni ese rostro lleno de miedo, ni sus ojos grises que se están poniendo rojizos, ni absolutamente nada de lo que vaya a salir de su boca a partir de ahora.

Giro mi rostro y miro a Zac, ¿cómo Zac puede formar parte de algo tan delicado? Es un chico que a simple vista no mataría ni a una mosca. ¿Y Tony? Con toda esa apariencia madura también está metido en esto, ¿Mark? Mark es el típico chico rubio castaño que se mofa de ser guapo y odiaría recibir un golpe en su perfecta cara, bueno, eso es lo que creía, y Kim... ¡Kim!, si parece una muñequita que se quiebra con el soplido más insignificante, ha dicho que no puede romper el legado de sus padres con un orgullo de aquí al cielo. ¿Cómo una chica como ella puede pertenecer a ese mundo? Eleanor tampoco tiene cualidades para tal locura.

Ninguno de ellos, mucho menos mi hermano, Nathan le tiene miedo a las arañas y grita como un poseído cuando ve una, ¿me están jugando una maldita broma?

Ni siquiera Ethan que tiene toda la pinta encima. Aparentan ser todo, un grupo de amigos que salen de fiesta y hasta podría imaginarlos consumiendo una que otra noche, pero... no más, no vendiéndola, traficándola o peor aún, trabajando —según las palabras de Kim—, para el mayor narcotraficante de la ciudad.

Me empieza a doler la cabeza de una forma atroz, tanto, que me llevo las manos al pelo y trato de controlar mis movimientos.

Estoy impresionada, aún con una ligera esperanza de que se rían y me digan que estaban bromeando, pero nada de eso pasa. Y ahora me siento como una completa idiota, todas las señales apuntaban a esto sin duda alguna, yo preferí ignorarlo y ser la chiquilla enamorada e inocente. ¡Qué estupidez!

—Lo siento, tenía que enterarse en algún puto momento —murmura Kim tomando su bolso del sillón y caminando hacia la salida—, y no es nada personal, Blair, aunque creas que sí. Es nuestro mundo y solo quiero evitar que le peguen un tiro en la frente a Ethan, seguro que tú tampoco quieres eso.

—¡Kim! —la reprende Eleanor y sale tras ella, no sé si para regañarla como niña pequeña o para huir de mí.

—Blair... —me llama mi hermano.

—No quiero hablar con nadie —anuncio y Ethan trata de tomarme la mano—. ¡Con nadie! —grito y da un paso hacia atrás. Aún sin creerme que esto sea real, doy pasos rápidos hacia la puerta y una vez fuera corro hacia el auto. En lo que entro y lo pongo en marcha veo que Ethan ha salido tras de mí, se monta a su Jeep y me da seguimiento. Estoy tan descolocada que acelero con la intención de perderlo. Él me adelanta y sin importarle que no pueda detener el auto a tiempo, derrapa a propósito cerrándome el paso, tanto, que freno precipitadamente y golpeo el volante con mi quijada, he olvidado ponerme el cinturón de seguridad.

Bien, si no me dejará marcharme en mi auto, me iré caminando. No hablaré con él, no merece la oportunidad de darme una explicación, no después de todas las oportunidades que tuvo para sincerarse, incluso si me hubiese enterado por él, estaría impresionada, sí, igual que en este momento, pero no estaría lastimada, ni traicionada ni vilmente engañada.

Cada vez que descubrí algo extraño le di el espacio para justificarse, creí en sus argumentos, en su palabra. Me mintió todo este tiempo, todos lo hicieron ¡Maldita sea!

—Blair.

—¡No! ¡No! —alzo la voz en lo que camino y algunas bocinas ya se escuchan, hemos dejado abandonados los autos. Me alcanza y me detiene.

—No puedes irte así, tienes que...

—No, Ethan, no tengo que escucharte ni permitirte explicarte. No hay nada que explicar.

—Iba a decírtelo —se apresura a decir.

—¿Cuándo?

—Pronto. Voy a dejarlo, voy a hacerlo.

—¿Es lo único que te importa? Lo nuestro... ¿de verdad? No soy estúpida, no podrás dejarlo, nadie puede y mi hermano también está dentro. ¿Sabes lo que eso significa?

—¡Sí! —habla alterado—, sí, joder, sí. Tu hermano está dentro, mis amigos, todos, incluso tú y Norma por el simple hecho de estar con nosotros, por eso te pedí que te alejaras unas setecientas veces. Y es jodidamente peligroso, y hay venganzas, enemigos, muerte, pero a mí solo me importas tú maldita sea.

—¡Debiste decírmelo! Tenías que dejarme elegir. Tú y mi hermano son unos imbéciles. He visto cientos de casos en la televisión, he leído las noticias en los periódicos. ¡Pero qué carajos! ¡Qué carajos, Ethan! —estoy vuelta loca tirando de mi propio cabello—. No puedo ni ordenar mis ideas, necesito irme, déjame ir —le pido.

—Por favor. Al menos déjame, permíteme...

—¿Me dirás la verdad completamente? ¿Me hablarás de cómo funciona todo? ¿Me contarás qué tan involucrado estás tú, mi hermano y el resto? ¿Has matado a alguien? ¿Te han intentado matar? ¿Mi hermano le ha apuntado a alguien realmente? ¿Qué es lo que hacen? ¿La venden? ¿Están a cargo de algo? ¿Qué clase de peligros corremos Norma, mi tía y yo? ¡Contesta! Si responderás todas y cada una de mis malditas preguntas entonces podemos hablar, sino, hazte a un lado.

—Entre menos sepas más a salvo estarás —habla entre dientes.

Asiento. Nos devoramos con la mirada lo que me parece una eternidad y finalmente se hace a un lado, lo cual me duele aún más que saber a qué se dedican. Vuelvo a asentir y regreso a mi auto más que decepcionada.

Antes de entrar giro, él sigue en el mismo punto a pesar de que las personas que continúan esperando a que quitemos nuestros autos ya nos están ofendiendo y han llamado a la policía.

—¿Qué edad tienes? O, tampoco tengo derecho a saber qué edad tiene el hombre que me ha follado y engañado a su antojo.

—Veinticinco. Tengo veinticinco jodidos años y dijiste que no te importaba.

Me río irónicamente. La identificación que había encontrado no es falsa. Niego con mi cabeza y conduzco a toda velocidad. Aún en la esquina me atrevo a mirar por el retrovisor y él continúa en el mismo punto. No estoy tan lejos de la residencia. Pero no bajo del auto, dejo caer mi frente sobre el volante y cierro mis ojos. Todas las eventualidades que han pasado empiezan a reproducirse en mi cabeza, cada cosa me gritaba la cruda verdad.

Apenas doy pasos hacia mi cuarto las lágrimas inician a salir. Son de rabia, el hecho de que todo sea verdad, que esté ocurriendo y no poder hacer nada. Pienso en mi amiga que está con el corazón roto y tendrá que agregar otra decepción más.

Abro la puerta con lentitud y encuentro a Norma como la típica escena de película adolescente: pañuelos desechables por toda su cama, música dramática de fondo y comida chatarra por doquier.

Me siento a su lado, le quito uno de los tantos chocolates que tiene encima de las piernas y me lo como entero.

Ni una pila de dulces haría sentirme bien.

¿Y si no le digo nada? No, tiene que saberlo, no es ella la que tiene que estar sufriendo por Nathan, es mi hermano quien tiene que venir de rodillas a pedirle perdón por haberle mentido, más bien por habernos mentido e involucrarnos en todo ese mundo sin darnos cuenta.

—Norma, hay algo que tienes que saber.

—¿Más malas noticias? —Miro al suelo y ella se aclara la garganta y arregla su alborotado cabello—, lo siento, Blair. Estoy tan enfocada en Nathan que me he olvidado de ser tu amiga. ¿Pasa algo? Estás algo pálida, ¿qué pasa?

No sé bien cómo se supone que tenga que hablar al respecto, así que decido decirlo sin rodeos, tal y como yo me he enterado. A Norma se le cae la caja de pañuelos que estaba tomando con sus manos al escuchar lo que ha pasado hace minutos.

Está tan impresionada que creo que no está parpadeando ni respirando.

Luego de algunos segundos se suelta a reír como enloquecida y no comprendo nada.

—Blair, si quieres que me sienta mejor, decirme que Nathan trabaja para un narco no es la solución. Por un momento te he creído. De hecho, es una pésima broma —suelta incluso molesta.

Me exaspero tanto que inicio a contarle todo, cada detalle, sin obviar nada, que no lo han negado y la forma en la que me ha seguido Ethan tratando de que comprenda a la velocidad de la luz que están involucrados con drogas. Mi desesperación es tanta que termino sentada en el suelo, con las piernas extendidas y llorando como si me han dicho que Nathan ha muerto.

Es que puede pasar, ¿no? Es un mundo oscuro, peligroso y lleno de muertes. No quiero que nada le pase. ¿Por qué cojones decidió hacer algo como eso?

—Blair, júrame que me estás diciendo la verdad —me pide mi amiga ya preocupada.

—Te lo juro y no me han dicho más nada. Le he hecho mil preguntas a Ethan y se ha limitado a decir que entre menos sepa más a salvo estoy. ¿Qué clase de mierda es esa?

—Quizás no es tan grave, tal vez son solo como esos chicos que venden marihuana en las fiestas y más nada.

—No, ¿es que no me has escuchado? Kim es hija de narcotraficantes y a los chicos los invitan a las fiestas privadas del gran jefe, cuidan esas malditas bodegas y tienen armas y amenazan sin pelos en la lengua... están metidos hasta el cuello. No peques de inocente.

—¡Es que no puede ser así! —se niega. Claro, si no lo hubiera oído yo misma también estaría dudando—. Iré a hablar con Nathan, esto tiene que ser un error. Tiene que haber una explicación.

Es todo lo que dice mientras se cambia de ropa y sale desbordada de la habitación. Yo me tomo mi tiempo para levantarme al fin del piso y cuando lo hago inicio a revisar mi teléfono constantemente, intento llamar a tía Lili, ella tiene que saber esto y ayudarme a lidiar con ello. No lo hago, eso solo desataría un sinnúmero de problemas que empeorarían la situación.

Miro el techo por horas. Todo me sigue pareciendo irreal, continúo esperando despertarme y que todo sea una pesadilla. Suena a un mal chiste, se siente como tal. Supongo que es mi mente la que no quiere ceder y creérselo. Sé bien que, si quiero disipar mis dudas, Ethan no es la persona que me ayudará, tampoco mi hermano, quien seguramente se perderá los siguientes días.

Eso me recuerda la afirmación de Kim, la supuesta venganza. ¿Cuál venganza? ¡Dios! Me volveré loca en cualquier segundo.

Ya es de noche y a las siete en punto empiezo a recibir mensajes de texto de mis amigos, la mayoría de David. ¡Joder! He olvidado que hemos quedado para esta noche. Al principio estoy totalmente negada a la idea de salir, ¿con qué ánimos iré a un bar? Lo único que quiero es que alguien aparezca en mi maldito cuarto y me digan de una vez que todo es mentira. Sin embargo, también quiero olvidarme de lo que he descubierto, así que decido actuar de la forma más inmadura posible y aceptar salir, incluso le pido a David que venga por mí porque no quiero manejar.

Me emborracharé hasta olvidar que la persona de la que estoy enamorada forma parte de un grupo… ah, ni siquiera puedo decirlo ni pensarlo.

No tengo la delicadeza siquiera de arreglarme, cuando David me llama para decirme que está afuera salgo con mis jeans casuales, mi camisa de botones demasiado sencilla, mis vans, mi pelo en una coleta y con el mismo maquillaje de la mañana. Mi amigo nota que algo me ocurre casi al instante en el que me subo a su auto.

—Gracias por venir por mí.

—¿Pasa algo?

—¿Lo dices por mi ropa?

—No, bueno sí, pero no porque no te mires preciosa, lo haces en cualquier atuendo —suelta y al oírlo giro hacia él un poco confundida—, lo siento, se me ha salido solo. Es que te miras mal, me refiero a muy preocupada.

—Lo estoy.

—¿Es por lo que pasó con tu novio? Vimos todo, lo de esa discusión con el oyente y no quisimos preguntarte nada.

—Sí, es por eso —le miento.

—Blair —me llama mientras acelera ya en carretera abierta.

—Tu novio es algo agresivo, ¿no crees? Va por la vida soltando guantazos. ¿Está todo bien?

Es increíble que aun sabiendo lo que ahora sé quiera saltar en su defensa.

No lo haré, porque David tiene razón, Ethan quiere golpear a todo lo que se mueve a mi alrededor y aunque ya sé las verdaderas razones no deja de ser una exageración.

—Estamos teniendo problemas —soy cortante—. No hablemos de él, necesito despejarme mucho hoy. ¿Me ayudas? —le propongo.

David solo sonríe y me lleva hasta el lugar en donde nos esperan Elena y Erik, en cuanto bajamos y llegamos a nuestra mesa no hacen otra cosa más que preguntarme por Norma. No he respondido la primera pregunta cuando David ya ha puesto un trago frente a mí, me lo bebo sin pensar, quema en mi garganta.

Ignoro si he respondido después de eso o si al menos he conversado algo coherente porque en cuestión de nada he bebido demasiado. La cabeza me da vueltas y vueltas y a pesar de que mis amigos intentan que se me baje un poco sacándome a bailar, obligándome a beber agua y Elena ha intentado echarme agua fresca en la frente en los lavados del baño de mujeres, nada ha funcionado.

Si ellos supieran por qué estoy en este estado creo que se unirían a mi fiesta privada. Son las once cuando Elena decide llamar a Norma, insisto en que no lo haga, prácticamente se lo suplico, pues sé que si Norma aún sigue con Nathan, mi hermano se dará cuenta y las probabilidades de que Ethan también se enteren son altísimas. No lo quiero aquí, menos que me vea en este estado tan vulnerable.

—No beberé más —les afirmo para que desistan de llamarla, pero nada funciona. Elena la llama y me informa que vendrá por mí enseguida.

David me toma de la cintura y me acerca a su cuerpo para que pueda caminar hacia la salida, según lo que consigo entender el aire fresco puede ayudarme. Poco a poco el bullicio de la gente se opaca y miro de forma turbia el aparcamiento. David me aprieta un poco la cadera porque estoy cayendo. ¡Maldita sea! Esto fue una pésima idea.

—Tranquila, te tengo, abrázame si quieres —me dice y es lo que hago, me cuelgo de él porque realmente no puedo sostenerme.

—Me siento fatal —arrastro las palabras.

—Has bebido como una loca, Blair. ¿Segura que estás bien?

—No, no lo estoy. ¿Alguna vez te has enamorado? —le pregunto.

—Creo que estoy enamorado, pero la chica en cuestión ni siquiera lo imagina.

—Pues deberías decírselo.

—¿Tú crees?

—Sí, aunque primero investiga sobre su vida, luego las personas te decepcionan cuando descubres quién realmente son. Pero díselo —insisto apartándome un poco y tomándole la cara con mis manos—. Eres guapo, ¿sabes? Mucho en realidad, seguro esa chica cae redondita.

No me contesta nada. Hay un silencio incómodo, ¿he dicho una tontería?

—Blair. —Doy un brinco hacia atrás y por mi estado caigo de bruces al suelo. Esa voz no es otra más que la de Ethan, ¡NO! David intenta tomar mis manos para ayudarme a ponerme de pie y Ethan lo aparta—. Te recomiendo que no la toques —lo escucho agregar.

—Solo la estoy ayudando —gruñe David y sin temor alguno me ayuda a levantarme. Yo presiono sus manos nerviosa.

—Bien, amigo del año ya puedes largarte que yo me la llevo.

—No pienso ir contigo a ningún lado —grito con todas mis fuerzas. Ambos se quedan callados varios segundos. No miro bien pero puedo gritar, eso sí.

—Vamos. —Ethan me toma del brazo y empiezo a moverme como epiléptica. Sí, estoy dando un espectáculo y me importa poco. Nadie estaría bien después de enterarse de lo que yo me he enterado. Nadie—. Joder, cálmate —vocifera.

—Oye, no quiere irse contigo —interviene David.

—¿Alguien te preguntó tu maldita opinión?

—Blair yo puedo llevarte...

—Gracias, David, quiero irme contigo —comunico y Ethan maldice.

—No vas a irte con nadie más que conmigo. Fin de esta estupidez —habla con firmeza tomándome por completo y atrapándome con sus brazos. Me lleva colgada como si no pasara nada y dice tantas palabrotas como le son posibles—. Le gustas a ese imbécil y no pienso tolerarlo más. ¿Me has escuchado?

—¡Suéltame! No quiero estar contigo.

—Pequeña, por favor, cálmate. Estás borracha, ¿por qué has bebido de esta forma, Blair? —me pregunta bajándome al suelo y atrapándome contra el Jeep.

—¿De verdad es necesario que te lo explique? ¿Tu dichoso trabajo de mierda no es suficiente razón? Drogas, Ethan, nadie sale vivo de eso. ¿Cómo quieres que me lo tome?
¿Quieres que haga una fiesta?
Ni siquiera puedo alejarme de ti totalmente porque resulta que mi hermano también está dentro. Soy la novia de un narco... ¿Me darás una pistola para defenderme?

No sé de qué demonios se ríe, pero el muy maldito lo hace.

—Jamás te permitiría tocar un arma.

—Pues lamento informarte que aquí la única que toma decisiones sobre su vida soy yo misma.

—Blair...

—Eres un idiota.

—Lo siento, lo siento. Lo siento mucho, lamento como no tienes una idea no ser un chico normal para ti, Blair. Quisiera serlo, no sabes cómo quisiera ser alguien completamente libre de problemas y toda la mierda que hay en ese mundo.

—Es demasiado. Es que joder, no puedo asimilarlo. No creo poder hacerlo mañana, ni el día siguiente. No puedo con esto.

—Por favor no me dejes.

—Es que no puedo estar contigo.

—Yo te quiero, puta mierda, te quiero muchísimo. Te quiero, ni de lejos soy el indicado para ti, pero te quiero, joder, te quiero. No me dejes —susurra pegando su frente con la mía—, al menos hablémoslo, como hemos hablado todas las anteriores veces.

—¿Para qué me mientas más? Todas esas veces has mentido.

Estoy llorando, puede que sea la impresión que aún habita en mí o el maldito estado de ebriedad.

—No te he mentido, Blair. Te he dicho muchas verdades incompletas, quería soltarlo poco a poco. No tenía el valor, ¿cómo le decía a la persona de la que me estaba enamorando que era una porquería y que jamás voy a merecerla? Perdóname, al menos escucha mi parte de la historia. Déjame explicarte cómo son las cosas.

—Llévame a casa Ethan.

—Pero...

—Solo llévame a la residencia.

—No voy a llevarte a la residencia, te vienes conmigo a la fraternidad.

—Escúchame bien Ethan Johnson, puedes darles órdenes a tus secuaces, decidir por ellos, sacar tu maldita pistola y apuntarme si quieres, amenazarme con que cavaras mi propia tumba y la de mi familia si no te hago caso.

Y todas esas cosas que suelen decir y hacer las personas como tú, pero no me harás poner un pie en la fraternidad. O me llevas a la residencia o me voy en un taxi —lo amenazo. No es lo que quiero decirle, pero sé que, si cedo, me convencerá en cuestión de nada en este estado que me cargo.

—Decir eso no era necesario. No soy esa persona, ya te lo he dicho. Soy este que está frente a ti pidiendo una puta oportunidad, pero lo entiendo. Está bien —susurra mirando al suelo—, voy a llevarte a la residencia. Anda, sube —me invita a subir a su auto abriendo la puerta por mí.

Hago justo lo que me pide en completo silencio, y me mantengo con la boca cerrada todo lo que tarda el viaje, incluso bajo sin agradecerle que me haya traído o preguntarle en dónde está Norma y cómo ha averiguado en dónde estaba yo, aunque eso último es más que obvio. Escucho sus pasos detrás de mí y no volteo a verlo, estoy más concentrada en mirar al suelo y demostrarle que no estoy tan ebria.

Abro la puerta con desgarbo y no sé si nunca había notado lo pesada que es, o que mi evidente ebriedad también en esto me está pasando factura, mi cuerpo sale volando hacia adelante, no consigo llegar al piso porque los brazos de mi ángel o más bien mi demonio me toman con fuerza, pero pierde el equilibrio y entonces sí termino dándome un golpe con el suelo y su cuerpo cae sobre mí.

¡No! ¡No! ¡No! Necesito la maldita distancia.

—¿De verdad no vas a escucharme?

Niego con mi cabeza y cierro mis ojos para no verlo.

—No seas inmadura Blair, mírame.

Vuelvo a negar con mi cabeza.

—Si tan solo pudieras estar en mi lugar un maldito segundo, sé que entenderías por qué no puedo darme por vencido contigo. Mi mundo es peligroso, mi vida es un mar de problemas, enfrentamientos, discusiones y decisiones que son las que me han mantenido vivo. No es como en las películas, ni en los libros, ni en la imaginación.

—Ethan no...

—Hacer lo que yo hago es mucho más arriesgado de lo que puedes llegar a pensar, pero soy humano, no soy un jodido robot.

»Me he mantenido alejado de las relaciones sentimentales, y un día entré a la habitación de Nathan y te miré en aquella foto que tiene en su mesa de noche y no necesité más para saber que ahí estaba mi punto de partida. Si no quieres verme, ni oírme, lo acepto, aunque volveré mañana y el día siguiente y el siguiente hasta que vuelvas a mí, Blair. Buenas noches.

Cuando creo que no hará más el intento de continuar hablando estampa sus labios con los míos, y es inútil. Por más que trato de resistirme lo beso y le echo la culpa al alcohol, pero sé bien que la única culpable soy yo. Se aparta un momento después y se marcha dejándome tirada en el piso.

Quiero correr a sus brazos, deseo más que nada en el mundo escuchar su versión y que sea lo suficientemente convincente para olvidarme de todo. No puedo, simplemente no puedo ignorar lo que acabo de descubrir.

CAPÍTULO 24

EL VERDADERO ETHAN

Como puedo me levanto del suelo y me arrastro en mi cama hasta llegar a la almohada, cierro los ojos con la esperanza de que mañana sea un día mejor. Sin embargo, cuando vuelvo a despertar lo único cierto es que me duele la cabeza y he vomitado el piso. ¡Asco! Me quejo por los malestares y me quedo tumbada una hora más hasta que decido ir por un trapeador, desinfectante y aromatizante. Al entrar al cuarto, Norma y Nathan están sentados en la cama de mi amiga observando el vómito con sus ceños fruncidos. Me detengo en seco porque la última persona con la que quiero hablar es con Nathan.

—Perdón por lo de ayer, Ethan estaba cerca cuando me llamó David y apenas escuchó ese nombre y que estabas ebria salió como rayo —se disculpa Norma.

—No te preocupes.

—Blair... Nathan quiere hablar contigo.

—Pues yo no. Vete Nathan.

—No, de verdad, tienes que escucharlo, de verdad, solo tú podrás hacerlo cambiar de opinión —es lo último que dice, toma el trapeador y demás cosas de aseo, limpia por mí y luego se marcha dejándome sola con mi hermano.

—¿Y bien?

—Lo siento —es todo lo que dice.

La sangre me hierve, lo quedo viendo por varios segundos, cómo es posible que mi hermano esté involucrado en las drogas; con quien crecí, a quien le he compartido casi todos mis secretos. ¿En qué momento mi hermano tomó la decisión de ser parte de un grupo de traficantes?

Ni siquiera sé verdaderamente la gravedad del asunto y ya siento que voy a perderlo. Perderé a Ethan también. No quiero llorar, nada solucionaré con lágrimas, en esta ocasión no puedo evitarlo. Mi hermano tarda un poco en entender que necesito un maldito abrazo. Se sienta a mi lado y me consuela.

—Lo siento Blair. De verdad, nunca pensé en las verdaderas consecuencias de lo que hacía, nunca creí que terminarías involucrada y mucho menos que te enrollarías con alguno de los chicos. Creí que sería muy fácil cumplir tu sueño al traerte aquí, que conocieras la fraternidad, a los del grupo.

» Jamás pensé que todo se descontrolaría. Este es el momento en el que te pido perdón por decepcionarte de esta manera, pero tienes que escucharme, no puedes continuar con Ethan, es demasiado peligroso. ¿Lo entiendes? Ethan está muchos peldaños arriba de todos nosotros, es el favorito de González, es como el jefe de una gran parte.

—¿Un chico de veinticinco años es jefe? ¿En serio?
Cada vez entiendo menos.

—Sí, un chico de veinticinco años. Asombroso, ¿no? Fue quien más rápido aprendió todas las mañas de ese hombre. Sabe exactamente cómo funciona cada maldita cosa, tiene poder, Blair, Ethan sabe que jamás podrá salir y ¿quieres que me calme cuando está arrastrando a mi hermana a una vida de mierda?

Estoy con una resaca hasta el infinito, incluso me siento mareada y mi hermano me pide que aleje de Ethan olvidándose por completo de que él es igual, él hace lo mismo, él es parte de toda esa locura. ¡Qué diablos!

—¿Y tú no me estás arrastrando también? Tú eres mi hermano, Nathan. Lo que pase entre Ethan y yo en este momento no tiene importancia. ¿Qué hay de ti? ¿Por qué estás dentro? Escuché claramente lo que Kim dijo, habló de una venganza. ¿Cuál venganza? Creo que te has vuelto loco.

—Ethan es quien está metido en problemas, no va a salir de ellos. Son problemas que no tienen fin. Entiéndelo y aléjate.

—¡¿Estás sordo?! ¡Quiero que me digas de qué venganza hablaba kim!

—No puedo decirte nada. —Se pone de pie y camina hacia la puerta. Es un idiota.

—Nathan...

—No puedo, decírtelo es involucrarte más. Fueron mis decisiones, tú sigue en lo tuyo, con tu carrera de abogada, tú no tienes por qué perder la fe en las personas como lo he hecho yo, hermanita.

—Entonces iré donde Ethan y él me soltará todo. Sabes que lo hará a cambio de que lo perdone, ¿cierto? Sabes que la idea de salir de esa porquería es gracias a mí, ¿verdad? —Ethan jamás traicionaría a su amigo, pero creo que todos piensan que hará cualquier cosa por mí y eso me puede servir de momento.

—Blair...

—¡Habla! Tengo derecho a saber. ¿Acaso no te das cuenta de que no solo Ethan me ha arrastrado a ese mundo? Fuiste tú quien lo hizo, es verdad que no tenemos mucho dinero, pero eso no justifica que hayas hecho esto, eso no justifica que decepciones a mamá y a papá. Papá se volvería loco, Nathan, papá era un hombre íntegro, leal, un señor en toda la extensión de la palabra y ahora su hijo es un delin...

—¡Papá trabajaba para ellos! —me corta el drama y me quedo sin respiración.

—¿Qué? —No sé si me ha escuchado, la voz me ha salido casi nula. Doy pasos hacia atrás, la cabeza me duele aún más y el mareo se intensifica.

—Lo que escuchas. Papá y mamá trabajaban para traficantes. El no tener tanto dinero era una fachada para que tú y yo tuviéramos vidas normales. Piénsalo, Blair, siempre le decían a todo el mundo que no les iba muy bien con el despacho, pero papá usaba relojes de oro, mamá perlas y diamantes, nos daban lo que queríamos, salíamos de vacaciones todos los años a lugares paradisiacos, pero a sus amigos les decían que nos ganábamos esos viajes en esos concursos estúpidos de la televisión a los que mamá era aficionada.

—¿Cómo es eso posible? —me tiembla la voz.

Escucho a mi hermano decir que hay una cuenta en el banco que tiene miles de dólares, dinero que es el que ha pagado las facturas, dinero que, por supuesto no era herencia de su trabajo honrado, dinero que se está acabando, dinero que tía Lili administra sin saber su procedencia.

Pero eso no se compara con lo que agrega después: Mis padres eran los abogados de González.

¿Cómo puede ser eso verdad si nosotros somos de Seattle y González de L.A?

Mi pregunta obtiene respuesta pronto, pues tener abogados que vivieran a kilómetros, con una vida conservadora y una familia estable era la mejor táctica para no llamar la atención.

Papá, era quien falsificaba todos los documentos para esconder las cantidades exageradas de dinero que González producía con droga, que para esos años estaba iniciando.
Papá certificaba que era por sus negocios inexistentes y en algunos casos, negocios que sí existen, pero solo se utilizan para lavado de dinero. Mamá era la que lo sacaba de cualquier problema legal, a él y a sus hombres cuando llegaban denuncias o la policía empezaba a tener sospechas del verdadero giro de su fortuna.

No puedo creerlo, quiero que alguien me dé un golpe tan fuerte para dormir hasta que todo esto haya acabado. Como si lo que ya ha confesado no es suficiente, agrega que papá y mamá al morir dejaron demasiados asuntos pendientes; pruebas, negocios en el aire, rencillas con otros traficantes que ya se habían enterado de que ayudaban a González.

—Un día llegó en persona hasta casa, tú estabas en la escuela gracias al cielo. Preguntó por tía Lilí, habló con ella por horas, y se ofreció a pagar nuestra educación. Tía Lili según dijo que no era necesario, pero él insistió mucho y dejó una tarjeta por si algún día necesitábamos algo.

» Escuché cuando habló maravillas de papá y que sentía mucho su muerte. Después de eso no supe gran cosa de él, hasta que llegué acá y entre conversaciones Ethan me confesó lo que hacía y el nombre de González salió a la luz, entonces yo tomé la estúpida decisión de llamar a aquel número que él había dejado, aún conservaba la tarjeta y extrañamente él conservaba el número.

—¿Por qué lo hiciste? Ya habían pasado años —le reprocho.

—Blair, yo necesitaba saber quién era realmente mi padre. González se acordaba de mí perfectamente. Me citó y me confesó todo lo que te estoy diciendo, también dijo que el accidente no fue un accidente. Que sus enemigos fueron quienes provocaron aquello. Nos intentaron matar, nos intentaron desaparecer y los muy malditos lograron matar a nuestros padres. Un tal Petroski fue quien dio la orden y no voy a descansar hasta tenerlo cara a cara.

—Tú estás loco —le grito—. ¿Te estás escuchando? Papá y mamá trabajaban para narcotraficantes. Mi papi, el hombre perfecto que he idealizado por años. ¿Cómo sabes que es cierto? ¿Cómo sabes que los mataron? ¿Cómo puedes estar seguro de que fue ese tal Petroski? Estás loco de atar —le repito—, todos lo están. Olvídate de esa estúpida venganza, no creo nada. Mis padres eran unos abogados respetables y...

No puedo más. Es tanto lo que estoy descubriendo que ya no solo pienso que esta situación es como en las películas, también creo que estoy dentro de una, que nada puede ser real. No espero a que me diga más, ya sé lo suficiente como para traumatizarme el resto de mi vida.

Me oculto en las duchas y con todo y ropa dejo que el agua me caiga encima. ¿Cómo puedo enfrentar este infierno? ¿Cómo puedo siquiera imaginarme actuando con normalidad después de saberlo todo?

Las imágenes de mis padres se reproducen en mi mente; lo tierno que eran, amorosos, comprensivos, incapaces de ir contra la ley. Nos hablaban todo el tiempo de que cada cosa que hacemos tiene consecuencias y ahora lo entiendo a la perfección.

Me quedo lo que me parece horas debajo del agua, he llorado creo que la misma cantidad de agua que ha recorrido mi cuerpo sin parar. Regreso a mi habitación echa un desastre, pues estoy mojada y con la ropa pegada. Estoy por quitarme la camisa cuando alguien carraspea y doy un salto poco creíble que me hace tirar al suelo todo lo que está en la pequeña cómoda.

—Lo siento, no quería asustarte —ese es Ethan.

—¿Qué haces aquí? —no suelto la pregunta con fastidio, ni enojada. Estoy tan desanimada que apenas y creo que me ha escuchado por el tono de voz.

—Te dije que vendría hoy y mañana y todos los días que sean necesarios. ¿Estás bien? —averigua dando un paso hacia mí.

—¿Parezco que estoy bien? —Me miro la ropa mojada, él también me da un repaso.

Se limita a negar con la cabeza y da otro paso hacia mí.

—¿Tú lo sabías? Lo de mis padres... —la voz se me termina de perder con esa última oración. No lloro porque creo que me he quedado seca. Creo que no es necesario llorar para que él entienda lo mucho que toda esta supuesta verdad me afecta.

Da una última zancada y me toma entre sus brazos, sus manos llegan hasta mis mejillas y sus ojos buscan desesperados los míos. Asiente. Claro, todos saben todo, menos yo. Soy la estúpida del cuento. Bueno, Norma y yo somos las estúpidas del cuento.

—No me correspondía a mí decírtelo. Era algo entre tu hermano y tú.

—Todos me han mentido, todos me han roto el corazón —le explico y pego mi frente en su pecho duro—. ¿Por qué Nathan me dejó venir? ¿Por qué se lo permitiste? No quiero esto, me rehúso a creer que mis padres eran malas personas.

—No eran malas personas.

—Defendían a un delincuente, Ethan. Legalizaban todo lo que hacía. Eso no lo hace alguien honesto, con valores. Mi vida es una mentira. Mi hermano quiere vengarse como si tuviera oportunidad alguna y el chico que quiero me ha fallado.

—Pero ese chico te adora, Blair. ¿Eso no cuenta?

—¿Me adoras? —digo con los ojos bien abiertos.

—Es una locura, ¿cierto? Tan poco tiempo, tan rápido, tan deprisa... pero es lo que este corazón de piedra siente por ti. Te adoro, pequeña.

Ya no hay fuerza de voluntad, solo él y yo, como sucede siempre que lo tengo cerca. ¿De verdad es posible estar tan enamorada de él? Un miserable centímetro separa su boca de la mía. Un insignificante e incómodo centímetro me separa de la razón o la locura.

—Sé que sientes lo mismo, amor —susurra antes de posar sus labios sobre los míos y después de eso, no hay más preguntas, temores o miedos. Solo está lo que este hombre me hace sentir con cada una de sus caricias.

Hago un mínimo intento de usar la cabeza, pero estoy consumida por la forma desesperada en que me abraza, me olvido de todo y mis manos buscan su piel.

—Yo de verdad necesito escuchar que seguimos juntos. Pasé una noche de mierda, Blair. No quiero estar sin ti, no puedo estar sin ti. Si sentir todo esto por ti me convierte en un irracional, entonces es justo lo que soy. No voy a dejar que te alejes, soy un egoísta y te quiero conmigo... vas a estar conmigo... dime que sí.

—Yo necesito conocer al verdadero Ethan antes de tomar una decisión. No quiero alejarme de ti, nunca lo quise y nunca voy a quererlo, pero es necesario que me muestres quién eres en realidad. Ya sé quiénes eran mis padres, quién es mi hermano y ahora voy a escucharte, dime... ¿Quién es Ethan Johnson?

—Lo entiendo —dice derrotado—. Qué tal si empezamos por confesar que estoy dentro de una de una organización que se dedica al tráfico ilegal de drogas. Soy la mano derecha de González. Solo tengo veinticinco pero Mateo, su hijo, no está interesado en el negocio, así que podríamos decir que me ha entrenado desde que me recogió de la calle. Primero me involucré por agradecimiento, lo que te dije del orfanato, mi madre, Eleanor y la calle es verdad.

»No tenía grandes ambiciones en la vida, y González me abrió muchas puertas. Dale un poco de poder a un jovencito de dieciocho años que jamás ha tenido dinero para comprarse un maldito dulce y de pronto puede comprarse una casa si quiere con el trabajo de tres meses... y lo volverás loco, tu mejor trabajador, tu perro fiel.

Trato de alejarme y aprieta mi cintura para que no dé ni un paso lejos de él.

—La fraternidad es una fachada, bueno, es una fachada hasta cierto punto. Era la mejor forma de camuflarnos entre estudiantes, fingir una vida normal. Algunos estudiantes si son realmente eso, todo para que el teatro no fuese tan obvio, pero Mark, Tony, Zac, Eleanor, Kim, no estudian en la universidad, yo tampoco lo hago.

»Todos tienen mi edad, un año mayor, un año menor. La policía, al menos, los decentes jamás sospecharían de un campus universitario, mucho menos de una fraternidad que usualmente está llena de riquillos y delicados jovencitos, que se drogan, sí, en las fiestas, pero no la venden, no la producen, no envían cargamentos con kilos y kilos.

—Ethan —digo asustada.

—Sé que vas a odiarme porque de alguna forma fui yo quien involucró en todo esto a tu hermano. Nunca me había enamorado, pero joder, quién no se enamoraría de ti, quién sería tan estúpido para no quererte, Blair. Tendría que haber estado ciego para que no te me quedaras grabada aquí. —Se toca las sienes—, desde la primera vez que te vi.

»Todo lo que hago para González es un teatro, es algo que con el tiempo dejé de querer. Nunca he matado a nadie. Le he disparado a un montón de gente y enviado a otro tanto al hospital, no soy capaz de matar. Aunque si me lo preguntas, por ti mataría, no lo pensaría ni un segundo.

—No digas eso.

—Voy a matar a quien se atreva a tocar un solo centímetro de tu piel. No quiero hacer lo que hago, nunca lo quise. Ese es el verdadero Ethan y es probable que no debería de estar aquí, que debería aceptar que nunca seré el escritor que mi madre quería que fuera, porque sigo sin encontrar la forma de salir de toda esta mierda y, jamás podré tener a mi lado a alguien tan bueno como tú. Y temiendo sonar como un enfermo, te diré que no voy a permitir que me dejes porque eres mía, pequeña. Eres mi Blair, mi pequeña, mi único motivo.

Me acaricia la quijada y se marcha, mi vista queda estancada justo en el lugar en donde había estado Ethan.

¿Qué debo hacer? Nunca he estado tan confundida.

CAPÍTULO 25

HAGAMOS UN INTENTO

Me paso el resto del día metida en la cama pensando y pensando en lo mismo. Al menos me he puesto pijama y trato de llegar a una conclusión coherente juntando toda la información que me ha visitado de golpe y sin previo aviso.

Norma llega a la habitación ya tarde, igual o más desanimada que yo, pues, por un lado está completamente decepcionada de mi hermano, a quien dice amar, y le ha mentido sin parar como Ethan a mí, y su mentira también me ha lastimado a mí, pues soy su hermana y la mejor amiga de Norma. Es como si tuviera que odiarlo doblemente y lo único gracioso de todo esto es que, a mí me ocurre exactamente lo mismo. Él ha dañado a mi mejor amiga y a mí al mismo tiempo.

La revelación de la verdad ha hecho que mi estúpido hermano se olvide de Ethan y de mí al menos momentáneamente, se ha pasado el día entero pidiéndole a Norma una oportunidad. Pero mi amiga no quiere saber nada de él, ni de drogas, ni nada que la involucre en problemas. Aunque siendo razonables, si verdaderamente desea alejarse de cualquier cosa que la ponga en peligro, también se tendrá que alejar de mí, sin importar que me aleje de Ethan Johnson, Nathan me une a ese mundo más de lo que yo quisiera y todo lo que me ha dicho de mis padres solo me hace sentir peor.

—¿Qué harás? —me pregunta Norma a susurros mientras las luces de la habitación están completamente apagadas y apenas se escucha uno que otro ruido afuera.

—¿Tú qué harías Norma?

—No lo sé. Cada cabeza es un mundo. Yo amo a Nathan, Blair, juro que quisiera salir corriendo tras él, pero me muero de miedo. Si mis padres siquiera se enteran de esto me enviarán a casa o me cambiarán de universidad y aunque no quisiera que las cosas terminen con él, de quien realmente no me quiero alejar por nada del mundo es de ti —dice tan bajito. Teme, claro que teme. ¿Quién no?

Salgo de mi cama y me acurruco a su lado.

—No tengo idea de lo que haré, de momento solo sé que estoy enamorada hasta la médula de Ethan y no lo quiero dejar solo. Pero no hay mucho que pueda hacer, tampoco quiero arriesgar mi vida y me desespera saber que terminar con él no es suficiente, aún queda Nathan.

—¿Y si los convencemos? Y si tratamos de que lo dejen, ¿podrían no? —Su inocencia me cala hondo. Podrían intentarlo, lograrlo es la cuestión. Respondo un dudoso sí para calmarla. Nada de lo que está pasando es fácil de procesar.

Me quedo en su cama y ella, después de largo rato consigue dormirse, yo lo hago poco. Quizás he descansado la vista cerrando mis ojos por un tiempo, pero no me he dormido del todo. Me levanto de la cama en cuanto los primeros rayos de sol alumbran y salgo disparada para las duchas, me visto igual de rápido. Ni siquiera me peino, dejo que mi pelo se seque al aire libre porque lo traigo húmedo.

Camino con desdén por los pasillos de la universidad y ahora que sé todo, cualquier persona que se me queda viendo demasiado tiempo o cualquier movimiento extraño me parece una amenaza y me termino de convencer de que es una completa locura. Me muerdo la mejilla interna y miro al piso en lo que camino con rapidez.

Al subir la mirada hay dos chicas esperando por mí fuera de mi salón de clases. Una castaña y otra rubia, Eleanor y Kim. Las miro con seriedad, honestamente no me apetece hablar con ninguna, menos con Kim, aunque le agradezco su sinceridad, es probable que, si ella hubiese decidido callar, los chicos se habrían inventado algo rápidamente para saciar mi curiosidad.

—¿Qué hacen aquí?

—Queremos hablar contigo —contesta Eleanor, ahora todos quieren hablar conmigo, no me sorprendería encontrarme a Mark, Zac y Tony en mi habitación cuando vuelva.

—Corrección, Eleanor quiere hablar contigo, yo solo he venido a asegurarme de que no vayas por ahí contando nuestro pequeño secretito —suelta Kim con esa maldita ironía.

—Yo no soy una bocona como tú comprenderás —la enfrento.

—Mira, niña, con las ganas que tengo de romperte la cara y ahora que sabes quién soy no deberías hacerte la valiente conmigo —me amenaza.

—¡Maldita sea, Kim! Hicimos un trato —la reprende Eleanor.

—A mí no me das miedo, tú puedes golpearme, si quieres. Pero recuerda que, con una sola llamada, Ethan estará aquí, y a él no puedes amenazarlo, ¿cierto? Tienes que obedecerlo, hacer lo que se te ordene. ¿No? ¿No es tu jefe? Ah bueno, que me quiera a mí me da ciertos privilegios, como por ejemplo atreverme a decirte que cierres tu maldita boca y no te metas conmigo.

—Chicas, chicas. —Eleanor se interpone entre las dos cuando Kim intenta atacarme—. Por favor, necesitamos hablar. Las cosas se están complicando. Blair, por favor —me suplica—, solo serán unos minutos.

—Puedo hablar contigo, pero no con Kim —anuncio y Kim se suelta a reír.

—Me largo, pero... cuando me necesiten, porque lo harán, recuerden este momento y entenderán mi negatividad.

—Kim, madura.

—De acuerdo —intervengo. No voy a seguir con esta disputa innecesaria. Es absurdo—, hablemos.

Kim sube una ceja y sonríe victoriosa. La odio.

—No aquí, en mi auto —propone Eleanor y caminamos las tres, con Eleanor siempre en medio para evitar cualquier enfrentamiento.

Entramos al coche, y las tres nos subimos en el asiento trasero.

—¿Qué es lo que quieren hablar? —voy al grano.

—Ethan está decidido a decirle a González que se larga, que lo deja, que quiere una vida contigo. ¿Qué clase de embrujo le hiciste? ¿Tienes una idea de cuántas mujeres lo han intentado? —me reclama Kim.

—Kim, eso no tiene importancia —habla Eleanor antes de que yo le conteste—, lo que sí la tiene es lo que quiere hacer. Escucha Blair, todos alguna vez hemos soñado con tener vidas normales, incluso Kim, aunque nunca lo acepte. Pero no puedes salir del mundo de las drogas de un día para otro, mucho menos hablando con González como si fueses a decirle que la mercancía llegó a su destino, cosa que lo hace feliz.

—En pocas palabras, si Ethan consigue hablar con González hoy, es probable que jamás vuelvas a verlo —agrega Kim y mi corazón late alborotado—. Sabe demasiado, y saber demasiado en este mundo significa que cuando ya no sirves para nada, eres hombre muerto.

—Pero... sí él sabe bien cómo es ese señor, ¿por qué hará tal locura?

—Porque te quiere —responde Kim con naturalidad y no puedo evitar mi asombro—. No me veas así, yo no estoy enamorada de Ethan si es lo que piensas. Nos acostamos un tiempo porque por la vida que llevamos no solemos tener parejas estables ni mucho menos con alguien fuera de nuestro mundo. Solo era sexo, mi molestia se debía a que sabía que esto pasaría. Siempre supe que serías un problema y no me equivoqué, pero si eres la única que puede convencerlo de no hacer esa estupidez, te pido que lo busques, que hables con él.

—Por favor —agrega Eleonor—, si algo le pasa a Ethan yo me volvería loca. Es como mi hermano y sé que ya sabes por qué lo considero mi hermano, eso sin contar cuántas veces ha evitado que paguen por mí o por Kim, o que nos obliguen a hacer cosas que no queremos. No obedecemos a Ethan porque sea la mano derecha de González, obedecemos a Ethan porque siempre que hemos estado en peligro, y eso incluye a los chicos, él sin pensarlo ha dado la cara por nosotros.

—Es nuestro amigo y no queremos que nada le pase. Además, tú eres uno de nosotros —habla Kim.

—Yo no... —intento negar que soy uno de ellos a pesar de que las palabras de Eleanor me han conmovido.

—Sí, lo eres. Tus padres eran parte de la organización. Y no por ser solo los abogados de González, sino por traficar igual que el resto. Eran el punto clave en Seattle.

—¡Qué carajos!

—Nathan dijo que ya sabías todo, ¿acaso no te dijo que tus padres también traficaban? Pero, la competencia de González, Petroski les robó todo —me explica Kim—, eres uno de nosotros porque los hijos de traficantes son encontrados tarde o temprano por quien les tendió la mano a nuestros padres, ¿o por qué crees que estoy con González? En fin, lamento que te estés enterando de todo de esta forma tan abrupta, pero el chico que quieres irá hacia su muerte directa por ti. Impídelo —me pide Kim.

Ambas me miran esperanzadas, pero no puedo ni contestarles, mi mundo se acaba de terminar de romper en mil pedazos, todo lo que creí, pensé o sentí acerca de mis padres se ha muerto igual que ellos.

No me despido de ellas, salgo del auto con un único pensamiento en mi mente: Necesito a Ethan, y no para pedirle que no cometa una idiotez, sino porque siento que me desintegro.

No entro a clases, por supuesto, con todo este revoltijo de pensamientos y sensaciones lo último que quiero es pasar toda la mañana a punto de explotar en un lugar en el que no podré ni siquiera llorar. Estoy harta de las mentiras, sí, me han dicho la verdad pero siempre es una verdad a medias.

Primero que tenían problemas con una pandilla, después que cuidaban bodegas misteriosas y todo era actuación, luego que en realidad trabajan para un delincuente, que mis padres eran sus abogados y ahora... no me jodan, que también estaban involucrados con la droga directamente.

El pensamiento de llamar a tía Lili vuelve a asomarse en mi mente, es imposible que ella no supiera nada sobre esto, digo, engañar a unos niños de diez y once años es simple, ¿engañar a la familia entera lo es? ¿A los amigos? ¿A sus compañeros de trabajo?

Al llegar a la fraternidad busco el Jeep de Ethan en la calle y está unos metros adelante. Respiro profundo y entro a la casa justo cuando un chico sale, no sé si es un estudiante de verdad o es parte del teatro, lo cierto es que quiero darles una bofetada a todos. La casa está extremadamente silenciosa, y camino a paso lento por los escalones. La puerta del cuarto de Ethan está abierta y me quedo cerca del marco al escuchar que está conversando con Zac.

—Si quieres salirte, deberías planear algo más elaborado, todos en realidad. Sabes que la única razón por la cual entré a esta mierda era la enfermedad de mi hermana, pero ni con todo el dinero del mundo pude salvarla. No tengo nada que perder ya, puedo ayudarte si quieres, pero no arriesgues así tu vida.

—Hola —interrumpo y ambos me miran. Zac con la ternura que lo caracteriza y que al mismo tiempo jamás te haría pensar que hace lo que hace y Ethan con esperanza.

—Hola mascota.

—¿Nos dejas solos, Zac? —le pido con amabilidad. Asiente y se marcha cerrando la puerta por mí. Ethan me observa incrédulo.

—Estaba esperando que las clases terminaran para ir por ti —dice inseguro levantándose de la cama.

—No lo hagas —le pido de una vez.

—¿A qué te refieres?

—Sabes bien a lo que me refiero, no lo hagas y menos por mí. No puedes ir donde González, no puedes ser tan ingenuo. Eres tú el que pertenece a ese mundo y conoces las consecuencias de hacer algo tan precipitado.

—Blair...

—Puedo lidiar con tu mundo, con la verdad de mis padres y con todo lo que eso conlleva, menos con que mueras —confieso sabiendo que mostrarme tan honesta y vulnerable solo hará que intente que lo perdone y no sé si pueda. No necesito perdonarlo, solo decidir si quiero que mi vida pase de pacífica a un constante torbellino.

—No puedes venir aquí y decirme que puedes con todo menos con mi muerte y esperar que yo me quede tranquilo, te deje ir, me quede sin ti. Si quiero salirme es porque quiero tener algo mejor que ofrecerte a ti, a mí mismo —comenta rompiendo con la distancia y atreviéndose a posar sus manos grandes y varoniles sobre mis mejillas. Mis cosas caen al piso por la intensidad gris de sus ojos, de su mirar.

—Solo dime que no irás, que lo planearás mejor, que buscarás otra forma para que yo pueda vivir tranquila, Ethan.

—¿No quieres que vaya? —pregunta como si mi posición no estuviera clara.

—No.

Asiente.

—Entonces no voy.

—Gracias... yo...

—No voy si te quedas conmigo —me interrumpe.

—No puedes pedirme algo como eso, estoy confundida y no sé qué es lo que quie...

Pone un dedo sobre mi boca y su otra mano rodea mi espalda y pronto me tiene pegada totalmente a su cuerpo.

—Solo te pido que te quedes un ratito conmigo —susurra sobre mi boca y pequeños soplidos que provoca a propósito acarician mis labios—. Regálame unos minutos de tu maldita presencia, pequeña. Luego ódiame de nuevo y aléjate todo lo que quieras porque seguiré siendo un egoísta de mierda y buscándote sin parar.

—Yo no te odio —suelto y me arrepiento al instante de decir algo como eso. Es darle entrada, pretexto, motivo para que no se aparte.

Una sonrisa ladeada se forma en sus labios y se acerca tanto a mí que creo que me besará, pero se queda ahí, respirando agitadamente, sus manos presionándome.

—Ethan... —balbuceo.

—¿Lo sientes? No necesito besarte, no necesito desnudarte, no necesito siquiera tocarte —habla y me suelta. Mi pecho sube y baja con violencia—, es innato, tú y yo. Es peligroso, lo es —pronuncia las palabras casi rosando mis labios y estoy a punto del desmayo—, pero es inevitable... es inquebrantable, Blair.

—No quiero perderte, ni a ti, ni a mi hermano, ni a los chicos. No quiero perder a más personas por ese estúpido mundo.

—Dime que me quieres y seré el primero en salir de esa porquería vivo, dime que me quieres y haré explotar el mundo para que Nathan también lo haga, mis amigos... tú. ¿Entiendes cuánto te necesito?

Todo en mi cabeza impacta al mismo tiempo, cada maldita verdad que ha salido a la luz. ¿Qué pasa si termino con Ethan? ¿Volveré a estar en peligro? Eso seguro, aún no entiendo cómo funciona este mundo del todo, pero sí sé que saben mi nombre, mi historia, soy hija de personas que pertenecían a la "organización" como lo llaman, mi hermano está dentro. ¿Volveré a estar en paz? Quizás nunca lo haga, tal vez hasta que realmente encuentren una forma de dejarlo, y yo de convencer a Nathan de olvidar su estúpida venganza.

Puedo ver a cualquier dirección y encontrarme involucrada de una u otra forma. Y aún me falta tanto por saber, por descubrir y aun así, con todo ese pronóstico, los nervios de punta y desconociendo a todo lo que tenga que enfrentar a causa de mis decisiones, miro fijamente al chico de los ojos grises y digo —: Te quiero, Johnson.

—Y yo a ti, pequeña, con toda mi oscura alma, con mi podrida vida y mi desgraciada suerte. Pero si habita algo bueno en mí, alguna puñetera luz, quiero que sepas que es tuya, que te pertenece.

—Abrázame —le pido, que bien es lo que he venido buscando. Un maldito abrazo que me haga sentir que hay esperanza—. Kim me ha dicho que mis padres traficaban —sollozo—. Nathan no lo mencionó, ¿es cierto?

¡Diablos! Ahora que lo digo con mi voz me provoca estragos profundos y dolorosos en mi interior.

—Nathan quería decírtelo poco a poco.

—¿Es cierto? —la decepción en mi voz es evidente.

—Blair, por muy doloroso que sea, tus padres ya no están aquí. No importa lo que fueron o no. Importa que tú y Nathan sí están vivos, importa lo que haremos a partir de hoy.

—Quiero que me expliques cómo funciona todo.

—¿Qué? —me mira incrédulo.

—Lo que escuchaste, quiero saberlo todo. Lo que hacían mis padres, cómo ocultaban la plata, la droga, los contactos. ¿Qué haces tú exactamente? Mi hermano... los chicos. Eleanor y Kim. ¿Está Nathan aquí? Porque si entre los dos me explican todo terminaremos más rápido.

—No es necesario que...

—¡Sí que lo es! Joder, me acabo de enterar de que mi novio y mi hermano trabajan para un narcotraficante. Y voy a quedarme con ellos, ¿cómo es realmente su vida? ¿Se esconden todo el tiempo? ¿Qué papel voy a desarrollar yo? ¿Cuáles son los peligros?

Soy consciente de que estoy teniendo un ataque, aunque no sé bien si de nervios, personalidad, o depresión. Me aparto de Ethan y al salir al pasillo me doy cuenta de que todos están ahí. Mark, Zac, Tony, Nathan, Kim y Eleanor.

—¿Lo has convencido? —es lo que pregunta Kim.

Miro hacia atrás y estiro mi mano. Ethan camina hacia mí sin entender qué cojones está pasando.

—Sí y ahora tendremos una reunión —anuncio. Todos me miran raro—, abajo, todos —les ordeno tirando de Ethan, quien le lanza una miradita a los demás para que nos sigan.

—Blair, ¿qué estás haciendo? —susurra Ethan y lo ignoro. Espero a que todos se sienten en el salón principal de la casa. Kim está con una sonrisa enorme y no lo comprendo, quizás me veo muy chistosa. Eleanor se come una uña, y los chicos intercambian miradas—. Blair...

—Siéntate también.

Tiro de un sillón y me siento frente a todos ellos y los observo con cuidado.

—Quiero saberlo todo —repito lo que ya le he dicho a Ethan y mi hermano se pone de pie negando con su cabeza—. Siéntate, Nathan. Ya basta, ¿quieren? Kim tiene razón en algo, si mis padres eran parte de esto, gracias por ocultármelo, hermanito, tarde o temprano los hermanos Stoms terminarían dentro también. Y no estoy de acuerdo; las drogas, las personas que se llenan los bolsillos destruyendo vidas, matando gente, con sus negocios ilegales son una porquería. Ese maldito mundo es una mierda, pero mientras encontramos una forma acertada de salir, quienes desean hacerlo, no voy a quedarme cruzada de brazos en lo que ustedes me protegen como si estuviera hecha de cristal...

—Blair, creo que todo está cayendo sobre ti hasta en este momento —me detiene Ethan.

—Deja de decir estupideces —me riñe Nathan—, ustedes dos se tienen que alejar y asunto resuelto.

—Déjenla hablar —interrumpe Kim. No se lo agradezco.

—Díganme de qué va todo —insisto.

—No voy a darte información que te comprometa —alza la voz Ethan.

—Pues yo sí —suelta Mark y le sonrío.

Uno por uno exceptuando Ethan y Nathan sueltan cada prenda que pueden. Creo que no lo hacen por asustarme, lo hacen para desahogarse, desde que González los sacó de la calle a todos han estado dentro.

El muy desgraciado se encarga de formar su grupo de secuaces recogiendo huérfanos. Kim es la única que no entró de esa manera, pues sus padres estaban dentro desde que ella era bebé y murieron misteriosamente.

Así me doy cuenta de que el culpable de esas muertes es el famoso Petroski, y por ese motivo ella y mi hermano creen que llegando la oportunidad podrán vengarse.

Eleanor es quien me explica que ella al igual que otras muchas chicas entretienen a los clientes, mis ojos vuelan hasta Ethan.

¿Por qué permite que haga eso?

Pero la misma Eleanor aclara que ella jamás ha llegado tan lejos porque no necesita el dinero, Ethan me había dicho la verdad, trata de ayudarla económicamente en todo lo que puede.

Mi hermano solo cuida las bodegas, así que en gran parte su antigua versión de los hechos no era tan falsa.

A veces lleva pequeños paquetes de mercancía y eso me asusta horrores.

Mark, Tony y Zac están más involucrados, pues no solo cuidan las bodegas, venden cierta parte, hablan directamente con algunos interesados y luego está Ethan, quien me mira con pesar cuando Kim me explica que es mi novio quien cierra muchos tratos de distribución, quien se encarga de que la droga salga de L.A hacia otras ciudades y tiene la confianza total de González entre otras cosas.

Además, toda la gente que trabaja con ellos sabe que, si da una orden tiene que cumplirse como si el mismo González la diera. Me decepciono, claro que lo hago. Me entristezco profundamente por la situación y finjo tener cordura para esto.

—Nuestra vida es como la tuya, Blair, siempre y cuando no entremos en zonas prohibidas como las de Barak, no le robemos clientes, no muera nadie de ese lado —agrega Tony.

—Pero a veces pasan cosas y es cuando inician las guerras de zona y de poderío —comenta Zac.

—Quitando eso, somos normales. No vamos por ahí gritando lo que hacemos, nadie sospecha. Salimos de fiesta, comemos fuera, vamos a la playa, de compras, al cine. Si llevas la fiesta en paz, llevas una vida en paz solo que con mucho dinero —me explica Mark.

—Entiendo. ¿Kim, me enseñas a disparar? —digo de pronto y reina el silencio.

—¡Es que estás loca! —me grita mi hermano.

Ethan me toma con fuerza del brazo.

—Fin de esta estúpida reunión. Nadie, óiganme bien, nadie le enseña a Blair a disparar o lo mato yo mismo —los amenaza y tira de mí hasta montarme en su Jeep.

No sé a dónde me lleva o ¿por qué está tan molesto? Conduce lo más rápido que el tráfico se lo permite y aparca cerca del muelle de Santa Mónica. Me ha traído a la playa. Me rehúso a bajar y me toma como un costal de papas. Gruño enojada. Pone mi trasero en la arena y me mira desde arriba con reproche.

—Me parece que tienes que calmarte.

—¿Y por eso me has traído aquí? Al lugar que según la mentirosa de mi madre tiene magia.

—No seas caprichosa. Tu madre y padre seguramente querían darles el mundo y tomaron la decisión equivocada, como todos.

—No los defiendas.

—Bien. No lo hago. Pero sí te aclaro que jamás en tu puta vida tocarás un arma. ¿Qué fue todo eso? ¿Has perdido la cabeza? Te has sentado frente a todos a interrogarlos como si fueras su jefa y ahora quieres que te enseñen a disparar.

—A defenderme más bien...

—Yo te defenderé de ser necesario y no lo será. Es evidente que estás teniendo un ataque de pánico —me habla más calmado.

—¡Sí! —le grito con todas mis fuerzas—, claro que estoy teniendo un ataque. Ustedes pintan todo muy sencillo y tranquilo, pero no es así de fácil. No soy estúpida.

—Blair...

—¡Lo he hecho por ti! —escupo las palabras—. Sí, estoy teniendo un ataque, probablemente de pánico, pero todos creen que soy quien te vuelve débil. ¿No es por eso por lo que González quería saber sobre nuestra relación? Mateo me buscó para decirme que si yo hablaba contigo, me harías caso y Kim y Eleanor hicieron lo mismo, y los chicos piensan lo mismo, de otro modo no habrían estado en el pasillo esperando que saliéramos.

» Si me pongo a llorar y a decirle a todos lo que me aterra esta situación serás blanco fácil, Ethan. He de ser fuerte, he de dar una impresión fuerte. La chica de Ethan Johnson debe tener nervios de acero —repito esa oración que también se la he lanzado a Mateo.

—Estás loca, pequeña.

—Por ti, sin duda, de otro modo no estaría aquí.

—Ven acá —me extiende sus brazos y cansada realmente me acurruco en su pecho y me río como una psicópata de mí misma. ¿Yo con un arma? Sí, claro. ¿Yo peleando? Jamás. Esto es un desastre, yo soy un desastre.

No sé si lo que acabo de hacer es lo correcto, quizás la mayoría de las chicas piensen que debí salir por la puerta más cercana en cuanto descubrí todo. ¿Cómo le explico eso a mi corazón?, ¿cómo me termino de convencer de que seguir junto a Ethan es un total y rotundo error? No puedo, no cuando esos ojos grises me miran como si fuera la persona más importante de su mundo, no cuando el simple roce de sus dedos sobre mi piel me transporta a lugares desconocidos, no cuando sus labios son el lugar en donde quiero aparcar por siempre, no cuando soy un licuado de emociones cada vez que lo veo. No cuando lo quiero tanto.

—¿Qué vamos a hacer?

—Haremos lo que tú quieras, Blair. Yo haré lo que tú me pidas

—Por ahora, lo único que quiero es que te mantengas a salvo. No debo estar contigo, lo sabes, ¿cierto?

—Soy consciente, pero no hay nada en este mundo que desee más que tenerte a mi lado todos los jodidos días. Solo te pido que hagamos un intento.

—Quiero olvidarme de todo esto, quiero pasar el resto del día contigo y que por la noche me hagas el amor y me abraces como sueles hacerlo cuando nos quedamos dormidos, quiero creer que somos una pareja común y corriente sin toda esta tensión a nuestro alrededor.

—¿Algo más a tu lista, pequeña?

—Bésame.

Su boca arremete contra la mía enseguida. Nuestros labios se humedecen mientras se enredan y se saborean, su lengua se hunde en mi interior igual que sus dedos en mi cabello. Me cuelgo de su cuello y aunque cada movimiento es calmado, pausado, lento, la pasión y fuego que desbordamos es palpable. Siento su virilidad rozando mi sexo por encima de la ropa. Es arrebatadora la forma en la que conectamos físicamente. Nos obligamos a parar, estamos en un sitio público.

Nos miramos sin parpadear juntando nuestras frentes haciendo promesas silenciosas, queriéndonos a rabiar.

—Dime que todo saldrá bien —solicito.

—Contigo a mi lado, haré que todo salga bien.

Y es lo único que me queda... creer.

CAPÍTULO 26

ADRENALINA PURA

Sé que estoy tomando la decisión equivocada, nadie tiene que decírmelo o hacérmelo ver, pero no quiero estar sin él. Puedo, claro que sí, pero no quiero. Cuando creo que nos iremos de la playa y regresaremos a la fraternidad o a la residencia, él mira con esmero hacia el agua.

—¿Quieres quedarte aquí? Podríamos pasar el día en la playa —propone.

—No traigo mi bañador —hago pucheros.

—Yo lo resuelvo.

Envuelve su mano con la mía y paseamos un buen rato por las tiendas cercanas a la playa, hemos tenido que cruzar la inmensa calle hacia el otro andén. Las tiendas de esta zona no son nada baratas, pero a Ethan ni le inmutan los precios, incluso no solo compra un bañador, también unas sandalias y un vestido para que pueda cambiarme.

No quiero aceptar y mucho menos sabiendo de donde proviene ese dinero, sin embargo, pierdo la batalla y recuerdo que quiero olvidarme de todo al menos por unas horas, así que dejo de quejarme por cada compra que hace.

Nos acercamos a la playa tomados de las manos, nos sentamos en la arena, yo ya con mi vestido veraniego, aún no me pongo el bañador, pues no tengo muchos ánimos de meterme al agua. Mi intención es estar pegada a Ethan e imaginar que solo somos dos jovencitos enamorados. Simplemente nos dedicamos a mirar cómo el sol se pierde poco a poco con el pasar de las horas, comemos entre silencios prolongados que, en vez de ser incómodos, son reparadores.

Estamos callados demasiado tiempo, lo único que llega a mis oídos son las olas impactando con la arena y las risas exageradas de algunos turistas que están a una distancia considerable. Ethan toma mi mano y se la lleva a los labios. Tomo la suya y hago lo mismo, su sonrisa de ángel aparece y de pronto me siento tranquila, es irónico, pero quiero estar con Ethan, pase lo que pase.

—¿Estás más tranquila? ¿Sirvió traerte a la playa?

—Hay algo que me tranquiliza más —digo poniendo mi rostro en su pecho, cierro los ojos y me concentro en el latido constante de su corazón. Se ríe bajito.

—¿Qué me hiciste, Blair? —pregunta acariciando mi cabello.

—Tengo poderes sobrenaturales, creí habértelo dicho — suelto una carcajada y se termina contagiando.

—Me gusta esta sensación, lo que me haces sentir es como agua bendita para un pecador.

—Eso ha sonado muy romántico.

—Quizás es justo como quiero que suene.

La noche llega pronto y terminamos acostados totalmente en la arena. La temperatura ha descendido y Ethan se tumba sobre mí supuestamente para darme algo de calor y un hormigueo intenso me recorre de pies a cabeza cuando me da pequeños besos en el cuello, clavícula, en mi quijada, mis mejillas, llega a mis orejas y succiona el lóbulo. Su cercanía me enloquece de verdad.

Me olvido en serio de lo demás y le doy un empujón tumbándolo en la arena y termino a horcajadas sobre él, introduce sus manos en mi vestido y aprieta mi trasero. Me lanzo a besarlo desesperada, la tensión sexual es perturbadora, nos queremos comer vivos aunque de pronto aparezcamos en el infierno. Quito el cinturón de su pantalón y pone sus manos sobre las mías.

—¿Qué haces? —le cuesta hablar, estoy moviéndome sobre su miembro y cada vez se pone más duro.

—¿No quieres estar dentro de mí, Ethan?

—Joder, Blair. No hables así, no voy a controlarme. Pensé que no querías ir muy lejos, después de todo lo que ha pasado, todo lo que has descubierto.

—No pienses por mí, dije que quería olvidarme de todo. Te necesito.

Se queda callado sopesando mis palabras. Miro hacia un lado y hacia otro, estamos bastante lejos del muelle que es donde se acumulan las personas, de hecho, no hay nadie hasta varios metros más adelante. No hay tanta luz y me atrevo a quitar su cinturón y acaricio de forma lenta su miembro. Me causa gracia la forma en la que Ethan se está conteniendo. Vuelve sus manos puños y trata a duras penas detenerme, le es imposible.

—¿Seguro que no quieres que haga esto?

Me quito de encima y me pongo de rodillas a un lado, me inclino hacia abajo y de frente no tengo más que agua. Sube un poco la cabeza y abre un tanto su boca cuando mira lo que pretendo al abrir la cremallera y liberar a su miembro. Paso mi lengua por el glande y lo succiono un poco, Ethan golpea la arena con su cabeza no sé cuántas veces y empiezo a bajar, a humedecerlo, a saborearlo y recorrerlo entero hasta que ya no me cabe más.

—Blair, hay mucha luz, ¿sabes que nos pueden arrestar?

—Creí que te gustaba todo esto del... peligro, Ethan. No le tienes miedo a los delincuentes, pero sí a tu novia.

Me intento alejar después de lo dicho y entre furioso y riéndose me toma de los brazos y me acuesta en la arena, sus ojos se oscurecen y me pongo nerviosa.

—¿Así que quieres adrenalina, pequeña? —Me besa mientras sus dedos apartan mi braga hacia un lado. Roza su miembro en mi sexo de arriba hacia abajo hasta que llega la primera embestida.

Me llevo una mano a la boca cuando cada intromisión es más fuerte que la anterior. Comienzo a pensar en que en serio pueden arrestarnos. Presiona con fiereza mi cintura y poco a poco se recuesta en mi estómago y pecho quedando a centímetros de mi cara.

—Mírame —me pide—. Te quiero, no lo olvides —habla y sus arremetidas me tiran hacia adelante cada vez más.

Suaviza sus movimientos de pronto y se recuesta totalmente sobre mí, sus dedos se pierden en mi cabello, lame mis labios y poco a poco me besa, sin prisas, al son de una canción romántica que solo nuestros oídos escuchan y que solo nuestras almas son capaces de comprender. Su miembro entra y sale estremeciendo cada espacio de mi cuerpo. Gimo sobre su boca, de esa forma el sonido no es tan fuerte.

—Te deseo más que cualquier otra cosa en el mundo.

—Y yo a ti, incluso enfadada te deseo.

Unas luces blancas y casi cegadoras nos alumbran rompiendo con la magia y Ethan se separa de inmediato, me ayuda a levantarme y corremos hacia el Jeep, no paro de reír todo el trayecto, sobre todo porque llevo las bragas en los muslos y me he casi caído un par de veces. Aun cuando hemos logrado librarnos y nos alejamos de la playa me sigo riendo como endemoniada y Ethan me mira con ojos acusadores.

—¡Te dije que nos podrían arrestar!

—Eres un amargado.

—No soy ningún amargado.

—Fue divertido, Ethan. Acéptalo.

—Estás loca.

—Acéptalo, acéptalo, acéptalo —repito sin parar desde el auto.

—Sí que lo fue, amor —contesta entre dientes y yo me lanzo a besarle el rostro a pesar de que va conduciendo y es un gruñón de primera.

De pronto mi cuerpo sale volando hacia mi asiento abruptamente y me lleva trabajo comprender que no ha sido Ethan quien me ha lanzado por los aires. El Jeep toma una velocidad desconcertante hacia adelante e impactamos con un anuncio publicitario en medio de la intercepción de la carretera. Ahogo un grito cuando la parte delantera del Jeep se contrae totalmente y apenas he tenido tiempo de llevar mis rodillas al pecho para evitar quedar atrapada.

Toco mi rostro con desesperación, pues el cristal de enfrente al igual que la carrocería se han hecho añicos y me arden las mejillas, por lo cual creo que tengo heridas o algún vidrio incrustado, mis dedos no se llenan de sangre y tampoco siento alguna herida. Giro hacia Ethan casi muerta del susto, ni siquiera puedo abrir mi boca y hablar.

Mis ojos suben y bajan por su cuerpo, en busca de alguna herida. No veo nada enseguida hasta que separa su cabeza del volante y sangre empieza a salir de su mejilla izquierda, no es mucha realmente, es como un rasguño, pero tampoco me tranquilizo.

—Ethan —susurro. No responde.

El ruido de unos neumáticos en el pavimento llama mi atención. Ethan maldice al voltear a ver al auto negro que está casi a nuestro lado. Reconozco al tipo que maneja. Es Barak y su acompañante es el hombre que me golpeó en las bodegas y a quien Ethan casi mata a golpes. Mis nervios se disparan.

—Blair, en la guantera hay un arma, dámela —suelta con una rapidez y a susurros con tanta familiaridad. Supongo que ya no se siente con la obligación de fingir, aunque el solo hecho de que me esté pidiendo su arma me aniquila, de verdad, lo hace. Sin embargo, no lo pienso dos veces, abro la guantera, saco el arma y se la doy. Me he dado cuenta de que no había una, sino tres y trago grueso.

Me sorprende que no esté paralizada y, al contrario, incluso agradezca que hay un arma para mí, aunque no tengo ni la menor idea de cómo usarla. ¿Qué demonios me pasa? En un abrir y cerrar de ojos Ethan apunta a Barak y al otro tipo a quien llama Raúl. Ni voltea a verme cuando baja del auto echando chispas.

—O se largan o los mato hijos de puta —los amenaza. Jamás en mi vida me había escuchado los latidos del corazón tan fuerte, incluso hay un sonidito extraño en mis oídos, creo que la presión se me ha alterado. La impresión es tanta y no necesito ver más que esa imagen: Ethan con pistola en mano apuntando a dos delincuentes que seguramente también llevan armas, para darme cuenta de lo jodido que es esto.

—Eres un idiota —contesta Raúl—, eso solo ha sido un pequeño aviso. La guerra aún no inicia maldito bastardo. ¿Qué creías? ¿Qué sería tu perro faldero toda la vida? —escupe las palabras.

—Me importa una mierda, pero creo que sabes que lo que has hecho es traición. Eres hombre muerto, Raúl.

—Yo creo que tú eres hombre muerto, bastardo —gruñe Raúl y me llevo las manos a la boca cuando al igual que Ethan lo apunta con un arma mucho más grande que la que tiene mi novio en sus manos. Ethan se atreve a mirarme de soslayo. Seguro cree que estoy a punto de quebrarme y puede que sí, pero al mismo tiempo quiero cometer la estupidez de ayudarlo.

—Todos sabemos que no eres capaz de matar, niño. Razón número uno para que la mayoría de los hombres de González estén inconformes con tu puto reinado.

—Y te has unido con una muñequita, tu chica es como una hormiguita para nosotros... fácil de romper, fácil de pisotear, fácil de asustar y quebrar. Podríamos matarlos con mucha facilidad, tú solo eres uno, nosotros dos —agrega Barak riéndose.

No sé qué se apodera de mí en este instante, quizás es el pensar en que mis padres hacían esto, que jamás sabré sus verdaderas razones para hacerlo, que ignoro si era solo por el dinero o porque en efecto eran esta clase de personas.

¿Eran como Ethan y los chicos o como González y Barak? ¿Habrán tenido armas?

¿Habrán disparado, amenazado o matado a alguien?

Tal vez se trata del creciente resentimiento que estoy adquiriendo por esta vida, por esta gente, por este mundo, aunque los seres que quiero estén dentro de él y me lleno de tanta rabia al oír las palabras de Barak porque es justo lo que le expresé a Ethan, represento su debilidad y voy a romper con esa creencia. Si voy a cometer esta locura gigantesca de quedarme a su lado, por muy absurdo que suene, que se piense y sea en realidad, no me convertiré en el blanco de estos idiotas.

Sin saber cómo coño se dispara, le doy un golpe a la guantera, se abre y tomo una de las armas. Bajo del Jeep, sé que cuando esto se termine empezaré a temblar como una gelatina, pero justo ahora me siento jodidamente valiente y estúpida. Estoy cometiendo la peor de las tonterías, lo sé, y aun así sigo caminando como si tuviera idea alguna de lo que hago.

Me detengo con firmeza a la par de Ethan con la pistola apuntando y a Johnson casi que se le salen los ojos al verme, no sé si porque estoy tomando erróneamente el arma, dejándome en total evidencia de que no sé ni un poco de esto, o porque está asustadísimo. Pongo la cara más mala que tengo o eso creo. ¡Dios mío, qué estoy haciendo!

—Dos contra dos —es lo que digo en respuesta y arqueo una ceja.

—Blair... —balbucea Ethan.

—Tranquilo —le digo a pesar de que creo que incluso estoy a un segundo de hacerme pis del miedo—. ¿Decías Barak? Que pueden quebrarme muy fácilmente, yo no lo creo.

Ethan aprieta mi cintura y me esconde detrás de él, aunque yo nunca dejo de apuntar o bueno, según yo es lo que hago.

—¡Mueve tu puto auto, Barak, lárgate! —grita Ethan eufórico y lanza un disparo que tira al suelo uno de los retrovisores.

—No te mato porque no es la orden hijo de puta —es lo último que dice Barak y arranca a toda velocidad.

En cuanto el auto se pierde en la carretera dejo caer el arma al suelo y cubro mi rostro con mis manos, entonces pasa justo lo que pensé que pasaría, me tiembla cada maldita parte del cuerpo y el corazón me bombardea sin piedad. Esto no es fácil, ni sencillo, ni mucho menos placentero. Es una mierda, es lo que es.

Escucho cómo Ethan resopla, gruñe y grita, sí, grita un par de veces para finalmente envolverme en sus brazos al ver mi estado.

—¿Por qué has hecho eso? ¿En qué estás pensando, joder?

—Lo siento, lo siento —logro expresar a duras penas.

—Tú eres lo más importante en mi vida, niña caprichosa, si te hieren, si te lastiman, si te golpean, si... te... disparan... me muero, ¿lo entiendes? Los mato a todos esos hijos de puta, ¡mierda! No vuelvas a hacer eso... Mírame —me exige y lo hago aunque lo miro turbio—. ¡No vuelvas a hacer una estupidez como esa! ¡No la vuelvas a hacer! —repite alzando la voz y me siento como una adolescente regañada por su padre.

—Solo... solo... es... Ethan... —no puedo ni hablar.

—No, no, Ethan nada. Esto no es un juego, quisiera, pero no lo es. Ahora Barak le irá a decir a su gente que eres uno de nosotros, ¿sabes lo que eso significa? Significa que si se enfrentan contigo... —se detiene y se queda callado. Me apretuja fuertemente contra su pecho—. Lo siento. Vamos, entra al auto, hace frío y el Jeep ha quedado hecho una pena. Tengo que llamar a los chicos.

—Ethan...

—Ahora no, Blair. Ahora no —insiste. Arrastro los pies hasta el auto y hago lo que me pide, me subo.

Lo veo caminar de un lado a otro, tirar de su cabello. Incluso se quita su chaqueta y la tira al suelo, la patea y la lanza por los aires para luego recogerla. Termina la llamada y se queda ahí. Mira hacia el Jeep no sé por cuántos minutos y camina hacia donde yo me encuentro. Abre la puerta y sin decirme ni media palabra me saca del asiento, cierra la puerta, me estrecha entre sus brazos y me estampa un beso que me deja sin respiración.

—Lo que hiciste fue peligroso —habla sobre mi boca—, mucho y estoy cabreado contigo. No me vuelvas a hacer eso, casi he flaqueado al verte a mi lado apuntando como si lo has hecho toda tu vida. —Bueno, al menos no he hecho el ridículo—. Eso no es para ti Blair, tú eres mi pequeña.

—No quiero que me utilicen para hacerte daño, así que pensé que si me mostraba de esa manera creerían que soy fuerte. No quiero ser la damisela en peligro, sé lo tonta que me escucho hablando como si tuviese idea de lo que digo o de lo que podría enfrentar, dijeron que llevan vidas tranquilas, que si todo se mantiene en orden son jóvenes normales. Pero si estás situaciones suelen pasar, quiero aprender a ser valiente y audaz y actuar como ustedes.

—Y lo eres, ¡joder!, claro que lo eres. Te has quedado conmigo; un hijo de puta, un don nadie, un delincuente. Y tú me quieres. Eres la mujer más valiente del mundo, no necesitas una pistola en tus manos. Recuerda que, si tú estás bien, yo estoy de maravilla, si tú estás mal yo estoy jodido. Déjame cuidarte, por favor.

No quiero llevarle la contraria hoy, no es momento ni lugar ni ocasión.

—Te quiero muchísimo Ethan Johnson.

—Y eso es el jodido paraíso para mí, el puto cielo mi amor, así que no toques un arma. ¿Sí?

—Bien.

Casi una hora después Tony y Mark son quienes llegan por nosotros. Mark se muestra muy atento dándome su chaqueta por el frío, nunca las dejan en casa, además me ayuda a cerciorarme de que no tenga heridas. Mira una pequeña en mi tobillo y me pide que me siente y limpia las pequeñas gotas de sangre que he derramado con un trozo de tela que ha arrancado de su camiseta.

Ha venido una grúa que se llevará el Jeep y una patrulla de tránsito a la que le han dicho que han fallado los frenos. Desde donde está Ethan hablando con un oficial me percato de cómo su mirada quema el punto exacto en el que Mark me toca la pantorrilla. Lo miro pacíficamente y niego levemente con mi cabeza, él no parece tranquilizarse y frunce el ceño además de poner su cara dura. Incluso deja al oficial hablando solo y se nos acerca más rápido que un rayo.

—Mark —lo llama con firmeza.

—¿Qué? —le contesta su amigo terminando de limpiarme.

—Tony te necesita con lo de la grúa.

—Ya.

—¡Ahora!

—Estás mal, de verdad —lo riñe y se marcha.

—¿Qué ha sido eso? —pregunto cuando nos quedamos solos.

—Nada. Tony lo necesita.

—Claro, claro —ironizo.

—¡No estoy celoso!

—Pero ¿quién ha dicho eso?

—¡Ah! —se queja—. Nos vamos con Tony, el Jeep se va con la grúa.

—Pero yo me quiero ir con Mark —lo molesto.

—Basta. No estamos para bromas —su mal humor es palpable.

—Solo estaba limpiando mi herida, no seas amargado.

Lo abrazo y noto como sus músculos se alejan de la tensión poco a poco. Enrosca su mano con la mía y no es hasta que estamos frente a las motos de los chicos que entiende que no podemos irnos ambos con Tony, alguien tiene que irse con él y el otro con Mark. Él resuelve todo muy fácil; envía a Mark con Tony y en la otra moto vamos él y yo. Me río de sus celos tontos, ni siquiera sabe disimular y sus amigos también lo han notado. Mark le ha mostrado el dedo medio antes de irse y Ethan le ha mostrado los dos dedos medios.

Niños.

Llegamos bastante rápido a la fraternidad, Ethan ni me permite preguntar o pedirle que me lleve a la residencia. Norma seguro se está volviendo loca sin noticias mías desde la mañana. Al entrar a la fraternidad la veo en la sala muy lejos de Nathan, quien está en la entrada de la casa. Eleanor también está aquí y el resto de los chicos. Hago el amago de hablar con los demás, pero Ethan tira de mí hacia las escaleras, mi hermano nos quiere matar con la mirada.

—Espérennos un segundo —es todo lo que dice mi chico.

—Blair, ven acá ahora mismo —me exige Nathan.

No contesto y miro a Ethan con curiosidad, ¿adónde me lleva?

Entramos a su cuarto y cierra con seguro. Mis ojos se abren un poco más.

Sigue sin decirme nada, y nos encerramos en el baño, el cual tiene un espejo enorme que cubre casi toda la pared arriba del lavado que se extiende de pared a pared igual que el lugar en donde vemos nuestro reflejo.

—¿Qué pasa?

—Me siento muy estresado, preocupado, nervioso por lo que ha pasado. Siento que la cabeza me explotará en cualquier momento.

—Yo también —admito.

Me toma de la cintura y de forma muy lenta me hace girar hasta que estoy frente al espejo con él a mi espalda dándome pequeños besos en el hombro. Sus manos bajan hasta el dobladillo del vestido y lo empieza a subir poco a poco.

Me quedo quieta recibiendo gustosa el rose constante de su piel sobre mi piel.

Esto es como una montaña rusa, de pronto estamos muy arriba, llenos de calma y de pronto estamos de cabeza en la parta media volviéndonos locos, para luego llegar abajo en la neutralidad, esa en la que buscamos perdernos el uno en el otro en busca de olvido.

El vestido sale por mi cabeza y quedo en ropa interior, es hasta este momento que recuerdo que he dejado mi bañador nuevo en la playa, ya no tiene importancia.

—Eres tan hermosa, Blair —murmura en mi oreja y uno de sus dedos recorre mi cuello bajando en medio de mis pechos hasta mi ombligo en donde hace un pequeño círculo y aterriza en mi sexo. Lo acaricia sobre la tela fina, la humedad en mi interior crece hasta que se hace presente en el exterior y la tela inicia a mojarse un tanto. Él continúa con sus movimientos y la otra mano quita su pantalón y lo deja caer al suelo.

De un manotazo tira al suelo las pocas cosas que tenía sobre el lavado y me besa con bravura y desenfreno. Quita mis bragas y pone mi trasero en el azulejo helado, toma mis tobillos y los sube a la orilla del lavado, mis talones son los que me sostienen y las palmas de mis manos para no caer y quedo tan expuesta y extendida que tiemblo un poco ante la forma en la que me observa, como un completo depredador.

Masajea su miembro con calma y da pasos hacia mí.

—¿De verdad no te importa mi edad? —suena preocupado—. ¿No te estoy corrompiendo ni nada de eso?

—¿Te sientes uno de esos viejitos que andan con chiquillas y les pagan? ¿Cómo es que los llaman? "*Sugar Daddy*". No seas ridículo, si tuvieras cuarenta a lo mejor, solo son seis años.

—Siete muy pronto.

—A mí lo único que me importa es que no te ocurra nada malo. Lo demás me tiene sin cuidado —le soy sincera y como obsequio por mi magistral respuesta obtengo una estocada profunda y deliciosa que alborota cada uno de mis sentidos.

Cada embestida es feroz y apasionada. Busco su cabello y entierro mis dedos | .

—¿Te gusta así?

—Más —es mi inocente respuesta.

Entonces me baja del lavado y me hace girar una vez más, quedo de espalda a él.

Me sostengo con las manos de la orilla y sin ningún protocolo vuelve a invadirme con una rapidez que no me permite quedarme callada. Gracias al cielo estamos dentro del baño, lo que amortigua mis gemidos y sus jadeos. Toma con fuerza mis caderas y me empuja hacia atrás cada vez que él se balancea hacia adelante.

Muerdo tanto mis labios que algunas gotitas de sangre aparecen. No puedo evitar pensar que esto es más efectivo que emborracharme para olvidarme de tanto descontrol. Su mano se apodera de mi cabello enroscándolo y tira hacia atrás ligeramente. Su líquido llena mi interior y termina el acto dándome la estocada final y matadora.

Dejo caer mi frente sobre el lavado. Dos asaltos en un día con este nivel de adrenalina que se vive a su lado es de locos.

No me deja descansar o meterme a la cama, me secuestra en la ducha porque no solo estoy llena de él y sudor, también aún tengo arena en el cuerpo y nuestros amigos esperan pacientes abajo. ¡Carajo! ¿Cómo voy a bajar como si nada? Mi hermano está ahí. ¡Diablos!

Sin ropa limpia no me queda más que ponerme una camiseta de Ethan y un pantalón de algodón de él. Me anima a bajar y todos nos quedan viendo cuando notan nuestras fachas. Busco a Nathan y no lo veo por ningún lado, tampoco a Norma.

—¿Dónde está mi hermano?

—Salió furioso cuando subieron y Norma salió tras él para tranquilizarlo —me pone al tanto Eleanor.

—¿No podían follar después? —nos reprende Zac entre risas y todos tratan de soltar carcajadas por la cara que se gasta Ethan.

—¿Qué saben de Barak? —Ethan corta las risas de una vez y me siento en uno de los sillones.

—Nuestra gente dice que lo miraron hablando con Raúl desde temprano, pero que Raúl no se ha dado de baja. Así que es traición.

Ethan mira hacia mí con cautela y luego a los chicos.

—Blair, ¿quieres oír esto? Puedes descansar, yo te alcanzo enseguida.

—¿No vas a llevarme a la residencia?

—No, te quedas conmigo —dice tan tranquilo, y yo muy obediente asiento.

—No te preocupes por mí.

Sus labios se vuelven una delgada línea y quiere replicar, no lo hace.

—González lo querrá muerto —Tony se escucha con cierto pesar o no sé si hablan así por mi presencia.

—Necesito saber quién está dándole órdenes a Barak. Ha sido claro, no me ha disparado porque no era parte de la orden y Barak es jefe de Compton, no trabaja con nadie, eso significa que...

—Un grande está detrás —termina Eleanor.

—Pero ¿Quién? —interviene Mark.

—El único grande es González —reflexiona Zac—, al menos en la ciudad.

—Pero mi padre primero se deja matar que maten a su niño favorito, ¿no es cierto? —ese es Mateo haciendo su entrada triunfal. Kim viene con él y todos giran rabiosos hacia él.

—¿Qué haces aquí? —gruñe Ethan.

—Tranquilo. Lo ha enviado González, ya se ha dado cuenta del accidente. —Kim me mira un segundo y me ha parecido ver una pequeña sonrisa de complicidad en sus labios. ¿Ya no me odia? —. Anda Mateo, habla.

—González se vengará. Raúl tendrá un par de horas más, máximo.

—¿Y a decir una oración es que viniste? —lo enfrenta Ethan.

—Ethan, tranquilo —lo calma Kim—. Mateo sospecha algo, y tienen que escucharlo. Diles, Mateo.

—Mi padre sabía del accidente antes de que pasara. Sé que no van a creerme, quizás hasta piensen que es una clase de venganza de mi parte, pero bien saben que yo detesto esta porquería de vida y si tuviera una opción para salir lo haría sin pensarlo. Lo escuché hablando por teléfono, dijo que el plan se llevaría a cabo hoy, que si estaba presente la chica mucho mejor y que nada de disparar, aunque él disparara. No sé quién es él, o a qué chica se refería, pero si sumamos dos más dos... todo coincide. No se ha sorprendido nada al oír lo que pasó.

—Es verdad —asegura Kim—. Yo estaba presente cuando Zac lo ha llamado, ni se inmutó e incluso casi sonríe.

—¡Mierda! —susurra Mark.

Me pongo de pie y me acerco a Ethan con cierto temor.

—Escucha Ethan, no me creas si no quieres. Hemos sido una especie de enemigos desde que llegaste a vivir a mi casa, pero si los rumores de que quieres salirte del mundo de las drogas son ciertos, no quiero ser tu enemigo, sino tu aliado.

Ya he cumplido con venir y supuestamente decirte que nos vengaremos y más mierda. Ya sabes dónde vivo —agrega y se dirige a la salida—, y de verdad —dice antes de salir por completo—, lamento lo que les pasó, sobre todo por Blair.

Ethan aparentemente le contestará algo, pero justo suena su teléfono y nos informa que es González, sale del salón a un lugar más callado y seguro que no quiere asustarme más con tanta información. Hace días solo estaba preocupada por las clases y ahora estoy siendo partícipe de esta clase de conversaciones.

Kim no se marcha y se sienta junto a Eleanor, los chicos cuchichean algo que no logro comprender y se ponen de pie para ir por el mismo camino que Ethan y solo quedamos las tres.

—Así que no eres la princesita que creía. Te has quedado a pesar de todo —esa es Kim con su ironía de siempre, esta vez ya no me afecta, hay algo diferente.

—Siendo honesta no sé ni lo que estoy haciendo. Solo espero que esto no empeore.

—Yo espero lo mismo —me secunda Eleanor. Miro hacia atrás para asegurarme de que estamos solas y no se ha quedado nadie tratando de escuchar nuestra conversación.

—Hay algo que quiero pedirles.

—Dinos, lo que sea cuentas conmigo —Eleanor es la primera en contestar.

—Estoy segura de que todos creyeron que cuando le pedí a Kim que me enseñara a disparar, estaba delirando por todo lo que estoy descubriendo, pero... no es así. Quiero aprender a usar un arma.

—Cariño, si te damos un arma Ethan nos mata —me recuerda Eleanor y Kim simplemente me mira con seriedad.

—No tiene que darse cuenta. No tienen que darme un arma, solo enséñenme a tomarla, a cargarla, no sé, a usarla.

—¿Por qué quieres hacer eso? —me pregunta Kim y me siento en medio de ambas.

—¿No es claro?

—Blair, no tienes que ser como nosotros. Eso te lo dijimos para convencerte de que buscaras a Ethan. Estar con Ethan no tiene automáticamente que cambiar tu forma de vida, puedes perfectamente seguir siendo la chica universitaria que has sido hasta ahora —trata de convencerme Eleanor.

—Yo te enseño —accede Kim.

—¡Kim!

—Eleanor, no seas ingenua ni quieras engañarla, esa carita ya la conoce la mafia y sabes tan bien como yo que mientras Ethan esté tranquilo, en efecto podrá ser la chica universitaria. Mark no te mintió al decirte que llevamos vidas tranquilas. Pero no está demás que sepas cómo disparar si alguna vez es necesario. No tienes que matar a nadie, puedes hacerlo en un pie, una pierna, la mano.

—Entonces, ¿sí?

—Sí, mañana iniciamos.

—Por favor, no se lo digas a Ethan, solo practicaré, no tendré un arma ni nada —le pido a Eleonor.

Ella asiente poco convencida y yo me siento la chica que toma las peores decisiones, pero Kim una vez más está en lo cierto. "La mafia" ya me conoce, no importa si estoy o no con Ethan, mi hermano, mis amigos o sigo con mi vida como pretende Norma, ya me conocen.

Siempre estaré en su radar, eso me ha quedado más que claro. Y aunque no tengo ni la mitad de las agallas que se necesitan para disparar, al menos las tengo para apuntar y eso quizás, el día menos pensado, me dé tiempo para escapar.

CAPÍTULO 27

EL VERDADERO PELIGRO

Tras casi una hora en la que Kim y Eleanor se dedican a contarme cómo inició todo, cómo sus padres murieron y cómo los de Eleanor la abandonaron hasta cómo aprendieron a usar armas, del negocio y varias anécdotas comunes con los chicos, deciden ir al pequeño cuarto que usan como estudio para averiguar qué está pasando.

Yo prefiero quedarme en la sala, no se me olvida que afuera están mi hermano y mi mejor amiga. Me pongo de pie y llego hasta la puerta principal, los encuentro discutiendo acaloradamente. Mi hermano le está pidiendo otra oportunidad a mi amiga y ella se rehúsa.

Al verme da por terminada la pelea y se acerca a mí solo para asegurarse de que esté bien, asiento y se marcha furiosa. Nathan me mira con sus ojos negros igual a los míos y no sigue a mi amiga, a pesar de que es lo que debería de hacer.

—Solo te diré algo, o dejas a Ethan o haré que te deje.

—Ethan y yo no planeamos esto. En cambio, tú... tú no debiste dejarme venir, no debiste presentarme a tus amigos, tú debiste decirme que trabajabas para un maldito grupo de narcotraficantes. Además, no te entiendo. Ethan es tu mejor amigo. Quieres explicarme cómo es que lo consideras tu amigo y no lo consideras un buen tipo.

—No es un miserable y si fuera un estudiante común y corriente me hubiera encantado la noticia de que están juntos. Pero no voy a permitir que mi hermanita esté con alguien que está hasta el cuello en esto.

—Entiendo, tengo que decirte que permitiste algo peor: soy la hermana de un traficante de drogas. Tu estúpido intento de mantenerme a salvo debió empezar por ahí. ¿Qué quieres Nathan? Me he enamorado. ¿No eras tú el que hace cinco segundos estaba rogándole a Norma?

—No es lo mismo.

—Claro que lo es, no podemos seguir así, tú y yo hemos sido más que simples hermanos. Nos adoramos.

—Y me siento terrible por estar tan cabreado contigo, enana. Pero él no te conviene, ni siquiera estar cerca de mí te conviene.

—No puedes decidir por mí. ¿De qué me sirve irme a esconder a la residencia, dejar mi romance o no hablarte más? ¿De qué? Nuestros padres eran... —Ni siquiera puedo mencionar la palabra para referirme a ellos—, estaban ligados a todo esto, y tú estás ligado a todo esto. Da igual si estoy aquí o allá. Norma quizás pueda elegir, ¿pero yo puedo elegir?

—Puedes —me asegura.

—No puedo Nathan. González y nuestros padres eran... socios... por llamarlo de una forma educada. ¿Crees que solo iría tras de ti? Kim me ha contado que sus abuelos la sacaron de la ciudad para alejarla de ese maldito mundo y González la encontró y la hizo parte de su gente. Dime, ¿puedo elegir? ¿Me aseguras que nadie se me acercará con la intención de amenazarme o hacerlos creer a ti o a Ethan que estoy en peligro?

Me duele y me aterra hablar de esa forma, es lo único que me queda, enfrentar mi realidad y no llorar por los rincones.

Entra a la casa aún más enojado y yo me quedo afuera sopesando las consecuencias de mis elecciones. Me propongo firmemente que, a pesar de todo, mañana iré a mis clases y continuaré mi vida lo más normal que me sea posible. Me detengo justo después de entrar. Ethan está en el primer escalón de brazos cruzados y muy pensativo, no mira hacia la puerta, sino hacia la pared de la que hasta hoy me percato que cuelgan varios cuadros extraños.

—Cara dura —lo llamo y sonríe aún sin verme.

—Te quedarás conmigo esta noche, ¿cierto?

—¿Ahora sí es una pregunta? Lo has dado por echo antes.

—Es la costumbre de decidir por todos, pero… si no quieres…

—Quiero.

—Perfecto. Ven. —Extiende una mano hacia mí y camino hacia él enseguida.

—Estoy cansada —digo bajito y cerrando mis ojos en lo que mi cabeza descansa en su pecho.

—Nos vamos a la cama entonces.

Sin preguntármelo siquiera me toma de las piernas y me lleva de esa manera hasta su habitación y me deja en la cama, me sonríe antes de perderse en el baño y salir luego solo con ropa interior.

Se acuesta a mi lado y siento su respiración en mi cuello. Giro hacia él y nos observamos.

A pesar de que me he mostrado valiente y feroz ante todo lo que conlleva esta situación, cuando me quedo a solas con él, de esta forma tan cercana y vulnerable muero por pedirle que haga algo para alejarse de González y todo su mundo, de verdad quisiera suplicárselo hasta conseguir que acepte, la cuestión es que, sé y estoy segura que cumplirá mi petición sin necesidad de súplica y que lo haga así de sencillo, de fácil y de un día para otro solo traerá desgracia.

Mi cerebro, más bien mi razonamiento quiere entrar en acción de una vez, hacerme ver que todo lo que estoy haciendo traerá consecuencias y que seguramente no me gustarán nada, mis sentimientos honestamente no me dejan pensar con claridad. Quiero estar con él, eso es lo que pasa. Alguna vez leí en uno de tantos libros que para enamorarse hay que estar muy loco y nunca en la vida había sentido esa frase tan real.

—¿Me dirás qué hablaste con González?

—No.

—¿Tampoco me dirás si le creerás o no a Mateo?

—No.

—¿Por qué?

—Porque ya obtuviste demasiado.

—Ethan...

—No, Blair. No es tu obligación estar en mis reuniones, ni mis llamadas, ni mis enfrentamientos, mucho menos en las entregas de mercancía o con los clientes. No tienes que volver a ver a González jamás ni ir a aquella casa en la que fue la fiesta, no tienes que hacer nada de eso. Todo seguirá como al principio, déjame el resto a mí y no te preocupes.

—Pero yo quiero ayudarte.

—Me ayudas más sabiéndote a salvo. Cuando algo se salga de control, cualquier situación, te lo haré saber y ya conoces las reglas, si te digo que corras...

—Correré, saltaré, me esconderé y fingiré que no te conozco si estamos en peligro, ahora lo entiendo mejor. Te haré caso.

—¿Ya te dije hoy que te quiero?

Niego con la cabeza, aunque sí que me lo ha dicho.

—Te quiero.

—Yo te quiero más.

—No —dice con firmeza—, tú no tienes idea alguna de cuánto te quiero, pequeña.

—Dame una idea.

—He visto morir a muchas personas, entre ellos a gente inocente. Por años dejé de sentir compasión, lástima, pesar por lo que hacíamos, de pronto te crees realmente parte de ello, te pierdes y después estabas tú retándome todo el jodido tiempo, haciéndome perder la cabeza y recordándome que soy de carne y hueso, que tengo un corazón que ciertamente solo bombea sangre pero según los románticos empedernidos también sirve para amar y tú encendiste eso en mí... tú, Blair Stoms me recordaste que sigo vivo, así que imagina cuánto siento por ti, cuando eres la primera persona que consigue que me doblegue. ¿Eso te da una idea?

—Eso me hace sentir segura de que este es el lugar en donde debo estar.

Hago su cabello completamente hacia atrás y lo beso con sutileza encargándome de probar cada partecita de sus labios. No nos decimos más y poco a poco me quedo dormida hasta que caigo en un sueño profundo y reparador. Por la mañana me despierto antes que Ethan y no sé cuánto tiempo paso en el baño mirando el vestido que está tirado en el suelo. Está lleno de arena y algo sucio por el accidente, no puedo ir así a clases y ya solo tengo treinta minutos para tomar decisiones.

La puerta se abre con brusquedad y Ethan se mira asustado.

—Pensé que te habías ido.

—Aquí estoy. Necesito que me lleves ahora mismo a la residencia, tengo que ducharme y cambiarme y correr a clases.

—Ya...

—¿Qué pasa?

—Nada. Te llevo, anda. Pero esta noche te quedarás conmigo, ¿sí?

—Sí.

Está raro y no sé por qué. Al bajar los chicos están desayunando y hablando de sus hazañas sexuales. Me aclaro la garganta para que se enteren de que estoy escuchándolos, incluso mi hermano está en la mesa y al vernos se pone de pie molesto.

—¿Dormiste aquí?

—Sí, Nathan.

—Se lo diré a tía Lili, te estás comportando como una zo...

No tiene tiempo de terminar porque Ethan le lanza un puñetazo y me llevo las manos a la boca.

—¡Ethan!

—No voy a discutir, Blair —me dice y vuelve a girar hacia mi hermano—. Y tú respeta a tu hermana, la vuelves a llamar así y te reviento toda la cara.

—¡Están mal! Los dos. ¿Qué no se dan cuenta de todos los problemas que tenemos y ustedes de luna de miel? Eres un hijo de puta, Ethan.

Ethan intenta golpearlo otra vez pero detengo su mano. No tiene sentido seguir con lo mismo.

—Vámonos Ethan, vámonos —insisto y él resopla molesto y me sigue.

Subimos al Jeep en completo silencio y las cuadras que separan la fraternidad de la residencia son tan pocas que no conseguimos volver a la normalidad durante el camino hasta que bajo sin despedirme y Ethan baja tras de mí, interceptándome en la entrada de la residencia. Me toma de un brazo y me detiene.

—Lo siento, no quería golpearlo, de verdad Blair, Nathan y yo somos muy cercanos, pero no voy a permitir que te falte el respeto ni él ni nadie.

—Solo quisiera que lo entendiera, es todo.

—Hablaré con él, no he querido hacerlo porque quizás terminaremos peleando, pero tiene que entenderlo.

—De acuerdo, evita los golpes —le pido—, tengo que apresurarme. Te veo en la noche.

—Espera, espera, espera —pronuncia la palabra de forma graciosa—, hay otro asuntito que quiero aclarar.

—Dime.

—David...

—No empieces Ethan.

—No voy a pedirte que no le hables, no soy tan macho. Bueno, sí que lo soy y quiero pasarle el Jeep encima hasta desbaratarlo, pero eso me alejaría de ti, así que debo comportarme, ¿no? Solo... no sé... ¿podrías no salir con él a bares en donde el muy hijo de puta te de tragos hasta emborracharte?

—No me dio tragos, yo bebí solita porque me sentía muy confundida y él está enamorado de alguien...

—Sí que lo está, de ti. Así que ahorrémonos una discusión interminable, seré razonable y tú serás razonable y llegaremos al maravilloso acuerdo de no más salidas con David. ¿Qué te parece?

—David es mi amigo, Ethan. O lo aceptas o te mueres de rabia, pero no voy a condicionar mi amistad con él solo porque te incomoda.

—No me incomoda.

—¿No?

—Me cabrea hasta la mierda —confiesa—, lo mejor es que lleguemos a un trato —propone ya molesto.

—Te diré nuestro trato: te irás a hacer de matón y narcotraficante mientras yo asisto a clases y hablo con mis amigos como cualquier chica, si planeamos una salida estás invitado y pasas tiempo con mis amigos, como un chico normal, de momento el único plan que tengo es ir a tu casa en la noche y follar como maniáticos, adiós, amor —le suelto, me pongo de puntillas y le doy un pico rápido para luego salir corriendo como si tuviera diez.

—¡Blair! ¡Blair! —me llama a gritos y yo me escabullo hasta mi cuarto. Me río a carcajadas por mi pequeña travesura y me alisto para ir a clases.

Norma no está cuando me voy a las duchas, pero sí cuando regreso y sé que ha llorado toda la noche porque tiene los ojos hinchados, me siento terrible por haberla dejado sola. Y por aparentemente tomarme toda esta situación mucho mejor que ella. Siendo honesta me desconozco, no sé por qué estoy actuando con tanta calma e incluso, felicidad, quizás estoy más loca de lo que alguna vez imaginé, o tal vez solo soy una muchachita inmadura que sigue sin entender en lo que ha entrado.

Sé que mi hermano la quiere, cambió por ella como jamás creí ver, y también sé lo difícil que es para mi amiga todo esto. Busco su rostro entristecido y limpio ese montón de lágrimas.

—No puedes seguir así.

—Es que no puedo creer que esto esté pasándome. Tú no te mirabas afectada ayer por el accidente. Fue por lo que estaba en la fraternidad, Nathan me contó todo y salí para allá enseguida, dijo que había sido Barak. ¿Has vuelto con Ethan a pesar de todo?

—Sé que suena estúpido, pero lo quiero. Lo dejará, no ahora porque sería una completa catástrofe, planearán algo y no solo él, los chicos también y Nathan, haré que se olvide de su venganza.

—Yo quiero estar con él, ayudarte a convencerlo, pero no sé si pueda. Es demasiado.

—No voy a mentirte. Están metidos hasta el cuello, y no sé qué tan real sea el hecho de que lo dejen o si será al menos posible. Es peligroso, sí que lo es, y unas chicas como nosotras no deberíamos siquiera tener amistades de ese tipo. Pero la vida es tan contradictoria. La decisión es tuya y solamente tuya.

—¿No tienes miedo?

—Mucho. El chico que quiero está dentro, mi hermano está dentro y mis padres lo estuvieron. Elige lo que te haga sentir mejor, yo siempre seré tu amiga.

No responde nada y tengo que recordarle que tenemos clase, sin embargo, prefiere quedarse en cama. No me opongo y corro nuevamente hasta mi salón de clases. David apenas y me mira. Bueno, tomando en cuenta que mi novio lo empujó la última vez que nos vimos tiene motivos para estar distante, incluso se sienta bastante alejado. Erik y Elena también notan la incomodidad de David.

Aunque quisiera averiguar qué pasa a ciencia cierta, o al menos disculparme por el último numerito, una rubia en la puerta llama mi atención. ¿Qué hace Kim aquí? Espera paciente a que la clase termine y en cuanto el profesor nos deja ir salgo despavorida hacia ella.

—¿Qué haces aquí, Kim?

—¿No querías aprender a disparar? Quedamos hoy.

Cierto.

—Lo había olvidado.

—Empiezas mal, en este mundo tienes que estar alerta, preparada y no olvidar nada.

—¿Quieres bajar la voz? —le pido. Estamos en un pasillo lleno de estudiantes. Que esté tomándomelo con aparente serenidad no significa que considere esto algo grandioso y mucho menos algo por lo cual enorgullecerse y gritarlo a los cuatro vientos.

—No te preocupes. Esta universidad es como nuestra segunda casa. El rector es socio de González.

—¡No inventes! —alzo la voz. El rector es el padre de David. ¿Por qué Ethan no me ha dicho nada?

—¿Y cómo creías que nos hacemos pasar por estudiantes?

—Bueno, no se me había pasado por la mente. ¿Estás segura de que el rector trabaja para González?

—No es que trabaje para él, recibe un pago muy generoso mes con mes y a cambio nos presta sus instalaciones. No está involucrado directamente, pero lo está y tampoco tiene que ir a las reuniones o fiestas, ni siquiera tiene que verle la cara a González. Es como si nos rentara un piso.

—¿Y qué hay del hijo?

—¿Cuál hijo?

—Mi amigo, David —estoy impresionada.

—No sabía que tenía un hijo. ¿Estás segura?

—Muy segura.

—Averiguaré. Por ahora vámonos.

—¿Adónde?

—A un terreno solitario o quieres practicar con la gente —se ríe.

Niego con mi cabeza y la sigo. Ya he dicho muchas veces que Kim es bonita, pero es que carajo, lo es. Su piel luce perfecta, y su rostro impecable, sus ojos verdes resaltan cuando hace mucho sol. Hoy trae el pelo en ondas y no hay ni un solo cabello fuera de su lugar. Tiene un gusto por la moda excepcional y hasta lleva joyas, en la muñeca de su mano, en el cuello, sus aretes y ese anillo carísimo en su dedo. Camina como una modelo en pasarela y jamás, ni en mis más locos sueños hubiera imaginado lo que hace.

Llegamos al aparcamiento y su auto es un deportivo último modelo color dorado. Es muy bonito y me quedo como tonta mirándolo.

—Dile a Ethan que te regale uno —bromea Kim o eso es lo que creo. Quizás solo está siendo irónica. Después de todo, ni siquiera sé cómo es que hemos llegado a este punto, hace solo días nos odiábamos.

—Debe costar una fortuna y jamás aceptaría algo así.

—Para Ethan son tres centavos.

—No soy lujosa —es mi respuesta y la verdad es que no lo soy para nada. Y, lo que de verdad quiero preguntar es ¿cuánto dinero tiene Ethan?

Ella me sonríe y entra al auto de una vez, la imito y lo pone en marcha enseguida.

Por un ligero instante creo que esto es mala idea y que quizás es hasta una trampa e inicio a ponerme nerviosa.

Sobre todo porque cuando salimos de la ciudad y llegamos al dichoso terreno vacío, hay un chico esperando por nosotras y no es otro más que Mateo.

Disimulo buscando algo en mi bolso y en realidad estoy tecleando un mensaje a Ethan, quien me matará en cuanto le diga en dónde estoy y con quién.

A un segundo de enviar el mensaje, Kim voltea hacia mí totalmente relajada.

—No te preocupes por Mateo, ha venido porque se lo he pedido yo.

—¿Por qué has hecho eso?

—Porque somos mejores amigos, casi hermanos. González terminó de criarme y he vivido toda la vida con Mateo.

—Pero él y Ethan...

—Ellos han tenido problemas, pero no es por lo que crees. Mateo odia esta vida, me ha tratado de convencer más de una vez de escapar y huir de su padre. La única forma en la que eso funcionaría es si González se muere y no creo que alguien se atreva a matarlo —me explica—, lo cierto es que Ethan hace muy bien su trabajo y por órdenes de González ha obligado a Mateo a hacer cosas con las que no está de acuerdo, la razón de su rivalidad. Ahora que Ethan está del otro bando piensa incluso unirse a él. Pero primero tiene que ganarse a Blair Stoms.

—¿Qué? Yo no tengo poder sobre él —digo confundida.

—Por favor, Blair. No finjamos. Ethan está en un punto mediocre en el que todo lo que tú digas le parece de maravilla, incluso si propones atacar alguna vez con bombones en vez de pistolas, seguro lo aprueba. Por eso jamás voy a enamorarme.

—Eso no es cierto, nos queremos, pero él decide solo. Yo no tengo nada que ver.

—Si tú dices...

—¿Tú no quieres dejar esta vida, Kim? —me atrevo a preguntarle.

—Todos quieren dejar esta vida cuando esta vida se vuelve una mierda constante. Pero prefiero estar viva y en paz que vivir siendo perseguida.

Sale del auto dejándome con la palabra en la boca y con mucho miedo. Yo decido darle un voto de confianza no solo a ella, sino también a Mateo.

Puede que me equivoque, aunque si quisieran hacerme algo desde el minuto uno lo habrían hecho.

¿Qué carajos pretendo?

Ser la hija de una pareja que perteneció a la mafia del narcotráfico hace muchísimos años, bien. Ser la hermana de alguien que está dentro, bien. Ser la novia del mandamás, de acuerdo. Pero ¿aprender a usar armas? Eso no está bien y me arrepiento de haberlo pensado siquiera. Las manos me tiemblan un poco y disimulo metiéndolas en mis bolsillos.

Me acerco a Mateo, o más bien a su auto, miro hacia todos los árboles que hay aquí, la otra vez tenía a varios sujetos cuidándolo.

—He venido solo, me han dicho que es un secreto. Bien, aquí les traigo unos juguetitos —anuncia sacando de su auto lo que me parece una especie de valija o maletín, al abrirla mis ojos se abren como platos. Hay una cantidad de armas ahí que quiero salir corriendo—. No vamos a lastimarte.

—Ya lo sé —miento.

—¿En serio? Porque parece que quieres desmayarte y si algún día te enfrentas a alguien y pones esa cara de espanto tendrás desventaja. Tienes que mirarlos fijo a los ojos sin parpadear siquiera, intimidarlos haciéndoles creer que si el viento les mueve el pelo les dispararás. Y por supuesto tienes que dejar de vestirte como adolescente frustrada. Esa pinta tuya solo dice una palabra: novata.

—¿Estás hablando en serio? —me da la impresión que Mateo no dice nada en serio. Casi se ha reído todo lo que ha durado su discurso.

—Ya déjala en paz Mat, dame esa —le dice Kim apuntando a una pistola en particular—, esta Blair, es una Sig-Sauer P-226. Fácil de llevar en tu bolso de ser necesario. Pon las botellas Mateo.

Mateo lo hace sin chistar, pone cinco botellas que en un abrir y cerrar de ojos Kim tira al suelo con disparos, ha sido tan rápida que creo que no volveré a hablarle como si nada. Esta mujer podría matarme en un microsegundo.

—De nada —murmura Mateo—, yo le enseñé.

—Si no te gusta esta vida, ¿por qué sabes disparar tan bien?

—Querida Blair, hay que mantenerse con vida, soy el hijo, todos me quieren muerto —me responde como si fuese un chiste y se ríe muy fuerte.

Kim lo calla y me pone la pistola en la mano. Dejo de respirar. Se pone detrás de mí y con una lentitud extraña me explica cómo se pone en funcionamiento, cómo se ubican los dedos y hacia donde tengo que mirar para enfocarme y no fallar como si mi mayor objetivo fuese matar a alguien en un solo tiro. Pongo mucha atención y cuando me pide que repita los pasos que me ha explicado, tomo una bocanada profunda de aire y me dejo de tanta tontería, nervios y miedos y lo hago.

Uno: Quitar el seguro.

Dos: Presionar el gatillo con fuerza y firmeza y sin parpadear.

Esta clase de pistola adecuadamente desamartillada se enfunda con más facilidad que otras, pues una vez hecho el primer disparo, solo se sigue presionando el gatillo ya más suave para los siguientes. ¡Cómo si fuera a usarla tantas veces seguidas!

Tres: Disparar.

Me he asustado muchísimo al escuchar el sonido, porque soy yo quien está apuntando a las nuevas botellas. No le he dado a ninguna, pero Kim se encarga de que repita lo mismo una y otra y otra vez hasta que consigo darle a una y brinco emocionada como si esto fuera bueno y no una completa locura. Hasta he abrazado a Kim y ella apenas y me ha tocado. Mateo se ha reído de mí y después de una hora completa de práctica Kim cree que es suficiente por hoy y que seguiremos mañana.

No miente, pues no solo practicamos al día siguiente, sino durante dos semanas a escondidas, le he inventado excusa tras excusa a Ethan para que no sospeche nada, de pronto he terminado pasando más tiempo con Kim y Mateo que con Norma. Me parece mentira que el último día le doy no solo a una botella, si no a las diez que Mateo ha puesto frente a mí.

Como si eso fuese poco, entre los dos me han enseñado algunos trucos para defenderme si me atacan por sorpresa. Que esté tan contenta por aprender, por conocer, y por mejorar es lo más ridículo que he hecho en mi vida. No soy Scarleth Johanson en una película de acción, es la vida real, mi vida y me estoy preparando como si ser parte de ellos es un privilegio y no un verdadero peligro.

Cuestiono muy seriamente mi salud mental, pero entre más me enseñan, más segura me siento y estas dos semanas han transcurrido en completa calma, lo que solo secunda la versión de los chicos, esa en la que tienen vidas tranquilas, como el resto de la humanidad.

Mateo nos acompaña hasta el auto cuando decidimos marcharnos y damos por terminadas mis clases privadas, miedo me da sentir que hay una amistad entre los tres, uno es el hijo del enemigo y la otra se acostaba con mi novio hace solo meses. Mat me extiende el arma. Me niego, no puedo tener un arma. Si Ethan o Norma la encuentran se volverían locos.

—No puedo.

—¿Para qué has aprendido a disparar?

—Por si es necesario.

—Pues ten el arma, por si es necesario.

—¿A cambio de qué?

—A cambio de nada —dice y hasta parece confuso—. Conocí a tus padres, una vez viajaron a L.A y se mostraron cariñosos conmigo. Jamás he recibido cariño, de nadie, y unos extraños jugaron a la pelota conmigo mientras esperaban a mi padre. Yo jamás olvido, a Nathan le di una igual. Y me caes bien, eres como la representación de la esperanza para muchos.

—Gracias.

Tomo el arma y la escondo en mi bolso. En lo que el auto retrocede veo a Mateo guardar su equipaje lleno de armas y cierro los ojos unos segundos. Kim me pregunta por mi vida en Seattle y termino contándole cada maldita cosa. Parece ser la única contenta de que me esté involucrando como tal con ellos, en todo. Parece mi amiga y no me deja de sonar ridículo.

Llegamos a la fraternidad y entramos juntas. Ethan está justo en el salón con su computadora en mano y la pone sobre la mesa en cuanto nos mira riéndonos de una tontería que he dicho. Es algo así como la sexta vez que nos mira juntas, las otras hemos sido precavidas y entramos por separado.

—¿Desde cuándo son tan amigas? —pregunta con el ceño fruncido. Hoy si tendré que dar una explicación.

—No seas ridículo, Ethan. Blair y yo solo estamos llevando la fiesta en paz.

—Sí, eso —miento un poco y me acerco para darle un beso. Puede que nos hablemos y me esté ayudando, incluso que me haya explicado que lo suyo con Ethan fue solo sexo, y aun así véanme aquí, marcando territorio como una colegiala. Kim se pierde en la cocina y mi novio me mira muy curioso.

—¿Me dirás qué hacías con Kim?

—Me la he encontrado en la entrada, no seas paranoico.

—En la entrada, te la encuentras en la entrada muy seguido y te pierdes todas las tardes. Eso no me gusta nada. ¿Qué haces tanto?

—Ya sabes, tengo una vida, cosas que hacer.

—Pero ¿qué exactamente? Todo lo que me dices me suena a excusas, ¿qué has estado haciendo con Kim? Kim no es amable, no es una chica dulce y platicadora, te la has ganado y quiero saber qué está pasando.

—¿Te preocupa que Kim me hable de ti?

—En absoluto. He sido transparente contigo. Solo me cabrea que ocupes nuestras tardes para cosas que no me incluyen. Quiero pasar tiempo contigo, las noches no me son suficiente, a veces ni siquiera te quedas conmigo —hace pucheros de niño malcriado y me río.

—Exagerado. Me quedo casi siempre, creo que solo duermo una vez en toda la semana en la residencia, y eso cuando tienes que ir a las bodegas.

—No te rías, lo digo en serio.

—¿Qué tan cabreado estás?

—Estoy que reviento, Blair. Ya no pienso ser razonable, ¿sabes?

—¿Y qué harás? —investigo.

—Follarte hasta que me cuentes qué has estado haciendo con Kim y por qué no me dedicas tiempo.

Me río como una inocente palomita y asiento muy emocionada.

—Al cuarto, ¡ahora! —me exige y marcho simulando ser un soldado, él se ríe de mi juego.

Cuando piso el primer escalón me doy cuenta de que he bajado del auto sin mi bolso. Si le pregunto a Kim por las llaves Ethan sabrá que he mentido y ahí tengo mis cosas personales.

—Espera un segundo —le digo y para no responder en caso de que pregunte algo, me apresuro a salir pidiéndole al cielo que las puertas no tengan seguro.

No consigo llegar a tocar el auto, y no lo consigo porque en cuestión de nada, me presionan por la cintura y me inmovilizan poniendo un paño sobre mi boca y parte de la nariz. Siento que pierdo el conocimiento por más que lucho.

—Hola muñeca —es lo último que escucho.

CAPÍTULO 28

MISIÓN RESCATE

Pocas cosas en la vida me atemorizan, pero esta, definitivamente, lo hace. La última cosa que me dijo mamá antes de morir fue: sé valiente. En aquel momento pensé que era lo que cualquier madre en agonía podía decirle a su pequeña hija que, paralizada por los hechos y sin poder actuar, se quedó en el mismo punto en el que el accidente la había dejado, toda aquella sangre me bloqueó. Quizás pude haber corrido a la carretera por ayuda, pero no fue lo que hice. Tal vez pude haberlos salvado.

Ahora entiendo que mi madre me pedía que fuese valiente porque tarde o temprano Nathan y yo descubriríamos la verdad. A pesar de lo molesta que estoy internamente con mi madre, no puedo hacer otra cosa que pensar en ella y en ese último consejo.

Sé valiente, sé valiente. Necesito ser valiente como nunca en la vida.

He tratado por todos los medios de mantenerme despierta, pero cada vez que se percatan de que abro los ojos vuelven a dormirme después de que me obligan a tomar agua y me dan un poco de comida.

No sé cuántas horas han pasado desde que me atraparon fuera de la fraternidad, ni siquiera sé si han transcurrido días.

Así que esta vez, cuando he sentido que mis párpados, al igual que mi cuerpo y mi cerebro recuperan el funcionamiento, no he abierto los ojos. Me he quedado quieta, muy quieta y fingiendo seguir durmiendo para al menos lograr escuchar algo.

Me han secuestrado, de eso no tengo duda, pues me han amordazado, la boca, los ojos.

Lo último que recuerdo de todas las veces que he recuperado el conocimiento es ir primero en movimiento, en un auto, iba acostada en la parte trasera si no me equivoco, pero ahora estoy sentada y por la posición de mi cabeza echada hacia adelante, puede que ya no en un auto, sino en un lugar estable, una silla quizás. Consigo escuchar el sonido constante de una gotera y el olor a humedad es inmenso. ¡Carajo! ¿En dónde estoy?

Muevo ligeramente mis pies solo para comprobar si sigo amarrada y en efecto, lo estoy, esta vez no con los pies unidos, sino pegados a unos tubos que me confirman que estoy en una silla como lo he sospechado. Una puerta se abre con brusquedad y el corazón me empieza a latir desbordado totalmente.

Me esfuerzo muchísimo para controlar mi respiración. Es más claro que el agua que he sido secuestrada por enemigos de González, quizás directamente de Ethan, ¿quién más podría hacerme esto? También, a pesar de mi turbia mente, puedo estar segura de algo más, todo lo que se dice de estos secuestros es indignante y terrorífico, sin embargo, no me han golpeado ni martirizado, tampoco herido, lo que me lleva rápidamente a concluir que el objetivo de esto es algo muy alejado de lo que normalmente ocurre.

—¿No ha despertado? —Al escuchar la voz de Barak me congelo, y al mismo tiempo creo haberme sobresaltado. ¡Mierda!

—Ya lo está haciendo —responde una voz desconocida.

—Vamos, princesa, que no tengo todo el tiempo —los dientes le rechinan al pronunciar las palabras.

No tengo más opción que fingir que despierto, me he movido más de lo que he creído. ¿Qué haré? ¿Cómo voy a enfrentarlo? ¿Qué le diré? Como puedo inicio con mi actuación, muevo con lentitud mis demás partes del cuerpo y subo mi cabeza. Él me quita agresivamente lo que cubría mis ojos y mi boca. Es cuando decido empezar a mirar a todos lados.

—Buenos días, Blair —me susurran en el oído. El cuerpo me tiembla y me esfuerzo para lograr quitar las cuerdas de mis manos y mis pies. Es inútil—. Por favor, deja de intentar escapar. No podrás.

Se toma su tiempo al observarme cuando se pone frente a mí, a escasos centímetros. Se inclina hacia adelante y sus manos reposan en mis piernas.

—Tranquila, no voy a hacerte nada. Solo quiero que cuando te dejemos ir le digas a Ethan que te he puesto las manos encima, ¿podrías hacerme ese favor? —se ríe.

—¿Qué es lo que quieren de mí?, ¿por qué me hacen esto? —casi no puedo hablar.

—¿No que muy ruda la otra noche en la carretera? ¿Ves lo fácil que ha sido atraparte? ¿Lo fácil que podría ser quebrarte? ¿Crees que no sé qué no tienes una idea de nuestro mundo? Mírate, no dejas de temblar, zorrita. Debí degollarte cuando tuve la oportunidad.
Pero eres de tanta utilidad que no puedo darme ese lujo, no aún — ironiza.

No sé cómo, ni por qué me lleno de rabia, ya que en el fondo todo lo que dice es cierto.

Soy fácil de atrapar, de destruir, de matar.

No sé nada de su mundo, mucho menos de cómo defenderme, Kim y Mateo me han preparado, ¿pero a quién engaño? Soy débil, frágil, pero él es un idiota porque acaba de revelarme que no puede hacerme gran cosa.

¡NO! No soy débil, no soy frágil.

Me repito unas cien veces esas palabras en la mente. Puedes manejar esto, Blair, puedes pensar en algo, hacer algo, robar un arma… joder, no me creo lo que estoy maquinando.

Presiono mis piernas con fuerza y lucho por respirar con calma para dejar de temblar, maldita sea. Las palabras de Mateo retumban irónicamente en mi cabeza, tengo que aparentar, que mirarlo a los ojos con firmeza para lograr intimidar, al menos confundirlo.

No sé si funcione, a lo mejor me da un tiro en la cabeza, pero no pienso llorar frente a Barak y pedir clemencia. No voy a humillarme, menos si lo que quieren es manipular a Ethan de alguna manera, a mi hermano, a todos.

—Te crees muy macho porque estás frente a mí con una pistola en tu mano y yo totalmente amarrada, sin poder siquiera enterrarte los dientes en tu asquerosa piel. Claro, así muy fácil. ¿Por qué no me dejas tomar un arma y hablamos de igualdad? — ¿De dónde demonios he conseguido valor para decir tal cosa? No lo sé, ha salido. Y como resultado obtengo un golpe en la cara que me ha dado con todo y pistola en la mano. Me ha volteado el rostro y sé que me ha herido porque duele como el infierno y arde como el demonio.

—Yo que tú, zorra de mierda, mejor me callo.

—Pégame, hazlo, cobarde. Pégame más, entre más lo hagas más molido quedarás cuando Ethan te de la paliza de tu vida si es que no te mata —grito con una fortaleza que incluso me asombra a mí misma. Obtengo lo que he pedido y recibo una cachetada fuerte y sonora que me hace escupir sangre.

—Ethan Johnson nunca ha matado. Es una burla para nuestra gente, solo es un niño con suerte, un niño que sabe demasiado.

—¿Has escuchado alguna vez que quienes manejamos el mundo en realidad estamos sentadas tomando el té haciéndoles creer a la sociedad que somos muñequitas de sala? Pues bien, recuerda esas palabras cuando Ethan te dé un tiro justo en la frente solo porque yo se lo pida, infeliz.

—Claro que lo sé niña estúpida, ¿por qué crees que estás aquí? Ethan Johnson no necesita más dinero, ni protección y no tiene familia con la que podamos amenazarlo, pero si tiene a su zorra de turno, ¿no? Así que si no quiere que te matemos o te vendamos como mercancía. Lo único que tiene que hacer es traicionar a González, darnos toda la información que tiene en su poder para volvernos los reyes de la puta mafia. Cuando te vayas de aquí, le dirás justo eso, no que me mate.

Ya tenemos suficiente con querer huir de González como para obligar a Ethan a traicionarlo y su lista de enemigos solo aumente. ¡Por qué tiene que ser así, joder! ¿Por qué?

Por fuera tengo la cara endurecida para no mostrar lo afectada que estoy, soy solo una jovencita, esto es demasiado.

—Entonces déjame ir y ya veremos cuál es su respuesta o a cuál petición accede. La tuya o la mía —aún con tanto terror que experimento me atrevo a decir eso.

—¿Irte? No, aún no. Primero vamos a dejarte unos recuerditos para que cuando el hijo de puta te vea sepa que vamos muy en serio. Además, solo llevas aquí tres días. Al menos que sufra quince, ¿no? ¿Te imaginas lo desesperado que está Ethan? Se está volviendo loco. Justo ayer le hemos enviado un par de dedos, le hemos puesto tu anillo para que se lo creyera. Pobrecito, hasta ha llorado.

Me muerdo los labios con fuerza, claro que lo imagino, y saberlo tan desesperado y enloquecido me afecta más que incluso lo que estoy viviendo en carne propia.

—¿No te escucho hablar, princesa? Claro, no eres más que una llorona, pues espero que llores bastante a partir de hoy. ¡Pasen! —grita.

Dos hombres entran y Barak se ríe a carcajadas mientras camina a la salida. Se detiene en el marco de la puerta y me mira un segundo más.

—Ya saben qué hacer, no pasen los límites o son hombres muertos hijos de puta. A ese pastelito me lo comeré llegado el momento, así que mucho cuidado.

—¡Eres hombre muerto Barak! —vocifero y él se ríe escandalosamente—. ¡Eres hombre muerto! —repito sofocada tratando de soltarme y es imposible, no lo lograré.

Sigo en mi posición rebelde y altanera cuando en realidad debería estar hecha un manojo de nervios, volviéndome loca, gritando con la esperanza de que alguien me escuche, pero, aunque parezca un juego en el que intento fingir que soy ruda y valiente, en realidad no lo es. Muero, sí, de rabia e impotencia. ¿Por qué por enamorarme de quien no debía tengo que vivir esto?

No quiero mostrarme débil ante estos tipos que disfrutan del sufrimiento ajeno. Aunque Barak ha dicho que no se pasen del límite, sé perfectamente hasta dónde pueden llegar y entonces decido prepararme para lo inevitable. Trato de pensar en que Ethan los matará cuando se entere y eso solo me altera más. No quiero que se convierta en un asesino por mi culpa.

Una pequeña parte de mí, disfruta pensando en la muerte de cada uno de estos imbéciles y nò sé qué es más preocupante, que inste a Ethan a hacer algo que jamás ha hecho o que yo, poco a poco me esté dejando consumir por las reglas de la mafia. Los muy desgraciados y me quitan las cuerdas de las manos y también mi camiseta. Me estremezco porque es humillante, indignante y si tuviera un arma, la que sea, intentaría hacerla funcionar para dispararle a estos hombres sin dudarlo.

Me amarran nuevamente, al menos me han dejado el pantalón. El más bajo se atreve a tocar mis pechos y le escupo en la cara con todas las ganas del mundo. Se ríe de mi inocente defensa.

—Acuérdate de esta cara cuando te maten hijo de puta —digo. Bien, creo que ahora sí estoy desesperada y teniendo una reacción normal. Quiero que paren, necesito que paren—, suéltenme, déjenme —suplico.

—Anda, muñeca, suplica, eso me excita más. —Intentan quitar mi sujetador y antes de darme por vencida la puerta vuelve a abrirse. Abro mucho los ojos cuando miro de quién se trata. Es Kim, se queda ahí y sonríe victoriosa.

—Ya fue suficiente.

¿Cómo ha llegado hasta aquí? Por un momento creo que girarán hacia ella y le dispararán o la golpearán, y no sucede de esa manera. La quedan viendo con cabreo pero no le contestan enseguida
ni la atacan.

—¿No me han escuchado? ¡Basta! Y lárguense de aquí —les ordena como si tuviera la suficiente autoridad para hacerlo.

—Tú no tienes autoridad para decirnos nada, rubia.

—¿Quieres que te dé en la puta cabeza, Samoa? Desaparece de mi vista ahora mismo y ve y quéjate con Barak. —Los apunta a ambos.

Los dos hombres intercambian miradas y salen molestos del lugar. Quiero agradecer a Kim por haberme salvado pero no puedo ignorar que tiene autoridad en este lugar y que ha hablado de Barak con tanta familiaridad. ¿Es traición? ¿Nos ha vendido? ¿Es ella la culpable de que esté en esta situación?

Se queda un momento en la puerta hasta que ya no se escuchan las pisadas de los hombres. Se lleva las manos a la cabeza y se ríe como una loca poseída. Me lleno de rabia al mirarla disfrutar del momento. Cuando las risas se acaban se apresura a quitarme todas las cuerdas y me pasa mi camiseta. Mira con esmero mi rostro herido y trata de limpiarme, volteo la cara.

Quiero decirle todos los insultos del mundo, y no me sale nada. Estoy tan confundida en este momento.

—Quita esa cara. No estoy aquí por gusto, es un plan de González. El idiota de Barak siempre ha querido ser el jefe de L.A, pero nunca ha podido. Ha intentado convencernos a todos de trabajar con él, incluso al mismo Mateo. González me pidió fingir que me convencían y sacar toda la información que pudiera. —Me mira la cara nuevamente, el pelo, las manos, no sé—, qué alivio verte las manos completas.

—¿Tú sabías que me harían esto? ¿Qué me secuestrarían? —le reprocho.

—Escucha Blair, no sabía que te secuestrarían hasta que lo hicieron y me ha costado tres días averiguar en qué maldita casa te tenían. Tres días en los que Ethan casi me mata al descubrir que estoy de encubierta. Lamento lo que Barak te hizo la primera vez y que los chicos terminaran en prisión, porque yo llamé a Barak para informarle en donde estaban. Solo me estaba ganando su confianza.

—¿Cómo está Ethan y mi hermano? —pregunto porque a pesar de todo espero que no hayan cometido ninguna locura.

—Tu hermano le ha querido vender el alma al diablo para saber tu paradero y Ethan... bueno, está vuelto loco, después que enviaron los putos dedos... él... perdió la razón de verdad y tu amiga, la tal Norma no para de llorar, un estorbo total. No importa cómo estén de todas formas, lo que importa es cómo te vamos a sacar de aquí.

—No hay forma, me dejarán ir pero hasta que pasen quince días y esos hombres...

—Oye —me interrumpe—. No te irás hasta que pasen quince días, te vas hoy porque solo he entrado para avisarte que cuando escuches disparos es tu señal.

—¿Mi señal? ¿Señal de qué?

—Toma —me dice y saca de una de sus botas negras hasta las rodillas un arma igual a la que Mateo me dio—. ¿No querías aprender a disparar por si algún día era necesario? Pues ese día es hoy.

—Espera, Kim, ¿de qué estás hablando?

—Blair, concéntrate. Cuando escuches disparos es porque Ethan ha dado la orden de entrar, vamos a moler a estos hijos de puta. El hombre que vendrá a cuidarte está comprado, bueno, amenazado, así funciona esto. Si el imbécil hace el amago de dispararte tú tienes que ser más rápida, recuerda, puedes dispararle en el brazo, en la pierna o en la mano o si quieres mátalo.

—Pero kim, yo... no puedo... yo... —El arma se me cae de las manos.

Da pasos rápidos hacia mí, recoge el arma y la pone en mis manos otra vez.

—Esto no es un juego, muñequita. Tienes que salir viva de aquí, porque si no lo haces, hay varios que perderán la cabeza y no es por presionar, pero Ethan me ha dicho claramente que si no te saco viva de aquí él mismo va a matarme y lo conozco, sé que lo hará y no lo culpo. Así que respira, apunta con firmeza y dispara como la puta ama que eres. Si alguien te intenta coger, le disparas y ya está. Tienes que correr hasta el final del pasillo y luego girar a la izquierda, ahí hay una puerta que da a la calle. ¿Entendido?

—De acuerdo —digo dudosa, tomando con fuerza el arma y respirando a un ritmo enloquecido y alterado.

—Bien. Tú puedes, Blair.

Es lo último que dice y se larga. Los dientes me castañean terriblemente. Tengo que esperar los disparos y se siente como si tuviera que esperar en realidad al diablo en persona.

El hombre que me cuidaba cuando he despertado regresa a su puesto. No sé qué clase de amenaza le han hecho, ha dejado la puerta abierta y antes de sentarse asiente con la cabeza. Desde que Kim se fue puede que hayan pasado unas cuantas horas, estoy pendiente de cualquier sonido.

Lo único que escucho es mi respiración y voces lejanas. Unos minutos después el ambiente cambia.

Hay un silencio aterrador, ya no se escuchan pisadas, ni voces a lo lejos.

Las manos me sudan por los nervios y me limpio las palmas pasándolas por encima del pantalón.

Escucho un gemido en la distancia, y como bomba en mis oídos una lluvia de disparos se desata.

Grito sin poder evitarlo asustada hasta la médula y a partir de ahí, todo pasa en cámara lenta; miro al hombre que me pide que salga de una vez y que por favor no maten a su hija, salgo de la especie de cuarto y miro el pasillo del que me ha hablado Kim.

Corro sin mirar atrás y los disparos siguen sin parar, los escucho cada vez más cerca. El cabello suelto se pega a mi cuello y a mis mejillas y me dificulta un poco la vista.

Gotas de sudor me recorren la espalda y aunque en mi mente voy corriendo lo más rápido que puedo, en la realidad doy pasos pequeños.

Escucho pasos detrás de mí, me cogen del pelo y me estampan contra la pared. Es una mujer, me apunta directo a la cara con una pistola y me paralizo por algunos segundos, me atrevo a presionar sobre su estómago con mi pistola y la desafío.

—Me muero, te mueres —le advierto con voz temblorosa, lo que hace que la mujer se ría de mí y aprieta más la punta de la pistola sobre mi frente.

—Cobarde —vocifera y cierro los ojos.

Escucho un disparo que hace que un ruido molesto se instale en mis oídos, caigo al suelo muerta del miedo y quizás por la herida.

—Blair —me llaman y no me atrevo a aceptar esta realidad—. Blair —vuelve a llamarme.

—Blair —insiste otra voz, una femenina y esta vez abro ligeramente los ojos y apenas miro esos rostros familiares me pongo de pie y volteo hacia el piso, ahí yace el cuerpo de la mujer que me apuntaba, está sangrando, creo que la bala le ha dado en la espalda.

—¿Zac? ¿Eleanor? —susurro y parpadeo tantas veces como puedo, la impresión no me da para más. Pude morir, maldita sea.

—No sientas pena por ella, te hubiera matado si no la he matado yo —contesta Zac—, salgan, ahora.

—¿Dónde está mi hermano? ¿Ethan?

—Vamos, Blair, no hay tiempo —Eleanor me toma de los brazos.

—¿Qué está pasando? ¿Por qué hay tantos disparos? —sé que la pregunta es totalmente estúpida. La cuestión es que no paran, no cesan, es una lucha continua y necesito saber que todos están bien.

—Vamos, hay que salir, ¡ahora! —me grita Eleanor.

Zac no responde a mis preguntas y sin darme cuenta ya estoy corriendo con Eleanor al lado hacia la puerta que Kim había indicado.

Abro la puerta del final del pasillo y el aire de la calle me llega a los pulmones como una ola gigante arrastrándote al fondo del mar. Se me dificulta seguir el ritmo porque estoy impresionada por lo que Zac hizo, por esa mujer que murió y por todas las personas que morirán. El miedo de saber que mis amigos pueden morir, que Ethan o mi hermano también podrían, me hace detenerme de golpe.

—Quiero que me digas si Ethan y Nathan están dentro.

—¡Corre! ¡No te detengas! —masculla.

—Dímelo.

—Están dentro —me confirma y a lo lejos escuchamos unos autos arrancar descontrolados, derrapando y haciendo sonar las bocinas, luego más disparos que se acercan a demasiada velocidad. No tengo tiempo siquiera de lamentarme o preocuparme por ellos, la puerta se abre y dos personas salen de ahí, son dos hombres y están armados.

Eleanor ni lo piensa, me da un empujón tan fuerte en el pecho que caigo de bruces sobre la pared y me golpeo la cabeza.

—¡Cúbrete! —me exige. Y hago lo que puedo con el basurero de metal que tengo adelante.

La miro con los ojos tan abiertos que creo que se me saldrán del rostro. Ella también se esconde detrás de pedazos de madera vieja que han dejado abandonada.

Un disparo hace que uno de esos pedazos se rompa a la mitad y grito llevándome las manos a las orejas y soltando mi arma. Veo cómo Eleanor cierra un ojo, mira directo a nuestros atacantes y lanza dos disparos seguidos, se escuchan dos gemidos y luego nada. ¡Carajo! Los ha matado. ¡Joder! Los ha matado en un solo intento.

—Vamos —me pide y me extiende una mano para ponerme de pie. Estoy perpleja y no dejo de ver los cuerpos en el suelo.

—Eleanor...

—Tranquila, eran ellos o nosotras. Todo está bien, tú y yo estamos bien. Que alivio me da verte —dice como si nada. La mayor característica de Eleanor es que tiene un control insuperable y una serenidad envidiable.

Aprieta mi mano y corremos a toda velocidad, a duras penas he podido recoger mi arma. Los disparos que se escuchaban de fondo paran y al menos eso me da un alivio tremendo, aunque enseguida soy invadida por la incertidumbre. ¿Estarán bien todos?

Salimos del callejón y estamos en carretera abierta. No hay más que postes de luz y uno que otro carro pasando. Miro hacia un extremo y hacia el otro en busca de alguien más que nosotras en lo que Eleanor trata de recuperar la respiración.

—Por favor que estén bien, por favor, que estén bien —susurro sin detenerme hasta que de lejos consigo escuchar algunos gritos y palabrotas. No son de auxilio ni de miedo, tampoco pidiendo ayuda, es como si estuvieran... celebrando.

Poco a poco empiezo a distinguir las figuras. Son ellos, son los chicos. Se miran como unos malditos guerreros y me siento tan insignificante, han hecho todo esto por mí, han arriesgado sus vidas por mí.

Mis ojos se mueven constantemente de un lado a otro en busca de una sola persona, y me siento terrible por no decir que esa persona es Nathan, mi hermano, porque a quien busco con desesperación tiene nombre y apellido: Ethan Johnson. En cuanto nos miramos tira su arma al suelo y yo tiro la mía, da grandes zancadas hacia mí despavorido hasta que inicia a correr y yo ahora sí, me puedo derrumbar.

Recibo a Ethan como si fuera agua y yo una persona perdida por tres días en el desierto, sedienta de él. Necesitada de su presencia, de su amor.

Me suspende en el aire pegada a su pecho y me da vuelta en volandas. Me devuelve al piso y me apretuja contra él con ansiedad. Da un paso hacia atrás y empieza a revisarme toda, me toca por todos lados y hace mi cabello hacia atrás, sus dedos tocan con ternura mis orejas y luego mis manos, me suelto a reír como si necesitara estar internada en un centro para enfermos mentales cuando lo veo contar mis dedos.

—Estás completa —balbucea, está tartamudeando y riéndose—. Está completa, joder —habla a todo pulmón—. Estás a salvo, Blair. Estás a salvo. —Me aferro a él.

Nunca hasta este punto, había comprendido la profundidad del problema en el que me he metido, el infierno del que soy parte, por la simple y sencilla razón... de amar. Lo que ha pasado esta noche y desde que me secuestraron son las razones más claras para abandonar esto, para alejarme como lo ha estado haciendo Norma.

No pertenezco aquí y lo sé de sobra, no merezco esto, casi me han matado, he sido la carnada y aun así, contra todo pronóstico, no saldré corriendo. Estoy con él, él es mi fuerza, es lo que quiere mi corazón, uno muy idiota seguro, son mis decisiones.

—Estaba tan asustada —le digo quebrada—, ha sido horrible.

—Pero ha acabado, no volverán a llevarte de mi lado. Voy a meterte en una burbuja de cristal, me oíste. Se acabaron las contemplaciones, serás la persona mejor cuidada del jodido planeta.

Me le lanzo nuevamente y me abraza con tanta necesidad. Me doy cuenta de que su pecho sube y baja alterado y sus hombros también suben y bajan sin parar, subo el rostro y me encuentro con la imagen que termina de destruirme. Está llorando. Sus ojos grises se miran negros.

—No llores, Ethan estoy bien, estoy a salvo —trato de tranquilizarlo. No estoy bien, es una obviedad.

—Me has destruido Blair —suelta y le importa un carajo que sus amigos estén escuchándolo llorar—. Te amo —susurra.

—Ethan... —El cuerpo me tiembla incluso más que cuando estuve frente a Barak.

—Te amo, te amo, te amo con una locura que ni yo entiendo. Me he vuelto loco.

—Y yo a ti, te amo —sollozo—. ¡Dios! Te amo.

—Moriría por ti, te lo juro, moriría por ti.

Me cuelgo de su cuello y lo beso frente a todos. No deberíamos estar más aquí, debemos irnos y aquí estamos, sellando eso que todos llaman amor.

—Tenemos que irnos —nos interrumpe Tony un poco apenado—. Han huido, pero es mejor prevenir.

—¿Puedo abrazar a mi hermana un segundo o tengo que esperar a que le pidas matrimonio, Ethan? —ese es mi hermano. Ethan me suelta y me permite llegar a él. Los demás empiezan a dirigirse hacia los autos y Eleanor y Kim se abrazan, creo que agradeciendo estar vivas. ¿Este enfrentamiento traerá problemas? Claro que sí, pero no quiero pensar en eso. No ahora.

Me dejo dar cariño por mi hermano, hemos estado peleando constantemente y este momento de paz después de semejante turbulencia me gana. Quizás mañana seguiremos en una guerra, sé que su insistencia en que me aleje de Ethan solo aumentará con lo recientemente ocurrido, y en este momento solo quiero disfrutar.

Un movimiento detrás de uno de los vehículos que están aparcados a la orilla de la carretera llama mi atención y todo pasa tan rápido que lo único que logra salir de mí es un aullido feroz y luego el sonido de un disparo rompiendo con todo.

—¡No!

El cuerpo de Eleanor cae al piso en un santiamén, sangre sale de su cabeza y empujo a mi hermano aunque él trata de cubrirme en caso de que disparen otra vez, Kim apunta a la persona que ha disparado, pero luego se arrodilla a auxiliar a Eleanor en lo que grita por ayuda y justo entonces pasa un camión con sus grandes luces que ayuda a distinguir a quien ha realizado el disparo. Raúl. Desgraciado Raúl.

—¡Blair al suelo! —me ordena Ethan mientras regresa hacia nosotros. Trata de disparar y al venir corriendo no logra herir a Raúl. Dejo de escuchar en ese momento, Tony ni lo intenta, cae devastado a la par de Eleonor y sostiene su cabeza, se llena las manos enseguida. Eleanor no se mueve, tiene los ojos abiertos mirando hacia el cielo.

Niego con mi cabeza envuelta en una frustración que me devora y me canaliza. Miro hacia el suelo, tomo el arma que había tirado y ni cuento, disparo con toda la propiedad que me había faltado antes, con toda la puntería que no tuve y lo imposible pasa, mi disparado le da a Raúl justo cuando giraba e intentaba huir.

Y en este instante no me arrepiento ni entiendo la gravedad de lo que he hecho, solo me importa el cuerpo que yace en la carretera.

Tal vez sí pertenezco a este lugar... tal vez era lo que necesitaba para despertar y entender que, si no matas, te matan.

CAPÍTULO 29

LA JUSTICIA POR NUESTRAS MANOS

—¡¿Qué has hecho?! —Ethan llega a mí y me mira con los ojos bien abiertos.

—La ha matado, la ha matado —repito rompiéndome. No, no.

—Llama a una ambulancia, Zac.

—No tiene pulso —dice Mark y solo puedo escuchar los sollozos de Kim y peor aún, los gemidos llenos de dolor de Tony.

—¡Llama a una puta ambulancia, Zac! —vuelve a dar la orden.

—Pero... pero... ¿Qué diremos? Tenemos armas, tenemos...

—Me importa una mierda, llama a la ambulancia. Mark llama a González, él nos ayudará con la policía.

—No, no —pide Kim—, mejor llama a Mateo, él conoce gente en la policía. Recuerda que hemos hecho esto sin decírselo a González —logra terminar de decir.

Ethan asiente. No tiene sentido, González se enterará de esto de una u otra manera. Zac empieza a marcar números como loco. Ethan pasa sus manos lentamente por mis brazos y sigue sin ver hacia Eleanor que está tendida en el pavimento.

—Dime que está viva —me pide sin parpadear—, dime que está viva por favor. Maldita sea, dime que está viva —se altera hasta el punto de apretarme los brazos y gritarme en la cara.

—Ethan...

—No, no, no, no, no —se lamenta y gira al fin hacia ella—. Tony —llama a su amigo y Kim se aparta del cuerpo para que Ethan pueda acercarse.

—El... Eleonor, no estás muerta Eleanor, te prometí que te sacaría de esta mierda, déjame cumplirlo, por favor —susurra Ethan y Tony aprieta su hombro, se atreve a cerrar los ojos de Eleanor y a mí me falta el aire.

—Se ha ido —es lo que dice Tony y me desvanezco. Nathan consigue tomarme entre sus brazos antes de que caiga al piso. Muy dramático de mi parte, siendo honesta, pero mi cuerpo de verdad está perdiendo la batalla. Es demasiado. No puede estar muerta. No de esta forma.

—Tranquila, Blair. Lo mejor es que te saque de aquí antes de que llegue la ambulancia y la policía. Norma está esperando en casa.

—No, no quiero irme. No puede estar muerta. Y le he disparado a ese hombre. ¿No lo entiendes?

—No tengo cabeza en este momento para decirte lo estúpido que ha sido eso, mi amiga... Eleo... —no puede terminar y también se quiebra.

—Llévatela Nathan —escucho decir a Ethan y niego con mi cabeza—, por favor. No te pongas rebelde en este momento. Por favor —suplica abatido.

—Quiero estar contigo. Me necesitas.

—Necesito que te alejes de aquí Blair, necesito saberte sana y salva para poder enfrentar esto, ¿lo entiendes? Era como mi hermana, no he podido defenderla, no he podido hacer nada. Vino aquí por mí. Por favor, hazme caso. En cuanto pueda iré por ti.

—Lo siento, Ethan lo siento mucho. Debí ser más rápida... debí, ¡Dios! —es lo que se me ocurre decir.

—Yo lo siento más pero esto no es tu culpa. Por favor, vete a la fraternidad, está resguardada y yo... yo me quedaré con Eleanor —la voz se le pierde y tira de su cabello, maldice y empieza a golpear uno de los vehículos sin parar.

—Vamos, Blair. Por primera vez estoy de acuerdo con él, además tengo que ayudarlos.

No quiero irme, no quiero dejar solo a Ethan. Esto de alguna forma es mi culpa. Tiene que haber algo que los doctores puedan hacer. Esto no debió pasar.

A pesar de que no me niego más y camino al mismo ritmo que mi hermano, me duele el pecho al girar y mirar que Ethan sigue dándole puñetazos al auto. Su única familia era ella... y la ha perdido.

No paro de llorar durante todo el camino a la fraternidad, lo que ha pasado es inverosímil, indescriptible. ¿Raúl habrá muerto? Nadie se acercó a su cuerpo y si eso es así, ¿soy una asesina? Las manos me picotean al recordar el momento en el que he tomado el arma y he disparado con tanta rabia.

Nathan detiene el vehículo afuera de la fraternidad de forma lenta y me pide que no baje enseguida.

—Blair, lo que ha pasado es el inicio de una guerra de la que no quiero que formes parte —habla bajito apretando el volante—. Sé que no lo entiendes, pero las consecuencias de habernos tomado una de las casas de esa zona que está al mando de Barak solo puede desatar enfrentamientos.

—¿A quién le importa eso en este momento? Eleanor se ha muerto.

—A mí, joder, a mí me importa eso en este momento. Precisamente porque han matado a Eleanor, porque le han disparado en la cabeza sin más, porque no ha tenido tiempo siquiera de defenderse. ¿Crees que no me duele perderla? No quiero que eso te suceda, eres mi hermana menor y mi responsabilidad. Voy a mantenerte con vida, te irás de aquí. Regresarás a Seattle. ¿De acuerdo?

—Pero Nathan...

—Sé que quieres a Ethan, bien. Sé que él te quiere a ti pero lo de ustedes no es posible, entiéndelo de una vez. Hasta hace unos días eras una jovencita normal y ahora has matado a un hombre, maldita sea. No se vive igual después de matar a alguien.

—¿Tú has matado a alguien?

—Me arrepiento todos los días —musita.

—¡Nathan!

—Es imposible no hacerlo, tú misma has disparado. Ni siquiera sabía que podías usar un arma, joder. Se acabó todo esto, o te vas por las buenas o te vas por las malas.

—Ethan jamás ha matado a nadie —le escupo las palabras con reproche a pesar de que es muy probable que Raúl en efecto esté muerto, porque así somos los seres humanos, mientras los errores los hagamos nosotros no nos parecen tan graves, hasta que vemos los mismos errores en las personas que amamos y ahí sí, es una catástrofe.

—Ethan ordenó matar a todos los que cuidaban la fraternidad el día de tu secuestro por colaborar, ¿sabías? Enloqueció y mató a todo aquel que no le daba información, casi mata a la propia Kim, hemos tenido que intervenir. Lo estás volviendo loco y necesita tener la cabeza fría. Aléjate de él. ¡Aléjate de esto! —grita desesperado y yo bajo del auto afectada.

Doy grandes pasos hasta entrar a la casa. En el primer escalón de la escalera está Norma más pálida que nunca, con los ojos hinchados y en cuanto me mira, sale vuelta loca hasta mí, me abraza enseguida.

Al sentirme rodeada por mi mejor amiga la poca cordura que me quedaba, la valentía y toda la rabia desaparece para darle lugar al dolor; ese que te escuece hasta los huesos y te atormenta cada maldito segundo, ese que te recuerda sin parar que la muerte ha vuelto a visitar mi vida, y alguien ha muerto por salvarme de este infierno.

Le pido a duras penas que me acompañe al cuarto de Ethan y nos encerramos ahí, Norma se sienta sobre el colchón y yo acomodo mi cabeza en sus piernas y me hago un ovillo. Ella me acurruca como puede y el silencio es devastador. Rato después me deja sola y baja a la cocina, según ella un té hará calmar mis nervios.

Nada podrá calmarme. Ni siquiera tengo valor de hablar con mi amiga de lo que ha pasado, de lo que he vivido y mucho menos de la muerte de Eleanor.

Norma me convence de darme un baño y cambiarme de ropa, lo hago, sin embargo, al entrar y mirar mi cuerpo desnudo recuerdo cada escena durante mi encierro. Tengo mordiscos y moretones, estaba tan nerviosa y con la cabeza a mil por segundo que no me percaté de lo que realmente hacían esos hombres, me querían marcar para que cuando Ethan me mirara enloqueciera más.

¿Cómo voy a esconder todas estas marcas a él?

Entro a la ducha y estoy en modo neutro. Sigo sin aterrizar, sin entender que tuve demasiada suerte al salir sana y salva de ese lugar. Se siente como si fuese un sueño. Es como si todo pasara frente a mí, pero yo me he quedado estancada en aquel día en el que descubrí todo.

Salgo del baño y me pongo algo de ropa que Norma ha puesto sobre la cama, quizás ha traído algunas de mis cosas. Es cuando ella mira todo lo que llevo encima de mi piel y niega con su cabeza con pesar. Norma abre la boca un par de veces. Me acaricia las mejillas y vuelve a estar pálida.

—¿Qué te hicieron, Blair?

—No es lo que estás pensando. Barak quiere conseguir a Ethan a través de mí. Estas marcas solo son un aviso.

—¡Dios!

—No se lo digas a nadie.

—Blair, ¿cómo vas a callarte algo como eso? ¿Es que no te das cuenta de lo grave que es?

—Lo sé, claro que lo sé pero no quiero causar más problemas, Norma. Ethan perderá la cabeza y Nathan también y ha pasado una desgracia. Eleanor... Le dispararon, la han matado —suelto de una vez y Norma se impacta, se pasa con desespero una mano por la frente y empieza a caminar de un lado a otro.

Apenas y tengo voz para narrarle lo sucedido, el cómo lograron sacarme de donde me tenían, la forma en la que Eleanor me había escoltado hasta estar a salvo, que disparó sin miedo alguno para protegerme y al final no lo ha logrado como todos los demás. Omito que yo me he comportado como toda una sicario y he herido a Raúl. No quiero asustarla, no más de lo que ya está.

El corazón se me achica de pensar en lo que está sintiendo Ethan, todos en realidad, sobre todo Tony, quien me quedó claro gracia a Eleanor que era como su hermano y fue con él con quien se dio cuenta que no le gustaban los chicos, lo que quiere decir que quizás Tony estaba enamorado de ella o que era su mayor confidente.

—Esto es demasiado. Siento mucho lo que está ocurriendo, pero me duele más ver que no piensas en tu seguridad. Nathan y tú están empeñados en seguir en esto. Eleanor ha muerto, Blair. ¿Quién seguirá después? —noto aflicción en su voz y aunque tiene razón también noto poca comprensión.

—Sé que no lo entiendes. ¿Pero de verdad crees que puedo sentarme a pensar y reflexionar si debería o no seguir con esto? No puedo, menos ahora y entiendo perfectamente si quieres alejarte para mantenerte a salvo.

—No voy a dejarte sola. Hemos sido amigas toda la vida. Pero tampoco voy a celebrarles sus acciones. Cuando las cosas se calmen hablaremos los tres sobre una salida, encontraremos una forma —es su respuesta y se acerca para abrazarme de nuevo.

El resto de la noche se me hace eterna, es hasta la madrugada, casi amaneciendo que escucho sonidos en la primera planta de la casa. Norma está dormida a mi lado y también se despierta con las voces y pasos que se escuchan abajo.

No está demás que nos alarmemos con todo lo acontecido, a lo lejos escuchamos la voz de Ethan y nos tranquilizamos.

Norma me mira los brazos y sale corriendo hacia unas maletas que están cerca del armario, no las había mirado antes, creí que el pijama que me puso sobre la cama lo había traído en algún bolso pequeño. De todas formas pensaba excusar los moretones con golpes que, siendo realista, puede que también me haya dado solita mientras trataba de escapar.

Saca una bata de seda blanca y me la extiende. La puerta se abre de golpe y Norma da un respingo. Ethan la mira primero a ella y luego a mí.

—Yo... los dejo —dice mi amiga antes de salir.

Ethan espera a que haya salido del todo para cerrar la puerta, gira nuevamente hacia mí y me observa unos segundos muy cortos.

—¿Qué ha pasado? —logro preguntar.

Él se limita a mover un poco su cabeza, frunce los labios y su rostro inicia a descomponerse, tira de su cabello, se recuesta a la puerta y finalmente se arrastra hasta el suelo. Doy un brinco de la cama al piso y corro a su lado, lo abrazo lo más fuerte que puedo.

—No han podido hacer nada. Nos hemos librado de la policía, nos tomamos una de las casas más peligrosas de Compton, pero por ella no hemos podido hacer nada. La han matado, Blair, me han matado a lo más cercano que tenía como familia.

—Ethan, es mi culpa.

—No, claro que no lo es. Es mía, debí ir solo, no debí permitir que todos me acompañaran. Sabía que algo saldría mal, que alguien podía salir herido, pero ¿por qué ella? Me hizo prometerle que si regresabas con vida haríamos todo lo que estuviera en nuestras manos para irnos lejos y abandonar esta vida y me la han quitado. Ese bastardo me la ha quitado.

—Escúchame, no iban a dejarte ir solo. Son tus amigos, son como una gran familia. Sé que te sientes destrozado, pero no puedes derrumbarte ahora, Ethan, si le has hecho esa promesa, yo te ayudaré a hacerla realidad.

—No voy a exponerte. Tú no harás nada, yo haré todo —se expresa sollozando.

—Tú y yo estamos juntos, no hay camino separado, sino uno solo y ahora más que nunca debemos estar unidos.

Su ceño fruncido parece querer romperle la frente y algunas lágrimas se les escapan de los ojos. Me duele tanto verlo así.

Me toma con suavidad y me acurruca en su pecho y nos quedamos tirados en el suelo hasta que el sol sale. Me presiona con más fuerza y me da un beso en la parte inflamada de mis mejillas, producto de los golpes recibidos por Barak.

—No puedo con esto. No sé cómo enfrentar la muerte de Eleanor y tampoco sé cómo enfrentar que te hayan secuestrado... ni siquiera tengo el valor de preguntarte si te han hecho más daño del que traes en la cara, si se atrevieron a...

—No —contesto, no voy a darle más problemas—. No me hicieron nada. Solo me tenían... ahí encerrada. Estos golpes en la cara son el resultado de haberme creído valiente.

Él baja la mirada.

—Sé que me estás mintiendo y lo sé porque yo he sido testigo de algunos secuestros. Sé cómo funcionan... sé cómo funcionan —repite casi de forma inaudible y se quiebra frente a mí—. ¿Te tocaron? ¿Te obligaron a... ¿Qué te hicieron? —pregunta más allá de abatido.

—Este no es un buen momento.

—No, no lo es. Siento ganas de tirarme un balazo en la cabeza por no haber podido proteger a la persona que prefería darme su porción de comida y soportar hambre cuando me metían al cuarto de castigo por no portarme bien y no me pasaban ni agua, ¿lo entiendes? Ella confiaba en mí y le fallé. Así que, por favor, Blair, dime que no te tocaron para al menos recuperar un poco de mi paz y si lo hicieron ten el valor de contármelo.

—Estoy bien, no me han hecho nada —repito mintiéndole. Ya tiene suficiente con la pérdida de Eleanor.

—¿Me estás diciendo la verdad? Porque da igual si me entero ahora o mañana, quien te haya puesto un dedo encima es hombre muerto.

—No me han hecho nada.

—Puedo vivir con ello. Me daré una ducha y luego iremos al cementerio.

—¿No habrá velatorio? —pregunto con cautela.

—No. Si hacemos más grande las cosas toda la mafia se enterará de su muerte. No es que no vayan a hacerlo después, pero queremos estar listos para cualquier cosa entonces.

—¿A qué te refieres?

—Esta no es tu guerra, pequeña, déjame todo a mí. ¿Sí?

Asiento solo para darle más paz.

Se levanta del piso y se mete al baño. Al principio no escucho gran cosa, más que el agua del lavado, que se cepilla los dientes y luego la ducha, pero de pronto hay un estruendo que me sobresalta y abro la puerta del baño.

Ha quebrado el vidrio que formaba las puertas corredizas de la ducha. Está desnudo, con la cabeza gacha, el agua cayendo sobre él y sangre saliendo de sus nudillos.

—Ethan...

—¡Ni siquiera pudimos despedirnos! Ni siquiera creo que se haya dado cuenta. Se le fue la vida en un maldito suspiro. Estoy que ardo de rabia, quiero matar a todo el mundo. Era mi responsabilidad, Blair y no pude hacer lo único en lo que ella confiaba ciegamente; en que la cuidaría.

Sin quitarme la bata ni el pijama me meto a la ducha y me cuelgo de su cuello, trato de darle la poca entereza que conservo. Él me envuelve en sus brazos con propiedad, me apretuja tanto que me duele la espalda y no me quejo. Miro su rostro lleno de dolor, de angustia, de culpa.

—Quisiera poder quitarte esta pena. Esto no debió pasar, no debieron secuestrarme, yo no debí...

—Estar conmigo —termina por mí.

—Sí, yo no debí seguir con lo nuestro, pero te amo, erróneamente, complicadamente, contradictoriamente, te amo y aunque se me vaya la vida en ello, voy a estar a tu lado y enfrentaremos lo que venga juntos. Esta no es solo tu guerra, es la guerra de todos. Estoy contigo no solo para darte besos, abrazos y sexo, Ethan. Estoy contigo, tomando tu mano, hombro a hombro para pelear, no atrás para esconderme.

—No sabes lo que dices.

—Tal vez, pero cuentas conmigo.

—Te amo, pequeña, no sabes cuánto te amo. —Sus manos ahuecan mis mejillas y sus labios se posan con ternura sobre los míos.

Tratamos de tranquilizarnos lo más que podemos y dejamos que el agua siga cayendo sobre nosotros hasta que tomo la iniciativa de alejarme y buscar algo con qué curarle los nudillos. Al salir de la ducha permito que se tome su tiempo para vestirse y yo continúo dentro pensando en cómo puedo vestirme sin que me vea el cuerpo.

Salgo del baño y Ethan ya está listo, vestido todo de negro con su característica chaqueta.

—¿Puedo llamar a Norma desde tu teléfono? No sé en dónde está el mío.

—Claro que puedes. Tu teléfono está en los cajones del armario. ¿Puedo saber para qué llamarás a Norma?

—Por ropa. No sé si me ha traído algo para la ocasión.

—Toda tu ropa está en esas maletas.

—¿Cómo...

—Vivirás aquí ahora.

—¿De qué estás hablando?

—Aquí puedo mantenerte segura.

—Ethan no creo que...

—Lo hablamos después, ¿sí? Así como también hablaremos de por qué tu bolso estaba dentro del auto de Kim, por qué había una pistola ahí, por qué me desobedeciste. Pero sobre todo hablaremos de por qué disparaste con tanta facilidad y puntería a Raúl. Ahora no es momento —eso lo ha soltado rabioso, enojado. Me dará un buen sermón.

—Yo...

—No quiero discutir contigo cuando te necesito tanto. Después.

—Bien. ¿Raúl ha muerto? —pregunto entonces. Tiene razón, este no es momento para reclamos.

—Le has dado en el estómago. Quedó vivo, no sé si iba a sobrevivir en el hospital, pero Tony lo ha terminado de... ya sabes. ¿Nos vamos? —dice.

—Dilo, lo ha matado. ¿Ves? No me quiebro.

—Pues sí, lo ha matado pero no quiero que esa palabra o esas escenas se vuelvan una normalidad en tu vida. Por favor, Blair, ayúdame.

Sale de la habitación y eso me deja espacio para vestirme con tranquilidad. En efecto, toda mi ropa está en las maletas. No pierdo tiempo pensando en lo abusivo que ha sido tomar esta decisión por mí, porque, como bien hemos concluido la situación no da para más.

Encuentro una camisa gris manga larga y de cuello alto y un pantalón negro. Me hago una coleta y abandono la habitación. Justo en el pasillo me encuentro con Tony y me mira de forma extraña, ¿enojado? La culpa vuelve a aparecer.

—Me da gusto que estés bien, Blair. —Tiene los ojos tan rojos que creo que ha llorado un torrencial.

—Lo lamento, Tony. Ojalá hubiera sido más rápida en ver a Raúl. El...

—No te culpes, nadie lo hace. Eleanor jamás te hubiera culpado. No vamos a enemistarnos por esto, mascota.

Me atrevo a abrazarlo y me recibe sin ningún tipo de hipocresía.

—Estaba enamorado de ella, ¿sabes? Pero a ella le gustaban las chicas, siempre creí que solo era una faceta y que terminaría por darse cuenta de que la quería.

No puedo responder nada a eso lo suficientemente animado como para contrarrestar su tristeza. Él lo entiende y lentamente se aparta. Lo veo irse por el pasillo y bajar las escaleras. Yo hago lo mismo unos minutos después, cuando he recuperado la voluntad. Esto parece una pesadilla sin fin.

Mi hermano al verme intenta hablar nuevamente conmigo y se lo impido, o más bien Norma es quien evita que me siga. No hay nada que me interese más que tomar la mano de Ethan y hacerlo sentir seguro de que no me iré a ninguna parte.

Al llegar al cementerio me doy cuenta de que no habrá ni siquiera un discurso de despedida por un religioso. Todo es un secreto. Las únicas dos personas que no conozco son los hombres que seguramente han contratado para cavar el orificio en el que luego el cuerpo de Eleanor descenderá. Ethan da un largo suspiro cuando estamos frente al ataúd y a mí me falla la respiración.

Kim trae una gafas negras inmensas que le cubren casi toda la cara y aún así veo como sus lágrimas corren hasta su quijada. Se aclara la garganta y da un paso hacia adelante.

—A Eleanor no le gustaban las despedidas. Una vez me contó que cuando Ethan salió del orfanato ella se escondió en el cuarto de castigo para no tener que decirle adiós, pero que le escribió una carta en donde le pedía que volviera por ella. —Ethan aprieta mi mano con mucha fuerza y lleva sus dedos al puente de su nariz y maldice—. Ahora sabemos que él jamás la olvidó y te lo agradezco porque antes de ella no tuve a una sola amiga.

»Tony no se había enamorado hasta entonces y Mark no tenía ese estilo de mujeriego hasta que ella decidió hacerle aquel cambio de imagen y Zac consiguió a la mejor enfermera para su hermana cuando estuvo enferma y Nathan aprendió a controlarse gracias a ella cada vez que tenía que hacer una entrega.
Todo se trata de control, le decía. Lamento tanto tener que despedirme de ti hoy El, lamento mucho no haberte podido defender esta vez... —se queda callada, la voz no le sale más y miro hacia todos, afectados hasta más no poder.

Tony le da un beso al ataúd y veo cómo aparta de su rostro las lágrimas que lo traicionan, entonces pone su mano con firmeza encima y resopla.

—Voy a vengar tu muerte, Eleanor, es una promesa.
Kim casi enseguida pone la mano sobre Tony y se toma su tiempo para respirar.

—Vamos a vengar tu muerte.
Mark da un paso hacia adelante y hace exactamente lo mismo, repite las mismas palabras y Zac, quien ha estado más callado que el resto, con voz temblorosa y quebrándose finalmente hace la misma promesa.

Luego estoy yo, Nathan y Ethan. Norma se ha quedado algunos pasos atrás. Ninguno decide moverse. Juro por el cielo y por la memoria de mis padres que, si pudiera regresar el tiempo y decidir ir a otra universidad, lejos de esta realidad lo haría, sin duda, aun amando a mi hermano, aun amando a Ethan, vivir en la ignorancia me resulta demasiado tentador.

Pero las máquinas del tiempo no existen y estoy de pie frente al cadáver de la chica que entró a la boca del lobo por mí, que me escoltó hasta la calle, una chica que no me obligó a disparar ni a apoyarla en contra de aquellos dos tipos.
Una chica cuyas últimas palabras fueron "qué alivio me da verte". Poco puedo hacer para vengar su muerte y sé que dentro de ese poco a lo mejor nada servirá realmente y aun así, doy los pasos que me faltan para llegar al ataúd. Uno mis manos a las de los demás y sin importarme el nivel tan alto de demencia que estoy presentando digo las palabras.

—Vamos a vengarnos.
Nathan me clava los ojos encima.

—¿Qué te pasa, Blair?

—Era tu amiga, la han matado sin pena alguna y quizás el disparo ni siquiera iba hacia ella, yo estaba detrás, tal vez querían matarme a mí o a ti, o a Kim. Así que pon tu mano aquí, Nathan, porque más que venganza haremos justicia.

Aún con mis palabras hay desaprobación en su rostro, camina hasta nosotros y también une su mano.

Todos volteamos hacia Ethan. Me mira con reproche. No está de acuerdo en que forme parte, lo sé. Pero nada me hará dar un paso hacia atrás. Niega con su cabeza vencido y une su mano con las demás sobre la madera y asiente.

—Vamos a vengarnos.

CAPÍTULO 30

LA PUTA AMA

Regresar a la fraternidad no es nada sencillo sabiendo que recién hemos enterrado a Eleanor, que jamás volveremos a verle el rostro o escucharle la voz, si no es sencillo para mí no puedo ni imaginar cómo es de complicado para el resto.

Todos entran a la fraternidad, incluso Norma tomando la mano de mi hermano, quizás durante mi secuestro han podido hablar o tal vez es solo la conmoción del momento lo que la ha hecho quedarse más tiempo.

El silencio es casi insoportable dentro. Nadie sabe cómo actuar, ni qué decir. El cansancio es notable y la tristeza que nos invade lo es aún más. Lo único que queda es despedirnos y tratar de descansar mientras nuestras mentes vuelven a su punto.

Cada uno se retira, algunos a sus cuartos, otros a sus casas. No hay mucho que Ethan y yo podamos decirnos, él prefiere encerrarse en el baño. Y llorar. Quiero entrar y consolarlo, pero me suplica que le dé un momento. Me quedo junto a la puerta todo lo que tarda en recomponerse y cuando sale cae sobre la cama por inercia.

Acaricio su cabello hasta que se queda dormido y lo cubro con la manta cuando hace un poco de frío. Yo me paso casi toda la noche en vela, pensando una y otra vez en lo mismo: no debería estar pasando esto, no debería estar aquí, y no debería quedarme, pero es lo que haré.

Extrañamente los días siguientes somos como fantasmas dentro de una casa, no hay movimiento realmente y yo he decidido quedarme el resto de la semana sin ir a clases. No puedo actuar como si nada.

Los chicos han tenido algunas reuniones sin mí. Supongo que Ethan solo quiere protegerme. Las marcas han desaparecido pero el recuerdo sigue latente.

Es domingo y no hay absolutamente nada en la nevera ni la alacena, por primera vez siento que hacemos algo completamente normal y lejos del mundo oscuro, al ir todos al supermercado.

Al volver a casa me ayudan con las bolsas. Yo hago el amago

de caminar tras todos ellos al ver que Norma me ha estado esperando en la entrada de la fraternidad y Ethan me detiene. Ella parece entender que nos quedaremos un poco más afuera y se une a los demás.

Ethan está recostado a su Jeep, apenas y se lo han entregado hoy como nuevo. Lleva mi mano hasta su boca, sus labios me dan pequeños besos y luego la acaricia con calma sin despegar sus ojos de mí.

—¿Sabes lo que voy a decirte? —me pregunta muy serio.

—La verdad es que con todas las cosas que he hecho y sé que no son de tu agrado, ignoro qué vas a decirme.

—¿Por qué había un arma en tu bolso? —lanza la primera bala.

—Porque Kim me estaba enseñando a disparar.

—Haré mejor la pregunta, ¿por qué había esa arma en tu bolso? Trae una M incrustada, a Mateo le gusta hacerse el gracioso a veces, Nathan tiene una, Kim también y sé que Eleanor tenía una. Dime, ¿por qué tú tenías una en tu bolso? —No tenía idea de que la pistola tuviese una M incrustada.

—Porque Mateo me la obsequió.

—¿Y desde cuándo Mateo y tú se frecuentan?

—¿Tenemos que hablar de esto ahora?

—Bueno, quiero saber ahora por qué mi novia, la cual se cree la jefa de la mafia tiene tratos con el hijo de González.

—Kim dice que es bueno, que no le gusta su vida, que quiere salir como tú y que está dispuesto a trabajar contigo si lo ayudas a salir también. Me ha dado el arma porque conoció a mis padres. Fue al campo al que me llevó Kim a practicar porque cree que primero tenía que caer en mi gracia para que yo luego interviniera. Creen que haces lo que yo digo y honestamente no pienso que eso sea bueno... lo de que crea que te manipulo, que Mateo se nos una sí.

—Apenas y conoces a Mateo y ¿crees que es buena idea que se una?

—Tengo una corazonada.

—Blair, en este mundo no puedes tomar decisiones por corazonadas.

—¿Por qué no al menos hablas con él? Y tú decides. Fingiremos que jamás te propuse que lo aceptaras y creerán que lo has decidido tú.

Sonríe un poquito y luego ampliamente. Al menos le he causado gracia y lo he despabilado un poco. Pone sus manos en mis caderas y me atrae hacia él.

—Sí, señora —murmura.

—Estoy hablando en serio.

—Y yo también. No serás la jefa de la mafia, pero sí la mía. Ahora, no puedes involucrarte en todo eso de la venganza. No había querido tocar el tema, pero…

—No empieces Ethan...

—No, no. No puedes, agradezco tu solidaridad conmigo, con mis amigos, con mi gente y con mi mundo, pero tú no estás acostumbrada a esto, no voy a proporcionarte una pistola y a darte órdenes como si fueses una más. Tu eres lo único que me mantiene cuerdo en este momento, necesito saberte sana y salva todo el jodido tiempo. Puedes estar en nuestras reuniones y saber nuestros planes, pero no formarás parte de ellos y es mi última palabra.

—Lo entiendo, no tienes que darme una pistola, ya tengo una —es mi respuesta y trato de irme, pero me detiene.

—Esto no es un juego, Blair.

—Ya lo sé —contesto sofocada.

—Ya perdí a Eleanor, no voy a perderte a ti.

—No vas a perderme.

—Eso no lo sabemos, ¿tú tienes una idea de cómo la pasé durante los tres días que no sabía en dónde carajos estabas? ¿Te has puesto a pensar de qué fui capaz en esos momentos?

—Entonces es verdad... tú ordenaste matar... tú mataste.

—Sí, hice ambas cosas y todo porque con cada minuto que pasaba te imaginaba viviendo un infierno. ¿Sabes lo que les hacen a las mujeres que secuestran? Las violan, las venden como putos objetos para ser prostitutas de lujo, y a veces para trabajar en burdeles de mala muerte en donde tienen que estar hasta con cincuenta tipos al día, las matan para vender sus órganos o las van desmembrando poco a poco y envían sus partes a la persona de quien se están vengando.

» Eso es lo que hace la mafia, eso es lo que deja el narcotráfico. No quería hablarte de esto, no tienes idea de cuántas chicas he ayudado a escapar. Puede que sea una mierda de persona por traficar sustancias ilegales, pero no un desgraciado que se divierta con el dolor ajeno.

—Pero ¡qué estás diciendo!

—Te dije que mataría por ti y es lo que he hecho porque te amo, te amo con todas mis fuerzas y ahora estoy más decidido que nunca a dejar esta mierda, porque si aún queda decencia en mí, quiero dártela a ti, a nadie más, solo a ti. Todo lo bueno que aún conservo, este Ethan blandengue que da cada jodido paso pensando en ti.

—Ethan...

—Por favor, no te involucres. Si quieres sentir que me apoyas, ayúdame a mantenerme concentrado. No puedo tomar decisiones si la mujer que amo corre peligro.

—Está bien —acepto, solo porque lo que ha dicho es una atrocidad y si necesita paz mental no pienso negársela.

—Bésame —me pide y también obedezco. Es un beso tierno, sin segundas intenciones, no hay más que amor puro y verdadero en cada movimiento de sus labios sobre los míos. Lo termino abrazando presa de este sentimiento tan grande que hay dentro de mí para él, solo para él.

—No me ocultes nada —es mi petición.

—No lo haré, pequeña. Eres la mujer más valiente que he conocido en mi vida, ¡Dios! Es que te veo y joder, siento una cosa tan extraña en el pecho. Me haces sentir tan feliz aún en medio de la desgracia. ¿Sabes qué sentí cuando me dijeron que te habían secuestrado? —Niego con mi cabeza—, que me moría. Ethan Johnson se moría sin ti, así que pórtate bien y deja de jugar a la mafiosa. ¿Sí?

—Sí.

—¿Es un trato?

—Haré mi mejor esfuerzo.

—Esa respuesta no me gusta nada, mejor di: sí, mi amor, haré lo que tú digas.

—Ethan Johnson esas palabras no saldrán de mi boca.

—Caprichosa y rebelde, justo lo que me hizo caer redondito. Me dan ganas de darte unos azotes en ese trasero tan bonito que tienes cuando te pones así.

—Pues dámelos, no tengo problema con eso.

—Y sádica, la mujer que amo también es sádica. Lo haré —suelta con tono divertido—, oh vaya que sí lo haré —me advierte y pone sus manos en mi trasero.

Dejo caer mi rostro en su pecho. Él llena mi frente de besos y no nos alejamos hasta que Kim vuelve por nosotros y nos obliga a entrar.

Caminamos tomados de las manos y aunque dentro el ambiente se ha tornado nuevamente tenso, melancólico y devastador su tacto constante me da esperanza.

Todos están en el gran comedor en donde alcanzan unas quince personas. No hay nadie más en la fraternidad, o al menos eso parece. Son muy pocos los comentarios que hacen los chicos y el más callado de todos sigue siendo Tony.

Mi hermano decide no alterar más las cosas y solo mira con reproche que Ethan me sostenga la mano. Creo que nadie ha comido nada decente desde aquella noche, les pregunto si tienen algo de hambre. A pesar de sus caras abatidas asienten. Kim, Norma y yo nos perdemos en la cocina, aunque Kim simplemente se sienta a observar.

—¿No sabes cocinar Kim? —le pregunta Norma.

—Ser mujer no me hace automáticamente experta en la cocina, pero puedo ayudarlas a poner la mesa.

—Te lo agradeceríamos mucho —contesto y se pone en ello.

—¿Las marcas han desaparecido? —quiere saber Norma al quedarnos solas.

—Shh —la callo—. Ni siquiera lo menciones. Si Ethan se entera que le he ocultado lo que me han hecho esos hombres, los mata.

—Pues si las marcas han desaparecido, dudo mucho que se entere.

Asiento segura de que así será.

No es gran cosa lo que preparamos, pero al servir el estofado, arroz y ensalada todos miran con cierta alegría su plato. Ethan come con una sola mano porque con la otra toca tiernamente mi mano. No me suelta ni un segundo.

Zac y Mark se ofrecen a lavar los platos y mi chico continúa en lo suyo.

Me mira de soslayo cada tanto, como si estuviera intentando descubrir algo, no lo sé. Le sonrío de vez en cuando y empieza a tocar mi muñeca.

De un momento a otro, su ceño se frunce y se aclara la garganta.

—¿No hay nada que quieras decirme?

—¿Sobre qué?

—No lo sé, tú dime.

—Estás actuando extraño.

—Blair —pronuncia mi nombre cabreado. ¿Qué demonios le pasa?

—Y bien, ¿qué es lo que haremos con los de Compton? —nos interrumpe Tony, está muy serio. Zac y Mark se reúnen con nosotros al escuchar dicha pregunta.

—¿Qué propones? —responde Ethan y me mira molesto.

—Muerte. —Miro hacia Tony, lo ha dicho con tanta frialdad.

—No podemos llegar a su zona y matarlos, Tony —comenta Mark—, entiendo tu dolor, aquí todos perdimos a una amiga pero no es viable.

—Entonces matemos a Barak.

—Matar a Barak significa iniciar una guerra sin fin entre zonas y para eso necesitamos la autorización de González —les recuerda Zac.

—Hagamos lo que hagamos necesitamos su autorización. Somos pocos contra toda una organización. Si matamos a Barak nosotros solos sí habrá una guerra, pero si lo hacemos en conjunto con él, no la habrá —Nathan no parece animado con esta conversación.

—Cierto. No podemos mover un pie sin decirle lo que pretendemos hacer a González. Ya sabe lo de Eleanor y no sé hasta qué punto se ha creído toda la mentira que hemos dicho —agrega Kim—, necesitamos gente, armas, movernos como mafiosos de verdad, no como jovencitos que juegan a ser narcos. Yo creo que la mejor forma de iniciar es reclutando a Mateo. Aunque odia esta vida, es quien recibe todas las armas, quien las compra y quien las reparte.

—Mateo no es de... —Me aclaro la garganta e interrumpo a Ethan, él voltea hacia mí más molesto aún y asiente—, hablaré con él.

Cuando accede tan fácil a las cosas siento que lo amo más aún.

—Podemos robarle mercancía, atracar sus bodegas más importantes, quebrarlo y para eso no necesito permiso de nadie, tengo gente a mi mando, y la libertad de decidir al respecto —propone Ethan.

—Eso no es suficiente. Ojo por ojo Ethan —dice un muy enojado Tony.

—Lo sé, Tony, sé que esas son nuestras leyes, ha matado a una de las nuestras y deberíamos hacer lo mismo pero...

—Te preocupa lo que le hagan a Blair —suelta con amargura.

—Sí, me preocupa.

—¡Han matado a Eleanor por rescatar a Blair! —le da una palmada a la mesa.

—Tranquilo Tony —interviene Kim.

Ethan me mira un segundo antes de ponerse de pie.

—¿Qué quieres decir Tony? —Ethan se acerca a él.

—Quiero decir que por salvar a tu novia es que está muerta —grita.

—Yo... —intento hablar.

—Ahora no Blair —me reprende Ethan—. Yo no te pedí que fueras, no se lo pedí a ninguno. Les dije que iría con otras personas y todos aparecieron aquí por voluntad propia, ¿y sabes por qué no les pedí que me acompañaran? Porque no quería que nadie saliera lastimado, mucho menos que alguien muriera.

» ¿Crees que la muerte de Eleanor no me está carcomiendo vivo? La conocía desde los diez. Les agradezco a todos que hayan arriesgado su vida por Blair, jamás olvidaré que fue una vida a cambio de otra, pero te recomiendo que pienses mejor la próxima vez que vayas a hablar de ella. No hagas sentir culpable a mi mujer o me olvidaré de que eres mi amigo —gruñe.

Dejo de respirar al escucharlo. Nadie se atreve a responder nada. Tony se levanta y se larga y los demás intercambian miradas. El portazo que lanza Tony me estremece y Norma también se pone de pie y prefiere esperar en la sala por Nathan o por mí, no lo sé.

—Eso no era necesario —hablo bajito.

—Sí, sí que lo era —me riñe—. Es mejor que luego hablemos de esto.

—Yo tengo una idea —me atrevo a decir y todos vuelven a sentarse.

—Blair... —Nathan trata de que no diga más.

—¿Cuál es? —me anima Kim. Creo que ella es la única en este lugar que me cree capaz de formar parte de esto.

—Tony quiere muerte, y Ethan quebrar a Barak robándole mercancía. Pero, ¿qué tal si no solo lo quiebras? ¿Qué tal si se apoderan de Compton y se lo entregan a González?

Todos me miran como si estuviera loca, pero tiene sentido, lo volverán jefe y señor de toda la ciudad, los rumores de que Ethan quiere salirse de la mafia se acabarán y él estará tranquilo, feliz porque su chico favorito está actuando como él.

Barak se quedará sin poderío y sin gente por lo cual no tomará represarías contra nosotros y lo mejor de todo es que si le hacemos creer a González que solo es por complacerlo, incluso que yo he decidido seguir el mismo camino de mis padres, él se sentirá confiado y nosotros podremos enfocarnos nuevamente en dejar esta vida de porquería.

Además, recuerdo bien que Mateo nos dijo que González sabía del accidente mucho antes de que sus hombres se lo comunicaran o que el mismo Ethan o cualquier de los chicos lo hicieran, Ethan no me ha querido decir nada sobre eso, pero este plan nos ayudará a averiguar si González en realidad está o no trabajando con Barak y si todo eso de la guerra de zonas es un teatro.

Porque hay algo que no tiene sentido, si Barak y González se han vuelto cómplices, ¿por qué ha enviado a Kim a hacer espionaje secreto? ¿Por qué Barak me ha secuestrado para obligar a Ethan a trabajar para él? Si son realmente enemigos, él aceptará encantado, si son cómplices y todo lo han hecho para verificar hasta dónde llegará Ethan y sus intenciones de abandonar la mafia, entonces se negará.

Se los explico todo con lujo de detalles y se quedan asombrados. Ethan incluso se queda pensativo.

—¿Qué clase de series y películas sobre narcotráfico estás viendo, hermanita? —quiere saber Nathan.

—¿Cómo propones que nos apoderemos de Compton? —Lo dicho, Kim es la única que me toma con seriedad.

—González tiene poder sobre casi toda la ciudad, solo Compton trabaja para alguien más. Ethan se lo propone a González y si dice que sí, y comprobamos todo lo que he expuesto antes, tendrán acceso a toda la gente que quieran, ¿no? a toda la artillería. Pues bien, ¿qué es lo que diferencia a González de Barak?

—La calidad de la droga. En Compton solo se vende droga de mierda —me narra Zac.

—Ahí lo tienen, el plan es enviar a todos los vendedores de mercancía que puedan a esa zona, hacer rondas con nuestra gente de manera descarada, tomarnos las calles, los callejones, atracar las bodegas como Ethan ha dicho, robarles a sus clientes, manipular a Barak hasta el punto de que una vez quebrado él mismo entregue Compton y averiguar en dónde Barak tiene familia.

» El objetivo de mi secuestro fue obligar a Ethan a trabajar para ellos, démosle una probadita de su propio chocolate. Y si nada de eso funciona, si invadir por todos lados su zona no da ningún resultado y empiezan enfrentamientos, ya habrán involucrado a González y será él quien se encargue del trabajo sucio, matar, justo lo que quiere Tony.

—¡Eres la puta ama! —dice Mark animadísimo.

Nathan y Ethan se miran entre ellos como queriendo decidir quién de los dos me baja de mi nube de grandeza, esa en la que me he subido sin querer, esa que no sabía que tenía, porque todo esto se me ha ocurrido de la nada. Ni siquiera sé si realmente es factible.

—Yo entro —Kim es la primera.

—Y yo —continúa Zac.

—Por supuesto que yo —dice Mark.

—¿Cómo se te ha ocurrido eso? —Ethan se acerca a mí.

—No lo sé. Solo ha venido a mi mente. Dijiste que no me involucrara físicamente, y no lo haré, pero al menos podrías tomar en cuenta mi plan. ¿Sí? O ve y mata a Barak de una vez.

—¿Eso no hará que nos hundamos más en el fango? —reflexiona mi hermano.

—Probablemente, pero el plan es bueno —Ethan da luz verde.

Sonrío agradecida. Lo harán, joder, lo harán. Le quitarán Compton a Barak.

Luego de llegar a un acuerdo, Nathan mira hacia la sala, en donde Norma está escuchando todo. No sé cómo funcionen las cosas con Norma a partir de hoy. Ella no quiere formar parte de esto y se lo aplaudo, hay que estar muy loco para querer formar parte, y en realidad nadie quiere, de alguna manera nos sentimos obligados.

No sé si lo mejor sea que ya no visite siquiera la fraternidad o seguir actuando como si nada estuviera pasando dentro de estas paredes. Lo último que quiero es que salga herida o intenten hacerle daño.

Mi hermano se despide de todos y creo que me ha leído la mente porque se lleva a mi amiga a otro lugar. Kim lo imita marchándose y Zac y Mark deciden ir en busca de Tony y solo quedamos Ethan y yo.

Me toma de la mano nuevamente y me guía hasta la habitación. Pega su cuerpo con el mío y me besa tan descarada y carnalmente que casi me ha humedecido al instante.

Sus manos se enredan en mi coleta y muerde ligeramente mi labio inferior. Su lengua invade mi interior y no me da tiempo de tomar aire y mis pulmones lo piden a gritos.

—¿Hasta cuándo entenderás que eres mi jodida vida?

—Lo comprendo.

—¿Sí?

—Sí.

—¿Me amas?

—Con toda el alma.

—Dilo.

—Te amo con toda mi jodida alma. —Sus ojos se abren y me taladran.

—Entonces, Blair, ¿por qué carajos me has ocultado información? —habla furioso.

—No entiendo.

—Ah, no entiendes. ¿A qué marcas se refería Norma? Las he escuchado, he ido a la cocina a ayudarte justo cuando lo han mencionado. ¿A qué putas marcas se referían? ¿Qué te hicieron esos hombres?

—Lo has entendido mal…

—Lo he entendido mal y una mierda. Quiero que me digas ahora mismo qué fue lo que pasó realmente. ¡Habla! —vocifera.

—No sé qué pretendían, Barak dijo que era un aviso, ellos… ellos quitaron mi camisa, tocaron mis piernas, estaba tan asustada que no me di cuenta de cuando mordieron o apretaron, no lo sé, quizás me hice moretones cuando escapaba. Solo sé que cuando estaban quitando mi sujetador Kim entró…

—Voy a matarlos.

—¡Ethan! —le grito cuando sale del cuarto a toda prisa—. Ethan.

CAPÍTULO 31

HAZME OLVIDAR

Me parece que el corazón me da un vuelco tan grande que se me ha subido hasta la garganta y lo escupiré por la boca. Salgo detrás de él prácticamente corriendo. Casi caigo por las escaleras, y él no se detiene ni siquiera porque estoy llorando y suplicándole que me escuche. Lo veo entrar a una habitación a la que yo nunca he entrado y supongo que es el estudio en donde estuvo la otra noche que Mateo visitó la fraternidad.

Ni tiempo me da de husmear el lugar o poner reparo alguno en la decoración, mis ojos se abren como platos en cuanto lo veo abrir una especie de librero cerrado, y saca un arma un poco más grande que la que Mateo me ha obsequiado, veo que también toma más balas, demasiadas. ¿Piensa matar a todo Compton? ¡Ha enloquecido!

—Ethan, no hagas una locura.

—¡Te tocaron!

—Pero no pasó nada, estoy bien. ¡Mírame!

Me mira fastidiado.

—Te quedas aquí, ni un solo pie fuera de esa jodida puerta —gruñe.

—No puedes hacer una tontería como esta, hemos hecho un plan, no lo arruines —le pido.

—¿Crees que me importa arruinar el dichoso plan que te has sacado de alguna serie de televisión? Me importa mantenerte viva. ¿Qué más te hicieron? ¡Dime! ¡Habla! ¿Quieres que me quede tranquilo sabiendo que casi abusan de ti? Tú eres sagrada para mí, entiéndelo de una puta vez, si te tocan se verán con el diablo en persona.

—Pero no me han hecho nada y si crees que mi plan es estúpido, pues haz lo que tú quieras. Después de todo eres tú el narcotraficante, yo solo era una estudiante a la que envolviste con palabras bonitas y han secuestrado, me han golpeado, me han amenazado y tocado por doquier por tu culpa y ¿me has visto llorando? ¿Me he quejado? He soportado todo esto por ti y lo primero que haces es actuar como macho alfa porque me han tocado.

—¿Crees que esto es por celos? Simples celos de noviecitos.... Estás mal de la cabeza si crees que quiero matar a alguien por tocarte, si tú lo permites no me queda más que aceptarlo, aunque por dentro en efecto quiera matar al tipo en cuestión porque soy un celoso de mierda. Pero esto, lo que te hicieron, no tiene nada que ver con celos.

—Soy una idiota —sollozo—, una idiota completamente por creer que haríamos esto juntos.

Salgo del estudio y escucho su calzado impactar con el piso detrás de mí.

—Espera, joder, espera —me pide tomándome del brazo mientras que con la otra mano aún sostiene su arma.

—¡No! Me voy ahora mismo, no pienso vivir con un loco que quiere matar a cualquiera, ni siquiera sabes quiénes fueron, yo tampoco lo sé, ¿crees que Barak te lo dirá?

—Cuando tenga una pistola en la boca, créeme, lo hará. Y de todas formas lo voy a matar a él.

Me cubro el rostro exagerando un poco siendo honesta, no puedo permitir que se vaya, así que si tengo que hacer una escena, la haré. No matará a nadie, no dejaré que se siga ensuciando las manos, que más muertes cuelguen de sus hombros, él es una buena persona, todos lo son.

Incluso lloro escandalosamente y él tira de su pelo y niega con la cabeza.

—Blair no hagas un drama de esto, me estás manipulando. ¿Crees que no me doy cuenta? —me gruñe en la cara.

—¿Manipulando? ¿Eso es lo que crees? Piensa lo que quieras, anda y mata a todos. Inicia una guerra, provoca que termine muerta en algún callejón abandonado, seguro te encantará vivir con la culpa.

La puerta se abre en ese justo momento y los chicos entran. Nathan, Tony, Mark y Zac.

—Vete al cuarto —me ordena.

—No me iré hasta que me devuelvas la pistola.

—¿Pistola? —averigua Mark.

—Sí, quiere ir tras Barak ahora mismo.

—¿Por qué cambiaste de opinión? —ese es Tony.

—¡Porque ese hijo de puta ordenó que abusaran de Blair. Tenía marcas por todos lados, mordidas, moretones, la han tocado por doquier, la han intentado traumar!

—Ethan las cosas... está exagerando —me detengo porque veo cómo le cambia el color a Nathan y sale despavorido hacia el estudio y lo veo salir con un arma aún más grande que la de Ethan—. No, no, no. ¿Qué están haciendo? Es una locura, ¿no se dan cuenta? Estoy aquí, no me han hecho nada —insisto.

—¿Puedo ser yo quien le dispare a Barak? —es lo que contesta Tony. Me aterra lo que pueda pasar si comenten esa tontería. Ethan mira a su amigo unos segundos y asiente con cautela.

—¡Ethan! Joder, no hagas esto.

—Te han puesto las manos encima, hermana.

—Lo que le ha pasado a Eleanor es peor, y estaban dispuestos a hacer las cosas inteligentemente. Son unos idiotas.

—Sí, mascota, pero por desgracia Eleanor está muerta, tú has sobrevivido al secuestro —explica Zac.

—¿Y qué con eso? No parecía importarles hace una hora.

—Porque creímos que no te habían hecho nada, que solo había sido un aviso para Ethan. Era demasiado bueno para ser verdad, por supuesto que pretendían martirizarte y dejarte libre en algún punto solo para terminar el trabajo tiempo después. Es lo que hacen los de Compton —me dice Mark.

—Les gustan las muertes lentas, por eso quien ha disparado a Eleanor ha sido un puto traicionero nuestro —agrega Tony. Perfecto, todos están de acuerdo. ¡Maldita sea!

Los que faltaban por unirse ya tomaron sus armas y me encuentro en un punto total de desesperación. Caminan hacia la salida y yo tras ellos, impulsada por un miedo atroz pienso en todas mis pocas posibilidades para evitar que se marchen.

—Ethan, si das un paso más tú y yo habremos terminado —es lo que se me ocurre decir. Es una tontería lo que estoy haciendo, sobre todo porque está frente a sus amigos, quienes no son solo eso, sino una especie de secuaces, lo estoy exponiendo, estoy liberando sus debilidades.

Él me mira decepcionado, pero no me importa, lo que quiero es que no cometa una tontería.

—No te preocupes, los sacrificios también son una muestra de amor.

—¿Qué?

—Que es justo lo que vamos a hacer, terminar. Quise engañarme al creer que no te habían hecho nada, pero no puedo con esto. Y lo que dijo Mark es cierto, siempre vuelven a terminar su trabajo, así que esa será mi mayor demostración de amor; alejarte de mí para que no te crean importante, para que nadie te vuelva a hacer daño.

—¡Vaya hasta que piensas! —suelta mi hermano.

—Eres un cobarde —susurro.

—Y tú una manipuladora. Vámonos —le dice al resto y se marcha. Me deja ahí, inestable, sin saber si sus palabras han sido ciertas o un escarmiento por intentar, como bien ha dicho, manipularlo.

Los veo irse en su Jeep, y siento que voy a desmayarme. ¿Cómo se supone que tengo que lidiar con esto? ¿Cómo voy a quedarme aquí sin saber qué demonios están haciendo? ¿Y si alguno muere? ¿Y si todos lo hacen? ¡Joder! ¿Por qué me hacen pasar por esto?

Un chico que ni siquiera había mirado se me acerca y por un momento creo que me hará algo, que incluso lo han enviado porque tiene la pinta de matón.

—Será mejor que entres, Blair —me recomienda y lo miro con espanto—, tranquila, trabajo para Ethan, estoy resguardando la fraternidad.

¿Resguardando la fraternidad? Sí que han perdido la cabeza, ¿cómo van a tener a un chico fuera como si este es un palacio o la casa del presidente?, las demás fraternidades seguro lo notan, los alumnos, el campus entero... detengo mis pensamientos porque recuerdo que Ethan hizo una estupidez con las personas que antes cuidaban este sitio, siempre han tenido resguardada la fraternidad y yo no me había dado cuenta. Supongo que el resto de la humanidad tampoco lo hace.

No contesto nada y entro. Casi media hora más tarde escucho ruidos, al principio creo que son los demás chicos que viven en la casa y me equivoco al husmear desde la escalera y veo el pelo rubio de Kim y a Mateo. Bajo de dos en dos los escalones y Mateo sonríe al verme, no creo que sea un buen momento para sonrisas amables.

—Kim, los chicos han hecho una estupidez —me apresuro a ponerla al tanto.

—Ya lo sé. Nos han llamado para custodiarte.

—¿Qué?

—Sí, Ethan ha dicho claramente: Oye Mateo, ¿quieres que confíe en ti? Pues sé niñero de mi novia —suelta Mateo y Kim niega con la cabeza.

—Mat... —lo reprende Kim—, nos ha llamado para pedirnos que viniéramos aquí contigo, bueno, eso me lo ha pedido a mí, a Mateo le ha pedido refuerzos.

—No, no, no... —susurro llevándome las manos a la cabeza. Esto es un desastre.

—En realidad ha pedido claramente que no te dejemos ir —agrega Mateo.

—Teníamos un plan, un maldito plan y lo echarán todo a la basura —me lamento dejándome caer en uno de los sillones de la sala.

—No te ofendas, tu plan era bueno pero iba a tomar bastante tiempo —comenta Mateo.

—No quiero que sigan haciendo lo mismo, no quiero ser yo el motivo. Además González se enterará de todo, has enviado refuerzos.

—Esto también servirá, porque papá siempre ha querido apoderarse de toda la ciudad. Si lo consiguen la reacción de él les dirá todo, porque yo estoy seguro de que él y Barak están trabajando juntos y por alguna razón quiere que ustedes crean que no es así.

Niego con la cabeza y me hundo más en el asiento. Todo iba bien, bueno, moderadamente bien y en un dos por tres las cosas han cambiado. Kim hace un par de llamadas para ayudar de alguna manera desde casa y se encierra en el dichoso estudio.

Mateo se fuma un cigarrillo frente a mí y me observa, debo estar pálida de tanta preocupación porque da un largo suspiro, tira su cigarro y lleva uno de los asientos hasta quedar frente a mí, pone un rostro inocente, increíble que siendo hijo de González tenga una apariencia tan apacible, amistosa... normal.

—Oye, tranquila, te apuesto lo que quieras que entrarán por esa puerta completos.

—No lo entiendes —susurro preocupada.

—Sí, sí lo entiendo. Tu hermano y... ¿Cómo podríamos llamarlo? Tu pequeño títere. —Lo miro molesta y se ríe un poco—, bien, bien. Tu novio está dándose a balazos seguramente en este momento.

—¿Por qué todo el mundo cree que soy yo quién decide por Ethan? Solo tengo diecinueve, soy una niñata aún que se ha involucrado en el peor de los mundos existentes.

—Porque Johnson era por desgracia una réplica de mi padre. Sí, el tipo nunca ha... bueno, nunca había cometido el peor de los pecados pero González lo ha hecho a su imagen y semejanza porque yo, "el heredero al trono" —ironiza—, aborrezco lo que hace, lo que hacen todos. Así que su cambio fue demasiado evidente. El hijo de puta era como el diablo encarnado y ahora es un conejito de pascua. Tú eres la dueña de los huevos de oro, ¿qué más te puedo decir?

—¿Tú crees que estoy arruinándolo todo? ¿Qué soy la culpable de que todo este infierno se haya desatado?

No sé por qué estoy teniendo esta conversación con Mateo, quizás con Kim podría desahogarme de esta manera, tal vez es que al escucharlo decir que aborrece este maldito mundo me ha hecho ver que también lo aborrezco, no es lo que quiero para la gente que amo, ni mucho menos para mí.

Jamás comprenderé cómo mis padres terminaron involucrados en esto.

—Provocar en la gente el incentivo de mejorar jamás podría ser un error, Blair. Este mundo es una mierda completa, deja muy buen dinero, una fortuna en realidad, pero a cambio de muchas cosas malas, no has visto ni la cuarta parte. No estás arruinando nada, estás logrando que alguien que ha pasado años creyendo que esto es lo único a lo que puede aspirar, se plantee otro futuro.

—¡Qué romántico! Por eso es por lo que es mi mejor amigo —se burla Kim.

Me percato enseguida de que a Mateo no le agrada nada ese calificativo de "mejor amigo" y al darse cuenta de que lo estoy observando con ímpetu, sacude la cabeza aunque no despega su mirada de la rubia de piernas largas. ¡Oh! Está enamorado de Kim, bueno, quizás es algo físico pero por la forma en la que la mira me parece que es más que eso. ¡Joder! Quizás esa es la verdadera razón por la cual Ethan no era su persona favorita.

—¿Qué averiguaste? —pregunto.

—Que obviamente ya descubrieron que estaba de infiltrada y que más me vale que los chicos maten a Barak porque si no, estoy muerta.

A pesar de tener tanto tiempo junto a ellos, sigo sin poder acostumbrarme a la frialdad con la que hablan sobre darle fin a la vida de una persona.

Mateo regresa a su antiguo lugar, el cual queda a centímetros de Kim y lo escucho asegurarle que nadie le hará nada, primero pasarán por su cadáver y ella acomoda su rostro en su hombro. Yo me hago un ovillo y el corazón vuelve a latirme desesperado, necesito urgentemente que regresen.

Cinco horas pasan, cinco largas y oscuras horas y seguimos sin saber nada de ellos, varios chicos que viven en la fraternidad han vuelto y no nos han hecho ni caso. Al acercarse la hora seis hasta Kim parece aturdida y un poco nerviosa, tanto, que cuando escuchamos un estruendo fuera salimos corriendo los tres hacia la salida. Se han estacionado tan mal que han tirado un arbusto que estaba justo en la entrada.

Bajan riéndose y me sulfuro. ¿En serio? ¿Qué es tan chistoso?

Mi boca se abre con asombro cuando descubro el motivo, están ebrios. Nathan, Mark y Tony necesitan apoyarse uno en el otro para poder caminar, mi hermano de verdad está arrastrando los pies. Zac se mira un poco mareado y Ethan ligeramente ebrio, al menos camina solo y lo hace directamente hacia mí.

—He vuelto sano y salvo, mujercita —bufa—. ¿Cómo se portó la jovencita, Mateo? —eso lo ha dicho en broma.

—De maravilla —contesta el muy tonto haciendo que se rían un poco. Molesta por tal estupidez le lanzo una bofetada a Ethan que le voltea la cara. El resto se ríe aún más fuerte. ¿Cómo pueden reírse? Eleanor ha muerto, se han ido en plan matones y me han dejado con los nervios de punta. ¡Cómo se atreven!

—¿Traes auto, Kim? —le pregunto.

—Vine con Mateo.

—¿Me llevan a la residencia? —Ni me tomo la molestia de subir por mis cosas, ya lo haré luego. Doy un paso hacia ellos a pesar de que ni ella ni Mateo asienten, claro, el diablo personificado está aquí y por supuesto que toma mi muñeca deteniéndome.

—Tú no vas a ningún lado —me advierte.

—Suéltame, dijiste hace un par de horas que lo nuestro era historia.

—No voy a discutir eso en público —se pone sus moños.

—Pues a mí sí me apetece. Anda, envíame al demonio, si ya lo hiciste antes frente a tus amigos. ¿Mateo te intimida?

Pone esa cara de malo que utiliza casi todo el tiempo pero que últimamente se había dulcificado. Me toma de las caderas y me lanza a su hombro como un costal de papas y de esa forma me lleva dentro de la casa. Nathan está tan borracho que aplaude. Que alguien le tome un video, quizás así deja de interferir en mi relación con Ethan.

No hago ni el intento de zafarme o bajarme porque aunque está un tanto ebrio sigue teniendo más fuerza que yo. No se detiene hasta que estamos en su habitación y me deja caer para luego acorralarme en la pared.

—¡Basta! No puedes dejar tan a la vista que muero por ti, ¿por qué me haces esto? ¿Te gusta ver lo débil que soy?

—¿A ti te gusta verme hecha una loca porque te has marchado a hacer de matón? Ethan...

No puedo terminar porque me besa con frenesí y rodea mi cintura con sus brazos fuertes y torneados, mi corazón explota, como cada vez que tenemos un jodido acercamiento. Está tratando de que se me olvide, bien, probablemente lo consiga pero no puedo dejar pasar esto. Trato de apartarme un par de veces y no lo logro, su lengua de forma arrebatadora se cuela en el interior de mi boca provocándome calambres deliciosos por todo el cuerpo cada vez que se enrosca con la mía.

Sus manos se quedan quietas en mi cintura, no se mueven de ahí y sé muy bien por qué está actuando de esa manera.

—Ethan... —aprovecho cuando necesita tomar aire y me acurruca en su pecho, me abraza fuerte y suelta varios suspiros prolongados—, ¿qué pasó? Necesito saber que te has arrepentido.

—Tocaron pedacitos de ti —dice un poco afectado—, cada vez que imagino lo que sentiste me dan ganas de quemar vivo al mundo entero. Porque si tocaron pedacitos de ti, tocaron mi alma entera, Blair. ¿Lo entiendes, pequeña? Joder, entiéndelo.

—Pero yo...

—No estás bien, Blair. Es lo que quieres que crea, pero no lo estás. Esto es demasiado. Es una cosa tras otra…

—¿Para qué quieres que te diga cómo me hace sentir lo sucedido, lo que viví encerrada? Para que salgas corriendo a matar a más personas… no gracias.

—No. Para amarte, para hacerte olvidar, para no separarme de ti ni un centímetro.

Lo miro directamente hacia sus grisáceos ojos perlados de inseguridad en este instante.

—Creí que pasaría a más. Fue humillante, espantoso.

—Odio que pases por estas cosas, lo odio de verdad. ¡Lo odio! Me odio por no darte más que preocupaciones. Quisiera tener una puta bola de cristal y meterte ahí hasta que todo se acabe, porque se acabará, te lo prometo.

—Yo quiero estar contigo, no me importa nada más.

—¿De verdad? —duda—. Yo no creo que debas estar conmigo. Soy un delincuente, si algo sale mal podría incluso terminar mis días en la cárcel. Estoy siendo injusto al retenerte conmigo, al involucrarte en esta mierda.

—Yo te amo tal cual eres.

—¿Cómo puedes amarme? Que yo te ame a ti es comprensible; tú eres todo lo que yo jamás seré. Pero yo... yo soy un don nadie.

—Yo te esperaría si terminas en la cárcel. Estoy involucrada en tu mundo desde que mis padres decidieron formar parte, no te eches la culpa.

—¿Qué dices? ¿Cómo... ¿Cómo puedes decir eso? ¿Esperarme? ¿Esperarías a alguien que apenas llevas meses conociendo? —se ríe.

—Me he enamorado de ti en cuestión de nada, y estoy enamorada de ti como una loca de atar, Ethan. Solo te acercas y yo tiemblo, solo me hablas y me derrito. Yo también muero por ti en todos los sentidos, deja de cuestionarlo porque me haces pensar que el que tiene dudas en realidad de lo que siente por mí, eres tú.

—¿Yo? Yo no tengo dudas de mi amor por ti, grábatelo en esa cabecita perfecta que tienes, que yo daría mi vida por ti sin pensarlo, y me iría contentísimo porque te habré salvado.

Doy un paso hacia atrás y me quito la camisa. También quito mi sostén y su confusión es evidente. No hace nada, no se mueve, no se me acerca, no habla, solo me mira sin saber qué trato de decirle con mis acciones. Hemos tenido una semana en la que no ha pasado nada íntimo entre nosotros.

—Hazme el amor —le pido. Cuando voy a quitar mi pantalón sí que se acerca y me detiene.

—No tienes que hacer esto Blair, he supuesto todos estos días que no era adecuado.

—No necesito tiempo, necesito que me hagas olvidar. Así que por favor... hazme tuya. Ahora. Hazme olvidar.

Probablemente es más importante saber qué ha pasado con Barak, eso me dará paz, pero ahora solo lo necesito a él, para sentirme capaz de seguir con esto, para volver a ser yo, para llenarme de fuerzas, de motivos y como bien he dicho, para olvidar.

CAPÍTULO 32

¿Y SI TERMINAMOS?

Ethan trata de decir algo, pero ante su silencio yo termino de quitar mi ropa y quedo desnuda de pies a cabeza frente a él. Sus ojos me recorren desde la punta de mis pies hasta la última hebra de mi cabeza.

Da un paso hacia mí y toma del cuello su camiseta y la saca por su cabeza, el sonido de su pantalón al caer me sobresalta y se percata de ello, quedamos desnudos los dos, uno frente al otro sin decirnos ninguna palabra. Da otro paso, ya estamos tan cerca que nuestras respiraciones se mezclan.

Suelta mi coleta y mi pelo cae como cascada sobre mi espalda y mis hombros. Acomoda un mechón que ha caído sobre mi frente y con la yema de su dedo me acaricia desde la sien hasta llegar a mis labios sutilmente.

—Cada vez que te veo creo que voy a explotar, me haces sentir de una forma tan jodidamente ridícula y feliz, y contento, un adolescente.

—Sé a lo que te refieres. Lo sé perfectamente porque me pasa lo mismo.

—¿Sí?

—Sí.

Sus manos se apoderan de mi cuello, tira ligeramente de mí y sus labios atacan los míos, puedo darme cuenta de que quizás ha bebido unas cuántas cervezas, lo que quiere decir que no está ebrio como el resto de sus amigos. La forma en la que toma uno de mis labios y lo saborea para luego tomar el otro me hace relajarme al instante.

El ritmo de nuestro beso se acopla a las caricias de nuestras manos, yo me tomo todo el tiempo del mundo para trazar líneas por su pecho endurecido y él baja poco a poco las suyas para palpar cada partecita de mi cuerpo hasta llegar a mis caderas.

Caminamos sin separarnos hasta la comodidad de su cama, mi cuerpo cae sobre sus sábanas como si fuera una pluma, me ha puesto ahí como si temiera que me escurriera entre sus manos si me depositaba rápidamente.

Cada vez que sus labios se acercan a mi piel susurra un "te amo" para mí que me eriza lugares que ni siquiera sospechaba que pudieran erizarse por dos palabras que para tantos no significa nada, para mí significa mi mundo entero, aunque ese mundo sea oscuro de momento. Hasta derramo unas cuantas lágrimas de la emoción que me provoca escucharlo decir tantas veces lo mismo, sin descanso.

Abre un poco mis piernas y se acomoda a su antojo, estira una de sus manos hasta su mesita de noche y toma un preservativo, casi nos hemos caído al piso en su intención de no separarse. Quiero preguntar por qué ha tomado un preservativo y recuerdo que he estado días sin tomar la píldora. Un bebé es lo peor que nos podría pasar en este momento, iniciemos por mi edad y terminemos con que él es un narcotraficante y yo de alguna forma rara y contradictoria, soy la novia de uno y la hermana de otro, y la amiga de varios. ¡Qué desastre!

Coge una bocanada de aire y entrelaza nuestras manos, las mías impactan sobre la cama y las suyas me están presionando. Yo rodeo su cadera con una de mis piernas y su miembro entra en mí de manera lenta y tentadora. El resto de su cuerpo cae sobre el mío poco a poco hasta que me hundo en el colchón significativamente, su primera estocada es devastadora, sí, es lenta, muchísimo, pero su virilidad me visita entera, de principio a fin y hace un pequeño movimiento circular dentro que agita las paredes de mi sexo y hace que mi excitación crezca a niveles cegadores.

Sale de mi interior y entra enseguida, suelta una de mis manos para tomar mi otra pierna y ponerla en el mismo sitio que mi pierna derecha. Se queda un momento así, con la mitad de su cuerpo erguido frente a mí en lo que su miembro sigue bombeando mi intimidad a un ritmo ni rápido ni lento, no me despega la mirada y toma uno de mis pechos, lo masajea hasta que mi pezón está por explotar.

Vuelve a caer sobre mí y me besa con desenfreno aumentando avasalladoramente sus embestidas profundas y demoledoras. Jadeo sin parar sobre su boca, el aire me falta y no me quejo por eso. Su miembro entra y sale sin detenerse un segundo hasta que no puedo más con la calma y jadeo olvidándome de todo, liberándome de alguna forma. Mis pechos se balancean hacia adelante y hacia atrás igual que todo mi cuerpo, mis pezones son apresados por su boca húmeda y entierro mis uñas en su espalda.

—Te amo —me dice una vez más.

Algunos temblores lo agitan cuando termina dentro de mí y mi respiración se entrecorta cuando llega mi turno. Termino de abrazarlo también con mis manos mientras cierro los ojos y él se acomoda en mi pecho, me da pequeños besitos.

—No te sientes peor, ¿verdad? —suena preocupado después de un rato.

—No.

Le acaricio el pelo y en cuestión de minutos se queda profundamente dormido, me lleva trabajo salir debajo de él y ponerle la sábana encima, aunque no se ha despertado con ninguno de mis movimientos y luce realmente cansado. Yo me pongo una camiseta suya y miro desde la única ventana que hay en su habitación hacia los jardines que se ven en la lejanía del campus universitario. ¿Cómo la vida puede cambiar tanto en tan poco tiempo?

Me cuesta dormir, sobre todo porque no dejo de pensar en los últimos acontecimientos. ¿Barak estará muerto? ¿Los tipos que intentaron hacerme daño? ¿Cómo es que han terminado embriagándose? Me duermo ya entrada la madrugada y despierto muy temprano, tengo que volver a clases. Intento una vez más salir de la cama, ducharme y vestirme sin despertar al chico de los ojos grises, pero ahora fallo de inmediato.

Se remueve en la cama y se sienta sobre el colchón cuando me mira intentar entrar al baño.

—¿Qué hora es? —pregunta con voz pastosa.

—Las seis.

—¿Por qué te duchas tan temprano?

—Porque tengo que volver a clases.

Por la cara que pone no creo que le anime tanto la idea así que corro al baño y paso el seguro. Está loco de remate si cree que no voy a volver a clases, suficiente tengo con que me haya mudado aquí sin mi consentimiento, tema que también hablaré en cuanto termine de arreglarme.

Veinte minutos después salgo duchada y vestida del baño para evitar cualquier distracción a pesar de saber de sobra que él solo tiene esa maldita sábana puesta, sigue desnudo.

—Blair —me llama con cautela cuando estoy maquillándome un poco—. ¿Estás bien?

—Lo estoy.

—¿No te tomarás unos días?

—¿Más días? No, la vida no se detiene. —Hay tensión en el ambiente, puede sentirse a pesar de lo que pasó la noche anterior.

Dejo el cepillo en el escritorio. Camino hasta la cama y me siento a su lado. Él se tensa, también me doy cuenta de ello. Respiro profundo antes de hacer la pregunta que quiero hacer.

—Lo de ayer... todo lo que pasó... yo... quiero saber la verdad.

—Es mejor que no sepas qué ocurrió —dice a duras penas.

—No, no es mejor. Lo correcto es que me digas.

—Pues no te lo diré.

—Ethan si no me...

—No —me interrumpe—, se acabaron las manipulaciones y las amenazas. No voy a decírtelo porque quiero que vivas tu vida con normalidad.

—Puedo preguntarle a Kim, o a Mateo.

—Nadie te dirá nada —me asegura—, ni siquiera tu hermano.

—¿Por qué estás tan seguro?

—Porque es una orden, porque aquí mando yo y si no la cumplen rodarán cabezas —lo dice tan serio que le creo, incluso me intimida. ¿Qué le pasa? ¿Qué ha cambiado de la noche a la mañana?

—No puedes...

—¿Decirte qué hacer? —me interrumpe otra vez adivinando lo que pensaba decir—, ya sé que no puedo, me lo has dejado muy claro.

—Te estás comportando como un idiota —le lanzo las palabras poniéndome de pie y caminando hacia la puerta después de que tomo mi bolso de la universidad y mi teléfono del armario.

—Te estoy poniendo límites, te he dejado decidir, actuar y hacer lo que quieras, pero ya no puedo hacerlo porque todo el mundo se está dando cuenta de que me manejas a tu antojo y alguien como yo no puede dar esa impresión, Blair.

—Yo no soy una sumisa, ni frente a un narco, ni al gran señor de señores como lo es González, ni ante Barak, ante nadie.

—Pues entonces deberías pensarte lo de estar conmigo —habla tan rápido que me quedo de piedra.

—¿Qué ha cambiado? Ayer me hiciste el amor como nunca y...

—Y fue un error. Lo que te dije ayer no era una mentira. Te estoy poniendo en peligro, tienes razón, te secuestraron por mi culpa,

y las consecuencias de amarte de la forma en la que te amo seguirán llegando. Precisamente no quiero que amanezcas en un callejón muerta como bien recalcaste.

—¡Solo estaba tratando de hacerte entrar en razón!

—Pues lo has conseguido. —Mira hacia las sábanas.

—¡Ethan mírame! —le grito.

—Lo siento —apenas y susurra.

—No puedo creer que me estés haciendo esto. Es injusto, es cobarde de tu parte. Soy yo la que debería salir corriendo lo más lejos posible de ti y me he quedado cada vez que he descubierto algo, no me importa tu mundo ni los riesgos, te he elegido sobre todo y tú me envías al carajo así de fácil —le reprocho, me arde la cara de tanta rabia.

—No es fácil para mí hacer esto, te quiero conmigo, junto a mí, te necesito pero no puedo continuar arriesgándote, no de esta forma tan irracional. Tú tienes un futuro por delante, ¿yo qué tengo? Una muerte segura algún día... y...

Se me comprime el pecho solo de pensar en que podría morir.

—No te preocupes, Ethan Johnson, ni siquiera te esfuerces en explicarme. Pero escucha bien lo que te voy a decir, si este día se acaba y no cambias de opinión habremos terminado en serio y no volverás a saber de mí. No es una amenaza, es una realidad. Yo he comprendido toda esta mierda de manera fugaz y si tienes una muerte segura como dices, estoy dispuesta a vivir los días que se puedan a tu lado, pero con esta actitud mediocre lo único que estás consiguiendo es perderme. Buen día.

Salgo pitada de su cuarto y de la maldita fraternidad. No tardo ni dos cuadras en darme cuenta de que me vienen siguiendo y giro varias veces, son dos chicos vestidos de forma casual con libros en las manos y uno finge estar hablando por teléfono de un supuesto examen. Pero sé que no son estudiantes, lo sé, puedo jurarlo. Estoy tan rabiosa que me giro de golpe y exploto.

—¡Dejen de seguirme! —Los dos me miran como si estuviera loca y hasta asustados.

Furiosa trato de encender mi teléfono rogándole al cielo que aún tenga batería y la tiene. Le envío un mensaje a Ethan.

"Diles a esos pésimos actores que dejen de seguirme".

La respuesta llega enseguida.

"No están actuando para ti, sino para los demás. Te acompañarán a

cualquier lado y me informarán todo lo que hagas. Fin."

"Vete al demonio" Es mi respuesta. Él no me contesta y eso me pone peor.

Gruño a punto de perder los estribos, me ha enviado al carajo y encima cree que puede seguir tomando decisiones por mí. Maldito loco. Miro de reojo a los supuestos cuidadores y maldigo. Apenas y llego a tiempo a clases. Mis amigos "los normales" están ahí sentados en la misma fila de sillas de siempre. David al verme nuevamente decide cambiar a la fila de abajo y mi día solo sigue empeorando, maravilloso. Mis cuidadores entran a clase como si nada, y por supuesto que nadie les dice ni dos palabras.

El rector está involucrado, claro, lo había olvidado.

¿David lo sabrá? ¿Acaso es por eso por lo que ya no quiere acercarse a mí? No tiene sentido, si ha sabido todo este tiempo quién es en realidad Ethan, debería haberse alejado de mí desde hace muchísimo tiempo.

Dejo de pensar en ello y le sonrío a mis amigos, Norma tiene mejor aspecto hoy.

—Pensamos que no vendrías tampoco esta semana, Norma nos ha dicho lo de tu tía —me comenta Elena. Al oír eso recuerdo que no he hablado con tía Lili. Enseguida le envío un mensaje de texto. Sé que me reprenderá por ser tan desconsiderada.

—¿Ya está mejor? —pregunta Erik. No sé de qué demonios están hablando.

—Lo siento Blair, sé que es tu vida privada pero los chicos estaban muy preocupados por ti y les he dicho que tu tía Lili ha caído de las escaleras y se ha fracturado las piernas —se apresura a decir Norma.

Vaya, me asombro.

—Mi tía está mejor, ha contratado a una enfermera —les comunico mientras miro su testamento con miles de reproches, no me queda más que disculparme cuantas veces pueda y decirle que la llamaré todos los días a partir de ahora.

—¿Qué le pasa a David? —los interrogo, ellos intercambian miradas.

—Es mejor si lo hablas con él, no nos ha querido decir gran cosa. Solo que prefiere guardar las distancias contigo momentáneamente —esa respuesta me la da Erik.

Asiento confundida y me siento junto a Norma.

—¿Tú sabes algo?

—Elena dice que le gustas y está tratando de menguar el sentimiento —explica y suelto un suspiro. No puede ser que Ethan haya tenido razón todo este tiempo. ¡Joder! —. ¿Tú cómo estás?

Voy a responderle a mi amiga pero el profesor aparece y tengo que cortar la conversación. Trato con todo mi ser de prestar atención a la clase y al resto de ellas. Cuando se hace medio día y no he recibido ningún mensaje de Ethan, ni ninguna llamada, tampoco ha venido a buscarme al terminar la jornada me empiezo a creer que lo que me ha dicho por la mañana es serio y se inicia a formar una herida. ¿Esto es lo que me gano por portarme a la altura de su maldito mundo? ¿Una patada en el trasero y ya está?

—David —llamo a mi amigo cuando intenta marcharse sin despedirse de nadie. Me acerco a él para tener más privacidad.

—Hola —es su escueta respuesta.

—La última vez...

—La última vez me quedó claro que debo mantenerme alejado.

—No tienes que alejarte de esta forma. Tú eres mi amigo —recalco y él niega con la cabeza.

—No sé si pueda ser tu amigo, hay algunas cosas que me lo impiden.

—¿Cuáles son esas cosas?

No hay respuesta, solo una mirada fugaz, nerviosa y confusa y me deja hablando sola. Un tanto decepcionada por todo lo que está pasando en mi vida no hago el intento de perseguirlo y me uno a los demás. Comemos en una cafetería del campus y no hablo mucho. Los tipos que me siguen a todos lados están a dos mesas de distancia y los miro cada tanto. Reviso mi teléfono otra vez y nada, no hay nada de Ethan.

Me sofoco, no voy a negarlo, me está afectando y mucho. Solo han pasado un par de horas, y ya estoy sintiendo los efectos de su ausencia momentánea. Ni siquiera sé si Barak está o no muerto y ¿de qué sirve que me haga a un lado?

Mi rostro ya es conocido, eso lo hubiera pensado antes, cuando todo inició, no ahora, cuando ya han pasado meses y me ubican muy bien.

Norma se da cuenta de mi fastidio y me parece escucharla dar una excusa tonta para poder marcharnos. Se lo agradezco y se lo hago saber una vez que caminamos hacia la residencia.

—Quizás sea lo mejor —comenta bajito después de ponerla al tanto—. Ese no es tu mundo, Blair. Deberías ayudarme a sacar a Nathan de una buena vez y olvidarte de Ethan.

—No puedo.

—Claro que puedes, no quieres, es diferente.

—Bien, no quiero —acepto.

—¿Por qué no se dan un tiempo? Es razonable, tú podrías salir con otros chicos, descubrir si prefieres la paz que te ofrecería una persona normal, común y quizás eso te abra los ojos.

—¿Es lo que estás haciendo tú? ¿Estás tratando de olvidar a Nathan con alguien más? —mis preguntas no son un reproche. Norma es mi amiga y sus decisiones son respetables aunque afecten a mi hermano.

—No —responde enseguida—. He tratado de verdad de continuar con mi vida pero... ¡demonios! Olvida lo que te he dicho, te estoy dando consejos cuando lo único que quiero es buscar a Nathan y decirle que le doy esa oportunidad que tanto me ha pedido. Lo extraño mucho. ¿Sabes qué es chistoso? Ninguna le puede preguntar a la otra: ¿Tú qué harías? Porque ambas estamos en la misma situación sin tener ni una idea de qué hacer.

Cruzo mi brazo por sus hombros y ella por mi cintura y caminamos así hasta el cuarto. Se hacen las cinco de la tarde y continúo sin noticias. Me acurruco en mi cama, tengo suficiente en mi vida como para lidiar con un corazón roto.

A las nueve la realidad me pega y fuerte. Me pongo la almohada sobre el rostro y finjo dormir con la ropa de todo el día, aún cuando mi amiga me ha ofrecido una pijama suya. Lo acepto, algunas lágrimas están derramándose mediocremente. ¡Cómo es posible que me haga esto! Maldito bastardo, lo odio. De acuerdo, no lo odio, lo amo y me duele muchísimo que me haga a un lado después de todo lo que me ha pasado, nunca dudé de estar junto a él, nunca.

Las lágrimas se vuelven de pronto un torrencial y ahora me odio a mí misma por estar en esta posición tan deprimente.

Quiero dejar de llorar, estoy haciendo el ridículo, pero supongo que si solo yo me doy cuenta de mi proceso melancólico y dramático no pasa nada. Al diablo con Ethan.

Mi teléfono suena de pronto y tiro la almohada por los aires creyendo ingenuamente que Johnson me ha enviado un mensaje, ¡mírenme!, dando pena. ¡Esto es ridículo! No es él, es David. Está abajo y quiere verme unos minutos. Norma ya se ha quedado dormida y yo me limpio las lágrimas estúpidas y trato de hacer algo decente con mi cabello.

Bajo unos minutos después y ahí está David, lo noto raro.

—David.

—Hola —me saluda dándome un beso en la mejilla y huelo el aroma a cerveza.

—¿Has bebido?

—Un poco. Supongo que para tomar valor.

—¿Valor? —no comprendo.

—Sí, valor. Oye, yo he estado un poco alejado, ¿cierto? No he querido causarte problemas con tu novio. Pero honestamente me parece que no estás viendo el cuadro completo. Ese chico es agresivo y lo investigué un poco, entré a la computadora de papá y me di cuenta que ni siquiera está en la base de datos de la universidad. Creo que no es estudiante... yo...

Esto me deja claro que David efectivamente no sabe nada sobre lo que hace su padre. Me quedo callada, no sé si fingir sorpresa, hacer un drama o decir que ya lo sabía, pero decir eso me dejará en evidencia. Me limito a negar con la cabeza.

—Ya sé, ya lo sé, que soy un entrometido que no debió hacer tal cosa pero es que yo... bueno... yo... me pasó algo contigo desde que te vi en el salón de clases.

—David espera...

—No, no puedo esperar más. Si no tengo una oportunidad está bien, solo no quiero que ese tipo te siga engañando. Sé que se queda en una de las fraternidades, una que por cierto habían vetado y mágicamente abrió nuevamente sus puertas hace dos años y yo solo quiero tu bien. Enfrenté a papá y no quiso decirme nada.

—David, la situación de Ethan es... —No sé qué decir.

—Yo te quiero —pronuncia las palabras y abro los ojos como platos.

—¿Cómo amiga? —trato de acomodar las cosas. Algunas plantas de la entrada se mueven y me parece ver a alguien ahí, quizás es uno de los cuidadores.

—No, Blair, yo... joder, lo diré de una vez, estoy enamorado de ti.

—David, pero hace muy poco que nos conocemos y sí hemos salido por ahí y hemos charlado pero no lo suficiente como para que me quieras de esa manera.

—Sé que suena estúpido pero ha sucedido, me gustas muchísimo y estoy enamorado de ti. Cada vez que te veo con ese idiota me siento celoso y sé que no debería pero lo hago.

Las plantas vuelven a moverse y trato de ver con claridad quién está ahí, la luz no ayuda mucho y los nervios tampoco.

—Quizás, quizás es que tomaste demasiado.

—No Blair, te repito que sé que no tengo oportunidad, pero si terminas de darte cuenta que ese tipo es de cuidado y quieres darte la oportunidad de vivir algo honesto yo estaré esperando. No voy a incomodarte más, no voy a fastidiarte, todo seguirá como siempre, seguiremos siendo amigos.

Da algunos pasos hacia mí y me abraza. Tardo en responder su abrazo pero lo hago, porque no sé qué otra cosa hacer. Junta su frente con la mía y yo no me despego porque no sé de qué forma apartarme sin hacerlo sentir mal o humillarlo. ¡Dios mío! Me da un beso en la comisura de mis labios y entonces sí doy un paso hacia atrás.

Unos aplausos me hacen dar un pequeño salto. Maldita sea. Es Ethan.

—¡Pero qué puta escena más conmovedora!

CAPÍTULO 33

¿Y SI NO?

Me mira furioso, pero de verdad, no a medias, furioso a punto de convertirse en ese demonio que la mayoría teme, ese demonio del que todos hablan y dicen que yo he cambiado. Al principio creo que David se intimidará por la cara de loco que trae Ethan justo en este momento, sin embargo, no es lo que sucede, se atreve a poner una mano en mi cintura y a ocultarme tras él, como si yo necesitara que me defienda del neurótico que tenemos delante de nosotros.

A Ethan casi le estalla la cabeza cuando mira el gesto y sobre todo la mano de David en mi cintura, con disimulo me aparto, aunque eso no es suficiente. Cierro los ojos un segundo para recomponer mi calma, hablar y evitar que esto se convierta en otra pesadilla más o una guerra innecesaria.

—¿Qué haces aquí, Ethan? —de acuerdo, puede que esa pregunta no cambie el ambiente y vaya que no lo calma porque resopla ofendido. Si solo le he hecho una pregunta, dice que yo soy dramática y manipuladora y mírenlo a él, parece una serpiente a punto de picarte.

—¿Qué hago aquí? ¡Qué hago aquí!

—Oye, no tienes motivos para… —intenta hablar David.

—Mejor vete, desaparece de mi vista porque me vas a conocer de verdad.

—¿Qué más voy a conocer? Si ya sé que eres un mentiroso, finges estudiar aquí pero no estudias de verdad, quién sabe qué es lo que pretendes —contesta David.

Ethan lo empuja y David casi se cae pero no lo hace, en cambio le lanza un puñetazo que honestamente ha movido si acaso un centímetro al maniático novio-exnovio que tengo. Se ríe de la poca fuerza ejercida de mi amigo y lo veo llevarse las manos a la espalda en donde generalmente oculta su pistola.

Envuelta en pánico me interpongo entre los dos. Si saca su pistola solo quedará en evidencia.

—¡Basta! ¡Basta! —alzo la voz.

—Blair, este tipo está loco —insiste mi amigo, y sí, lo está, profundamente loco.

—David, tranquilo. Déjame hablar con él a solas, ¿sí?

—Pero puede hacerte daño, es agresivo.

—¿A mí? —me río—. Yo lo manejo muy bien, no te preocupes —digo con toda la ironía del mundo y Ethan se ríe a carcajadas fingidas de mí, que se ría todo lo que quiera, pero bien sabe que es verdad.

—Blair...

—David, de verdad, no te preocupes, me haría más daño una mosca —suelto y el macho que tengo cerca deja de reírse y me mira con cara de pocos amigos.

—Insisto en que...

—Por favor, David —le suplico y suspira derrotado. Camina hacia la salida y Ethan no le quita la mirada de encima.

—¡Joder! —vocifera Ethan dándole una patada a uno de los sillones que hay en esta área común.

—Ethan no puedes...

—No te atrevas a decirme lo que puedo o no puedo hacer Blair.

—¿Quieres calmarte?

—¿Calmarme? —Se vuelve a reír como psicópata y patea otro sillón. Se pasa las manos por el pelo y se lo alborota completamente, gruñe, maldice, lanza puñetazos al aire y creo que de pronto comenzará a tener un ataque epiléptico.

—Ibas a sacar la pistola, ¿cierto? —lo digo de una vez porque no puede siquiera hacer el intento de atacar a personas comunes y corrientes de esa manera.

—No puedo creer que eso sea lo único que te importe en este momento cuando he venido como el maldito títere que soy porque la mujercita de la que por alguna especie de castigo me he enamorado me dio un ultimato, si no te buscaba hoy, no volverías conmigo, ¿no es cierto?

—Oye...

—¡No! —alza la voz—, Óyeme tú a mí. ¿Qué crees que haces besándote con otro tipo? —habla aún más alto—, y con ese imbécil de mierda.

—Si no dejas de gritar, me iré a mi cuarto y esta conversación se termina. ¿De acuerdo?

—Entonces contesta mis malditas preguntas —pronuncia las palabras entre dientes—. ¿Por qué te estabas besando con David? Ese tono sí te agrada supongo, como si estamos hablando del puto clima y no de que no estamos de acuerdo en algo y lo primero que haces es aceptar declaraciones ridículas.

—En primer lugar, no tuvimos un desacuerdo, me has enviado al carajo a pesar de todo lo que he soportado por ti, en segundo lugar no estaba aceptando ninguna declaración, David ha venido a decirme lo que supongo que escuchaste completamente, porque estabas escondido detrás de las plantas como un adolescente husmeando lo que no debes.

—Lo que no debo, por favor —bufa con ironía—. Lo que no debo...

—Sí, lo que no debes. En tercer lugar, no me besé con David, ¿acaso estás ciego? Me dio un beso cerca de los labios, eso es muy diferente, es como besar la mejilla y me he apartado precisamente porque no es correcto que le dé falsas esperanzas, y en cuarto lugar pensaba explicárselo, pero has salido de tu escondite a hacer un escándalo innecesario.

—Un beso en la mejilla, claro, un maldito y puto beso en la mejilla. Me importa una mierda que sea un beso en uno de tus dedos o un jodido beso al aire, siempre que sea dirigido hacia ti me revienta las pelotas. No puede hacerlo él, ni nadie, ¿lo captas amorcito? ¡Nadie!

—¡Estás exagerando!

—He pasado un día de mierda, haciendo un estúpido drama encerrado en mi habitación porque he querido salir a buscarte cinco minutos después de que te marchaste; juegas con mi paciencia, con mis emociones, con mi desgraciado sentido común y mi razón y ahora pretendes jugar también con mi inteligencia. Le arrancaré la cabeza en cuanto lo mire solo y me importa poco si te enojas conmigo, soy un celoso de mierda, ahí tienes otra razón más para alejarte.

—¿Pero qué carajos te pasa? No pienso soportar esto. Ya tengo demasiado con lo demás. O te calmas o te calmas, no hay más opciones.

—Es mejor que me marche.

Da cuatro pasos, los he contado y se detiene.

—¿Estás interesada en David? —pregunta de pronto, ya no hay enojo en su voz, ahora más bien se escucha herido. ¿Por qué es tan inseguro? Yo me he hecho amiga de la mujer con la que hace solo meses follaba, porque estoy más allá de segura de lo que siente por mí. Y él no puede con esto.

—Mírame —le pido y no lo hace enseguida, aguardo el tiempo que sea necesario hasta que decide mirarme—. No me interesa David, ni ningún hombre que no seas tú.

No merece que calme sus dudas, no después de semejante escena de celos irracionales, pero ha venido antes de que se acabe el día, porque sabe al igual que yo que no podemos estar separados por muy peligroso que sea estar juntos.

—¿De verdad? ¿No lo prefieres sobre mí? —Se muerde el labio.

—Estaba llorando a cántaros antes de que David viniera porque no habías aparecido en todo el día. ¿Eso te da una respuesta clara? Creí que iba en serio, de verdad lo creí.

—¿Por qué lo has abrazado? —me reprocha aunque tranquilo.

—No quería humillarlo Ethan.

Sus manos se relajan poco a poco y un silencio nos invade. Gira completamente hacia mí y en microsegundos lo tengo pegado a mí, con sus brazos envolviéndome y subiendo rápidamente sus manos hasta mi cuello y estampando su boca contra la mía. Es adictivo, esto que tenemos, esto que sentimos, lo que somos unidos. No tengo duda de ello.

Su lengua arremete en mi interior como si estuviera marcando territorio, su solo roce hace que me estremezca completamente y se separa centímetros cuando su miembro se endurece y puedo sentirlo.

—Necesito que nos vayamos de aquí, ahora mismo, por favor —me pide y asiento.

Creo que si hubiera un concurso sobre cuán rápido puedes ir de un lugar a otro, Ethan sin duda lo ganaría, pues inmediatamente estamos frente a la fraternidad y entramos como si nos estuvieran siguiendo. Prácticamente está corriendo y yo lo sigo muy obediente. Abre la puerta de su cuarto con urgencia y me atrapa ahí luego de comprobar que ha puesto el seguro.

Me besa con una desesperación abrumante, en el buen sentido. Me muerde el labio inferior y luego pasa su lengua en el lugar exacto en el que ha enterrado sus dientes. Me mira intensamente y respira agitado.

—No he podido resistir ni un solo día sin ti, pequeña. —Roza
su nariz en todo mi cuello. Sus cálidos labios besan la piel debajo de mi oreja y eso es todo, no necesito más—. Nunca había sentido algo así y me da mucho miedo, solo he querido protegerte y prefiero morir antes de que algo malo te pase, Blair. Sé que tengo que alejarme, debí alejarme desde el inicio, pero ya no puedo más. No quiero que nadie más te toque, te bese, te abrace. Te quiero conmigo, siempre. Juro por el cielo mismo que te quiero a mi lado toda la vida.

—No me alejes más porque yo siento exactamente lo mismo. No importa el resto del mundo, ni que esto se sienta peligroso todo el jodido tiempo. Es real, Ethan. Nuestro amor es real. Nos hemos enamorado en las peores circunstancias, pero es real, te amo —le digo y sus labios no tardan nada en encontrar los míos.

Hay tanto deseo contenido entre los dos que quema. Nos acariciamos lenta y sensualmente. Me desviste con delicadeza, tomándose su tiempo para besar, acariciar y apretar cada espacio que va quedado desnudo. Desabrocho su pantalón y tomo su miembro en mis manos, está duro como roca. Me voltea y me apoyo en la pared, se acerca tanto a mí que siento la presión de su miembro duro y caliente sobre mi trasero y besa toda mi espalda.

—Te deseo con locura. La sola idea de que alguien más te toque me enferma. Así que... —deja la oración incompleta.

Una de sus manos se mueve hacia adelante y toma con propiedad mi sexo húmedo y palpitante, dibuja la línea que divide mi intimidad una y otra vez y termina entrando con dos dedos a mi interior.

—Nadie puede acceder a esto, solo yo —completa la oración—, y por supuesto que nadie —continúa y mueve su miembro sobre mi trasero de una manera deliciosa que hace que me ponga impaciente. Me hace girar rápidamente sin dejar de bombear con sus dedos en mí y me da un beso, es más un rose, en el mismo lugar que David lo había hecho—, nadie puede siquiera darte un beso cerca de esa boca tan parlanchina que tienes, porque es mía. ¿De acuerdo?

Asiento completamente embriagada por el deseo.

—Eso no es suficiente para mí, mi amor. Sabes que necesito escucharlo —susurra en mi oído.

—De acuerdo —contesto sin remordimiento alguno. También pienso demostrárselo.

Le doy empujoncitos hasta que lo llevo a su cama y le sonrío con picardía, él me guiña un ojo y ese simple gesto me derrite. Me siento sobre él y su miembro me invade profundamente, arqueo la espalda y me muevo despacio. Al parecer recuerda bien que le dije que no me importarían unos cuantos azotes porque mientras toma un pezón con su boca, deja ir ambas manos sobre mi trasero y me da un par.

—Oye —lo reprendo.

—Solo cumplo con lo que pides.

—Promete que pase lo que pase no vas a alejarte de mí. —Toma mi cintura y cambia de posición quedando encima de mí. No sé por qué de pronto he dicho tal cosa. Pero sé que tiene mucho miedo de mi seguridad y que eso podría hacerlo terminar con lo nuestro más de una vez y no estoy dispuesta a vivir en un tira y afloje eterno. O enfrentamos todo juntos o no lo hacemos.

—Lo prometo.

La velocidad de sus movimientos aumenta y las palabras dejan de salir de mi boca. Siento la forma en la que las paredes de mi sexo inician a tensarse, entierro mis uñas en las sábanas, es lo único que puedo hacer cuando siento su miembro entrar y salir a este ritmo. Su cama golpea la pared con la misma intensidad que estoy siendo invadida.

—Eres... tan... bella. —Toma mi cintura y entra en mí aún con más fuerza—. No cierres los ojos —me pide y los mantengo abiertos hasta que llegamos al éxtasis al mismo tiempo. Se deja caer sobre mí y me besa tiernamente.

Pasamos buen rato en esa posición, su miembro aún está dentro de mí hasta que recordamos que no hemos usado protección y pego un brinco vuelta loca. ¡No! ¡Qué estupidez hemos hecho! Él se ríe de mí por mi exagerada reacción, casi he salido del cuarto desnuda para ir a una farmacia. Ethan insiste en que me calme de una vez y con toda la tranquilidad del mundo se toma más que unos minutos en ir al baño, ducharse, ponerse ropa cómoda e ir él mismo por la solución.

Yo me como las uñas todo lo que tarda. ¿Por qué no se miraba nada asustado? Las hipótesis empiezan a rondarme por la cabeza, se me ocurren un sinnúmero de locuras hasta que lo veo entrar casi una hora después con una bolsa de comida en una mano y otra bolsa de farmacia en la otra. Está tan relajado y yo tan asustada, incluso he visto en internet a qué velocidad viajan los espermatozoides.

Se ríe aún más de mí cuando se lo comento.

—Estás más loca de lo que pensé.

—¿No te asustas de lo que podría pasar por ser irresponsables?

—En realidad no.

—Estamos hablando de un bebé. Tengo diecinueve.

—Lo sé. No es que pretenda que te embaraces ni que lo quiera de momento. Es solo que no tengo familia, ¿sabes? Si pasara, algún día, aunque no sea planeado, creo que... me haría feliz saber que tendré familia. Es una tontería, ¿cierto? No me hagas caso. Seguro que se me ha estropeado el jodido cerebro por la enorme rabia que me has hecho pasar.

Yo no contesto nada, al menos no enseguida, sus palabras me han dejado helada. Digo, quizás todos o la mayoría en algún momento de nuestras vidas nos planteamos tener hijos, pero yo aún no llego a esa etapa, no creo estar cerca siquiera del deseo de la maternidad. Tal vez cuando tenga treinta años. Pero él... él piensa en eso. Solo tiene veinticinco, ¿es raro?

—¿Te he asustado? Solo es un pensamiento. No voy a embarazarte.

—No, es solo que me has sorprendido. No pensé que tú tuvieras esa clase de deseos.

—¿Tú no?

—Sí, no ahora, pero algún día.

—Bien. Traje comida, supongo que tienes hambre —cambia el tema totalmente.

Le sonrío y tomo gustosa de lo que ha traído. Me envuelvo en la sábana porque aún sigo desnuda.

—Iremos a Portland, he comprado los boletos de avión —suelta sin previo aviso.

Me quedo de piedra, ¡joder! El siguiente fin de semana es Acción De Gracias.

—A menos de que te hayas olvidado de que me has invitado y no quieras que vaya.

—Claro que quiero que vayas, pero lo de Eleanor está tan reciente que...

—Me hará bien salir de la ciudad. Iremos los cuatro. Nathan, Norma, tú y yo.

—¿Cómo harás para que Nathan comparta el mismo avión con nosotros y para que Norma vaya? Digo, tiene que ir, vive allá, pero aún está molesta con Nathan.

—Bueno, cuando decidí que no puedo estar sin ti tuve una conversación muy seria con tu hermano y ha aceptado que estemos juntos, al menos lo soportará, así que le he dado unos cuantos consejos para que Norma lo perdone y pasemos unos días tranquilos, lejos de todo esto. Ahora mismo Nathan estará en la residencia convenciéndola.

—Entiendo —comento confundida. ¿Nathan ha aceptado lo nuestro? ¿Así de fácil? ¿Cómo? Y ¿qué clase de consejos le ha dado a mi hermano? Quiero preguntar demasiadas cosas pero hay algo que es más importante para mí en este momento—. Te agradezco que hayas comprado los boletos y que quieras regalarme unos días lejos y tranquilos, normales. Solo que... yo... yo necesito que me digas qué pasó con Barak. Y no me voy a conformar con un "es mejor que no sepas nada".

—Solo no quiero atormentarte más.

—Me atormentan las dudas, la incertidumbre.

Se queda callado un momento y aparta su comida, yo hago lo mismo, se me ha ido el apetito.

—Está muerto.

Es como una puñalada en mi estómago a pesar de que se lo merecía.

—¿Cómo... —me pongo nerviosa.

—Tranquila. ¿Entiendes por qué no quería decirte nada? Por eso hemos ido a embriagarnos luego, para hacerte creer que no ha pasado nada. Lo enfrentamos, utilizamos ciertos métodos para que confesara quiénes te habían hecho daño y luego Tony perdió el control y le disparó.

—Y los otros tipos están...

—También muertos —acepta y baja la cabeza. Evita mirarme. Ni siquiera pregunto cómo han muerto o si fue él o mi hermano o alguno de los chicos quien les disparó. No quiero saberlo.

—¿Qué pasará con González? ¿Ya no se tomarán Compton? ¿Habrá enfrentamientos?

Sueno afectada porque, bueno, lo estoy. No dejan de ser personas, no son objetos.

—Blair...

—¡Dímelo! —le exijo.

—De alguna forma ha pasado lo que tú pretendías lograr con

tu plan. González se ha enterado y está más que contento, satisfecho de que yo... por fin... —balbucea—, haya... apretado el gatillo para... ya sabes. Ya no está dudando de mí y parece que en realidad no estaba trabajando de la mano con Barak. Así que por ahora, las cosas están tranquilas y manejables.

—¿Le crees? Me refiero a González, le crees que no estaba trabajando para Barak. ¿Qué hay de lo que dice Mateo?

—Mateo quiere salir de este mundo, y no lo comprendía hasta que te conocí a ti. Es probable que esté buscando cualquier excusa para ponerme contra su padre. Tal vez malinterpretó todo lo que pasó con el accidente y Kim está tan apegada a él que... no sé.

»Sé que González no ataca hasta que está seguro, quizás todo se trataba de una prueba y la hemos pasado porque matamos a su mayor enemigo. Compton será nuestro en un par de días, se han quedado sin líder y parte de lo que propusiste se le ha informado a González y hoy mismo ha invadido el lugar con sus hombres. Así que, pequeña mafiosa, las cosas están bien.

"*Pequeña mafiosa*"

A pesar de la impresión, eso me hace sonreír, un poco. Termino de apartar todo lo que hay en la cama y envuelta solo por la sábana me pongo a horcajadas sobre él, me recibe gustoso. No hago más preguntas, ni me atormento con más hipótesis. No tiene caso, nada va a cambiar lo que ha sucedido.

Al día siguiente me siento menos afligida, aunque no totalmente recuperada por las noticias recibidas.

Volvemos a la rutina de siempre, Ethan no deja que dé un paso sola y si él no puede estar conmigo, envía a uno de los dichosos "cuidadores", y a veces a sus amigos.

En una de esas ocasiones Tony se ha disculpado por su actitud, le he dicho que no era necesario y todo está bien entre nosotros.

Aunque Mateo no es ni nuestro amigo o cuidador, de vez en cuando aparece por la universidad y conversa conmigo. Extrañamente nos llevamos demasiado bien, es raro que venga a visitarme, a pesar de que él y Ethan han dejado su rivalidad atrás y han estado trabajando juntos.

Según Mateo esto ha alegrado a su padre, pero solo es una fachada, quieren que nadie sospeche sus verdaderas intenciones: encontrar una manera para huir de su mundo.

David no me dirige la palabra desde que he retomado mi relación con Ethan, o más bien desde aquella incómoda confesión. He intentado acércame y siempre huye. Norma finalmente no pudo seguirse negando y ha aceptado su amor por Nathan, aunque no han vuelto a estar juntos del todo, quiere asegurarse primero de que realmente estamos seguros.

Kim y yo seguimos practicando mi puntería a pesar de que Ethan me lo ha prohibido nuevamente, ¿pero quién se cree que es para prohibirme algo? Entre más la conozco, más me agrada.

—Creo que Kim quiere hacerte un altar o algo parecido, no deja de hablar de ti, es molesto. Sobre todo cuando estoy harto de ti y aun así sigo viniendo a verte. Si Ethan se entera de nuestros curiosos encuentros seguro nos mata. —Mateo siempre quiere ocultar que hemos hecho clic. Quizás se me da muy bien ser amiga, hermana y novia de personas que están involucradas en cosas ilegales. ¿No? Todos tenemos talentos, el mío es este.

—En realidad lo sabe, me ha puesto cuidadores. Me hace un escándalo cada vez que vienes a visitarme, es un poquitín celoso, ¿puedes creerlo?

Mateo se suelta a reír y yo lo acompaño. Ethan me ha pedido unas setecientas veces que me aleje de Mateo. Me lo tendrá que pedir unas setecientas veces más solo para que quizás me lo piense.

—Eso explica por qué el otro día me amenazó sutilmente.

—¿Lo hizo?

—Claro que sí: "¿Qué pretendes al acercarte tanto a Blair?" "Si le haces algo te mato". Yo le dije que, si le incomodaba tanto mi cercanía, traería una cinta métrica la próxima vez y que estaríamos a una distancia prudente. ¿Imaginas la cara que me puso?

Volvemos a reírnos con tantas ganas. Mi pobre chico celoso, seguro casi se le salen los ojos.

—¿Por qué sigues viniendo? —pregunto entonces, es una curiosidad en la que pienso todos los días. Hablo más con Mateo que con el resto de los chicos y es totalmente incomprensible porque es hijo del manda más.

—Honestamente... nunca en mi vida había tenido una clase de amistad con alguien normal, lo más cercano es Kim, pero técnicamente hace lo mismo que yo. Jamás he querido involucrar a alguien fuera de este mundo a mi vida de narcotraficante frustrado —bromea un poco—. Me gusta hablar contigo de cualquier tontería y no de armas y pistolas y planes macabros. Me caes bien.

—Tú también me caes bien. ¿Puedo hacer una pregunta? —me atrevo a investigar. Él asiente—. ¿Desde cuándo estás enamorado de Kim y por qué no se lo dices? —De acuerdo, tal vez estoy invadiendo su privacidad.

—Esas son dos preguntas en una y... No estoy enamorado de Kim, es como mi hermana. —Lo miro con ojos acusadores, si se nota a miles de kilómetros, al menos yo sí lo noto—. Bien, bien —se rinde—. Me gusta... bien, la quiero. Estoy enamorado de ella pero no puedo arruinar mi amistad con la única persona en esa casa que me importa. No digas nada, no acepto consejos. Además, ¿qué puedo ofrecerle yo? La misma mierda de siempre. Los mismos problemas, el mismo mundo, ella se merece a un jodido príncipe, ¿sabes? Uno que la rescate, que la haga ver que hay algo mejor que lo que ya conoce.

—Eso es hermoso y es una pena que prefieras guardártelo porque todos en esta vida tenemos el poder de elegir.

—Yo no —dice con seriedad—. Quiero creer que si Ethan encuentra una solución, podrá incluirme en ella, pero probablemente no pueda. González solo me dejará ir muerto. ¿Sabes que ni siquiera tengo su apellido? Es Bennett, me arrebató de los brazos de mi madre, no sé nada de ella y jamás quiso reconocerme legalmente.

» Según él porque desde pequeño se dio cuenta de que soy un cobarde. Me ha castigado toda la vida con palizas e incluso una vez me disparó en una pierna para hacerme un hombre. Quisiera decirte que todo va a estar bien como todos, no me atrevo a mentirte. Si quieres un consejo, vete de aquí, deberías hacer tu vida en otro lado, Blair. Tú si puedes elegir.

—Tiene que haber una solución que nos favorezca a todos. Se supone que no hablamos nunca de estas cosas, sino del clima y de música y de lo que le hubiera gustado estudiar. No de esto.

—Puedes elegir, Mateo. No lo dudes ni un segundo.

No sé muy bien qué hago dándole ánimos al hijo de Arnold González. Quizás al hacerlo solo trato de darme esperanza a mí misma. Canalizo mi angustia y no le muestro mi debilidad. Aunque en realidad es otro intento fallido de convencerme de que soy más fuerte de lo que creo. Nos despedimos unos minutos después y promete volver cuando las clases inicien.

Me siento mal por Mateo, es poco lo que me ha revelado y es suficiente para entender que no la ha pasado nada bien. No sé mucho de narcotráfico, he visto algunas series con el novio de tía Lili. Los hombres como González protegen a sus hijos, les cambian el nombre, los envían a otros países, pero González lo tiene atado a este infierno en el que me he decidido quedar.

Estoy ansiosa por llegar a Portland y alejarme unos días de Los Ángeles. Estas dos últimas semanas me han parecido un mes. Hoy la fraternidad tendrá una fiesta, a González le importa muy poco la muerte de Eleanor y los chicos tienen que trabajar, es el último día de clases antes de las vacaciones de Acción De Gracias.

Todas las fraternidades quieren dar las mejores fiestas, la diferencia es que en esta fraternidad hoy es un excelente día para vender mucha droga. No solo a estudiantes, vienen personas a cerrar tratos con Ethan aprovechando que nadie se imaginaría que en una fiesta de fraternidad se pactan miles de kilos de cocaína y miles de dólares.

Al final de la noche estaré rodeada de una multitud de jóvenes extasiados y narcotraficantes de peso, por ese motivo Ethan me ha pedido hasta el cansancio que me quede en la habitación. Me he negado y llevamos más de dos horas discutiendo al respecto. Sé que sueno muy terca, pero me da mucho más miedo quedarme sola en la habitación que estar rodeada de ellos. Retoco mi maquillaje mientras él me observa desde la cama con su acostumbrado ceño fruncido y los brazos cruzados.

—No cambiarás de opinión...

—Ya lo hemos discutido demasiado, cariño —lo molesto.

—No me hables como si fuera tu puñetero amigo, no quiero que bajes. Quédate aquí, por favor.

—Solo es una fiesta.

—Es diferente... esto es diferente. No me pongas de malas —me advierte—. Joder, quédate aquí. Volveré en cuanto acabe con lo mío.

—Tengo miedo de quedarme sola aquí aunque me pongas a cuidadores fuera de la puerta —le confieso de una vez.

Él se pone de pie y me abraza por la espalda, ambos miramos nuestro reflejo en el gran espejo.

—Blair, no puedo bajar y trabajar sabiendo que andas por ahí deambulando.

—Kim estará conmigo, ya hemos quedado. Norma también vendrá, no pasa nada. Será como cuando ignorábamos todo.

—Blair —está muy cerca de perder la paciencia.

—No voy a quedarme aquí. Es mi última palabra. Me siento más segura con ustedes que con desconocidos.

Giro para besarlo, me toca por todos lados y lo aparto de pronto, corro hacia la puerta y cierro.

—Blair —me llama a gritos y lo ignoro.

La casa está a reventar. No creo que alcance un alfiler. El bolso que traigo hoy no es de frutas, es uno que Norma me ha prestado. En mis bolsitos no alcanza el arma que siempre ando conmigo. Se supone que nada puede pasarnos hoy, estamos rodeados al menos por veinte personas que trabajan para González. Diviso a Kim entre la multitud y me le acerco. Ya no quiero disimular más que de la noche a la mañana nos hemos convertido en amigas.

—¿Qué tal todo? —le pregunto.

—Presiento que hoy no será una noche tranquila, ¿traes tu arma? —contesta muy tensa y molesta.

—¿Qué pasa Kim? —me alarmo.

—Mira hacia tu izquierda.

Lo hago, hay tantas personas que me tardo en descubrir a lo que se refiere. El cuerpo se me congela cuando miro de qué se trata. David está aquí y la persona con la que está hablando en este preciso momento es Barak. Él está muerto, no puede estar aquí, tenemos que estar alucinando.

CAPÍTULO 34

DECISIONES

El corazón me late a una velocidad espeluznante, todas mis terminaciones nerviosas se vuelven locas en mi interior provocando uno que otro temblor. ¿Por qué David está aquí? Peor aún, ¿por qué está con Barak? ¿Cómo es que Barak está vivo? Miro hacia un lado y hacia otro con cierta desesperación. Norma podría llegar en cualquier momento, o quizás ya esté incluso aquí. Se supone que esta fiesta le comprobaría que los chicos llevan vidas normales a pesar de todo y la presencia de ese hombre solo puede significar algo: Desastre.

Vuelvo mis manos puños para intentar neutralizar mis emociones, mis temores y miedos y tratar de actuar y pensar con la cabeza fría, como lo hacen todos los demás.

—¿Dónde está Ethan?

—En su habitación.

—Camina disimuladamente hacia las escaleras y ponlo al tanto, quédate en la habitación resguardada. Yo pediré refuerzos. No te preocupes, no te hará daño. Te lo prometo.

Asiento y me obligo a mover mis pies y caminar con calma, sin que se me note que ya lo he visto y peor aún, que estoy por desmayarme de la impresión. La gente se acumula en mi camino y cada vez me lleva más trabajo avanzar, me empiezo a sofocar creyendo que en cualquier momento alguien me tomará del brazo y me volverán a raptar.

Casi empujo a todos los que me impiden caminar con fluidez y cuando llego al primer escalón y creo que si corro en este punto nadie lo notará, alguien, como sospechaba, me toma del brazo y tira de mí.

Kim me ha repetido un par de veces que en una situación como esta debo conservar la calma y dejarme llevar para hacerle creer al atacante que te tiene controlada, cuento hasta cinco mentalmente e importándome poco causar tremendo alboroto, llevo mi mano libre hasta mi bolso y presiono con fuerza mi arma.

No volverán a llevarme, no así de fácil.

Estoy a nada de apuntar a la persona que me empuja sin detenerse y me atrevo a ver de quién se trata. David. Mi mano suelta el arma y trato de zafarme, no me lo permite hasta que me lleva dentro de un pequeño cuarto debajo de las escaleras en donde la fraternidad guarda productos de limpieza y algunos objetos que no utilizan.

—¡Suéltame! —gruño y al hacerme hacia atrás golpeo la pared con mi cuerpo. Que tenga relación con Barak no es buena señal.

—Tranquila, Blair. Disculpa que te haya traído a la fuerza, es que estoy muy tenso.

Me quedo callada y sopesando mis posibilidades. Estoy encerrada aquí, y con la música nadie me escuchará. ¿Y si quiere hacerme daño? ¿Y si en realidad está involucrado como su padre y todo ha sido una trampa desde el inicio?

—Blair... tranquila, no voy a hacerte daño.

—¿Qué haces aquí? —consigo preguntar.

—Necesitaba verte con urgencia y dado que tienes a un cavernícola por novio, preferí no provocarte problemas al llamarte, en caso de que estuvieras con él. Sé que vives aquí ahora.

—¿Cómo sabes eso? Norma jamás te daría esa información sin mi consentimiento.

—Escucha, Blair hay demasiadas cosas que sé —habla nervioso y no estoy entendiendo nada—. Esta mañana un tipo tatuado hasta las narices me ha estado siguiendo, hasta que he decidido enfrentarlo y me ha dicho tantas cosas que no sé ni por dónde empezar.

Me doy cuenta de inmediato de que ese tipo es Barak y que David tiene incluso los ojos rojos como si hubiese estado llorando.

—Me ha dicho que mi papá trabaja para gente que distribuye droga —suelta con amargura y evidente decepción—, que permite que una fraternidad sea utilizada para venderla, para que delincuentes se hagan pasar por estudiantes y que esa fraternidad es la de tu novio, porque tu novio y su gente son quienes obligan a mi padre a hacer cosas ilegales, lo tienen amenazado. Le dicen todo el tiempo que si no hace lo que le piden me matarán. ¿Tú sabías eso?

Sé que eso es una completa mentira, lo sé porque cuando le comenté a Kim que el rector tiene un hijo, ella lo ignoraba por completo y eso significa que por alguna razón el rector ha ocultado a David.

Niego con mi cabeza frenéticamente, más me vale actuar como si no supiera en realidad nada porque de otra forma él podría enloquecer y hacer cualquier disparate.

—Yo... no... ¡por Dios! ¿Quién te ha dicho eso?

—Ya te lo dije, el tipo que me ha seguido.

—Sí, pero ¿quién es?

—No lo sé, solo me ha dicho que se llama Barak y que tú podrías explicarme mejor.

—David, no sabía nada de esto. Yo... digo, no sé qué decir.

—Lamento mucho que tu hermano esté involucrado y que tú también lo estés porque yo realmente tengo sentimientos por ti, pero no voy a quedarme callado. Mi padre no tiene por qué seguir amenazado por ese hijo de puta ni por nadie.

—David espera, es que las cosas...

—No, Blair. No lo entiendes. Son malditos delincuentes. Voy a liberar a papá de esto y más te vale salir de aquí porque diré que completamente todos los que viven aquí están involucrados. Tengo un tío, trabaja en la DEA, él... él me dirá qué hay que hacer, lo siento de verdad, lo siento. Tienes tiempo para irte.

David abre la puerta y sale apresurado, lo sigo entre la gente olvidándome de que Barak está en el mismo lugar y quizás ya me ha divisado, continúo caminando detrás de él hasta la calle y logro detenerlo después de echar a correr.

—No lo hagas, por favor, no lo hagas. Si lo que dices es cierto, si tienes ese tío y ese tal Barak te ha dicho la verdad, permíteme hablar con mi hermano. Te lo suplico. David, por favor —le imploro. Me mira un segundo antes de poner sus manos en mi cuello.

—Mereces más que esto. Ese hombre me ha dicho que tú también estás involucrada y no le he creído. No es posible que estés con un delincuente de este tamaño. Si tu hermano no está involucrado realmente la DEA se hará cargo, descubrirán todo. Mi tío es muy bueno, encontrará a los culpables sin equivocarse. Deja esta casa Blair, deja a ese hijo de puta, yo puedo cuidar de ti, yo puedo abogar por ti —susurra.

Me quedo sin opciones, no sé exactamente qué hacer o qué decir para lograr al menos más tiempo, si llama a ese famoso tío que trabaja para la DEA estamos perdidos. Todos.

Él me mira esperanzado, sus ojos se estancan en mis labios que están entreabiertos y un tanto temblorosos.

Creo que se irá en cualquier momento dejándome con la peor de las angustias, se acerca a mí con rapidez y roza sus labios con los míos.

Mi mente está trabajando a la velocidad de la luz, si me está besando es porque cree tener la mínima oportunidad de convencerme de alejarme de Ethan y mi hermano, así que tomo la decisión, le permito hacerlo y correspondo su beso.

Si puedo lograr que cambie de opinión haciéndole creer que yo siento lo mismo por él, lo haré sin importarme las consecuencias.

—¡Blair! —creo que el rugido de Ethan se ha escuchado en todo el condominio de casas, el campus, la universidad y hasta en toda la ciudad. Me aparta con brusquedad de David y sin pensárselo medio segundo se lanza a golpearlo con rabia—. ¿Qué demonios? —Sus ojos me taladran.

Empuja a David tirándolo al suelo y gira hacia mí extendiendo sus manos, esperando una explicación de lo que sucede, sorprendida estoy de que no se haya lanzado contra él, aunque me queda claro que quiere quemar el mundo entero.

David se levanta con dificultad de la calle.

—Tienes la noche de hoy para decidir —son las palabras que dice antes de marcharse tan rápido como si estuviera huyendo de un depredador.

—¿Qué cojones ha significado eso, Blair? ¡Dime qué mierda hacías besándote con él! ¿Me quieres volver loco? ¿Es eso lo que quieres? ¡Contesta!

—No es normal que actúes así —digo con tranquilidad.

—¿Y cómo actúan las personas? ¡Dime! ¿Se ríen de encontrar a sus parejas besándose con otros? ¿Se acercan pacíficamente y preguntan qué tal está el beso? O mejor aún, se unen y hacen un trío. ¿Cómo quieres que actúe si te estás besando con otro cuando casi me he muerto del susto al no encontrarte dentro, ni a Barak? Esto no es un puto juego ni una puta escena.

—Estaba intentando salvarte, a ti, a mi hermano y a los chicos, a Kim, a mí y hasta el mismo González.

—No me jodas, Blair. ¡Besándote con ese hijo de puta!

—Lo sabe todo, es el hijo del rector, tiene un tío que trabaja en la DEA y va a decírselo todo. Olvídate de seguir fingiendo que eres un inocente universitario y comienza a visualizarte en una celda, a ti y a todos nosotros. Intentaba hacerle creer que siento lo mismo que él para evitarlo. Barak lo ha buscado. ¡Está vivo! Me has mentido... una vez más para variar.

Ni se inmuta con mi revelación, solo niega con su cabeza e intenta tomarme de las manos, pero me aparto.

—No te he mentido, Tony le disparó, pensamos que había muerto. No nos aseguramos de ello.

—¿No has escuchado el resto? David, mi amigo, es hijo del rector y lo sabe todo. Barak podría aparecer en cualquier momento y tú lo único que haces es actuar como un niño.

—Claro, porque soy un puto adivino. Barak se ha ido, solo ha venido a dejarnos claro que sigue vivo —suaviza el tono de su voz y trata de tomar ahora mi quijada, aparto el rostro antes de que lo consiga—. Estaba desesperado buscándote porque creí que te había llevado con él, ¿cómo iba a saber que ese imbécil descubrió lo que hace su papá? Joder, lo siento. Pensé... pensé que esta vez sí te perdería —se lamenta.

—Y pensaste bien —dice alguien detrás de nosotros. Tanto Ethan como yo nos tensamos al reconocer la voz—. No se asusten, mala hierba nunca muere. Eres tan patético, Ethan. Enamorado de una jovencita a la que no me diste tiempo de probar.

Contengo la respiración y tomo el brazo de Ethan, soy su punto débil y Barak lo sabe.

—Tranquilo. —La punta de su arma me toca la espalda—. Van a caminar relajadamente a la parte de atrás de la casa y no abrirán sus bocas porque créeme, Ethan, si intentas hacer algo, una bala le perforará el cráneo.

Por un segundo creo que lo que dice no tiene sentido, pues hay una fiesta, seguro la parte trasera al igual que la delantera está llena de personas, me equivoco. Entre más avanzamos, menos personas hay, hasta que llegamos a una pequeña baranda que separa el jardín y es cuando las piernas me empiezan a fallar. ¿Por qué carajos no hay personas aquí?

Estoy segura de que nadie se ha enterado de nada, que a nadie le ha parecido extraña la forma en la que hemos caminado y absolutamente nadie se ha percatado de la maldita pistola.

La mayoría ya está drogada. Ethan toma mi mano y la aprieta, le regreso el gesto para que sepa que no estoy tan asustada como él cree, aunque en realidad si lo estoy.

—No pasará nada —me asegura Ethan y asiento solo para no alterarlo más.

—No le des falsas esperanzas, que sabes bien que aquí ambos van a morir. ¿Qué creías? ¿Qué me quedaría tranquilo hijo de puta? ¡Arrodíllense! —grita ordenándonos y soy la primera en caer vencida, derrotada, muerta de miedo— ¡Las manos en la cabeza! —vuelve a gritar y miro de soslayo hacia la baranda con la esperanza de que alguien venga por nosotros, que alguno de los chicos note nuestra ausencia.

Barak se pone frente a nosotros y nos dedica una mirada de victoria, se ríe a carcajadas y nos escupe en la cara. Roza su arma por toda mi cara sin perder de vista los movimientos de Ethan.

—¿A quién mato primero? —pregunta irónicamente. Y con su mano libre intenta tocarme, y es cuando Ethan, importándole poco cualquier cosa que pueda provocar su impulso, se le lanza encima tirándolo sobre el césped.

—No la toques infeliz, hijo de puta bastardo.

Barak dispara en su defensa. Me llevo las manos a la cabeza, la música está tan alta que el sonido de la bala se ha perdido entre gritos y risas. Ethan sigue moviéndose, luchando por nuestras vidas, reviso su cuerpo de arriba hacia abajo y no veo ni una gota de sangre, forcejean y de pronto, como toda una estúpida, recuerdo hasta este momento que traigo una jodida arma conmigo. La saco desesperada y apunto hacia ellos.

Me repito que debo controlarme, se reproduce en mi mente que de haber sido más rápida el día de mi rescate, Eleanor quizás estuviera aquí y de ningún modo permitiré que Ethan muera. Los temblores se terminan entonces y apunto con seguridad. Se balancean de un lado a otro y decidir el momento exacto en el que debo disparar se vuelve complicado. Pero lo hago, directo a la mano derecha de Barak, donde tiene el arma, que cae enseguida.

—¡Aléjate! —le exijo.

Justo cuando el sonido retumba la música se detiene y mi disparo sí que se ha escuchado. Los gritos llenos de susto no se hacen esperar y llega a mis oídos cómo la gente corre desesperada creyendo que el disparo ha sido dentro de la casa.

Ethan me mira espantado. Barak se burla al mirar el arma en mis manos y se da cuenta de que he sido yo quien ha disparado. Quiero matarlo, quiero disparar otra vez y mirar cómo muere frente a mis ojos, pero me doy cuenta en este instante que estoy harta de esto, que no soy una asesina, solo soy una chica que desea profundamente que todo esto se termine.

Ethan me arrebata la pistola y niega con su cabeza.

—Cierra los ojos, Blair. —Me pide apuntando a Barak y mirando hacia el piso. No quiero que haga más esto, que más muertes cuelguen de sus hombros, no es la vida que merece ni siquiera en estas circunstancias.

—No lo hagas —me atrevo a decir.

—Lo siento, pequeña —susurra y dos balazos salen de la pistola e impactan contra la cabeza de Barak. Ha parecido que ha pasado más de un minuto, todo ha pasado en diez segundos.

Miro a Ethan, al cuerpo de Barak, la sangre, la pistola y finalmente lo entiendo. No es que antes no lo he hecho, es solo que no es lo mismo que te cuenten las cosas, que te digan que la persona que amas con locura anda por la vida haciendo actividades ilícitas, a verlo con tus propios ojos.

Sé perfectamente que Barak tenía que morir, de otro modo nosotros seríamos los muertos o que tarde o temprano vendría por mí de seguir vivo, pero descubro que odio con todo mi ser que el chico que hace que mi piel se erice con una sola de sus miradas, esté obligado a mancharse las manos de sangre una y otra vez hasta que sea él quien no vuelva abrir los ojos.

Mi cabeza gira hacia donde escucho pasos, Kim y Mark aparecen y observan toda la escena. No soy consciente de lo que se dicen ni que están llamando al resto. Ethan continúa sin darme la cara y yo huyo como la cobarde que soy. No importa que mis padres hayan formado parte de esto, que mi hermano, mi novio y mis amigos también estén dentro. Esta no es mi naturaleza. Esta no soy yo.

Me parece escuchar que Ethan me llama, no estoy segura. Las personas que aún están rodeando la casa o intentando escapar me miran de forma extraña, como si llevara algo raro encima y no es hasta que entro al cuarto y me miro en el espejo que me percato de las salpicaduras de sangre en mi vestido, mi pecho y brazos.

—No llores, no llores —me repito frente a mi reflejo—. No llores, no llores.

Abajo hay alguien muerto y estuve a punto de matarlo yo misma. Ahora mismo están buscando la forma de llevarlo lejos y enterrarlo en un lugar en donde jamás sea encontrado. Me balanceo hacia adelante y hacia atrás. No soy tan fuerte después de todo. No he logrado mantener la cordura, ni siquiera frente a la muerte de una persona despreciable como Barak. ¿Qué haré cuando se trate de Nathan? ¿Ethan? ¿Norma?

—No llores, no llores, no llores —sigo repitiendo.

Me quito el vestido apresurada y me meto a la ducha. Me abrazo a mí misma y me recuesto a la pared, termino de rodillas en el piso y solo dejo que el agua continúe cayendo sobre mí. Hay tantas ideas pasando en mi cabeza, me siento tan expuesta, tan en peligro, tan triste que no puedo contener mis emociones. Golpeo el azulejo con mis puños, cuando Eleanor murió me sentí en el limbo, pero es hasta ahora que cae el peso de esa realidad sobre mí.

Mañana es nuestro viaje a Portland y de alguna forma presiento que tendremos que olvidarnos de eso. Presenciar cosas como las que acaban de pasar están dañándome poco a poco.

Amo a Ethan con todo mi corazón, es demasiado. Esta no es la vida que quiero, no es la vida que deseo vivir por siempre. Trato de animarme y recuperar el control de mis emociones recordando que, al morir Barak, la pesadilla ha terminado hasta cierto punto. Intento de verdad memorizar todo lo que ese hombre ha hecho y me termino convenciendo de que su muerte es justa y necesaria.

Salgo de la ducha con unos pantalones de algodón y una camiseta de Ethan, me siento sobre la cama y respiro profundo un par de veces. Un suave toque en la puerta me regresa a la realidad. Abro con cuidado, es Norma.

—¿Estás bien? —Se acerca a mí con cautela—. Nos hemos asustado mucho cuando no te encontrábamos. Recién había llegado y...

—Ya no quiero más, Norma. Esto no puede seguir. Ninguno de nosotros merece pasar por esto una y otra vez. No quiero perder a nadie más.

—Lo sé, tiene que haber alguna forma de alejar a las personas que amamos de esto. Tenemos que jugarnos la última carta.

"*La última carta*", esa no es la decisión más responsable. Asiento, no soy ninguna tonta, sé perfectamente cuáles serán las consecuencias si ambos aceptan.

Mi amiga se sienta a mi lado y trata de despejar mi mente mientras esperamos noticias, ya no se escucha absolutamente ningún ruido fuera. Es hasta la madrugada que Ethan, Nathan y los demás regresan a casa, todos somos cómplices. Al final cada uno de nosotros

ha asesinado a Barak.

—¿Estás bien? ¿No te ha herido? —me pregunta mi hermano con desesperación. Apenas y digo que no con un movimiento de cabeza y miro hacia Ethan, quien está recostado a la pared y sigue, aún después de tantas horas, sin voltear a verme—. ¿Segura? No te atormentes por esto, enana. Él merecía el final que ha tenido, ¿me crees? —Yo quiero contestar, pero Ethan no se mira nada bien. Tiene el rostro tan tenso, tan preocupado y afectado.

—Te creo —hablo al fin—. ¿Podrían... dejarme a solas con Ethan? —les pido esperando que comprendan. Lo hacen, mi hermano no hace ningún drama y antes de salir le da un apretón en el hombro a Ethan.

Me pongo de pie y vuelvo a respirar lo más profundo que el cuerpo y mis pulmones me lo permiten. Doy pasos insegura hasta estar frente a él, está realmente abatido, todo su cuerpo lo grita.

—Ethan...

—La policía no vendrá, espero eso te tranquilice. No habrá una investigación y no hay testigos más que los chicos y evidentemente no van a testificar nada —es tenaz para responder. Trato de tocarle la mejilla, se aparta de la pared y se oculta en el baño. Cierra la puerta y escucho cómo tira algunas cosas al piso. ¿Le estará ocurriendo lo mismo que a mí? ¿Habrá comprendido lo grave que es todo este asunto? Ya no podemos seguir fingiendo que solo somos dos jovencitos enamorados. Hay más, mucho más.

—Ethan, déjame entrar por favor —le pido al descubrir que ha puesto el seguro.

—No puedo verte a la cara —bufa—, joder, no puedo verte.

—Solo estabas defendiéndome.

—Sí, pero me juré que jamás dispararía estando tú presente, que jamás te obligaría a mirar tal cosa y mira lo que ha pasado, Blair.

—No puedes controlarlo todo.

—Iba a matarte, ese infeliz iba a matarte —se altera y continúa tirando cosas hasta que golpea la puerta, no sé si con sus manos o ha lanzado una patada.

—Por favor sal. Por favor... por favor —digo sollozando. No lo hace al instante, sino tiempo después. Abre la puerta con lentitud y me mira finalmente. Tiene los ojos rojos. Extiendo mis brazos y enseguida se acurruca en mi pecho.

—Me siento terrible, he matado a alguien... he matado a... tantas personas en los últimos meses cuando llevaba años evitándolo.

No quería cargar con algo así el resto de mi vida, pero eso me terminó dando igual si de esa forma te mantengo a salvo. Esto que ha pasado, Blair... es demasiado, quisiera ser un jodido príncipe para ti y he asesinado a alguien frente a ti. Soy una mierda de persona.

—No, no lo eres. No me importa lo que hiciste ni lo que vi, sigo amándote. Pero esto tiene que terminar.

Sus ojos me aniquilan en un fragmente corto de segundos y se aparta.

—¿A qué te refieres?

—Cuando me pediste una oportunidad más, estabas intentando dejarlo. Dijiste que haríamos lo que yo quisiera, que tú harías lo que yo te pidiera. Así que, dime, Ethan... ¿Hay alguna forma de que salgas de todo esto? La mínima, no me importa, la más peligrosa, si la hay te pido que hagas un intento.

—Blair...

—No quiero que termines esto por mí, quiero que termines esto por ti, porque Ethan Johnson es más que armas y muerte y secuestros y la maldita droga. Tú eres este hombre maravilloso de quien yo me he enamorado, no deseo vivir con la incertidumbre de quién será el siguiente en dejarnos. Te lo suplico, no esperemos más.

Ethan se queda como una estatua, con los brazos a los lados y mirándome fijamente. Le estoy pidiendo demasiado, a pesar de que cuando me enteré de todo él estaba dispuesto a dejarlo, no es así de sencillo.

—He intentado ser valiente y fuerte, aprendí a usar un arma, llevo una todo el tiempo conmigo, Kim y Mateo me han enseñado incluso a pelear, a defenderme y te juro que si no puedes salir de este mundo igualmente seguiré a tu lado tratando de ser esa pequeña mafiosa que te roba la paz, pero si hay una oportunidad, una sola, por favor tómala.

Asiente como respuesta inmediata y muerde su labio, vuelve a acercarse a mí y besa mis mejillas.

—Nunca te he mentido cuando te he dicho que haría cualquier cosa por ti. Voy a intentar dejar este mundo de mierda, porque aunque me ames dentro, quiero que me ames tanto como yo te amaré fuera.

—No quiero perderte.

—No vas a perderme, Blair, haré lo que haga falta.

Me cuelgo de su cuello y escondo mi rostro en su pecho como si de eso dependiera mi vida. Toma con delicadeza mi mentón y me besa con toda la ternura que en este mundo hay. Nos acurrucamos en la cama, uno al lado del otro y acaricia mi cabello hasta que consigue que me duerma. Todas mis esperanzas están puestas en ese único intento que él hará.

CAPÍTULO 35

UNA PAREJA COMÚN

A la cinco en punto de la mañana abro los ojos y experimento una opresión en mi pecho extraña. Las sensaciones del día anterior aún se cuelan en mi sistema. Miro a Ethan hecho un ovillo en la cama, con su boca entreabierta y esas pestañas espesas y abundantes cobijando sus ojos. ¿Habré ido demasiado lejos anoche? ¿Pedirle que intente dejarlo es una locura? Pero si me retracto ¿qué pasará entonces?

¿Qué ocurrirá cuando la universidad se acabe? ¿Él hará lo mismo toda su vida? Y no lo cuestiono porque de eso dependa mi estancia en su vida, mientras lo ame con esta fuerza que me asusta me quedaré con él decida lo que decida, pero no puedo evitar pensar en que él no quiere más esto, me lo ha dicho, ha confesado que quisiera otra vida, una normal y sé, porque lo conozco, que solo fue víctima de las circunstancias que lo orillaron a este mundo, que siempre ha querido una vida cotidiana y que esa máquina de escribir antigua dice a gritos que le hubiera gustado ser un escritor.

De alguna forma me duele no poder hacer más por él, no poder ayudarlo realmente de ninguna manera.

Me siento sobre el colchón y espero pacientemente a que despierte, cosa que no pasa mucho tiempo después, en menos de diez minutos tengo esos preciosos y perfectos ojos grises observándome con tristeza.

—¿Cómo te sientes?

—Estoy más tranquila —soy honesta, quisiera mentirle diciendo que estoy de maravilla. No es así.

—No tienes que preocuparte por nada —se sienta igual que yo y toma mis manos.

—¿Cómo consigo no preocuparme si todo se complica cada vez más?

—Seré precavido, encontraré una manera coherente de hacer las cosas. Te lo prometo —me asegura y me da un beso en mis palmas.

—Ayer... estaba muy afectada por lo que pasó. Lo siento si de alguna manera sentiste que te di un ultimato, no es así —me apresuro
a aclarar.

—Lo sé, no tienes que explicarme nada. Haré absolutamente todo con calma, los chicos me ayudarán, sé que sí y que contar con Mateo aunque no esté del todo convencido nos da ventaja.

—¿Qué hay de Kim?

—Kim hará lo que le pida, pero tiene una batalla interna. Creció dentro, no hay un segundo de su vida que no sea sobre drogas y la mafia. De alguna manera también le es leal a González. Prefiero mantenerla al margen, y hasta que las cosas estén a punto de suceder ponerla al tanto.

Honestamente dudo mucho que Mateo no la ponga al tanto antes, quizás es la única persona que la pueda convencer de al menos intentar buscar más posibilidades, una nueva vida.

—Falta David, ¿cómo estaremos seguros de que no le dirá nada a su tío? —ese tema me vuelve a poner los nervios de punta.

—Porque irá directo a su padre y a él no le conviene que David revele las cosas ilícitas que comete como rector. Y para que lo sepas y no te dejes avasallar por una amenaza sobre involucrar a la policía o la DEA o el mismo FBI, los narcotraficantes como González tienen muchos negocios legales, pagan impuestos, son ciudadanos decentes o fingen serlo. Todas esas organizaciones están viciadas, es decir que hay infiltrados y si González llama su atención tardarán años para comprobarle algo, por consiguiente, estamos a salvo.

—¡Vaya! Estoy impresionada —admito—. David dijo que su padre está amenazado, que lo obligan, que tú lo obligas.

—¿Le creíste?

—No. De ninguna manera.

—Te amo —es su respuesta, contento porque no he dudado de él.

—Lo que no me queda claro es si tú sabías la existencia de David, porque Kim no lo hacía.

—Sabía que el rector tenía familia y que González la conocía pero nunca me envió a mí o los chicos a tener tratos con él. Después de que le dijeras a Kim que era el famoso hijo, investigamos y nos dimos cuenta de que era cierto.

—¿Y no me lo dijiste? Digo, yo ya sabía que era hijo del rector, me refiero a lo demás, ¿por eso te comportas como un loco cuando lo ves cerca de mí?

—No. Es porque besaste al muy bastardo por si lo has olvidado, dos veces por cierto y... muero de celos y... porque ha puesto los ojos en lo que más quiero en este mundo. No te dije lo que había investigado porque no quería hacerte sentir que por alguna extraña razón cada persona que te rodea está involucrada directa o indirectamente.

Sonrío agradecida, porque ciertamente es la impresión que me da el hecho de cómo todo se termina conectando. Me envuelve con sus brazos. La tormenta sigue cayendo sobre nosotros, nunca se detiene y cada vez que lo tengo así, tan cerquita, siento como si se abriera un enorme paraguas sobre nuestras cabezas y nos diera paz momentánea.

—Odio que nuestro viaje se haya arruinado. Me hacía mucha ilusión que pasaras un Acción De Gracias normal. Honestamente no es mi fecha favorita, mis padres murieron ese día, pero por ti estaba dispuesta a disfrutarlo y celebrar.

—¿Quién te dijo que no viajaremos?

—Pero lo que pasó ayer...

—Ahora más que nunca necesito sacarte de la ciudad y dije que te daría unos días tranquilos y voy a dártelos.

—Pero...

—No hay peros que me detengan. Que se vaya a la mierda todo lo demás, quiero que seamos normales, quiero ir a tu casa, conocer tu cuarto de adolescente y reírme por las imágenes que seguramente tienes pegadas a la pared de artistas raros, quiero caerle bien a la famosa tía Lili, besarte hasta que te duelan los labios, salir de fiesta por ahí y hacerte el amor, sentir que eres mía, que siempre lo has sido y siempre lo serás. ¿Te apuntas?

—¿Dónde firmo? —me emociono a pesar de todo.

—Aquí —dice dándose toquecitos en la boca y le doy un pico rápido—. Hecho. Ahora señorita, será mejor que nos duchemos porque el avión sale en pocas horas y ya deberíamos estar en el aeropuerto.

—Entonces ¿quién se ducha primero? —Me levanto de la cama apartándome de su lado y camino hacia el baño.

Él me atrapa a medio camino y me alza en el aire metiéndome a la ducha con todo y pijama. Me río y quita lo que nos cubre y el agua empieza a caer sobre nosotros. Me toma el rostro con sus manos y sus pulgares acarician mis mejillas en lo que une su frente con la mía y su nariz acaricia con ternura mi nariz. Su boca apenas y roza mis labios y lo hace continuamente. No profundiza ninguno de sus besos y tampoco sus manos abandonan mi rostro.

Nos miramos cada tanto y nos regalamos pequeñas sonrisas que van calando poco a poco hasta lo más profundo y sanando todos nuestros miedos.

—Dime la verdad, ¿cómo estás?

—Asustada. Es decir, me siento tremendamente aliviada porque sé que Barak ya no representa un peligro, pero al mismo tiempo me siento estúpida por sentir lástima.

—¿Sabes por qué sientes lástima?

—Porque me falta malicia, frialdad, ser calculadora.

—Y gracias al jodido cielo que no tienes nada de eso, sientes lástima porque eres buena, noble y compasiva.

—Y una tonta...

—No. Eres perfecta, un tanto caprichosa, desobediente, impulsiva, pero perfecta. Quisiera que no hubieras visto nada.

—Estaré bien, sé que en cuanto estemos lejos de aquí se sentirá como si nada hubiera pasado.

—Eso espero, ¿es muy pronto para empezar a hacerte el amor?

Niego con mi cabeza y me obligo a dejar de pensar en cualquier cosa que me perturbe. Mi mano izquierda desciende hasta su miembro, el cual se endurece en un santiamén. Entierro mis dientes en mi labio inferior disfrutando sobremanera la forma en la que me hace expandir mi mano y mis dedos para poder tomarlo entero en lo que lo estimulo subiendo y bajando por su erección que crece y crece con cada caricia.

No me aparta la mirada de encima aunque ni la suya ni la mía tienen ni una pizca de inocencia ya. Sus pulgares y sus índices se encargan de masajear mis pezones hasta que están pesados, con un cosquilleo placentero rodeándolos y punzantes hasta más no poder, prosigue a envolver mis pechos con sus grandes manos, los amasa y aprieta a su gusto y yo acelero mis movimientos abajo.

Sube mis manos por encima de mi cabeza y las presiona sobre el azulejo.

—Quédate quieta, no te muevas, ¿de acuerdo?

Asiento.

Besa la coronilla de mi cabeza y no deja ni un solo espacio de mi rostro tranquilo, se toma su tiempo en mi boca, me besa con una profundidad cegadora y continúa con mi cuello, mis orejas, mi clavícula, mi pecho.

Sube hasta las muñecas de mis manos y deposita besos creando una línea recta imaginaria en todo mi brazo, incluso en mi axilas, no deja un solo espacio disponible, su boca recorre mis costillas, atrapa mis pechos y bromea un poco con el hecho de que se ahogará, pero lo cierto es que son generosos, es un exagerado.

Entre más partes besa, más ansiosa me siento, más excitada, más húmeda, a punto de explotar, peor aún cuando ya ha llegado a mis pies y sube con lentitud hasta pasar su lengua en medio de mi sexo succionando un poco y haciendo que ese simple gesto me mate de placer.

Sube hasta estar frente a mí nuevamente, sale de la ducha un momento y vuelve con un preservativo. Me toma de la cadera y me monta a la suya, ni siquiera me da tiempo para acomodarme o al menos para acostumbrarme a su intromisión, me invade como si el mundo se acabara hoy y fuese su última oportunidad para estar conmigo. Mi trasero y mi espalda impactan sin parar contra la pared y se hunde en mí a su antojo.

Tiro de su pelo un tanto y luego me apoyo en sus hombros para impulsarme y moverme también provocando que una sensación devastadoramente deliciosa y perfecta nos tumbe de verdad, cada vez que visita mi interior una especie de presión se acumula en mi vientre y sube hasta mi garganta hasta que el orgasmo me visita y casi me desvanezco encima de él.

Él tarda unos minutos más y a pesar de su lógico cansancio me mira tan afectada que no me devuelve al piso. Nos quedamos así demasiado tiempo sin decirnos nada, solo escuchando cómo el agua cae sobre el suelo, nuestras respiraciones agitadas y… bueno... los gritos de Nathan, quien ha entrado al cuarto haciendo un escándalo, primero porque supone lo que estamos haciendo y segundo porque es tardísimo.

Ethan lo echa de la habitación para que yo pueda salir sin vergüenza alguna. Definitivamente que el asalto placentero en el baño nos ha recuperado porque el ambiente es otro. Usamos una sola maleta en donde empacamos nuestras cosas y en cuarenta minutos estamos en el aeropuerto.

Ver a Norma esperando por nosotros bastante tranquila a pesar de lo sucedido me calma muchísimo. Antes de tomar el avión hemos hablado de que el tema "narcotráfico" está cancelado hasta nuevo aviso. Nathan me ha asegurado que después de todo lo que ha pasado los últimos meses, también intentará salir por mí, por Norma, por él mismo, aunque siente que le falla a nuestros padres por no poder vengar su muerte.

Lo abrazo y le recuerdo que ni aunque lograra vengarse, papá y mamá resucitarían. Se han ido, solo nos tenemos a nosotros mismos y debemos hacer todo lo que esté en nuestras manos para mantenernos vivos.

No voy a negarlo, en cuanto el piloto del avión ha dicho: Bienvenidos a Portland, he sentido que miles de kilos de arena han caído de mi espalda. El viaje ha sido tranquilo. Nathan acompañará a Norma a casa de sus padres y mientras tanto yo iré a casa para que tía Lili conozca a mi apuesto y peligroso novio.

Ethan está nervioso, desde que pusimos un pie en Portland no ha dejado de apretar mi mano. Es la primera vez después de la muerte de su mamá que tiene un lugar a donde ir para estas fiestas. También está nervioso por conocer a mi tía.

—¿Ya no estás nervioso?

—Nunca lo estuve —dice orgulloso. Mentiroso.

—Voy a fingir que te creo —me burlo e introduzco la llave en la puerta. Me detiene cuando estoy por abrirla.

—Está bien, lo acepto... Estoy nervioso. No quiero arruinarlo.

—Y no vas a arruinarlo, Lili va a quererte mucho cuando mire lo feliz que soy.

—¿En serio estás bien?

—¿Cuántas veces me lo preguntarás?

—Es que lo que viste...

—Estoy bien —digo al fin—, ¿crees que si no estuviera bien me habría dejado follar como lo hiciste?

Abre los ojos como platos, creo que es la primera vez que digo esa palabra frente a él con tanta naturalidad.

—Has dicho follar —me reprende.

—¿Y?

—Pues, que me has puesto duro —me susurra al oído.

—¡Oh! Pues tendrás que esperar amigo.

—¿Me darás un premio? —pregunta curioso.

—Sí, uno muy húmedo. Además, no puedo creer que tengas ganas cuando has metido tu mano en mis bragas todo el vuelo y la azafata nos ha pedido un poco más de respeto por los pasajeros.

Nos soltamos a reír, pero no se trata de un buen chiste. Eso fue lo que pasó. Finalmente abro la puerta y hay un silencio abrumador. Intento no dejar volar mi mente, no pensar en que nos han seguido y nos asesinarán y es imposible. Le pido a Ethan que deje el equipaje en el pasillo de la entrada y subo las escaleras a toda velocidad. Abro la habitación de tía Lili y me encuentro con una escena perturbadora: Ella encima de Paul moviéndose frenéticamente.

No puede ser, ¿estoy destinada a ver a mi familia teniendo sexo hasta el final de mis días? Tía Lili al escuchar mis gritos de sorpresa, gira hacia la puerta y se esconde debajo de las sábanas cuando me mira.

—Lo siento —digo antes de bajar a la cocina donde he dejado a Ethan.

Me cubro la boca con ambas manos para no soltar carcajadas. Mi chico de ojos grises y cara dura me mira curioso y yo no puedo parar de reír bajito.

Me siento en el desayunador y le cuento todo a Ethan, aunque no se ríe tanto, se me queda viendo de una manera tan rara, no lo sé, como si tuviera miedo de algo.

¿De verdad está tan nervioso por tía Lili?

Después de media hora, tía Lili baja al fin con sus mejillas sonrojadas y vestida de una forma poco común, está tan cubierta de tela que alguien que no la conoce podría confundirla con una monja.

No quiero ni imaginar cómo se sentirá Paul, él siempre me ha caído de maravilla, es muy centrado y comprometido con todo lo que hace, incluso aporta a la casa a pesar de que aún no se muda por respeto a nosotros, lo cual no tiene mucho sentido.

Ya no estamos aquí de tiempo completo.

Ethan está tan asustado que me causa gracia.

No puedo evitar pensar en qué hubiera pasado si papá estuviera aquí, él si era un tipo rudo, aunque nunca hablaba de trabajo, y ahora entiendo muy bien el porqué, mamá siempre nos decía que era un abogado temible y eso tiene explicación.

Él era fiel a la idea de defender tanto a criminales como a inocentes, pero jamás me imaginé que por criminales se refería a narcotraficantes. Yo no comparto esa idea y después de todo lo que ha venido sucediendo, menos.

Aún recuerdo cada noche en la que me decía que cuando creciera tenía que aprender a distinguir a lobos y ovejas. Vaya, lo que fue para mí hasta hace muy poco un consejo sano, en realidad era un consejo para enfrentar la verdad que tarde o temprano saldría a la luz.

—Blair, lo siento tanto —inicia a disculparse Lili.

—Ya lo he olvidado. No te preocupes. Mejor te presento al chico de quien Nathan te habló tan mal y seguramente que cuando regrese de casa de Norma te dirá todo lo contrario... este es mi novio, Ethan Johnson.

—Es un placer conocerte, Ethan. Estaba muy preocupada por esta niña, es muy rebelde, no te lo tomes a mal pero cuando Nathan me dijo todas esas cosas feas de ti, pensé que Blair si se estaba metiendo con un chico peligroso solo para demostrar un punto.

—El placer es mío, gracias por recibirme en su casa y coincido, su sobrina es muy rebelde.

—¿Verdad que sí? Siempre quiere hacer su santa voluntad.

—Es terrible —contesta Ethan y le doy un golpe en el brazo.

—¡Oye!

—Lo eres —insiste el muy desgraciado.

—Pónganse cómodos. Blair, ya puedes reírte abiertamente y contarle a tu novio que me has encontrado teniendo sexo —agrega y hago justo lo que me ha pedido.

—Ya lo hice —digo y me suelto a reír como pretendía.

—Parece ser una tradición familiar eso de tener sexo sin importar qué...

—¿Disculpa? —Mi tía se sorprende, solo está fingiendo.

—Lo siento, lo siento, es que... bueno, estoy nervioso señora Lili. —Me río aún con más fuerza, la ha llamado señora Lili como si él tuviera quince, apenas y los separan cinco años, pronto cuatro—. Perdón, no debería llamarla señora, joder. Es la primera vez que voy a casa de mi novia, de hecho es la primera vez que tengo novia.

Su actitud adolescente me gana en gran manera y sé que lo mismo le pasa a mi tía.

—Con que la primera vez, vaya, es muy tierno que estés nervioso. Quita esa cara, relájate, no ha pasado nada. Mi sobrina tiene diecinueve, ya puede tomar sus propias decisiones, además, solo soy la tía, mi hermana seguro te corría de casa pronto —dice restándole importancia al asunto y Ethan vuelve a respirar.

Así es tía Lili, con su cabello castaño y ojos profundos puede aparentar ser toda una madre estricta, no lo es.

Luego de comer unos bocadillos que tía ha preparado y hablar otro tanto sobre en dónde dormirá Ethan solo para hacerle creer que no está de acuerdo en que duerma conmigo y revelarle la verdad minutos después, subimos nuestro equipaje a mi antiguo cuarto. Ethan se toma su tiempo observando todo, incluso las imágenes de mis cantantes favoritos en la pared. Me tiro a la cama y él se me tira encima.

—¿Estás cómodo? —pregunto.

—Muchísimo. Después de vivir en orfanatos, luego en la casa de González, y ahora en una fraternidad, este ambiente tan hogareño me gusta... demasiado.

—Ethan, ¿qué piensas hacer?

—No, dijimos que no hablaríamos de eso. Estas son tus vacaciones.

—De acuerdo, ¿qué quieres hacer?

—Quiero hacer lo que tú quieras hacer —me dice, inclino mi cabeza y beso sus labios lo que me parece horas hasta que escuchamos la voz de Nathan en la primera planta de la casa.

No pasan ni dos minutos cuando entra a mi cuarto sin tocar siquiera. Le da una que otra broma a Ethan y por primera vez, después de tantos meses y problemas los escucho conversar como esos "mejores amigos" que decían ser.

Me terminan ignorando y Nathan se roba a mi novio y lo lleva a su habitación.

Me alegro, verlos así me alivia aún más, pero nunca le he preguntado a ninguno qué fue lo que realmente hablaron para que mi hermano aceptara lo nuestro.

Aprovecho el tiempo para desempacar la poca ropa que hemos traído y para mirar largo rato los bolsos de comida que mamá solía regalarme cuando era una niña, los conservo todos. No importa la verdad que descubrimos, tenerla aquí, con nosotros, sería el mayor de los privilegios.

Mis pensamientos melancólicos son interrumpidos cuando Nathan y Ethan vuelven a aparecer y me informan que nos vamos de fiesta los cuatro. Son vacaciones, son días normales, ¡diversión!

Emocionada me cambio de atuendo y Ethan me observa todo el tiempo desde la cama. Me recuerda que le debo un premio, yo le digo que será luego y hace más pucheros que un niño regañado.

Mi dulce hermano nos convence de ir al bar al que solíamos ir cuando estábamos en la escuela. Quiero sacarle los ojos porque la única razón por la cual siempre me dejaban entrar a ese bar sin tener la edad reglamentaria, era que el tipo de la entrada y yo nos besábamos en un callejón como pase. No muy inocente de mi parte, ¿cierto? Su nombre es Jason y era cinco años mayor que yo.

Mientras subimos al auto que Paul nos ha prestado, le pido al cielo que Jason ya no trabaje ahí. Norma y Nathan se ríen todo el camino y sus risas se alteran cuando llegamos al bar y Jason sigue en su antiguo trabajo. ¡No! Pienso seriamente en contarle todo a Ethan antes de dar un paso más, sin embargo, me quedo callada y camino a su lado.

Jason saluda a Nathan como si son los mejores amigos del mundo, le muestra una sonrisa amable a Norma. Sus ojos viajan hasta mí y me aferro al brazo de Ethan. ¿Es mucho pedirle al cielo que mi neurótico novio se tome todo como una enorme y fantástica broma de adolescencia? Sí, es muchísimo pedir eso. Ya qué, aquí vamos.

—Pero mira nada más quién ha vuelto, la chica que da los mejores besos de todo Portland. —Miro rápidamente a Ethan. Su ceño ya está fruncido y se muerde el labio. ¡Por favor una escena de celos no!

—¿Qué has dicho? —contesta Ethan y asesino con los ojos a Nathan.

—Lo siento, amigo. Blair se divertía mucho cuando era una adolescente. —Jason no lo dice con alguna mala intención, pero Ethan se toma todo con mala intención cuando se trata de mí—. ¿Vas a darme otro besito para entrar hoy?

Trágame tierra. ¿Tenía que decir eso? No tengo ni que ver a Ethan para saber que está por saltarle encima.

—¿Qué tal si te rompo la nariz y nos dejas pasar? —lo amenaza Ethan.

—Por favor, Ethan —le suplico aferrando ambas manos en su brazo. Jason comprende que el chico que lo mira con cara de matón es mi pareja y al menos hay alguien razonable, sube las manos en modo de disculpa.

—Solo está jugando —interviene Nathan.

—Claro, pasen —agrega Jason evidentemente nervioso. ¿Quién no lo estaría? A Ethan le está por explotar la cabeza, tiene la cara enrojecida, lo juro. Siempre exagera tanto.

Tengo que tirar de su mano para que se mueva de una vez y entremos al bar.

—Estoy furioso —susurra en mi oreja mientras caminamos en busca de un lugar.

No pierdo mi tiempo dando explicaciones, me pongo de puntillas y lo beso con ganas. A él le importa un rábano que estemos en un lugar público, me toma con propiedad de la cintura y su lengua me saborea toda.

—No seas gruñón hoy, es una tontería de mi pasado.

—De acuerdo —refunfuña sin estar precisamente de acuerdo.

Buscamos una mesa vacía, no hay ninguna y terminamos en la barra, solo hay dos asientos, el lugar está a reventar. Norma y yo los ocupamos, nuestros novios están detrás protegiéndonos de que ningún ebrio se nos acerquen, son unos paranoicos. Las chicas escogemos los tragos y después de tres ya me siento mareada.

El Whisky en las rocas no fue muy buena idea, aunque estoy mareada, me siento relajada. Estar lejos de Los Ángeles está haciendo que recuerde lo que es vivir sin tensión.

—Esto es realmente curioso, yo soy la mejor amiga de Blair y soy la novia de su hermano. —Al oír decir eso a mi amiga grito como una loca, oficialmente han vuelto a estar juntos. Me lleno tanto de euforia que me le lanzo encima a ambos y Ethan tiene que sostenerme para que no haga el ridículo y caiga de bruces.

—Ethan es el mejor amigo de Nathan —prosigue riéndose—, y es el novio de su hermana, somos como un cuarteto de súper amigos —habla con la voz entorpecida. Los cuatro asentimos. Tiene razón.

El volumen de la música explota en mis oídos y yo subo las manos cuando suena una canción que Norma y yo solíamos bailar cuando teníamos dieciséis en este mismo bar. Tomo de la mano a Ethan y nos unimos a las personas que bailan en el único lugar en donde no hay mesas.

Muevo mis caderas al ritmo de la música, doy un pequeño giro cerrando los ojos con las manos hacia arriba. Me acerco a Ethan y beso la comisura de sus labios, nos dejamos llevar por el sonido y la felicidad que provoca tener una noche libre, calma, cotidiana. Solo somos dos jóvenes bailando y seduciéndose, no hay nada de lo que
nos distrae en Los Ángeles.

Pongo mis manos en su cuello y él toma mi trasero, olvidándose de que Nathan está solo a unos metros, puede que ya no se oponga a lo nuestro, pero eso no significa que esté listo para este tipo de caricias públicas.

—Recuerdo cuando tenía que contenerme, ahora puedo tocarte cuando se me antoje —habla fuerte por la música.

—Yo también puedo tocarte —digo tomando su trasero, asustándolo un poco. Se suelta a reír por mi arranque y niega con su cabeza. Tonteamos tanto, ser normales es divertido.

Cinco canciones después necesito sentarme, erróneamente seguimos bebiendo hasta que levanto la bandera de la paz y regresamos a casa. Antes de entrar abrazo a Norma. Con todo lo que ha sucedido no solemos pasar mucho tiempo a solas y quiero recordarle lo importante que es para mí.

—Te quiero, no lo olvides.

—Yo te quiero más. —Está tan borracha que se deja caer sobre mí y Nathan la sube al auto nuevamente y se la lleva, tiene que dejarla en casa. Sus padres son algo conservadores.

Ethan abre la puerta por mí, ya que he fallado en dos ocasiones y me ha quitado la llave de las manos, tropiezo con el primer escalón y me toma en brazos. Pongo mi rostro en su pecho más allá de gustosa y cómoda y me dedico a escuchar el latido de su corazón, mi sonido favorito en el mundo.

Entramos a mi habitación y me recuesta con delicadeza sobre la cama, quita mis zapatos y mi pantalón junto con mi camisa y mi sostén, sabe que odio dormir con mis pechos apretados por el maldito sujetador. Me pone una de sus camisetas y se acuesta a mi lado.

—¿Sabes qué odio de los bares, las discotecas y las fiestas en fraternidades?

—¿Que siempre terminas totalmente ebria?

—Eres un tonto. No, lo que más odio es que nunca suena alguna canción lenta, con la que puedas fantasear que, sin importar qué esté pasando alrededor, los tres minutos que dura la canción todo es perfecto.

—Creo que la romántica empedernida eres tú.

Me quedo callada porque quizás hay dos románticos empedernidos. Él es escritor y yo la que sueña despierta. Ante mi silencio y el de él creo que es hora de que me deje vencer por mi ebriedad y dormirme, pero se aclara la garganta y gira hacia mí.

—¿Cuál es tu canción favorita? —indaga.

—¿Por qué?

—Solo dímela, pequeña.

—Hunger de Ross Copperman —contesto arrastrando las palabras.

Ethan se pone de pie, coge su teléfono y teclea algo. La luz que sale de su móvil me molesta y arrugo el rostro.

—Hay una variedad de opciones, pero voy a apostar por esta. —Habla para sí mismo y cuando escucho sonar mi canción favorita, abro los ojos sin poder creerlo—. ¿Bailas conmigo?

—¿Lo dices en serio?

—Todo lo que respecta a ti es lo más serio de mi vida. ¿Me concedes esta pieza? —extiende su mano que enseguida acepto.

Me saca de la cama, sigo mareada y aun así no puedo evitar sentirme sensible y emocional. Acomoda mis manos en su cuello y rodea mi cintura. Algunos escalofríos me recorren de pies a cabeza.

Nos movemos de forma lenta y pausada. Esa canción me ha gustado por años y nunca había sentido tan real la letra, tan viva, tan yo.

Estoy tan hambrienta por Ethan Johnson, amo cada cosa que hace, que dice, que piensa, lo amo cuando es esta clase de caballero moderno y cuando tiene que apuntarle a alguien frente a mí.

Mi deseo de una vida mejor para él, para mí, para todos no me hace dudar ni un segundo del amor y todo ese fuego que hay en mí para él.

—Deseo cumplido, aunque no estamos en ninguna fraternidad, bar o discoteca y no solo estamos fantaseando, un día estaremos en una casa nuestra, bailando cada noche lejos de todo lo que un día creímos que no podríamos abandonar —me habla bajito. Las lágrimas escuecen mis ojos. Lo abrazo completamente.

—¿Cómo es que puedes ser tan tierno y ser capaz de matar a alguien, Ethan? —Se supone que este viaje es para olvidar toda la mierda que nos rodea y no puedo guardarme la pregunta. No cuando descubro la forma casi irracional en la que lo amo.

—Porque este es quien realmente soy. Sacas lo mejor de mí, estar contigo me hace creer que no estoy hundido en la oscuridad. La razón por la cual nunca había tenido una novia, no es por ser un mujeriego. En realidad, es porque durante todos esos años no había encontrado una razón para pelear por una vida diferente y tú te has convertido en eso, Blair.

Se separa y toma mi mano para hacerme girar cuando la canción está por terminar y vuelvo a sus brazos. En un cuarto, descalzos, casi desnudos, en la oscuridad de la noche y totalmente ebrios he vivido los tres minutos y veintiséis segundos más perfectos de mi vida. Creo firmemente que vamos a salir de esto, juntos.

CAPÍTULO 36

VOLVIENDO A LA REALIDAD

Apenas sale el sol la sienes me martirizan sin parar, al menos que Ethan sea lo primero que veo me reconforta mucho. Si ayer me sentía relajada, hoy me siento en las nubes.

Sus palabras aún retumban en mi cabeza.

Puedo vernos bailando a centímetros de mi cama, sellando una especie de promesa que espero logremos cumplir.

Hoy es Acción De Gracias y trato de ignorar mi evidente resaca, poner mi mejor cara para que cuando el hombre del que estoy totalmente enamorada despierte, no note lo triste que estoy realmente por el cumplimiento de un año más del fallecimiento de mis padres.

Hoy que lo sé todo, este año en particular veo las cosas desde otra perspectiva, antes pensaba que la vida era muy injusta, que debió permitirnos a mi hermano y a mí tener a nuestros padres al menos hasta la juventud, cuando ya se está preparado para enfrentar la vida solos, pero ahora solo puedo enfocarme en qué motivos habrá tenido ese tal Petroski para matar a mis padres, si mis padres trabajan para González de manera casi anónima, ¿por qué los asesinaron?

No se me había ocurrido que quizás Nathan tenga aún más información que la que me ha dado y por eso le ha costado tanto abandonar sus deseos de venganza.

Tengo que detener toda la novela que se está creando en mi cabeza cuando Ethan se despierta.

—Bueno días mi pequeña borrachita —me molesta y me da un beso en la punta de la nariz.

—Estoy de maravilla —finjo que no me duele la cabeza, que no muero de sed y tampoco necesito una ducha urgente.

—¿Sí?

—Sí.

—Bueno, entonces no habrá problema con que te de unos merecidos buenos días —comenta antes de buscar apresurado un preservativo entre sus cosas y lanzárseme encima.

Mis piernas se separan ligeramente, en cuanto bombea y se hunde completamente en mí me humedezco como si fueran automáticas las reacciones que produce en mí, mis pezones se endurecen, los músculos de mi cadera y mi vientre se relajan y disfruto de cada vez que su miembro entra completo, endurecido y potente en mí. Estos buenos días quisiera tenerlos a diario.

Sus movimientos son pausados, no hay prisas hoy ni tampoco enloquecemos, nos movemos con tranquilidad pura, soy consciente de cada intromisión, de la forma en la que su miembro separa las paredes de mi sexo poco a poco hasta llegar a lugares que me nublan la vista y aceleran las palpitaciones de mi corazón.

Esos círculos tan precisos que traza en mi interior solo hacen que la excitación crezca y la humedad aumente, me apoyo en su espalda y de un segundo a otro me ubica de costado, con mi espalda pegada en su pecho que sube y baja rápidamente, mi trasero impacta con su cuerpo cada vez que llega otra embestida y su mano presiona mi pierna libre.

Cruzo mi brazo detrás de su cabeza y eso le da lugar suficiente para tomar con su boca uno de mis pechos y lamerlo hasta el cansancio, mientras que su mano deja tranquila mi pierna y busca en medio de mi sexo el punto que puede llevarme a la locura, lo presiona con su dedo, le da pequeños pellizcos para luego transportarme al éxtasis con la forma en la que lo masajea a profundidad. El desahogo llega pronto para ambos.

En cuanto me libera de todas las formas, giro hacia él y lo abrazo. No es que esté loca o la resaca esté afectando mi manera de actuar o puede que quizás sea eso, pero de pronto, justo en el momento en el que ha abandonado mi interior, he sentido una sensación de abandono demasiado extraña, como una especie de mal presentimiento mezclado con una tristeza que no tiene razón de ser, al menos no ahora.

Él me envuelve enseguida y acaricia mi cabello, no sé si note la desesperación con la que mi cuerpo se pega al suyo y la manera en la que mis manos se aferran a su piel.

—¿Qué pasa? —dice finalmente—. ¿He hecho algo mal? ¿No te ha gustado algo?

—Siempre me gusta todo lo que me haces.

—¿Entonces qué sucede? Mírame —me pide y lo hago aunque con vergüenza porque tengo los ojos ligeramente húmedos.

—Es una tontería.

—Dímela.

—Es solo que he sentido miedo.

—¿Miedo?

Asiento.

—Miedo de perderte. No sé, no hemos estado juntos por tanto tiempo pero lo que siento por ti es demasiado grande, demasiado intenso, tengo una fe ciega en ti Ethan, no quiero terminar con el corazón roto. Ya he perdido a demasiadas personas, ¿me entiendes? Quizás es solo que mis padres cumplen años de fallecidos. No me hagas caso.

—Blair, las cosas no serán fáciles. Pero serán posibles, yo haré que todo sea posible.

—Si alguna vez, si cualquier cosa que intentes pone en peligro tu vida, por favor déjalo estar —le pido.

—No voy a permitir que me maten, eso me alejaría de ti para siempre y yo ya no estoy dispuesto a separarme de ti, te quiero en mi vida, pequeña, te quiero de forma permanente hasta que tú así lo decidas e incluso entonces me las ingeniaré para mantenerte conmigo. Por favor no estés triste, vamos a pasar bien este día, recordaremos a tus padres de una forma diferente, ¿te parece?

—Me parece.

Yo me ducho antes que él, y aprovecho el tiempo que él tarda en la ducha para llamar a Norma y pedirle que cuide de mi chico cara dura un rato, al principio estoy convencida de que su respuesta será negativa, Ethan y ella no son los mejores amigos del mundo, pero finalmente accede.

Nathan y yo haremos lo mismo de todos los años; compramos el desayuno, vamos al cementerio y dejamos los recipientes ahí como si papá y mamá fuesen a comerlo. Era su festividad favorita, decían que siempre hay algo por lo cual estar agradecido, incluso cuando te parece que nada bueno está pasando en tu vida.

La mayoría de las personas lo encuentran raro y hasta perturbador. Me gustaría mucho llevar a Ethan, pero es algo tan íntimo que mi hermano me ha pedido que no lo incluya. Se lo explico y lo comprende. Norma lo llevará a desayunar a nuestra cafetería favorita.

Durante el camino me pregunto si mis padres están orgullosos de la dirección que está tomando mi vida y la de Nathan.

He intentado minimizar cada ocasión en la que he estado en peligro, he querido creer que cuando volvamos a Los Ángeles todo se va a solucionar. ¿Papá y mamá esperaban que un día formáramos parte de su mundo como Kim y sus padres? ¿Odiarían vernos rodeados de la mafia? ¿Alguna vez pensaron en salirse? Hay tantas jodidas preguntas en mi mente.

—¿Alguna vez te has preguntado qué nos dirían papá y mamá si pudieran ver la forma en la que terminamos dentro de su mundo? —le pregunto a mi hermano mientras acomodo las flores que hemos traído y la comida.

—Supongo que en algún punto ese pequeño mundo en donde eran simples abogados se les caería y tendrían que decirnos la verdad. Siendo honesto no sé si nos lo hubieran dicho para apartarnos o para integrarnos.

—Yo no creo que de pronto nos revelaran que tenía doble vida y que querían enseñarnos el negocio. Nuestros padres no eran así, quiero pensar que no —digo un tanto molesta.

—Blair, te ha quedado claro que hay muchas cosas que te pueden hacer para obligarte a quedarte, pero para entrar... para eso solo necesitas conocer a las personas indicadas. Papá y mamá decidieron ser delincuentes y a veces me lleno de rabia y no sé ni para qué es que quería vengarlos.

—¿Sabes por qué los mataron? —decido preguntar al fin.

—Según González, Petroski quería que trabajaran para él, tenían muchísima información de González, demasiada. Nuestros padres se negaron y lo demás ya lo sabes. Ojalá siguieran aquí para que nos aclararan tantas cosas.

—Ya.

—De alguna forma yo me empeñé en echarle la culpa a Ethan de todo lo que estaba pasando, hasta que entendí que si había culpables eran nuestros padres, fue gracias a ellos que supe de González, fue por ellos que al escuchar a Ethan hablarme de su mundo y de su jefe me quedé en la fraternidad y busqué a ese hombre, fue por ese motivo que terminé trabajando para él con el afán de vengarme y no pensé realmente en lo que pasaría si tú llegabas a la universidad, a L.A, a la fraternidad.

—¿Por eso es por lo que dejaste atrás tus diferencias con Ethan y nuestra relación? No habíamos tenido tiempo de hablar, pero me sorprendió mucho que de la noche a la mañana aceptaras lo nuestro.

—En realidad el tipo se me acercó con aire de príncipe y me dio un discurso sobre lo mucho que te ama.

—Estás bromeando, ¿cierto?

—No. Sí que me reí de él con toda su cursilería, pero creo que hasta el más testarudo hubiera sentido algún tipo de agradecimiento por alguien que siente tanto por mi hermana. De verdad, Blair, ese hijo de puta está dispuesto a recibir cien mil disparos por ti, está dispuesto a traicionar al hombre que maneja todo L.A por ti, quiere protegerte, y si alguien puede ayudarme a proteger a mi enana favorita, entonces no me queda más que aceptar su amorío.

—No es un amorío...

—Ya sé, es amor profundo y verdadero y real y todas esas estupideces. Ya me lo dijo él. A pesar de la situación le dejé muy claro que si te veo llorando por su culpa el que le dará cien mil balazos soy yo.

—Te quiero mucho, Nathan.

—Y yo a ti, enana. Pero debo decirte algo que Ethan no se atreve a decirte, nadie deja la mafia vivo. Nadie. Y quiero que estés preparada para lo que vendrá porque solo tenemos dos caminos, o nos quedamos dentro hasta morir o morimos en el intento de salir.

—Ya lo sé Nathan.

—No, no lo sabes. Cuando tengas que tomar una decisión espero que al menos tú tomes la correcta, que pienses en que apenas estás iniciando tu universidad, que está en riesgo tu futuro, todos tus planes, tus sueños. Blair, puedes estudiar y terminar tu carrera, puedes encontrar un trabajo en un bufete pijo, de esos en los que añoras trabajar, pero si pasa el tiempo y dejas de ser la noviecita de Ethan para convertirte en su compañera de vida, en la mujer de un narcotraficante...

—Nathan...

—Tienes que saber que ahí, ya no habrá retorno —continúa—, que tendrás una vida con lujos, viajes, seguridad, lo que quieras, y hasta tu propio bufete, no dudo que Ethan te baje el cielo, pero a cambio de esperar cada noche la noticia de que lo han matado, de que han secuestrado a tus hijos.
Enterrar a tus seres queridos será cuestión de rutina y tarde o temprano terminarás involucrada de otras formas.

Conocerás verdaderamente a la mafia y tu vida puede que sea tranquila hasta que colapse como sucede con todos y cada uno de los mafiosos en la historia.

No digo nada cuando por fin termina su advertencia, me queda claro que ha aceptado mi relación con su mejor amigo porque no hay forma de separarnos, porque Ethan se ha sincerado con él, pero mi hermano prácticamente tiene muy pocas esperanzas de que encontremos la libertad.

Regresamos a casa y Ethan ha vuelto diez minutos antes, Norma y él aún están en la sala hablando con tía Lili de la cena de esta noche y yo no les presto atención. Lo primero que hago es llevarme a Ethan a la habitación, después de esa conversación con Nathan se me ha ocurrido algo totalmente distorsionado.

Eso de que somos fanáticos de lo prohibido resulta ser bastante cierto y aunque algunas personas encuentren mi relación extremadamente incoherente, yo lucharé por nuestro amor y no me daré por vencida. Hay una frase que siempre mantengo presente en mi cabeza cuando quiero tomar decisiones importantes o más bien desesperadas: "Para lograr ciertas cosas tendrás que sacrificar otras".

—¿Cuántas posibilidades hay realmente de que salgas de esto vivo? —pregunto directo y con firmeza.

Ya sé lo repetitivo que es todo esto; mis pensamientos, mis cambios repentinos, mis cuestionamientos, las reflexiones y la valentía que se vuelve miedo y luego valentía otra vez, que es un tema que de diversas formas hemos abordado desde que soy consciente de su existencia, pero, siempre terminamos hablando entre las ramas, no con la crudeza que requiere.

—No quiero hablar de esto, Blair. Yo encontraré la manera. ¿Por qué me lo preguntas? No seas caprichosa —suena molesto, debería callarme la boca y no puedo.

—Contesta Ethan, dime ¿cuántas posibilidades hay? —le exijo y me da la espalda.

—Quizás no haya ninguna —responde al fin y muerdo mis labios. Esto también era un secreto a voces, pero escucharlo de él me rompe.

—¡Las hay o no las hay! —insisto.

—No las hay —decide contestarme—, de la mafia solo se sale muerto.

Pequeños temblores atacan mi cuerpo y oculto mi rostro con mis manos. No quiero quebrarme, no frente a él, no cuando no ha pasado nada... aún. Me toma entre sus brazos y quita las manos de mi rostro.

—¿Por qué quieres arruinar nuestras vacaciones? Voy a encontrar una manera, te lo prometo.

—¿Podemos huir? ¿Irnos lejos? Sé que suena a locura y como mi antiguo plan, muy de telenovela, pero...

—Pequeña...

—He tenido una conversación franca con mi hermano, huyamos. Podemos escondernos en el pueblo más lejano de Los Ángeles. Podemos brincar de ciudad en ciudad, hasta que se olviden de ti, sé que tenemos poco tiempo juntos, pero yo estoy dispuesta a hacerlo si tú me lo pides. Nathan tendría que hacer lo mismo y Norma y...

—Y toda tu familia, y la familia de Norma. Esto es más grave de lo que crees. ¿Dejarás tus estudios? ¿Abandonarás a tu tía? ¿Echarás a la basura tus sueños, tus metas? ¿Pasarás el resto de tu vida escapando? Esa no es vida.

—¡No quiero que mueras! No quiero que muera nadie más. Prefiero llevar una vida así que vivir sabiendo que jamás volveré a verte.

Niega con su cabeza y se pasa con sofocación los dedos por el pelo.

—No entremos en esa clase de detalles porque entonces empiezo a cuestionarme qué tan egoísta soy por tenerte a mi lado y todas las cosas y cambios y problemas que estoy generándote se apoderan de mi mente y me dan ganas de irme y dejarte vivir en paz. Voy a hacer todo lo que esté en mis manos para que nadie salga lastimado. Ahora cámbiate y lávate el rostro. Baja cuando te sientas mejor, yo ayudaré a tu tía a organizar todo y le diré que te duele la cabeza. Vamos a disfrutar de la cena.

Me quedo inerte, soy una loca, totalmente, una tonta. Me quedo viendo la puerta por la cual Ethan se ha marchado y tengo que tomarme más de media hora para recomponerme.

Me ducho nuevamente y ni siquiera bajo a almorzar, desde aquí escucho risas, chistes y bromas.

Él está actuando con normalidad y yo estoy aquí hundiéndome en hipótesis.

Le doy un golpe al colchón y cuando veo que ya está iniciando a ocultarse el sol, cambio mi pijama por un delicado vestido rojo oscuro de terciopelo, con mangas y escote en la espalda, trae una pequeña cinta negra en la cintura. Los padres de Norma vendrán a cenar con nosotros y Nathan quiere que demos la mejor de las impresiones como si no nos conocieran desde que nos salió el primer diente.

Incluso nuestra tía ha aceptado comportarse. No los aprecia desde que sugirieron que era muy joven para hacerse cargo de dos niños y que ellos serían excelentes padres adoptivos. Bajo las escaleras de dos en dos y me quedo cerca de la entrada a la cocina observando la mesa. Luce preciosa.

A las ocho en punto el timbre suena, abro la puerta y Norma con sus padres han llegado, han traído el postre y es grato verlos. Eran los mejores amigos de mis padres, de alguna forma al abrazarlos a ellos fantaseo con que es a mis padres a quienes abrazo. Y por muy loco que suene, pienso en si ellos también fueron timados por mis padres o sabían algo y por eso se empeñaban tanto en hacerse cargo de nuestra educación para alejarnos completamente de mi familia o lo único que queda de ella.

—¡Qué linda estás, Blair!

—Gracias, Ester —contesto—. ¿Cómo estás, Dani?

—Encantado de verte y preocupado por la relación de mi hija con tu hermano —se ríe, solo está bromeando. Nathan me ha dicho que amaron la noticia.

—Los Moore —dice Lili con la voz un poco extraña. Tengo que decirle a Paul que no le dé más vino.

—Hola, Lili —responde Ester.

—Bienvenidos, están en su casa —salva la situación Paul.

Después de alejar la botella de vino de Lili y cruzar los dedos para que no diga nada embarazoso, Ethan y yo seguimos sin dirigirnos la palabra. Quiero entender por qué ninguno dice nada y es simplemente imposible. ¿Por qué no me habla?, ¿por qué no le hablo? Nos dedicamos a escuchar las conversaciones de los demás y nos ignoramos.

Me estoy desesperando, ni siquiera me mira.

Nathan también está tenso y quiero pensar que se debe a la presencia de los Moore y no a alguna situación en particular que me estén ocultando.

—Se nos ha acabado el vino, voy por otra botella —comenta Paul, no hemos dado las gracias y el vino se ha terminado.

—Yo iré —interrumpo a Paul.

Entro a la cocina, saco el vino y pego mi frente a la nevera. Odio esta tensión entre nosotros, sobre todo porque pretendía que viviera al máximo esta tradición. Suelto un suspiro lamentándome y al siguiente segundo siento sus labios en mi cuello. Dejo el vino cerca de la estufa y giro para quedar frente a él. Junta nuestras frentes y cierra los ojos, rozo sus labios y cuando entran en contacto me sube en la encimera y sus manos se pierden debajo de mi vestido.

El beso inicia despacio y de pronto nos olvidamos del lugar en el que estamos, tira de mi cabello y muerdo sus labios. Su lengua se mueve en sincronía con la mía. Nuestra respiración se altera y miro que está desabrochando su pantalón. Escucho las risas provenientes del comedor. Estamos tan cerca de todas esas personas y el deseo es tan profundo que no me importa.

—Ethan, ¿qué haces? —logro preguntar cuando hace a un lado mi braga.

—Te hago mía.

—Me has ignorado toda la noche —le reclamo, no debería.

—A veces soy un idiota, Blair.

Pone sus manos en mi trasero y me empuja hacia adelante, su miembro entra completamente y muerdo mi lengua para evitar gemir, nos miramos fijamente mientras su virilidad me invade. Mi teléfono decide vibrar descontrolado sobre la encimera y maldigo. Ethan no me permite contestar.

Después de tres llamadas perdidas se da por vencido y toma mi teléfono, se sorprende al mirar el nombre de Mateo en la pantalla, me devuelve mi teléfono molesto, no quiero una escena de celos justamente ahora. Además, es Mateo.

—Hola, Mateo no es un buen momento.

—¡Salgan ahora mismo de tu casa! —me grita.

—No te entiendo.

—Han robado dos contenedores llenos de cocaína, es mucho dinero.

Mi padre se ha puesto furioso porque Ethan tenía que asegurar esa mercancía y se ha ido a Portland contigo a aparentar ser el novio perfecto. Ha dejado el trabajo tirado, Blair. No sé qué pretenda mi padre.

—Gracias, Mateo —termino la llamada. El corazón va a salirse de mi cuerpo y cuando intento hablar Ethan me quita el celular y lo aprieta con fuerza. Lo pone con fuerza sobre la encimera y creo que ha quebrado la pantalla.

—Ya me estoy cansando de esa amistad tuya con Mateo.

—Ethan, escúchame —le pido bajando de la encimera y tomando mi teléfono.

—No, no quiero escucharte, ¿me quieres volver loco? Es demasiado, la puta droga, tener que cuidarte todo el tiempo y encima lidiar con desconocer las verdaderas intenciones de Mateo. No hables con él, ya basta.

—Me ha llamado para ayudarnos, Ethan. González está aquí, en Portland, robaron los contenedores de cocaína. ¿Por qué no me dijiste que tenías que entregar esa mierda? —exploto—. Aquí están los padres de Norma, mi tía y su novio.

—Porque quería regalarte un maldito fin de semana normal.

—Toma la botella de vino y la estrella contra la pared. En un par de segundos tenemos público.

Volteo a ver a todos, me miran esperando una explicación. No tengo un plan para esto, tomo a Norma del brazo y salgo de la cocina sin importar que mis acciones solo alteren aún más a los demás.

—Saca a tus padres de aquí, ahora. González puede aparecer en cualquier momento.

—¿Qué? No, no, no. —Norma no me ayuda cuando se pone así.

—Norma, ayúdame. Sé que eres la que menos está de acuerdo con todo esto y lamento arruinar este día para ti de esta forma, solo ayúdame. No podemos involucrar a nadie más.

Apenas y asiente y sale disparada hacia sus padres.

Ethan trata de explicar lo que sucedió en la cocina, puedo escuchar su voz ronca y alterada mientras subo a la habitación y empaco lo poco que habíamos sacado del equipaje. Me miro en el espejo que cuelga en mi puerta y me repito un par de veces que puedo con esto. Puedo salir de la casa y poner a salvo a mis seres queridos.

—¿Por qué estás bajando tu equipaje? —Me pregunta mi tía al regresar al primer piso.

—Nos tenemos que ir, ha fallecido un familiar de Ethan. —Últimamente las mentiras se me dan muy bien.

Soy una cobarde, dejar sola a Lili no es la mejor opción. De algún modo creo que González no le hará nada si no nos encuentra aquí. El timbre suena y la paranoia se instala en mí, casi he gritado que no abran la puerta y Ethan y Nathan intercambian miradas que dicen más que mil palabras.

Paul se dirige hasta la entrada y abre, desde esta distancia no logro divisar de quién se trata. Los padres de Norma siguen aquí y contengo mi respiración cuando Paul abre por completo y González nos observa a todos.

—Espero no interrumpir.

CAPÍTULO 37

EN GUERRA AVISADA NO MUERE SOLDADO

La mano que sostiene el equipaje inicia a temblarme de una forma tan descontrolada que se me cae hacia el piso y el sonido que explota en mi cabeza y la de los demás nos hace reaccionar a todos, o al menos a Ethan quien rápidamente parece hacerse cargo de esta situación tratando de comunicarse conmigo a través de su mirada, sé que me está pidiendo a gritos mentalmente que guarde la compostura y conserve la calma y que a Nathan le ha dado alguna orden sin siquiera abrir la boca porque mi hermano asiente y me mira de soslayo.

Se acerca a González como si nada estuviera pasando, él lo esquiva y camina hacia Lilí. El hombre luce impecable de pies a cabeza con su traje demasiado elegante y de tres piezas, sin corbata y esas zapatillas que brillan a kilómetros de distancia.

No es hasta este momento que entiendo bien a qué se refería Ethan cuando me dijo que los narcotraficantes como González fingen ser personas decentes y tienen negocios legales que cubren sus verdaderas acciones, si bien la noche que lo conocí en la comisaría pensé de inmediato que no era normal llevar tanta seguridad y esas camionetas tan llamativas, debo confesar que, tampoco grita a los cuatro vientos que es un mafioso, más bien parece un hombre de negocios.

Hemos sido unos estúpidos al creer que podríamos tener unos días normales. Hemos sido unos soberados idiotas si creíamos que podíamos jugar a la pareja común y cotidiana.

—Usted debe ser la adorable tía Lili y tú debes ser Paul, un placer conocer a las personas que terminaron de educar a la dulce Blair, la conocí no hace mucho, trae muy emocionado a Ethan. —Hay tanto sarcasmo en sus palabras que estoy a punto de gritar y pedirle que se largue de mi casa.

—¿Usted es el padre de Ethan? —pregunta Paul. Mi tía está muy ebria para articular palabras. González nos dedica otra de sus miradas antes de contestar aún con mayor sarcasmo.

—Sí, lo soy. Bueno, lo he adoptado y he tratado de educarlo lo mejor que he podido, pero imagino que saben lo difícil que es tratar con jovencitos desubicados.

—¿Podemos hablar afuera, Arnold? —le pide Ethan con la voz tensa.

—Claro, hijo. Siento mucho haberles arruinado el festejo —se disculpa falsamente.

—Lamento el fallecimiento de su familiar —suelta mi tía. González no puede saber que he dicho eso hace solo minutos, sin embargo, sonríe con más ánimo.

—Gracias. Eleanor era como una hija para mí. Blair y ella eran muy amigas, supongo que nos acompañas, ¿cierto? —eso está dirigido exclusivamente hacia mí.

—No, ella se queda aquí con su familia —interviene Ethan con las manos vueltas puños.

—Está bien, puedo ir —respondo. Claro que no quiero ir, mucho menos con ese hombre, pero si me niego, si Ethan sigue haciéndolo, es probable que se quite esa fachada de buen tipo y diga frente a todos lo que ha venido a decir o peor aún, lo que ha venido a hacer. Las piernas me tiemblan un poco cuando doy un paso hacia ellos.

—No, Blair. Quédate —me pide Norma y todos comienzan a incomodarse, es más que obvio que algo está ocurriendo.

—Blair, por favor —insiste Ethan.

—Sé que es Acción De Gracias y nuevamente lamento mucho interrumpir su festividad. Si quieres quedarte hazlo, pequeña, tú no tienes la culpa de que la muerte sea tan embustera, hoy estamos aquí y en cinco minutos no, ¿no es cierto?

Esas palabras empeoran un poco el ambiente, pues dudo mucho que mi familia o la de Norma lo comprenda, pero yo sí que lo he comprendido. Si no salgo, nos matará a todos, por eso la muerte es embustera y tiene razón. Lo es. Giro hacia mi tía y me despido de ella.

—Volveré en Navidad, te lo prometo —le aseguro. La voz se me quiebra y la abrazo con la absurda pero lógica idea de que quizás no vuelva en navidad.

—Blair... —me llama Ethan.

—No pasa nada, anda, lleva la maleta —hablo más segura y niega con la cabeza—. Ethan, lleva la maleta... por favor —susurro.

Mi novio sale furioso de la casa, sabe que no hay mucho que pueda hacer para evitar que vaya. Nathan intenta detenerme cuando estoy cerca de la puerta.

—No vayas, Ethan lo convencerá, estoy seguro. Quédate, hermana, quédate.

—Nathan, por favor. Haz que esto parezca normal, yo voy a llamarlos cuando estemos... a salvo...

—No estarás a salvo, por Dios, no te vayas con González, si no te vuelvo a ver viva no me lo perdonaría nunca. Iré yo, ¿bien? Iré yo, entra a casa, cierra bajo llave y llama a emergencias, dile todo a tía Lili, también he entendido la amenaza, en cinco minutos nos atacarán si no te vas con ellos.

—Nathan, me has cuidado desde que papá y mamá murieron, déjame hacer esto. Es González, me quiere a mí y sé que Ethan no dejará que nada me pase, por favor, quédate aquí. En cuanto pueda llamaré.

—Hermanita... —se le llenan los ojos de lágrimas—. No puedo dejar que te hagan daño. Papá jamás me lo perdonaría.

—Papá estaría orgulloso de ti. Volveremos a vernos Nathan, te lo prometo.

Suelto sus manos y un tipo totalmente desconocido para mí interrumpe nuestra conversación y quizás despedida. Presiona mi brazo izquierdo y aunque ha hecho su mejor esfuerzo para no obligarme a caminar, me ha dado pequeños empujones para que lo haga. Afuera hay tres autos negros, todas las personas que cuidan y protegen a González están rodeándolos.

Supongo que el de en medio es en el que ya se ha subido Arnold, porque es donde Ethan espera por mí. No me cabe la menor duda de que si pudiera hacer algo, ya lo habría hecho. No tardo nada en descubrir que todos estos hombres están armados. Ethan abre la puerta y me deja entrar primero. La sonrisa que Arnold tiene en sus labios provoca golpearle el rostro hasta desfigurarlo.

Me extiende un trago que no acepto y al ver su rostro molesto, Ethan lo toma por mí. Nadie habla mientras estamos en el auto. Quiero hacer tantas preguntas y sé que él, al igual que yo también necesita saber de qué va todo esto. ¿Por qué venir hasta Portland, a mi casa, obligarnos a ir con él y quedarse callado cuando ya nos tiene a su merced?

Diviso el aeropuerto cuando estamos a unas cuadras y aprieto la mano de Ethan. Sigo sin saber exactamente qué es lo que hará, pero saber que entraremos a un lugar tan público y transitado al menos alimenta mi esperanza de que no nos matará, no de momento. Pero, entonces pienso en cómo cojones podré disimular que estoy a punto de un colapso frente a tantas personas, ¿cómo?

Esa pregunta tiene respuesta al desviarnos directamente al área privada del aeropuerto, a la pista exclusiva para personas que son dueños de Jets o aviones corporativos. Solo a mí se me pudo ocurrir que viajaríamos en un vuelo comercial, ¡por supuesto que tiene su propio avión!

Justo estamos a nada de abandonar el coche y González recibe una llamada que, aunque tarda en decidir si contestar o no, finalmente la hace y con un gesto de su mano nos pide que salgamos del auto.

El corto recorrido del auto hacia el avión se me hace eterno. Al subir, tres de seis hombres armados suben también con nosotros. No importa cuánto intente pensar en algo, un plan aunque sea sacado de una serie ridícula, nada viene a mi cabeza. Soy como una hoja en blanco y eso me enfurece más.

No cabe duda de que la realidad siempre termina superando a la ficción.

Uno de los hombres nos indica en donde tenemos que sentarnos y se aleja de nosotros dirigiéndose hacia el piloto.

—Blair —Ethan me llama a susurros—, si encuentro la forma de que escapes, tienes que prometerme que lo harás.

—No voy a ir a ningún lado sin ti —respondo muy segura de mi decisión.

—No me hagas esto, perdió millones por mi culpa, no sé de qué sea capaz. Por favor, basta de jugar a ser uno de nosotros, no lo eres, nunca lo serás, actúa como alguien que desea más que nada huir, y cuando encuentre el momento correrás y te esconderás en la fraternidad. Las personas que están ahí me son leales, saben que tienen que protegerte como si fuese yo mismo, ¿bien? —me suplica.

—Está bien, lo prometo —logro decir más afectada; correr y esconderme, es lo que quiere, es lo que haré.

No pasa mucho tiempo cuando González continúa arruinándolo todo con su presencia.

El silencio prosigue y la tensión podría cortarse con un solo suspiro. Me enfoco en la voz del piloto que nos pide que abrochemos nuestros cinturones y justo cuando el avión despega mis esperanzas mueren un poco.

González cambia de lugar una vez que alcanzamos la altura indicada y se sienta frente a mí, me mira de una forma que me hace sentir desnuda, pone su mano en mi pierna y Ethan se levanta de su asiento, tira el trago de González al suelo y lo toma de la camisa.

—No la toques, si la tocas juro que voy a matarte Arnold y ahora no puedes dudar de mí porque he matado a muchos por ella.

—Ethan —susurro asustada cuando los hombres armados lo apuntan con sus armas directo a la cabeza.

—No, no voy a calmarme. No vas a tocarla, ninguno de tus hombres va a tocarla. ¿Entendido? —le grita en la cara.

González se ríe a carcajadas. ¿Quién no lo haría en su lugar? Basta que levante un dedo para que sus hombres nos disparen y se terminen nuestras vidas. Ethan lo suelta al fin, se pone de pie y los hombres armados lo obligan a sentarse a mi lado. Tomo el final de mi vestido y tiro hacia abajo hasta cubrir mis rodillas.

—Tranquilo, hijo, solo quería entender la fascinación. ¿Por qué todo se desarrollaba bien y de pronto de un día para otro te vuelves en alguien tan predecible?

—González, esa es una conversación que podemos tener a solas —gruñe Ethan.

—He sido paciente contigo. Me importa poco con cuántas mujeres se acuesten tú y todos los que trabajan para mí, mientras las mantengan con la boca cerrada. Hay una gran diferencia entre reírme de sus amoríos y reírme de que me hayas hecho perder millones de dólares. Permití que hicieras una vida bastante normal a pesar de todo lo que haces para mí, me debes quien eres, Ethan, Eleanor también, por ti no la hice una prostituta de lujo, por ti no la vendí como mercancía y ¿cómo me pagas?

—¡Pagué por ella! —se altera Ethan—, pagué por ella y por Kim, me he callado por años lo que pretendías hacerle desde que era una niña. Ni siquiera se lo dije a tu hijo sabiendo que es quien más la protege.

Un sollozo se me escapa y me entierro los labios en mis mejillas internas.

González me pone tan nerviosa que mis dedos comienzan a tiritar, intento mantenerme serena para que Ethan no pierda la cabeza. Si logro seguir sin mostrar debilidad él estará tranquilo, al menos no intentará matar a González y eso aumenta nuestras posibilidades de bajar del avión vivos.

—Pero me has traicionado. Y la traición se paga con muerte.

—¿Por qué no te olvidas de mí y te enfocas en tu hijo? ¿Por qué no haces que Mateo se haga cargo de tu negocio? —responde Ethan—. Déjame ir, sabes que no voy a ir con la policía ni con nadie que te perjudique, solo quiero ser libre.

—Porque no heredó lo que se necesita. Porque es un cobarde, hijo de una cocinera que solo buscaba dinero acostándose conmigo y a quien tuve que matar para tener un heredero y solo obtuve a un pelele. No como tú. Antes no te importaba nada, Ethan. ¿Ya le dijiste a tu muñequita cómo iniciaste? ¿Cómo disfrutaste de los privilegios?

Mis ojos se abren como platos, Mateo no sabe que su papá mató a su mamá.

—Cállate Arnold —le exige Ethan.

—Inició vendiendo marihuana a estudiantes y después quiso ganar más dinero. Le he enseñado todo lo que sabe y supongo que nunca te ha dicho cómo disfrutaba en las apuestas de mujeres, las vírgenes han sido siempre sus favoritas.

—¡Eso no es cierto! Blair, eso es mentira, jamás, jamás he disfrutado de algo tan aberrante, por eso salvé a Eleanor y a Kim. Por eso salvé a todas las que pude. Las compraba y las dejaba libres, eres un hijo de puta que quiere hacerle creer algo que no soy, que nunca he sido.

—Nunca le había importado ser lo que es, hasta que te conoció, querida Blair. Eres como un trofeo que no quiere perder, que no quiere que toquen, lo que me hace preguntar, ¿disfrutaste tu pequeño secuestro? —continúa hablando González como si no escuchara a Ethan.

Por un momento creo que la sangre me ha dejado de fluir por las venas. Ethan ata cabos antes que yo y vuelve a lanzarse encima de él, esta vez los hombres armados lo golpean y lo sostienen en la silla. Todo comienza a tomar sentido.

Mateo tenía razón, su padre y Barak eran socios y nos han visto la cara de idiotas totalmente.

—Todo lo que les ha pasado lo he planeado yo. Primero quería saber qué tan interesado estabas en esta jovencita y Barak la atacó. Después envié a mi hijo a probar el terreno porque los rumores de que pensabas dejarme se esparcían como un virus. Luego quisimos saber qué tan enamorado estabas de ella y provocamos su accidente y aun así seguían juntos. Tuvimos que secuestrarla. Me sentí tranquilo cuando la recuperaron como mejor saben hacerlo y no traicionándome.

—¡Eres un hijo de puta! —escupe Ethan.

—Tranquilo, falta lo mejor. Por un momento pensé que todo volvería a la normalidad, me enteré de que la señorita quería ser una copia barata de Kim, y que ella y mi hijo la estaban... entrenando.

»Luego con su plan de tomarnos Compton me sorprendió, casi la llamo para felicitarla pero Compton siempre fue mío, la rivalidad con Barak era para mantener las expectativas, para estar siempre probando la fidelidad de mis trabajadores, entonces casi matan a Barak. Llegué a la conclusión de que el problema es tu novia y Barak se iba a encargar de todo; la mataría, tú volverías a ser el mismo y todos seriamos felices.

—¿Cómo pudiste enterarte de todo eso? —Yo también quiero saberlo. ¿Alguien nos ha traicionado?

—Puse micrófonos en la casa, Ethan. ¿Pero con quién carajos crees que estás hablando? Y por cierto, antes de que se me olvide, la muerte de Eleanor fue un pedido exclusivo, en cuanto salieron del lugar en el que estaba Blair se me fue notificado y Raúl fue el encargado de darte un mensaje fuerte y claro, pero tampoco lo captaste.

—Eleanor —a penas y hablo, mis lágrimas caen una detrás de la otra. Mi intento de mostrar serenidad ha fracasado abruptamente.

—Así es, murió. Es una lástima, solo fue daño colateral. No lo merecía, no fue justo... pobre. Tus padres tampoco lo merecían, Blair, pero quisieron dejarme, ser libres como tu novio y yo no iba a permitir eso, los padres de Kim, también se cegaron por una vida normal y Kim quedó huérfana misteriosamente. Tengo oídos por todos lados, sé que esta zorrita te pidió que dejaras el negocio y que tú lo estabas considerando.

»Voy a ponerlo sencillo; sigues haciendo tu trabajo, recuperas la cocaína, te olvidas de ella por supuesto y si eso no te convence también le daré la libertad a su hermano y su familia estará tranquila.
Si no lo haces voy a matarla y tiraré su cuerpo al océano en dónde nunca la encontrarás.

González se pone de pie muy tranquilo, como si nos hubiera dicho que nos regalará unas vacaciones a las Bahamas y no nos estuviera amenazando. Quiero tirármele encima y matarlo con mis propias manos. Nathan entró a su mundo creyendo que tenía que vengar la muerte de nuestros padres y matar a ese tal Petroski, les ha echado la culpa a mis padres de todo lo que nos ha pasado y yo tomé tantas decisiones basándome en que de otra forma ya era también mi mundo, cuando en realidad mis padres estaban arrepentidos, tratando de salir.

A duras penas puedo contener la furia que me corroe. Esto es una pesadilla sin fin. Nos ha engañado a todos.

—¿Cómo puedes ser tan descarado? ¡Cómo puedes matar por deporte! ¡Cómo! —grita desesperado—. Eres un infeliz hijo de puta.

—Decide Ethan, su vida a cambio de lo que ya te pedí.

—Haré todo lo que me pidas hasta que confirme que la dejarás tranquila, a su hermano y a su familia —afirma. Yo estoy tan impresionada que no me importa lo que acaba de decir. Solo quiero comprender cómo todo puede terminar de esta manera.

Uno de los hombres me apunta con su arma y Ethan se descontrola por completo. Logra soltarse del sujeto que lo tiene tomado de los brazos y le arrebata la pistola al tipo que me apunta. Le rompe la nariz con un solo puñetazo, pero otro de los guardaespaldas lo toma por sorpresa y lo empuja hacia el suelo, retorciendo su brazo derecho. De la cabina del piloto sale un tercer tipo y pone el arma en su cabeza.

—Mátame, vas a matarme tarde o temprano, ¿por qué no me matas de una jodida vez? —creo que se le ha desgarrado la garganta con esos gritos.

—Porque las cosas pasan cuando yo quiero, a la hora que quiero y de la forma que quiero. Ahora me sirves más vivo que muerto, pero recuerda que en guerra avisada no muere soldado.

» Cuanto tengas que morir, yo mismo voy a dispararte en medio de la frente, ahora se me antoja recordarte a ti, a tu grupito y a todo aquel que depende de mí que yo soy el puto dios, el mandamás, el que matará hasta el último miembro de su familia si tan solo, siquiera piensan en traicionarme, hijo de puta bastardo. Serás el ejemplo de que a Arnold González nadie, nunca podrá ganarle. Nunca. Más te vale que te sientes, te despidas de tu puta y mañana te las ingenies para recuperar mi mercancía.

Ha dejado todo tan claro y ha revelado tanta información que no tenemos dudas de que solo quiere jugar con nosotros, que nos matará cuando llegue el momento oportuno y que mientras tanto no tenemos más opción que aceptar sus condiciones. Ethan entrelaza su mano con la mía en cuanto vuelve a su lugar. Esto es monstruoso, injusto e innecesario. No sé si es mejor que yo misma tome un arma y me pegue un balazo.

El resto del camino me la paso acurrucada en el pecho de Ethan. El saber verdaderamente cómo murieron mis padres hace que todo vuelva a doler como hace nueve años, él se limita a acariciar mi espalda y depositar besos en mi frente tratando de calmarme, dudo mucho que algo o alguien pueda calmarme en estos instantes.

Al llegar a Los Ángeles y bajar del avión siento un poco de alivio. González solo abre la boca para recordarnos que este es el último día en el que se nos puede ver juntos y que de desobedecerlo habrá consecuencias. Pero, ¿no las habrá, aunque nos separemos? Ethan y yo regresamos a la residencia en un taxi. Aunque ya no vivo ahí, debido a los micrófonos en la fraternidad es mejor resguardarnos aquí. Subimos a mi habitación y nos sentamos uno frente al otro. No hay mucho que decir, va a dejarme, no permitirá que me hagan daño. No encuentro el valor para pedirle que no lo haga. No, después de todo lo que escuché.

Se pone de rodillas y me abraza, su rostro recae en mis pechos y pasamos no sé cuántos minutos en esa posición. Ninguno de los dos quiere decir lo que es inevitable. Tenemos que terminar.

—Nunca le hice daño a esas chicas que apostaban, nunca, te lo juro —es lo primero que dice.

—Lo sé. No le creí.

—¿Ni siquiera dudaste?

—No, jamás dudaría de ti.

—Lo siento tanto, joder, siento tanto que hayas tenido que enterarte de toda esa mierda y tener que bajar la cabeza, siento tanto que tengas que pasar por esto, pero te juro que voy a matarlo y esto se terminará.

—No, no. No puedes hacer eso. Por favor...

—No quiero dejarte, maldita sea, no quiero. No quiero salir por esa puerta y no verte más, Blair, mírame, te amo tanto que cuando estás lejos y te pienso un segundo sonrío como un idiota sin importarme en dónde esté ni con quién.

—Ethan...

—Si me quieres a tu lado, es justo donde me quedaré. Si crees que no hay otra salida voy a quedarme en mi puto mundo.

—Ethan...

—Me he sentido solo todo mi vida... antes de ti, ¿cómo dejo lo único que tengo? — baja la mirada.

—No vas a perderme —le aseguro.

—¿No?

—No, no. Ese hombre me quitó a mis padres, no me quitará a la persona que amo —expreso perdiendo la razón.

—Espérame aquí, tengo que resolver algunas cosas y vendré por ti después. No salgas de aquí, por favor. Tendré una solución a todo esto.

—Ethan, no te marches... tengo miedo... mucho miedo —me quiebro.

—No, mi amor, no tengas miedo. Voy a terminar con todo esto, te lo juro. González dice que nadie puede ganarle, pero se le olvida que me ha hecho a su imagen y semejanza, en ese puto avión yo estaba indefenso. Tengo gente que con gusto le declarará la guerra.

—Pero Ethan...

—No te preocupes por nada. Solo... solo quiero hacerte una pregunta. Lo que me dijiste en tu casa, eso de irte de aquí, irte a otra ciudad, un pueblo lejano, ¿fue cierto?

—Sí, lo fue.

—Bien, entonces déjame planearlo todo. En cuestión de segundos la residencia estará rodeada y te protegerán. ¿Dónde está tu arma?

—En la fraternidad, tercer cajón a la izquierda.

—Mark te la traerá, hazme un favor, pequeña. Si intentan atacarte de cualquier forma, dispara a matar y sin titubear, es una orden.

Asiento. Me ha dicho que nunca seré una de ellos, pero me ha dado una orden, y voy a cumplirla.

Es lo último que dice y me da un beso en la boca fugaz, un abrazo que duele y se marcha.

Me quedo unos segundos en mi cama antes de salir corriendo hacia el pasillo. Ethan está por entrar al elevador, lo detengo y lo beso como si fuera la última vez que probaré sus labios. Necesito que cuando haga lo que vaya a hacer para resolver todos nuestros problemas recuerde que lo amo con toda mi alma sin importarme las consecuencias.

CAPÍTULO 38

PLANEEMOS NUESTRO FUTURO EN NUBES DE ALGODÓN

Miro hacia un lado del pasillo y luego hacia el otro, tengo el alma en un hilo. Puedo escuchar perfectamente todos y cada uno de los latidos de mi corazón y cómo desembocan en mis oídos.

Me paso las manos por el pelo sofocada. No sé cuántas veces desde que conozco a Ethan he pensado o dicho que no puedo creer que esto nos esté pasando, pero es que hemos llegado a la cima de cosas improbables.

Que González nos haya amenazado de forma directa y nos haya confesado todos sus actos atroces es el nivel más grande de peligro al que podríamos enfrentarnos, así que joder, ¡no puedo creer que nos esté ocurriendo esto!

No quiero ni imaginar cuáles serán los planes de Ethan, ignoro si pretenderá llegar a un acuerdo con González o si lo matará como bien ha dicho.

¿Si le declara la guerra qué es lo que pasará exactamente?

Ethan ha dicho que estaré segura y protegida aquí, tengo que creerle y ser paciente.

Miro mi teléfono tirado en la cama, está un poco quebrado, pero funciona, marco el número de Nathan y al no recibir respuesta entonces llamo a casa con temor.

Tía Lili me hace muchas preguntas, como era de esperarse, contesto casi por inercia, quisiera decir que al menos la he dejado más tranquila pero aunque estaba ebria recuerda muy bien el intercambio extraño de palabras y mi hermano no me ha ayudado nada, pues en cuanto nos hemos ido se ha puesto a golpear cualquier objeto de la casa, lo comprendo, estaba desesperado.

Nathan y Norma han decidido regresar también a L.A y probablemente en un par de horas ya estarán aquí.

Observo por la ventana un par de veces y empiezo a notar a personas merodeando el lugar, no reconozco a ninguno y eso me pone sumamente nerviosa.

Recuerdo las palabras de Ethan y aun así sigo estando tensa hasta que uno de los tipos logra divisarme y a pesar de que intento echarme hacia atrás ya me ha encontrado, pero, la forma en la que me saluda, con un movimiento de cabeza, me deja muy claro que los ha enviado Ethan.

Unos minutos después tocan la puerta y me lo pienso mucho antes de abrir.

—Soy yo Blair —es Mark.

—¡Mark! —digo aliviada al verlo. En un impulso él me abraza y yo acepto su acercamiento.

—Ya lo sabemos todo. No te preocupes, lo resolveremos. Toma, Ethan me ha pedido que te de esto —explica y me da una pequeña bolsa en donde viene mi arma y municiones—. No salgas de aquí, el lugar está asegurado, Kim vendrá a acompañarte en lo que nosotros hacemos el resto.

—¿Sabes en dónde está Ethan?

—Te conoce tan bien, dijo que me lo preguntarías y que no te dijera nada. Él mismo te explicará todo, mientras tanto trata de estar tranquila.

Asiento. Me sonríe con ternura y sale de una vez. Yo me quedo inerte en el mismo punto esperando con unas ansias enormes que Kim llegue. González mató a sus padres y ella le ha sido leal cuando no solo asesinó a su familia, sino que también pensaba venderla siendo una niña. Es un asqueroso bastardo.

Poco tiempo pasa para que Kim aparezca en mi habitación, tiene ojeras pronunciadas y los ojos enrojecidos. Entra callada y revisa el lugar como si alguien más estuviera dentro. Está muy seria, silenciosa y meditabunda. Se deja caer en la que era mi cama y saca una cajetilla de cigarros, enciende uno y se lo lleva a la boca.

No es la chica despampanante en este momento, su cabello de ondas perfectas y que siempre cae con elegancia en sus hombros está recogido en una coleta mal hecha y es la primera vez que la veo usar la característica chaqueta de cuero de los chicos.

—¿Estás bien, Kim?

—No —responde dándole una calada larga a su cigarrillo—. He hecho todo lo que me ha pedido, jamás he confabulado en su contra, ni siquiera la primera vez que los chicos me propusieron salir de esta mierda y... el muy hijo de puta mató a mis padres. Le he sido fiel al enemigo todo el tiempo.

—También mató a los míos, sé cómo te sientes.

—No, no lo entiendes porque tú eres buena y en realidad estás aquí porque te enamoraste del chico equivocado, pero yo, Blair, yo he matado por ese hombre, he arriesgado mi vida por él, he estado a nada de traicionar a mis amigos, a mis hermanos de siempre para no caer de su gracia y me entero de que quiso venderme, apostarme, meterme a ese infierno. ¡Es un puto bastardo! ¡Quiero matarlo con mis propias manos! —grita y tira de su cabello.

Quizás tiene razón, no puedo entenderla porque yo viví en la ignorancia gran parte de mi vida, ella se ha dedicado a esto desde que tiene uso de razón.

—Lo siento mucho —soy sincera y me acerco temerosa de que me aparte al querer darle un abrazo. Kim es ruda. No lo hace, más bien me recibe y solloza—. Pagará, Kim, pagará por tus padres, por mis padres, por la mamá de Mateo, por Eleanor, por todos.

—Mateo está deshecho. Guardaba en su interior la esperanza de algún día encontrar a su mamá. Y claro que va a pagar, lo haremos pagar. No te imaginas la cantidad de enemigos que tiene González, Ethan los está convenciendo a todos de unírseles.

—¿Qué tan peligroso es eso?

—Mucho, princesa, pero es la única manera.

Asiento y no hago más preguntas, solo me queda esperar. Son las diez de la mañana cuando a la residencia llegan Nathan y Norma. Ahora que la veo aquí, pienso que lo mejor era que se quedara resguardada con sus padres y no regresará a lo que pronto será una guerra total. En cuanto Nathan me abraza me quiebro como nunca lo había hecho. Estoy tan llena de miedo, de nervios, temores y sigo sin noticias de Ethan.

—Enana ten calma, vamos a protegerte y todo saldrá bien.

No tardo nada en confesarle que a nuestros padres no los asesinó Petroski, sino el mismo González. No hay mucha sorpresa en él, pues Ethan ya se lo ha comunicado. Sé que por dentro arde de furia, y frente a mí está actuando con una madurez de impacto, me repite varias veces que no importa quién hizo qué, que nada cambiará las cosas y que ahora solo podemos enfocarnos en escapar y más nada.

La incomodidad de mi amiga ante esas palabras es evidente.

Es como si todos ya supieran lo que se viene menos yo, como si todos hubieran pactado actuar como si nada está pasando para que

no me involucre o no los detenga. Sin decir media palabra tomo mi teléfono y llamo a Ethan no una, sino cientos de veces sin recibir respuesta.

A Kim alguien misterioso la llama, y digo lo de misterioso porque aunque le he preguntado de quién se trataba, se ha limitado a informarle a Nathan que tienen que ir a la fraternidad y en cuestión de nada me quedo sola con Norma. Bueno, no estamos solas, hay personas cuidándonos aún. ¡Dios! ¿Qué está pasando?

—¿Te irás? —es la pregunta que hace Norma—. He escuchado la conversación de Nathan y Ethan, han dicho que estás dispuesta a irte, a huir, esconderte o lo que sea. —Me parece una especie de reproche.

—Si es la única opción, me iré.

—¡Pero estamos hablando de abandonar todo! —se altera.

—¿Y crees que no lo sé? ¿Crees que me parece de perlas abandonar la universidad, olvidarme de mis sueños y mis metas? ¿Crees que es lo que quiero hacer? Claro que no, no deseo huir como si soy una criminal, pero tú no estuviste en ese avión, tú no escuchaste a ese hombre, conocí al diablo en persona.

—Blair, amo a tu hermano con toda mi alma y te amo a ti como a una hermana pero no puedes arruinar tu vida de esta manera. Yo jamás los traicionaré, sin embargo, creo que deberíamos ir a la policía.

—La policía está viciada, es corrupta. No voy a decir todo lo que sé porque sería entregar a Ethan.

—Ethan es un narcotraficante, Blair —habla tan pausado como para que lo entienda de una vez como si no lo supiera. Claro que sé que me he enamorado como una loca de un narcotraficante que probablemente me ha arruinado la vida, pero es mí decisión. Solo mía, nadie puede entrometerse.

—¿Y Nathan no?

—Nathan ha hecho tonterías, Ethan es un criminal. No te estoy diciendo que lo dejes, ni que hagas lo que yo quiero que hagas, solo digo que deberías tomar en cuenta la realidad. Él ha matado, secuestrado, amenazado, intimidado, tratado con los grandes. Hoy es González, mañana será otro, jamás estarán a salvo. Jamás. David dice que tiene un tío...

—¿Qué? —la interrumpo gritando.

—David me llamó esta mañana preguntándome por ti, me ha

dicho que tiene un tío en la DEA, uno que nos puede ayudar.

—Dime que no le diste información a David de ningún tipo.

—¡Claro que no! No voy a traicionarlos —repite—, pero ha llamado a su tío y quiere vernos, a ambas. Vendrán en cualquier momento.

—¡Has perdido la cabeza, Norma!

—No le he dicho nada, te lo juro. Solo he aceptado convencerte de tener la cita, podría ser una oportunidad.

—¡No! No lo es, porque entonces todos terminaríamos en la cárcel, ¿no lo captas? Sí, Ethan es un criminal, pero lo amo, voy a estar con él, lo apoyaré, su guerra es mí guerra.

Tengo que salir de aquí cuanto antes y sacar a Norma antes de que David llegue con su famoso tío, y peor aún, la convenzan de hablar.

Trato de llamar a Ethan una vez más y no sirve de nada, sigue sin contestarme.

Llamo a mi hermano y tampoco obtengo respuesta. ¡Demonios! ¿¡Qué carajos hago!?

Se me ocurre llamar a Mateo, la primera llamada no la responde pero la segunda sí que lo hace, le narro lo ocurrido en dos segundos y no tarda nada en darme instrucciones.

—Regresa a la fraternidad con Norma y... no te va a gustar pero tienes que custodiarla.

—¿Qué? ¿Cómo?

—Baja y ordénales a los hombres que te cuidan que la custodien hasta la fraternidad. Escucha Blair, es normal su actitud, quiere ayudar, no sabe cómo y confía en la policía como las personas que ignoran como es el mundo real. Diles que no le hagan daño, solo que eviten que salga corriendo a delatarnos. Nathan sabrá cómo calmarla.

—¿Y si no me hacen caso?

—Te aseguro que sí lo harán.

—Está bien. Mateo... —lo llamo antes de colgar—. Siento mucho lo de tu madre.

Pasan varios segundos antes de que consiga contestar.

—Gracias, Blair, ha sido como una jodida daga en el pecho pero haré que lo pague. Apresúrate a salir de ahí.

Cuelgo el teléfono y miro a mi amiga antes de actuar, no quiero hacerle creer que me he vuelto loca, lo más probable es que aunque sé que no nos delataría la obliguen a hacerlo. Saco la cabeza por la ventana y empiezo a hablarle a dos de los tipos que están afuera, les grito que suban cuanto antes y casi enseguida los tengo en la puerta.

—¿Qué pasa? —me dice uno de ellos.

—Tenemos que movernos, todos, ahora mismo hacia la fraternidad.

—Pero Ethan dio órdenes claras de...

—Sí, pero Ethan no coge el teléfono y un agente de la DEA está por entrar a este edificio, así que si no quieres que tu trasero termine en la puta cárcel, será mejor que nos movamos y me lleves hasta la fraternidad sana y salva. También es una orden, bastante clara y al no estar él, quien las da soy yo —imito a Kim a la perfección, los tipos se miran entre ellos y asienten—. Bien, tómenla, que no escape —agrego señalando a Norma y ella abre los ojos como platos.

—¿Te has vuelto loca? No iré a ningún lado, jamás daría información. Son como mi familia.

—Lo siento Norma, podrían obligarte. Tú no tienes idea de lo grave que es esto. ¡¿Qué esperan?! —le grito a los hombres.

Rápidamente tomo mi arma, la escondo en mi bolso y salimos lo más apresurados que podemos del edificio, fuera me doy cuenta finalmente de cuántas personas estaban cuidándome, pues en cuanto camino hacia los jardines muchos hombres empiezan a caminar tras de mí simulando que están paseando, trotando, e incluso que son estudiantes pero es demasiado obvio.

Son unos veinte más o menos y aunque debería asustarme la magnitud de esto, solo puedo pensar en que Ethan trata de cuidarme. Norma me repite todo el camino que estoy actuando como los demás, que yo no soy así y que no dirá nada. Le creo, sé que no lo hará, pero es mejor prevenir que lamentar.

En la fraternidad hay un desorden descomunal, al parecer han registrado hasta el último rincón en busca de micrófonos y han encontrado hasta cámaras, lo sé porque las veo todas juntas en el pasillo de la entrada. Encuentro a los chicos en el estudio teniendo una clase extraña de reunión, están todos, menos Ethan y Mateo y también hay caras nuevas de personas adultas que me miran de pies a cabeza y se escuchan murmullos como si supieran quién soy.

—Nos ha ordenado traerla, Tony —se dirigen hacia él exclusivamente los tipos que había llamado. Tony y el resto me miran como si hubiese cometido un error.

—Está bien, tiene potestad —les aclara.

—Nathan, necesito que salgas, ahora mismo —hablo con firmeza.

Mi hermano se lo piensa unos segundos, pero comprende que es urgente cuando nota que Norma está tomada de los brazos por dos tipos. En cuanto sale lo pongo al tanto de la indiscreción de mi amiga y se pasa las manos por la cabeza. Rápidamente les pide a los dos hombres que la suelten y se la lleva a su habitación.

—Yo me encargo —es lo último que dice.

—Blair, te juro que no pensaba delatarlos, joder —escucho decir a mi amiga en lo que se pierden en el segundo piso.

Me quedo ahí, junto a las escaleras con todos esos hombres esperando a que les diga qué hacer. La cabeza me estallará en cualquier momento.

—Rodeen la fraternidad, cualquier movimiento extraño se lo comunican a Tony.

Asienten y salen finalmente dejando que el aire entre a la casa y a mi sistema. Me cubro el rostro con las manos, ni siquiera me he duchado, tengo los nervios de punta y no sé en dónde demonios está Ethan o qué está haciendo. Vuelvo a llamarlo otro centenar de veces y me salta directamente el buzón. ¡Maldita sea!

Me siento en el primer escalón esperando a que la dichosa reunión termine pero pasan casi dos horas y no sale ninguno de ahí, me he acercado una que otra vez a escuchar a través de la puerta y solo he conseguido oír que hablan de la cantidad de dinero que ganarán si se unen a Ethan, la forma de distribución, de donde saldrá la jodida droga y la protección que necesitan.

Es como si Tony les estuviese explicando cómo evolucionará la empresa en la que invertirán. Decido ocultarme en la habitación de Ethan y me doy una ducha rápida. Al salir mi hermano está sentado sobre la cama.

—¡Me asustaste! —le reclamo.

—Lo siento. Solo quería decirte que con Norma todo está controlado.

—¿Estás seguro?

—No nos delatará, Blair, tú la conoces.

—Pero pueden obligarla, es eso lo que me preocupa.

—Ya se lo he explicado, he decidido decirle cómo son las cosas realmente, tal y como lo hizo Ethan contigo y sabe que cometió un error. Además, he dicho que si la ven salir de la casa no permitan que se vaya, solo está impresionada, nerviosa.

—Bien. ¿Sabes en dónde está Ethan? No contesta mis llamadas y todos están aquí menos él. No me mientas.

—Él...

—Nathan habla.

—Está bien, no debe tardar. Mateo dijo que en cualquier momento estarían aquí.

—¿Qué está pasando? Dime la verdad.

—Él te lo explicará...

—¡Quiero que me lo expliques tú! —me tenso de pies a cabeza.

—Blair... tienes que dejarlo hacer las cosas a su manera, ¿lo entiendes? Tienes que obedecer y hacer lo que se te pide, las cosas están a punto de explotar y él... se está arriesgando demasiado por ti. Ten paciencia y cuando él regrese te dirá cuál es el siguiente paso.

—Pero ¿por qué no me lo dices tú? Me voy a volver loca. ¿No lo ves?

—Porque realmente no sé qué es lo que sigue. Lo único que tengo claro es que vamos a enfrentar a González con todo y es lo que se está decidiendo allá abajo.

Me queda bien claro que eso significa que; o muere González, o mueren ellos y un dolor punzante se me esparce por todo el cuerpo. Mi hermano camina hasta la puerta y antes de que salga corro hacia él y lo abrazo.

—Tranquila, enana, todo saldrá como tiene que salir.

—No te mueras —es mi petición. Es algo estúpido para decir, pero es que solo lo tengo a él, a tía Lili, a Norma y Ethan. Si uno de ellos me falta es probable que yo misma acabe conmigo.

—Mírame, no dejarás de ver esta cara hasta que estemos muy viejos y le contemos esta ridícula historia a nuestros nietos. Las cosas no son tan graves, respira, relájate, déjanos el trabajo sucio a nosotros. ¿Promesa? —me dice.

—Promesa.

Lo veo salir y pronto es de noche.

Nadie más viene a la habitación, por lo que supongo que aún siguen encerrados en el estudio o que ya ni siquiera están en la casa
y yo continúo sin noticias de Ethan. A las doce de la noche me imagino lo peor.

Me hago un ovillo en la cama y lucho entre echarme a llorar o salir a averiguar algo, pero me consuela el hecho de saber que si Ethan estuviera en peligro y me refiero a más peligro del que ya nos rodea, los chicos lo supieran y por ende yo también. Cierro mis ojos intentando controlar el dolor de cabeza que se me ha impregnado a rabiar y sin darme cuenta empiezo a dormirme, es lógico, llevo un día entero sin dormir ni cinco segundos.

Siento el peso de un cuerpo sobre la cama y unos brazos que rodean mi cintura. Mi primer instinto es apartarme, y no lo termino haciendo porque ese aroma que conozco tan bien me da la paz momentánea que tanto he necesitado en todo el jodido día. Es Ethan.

Giro hacia él y abro con dificultad los ojos. Acomoda un mechón de mi cabello detrás de mi oreja y acaricia suavemente mi rostro, creo que estoy soñando hasta que siento sus cálidos labios sobre los míos. Hay algo raro en la forma en la que me besa, no puedo explicarlo, pero es diferente. Me aparto con cuidado y lo observo, definitivamente algo le ocurre.

—¡Cuánta falta me has hecho! —pronuncia las palabras con la voz temblorosa y toma con más propiedad mi rostro, enterrando sus dedos en mi cuello y con su otra mano ahuecando mi mejilla. Sus labios vuelven a entrar en contacto con los míos y sin duda no me resisto, mi preocupación aumenta muchísimo al percatarme de que sus dedos al igual que su voz están temblorosos.

Me aparto una segunda vez y soy yo quien toma su rostro con mis manos. Esos ojos grises que llamaron mi atención desde la primera vez que nos cruzamos me miran asustados. Sé que es un poco raro poder descifrar lo que transmite una mirada, con él es muy sencillo, al menos cuando su mirada está dirigida hacia mí puedo descubrir enojo, ternura, furia, molestia, amor, miedo, temor, lástima, lo que sea.

—¿Qué pasa? —me siento increíblemente estúpida al preguntar algo como eso cuando nos está pasando todo.

—Dame unos segundos —susurra.

—¿Para qué?

—Para observarte, para grabarme tu rostro en mi mente para siempre.

—No tienes que grabártelo, estaremos juntos siempre —son mis palabras y él cierra los ojos de inmediato.

—Hay algo que tengo que decirte.

—Dime —lo animo.

—No aquí, iremos a la playa —me informa y miro la hora en mi teléfono, son las cuatro y media de la madrugada.

—¿A esta hora? ¿Está todo bien? Se supone que no nos pueden ver juntos.

—No te preocupes por nada, pequeña. Ya está todo resuelto, ahora por favor acompáñame a la playa.

Me apresuro a salir de la cama y lo sigo tomada de su mano hasta la calle. Pone un casco en mi cabeza y me ayuda a subir a su moto y viajamos a la playa. Llegamos cuando el sol está saliendo y la vista es hermosa.

La playa está completamente solitaria y el panorama es únicamente nuestro. Ethan se queda detrás de mí y cruza sus brazos desde mi espalda hasta detener sus manos encima de mi vientre. Oculta su rostro en mi cuello y me da pequeños besos. Me suelta y me hace girar. Sus labios se convierten en una delgada línea y su entrecejo se une.

—Te pedí que te quedaras en la residencia.

—Lo siento, es que Norma...

—Ya me lo han contado todo, es solo que la he pasado muy mal al saberte fuera y no poder asegurarme de que llegabas bien de un punto a otro y... joder, te he necesitado tanto todo el maldito día.

—Ethan... ¿Qué pasa? No me trajiste a la playa para darme una reprimenda por haberme ido de la residencia, ¿cierto? —Como respuesta sus brazos me envuelven y suspira tantas veces que en serio comienzo a preocuparme—. ¿Qué ocurre? ¿Qué es lo que has hecho? —pregunto de nuevo. Su silencio está acabando conmigo.

—¿Qué tanto me amas? —me responde con otra pregunta.

—¿Por qué no me quieres decir qué está pasando?

—¿Qué tanto me amas? —insiste.

—Por Dios, qué pregunta tan tonta, ¿no crees? Estoy aquí, sigo aquí, seguiré aquí. Me muero de miedo pero no me iré, no voy a abandonarte.

—¿Qué tal si quiero que me abandones?

—Ya hemos hablado esto cientos de veces, no empieces, no ahora.

—¿Quieres saber qué tanto te amo? Solo te miré y fue suficiente. No hablo de amarte en un segundo, es imposible, hablo de conectar con otra persona en cuestión de nada, sentir que todo te lleva a ella, que aún sin conocerla estás completamente seguro de que terminarás perdido sin ella, que te volverás loco cuando le pongas un dedo encima y peor aun cuando la beses, porque entonces la querrás por siempre.

» ¿Cuántas personas tienen la dicha de experimentar algo como eso? He sido afortunado de sentir tal impacto, pero solo quiero lo mejor para ti, porque me hiciste entender que cuando se ama, uno es realmente capaz de todo.

—Me estás asustando, Ethan.

—Necesito que me hagas un favor, necesito que me escuches atentamente y que al final tu respuesta sea positiva. Necesito que entiendas que esto es lo mejor.

—¿De qué estás hablando?

—Vamos a separarnos un tiempo —declara.

—No. No estoy de acuerdo —salto enseguida.

—Escúchame, por favor, solo escúchame.

—Serán unos días, a lo mucho unas semanas. Yo te alcanzaré luego.

—No entiendo.

—He hecho un trato con González.

—¿Qué clase de trato?

—Eso no importa.

—¡Claro que importa!

—Sé demasiado, sé cada puta cosa que le importa. Sé que tiene más familia. Sé las rutas y medios que ocupa para transportar la mercancía y distribuirla y la mejor parte es que hace una semana me pidió que cambiara algunas de sus cuentas más grandes a un banco suizo. Solo yo me sé los códigos, las contraseñas. Sé todo de él, Blair y esas son las verdaderas razones por las cuales soy tan indispensable para él.

—Eso no me dice gran cosa.

—Si me mata nunca recuperará casi la mitad de su fortuna y alguien se encargará de dar toda esa información a la policía, si te mata yo mismo me mataría y seguirá sin saber cómo recuperar su dinero y también alguien irá a la policía con todas las pruebas. Si toca a alguna persona que amemos, el proceso será el mismo. Solo se lo he
recordado y aceptado sus condiciones si él acepta las mías. Pero todo eso solo es una cortina de humo en lo que yo consigo sacarte de la ciudad y el verdadero plan se pone en marcha.

—¿Cuál es el verdadero plan?

—Matarlo. No se sale de la mafia vivo, y esa regla aplica para él.

—Eso es demasiado peligroso. Hay personas fieles a él —exclamo.

—Las hay, pero hay más que lo quieren muerto. Una vez que ese hijo de puta no esté la mafia perderá demasiado tiempo decidiendo quién será el nuevo dueño de L.A y para entonces estaremos bastante lejos, lo habremos logrado. Nadie querrá que unos jovencitos sean los jefes. Es la salida perfecta. Todos están de acuerdo.

—¿Todos? ¿Qué hay de Mateo?

—Mateo es quien propuso esto. Está dispuesto a matar a su padre después de lo que le hizo a su madre. Y Kim quiere venganza, Nathan, todos.

—Ethan, tiene que ser una trampa, ese hombre es un asesino, no puede ser tan sencillo. No pueden creer que esto se resolverá matándolo de la noche a la mañana. Tienen que pensarlo mejor, tienen que...

—Es que no será de la noche a la mañana. Tú te irás y si Norma está de acuerdo también lo hará y estaremos separados a lo mucho un mes, ¿me entiendes? Y en cuanto ese hombre esté muerto, yo te alcanzaré y luego pensaremos en qué hacer.

—¡No puede ser así de sencillo!

—Confía en mí. Todo tiene que salir bien, cuando las cosas se calmen podríamos evaluar que regreses a la universidad, quizás no en L.A, pero no pienso arruinar tu futuro. Sé que tienes una beca, no te preocupes por eso, estudiarás en donde se te de la puta gana, yo me haré cargo de los gastos.

—¿Y cómo sé que es cierto? ¿Cómo sé que no me estás diciendo todo esto para convencerme y luego dejarme en quién sabe dónde y alejarme totalmente de ti?

—Pequeña... eso es lo que debería de hacer. Sacarte a la fuerza, olvidarme de ti, sacrificarme, comportarme como un hombre de verdad y entender que estás mejor sin mí y a cambio de eso estoy aquí proponiéndote separarnos solo por un mes, arriesgándome a que en ese mes te des cuenta finalmente de que soy un desastre.

—Ethan... —El cuerpo me tiembla entero. No puede ser así de fácil, así de sencillo, algo no termina de cuadrar.

—Por favor, confía en mí —me pide en lo que saca de uno de sus bolsillos de su pantalón dos pasaportes. Los tomo y los abro, adentro están nuestras fotos, son nuestros rostros, pero nuestros nombres son diferentes, igual que nuestra nacionalidad y fechas de nacimiento. También me entrega identificaciones falsas—. Blair Stoms, ¿aún quieres huir conmigo?

La pregunta me cae como una bomba. Fui yo quien lo propuso y ahora que lo veo tan real pienso en todos mis sueños, en mis planes, en el futuro que anhelaba. Ya nada importa, no hay otra forma. Es esto o esperar a que González nos mate a todos.

—Prométeme que me alcanzarás —le pido mirándolo a los ojos con desesperación y tomándolo de la chaqueta.

—Te lo juro.

—Si algo falla, cualquier cosa, me lo dirás y yo volveré. Jura eso también, sin mentirme, por favor no me mientas.

—Te lo juro, te lo juro.

—Entonces acepto. Por ti me voy al fin del mundo —digo y mira hacia la arena.

—Todo está arreglado. Nathan seguramente se lo está diciendo a Norma, quien puede irse si quiere o quedarse, ella no está realmente involucrada y aún seguimos pensando en una mayor protección para tu tía y los padres de Norma. Mientras tanto los hemos engañado. A Zac se le ocurrió llamarlos diciendo que se han ganado un viaje a Europa. Nathan nos ayudó a investigar qué restaurante frecuentan y nos hicimos pasar por trabajadores de ese lugar, además le dimos un buen pago a los del restaurante por si llaman. Seguro tu tía no tarda en llamarte.

Todo seguía sonando demasiado fácil. Me niego a creer que Ethan está mintiéndome. No puede estar mintiendo en medio de toda esta situación, merezco que me esté diciendo la verdad. Yo estoy con un profundo vacío en mi pecho, un presentimiento, pero no quiero decírselo. Tiene todo fríamente calculado y yo no puedo creer en corazonadas.

—Vamos a estar bien, Blair. Te prometo que cuando logremos establecernos en algún sitio, vamos a retomar nuestras vidas, tus estudios, vamos a ser quienes siempre hemos querido ser.

—Te creo, vamos a estar bien, tengo que creer que vamos a estar bien. ¿Cuándo tengo que irme?

—Hoy mismo —responde—. Deja todo, solo lleva lo indispensable, deja cualquier cosa con la que te puedan vincular, ¿de acuerdo?

—¿Qué le digo a mi tía? Aunque se crea eso del viaje, no puedo irme sin decirle nada.

—No tienes que decirle nada, no de momento. Tendrás otro teléfono y puedes llamarla como si estuvieses en L.A. Ahora iremos a la fraternidad por si quieres llevar algo de ropa. Tu primera parada será en Texas y de ahí te moverás por varias ciudades hasta perderte el rastro y te ubiques en algún pueblito casi olvidado. ¿Lo entiendes, amor?

Asiento y suelta un largo suspiro, sus ojos se llenan de lágrimas. Sigo teniendo miedo de que todo esto sea una mentira. Tengo que confiar, él no me puede fallar, no ahora, no después de todo lo que hemos vivido.

—Te amo, Ethan.

—¿Vas a amarme siempre? —me pregunta y cierra los ojos.

—Siempre y ¿tú?...

—Toda la vida, no olvides, por favor no olvides que voy a amarte toda mi vida Blair Stoms, hasta que ya no haya aire en mi sistema, hasta que ya no palpite más mi corazón, habré amado una sola vez en mi puñetera vida, a una sola persona... a ti, mi caprichosa de ojos negros, mi pequeña desobediente.

—Solo será un mes, no más —aclaro y busco refugio en sus brazos.

—Solo un mes, pequeña.

Nos abrazamos tan fuerte que esto parece una despedida, no una huida triunfal. Aunque hasta cierto punto sí es una despedida.

CAPÍTULO 39

VERDADERAS INTENCIONES

Regresamos a la fraternidad en completo silencio, excepto por la llamada escandalosa de tía Lili, ha gritado tanto durante varios minutos en los que yo bien podría ganar un premio a la mejor actriz del año, no ha notado nada que todo es falso, que no ganó ningún concurso.

Poco ruido se escucha en la casa y al entrar a la habitación me siento aún peor. Miro a Ethan tomar unos documentos que ni siquiera noté con anterioridad que dejó en la cama. Me los muestra, es mi boleto de avión con los horarios. Es el único comprado, sin decir ninguna palabra me señala la siguiente página en donde hay una ruta marcada de todos los lugares por los cuales deambularé hasta llegar al último sitio y ha escrito él mismo sobre el itinerario:

"Esto solo lo sabrás tú, Nathan y yo. Te daré el dinero suficiente para que compres los demás boletos y vivas sin ningún tipo de necesidad".

Quizás cree que quitar todos los micrófonos y cámaras sigue sin ser suficiente. Asiento y me sudan un poco las manos. Un suave toque se escucha en la puerta y Ethan abre. Es mi hermano y Norma, ella luce abatida.

—¿Se lo has dicho? —pregunta mi hermano y Ethan afirma con un movimiento de cabeza.

—Hay que darnos prisa, tenemos que ir al aeropuerto.

—Blair, sabes que esto es lo mejor, ¿cierto? —Mi hermano se arrodilla frente a mí, yo estoy sentada en la cama—. ¿Quieres hacerlo?

—Lo sé. Estaré bien, esperaré por ustedes, porque tú también me alcanzarás, ¿verdad?

—Claro que sí, enana. Cuando hayamos resuelto esto podremos hablar con tía Lilí y contárselo todo, pero por ahora es mejor si fingimos que todo sigue como si nada. ¿De acuerdo?

—Está bien.

—Te quiero mucho —suelta las palabras muy bajito y yo opto por ahorrarme las mías y solo abrazarlo—. Bien, recoge lo esencial. Norma y yo te esperamos abajo, ella tiene que ir a la residencia por algunas de sus cosas.

—¿Te irás conmigo? —pregunto asombrada poniéndome de pie. Estaba muy segura de que Norma declinaría esta idea por completo. Ella jamás ha estado de acuerdo con esto, mucho menos con abandonar nuestras vidas por la simple e ilógica razón de habernos enamorado de quien no debíamos.

—Sé que cometí una idiotez al creer que David podría ayudarnos, además llamó para decirme que su tío no pudo viajar, que su padre le ha prohibido involucrarse y si esta es la única forma de que los chicos salgan bien librados y tú y yo estemos seguras al igual que nuestras familias, me iré, además, ¿cómo sobrevivirás sin mí todo un mes? —bromea al final y ni siquiera eso me arranca una sonrisa.

—Pero Norma... tú no quieres hacer esto, no te sientas obligada.

—Soy la que menos riesgo corre, eso sí. Quizás no es necesario que yo me marche, pero no estaré tranquila hasta que todo esto se termine y contigo brincando de ciudad en ciudad, de pueblo en pueblo y los chicos tratando de asesinar a González me voy a volver loca. Me iré contigo y Ethan me ha prometido que me ayudará a entrar a la universidad otra vez y un mes no hace mucha diferencia, mis padres no se darán ni cuenta.

—¿De verdad harás esto? ¿Huirás conmigo? —no puedo terminar de creérmelo.

—Eres como mi hermana, claro que lo haré.

—No quiero interrumpirlas —interviene Ethan—, pero el tiempo corre.

Norma me sonríe antes de salir de la habitación con mi hermano. Me pongo a trabajar cuanto antes, tomo un bolso pequeño que realmente utilizo para ir a clases, y siempre fue el protagonista de bromas para Norma, David, Erik y Elena, es demasiado grande, alcanzan muchas cosas. Pensar en mis amigos me pone peor, ni siquiera podré despedirme de ellos y no es que pueda realmente hablar con David, pero son las personas con las que casi he compartido seis meses.

Niego con mi cabeza y empaco solo lo justo y lo necesario. Ethan me observa muy callado, yo tampoco es que esté hablando hasta por los codos, no quiero romperme, quebrarme y quejarme de lo que nos está pasando.

No quiero ni pensar en lo difícil que serán los siguientes días, pasaré navidad y año nuevo sin tía Lili, sin mi pequeña familia... sin
él. ¿Qué excusa podré darle a Lili para no asistir? ¿Cómo voy a fingir que estoy en L.A todo este tiempo? ¿Cómo podré dormir sabiendo que mi hermano y mi novio intentarán matar a González?

—¡Joder! —me quejo y dejo caer mi frente sobre el armario.

—¿Qué ocurre? —Ethan me toma de los brazos con suavidad y me obliga a girar para verlo.

—Tengo miedo —lo digo de una vez.

—Es natural...

—No, no lo entiendes. No es natural. Esto suena demasiado sencillo, ya te lo he dicho. Hay algo que no termina de cuadrar en mi cabeza y Norma... ¿Qué me dices de eso? Ha aceptado irse cuando hace unas horas quería que habláramos con el tío de David, y ¿qué haré si mi tía decide venir a L.A cuando sepa que no podremos ir en navidad?

—Pequeña...

—¿Y si te ocurre algo?

—No me pasará nada. Tenemos el tiempo contado, yo no sé si González me ha creído o no, o si me ha enviado a seguir, solo sé que tengo que sacarte de la ciudad cuanto antes. Sé que todo te suena demasiado fácil, pero no lo es, Blair. También tengo miedo, por ti, por mí, por los demás y solo podré controlar mis putos nervios sabiéndote lejos de ese infeliz. Ayúdame conservando la calma.

—Lo siento —susurro, seguro tiene miles de cosas en las cuales pensar y yo haciendo mi drama, aunque también es válido, estamos envueltos en un incendio que no podemos apagar sin importar las intenciones que tengamos.

—Por favor, no sientas nada. Aquí el único culpable de todo soy yo. Debí alejarme cuando pude, ahora mismo estarías con otro tipo decente y respetable, quizás con el tal David y no aquí abandonándolo todo por mí.

—Seguramente, Ethan, pero esto que siento por ti me hace sentir viva, feliz y estoy segura de que eso no me lo hubiera dado ni el tipo con la vida más tranquila del planeta. Solo tú.

—No sé qué hice bien para encontrarte, Blair —susurra.

Pongo mis manos en su cuello y me inclino un poco para besarlo.

—Sé que ya estás haciendo mucho por mí, pero hay algo que quiero pedirte y no puedes ser caprichosa con esto.

—¿De qué se trata?

—Si algo sale mal, cualquier cosa, lo que sea, quiero que te subas a ese avión y no vuelvas.

—Yo no...

—Escúchame, aquí solo hay dos posibilidades, o lo logramos o no lo logramos y si no lo logramos irán tras de ti, ¿me entiendes? Así que si me pasa algo, si no vuelves a saber de mí, tú no volverás a pisar L.A, ni Portland, tendrás el suficiente dinero para llevarte a tu tía, para hacer otra vida. Te he transferido todo, tu pequeña cuenta de ahorros, mi amor, ahora está por explotar. Apenas y me he dejado algo para vivir unos meses.

—¿Por qué has hecho eso?

—Porque quiero asegurarme de que quedarás completamente protegida. Porque te amo, joder y porque aunque es dinero sucio, todo lo mío es tuyo, desde mi corazón hasta el último de mis centavos.

—No debiste... tú no...

—Ahora mírame a los ojos y prométeme que si algo sale mal harás vida en otro lugar, lejos de aquí. Júrame que lo harás de esa manera.

—Eso significa que crees que puedes mor...

—No, no, no. Eso significa que a veces las cosas no salen como queremos. Solo déjame con esa tranquilidad, anda pequeña, hazme feliz, ¿sí?

Me tiembla el cuerpo entero cuando lo apachurro con toda la fuerza que tengo y me pego a él como lapa. ¡Dios! La sola idea de perderlo me estremece tantísimo. Escondo mi rostro en su cuello y él me toma de las caderas, me eleva y pronto enrollo mis piernas en su cintura, él camina hacia la cama y se sienta conmigo encima.

—Lo juro, pero no usaré un dinero que como bien has dicho, es sucio y aún así es tuyo, no mío. Lo usarás tú para iniciar de cero tu vida... conmigo —apenas y me han salido las palabras, siento que me ahogo.

—¿Puedo hacerte el amor antes de que te marches? —Lo escucho decir entrecortadamente.

—¿Ahora me preguntas si puedes hacerme el amor?

—Solo quiero ser un caballero... —susurra.

Me tumba sobre la cama y toma mi cintura y me acerca a su cuerpo, sus manos le tiemblan un poco y me doy cuenta de que sus labios también tiemblan cuando me besan. Nunca había estado tan nervioso antes de hacerme suya. Alza una de sus manos y acaricia mis mejillas mientras nuestros labios poco a poco se abren cada vez más para dejar que nuestras lenguas se encuentren.

Besos furtivos y rápidos hacen que nuestros cuerpos se calienten y al rozarnos puedo percibir la forma desbocada en la que late su corazón al mismo ritmo que el mío. Pierdo mi ropa despacio, sin prisas. Quedo totalmente desnuda, Ethan entierra sus dedos en mi pelo. Suelto los botones de los ojales de su camisa.

Acuna mi rostro con sus manos y otra vez me regala una jornada de besos. Entrelaza nuestras manos y trata de no poner todo su peso sobre mí y aun así siento su miembro erecto rozar mi sexo haciendo que me humedezca totalmente. Su boca viaja desde mi cuello en línea recta hasta llegar a mi sexo y repite el movimiento regresando a mis labios. Con sumo cuidado se acomoda en medio de mis piernas, está siendo muy delicado, incluso más que la primera vez que estuvimos juntos.

Escucho el sonido del preservativo y luego se hunde en mí de una manera tan lenta, como si estuviera reconociendo cada espacio.

—¿Qué estás haciendo, Ethan? —le pregunto absorta de deseo.

—Amarte —balbucea y su miembro entra repetidas veces sin perder ese mismo ritmo.

Subo un poco mi pierna izquierda para que entre con mayor profundidad, no deja de besarme y acelera solo un poco sus estocadas. Se encarga de embestirme por completo, aunque me explora suave y pacíficamente paso mis uñas por su espalda y cierro los ojos. Esta vez no me pide que los abra, esta vez no necesitamos vernos fijamente para asegurarnos de que la pasión que compartimos va más allá de lo normal y lo conocido.

Sus movimientos circulares hacen que pequeños y casi inaudibles gemidos se formen en mi garganta, los atrapa todos con sus labios. Tener sexo salvaje con Ethan Johnson es la experiencia más placentera que he vivido, sin embargo, hacer el amor con él, es lo más hermoso que me ha pasado. Su masculinidad sigue entrando y saliendo con cuidado, temiendo romperme, como si todo se resumiera a esto..., al amor que sentimos el uno por el otro.

—Te amo —susurra en mi oído cuando exploto. Se deja caer sobre mí y me abraza.

—Te amo —respondo convencida de que lo amaré toda la vida por muy ridículo que eso suene.

Ahora que hemos terminado y contra todo pronóstico, me río de lo que hemos hecho. Estoy a punto de colapsar y aún así hicimos el amor. No hay forma de que nos detengamos, y una ligera esperanza crece en mí. Todo tiene que salir bien.

Nos separamos obligadamente y un tanto más animada o eso intento aparentar para darle tranquilidad, finalizo con lo poco que me llevaré conmigo. Bajamos a la primera planta y en efecto Norma ya está ahí junto a Nathan, también ha escogido un bolso pequeño, supongo que tiene fe ciega en que solo será un mes y quizás menos.

Mi hermano mira con mucho cuidado hacia la calle, la idea de que quizás han enviado a seguir a Ethan no es descabellada. Los convenzo de que es preferible pedir un taxi y que ellos lleguen al aeropuerto en sus motos.

Al subir al vehículo Kim viene a mi memoria, sé que es ridículo, nos odiamos largo rato, igual que pensar en Mateo como lo estoy haciendo, ya que he convivido más con Zac, Tony y Mark. A veces uno hace clic con personas que no sueles ver todo el tiempo, pero cuando las ves, conectas de forma impresionante. Me habría gustado despedirme de ellos e internamente ruego al cielo que todos tenga la misma suerte, que cada uno salga vivo de este mundo de mierda.

El viaje al aeropuerto es sumamente tranquilo, ni Norma ni yo hemos notado algo inusual en la carretera, ningún auto misterioso e incluso he puesto reparo en el taxista. Todo es increíblemente pacífico. Nathan y Ethan llegan casi al mismo tiempo que nosotros al área de la aerolínea en la que viajaremos. Ellos también voltean a ver hacia todos lados.

No hemos traído protección, porque eso de alguna manera podría levantar sospecha y ahora que lo pienso con mayor claridad, el solo hecho de que se nos vea entrando al aeropuerto ya es sospechoso, a lo mejor traer a más personas no estaba demás.

Los chicos aguardan a que pasemos por la revisión de pasaporte y pasaje de abordar. De verdad trato de no darle largas a mi paranoia y me lleva mucho trabajo.

El lugar está tan lleno y de pronto descubro a algunas personas observándome con tanta insistencia que inicio a pensar que esta paz solo puede ser una cortina de humo, igual o peor que la que Ethan ha creído ponerle a González.

En cuanto nos sellan los papeles regreso hacia Ethan casi corriendo.

—¿Qué pasa? —habla tranquilo.

—Creo que nos están observando.

—¿Quién?

—A tu izquierda, hay un grupo de hombres que no han dejado de verme ni un solo segundo.

—Blair, todo está bien. Mejor entren de una vez al avión y Nathan y yo podremos irnos de aquí —es lo que me dice sin despegar la mirada de los tipos.

—Ethan, debimos venir con apoyo.

—Pequeña, he traído apoyo. Solo no quería alterarte más, así que ni siquiera lo mencioné. Esos hombres vienen con nosotros. Me llena de orgullo que seas tan observadora, los has notado.

—Tengo al mejor maestro —digo sintiéndome más relajada. Noto cómo Norma también se relaja y toma la mano de Nathan, camina algunos pasos delante de nosotros y al darme cuenta de que nos dirigimos al punto en el que tendremos que separarnos, en el que marcará un antes y un después, la forma relajada en la que me sentía hace solo segundos desaparece.

Ethan me detiene unos metros antes y me toma de ambas manos. Me mira fijamente sin decir ninguna palabra, solo me observa.

—No llores —habla finalmente acariciando mis mejillas—, si veo una sola lágrima no te dejaré ir.

—Llámame todos los días por favor. Si tienes miedo de que me descubran no hables, no haremos que dure más de unos segundos, solo llama y quédate callado y entonces sabré que eres tú, que estás bien. ¿De acuerdo?

—De acuerdo, pequeña, de acuerdo.

—Ya es hora —escucho decir a mi hermano y Ethan me toma de la cintura, me apretuja contra él y estampa sus labios con los míos.

—Ven acá Nathan —le pido y tomo su mano, también la de Ethan—, cuídense mucho, son lo más importante en mi vida, los necesito vivos, a ambos.

Nathan me sonríe y me envuelve con sus brazos.

—Solo será un mes... un mes —repito y ellos asienten. Ethan mira hacia el suelo, igual que en la playa a la arena—. Ethan...

—Un puto mes —repite siempre sin mirarme.

Ignoro por completo si estamos tomando el camino correcto, la decisión adecuada. Mi cuerpo me grita que me quede, pero he de marcharme. Poco a poco voy soltando las manos de mis dos chicos; mi hermano y mi novio y el hueco en mi pecho inicia a formarse. Norma se despide de Nathan cabizbaja y a Ethan le regala una tímida sonrisa.

—Blair... —me llama Ethan justo antes de que gire por completo. Mira de soslayo a mi hermano y mi amiga y me da un beso prolongado en la frente—. Todo lo estoy haciendo por ti, te lo juro, cada maldita cosa que haré será por ti —susurra en mi oído.

—Lo sé, lo sé.

—¿Recuerdas lo que te dije en la playa? Que no olvidarás cuánto te amo, pues no lo olvides, jamás lo dudes, por favor, nunca lo dudes.

—No lo haré —le aseguro.

Norma me apresura y me alejo a pasos cortos, camino hacia atrás y él no me despega la mirada, incluso me parece ver sus ojos turbios, ¿lágrimas? Se me achica el corazón. Quiero salir corriendo hacia él y obligo a mis pies a moverse más rápido.

Siento una vibración en mi bolso que ignoro la primera vez, pero la segunda, aprovecho que Norma es quien toma primero la bandeja para poner sus cosas y pasar por control para revisarlo. El nombre de Kim es el que aparece en la pantalla y arriesgándome a que el oficial que ya me mira con enfado me eche de la fila tomo la llamada.

—¿Kim?

—¡Gracias al maldito cielo!

—¿Qué pasa?

—¿Aún no te marchas?

—No, recién...

—Escucha, no te subas a ese avión, corre a la salida más cercana y ve a un lugar seguro hasta que pueda ir por ti —me grita.

—¿De qué hablas? No te entiendo.

—El plan se ha ido a la mierda, Ethan no responde su teléfono y Nathan lo trae apagado. Se supone que Ethan es mi amigo desde hace mucho tiempo pero tienes que saber que te han mentido. Todos te hemos mentido. Pensábamos matar a González hoy mismo y luego huiríamos, sí, pero Ethan no iría tras de ti, te piensa dejar libre para que jamás vuelvas a estar en peligro y el muy hijo de puta de González se ha enterado y aún así Ethan lo enfrentará, es una muerte segura, tienes que detenerlo, eres la única que puede hacer algo.

El teléfono se me cae de las manos de la impresión, todo el bullicio a mi alrededor deja de existir y mis ojos se mueven de un lado a otro buscando el rostro de Ethan en la distancia, hasta que lo veo ya cerca de la salida y cuando estoy por gritar su nombre, los ventanales de cristal que están a varios metros se hacen trizas y luego se escucha una especie de explosión o son balazos, no lo sé.

CAPÍTULO 40

ETHAN JOHNSON

El galopeo intenso de mi corazón impacta en mi pecho y estalla en mis oídos y mi cabeza; los gritos no se hacen esperar, la gente inicia a amontonarse y a empujarse unos con otros creyendo que esto es un atentado terrorista. Las alarmas del aeropuerto se activan y eso hace que mis sentidos no consigan estabilizarse y los oficiales que hay en los alrededores corren de un lado a otro tratando de localizar el punto de ataque.

Miro hacia atrás en busca de Norma y está oculta detrás de una de las máquinas de control totalmente desorientada. Creo que hasta ella piensa que es un ataque terrorista, pero yo sé, que no es así.

Apenas y escucho la forma desesperada en la que le grito sin parar —: Corre, corre, corre.

Ella niega con su cabeza y tengo que ir tras ella, sacarla de su escondite y hacerla reaccionar. Otro tiroteo se escucha y veo de soslayo que algunos cuerpos están expandidos en la calle junto a la salida, creo que todo mi sistema se ha detenido al mirar a un hombre de chaqueta negra en el suelo.

—Vamos, Norma, tenemos que salir de aquí. ¡Ahora! —digo lo más claro que me es posible y tengo que tirar de ella hasta que no puedo más y la suelto con la esperanza de que me siga, necesito llegar hasta los heridos, necesito confirmar que no se trata de mi hermano o de Ethan.

Varias personas me empujan con fuerza en tanto alboroto e incluso caigo de bruces en algún punto. Unas manos fuertes me toman de los brazos y me ponen de pie, es un hombre desconocido, me mira como si deseara matarme aquí mismo, y siento algo puntiagudo y filoso rozar mi estómago. Entonces entiendo.

—¡Suéltame!

—Camina, perra —es lo que escucho. Hay tanto desorden, ruido y más disparos que nadie se percata de que me están llevando contra mi voluntad. El hombre es más grande que yo, más fuerte y seguramente sabe dar mejores golpes que yo pero no pienso ser tan débil. No otra vez.

Le hago pensar que soy obediente, que su cuchillo o lo que sea que me está apuntando me intimida aunque en realidad lo hace. Casi llegamos a la salida del otro extremo cuando lo escucho...

—¡Blair! —Ethan.

Es como una señal para mí porque justo cuando el hombre gira solo un poco para comprobar que se trata de Ethan, hago una locura total. Muerdo el brazo del tipo en cuestión con tanta rabia que siento hasta sangre y al soltarme empuño mi mano y le lanzo un puñetazo que me ha dolido horrores, tanto, que creo que me he quebrado algún dedo.

El hombre ha trastrabillado hacia atrás lo suficiente, basta para que Ethan llegue a mí, tome del pelo al sujeto e impacte su cara con su rodilla, el desconocido cae inconsciente y no perdemos ni un segundo. Me hace correr sin importar si tiro al suelo a un niño o a un anciano. Tenemos que salir de aquí.

—Norma, Norma se ha quedado atrás.

—No vienen por ella —dice tajante y me obliga a mover mis pies hasta que salimos por una puerta de emergencia y nos desplazamos hacia el aparcamiento interno del aeropuerto.

—¿Dónde está Nathan? —pregunto horrorizada.

—Esperando por nosotros —es su respuesta y mi cuerpo se llena de energía de alguna forma. Todos estamos bien, todos estamos vivos. Puedo con esto.

—Vamos, Blair, más rápido —me exige y yo no he querido decirle que creo que me he roto la mano.

—Espera, espera —le grito cuando no soporto más el dolor—. Mi mano, creo que me he roto la mano.

—¿Qué? —se detiene—, ¡mierda! —dice al ver que no puedo mover dos dedos—. ¿Qué tanto te duele?

—Mucho, pero puedo soportarlo, solo no me tomes esa mano —trato de sonar valiente. Niega con su cabeza y toma un trozo de mi camisa rompiéndola y me envuelve la mano como si fuesen ligas para mantener mi mano estable, o al menos los dedos que están paralizados. Lo hace lo más fuerte que puede y aunque me duele aún, se siente mucho mejor.

—¿Mejor?

Asiento, asiente y seguimos corriendo hasta que vemos las motos aparcadas y varios hombres rodeando a Nathan, el alma se me cae al suelo y freno como si fuese un auto derrapando.

—Son nuestros, joder, son nuestros, ¡corre! —me grita.
A pesar de escuchar eso mis nervios no se disipan.

—¿Sabes algo de Norma? —le lanzo la pregunta a Nathan.

—Ha quedado dentro del aeropuerto, está segura ahí, la policía ya está aquí. Han cerrado las puertas y me ha enviado un mensaje diciéndome que está bien. Tenemos que irnos, luego volveré por ella.

Todo esto me parece una jodida película de acción. Ethan me monta a un auto seguido de mi hermano. Adelante van dos hombres, el conductor y el copiloto completamente armados y en sus motos van cuatro más, de algunos estacionamientos veo salir al mismo tiempo otras tres motos y otro auto. ¡Joder!

—¿Qué está pasando? —Me llevo las manos a la cabeza.

—Nos han descubierto —sisea Ethan—, nos ha mandado a matar, tengo que sacarte de Los Ángeles como sea.
Me repito mentalmente que, este es el peor momento para reclamos.

No debo atacarlo, no debo exponerlo y mucho menos pedirle explicaciones. Está demás mencionar lo presionados que estamos. Nuestras vidas corren peligro y lo último que necesitamos es un drama romántico pero no puedo, no puedo, no puedo.

—¿Por qué me mentiste? —a pesar de todo el acumulo de tensión, dolor, nervios y rabia hablo bajito en lo que el auto incluso se pasa varios semáforos en rojo.

—Blair, no sé de qué hablas pero este no es momento —me recuerda con la mandíbula tensa.

—No, claro que no es momento pero quiero saber ¿por qué carajos me mentiste? —alzo la voz ahora.

—Blair —me reprende mi hermano.

—Tú cállate porque has hecho lo mismo. ¿Qué creías Ethan? ¿Qué pasado el supuesto mes no me enteraría de que me habías abandonado quién sabe dónde? Estoy enfrentando todo esto por ti y lo único que haces es huir como un cobarde dejándome sola a mi suerte, ¿te pareció que todo tu sucio dinero es un premio de consolación? ¡Eres un desgraciado! —escupo las palabras.

—Este no es buen momento... —vuelve a decirme sin siquiera tener la cortesía de mirarme.

—Entonces es cierto. ¿Pensabas dejarme? ¿Es verdad? Ese era tu verdadero plan. ¡Contéstame! —grito nuevamente ya vuelta loca y lo empujo a pesar de que vamos dentro de un vehículo y mi débil
intento de hacerlo reaccionar no lo mueve ni tres centímetros.

Gira hacia mí abruptamente y me toma de los brazos.

—¿Y qué querías que hiciera? ¡Eh! —bufa furioso—. ¡No estás segura a mi lado! Nunca lo estarás, ¿es que no lo ves? ¿No te das cuenta de cómo será tu jodida vida conmigo? Solo tienes diecinueve y todo un futuro por delante.

—Chicos... —Nathan intenta interrumpirnos, es imposible. No le hacemos ni caso.

—¿Y se te hizo muy fácil decidir por mí? ¿Crees que no sé todo eso? Cuando esto termine, Ethan, tu estúpido sueño de alejarme se hará realidad, ¿me has escuchado?

—Joder, dejen de pelear —insiste Nathan.

—No decidí por ti, decidí por mí, decidí que no merezco tenerte ni en este ni en ningún otro mundo y que no mereces esta puta vida de mierda.

—¡Nos vienen siguiendo joder! ¡Que nos vienen siguiendo! —estalla mi hermano y la discusión llega a su fin.

—¡Puta mierda! —exclama Ethan.

—¿Disparamos? —pregunta el copiloto.

—No, sigue conduciendo. Piérdelos.

—Es que no es un auto, al menos son tres.

—Disparemos —le dice mi hermano.

—No, estamos en plena calle, es cavar nuestra propia tumba.

Yo estoy inerte en medio de ambos sin saber qué decir o qué hacer. Honestamente la idea de disparar me parece mejor que la de no hacer nada, si esos autos se nos acercan demasiado o nos consiguen acorralar, moriremos.

—¡Piérdelos! —ordena Ethan y el auto toma una velocidad espeluznante.

No respetamos señales de tránsito, ni semáforos y creo que el coche incluso se ha llevado varios espejos retrovisores de otros vehículos, pero los otros tres autos no se detienen y cada vez están más cerca. Casi llegamos a una de las salidas de la ciudad y miles de ideas empiezan a cruzarse por mi cabeza. No van a descansar hasta tenernos.

Ahogo un grito en el momento en el que decido armarme de valor y voltear a ver hacia atrás, entonces uno de los motorizados cae al pavimento herido. ¡Están disparando! No he escuchado a Ethan dar ninguna orden, pero a continuación todos, incluido mi hermano,

disparan desde las ventanillas y quienes van en las motos los imitan.

Escucho como ecos que entran y salen de mis oídos las palabras de Ethan, quiere que me tire al suelo del carro y me proteja lo más que pueda. Lo hago enseguida.

Esto es como estar en el maldito infierno, solo escucho la forma en la que rechinan los neumáticos, disparos y más disparos y de pronto cómo el auto frena sin previo aviso y mi cabeza golpea uno de los asientos delanteros. Creo que la respiración de todos es plenamente audible.

—Blair —susurra Ethan—, van a cogernos, y no sé qué suceda después, ¿lo comprendes?

¡Dios! ¡No! ¡No! ¡No!

Poco a poco salgo de mi escondite y veo que estamos en carretera abierta, totalmente rodeados como si fuésemos criminales de primera y ellos son la policía. Nunca he sentido tanto miedo como en este maldito instante. Me doy cuenta de que han matado a todos y cada uno de lo que traían las motos y que el copiloto tiene un disparo en el pecho.

—Si encuentro una forma de que escapes, quiero que corras lo más rápido que puedas y no quiero escuchar una sola negativa. ¿Entendido? —me ordena Ethan.

Apenas y consigo asentir, mi hermano niega con su cabeza e inicia a disculparse una y otra vez. Dos sujetos abren el auto de forma violenta.

—¡El gran Ethan Johnson! ¿Quién diría que nos encontraríamos en esta penosa situación? —ironiza el tipo de barba negra. Ignoro qué clase de relación haya tenido con Ethan antes de que yo apareciera en el cuadro, pues su risa de satisfacción es inigualable.

—Pensé que éramos amigos —dice Ethan, creo que quiere ganar tiempo.

—Ese es uno de los errores más grandes que cometiste, creer que dentro de la mafia hay amigos. Pero tranquilo, hombre, que en nombre de la supuesta amistad que teníamos es que voy a llevarte hasta González sin tocarte un pelo, ni a la señorita —chasquea la lengua al terminar.

—¿Qué es lo que quiere?

—Darles el tiro de gracia, ya sabes cómo son estas cosas, por favor, no quieras ganar tiempo. Llévenlos —exige y tan rápido como

somos sacados del vehículo y llevados a otro, así de rápido matan a quien conducía el nuestro y le apunta directo a Nathan en la cabeza—. ¿Ves princesa? Si gritas o tan solo lloriqueas, ¡boom!, tu hermano se muere —me amenaza.

El auto se pone en marcha y a medida que seguimos avanzando en la carretera entiendo que no nos están llevando de nuevo hacia L.A y que eso solo disminuye las posibilidades de que alguien nos ayude. Cierro mis ojos con fuerza una y otra vez tratando de encontrar un tipo de calma. No lo consigo, es imposible. Un toque helado en mi mano es lo que me hace regresar a este maldito auto, porque mi mente ya estaba alejándose para ignorar el hecho de que nada nos salvará esta vez, no tendremos otra oportunidad.

Es la mano de Ethan intentando tocar la mía, la buena. Mis ojos se encuentran con los suyos, sigo sin poder creerme que estaba dispuesto a dejarme a pesar de todo lo que he hecho por él, si vamos a morir hoy, lo último que quiero es estar enfadada con el chico de los ojos grises.

Muy despacio uno mi mano con la suya y él la aprieta solo un poco, casi nada.

"*Lo siento*" me transmite sin sacar la voz, lo dice en silencio, solo moviendo sus labios. Niego con mi cabeza en señal de que ya no importa, en realidad ya no importa nada.

Nos obligan a separarnos al llegar a una casa que aparentemente está abandonada en las afueras de la ciudad, hay algunos autos más aparcados y ninguno de los tres intenta hacer nada o impide ser llevado dentro. Nathan y Ethan están desarmados y nos ganan en cantidad.

La casa es tan grande que la fachada que tiene por fuera parece un chiste, de pronto me da la impresión de estar dentro de un laberinto, pues cada pasillo que me hacen recorrer es igual al anterior y estoy incluso mareada cuando llegamos frente a dos enormes puertas de madera con dos cabezas de venado incrustadas en cada una.

—Llegaron mis invitados —escucho decir al abrirse las puertas. Nathan y yo nos miramos de inmediato.

González está sentado en un escritorio fumando un puro con mucha tranquilidad, vestido impecable, sin un cabello fuera de su lugar.

—No saquen sus armas —dice y se suelta a reír—, cierto, están desarmados. Es una pena porque yo si tengo un arma y voy a dispararle tantas veces a Blair por cada traición, todos los presentes estamos de acuerdo en que ella es la culpable de todo.

—Por favor, no le hagas daño —se atreve a hablar Ethan—, mátame a mí, hazlo, ahora mismo, pero déjala ir.

—Mátanos a los dos, a todos, menos a ella, déjala vivir —le ruega mi hermano.

Escucho pasos, el estudio es una especie de pequeña biblioteca de dos plantas, y no tardamos nada en descubrir que en el piso de arriba hay más hombres apuntándonos a todos con sus armas.

—Ahora me suplican, después de organizar mi muerte hijos de puta —habla para todos pero su mirada está fija en Ethan—. Voy a aclarar algo, linda. —ahora se dirige a mí—. Me han traicionado por ti, no puedo confiar en que se irán de aquí y no darán información a la policía. ¿No era eso lo que me habías propuesto, Ethan? La vida de tu novia por tu silencio, pues déjame decirte que no será necesario. Hoy van a morir todos. Todos. Solo es cuestión de tiempo, incluso me harás matar a mi propio hijo, porque yo no le perdono la vida a nadie.

Y a no puedo evitar más mostrar cómo estoy en realidad; que me desgarro de principio a fin y trato de recordar a la jovencita que con tanta ilusión llegó a la universidad hace solo seis meses, que no quería enamorarse del chico malo, ni meterse en líos y ahora estoy aquí, a punto de morir.

—Por favor... —consigo decir.

—¡Ya me tienen hasta la puta mierda! Arrodíllenlos.

González se acerca a los tres y pasa su pistola a centímetros de mi rostro mientras nos obligan a arrodillarnos. Siento el material helado justo en medio de mi frente y cierro los ojos, sollozo sin poder evitarlo, soy capaz de escuchar cómo su dedo se hunde en el gatillo... voy a morir, voy a morir, voy a morir.

Pero no sucede.

Y no sucede porque un torrencial de balazos impactan contra la casa y solo puedo ser consciente del momento en el que alguien me tira al suelo y me cubre con su cuerpo. Es Nathan, apenas y veo cómo Ethan se lanza encima de González y luchan en lo que los disparos no se disipan y se escucha cómo la casa truena sin parar. La mayoría de los presentes corren hacia fuera para evitar que quien sea que ha
iniciado una guerra campal, consiga entrar al estudio.

Quejidos, gritos, órdenes y más disparos hacen que mis oídos duelan. Nathan me arrastra hasta estar detrás de un sillón.

—¡Quédate aquí! —me grita. Pareciera que todo pasa despacio, que hay tiempo hasta para dar un respiro profundo pero no es así, cada vez que parpadeo intentando controlarme los disparos se escuchan más y más fuerte, más cerca, hasta que traspasan el estudio y empiezan a impactar con las personas que defienden a González.

Asomo la cabeza a pesar de que Nathan me ha pedido que me quede quieta. Mi hermano golpea a uno de los tipos que tienen armas y se la arrebata, logro percatarme de que uno de los tantos hombres se da cuenta de que Ethan y González están forcejeando y lanza un disparo que por suerte y el alboroto que hay impacta en el piso, pero vuelve a apuntarlo y entonces veo el arma de González tirada a unos metros de ellos.

Sé que si me muevo, que si entro en el radar de ese hombre me disparará, sin embargo, si no hago nada, si me quedo aquí, lo único que haré será ver cómo asesinan a Ethan. Ni siquiera lo sigo pensando, en menos de un segundo me lanzo importándome un carajo el dolor en mi mano y las pocas posibilidades que tengo de llegar hasta el arma y no ser asesinada.

Mi cuerpo cae con fuerza sobre el suelo de madera, tomo el arma incluso con mis dedos fracturados y grito el nombre de Ethan, eso llama su atención, pero también la atención de la única persona que recuerda que su jefe está en el suelo sin arma alguna y decide cambiar de opinión, me dispara.

Corro lo más rápido que puedo y lanzo el arma a Ethan, él la toma en el aire aún y como si fuese el mejor sicario del mundo aprieta el gatillo dándole un disparo en la cabeza al hombre que cae enseguida al piso igual que yo.

Tiemblo entera, creo que me desangraré en cualquier momento y no hay sangre, ni herida, ni bala dentro de mí porque Ethan ha sido más rápido, tan rápido que no solo ha disparado una vez, si no dos, la otra bala dirigida a Arnold González. Lo ha matado. En medio de esta guerra de balas y sin saber si quienes están tratando entrar a la casa están de nuestro lado o son personas que trabajan para González, tenemos tiempo de encontrar nuestras miradas un miserable microsegundo, antes de que las puertas del estudio esta-

llen.

La desconcentración total de los que aún quedan vivos es aprovechada por mi hermano, que dispara sin piedad alguna y al ver los rostros de quienes han tirado la puerta abajo. me restriego los ojos solo para comprobar que no es un maldito sueño.

Mateo es el primero en entrar, seguido de Zac, Tony, Mark y una rubia con una perfecta coleta y vestida de negro y cuero como si fuese a modelar. Al cabo de unos segundos el estudio es invadido por más personas armadas y terminan de aniquilar a quienes servían a González.

Ethan y Nathan se miran sorprendidos ante la presencia de los chicos. Creo que los tres estábamos seguros de que nada ni nadie podrían rescatarnos.

Esto tiene que ser una jodida broma, estamos vivos. ¡Hemos sobrevivido! ¡Maldita sea! Caigo de rodillas sintiéndome tan liviana, a punto del desmayo. ¿Es real? ¿Hemos matado a González? ¿Está muerto?

—Te me has adelantado —dice Mateo viendo de lejos el cuerpo de González.

—Ha sido un golpe de suerte, pero igual no pensaba dejarte hacerlo, porque tú eres una buena persona Mateo, no hubieras podido con la culpa —susurra Ethan.

—¿Cómo han llegado hasta aquí? —pregunta aún asustado mi hermano.

—Localizadores —contesta Zac.

—González se los ponía a los vehículos de sus trabajadores, excepto al de Ethan —agrega Kim—. Cuando llamé a Blair para contarle la verdad escuché el estruendo en el aeropuerto y supuse que algo andaba mal, luego vimos el movimiento de las motos y gracias al cielo en ese momento Mateo estaba reunido con varias personas dándoles indicaciones.

—Llegamos hasta la carretera en la que dejaron vivo aún a uno de los motorizados, y nos dio información, ahí Mateo supo en dónde los tenían —termina de explicar Tony.

—¿Están bien? —investiga Mark al verme la mano vendada y tanta sangre esparcida.

Niego con mi cabeza, no porque esté herida, sino porque ha sido demasiado, es más de lo que una persona promedio podría soportar. Ethan tira el arma al suelo y corre hasta mí. Con suavidad me levanta del piso y me estrecha en su pecho.

—Ya pasó, ya terminó. —Siento un enorme alivio al escucharlo de sus labios—. Lo hemos logrado, pequeña.

—Ibas a dejarme, tú ibas a dejarme... —es lo más estúpido que podría decir en este momento, pero es lo primero que me ha salido. Acuna mi rostro y sus ojos me miran fijamente.

—Puedo explicarlo, amor. Lo iba a hacer, era el plan, pero cuando te vi ir en el aeropuerto tomé otra decisión, iba a ir tras de ti, en ese preciso momento, no me importaba nada, solo iría a casa a traer mi pasaporte para alcanzarte, ¿sabes por qué? Porque soy tuyo, soy de una chiquilla de diecinueve años. Y...

—¡Cuidado! —grita Nathan.

La voz de mi hermano llega como un golpe lejano y cada movimiento se vuelve lento y pesado. En un suspiro Ethan se separa, me oculta detrás de él y mi corazón se rompe en un millón de pedazos cuando su cuerpo entero se estremece hacia atrás golpeándome. ¡Dos balazos!

Cae al piso en un santiamén y Zac se me acerca más rápido que un rayo y me ayuda a sostenerlo. González se ríe desde donde está tirado en el suelo, aún vivo. ¡Cómo puede ser posible! Pudo matarme y Ethan ha recibido los disparos por mí.

Tony gruñe tan fuerte que parece un animal herido y dispara tantas veces al cuerpo de González que ni siquiera sé cuántas veces lo ha hecho. El tiempo se ha detenido, no escucho los gritos de los demás. Todo es nulo para mí, excepto la persona que muere poco a poco en mis brazos.

—No, no, no, no —susurro.

—Blair —dice y se lleva las manos a su estómago, se le llenan de sangre casi enseguida.

—No hables, tranquilo —me obligo a no llorar más—. ¡Nathan, llama a una ambulancia! —grito.

—No quiero dejarte —balbucea—. No quier...

—Por favor. No hables, no desperdicies fuerzas, mírame, Ethan, no cierres los ojos, no me dejes, no me dejes, no me dejes, no así —le ruego—. ¡No!

—Te amo... te amo.

Mi corazón late desesperado, se está quebrando poco a poco, y de alguna forma también se muere al mirar al hombre que ha hecho
un antes y un después en mi vida irse para siempre. Los rostros de mis padres la última vez que los vi vuelven a mí y solo hacen que sienta la muerte cerca, rondándome de una manera tan espeluznante, destrozadora, soy capaz de sentir cómo me quemo en medio de tanta pena, de tanta angustia.

—Mírame, mírame, Blair, mírame —me pide. Mis grandes ojos negros lo miran atenta. Acaricio su cabello y sostengo su cabeza con mi otra mano temblorosa. Y ruego al cielo. Misericordia, sí, justo eso. Pero estoy iniciando a pensar que mi vida no tiene la suerte de conocer algo tan sublime como la jodida y puta misericordia.

—Por favor, Ethan, no me hagas esto. No puedes irte de mi vida de esta manera. Voy a morirme —apenas y me salen las palabras—. ¿Sientes esto? —Ubico una de sus manos sobre mi pecho para que sienta la forma casi desesperada en la que late mi corazón—. No latirá más si me abandonas —sollozo, pero Ethan Johnson ya se mira perdido—. Ethan —lo llamo una última vez con los ojos borrosos.

—Perdóname, perdóname —tartamudea.

—No tengo nada que perdonarte, nada.

—Te he arruinado la vida...

Sí, me la ha arruinado, pero han sido las ruinas más hermosas que alguna vez he podido imaginar.

—Lo siento —es lo último que pronuncia y el alma abandona mi cuerpo.

Se ha ido.

Comienzo a temblar de forma abrupta, las cosas no podían pasar así de rápido, mi vida no podía quebrarse en solo segundos. Mis lágrimas caen como cascada de mis ojos. Escucho las maldiciones de todos y sacudo su cuerpo.

—¡No! —grito—, no está muerto, no puede estar muerto, díganme que no es cierto. —Me le tiro encima porque me niego a la idea de no volver a escuchar su voz, de no ver a diario sus ojos grises—. Ethan, despierta —le pido.

—Blair —mi hermano trata de abrazarme y alejarme y lo empujo.

—Despierta, despierta, despierta, por favor, despierta, Ethan, despierta, despierta.

—Tenemos que irnos, alguien me ha traicionado. Vienen refuerzos, tenemos que salir de aquí ahora —Mateo está descontrolado y se le dificulta caminar.

—Tenemos que llevarnos su cuerpo —les pido a todos. Nadie me responde de inmediato.

—Blair, hay que salir ahora mismo de aquí. Ya no podemos hacer nada. Está muerto —contesta Tony igual o más afectado que yo.

—Hay que llevarlo, no podemos abandonarlo así, quizás si vamos a un hospital... —me apoya Kim, quien tira de su propio cabello.

—No voy a moverme si no nos lo llevamos. Por favor... por favor —les ruego.

Tony me toma de las caderas y junto a Mark me sacan de la casa. Grito, pataleo, lloro descontrolada y no logro nada. No volvería a verlo, mi chico de ojos grises se acaba de ir para siempre y lo estoy dejando ahí como si fuese basura, como si no tuviera ningún valor.

El ahogo empeora con cada instante que pasa y tiran de mi cuerpo hasta montarme a un vehículo, ponen los seguros y arrancan a toda velocidad. Miro hacia la casa donde no solo se quedaba Ethan, también se quedaba mi vida entera.

EPÍLOGO

Desde pequeña siempre fui muy soñadora, me sentaba en el sillón de mi casa junto a mamá y mirábamos esas películas románticas, recuerdo cómo me entraban arcadas cuando veía a los adultos besarse, ya fuese en la vida real o a través de la pantalla. ¿Cómo compartir fluidos era algo hermoso? Simplemente no lo comprendía.

Un buen día mientras mi madre suspiraba y yo solo era una niña de diez años que ignoraba la verdadera vida de sus padres, me planté frente al televisor, la miré y ella curiosa esperó a que hablara.

—Ma, ¿esas cosas pasan? Digo, ¿algún día me besaré asquerosamente con un niño? —Mamá soltó tremenda carcajada, le dio golpecitos con su mano a sus piernas y enseguida salté hacia ella y me acurruqué en su regazo.

—Estás muy pequeña para tener esta conversación —dijo sonriendo—, pero sí, algún día crecerás, te gustará alguien y se besarán.

—¡Puaj! —me quejé.

—También te enamorarás.

—¿Cómo en las películas, mami?

—Algo así.

—¿Tú te enamoraste de papá?

—Totalmente.

—¿Cómo sabes que estás enamorada realmente?

—Estás muy preguntona hoy. Pues, no lo sabes... lo sientes.

Por supuesto que yo no les encontraba sentido a sus palabras, era una niña a la que solo le preocupaba que sus muñecas tuvieran el cabello en perfectas condiciones. Quisiera regresar el tiempo, quisiera volver a ser esa niña que no entendía, que no sentía, que era feliz. Quisiera que mi madre me abrazara justo ahora y me dijera que voy a superar esto, que volveré a sonreír y que volveré a ser la misma Blair que era antes de venir a Los Ángeles.

Quisiera que el dolor menguara un poco, abrir los ojos cada mañana y no sentir que me ahogo, o que me abren el pecho y me hacen picadillos el corazón.

A veces el dolor emocional es tanto, que lo llegamos a convertir en físico.

Me duele hasta los huesos cada vez que Ethan Johnson vuelve a mi mente. Cada maldita y desgraciada partícula de mi cuerpo se comprime al recordar que ya no está entre nosotros. Que no se trata de una discusión o de sus intentos de abandonarme, que se ha ido para siempre.

Está muerto.

Quisiera... quisiera... quisiera... todos son unos malditos "quisiera". No importa cuánto quiera, desee, implore, suplique, ruegue, llore... él no volverá... NUNCA.

No sé ni cómo he hecho para sobrevivir a los días posteriores, cada día es igual al anterior, pienso en lo mismo una y otra vez: ¿Y si hubiésemos sido más inteligentes? ¿Si los chicos hubiesen llegado antes? ¿Si lo hubiera obligado a huir conmigo? ¿Si hubiese sido más rápida? ¿Si hubiera evitado que tirara el arma? ¿Por qué no me aseguré de que González estaba muerto? ¿Por qué nadie lo hizo? ¿Por qué no pudimos llevarlo a un hospital? ¿Por qué tuvo que ocultarme detrás de él?

Yo habría recibido esos balazos por él, juro por el cielo que lo habría protegido como él siempre lo hizo conmigo. No importa cuánto me lo cuestione. Me he quedado... sola.

Suelto un suspiro agonizante mientras miro hacia el mar. He venido a nuestra playa a mirar las olas para encontrar un poco de paz, pero cada vez que las olas impactan en la arena vienen a mi mente un sinnúmero de recuerdos, un golpe directo y fuerte sobre mi pecho, sobre mi mente que me juega bromas crueles y me hace creer que de pronto él aparecerá y me dirá que todo fue un plan, que solo quería hacerme creer su muerte para que yo me fuese sin voltear a ver atrás. Pero no es así.

Mamá tenía razón. No lo sabes..., lo sientes, eso pasó entre Ethan y yo. Entierro mis dedos en la arena como si de alguna forma lo estuviese tocando a él. Aún puedo escucharlo diciéndome "pequeña" y ahora tendría mucho más sentido que me llamara así, porque es como me siento en este momento, tan, tan, tan pequeña.

Después de que nos fuimos de esa casa, tuvieron que usar sedantes conmigo. Me estaba volviendo loca y sé que puede parecer muy exagerado pero cada vez que cerraba mis ojos, que siquiera parpadeaba, su rostro sin vida me atacaba.

Pasé veinticuatro horas en el hospital. Tuve un ataque de nervios, de ansiedad, repetía su nombre, solo su nombre sin detenerme un solo segundo. Lloré hasta quedarme sin lágrimas, grité hasta quedarme sin voz. Simplemente no podía ser cierto, él no podía haberse ido sin más, con todo lo que habíamos hecho para salir de ese mundo. No era justo, no es justo, y nunca será justo.

Norma, quien apareció horas después intentó controlarme, la sentí rara, extraña, no podía siquiera mirarme a la cara. Me abrazaba y me decía cuánto lo sentía, y pueden llamarme desquiciada mental, algo en su voz llevaba algo de culpa, algo en su voz me decía que no lo sentía en realidad o quizás en ese momento perdí totalmente la razón.

Mi hermano intentó de todas las formas hacerme encontrar paz. Imposible. Nada podría hacerme sentir mejor. Nada.

Peor aún cuando me enteré de que Zac volvió a aquella casa importándole poco que lo mataran, quería recuperar el cuerpo de su amigo, darle una sepultura decente, poder despedirnos realmente. El cuerpo no fue encontrado. No estaba, ni el suyo ni el de González. Nada. No tenía siquiera una tumba a donde ir a llorar, no tenía absolutamente nada. No sabíamos nada.

Mateo y Kim me prometieron encontrar su cuerpo, buscarlo hasta debajo de las piedras y la rubia que tanto había odiado por algún tiempo no se ha apartado de mi lado ni un microsegundo. Increíblemente fue ella quien me hizo entrar en razón.

—¿Tienes una idea de todos los sacrificios que Ethan estaba dispuesto a hacer por ti? —me habló con firmeza—. Ese chico te amaba, escúchame, Blair, antes de ti Ethan Johnson era temido por todos, ese hombre comprensivo, tierno, amigable y de buen humor que conociste no existía. Hasta verlo sonreír era un milagro y cuando te conoció, ¡demonios!, sonreía todo el tiempo, le brillaban los ojos —me contó.

—No sigas —le dije—, esto está matándome.

—Una vez me dijo que él jamás se daría la oportunidad de amar, que ser como el puto hielo era la mejor decisión que personas como nosotros podíamos tomar, me lo dijo justo una noche antes de que llegaras a la fraternidad y después no podía dar un maldito paso sin pensar en que, cada acción que hacía afectaba a la chica de la que estaba profundamente enamorado.

» Tienes que levantarte de esa cama, tienes que vivir, tienes que ser fuerte y poderosa y hacer lo que tanto él quería... verte libre, sana y salva.

Después de aquella conversación me duché, al menos, comí y dormí. Pasé los siguientes días en un hotel por seguridad. No sabíamos qué estaba pasando realmente y los chicos pensaron que era mejor que no me enterase de nada. No mientras estuviera tan afectada. No mientras decidía qué hacer con mi vida. ¿Quería irme? ¿Quería quedarme? ¿Podía quedarme?

Una mañana un abogado me visitó. Aquello de que Ethan me había dejado su dinero era cierto, pero no solo me había dejado esa cuenta de banco a punto de reventar. Me ha dejado todo lo que tenía, cuando he visto la cantidad de dinero, la boca se me abrió tanto que casi pega en el suelo, lo tenía todo planeado.

Incluso consiguió un abogado que se ha encargado de que los bancos no me molesten con sus interrogatorios habituales cuando alguien tiene tanto dinero de la noche a la mañana.

Al principio me negué a aceptarlo, obviamente, no quería nada que tuviera que ver con el narcotráfico, un tiempo después pensé en que podría usar el dinero para hacer algo bueno, donarlo a personas que lo necesitaran de verdad y mientras decidía qué hacer, firmé todo lo que tenía que firmar.

He de aceptar que he usado algo de ese dinero para comprar otra casa para tía Lili en Carolina del Norte, en donde vivirá después de que le he contado todo. Y ¡oh sorpresa! Tía Lili sabía absolutamente todo lo de mis padres, pensó que, si jamás lo hablábamos, jamás nos acercaríamos a la verdad. Me ha suplicado hasta las lágrimas que me mude con ella. Sin embargo, lo único que necesito es superar esto, lo que he vivido aquí, a Ethan Johnson.

Ethan quería que viajara, que me escondiera, que hiciera otra vida, empezara de cero porque honestamente nunca estaría a salvo completamente. Y, después de todo lo que ha pasado me queda claro que, aunque él esté muerto y Mateo tenga intenciones de destruir la organización de su padre, la sensación de que estoy en peligro no me abandonará nunca.

Finalmente he decidido irme, lejos, sin decirle a nadie en donde estaré en realidad. Me quiero alejar de todo y todos, por muy injusto que eso sea, es lo que haré. Cuando sane, quizás pueda buscarlos, seguir siendo amigos.

A Elena y Erik les he dicho una mentira y se han quedado tranquilos. Con David hablé no hace mucho, él y su tío han decidido dejar las cosas como están por órdenes de su padre. Quiero pensar que es verdad.

Por ahora quiero llorar sola hasta quedarme sin lágrimas, hasta que sienta que el corazón realmente me ha vuelto a latir, hasta que vuelva a sentir lo que provocaron aquellos ojos grises la primera vez que se encontraron conmigo.

—¿Lista, Blair?, o prefieres otros minutos...

—Dale su tiempo, Nathan —escucho decir a Mateo.

Ambos me llevarán al aeropuerto. De Norma me despedí en la residencia, aunque mi corazón se ha roto otro tanto al darme cuenta de que ya no somos las mismas de antes, que haberme enamorado no solo hizo que mi vida se rompiera en mil pedazos, sino que me hizo perder metas, sueños y hasta amistades.

—Estoy lista. —Miro una última ola impactar en la arena—. Adiós, cara dura —susurro bajito. Sé que Ethan me ha escuchado, donde sea que esté.

Antes de irnos al aeropuerto, les pido que me lleven a la fraternidad. Entro con rapidez al cuarto de Ethan y me quedo mirando todo, cada espacio, cada una de sus pertenencias. Abro su armario y saco su particular chaqueta negra de cuero. Siempre la llevaba puesta y ese último día no. Como si todo estuviese fríamente calculado, como si supiera que moriría y yo vendría a robarme sus cosas.

Miro la prenda y la apretujo contra mi pecho. El material está frío, igual que él la última vez que pude tocarlo, que pude sentirlo. Mis ojos inmediatamente se humedecen y me aclaro la garganta, no puedo llorar más.

—Blair. —me sobresalto al escuchar la voz de Tony.

—Tony.

—Me dijo Kim que vas a irte, al final su muerte tendrá algún sentido, era lo que quería, que empezaras de cero, lejos de toda esta mierda. Lejos de él. —Miro hacia el suelo evitando que mire mi rostro hecho pedazos—. No quería dejarte...Te amaba, Blair. Mi amigo te amaba —la voz de Tony se quiebra.

—No puedo, Tony. Lo siento. No puedo hablar de él ni contigo, ni con nadie. Estoy rota y no creo volver a juntar los pedazos. Necesito tiempo.

Salgo de la fraternidad corriendo y con la chaqueta en mis manos. Subo al auto y Mateo lo pone en marcha enseguida.

No hay mucho que decir durante el camino y tampoco en el momento en el que nos despedimos. Nathan me implora que le diga hacia donde me dirijo pero yo prefiero no hacerlo.

Le repito que cuando sea el tiempo le hablaré y le hago prometer que por ningún motivo volverá a trabajar o pertenecer a la mafia. Sé de sobra que no puedo confiar en su palabra ni en la de Mateo. Que González haya muerto no hará que la mafia del narcotráfico desaparezca. Al menos tienen la oportunidad de abandonarla ahora que el jefe de L.A ha muerto y no saben quién lo ha matado, ya que no han quedado testigos.

—Blair —me llama Mateo. Mira hacia el piso y luego a mí. Saca de su bolsillo un sobre pequeño y blanco. Lo extiende con nerviosismo y no comprendo.

—¿Qué es esto?

—No sé si hago bien en darte esto. Lo encontré en el estudio de la fraternidad y es para ti.

—¿Qué es?

—Léelo cuando estés sola. Por favor.

—Pero ¿qué es?

Por los altavoces escucho que mi vuelo está a cinco minutos de despegar y ambos me apresuran para que me marche. Tomo el sobre y reviso a ambos lados, me quedo de piedra, en letras pequeñitas y con una letra que conozco perfectamente bien se forman las palabras:

"Mi pequeña"

FIN

AGRADECIMIENTO

La lista de personas a quienes podría agradecer en este espacio es inmenso, llenaría unas cien hojas porque este libro, esta historia, ha pasado por muchos procesos, desde que escribí la primera letra hasta que puse el ansiado final, han pasado años. Aún recuerdo a la primera persona que me leyó, y me transmitió toda esa emoción que jamás esperé provocar.

Hice amistades hermosas en la distancia, cada noche de desvelo mientras nos enviábamos mensajes siguen en mi memoria. Gracias a cada uno de esos seres que formaron parte antes, durante, después, e incluso a aquellos que hoy ya no me acompañan en este camino. Agradezco infinitamente cada palabra recibida, cada apoyo, cada acción, halagos y críticas que me ayudaron a transformar este proyecto.

Gracias a vos, lector nuevo, que le has dado una oportunidad a mis letras. Familia, amigos, Jenni preciosa. Vanesa, Valentina, Celina, Daniela, Fabiana, Grisbeth, Gabriela, Kris Buendia, Kristal Abrego todo mi cariño para vos y tus videos. Gracias a mi serie favorita por haberme inspirado, pero sobre todo, gracias a la Estela de veinte años que una madruga mientras no podía dormir se imaginó por primera vez, al chico de los ojos grises y la chica de vestido rojo.

Los quiero.

www.ingramcontent.com/pod-product-compliance
Lightning Source LLC
LaVergne TN
LVHW101936220826
846093LV00006B/32

* 9 7 8 1 6 8 5 2 4 0 9 7 4 *